Wendy Wax stammt aus Florida und kennt beinahe jeden Strand am Golf von Mexiko, wo auch die meisten ihrer Romane spielen. Sie hat für Radio und Fernsehen gearbeitet sowie als Produzentin im Filmgeschäft. 2011 wurde in ihrer Heimatstadt der 12. Mai zum «Wendy Wax Day» erklärt. Heute lebt Wendy Wax mit ihrer Familie in Atlanta, Georgia. Nach «Ein Haus für einen Sommer» und «Die alte Villa am Strand» legt sie hier den dritten Band ihrer erfolgreichen Florida-Beach-Reihe vor.

Pressestimmen zu «Ein Haus für einen Sommer»:

«Perfekte Urlaubslektüre, heiter, warmherzig, genau so müssen Freundinnen sein.» (Neue Rundschau)

«Ein wundervoller Roman ... Eine ganz tolle Geschichte, bei der man unheimlich mitfiebert! Die drei Frauen sind wahnsinnig sympathisch.» (www.buchwelt.de)

«Ideale Strandlektüre.» (Mein TV und ich)

«Der perfekte Urlaubsbegleiter, da er Spannung und Entspannung gleichzeitig verspricht.» (Stadtradio Göttingen)

«Ein kluger und unterhaltsamer Roman.» (USA Today)

«Lustig ... Herzerwärmend ... Ein Loblied auf Freundschaft und Frauenpower.» (Las Vegas Review-Journal)

Wendy Wax

EIN SOMMER AUF MERMAID POINT

Roman

Aus dem Englischen
von Silke Jellinghaus und
Katharina Naumann

Rowohlt Taschenbuch Verlag

Die Originalausgabe erschien 2014 unter dem Titel
«The House on Mermaid Point»
bei Berkley Publishing Group / The Penguin Group LLC, New York.

Deutsche Erstausgabe
Veröffentlicht im Rowohlt Taschenbuch Verlag,
Hamburg bei Reinbek, Mai 2019

Redaktion Heike Brillmann-Ede
Umschlaggestaltung any.way, Barbara Hanke und Cordula Schmidt
Umschlagabbildung imimss / Shutterstock;
mauritius images / Peter Titmuss / Alamy
Satz aus der Quadraat bei hanseatenSatz-bremen, Bremen
Druck und Bindung CPI books GmbH, Leck, Germany
ISBN 978 3 499 27672 9

Prolog

Es hatte eine Zeit gegeben – ehrlich gesagt waren es viele Zeiten gewesen –, in der William Hightower die Entzugskliniken in einer Limousine verlassen hatte. Einer Limousine, geschickt von seiner Plattenfirma, mit verdunkelten Scheiben, einer voll ausgestatteten Bar und einer willigen Frau mit langen Beinen, großen Brüsten und talentierten Lippen auf dem Rücksitz.

Über seine Entlassungen war jedes Mal lang und breit berichtet worden, Fotografen und Fans hatten im Vorfeld schon gefeiert, und alle drängelten sich vor dem Eingang, um ein Foto zu schießen oder seinen Namen herauszuschreien, während die Limousine an ihnen vorüberschoss.

Noch Wochen nach seiner Entlassung waren Artikel und Berichte erschienen, mit Fotos, die ihn auf der Bühne zeigten vor einem unendlichen, wogenden Meer hingerissener Fans. Fotos von ihm, als der Zopf auf seinem Rücken noch dunkler gewesen war als der Nachthimmel über den Sümpfen Floridas. Als er über die Bühne stolziert war, als wäre sie sein Eigentum. Als wäre er ein echter Seminolen-Kämpfer und nicht der verängstigte Junge aus einem staubigen, namenlosen Kaff, in dessen Venen gerade mal zwei Tropfen Indianerblut auf einen Liter Siedlerblut kamen.

Damals! Als Alkohol und Drogen einfach zu ihm gehörten, als seine Finger noch nicht schwerfällig über die Gitarrensaiten strichen und seine Stimme noch nicht gelitten hatte. Als die Exzesse noch nicht seine Muskeln und Sehnen angenagt hatten wie Termiten einen Holzschuppen. Und der Schmerz über den

Verlust seines jüngeren Bruders, der die Band – die passenderweise «Wasted Indian» hieß – im Leichenwagen verlassen hatte, sich noch nicht in sein Gesicht gegraben hatte. Damals hatte ihm die schreiende Menge versichert, am Leben zu sein. Und dazu ausersehen, für immer jung zu bleiben.

Heute war alles anders. Der Wagen, mit dem man ihn aus der Entzugsklinik abholte, war nicht von der Plattenfirma geschickt worden, und es gab weder Drogen noch Alkohol noch eine willig-unwillige Frau im Wagenfond. Dies hier war einfach ein schlammbrauner BMW, gesteuert von seinem wütenden Sohn, den er kaum kannte. Dem einzigen Menschen, der aus dem einstmals riesigen Meer noch übrig war. Dem einzigen, der durch das Blut an ihn gebunden war.

«Danke, dass du mich abholst», sagte Will.

Er vernahm nur ein Grunzen. Mehr als Antwort hatte er vermutlich auch nicht verdient.

«Und dafür, dass du dich um meinen ... Aufenthalt hier gekümmert hast.»

Das war seine Art einzugestehen, dass er, William Hightower, der Millionen verdient und Millionen verschleudert hatte, sich den einen Monat im *Three Palms Whole Health Center* nicht mehr selbst leisten konnte. In einer Einrichtung, in der ein ganzheitlicher Ansatz beim Kampf gegen die Dämonen, die jeder Patient mitbrachte, praktiziert wurde. Er hätte sich das Ganze nicht mal leisten können, wenn er wirklich hierher gewollt hätte.

Heute gab es keine Tore, durch die er hindurchfahren musste. Es gab weder Journalisten noch kreischende Fans. Hinter sich ließ er ein sauberes, modernes Gebäude, das zwischen einem See stand, in dem Will mit einem Kajak gepaddelt war, bis seine Muskeln gebrannt hatten, und einem Pool, in dem er Geist und Körper Zug um Zug betäubt hatte. Aber er verließ diesen Ort deutlich fitter, als er gekommen war. Fitter, als er seit seinem ersten Gig mit siebzehn jemals gewesen war. Eines musste er den Leuten von *Three Palms* lassen: Sie hatten ihn dazu gezwungen, auch sein Äußeres in Ordnung zu bringen, während sie sein Inneres beackerten.

Als gäbe es dadrinnen überhaupt noch etwas zu beackern.

Das Haar, das ihm einst in einem Zopf über den Rücken fiel, berührte kaum mehr seine Schultern, und das glänzende Schwarz war mit Grau durchsetzt. Sein Gesicht, vernarbt und ramponiert von einundsechzig ausschweifenden Jahren, wurde noch immer von einer Hakennase und hohen Wangenknochen dominiert, die die Kameras einst geliebt hatten. Seine dunklen Augen waren umgeben von einem feinen Netz aus Fältchen, aber sie sahen klarer als jemals zuvor und ermöglichten ihm, die Welt um ihn herum so wahrzunehmen, wie sie wirklich war. Kahl und erbarmungslos.

Schweigend fuhren sie von Cutler Bay, Florida, Richtung Süden. Vorbei an hohen Palmen und Blütenexplosionen in tropischen Farben. Blumen, die an Hauswänden emporrankten und sich um Baumstämme wanden. Das grelle Morgenlicht war unerbittlich und ließ nur wenige Schattendreiecke zu.

In Florida City mündete die Schnellstraße in den U. S. Highway 1 und dann in ein zweispuriges, achtzehn Meilen langes Asphaltband, das die Einheimischen «The Stretch» nannten. An dieser Stelle begann die reale Welt sich aufzulösen, und das Paradies, das vor ihnen lag, lockte mit gekrümmtem Finger. Selbst an den miesesten Tagen sorgte The Stretch für einen gesenkten Puls, einen geringeren Stresslevel und ein verlangsamtes Synapsengewitter in den Hirnen. Trotzdem wanderten Wills Gedanken ziellos umher, während Tommy in gemessenem Tempo und mit unverwandt nach vorn gerichtetem Blick den Wagen steuerte.

Trotz der geöffneten Fenster hing ihr Schweigen heiß und

schwer zwischen ihnen, angefüllt mit Dingen, die nie verziehen worden waren und von denen Will inständig hoffte, dass sie nie zur Sprache kommen würden.

Wills Blicke glitten nach draußen. Nur ein Maschendrahtzaun hielt das wuchernde Gestrüpp von der Straße zurück, als sie die Everglades umrundeten und die Grenze zu Monroe County überquerten. Wiederholt warf er seinem Sohn verstohlene Seitenblicke zu. Tom hatte seine Statur und seine Hautfarbe geerbt, und er sah seinem jüngeren Bruder Tommy, nach dem er benannt worden war, so ähnlich, dass es schmerzte, ihn anzusehen. Will dachte an die Mutter des Jungen, die ebenfalls ihrer früheren Lebensweise zum Opfer gefallen war.

So viele Leute waren sinnlos vor die Hunde gegangen.

Als sie über die Jewfish Creek Bridge fuhren, blitzte die Sonne auf dem unglaublich türkisfarbenen Wasser, das die Brücke flankierte, und eine warme Meeresbrise verwirbelte die Luft und zerwühlte Wills Haar. Ab Key Largo begannen Geschäfte für Tauchgeräte, Fischköder und Angelzubehör vorbeizufliegen. Vor einem Einkaufszentrum blieb sein Blick an einem Schild hängen, das «Pilates im Paradies» versprach.

Das Schweigen dehnte sich aus. Wills Augenlider wurden schwer. Er war kurz davor, einzunicken, als Tommy plötzlich sagte: «Ich habe mit der Bank gesprochen. Und dann habe ich einen Makler angerufen, der sich Mermaid Point ansehen wird.»

Wills Augenlider flogen auf. So was passierte, wenn man einem verdammten Verwandten Generalvollmacht erteilte. Für den Notfall. Ohne daran zu denken, dass dieser Verwandte, während man sich selbst gerade in der Entziehungskur eine Abreibung nach der anderen holte, eine Situation einfach zum Notfall erklären konnte.

Will hatte die Insel in Form eines Teetischs in den Achtzigern spontan gekauft, als Key West noch ein Ort gewesen war, an dem man sich verstecken, ausspannen und chillen konnte. Dann begannen die Kreuzfahrtschiffe täglich an- und wieder abzulegen, und die Massen, die sich danach sehnten, wild und exzentrisch zu sein, rammten ihre Fahnen in den Boden und erklärten Key West zur Hauptstadt ihrer Verrücktheit. Jeder, der ihm wichtig gewesen war, flüchtete. Will schaffte es nur neunundsiebzig Meilen den Highway 1 hinauf.

«Ich habe kein Interesse daran, Mermaid Point zu verkaufen», sagte er. *Nicht seine Insel. Niemals.*

Das Mariner's Hospital und Mc Donald's flogen vorüber, als sie durch Tavernier Creek fuhren. Bald würden sie auf Upper Mathcumbe ankommen, der dritten von Islamoradas vier Key-Inseln.

Beinahe zu Hause.

«Selbst wenn du wolltest, könntest du die Insel nicht verkaufen, ohne etwas am Haus und an den Nebengebäuden zu machen», sagte sein Sohn. «Bei dem Zustand, in dem sie sich befinden.»

Jetzt war es an Will zu grunzen. Als er Mermaid Point gekauft hatte, war die Insel nur eines von vielen Domizilen in seinem Besitz gewesen. Heute war sie das Einzige, was ihm noch geblieben war. Und sobald sie dort angekommen waren, wollte er sich nur noch auf eine Liege an den Pool legen und verdammt noch mal abschalten. Was nicht ganz so leicht werden würde ohne einen Drink oder einen Joint in der Hand.

Im Moment versuchte er, nicht daran zu denken, wie er die nächste Woche überleben sollte, ohne sich zu betäuben, ganz zu schweigen vom Rest seines Lebens. Er war sich nicht sicher, ob sein Pool – ja selbst der Atlantik, auf den man von dort aus blickte – groß genug war, um darin so viele Züge schwimmen zu können, wie er benötigte, um sich zu betäuben. Er wusste nicht, ob es auf der ganzen Welt genügend Schwimmzüge gab, um dieses Bedürfnis in den Griff zu bekommen.

«Die Sache ist die», sagte Tom, «wenn man das Haus und die Außenanlagen renovieren würde, wäre das Ganze ein großartiges Feriendomizil für einen Inselurlaub oder ein Firmen-Retreat. Du könntest auch dauerhaft alle Zimmer vermieten – ich meine, du hast immerhin noch einen Namen. Die Leute würden ein Vermögen dafür bezahlen, um in einem Haus zu übernachten, das von William dem Wilden betrieben wird.» Toms Ton klang abfällig. «Und du könntest deinen Lebensunterhalt als genialer Gastgeber eines Rock-'n'-Roll-Bed-and-Breakfast verdienen. Vielleicht sollten wir es auch einfach ‹Das Wilde Haus› nennen.»

«Du machst Witze.» Will schlug einen versöhnlichen Tonfall an. Er war noch nicht einmal zu Hause, er würde sich jetzt nicht aufregen. Hatte er nicht gerade einen Monat damit zugebracht zu lernen, wie man ruhig und kontrolliert blieb? «Außerdem ist es ja auch nicht so, als könnte man einfach so an die Lizenz für ein Bed and Breakfast kommen. Da gibt es eine neue Verfügung, die das verhindert. Und es gibt einen Baustopp für neue Gebäude.»

Tom schüttelte herablassend den Kopf. «Das sind bloß Details und Lokalpolitik. Und ich mache nie Witze übers Geld.» Natürlich tat er das nicht. Der Junge war ein verdammter Investmentbanker und hatte einen Taschenrechner als Hirn. Wenn er nicht so sehr wie ein Hightower aussähe, hätte Will den Vaterschaftstest damals sofort angezweifelt.

«Oder möchtest du lieber auf das Bettsofa in meinem Wohnzimmer umziehen? Oder gleich in ein Altersheim für ehemalige Rockstars?»

Will verschränkte die Arme vor der Brust und warf seinem Sohn einen Blick zu, den er immer mit großem Effekt bei den

Leuten von der Plattenfirma eingesetzt hatte, wenn sie ihn wieder einmal in einen geschniegelten Schnulzenbarden verwandeln wollten, wo er doch durch und durch Rocker war. Oder bei Fans, die weder Grenze noch Privatsphäre respektierten.

«Das wird nicht passieren», sagte Will. Wenn er nach all den Jahrzehnten draußen auf der Bühne etwas verdient hatte, dann war das Ungestörtheit. «Es kommt nicht in Frage, dass ich meine Insel oder mein Haus mit Fremden teile.» Er schauderte, wenn er sich naive Paare auf Hochzeitsreise oder, noch schlimmer, Rentner mit traurigen Augen im Schlafzimmer am anderen Ende des Flurs vorstellte.

Man kaufte sich keinen Korallenfelsen im Meer, wenn man Fremde in seiner Nähe haben wollte.

Tom wandte den Kopf und sah seinen Vater an. «Also, es tut mir wirklich leid, aber du hast keine Wahl. Du hast nicht genügend Geld zum Leben, ohne deinen einzig verbliebenen Vermögenswert gewinnbringend einzusetzen. Entweder du verkaufst Mermaid Point mit allen Anlagen darauf, um für den Rest deines Lebens genügsam woanders zu leben. Oder du renovierst und spielst für jeden Zahlungswilligen den Gastgeber – und kannst so wenigstens ein Inseldach über dem Kopf behalten.»

Wills Kehle war so trocken, dass er kaum schlucken konnte. Er hatte keine Ahnung, wie er so obszön viel Geld verdienen und nun so wenig davon übrig haben konnte. Und er hatte auch nie geahnt, dass sein Sohn, der ihn offensichtlich verabscheute, einen solch boshaften Plan hatte aushecken können.

Ein Drink würde die Wogen etwas glätten. Würde ihm wenigstens gestatten, so zu tun, als wäre er kein bankrotter trockener Alkoholiker. Langsam griff er in seine Hosentasche und holte einen Lolli heraus. Er wickelte ihn sorgsam aus und steckte ihn sich in den Mund, als sie am Yachthafen Whale Harbor vorbeifuhren.

Die Bar Lorelei flog zu seiner Rechten vorüber. Bald würden sie Bud N' Mary's Marina erblicken, womit er so gut wie daheim wäre. Schweigend lutschte er an seinem Lolli und widerstand in einer lächerlichen Prüfung seiner Willenskraft dem Drang, in den Kaugummi in der Mitte zu beißen.

Danielle, seine liebste Gruppenleiterin in der Klinik, hatte ihm zum Abschied eine große Tüte Lollis geschenkt. Träge fragte er sich, warum eigentlich noch niemand auf die Idee gekommen war, eine Lollisorte mit Whiskey-Geschmack zu erfinden. Mit einem Schuss Jack Daniels in der Mitte. Vielleicht sollte er das tun, um sich wieder zu sanieren: sich alkoholische Lollis ausdenken.

Will schaute aus dem Fenster, um sein Lächeln zu verbergen, und konzentrierte sich auf die harte Süßigkeit in seinem Mund. Mit Whiskey, aber ohne Zucker, damit nicht all die armen Alkoholiker auch noch zu Diabetikern wurden. Er verschränkte erneut die Arme vor der Brust und ließ den Blick über die vertraute Umgebung wandern.

Der Sonnenstand verriet ihm, dass der Sonnenuntergang nur noch wenige Stunden entfernt war. Von Mermaid Point aus sah er die Sonne jeden Morgen über dem Atlantik auf- und abends über dem Golf untergehen. Es waren Anblicke, derer er nicht müde wurde.

Plötzlich musste er daran denken, wie er in früheren Jahren zwischen zwei Auftritten in einer Bar einen Hit auf eine Serviette kritzeln konnte. Damals. Bevor er so alt geworden war wie die verdammten Florida Ridge Hills und bevor er beinahe jeden verloren hatte, der ihm jemals wichtig gewesen war. Und er war sich ziemlich sicher, dass nicht mal mehr eine halbe Melodie in seinen Knochen steckte.

1

Ohne es direkt vorgehabt zu haben, hatte Madeline Singer in letzter Zeit zwei Dinge erreicht, die sie überraschten: den Seniorenrabatt und den Rechtsanspruch, sich mit fremden Männern treffen zu dürfen.

Im Verlauf ihrer siebenundzwanzigjährigen Ehe hatte sie viele Rollen übernommen und war als alles Mögliche bezeichnet worden. Sie hatte als junge Braut begonnen, sich recht bereitwillig in eine Vorstadt-Hausfrau-und-Mutter verwandelt und die Jahre ehrlich genossen, in denen sie sich um ihren Mann und ihre beiden Kinder gekümmert hatte. Vor zwei Jahren war sie für eine Zeit, die so kurz war, dass sie sich nicht sicher war, ob sie überhaupt zählte, eine Mutter geworden, deren Kinder ausgeflogen waren. Sie hatte sich auf eine neue, aufregende Phase in ihrem Leben gefreut. Diese Freude war von der Entdeckung ausgelöscht worden, dass sie Opfer eines Finanzbetrügers geworden war. Eine dunkle Gewitterwolke hatte sie, ihre Familie und ihr Leben für immer verändert. Ihr silberner Streif am Horizont hatte aus unerwarteter innerer Stärke und Zielgerichtetheit bestanden. Inzwischen konnte man sie mit zwei Worten beschreiben, die sie niemals zusammengebracht hätte. Diese Worte lauteten «einundfünfzig» und «alleinstehend».

Was Oxymora anging, war ihres nicht so raffiniert wie «alter Knabe», «virtuelle Realität» oder gar «ein kleines bisschen schwanger». Aber es qualifizierte sie zum Beitritt in die *American Association of Retired Persons*. Und, wie es schien, auch dazu, mit fremden Männern auszugehen.

Vor allem befeuerte es Maddies wilde Entschlossenheit zu beweisen, dass die Tatsache, dass man alt genug für einen Seniorenrabatt war, nicht bedeutete, dass man nicht noch einmal neu anfangen konnte.

Es war Mai in Atlanta. Die Azaleen schäumten von weißen und rosa Blüten. Madeline betrachtete das «Zu verkaufen»-Schild, das nun in dem weitläufigen Garten aufgestellt war, in dem ihre Kinder einst gespielt hatten. Eine Reihe tieforangefarbener Taglilien zog sich einen sanften Abhang hinunter, um dort auf Massen von lila und roten Tulpen zu treffen, die durch den roten Lehmboden emporgeschossen waren. Die dunkelgrünen Blätter der Magnolienbäume, die sie anlässlich von Kyras und Andrews Geburten gepflanzt hatte, umschlossen weiße, untertassenförmige Blüten.

Madelines pollenbestäubter Kleinbus stand bis zum Bersten voll in der Einfahrt, bereit für die Fahrt hinunter nach Miami, wo sie, Kyra und ihr Enkel Dustin die Nacht verbringen würden. Morgen früh würden sie zusammen mit ihren Partnerinnen Avery Lawford und Deirdre Morgan eine Fahrzeugkolonne bilden und Nicole Grant in den Florida Keys treffen. Dort würden sie für *Alles Neu*, ihre gemeinsame Reality-Show im Fernsehen, einen weiteren schweißgetränkten Sommer damit verbringen, für ein mysteriöses Individuum dessen mysteriöses Haus zu renovieren.

«Ooo-ma!» Ihr Enkel tauchte, gefolgt von seiner Mutter, aus der geöffneten Garage auf. Der Anderthalbjährige rannte mit ausgestreckten Speckärmchen auf sie zu. Maddie hob ihn hoch und rieb ihre Nase an seiner. Seine goldene Haut war so weich und warm, und seine dunklen Wimpern waren lang genug, um in einem Schmetterlingskuss ihre Wange zu streifen.

«Dustin!» Sie gab ihm einen Kuss auf die Stirn und drückte ihn an ihre Brust. Damals, als ihre Tochter Kyra ihren ersten

Job beim Film verloren hatte, weil sie mit dem Star des Films geschlafen hatte, hatte Malcolm Dyer mit seinem betrügerischen Schneeballsystem ihre Familie bereits in eine finanzielle Notsituation gebracht. Kyras Schwangerschaft war Maddie vorgekommen wie ein weiteres Hindernis, das überwunden werden musste.

Bis sie zum ersten Mal Dustin im Arm gehalten hatte.

«Ich kann nicht glauben, dass du das Haus verkaufst», sagte Kyra und blickte auf das Schild. Ihr langes dunkles Haar war zu einem Pferdeschwanz gebunden, in den Armen trug sie ihre Kameraausrüstung. Ein Wickelrucksack hing über eine ihrer schmalen Schultern.

Maddie wappnete sich, Kyras spitze Bemerkungen waren gefürchtet. Nicht nur einmal hatte sie ihre Mutter darauf hingewiesen, dass es nur wenige Frauen in ihrem Alter gäbe, die den Mumm besäßen, die Scheidung einzureichen. Oder auf eine beunruhigende Statistik verwiesen, die besagte, dass ein schockierend hoher Prozentsatz geschiedener Frauen mit ihren Kindern unterhalb der Armutsgrenze lebten. Dabei hatte es ihre gesamte Familie in den letzten beiden Jahren geschafft, sich – wenn auch bedenklich knapp – oberhalb dieser Grenze zu halten. Zu Maddies Erleichterung behielt Kyra diesmal ihre Gedanken für sich.

Gestern – es wäre ihr siebenundzwanzigster Hochzeitstag gewesen – hatte sie gepackt und das Haus ausgemistet, damit Kelly Witters, die Freundin ihres Exmannes, es in Szene setzen konnte. Und der Makler damit beginnen konnte, es Interessenten zu zeigen. Ihre Familiengeschichte war entweder in Kisten verpackt oder entsorgt worden.

«Ich weiß, es ist nicht leicht, sich vorzustellen, dass jemand anders hier wohnen wird», gab Maddie zu und strich Kyra über den Arm. «Aber vielleicht zieht eine neue Familie mit kleinen Kindern hier ein, so wie wir damals.»

Wie Trauergäste, die ein geliebtes Familienmitglied noch nicht ganz loslassen können, hielten sie einen Augenblick der Stille ein.

«Ich will mir niemand anderen in unserem Haus vorstellen. Es fällt mir schon schwer genug, nicht an die Leute zu denken, denen jetzt Bella Flora gehört.» Kyras Hände schlossen sich fester um ihre Kamerataschen, als sie das ehemals heruntergekommene Anwesen auf der Landzunge von St. Petersburg in Florida erwähnte, das Madeline, Nicole und Avery neu zum Leben erweckt hatten. «Bist du fertig, Mom?»

Die Antwort lautete Nein, offen gestanden. Obwohl Maddies Bauchgefühl ihr sagte, dass die Scheidung das Richtige und Beste für sie und Steve war, mischte sich Bedauern in ihre Aufregung. Sie freute sich darauf, zum ersten Mal auf die Florida Keys zu fahren, doch sie konnte immer noch nicht fassen, dass sie als alleinstehende Frau reiste.

Dann riss sie sich los und folgte Kyra zum Bus.

«Ich wünschte, sie würden uns ein bisschen mehr über den Besitzer des Hauses verraten, das wir renovieren sollen. Ich meine, ‹Prominenz› kann alles Mögliche bedeuten», sagte Kyra, während sie die Kamerataschen auf den Rücksitz stapelte. Die erste Staffel von *Alles Neu*, die in wenigen Wochen ausgestrahlt würde, war in South Beach gedreht worden. Dort hatten sie das Haus eines ehemaligen Varietékünstlers renoviert, der ihrer aller Herzen erobert hatte.

«Na ja, nach allem, was ich so höre, ist Key West Party-Hauptstadt. Wenn es uns dorthin verschlägt, kannst du in den Bars abhängen, Mom. Wir können zusammen was trinken gehen und die Augen nach Typen offen halten.» Kyra hob Dustin hoch und schnallte ihn in seinem Kindersitz fest. «Die Klatschpresse würde sich die Finger lecken. Und ich wette, unsere Einschaltquoten würden durch die Decke gehen. Ich bin überrascht, dass Lisa Hogan das noch nicht arrangiert hat.» Keine von ihnen mochte die Chefin des Senders von *Alles Neu*, für die lediglich die Quoten zählten. «Wer weiß, vielleicht könntest du dein eigenes Spin-off bekommen à la ‹Silberlöwin auf der Pirsch› oder so.»

Maddie sah ihre Tochter an. Sie schien nicht in der Lage oder nicht willens zu begreifen, dass ihre beiden Eltern nach der Scheidung glücklichere Menschen waren. Oder zumindest weniger unglückliche.

«Also, wenn ich das Spin-off bekomme, lade ich dich zu einem Cameo-Auftritt als missbilligende Tochter der Silberlöwin ein.» Maddie verbiss sich angesichts des Entsetzens in Kyras weit auseinanderstehenden grauen Augen ein Lächeln. «Wir fahren wohl besser mal los. Ich habe Avery gesagt, dass wir zum Abendessen da sind.» Sie setzte sich auf den Fahrersitz des Kleinbusses. Als sie zum vielleicht letzten Mal aus der Einfahrt zurücksetzte, verbot sie sich einen Blick auf das «Zu verkaufen»-Schild und rief sich in Erinnerung, dass es an der Zeit war, aufzuhören, um Entschuldigung zu bitten. Gleichzeitig war das Letzte, woran sie denken wollte, Partys. Oder, Himmel hilf, neue Männer. Ihre Ehe zu beenden bedeutete für sie, aus dem Rest ihres Lebens noch etwas machen zu wollen, und nicht, durch Bars zu tänzeln und Typen aufzureißen.

Einundfünfzigjährige Großmütter gehörten nicht auf den freien Markt.

Avery Lawford unterhielt eine von manchen vielleicht für ungesund gehaltene Beziehung zu Elektrowerkzeug. Sie war damit auf ganz natürliche Weise in Berührung gekommen, als sie in der Kindheit ihren Vater auf dessen Baustellen begleitet hatte – mit einem pinken Schutzhelm auf den wilden blonden Locken und die Vorform eines Werkzeuggürtels eng um die schmalen Mädchenhüften geschlungen.

Bevor ihre Mutter Deirdre Morgan nach Hollywood durchgebrannt war, um als Innendesignerin für Stars zu arbeiten, war Avery mit anderen kleinen Mädchen zum Ballett gegangen oder hatte Steppkurse besucht. Dort hatte sie festgestellt, dass sie weder Rhythmusgefühl besaß noch das geringste Talent, wie eine Gazelle zu springen. Doch zu dem Zeitpunkt, als ihre Mutter sie verließ, wusste Avery bereits, wie man einen Hammer schwingt und wann man in eine Kreissäge ein feines Sägeblatt einlegt oder ein grobes. Das Kreischen einer Kettensäge und nicht Tschaikowskys *Schwanensee* klang wie Musik in ihren Ohren.

Den Großteil ihrer Pubertät hindurch hatte sie sich versichert, dass ihre Mutter nichts als ein Gefäß gewesen war, das die DNA ihres Vaters ausgetragen hatte. Am Morgen ihres sechzehnten Geburtstags musste sie sich aber eingestehen, dass ihre Körpergröße, die für den Umfang ihrer Brüste keinesfalls groß genug war, ihre blonden Haare, die blauen Augen und die puppenhaften Gesichtszüge unwillkommene Geschenke der abwesenden Deirdre Morgan waren. Und leider führte ihr Äußeres dazu, dass man ihr unweigerlich IQ-Punkte abzog und Fremde nur langsam und in einfachen Worten mit ihr sprachen.

Architektonisch gesprochen war bei Avery die Fassade einer Jahrmarktbude an Frank Lloyd Wright's *Falling Water* befestigt. Es war dieses Äußere, welches ihr Diplom in Architektur und all die Jahre der Erfahrung auf den Baustellen ihres Vaters zunichtemachte. Eine äußere Fassade, die zwei Fernsehsender zu dem Versuch bewogen, sie als die Vanna White der *Do-it-yourself*-Szene zu etablieren.

Avery atmete tief den Geruch des frisch gesägten Holzes ein, schüttelte eine Tonne Sägespane aus ihrem Haar und lächelte. Es war ein berauschender Duft, voller Neuanfang, beinahe himmlisch. Er beschwor ihren Vater herauf und alles, was sie von ihm gelernt hatte. Nichts anderes war dazu in der Lage.

Sie sah sich in dem Raum um, der für Chases Vater gedacht war. Jeff Hardin war gestürzt und hatte sich die Hüfte und den Oberschenkelhals gebrochen, kurz bevor sie und ihre Mutter Deirdre in die Wohnung über der Garage der Hardins gezogen waren. Avery betrachtete die neuen Holzständerwände und den frisch gelegten Holzboden. Die neuen Fenster lehnten an einer Wand und warteten darauf, in die vorgesehenen Öffnungen eingebaut zu werden. Sie fuhr mit der Hand über ein Brett des Bücherregals, das sie vor dem vorderen Fenster gebaut hatte. Alle Räume – das große Schlaf-, das Wohn- und das Badezimmer – würden warm und gemütlich sein. Und barrierefrei.

«Es sieht gut aus.» Chase Hardin, der einst ein aussichtsreicher Kandidat für den Titel des nervigsten Mannes der Welt gewesen war, trat hinter Avery, hakte einen Finger in den Werkzeuggürtel, der auf ihrer Hüfte saß, und zog sie näher zu sich heran.

«Ja. Die Zimmer werden perfekt sein für deinen Dad. Und er kann weiter bei dir und den Jungs leben, hat aber trotzdem seinen eigenen Bereich.» Sie drehte sich in seinen Armen um und sah zu ihm auf. «Ich finde es schrecklich, gehen zu müssen, bevor alles fertig ist.»

«Ich weiß. Aber Dad bedeutet es viel, dass du und ich zusammen an diesem Raum gearbeitet haben.» Chases Vater Jeff Hardin war lange Jahre der Partner von Averys Vater in der Baufirma gewesen, die sie zusammen gegründet hatten und die Chase nun leitete.

Chase vergrub sein Gesicht in ihrem Haar. «Mmmmm. Was ist das für ein Parfüm?»

Avery schnaubte. «Ich glaube, das ist Trésor de Travail. Oder vielleicht Poison de Kiefern-olz.» Sie bemühte sich um einen französischen Akzent und scheiterte kläglich.

Er fuhr mit den Lippen über ihr Ohr. «Ich mag's. Wir sollten es vielleicht in Flaschen abfüllen.»

«Super Idee. Bestimmt können wir es im Baumarkt tonnenweise verkaufen.» Sie lachte. «Platziert gleich neben den verschiedenen Rohrreinigern und anderen Putzmitteln.»

«Hey, es gibt viele Männer, die den Duft einer Frau lieben, die sich auf Baustellen auskennt.» Er strich ihr über das andere Ohr. «Natürlich mögen sie es noch lieber, wenn sie weniger Kleider anhat als du in diesem Augenblick.» Seine Hände glitten nach unten und umfassten ihren Hintern. Der bei der Berührung leicht vibrierte.

«Wow», sagte Chase. «Unglaublich, wie du reagierst. Ich fühle mich geschmeichelt.»

«Sehr witzig», sagte Avery und griff bereits in die Tasche ihrer Shorts, in der es tatsächlich vibrierte. «Ich hatte Kyra gebeten, mir Bescheid zu geben, wenn sie in der Nähe sind.»

Sie zog ihr Mobiltelefon heraus und hielt es hoch, um den Bildschirm sehen zu können. Die Nachricht lautete: *«Sngl elch Beiohca.»*

Sie sahen einander an. «Ich verstehe nichts. Aber ich weiß, wer mir das geschickt hat.» Madeline Singers Daumen und ihr iPhone passten oft nicht sehr gut zusammen. Maddie behauptete, mit ihrem Smartphone viel glücklicher gewesen zu sein, bevor es so smart geworden war.

Avery spähte erneut auf den Bildschirm, um die Uhrzeit auszumachen. Dann sagte sie: «Ich war so mit dem Regal beschäftigt, dass ich ganz vergessen habe, Pizza zu bestellen.» Sie wischte über ihr T-Shirt, neue Späne rieselten zu Boden. «Ich weiß, dass ich hier irgendwo die Nummer vom Lieferservice gespeichert habe.»

Viele der Mahlzeiten, die sie zusammen mit Chase, seinen beiden Söhnen im Teenageralter und seinem zunehmend gebrechlichen Vater eingenommen hatte, waren geliefert worden. Und nur wenige hatten Besteck erforderlich gemacht. Sie begann durch ihre Kontakte zu scrollen.

«Ich habe ihn unter Kurzwahl», sagte Chase. «Aber Deirdre hat sich schon ums Abendessen gekümmert.»

«Deirdre?», fragte Avery. «Deirdre hat Pizza bestellt?»

Deirdre Morgan war vor beinahe zwei Jahren zurückgekehrt und behauptete seitdem beharrlich, sie wolle nichts lieber als Averys Mutter sein. Aber keine ihrer Bemühungen um eine Mutter-Tochter-Beziehung beinhaltete eine Einschränkung ihrer Ansprüche als Genussmensch.

«Nicht ganz. Ich glaube, die Vorspeise ist eine Art Leberpastete. Und das Hauptgericht heißt Pompano en Papillote.»

Avery stöhnte. «Ich weiß nicht, warum dein Dad ihr diese Schürze und diesen Kochkurs zu Weihnachten schenken musste.»

«Hey, wir leben schon zu lange in einem Männerhaushalt, als dass ich an einem selbstgekochten Essen Nachteile erkennen könnte. Und er war immerhin schlau genug, beides nicht dir zu schenken.» Chase lächelte.

«Ha! Deirdre hat ständig einen neuen Ansatz. In Miami hat sie bei Maddie Nachhilfestunden im Muttersein genommen. Jetzt versucht sie, eine Betty Crocker zu werden. Wenn sie glaubt, sie könnte ihr Wiederauftauchen in meinem Leben zu einer Art Brady-Bunch-Wiedervereinigung machen, dann hat sie sich geschnitten.»

«Du hast ja recht, sie muss vieles wiedergutmachen. Niemand möchte ihr die Mutter-des-Jahres-Medaille umhängen. Aber sie hat sich für dich vor eine Kugel geworfen», sagte Chase.

Letzteres war für Avery immer noch kaum zu glauben. «Also, das Einzige, was ich weiß, ist, dass Maddie und Kyra mit einem Kleinkind seit acht Stunden unterwegs sind. Sie mit pürierten Gänselebern und Fisch in Papiertüten zu empfangen, ist lächerlich.» Damit ließ sie Chase stehen und eilte davon Richtung Küche.

Deirdre war gerade dabei, Kräcker um einen Hügel Pastete herum zu arrangieren. Jeff Hardin saß am Küchentisch und hatte seine Gehhilfe griffbereit. Eine Schüssel mit Nüssen und eine geöffnete Rotweinflasche standen auf dem Tresen.

«Da.» Deirdre schob die Platte mit den Horsd'œuvres zu Jeff hinüber und band sich die Schürze ab. Sie trug einen lavendelblauen Hosenanzug, der so aussah, als sei er eigens gefärbt worden, um zu ihren Augen zu passen. Sie war genauso klein und vollbusig wie Avery, doch der Schnitt ihrer Tunika kaschierte das D-Körbchen darunter. Ein Paar Riemchensandalen sorgten für ein paar zusätzliche Zentimeter an Höhe.

Avery trug eine Jeans-Hotpants, ein abgeschnittenes *Alles-Neu*-T-Shirt und ein uraltes Paar Turnschuhe. Was unter Beweis stellte, dass der Apfel durchaus weit vom Stamm fallen konnte, wenn er sich nur genug anstrengte.

«Das Abendessen ist fast fertig», sagte Deirdre und musterte ihre Tochter von Kopf bis Fuß. «Aber du hast noch genügend Zeit, um zu duschen und dich umzuziehen.»

Genau das war Averys Plan gewesen, *bevor* Deirdre es angesprochen hatte. Jetzt sagte sie nur: «Nein, keine Umstände. Danke.»

Chase, der ebenfalls in die Küche gekommen war, griff mit schnaubendem Gelächter in den Kühlschrank und holte ein Bier heraus. «Dad?»

«Da sage ich nicht nein.»

Chase reichte seinem Vater eine Flasche und öffnete sich dann selbst eine. Dann tunkte er einen der Kräcker in die Pastete und warf ihn sich in den Mund. «Mmmm-mmmm.»

Deirdre strahlte ihn an. Avery biss die Zähne zusammen und ging zur Vorratskammer.

«Wo sind die Käseflips?», fragte sie und suchte mit den Augen die Regalbretter ab.

Deirdre hob eine elegant gezupfte Augenbraue. «Ich glaube, wir haben keine mehr.» Sie sagte es in einem bedauernden Tonfall, der ungefähr so echt klang wie Averys französischer Akzent. «Aber wenn du sie auf die Einkaufsliste schreibst, kann ich ...»

«Du hast vergessen, sie zu kaufen. Schon wieder.»

«Avery, alles, was mit diesen Käseflips in Berührung kommt, wird orange. Und es ist höchst fraglich, was sie mit deinen inneren Organen anstellen», sagte Deirdre.

«Ich bin sechsunddreißig Jahre alt. Meine inneren Organe gehören mir. Und du bist deutlich zu spät auf den Plan getreten, um meinen Essensgeschmack zu beeinflussen.»

Unwillkürlich rieb sich Deirdre den Arm an der Stelle, wo sie die Kugel getroffen hatte. Avery verdrehte die Augen. «Das macht sie immer, wenn ich es wage, nicht einer Meinung mit ihr zu sein.»

«Also so ungefähr immer», sagte Deirdre.

«Meine Käseflips-Gewohnheiten sind meine eigene Sache», betonte Avery.

«Das stimmt. Aber ich glaube, ‹Gewohnheit› ist hier das entscheidende Wort.» Deirdre streckte das Kinn vor und stützte die geballten Fäuste in die Hüften.

Es war, als blickte man in einen verdammten Spiegel. Ein ersticktes Lachen ertönte, und Avery wandte ihre Aufmerksamkeit Jeff und Chase zu.

«Sorry», sagte Jeff und versuchte vergeblich, sein Grinsen zu unterdrücken. «Ich komme nur einfach nicht darüber hinweg, wie ähnlich ihr euch seht, wenn ihr in Angriffsposition geht.»

«Also, ich finde Orange auf einer Frau irgendwie sexy», sagte Chase. «Noch ein bisschen Sägemehl dazu, und schon ...» Es gelang ihm, gleichzeitig mit den Schultern zu zucken und lüstern auszusehen. «... bin ich ein Todeskandidat.»

Jeff lachte schallend los.

«Sehr schön. Lacht nur, so viel ihr wollt.» Avery entschied sich für eine Packung Minibrezeln. Was ein armseliger Ersatz war für die luftige Käsigkeit ihres Lieblingssnacks. Sie knabberte an den kleinen Kringeln, als es an der Tür läutete. «Ich gehe.» Mit großen Schritten lief sie zur Haustür und zog sie auf. Kyra stand mit Dustin auf dem Arm auf der Veranda. Madeline stand neben ihr. Avery fiel bereits Maddie in die Arme, als sie auf dem Gehweg eine Bewegung wahrnahm.

«Hallo, Kyra!» Die Stimme war laut, der Akzent britisch, der Ton übermäßig vertraulich. Die Klatschzeitschriften waren verrückt nach Kyra, seit sie herausgefunden hatten, dass sie mit Daniel Deranians Kind schwanger war. Seit Dustins Geburt war es noch schlimmer geworden.

Der Fotograf war groß und schlaksig. Hinter ihm drängte sich eine ganze Gruppe von Papparazzi. Sie wirkten in der bescheidenen, baumgesäumten Straße völlig fehl am Platz. Wie ein Rudel Wölfe, dachte Avery, das in einem Supermarkt Schafe jagt.

Ein digitaler Blitz leuchtete auf. Avery trat einen Schritt zurück.

«Komm schon, Kyra, Süße!», schmeichelte der Fotograf. «Ein gutes Foto, und schon sind wir verschwunden.»

«Das ist Nigel, und er lügt», flüsterte Kyra. «Letzte Woche

in Atlanta war ich in einem Drive-in und habe auf Dustins Kindermenü gewartet, da kam plötzlich seine Stimme aus dem Lautsprecher. Ich habe nur eine Sekunde gezögert, weil man in einem Fastfood-Restaurant nicht furchtbar oft einen englischen Akzent hört, und ich hatte unser Essen schon bezahlt. Da sprang eine ganz Rotte von ihnen aus dem Gebüsch neben dem Fenster.»

Es blitzte schon wieder. Avery zögerte nicht länger. Sie griff nach Kyras freier Hand und zog sie in den Flur. Maddie stolperte hinter ihr her und schloss die Tür.

«Es tut mir so leid», sagte Kyra. «Ich habe keine Ahnung, wo sie herkamen. Auf dem Weg von Atlanta hierher habe ich nicht bemerkt, dass uns jemand gefolgt wäre. Obwohl ... auf der Raststätte in der Toilette neben mir war diese wirklich unattraktive Frau, die hatte Schuhe ungefähr in Größe 45 an.» Kyra seufzte. «So schlimm ist es schon geworden. Ich bin darauf reduziert, Füße in Toilettenkabinen zu überprüfen! Aber ich dachte, wir wären sicher. Ich habe nicht mal daran gedacht, mich zu verkleiden. Außerdem ist es ausgeschlossen, eine achtstündige Fahrt in einer Burka anzutreten.» Womit sie auf einen Verkleidungstrick zu Weihnachten anspielte.

Dustin rieb sich verschlafen die Augen. Eine Gesichtshälfte wies Abdrücke eines Cord-bezogenen Autositzes auf, und seine dunklen Locken waren vom Schlaf ganz zerdrückt.

Chase und Deirdre traten in den Flur. Maddie setzte ihre Reisetaschen ab. «Ich muss noch Dustins Sitzerhöhung und das Reisebettchen aus dem Auto holen.» Sie richtete sich wieder auf und wandte sich mit der ganzen Begeisterung eines Strafgefangenen im Angesicht eines Erschießungskommandos Richtung Tür.

«Ich hole die Sachen.» Chase nahm ihr den Autoschlüssel ab und salutierte augenzwinkernd. «Gebt mir Deckung! Wenn ich in fünfzehn Minuten nicht zurück bin, schickt ihr Verstärkung!»

«Wenn ich eine Waffe hätte, würde ich dir liebend gerne Deckung geben», sagte Kyra. «Keine Ahnung, wie ich diese Rotte je wieder loswerde. Ich bete immer, dass eine echte Berühmtheit auftaucht und sie von uns ablenkt.» Sie setzte Dustin in ihre Armbeuge. «Ich meine, wo sind Kim Kardashian und Lindsay Lohan, wenn man sie wirklich braucht?»

2

In der Küche setzte Kyra Dustin auf Jeffs Schoß ab, und der kleine Junge blickte ernst zu ihm auf. Dustin hatte die armenische Haut- und Haarfarbe seines Vaters und auch das gute Aussehen des Filmstars geerbt, aber er besaß eine Ernsthaftigkeit, die ganz die seine war. Chase schaffte es unversehrt von draußen zurück und baute im Gästezimmer das Babybett auf. Dann gesellte er sich zu ihnen an den Esstisch, wo schon Wein ausgeschenkt war und gerade Teller gedeckt wurden.

Deirdre stand neben ihrem Stuhl und saugte das Lob für ihre Gabelmakrelen in sich auf, die feucht und köstlich aus den Papiertüten geschüttelt wurden. Avery mümmelte vorsichtig an ihrer Makrele, auch wenn es ihr widerstrebte zuzugeben, wie lecker sie war. Es war ihr unmöglich, an einem Tisch mit Deirdre zu sitzen und nicht an all die Mahlzeiten zu denken, die sie allein mit ihrem Vater bestritten hatte, nachdem Deirdre sie verlassen hatte. Sie wusste noch genau, wie sorgsam sie es vermieden hatten, Deirdres leeren Stuhl anzusehen, erinnerte sich an die Stille ohne Deirdres Berichte von ihren geschäftigen Tagen, die sie mit der Innenausstattung der Häuser verbracht hatte, die Averys Vater und Jeff Hardin zu jener Zeit bauten. Und wie sehr hatte sie den pikanten Hollywoodklatsch aus den Boulevardzeitschriften vermisst, die Deirdre praktisch inhalierte – was eine Art Vorwarnung gewesen war, die Avery oder ihr Vater nicht als solche erkannt hatten, bis Deirdre ihre Schränke und Kommoden leer räumte, alles in ihr Auto warf und ohne einen Blick zurück aufbrach, um sich von da an um die Inneneinrichtung der Stars zu kümmern.

«Habt ihr eine Ahnung, wem das Haus auf den Florida Keys gehört?», fragte Chase.

«Nein. Und ich kann noch immer nicht glauben, dass sie uns nicht mal die Adresse geben, bis wir vor Ort sind», entgegnete Avery.

«Glaub es besser», sagte Kyra. «Lisa Hogan und ihre Truppe wollen doch bloß, dass sich möglichst viel Angst aufstaut, die die Abläufe spannender macht.»

«Wir haben Glück, dass sie uns wenigstens gesagt haben, dass wir auf den Keys sein werden», sagte Maddie. «Wir sollen uns morgen um vier Uhr nachmittags am Meilenstein 82 einfinden, um die restlichen Anweisungen zu empfangen.»

Sie aßen eine Weile schweigend weiter. Selbst Dustin schien den Fisch köstlich zu finden, denn er aß ihn sowohl mit seinem Plastiklöffel als auch mit den Fingern.

«Wart ihr noch mal in Bella Flora?», fragte Maddie und wandte sich an Avery.

Avery legte die Gabel ab, und alle Augen richteten sich auf sie. Sie hatten sich alle zu einem letzten Weihnachten in Bella Flora eingefunden und damals lediglich gewusst, dass das Haus verkauft war. Am ersten Weihnachtsfeiertag fanden sie dann heraus, dass die geheimnisvollen Käufer Dustins Filmstar-Vater und dessen ebenso berühmte – und sehr verstimmte – Filmstar-Ehefrau Tonja Kay waren.

«Wir sind ein- oder zweimal daran vorbeigefahren, als wir mit dem Boot draußen waren», sagte Avery.

«Wenn Tonja Kay Hand an Bella Flora legt, kann ich nicht mehr für mich garantieren», stellte Kyra in Aussicht. Der Filmstar hatte damit gedroht, das Erdgeschoss dieser Schönheit aus den 1920er Jahren aufzureißen und ein Hallenbad einzubauen.

Eine Idee, die damit vergleichbar war, einen McDonald's im Taj Mahal unterzubringen. Oder die Decke der Sixtinischen Kapelle herauszureißen und durch Spiegel zu ersetzen.

«Sie hat bestimmt nur gescherzt», sagte Madeline, als hätten sie nicht alle reichlich Hinweise darauf, dass Tonja Kay keinerlei Humor besaß.

Kyra schüttelte den Kopf. «Nichts, was diese Frau tut, kann mich überraschen. Sie glaubt, nur weil sie ein Filmstar ist, steht ihr alles zu.»

«Das glauben sicher viele von denen», sagte Maddie. «Aber bestimmt gibt es dadraußen auch weniger anspruchsvolle Promis. Das ist wahrscheinlich wie mit diesen Teenagern, die kleinen alten Damen über die Straße helfen oder ehrenamtlich in Suppenküchen arbeiten. Über die schreibt auch keiner. Vandalismus und schlechtes Benehmen ergeben einfach die besseren Geschichten.»

«Mhm.» Kyra klang skeptisch. Aber sie war ja auch auf Tonja Kays Veranlassung hin von ihrem ersten Filmdreh gefeuert worden. Und *Alles Neu* wäre beinahe eingestellt worden, als Kyra sich weigerte, Dustin den beiden Filmstars für ihren Deranian-Kay-Kinderzoo zu überlassen.

«Sah alles ... ordentlich aus?», fragte Maddie. Auch sie schmerzte der Gedanke an Bella Flora.

«Überall gab es Schilder, auf denen ‹Betreten verboten› stand. Und ich glaube, sie haben sogar ein Sicherheitssystem installiert. Aber man kann so ein großes Gelände nicht schützen, ohne den Ausblick zu verbauen. Ich kann mir nicht vorstellen, dass Tonja Kay vor einen 150-Grad-Blick aufs Meer eine Mauer hochzieht», antwortete Avery. «Übrigens gab es keine Anzeichen, dass jemand eingezogen wäre.»

«Dann haben sie ... nichts verändert?», fragte Maddie.

«Nichts, was ich von außen sehen konnte», antwortete Avery.

«Und zwar nicht, weil sie sich etwa nicht bemüht hätte, etwas zu sehen», warf Chase ein. «Im Gegenteil. Sie hat ihr Gesicht dermaßen an die Scheiben gepresst, dass Avery längst in Untersuchungshaft säße, könnte man ihre Nasenabdrücke sicherstellen.»

«Also, wenn sie mehr als eine oder zwei Wandfarben ändert, bekommt sie es mit mir zu tun», sagte Deirdre.

«Vielleicht könnten wir uns ja mal reinschleichen und uns alles anschauen, damit wir Bescheid wissen», schlug Kyra vor.

«Ich weiß, dass du nicht eben vorgeschlagen hast, wir sollten einbrechen», sagte ihre Mutter. «Das Letzte, was wir brauchen, ist, dass uns die Polizei oder Kyras Papparazzi dabei erwischen.»

«Machst du Witze? Lisa Hogan würde bei einem solchen Presserummel ein feuchtes Höschen kriegen», meinte Deirdre.

«Vielleicht kann Nicole ja Joe dazu bringen, uns zu helfen.» Kyra blickte angriffslustig in die Runde.

Nicole Grant war mit Joe Giraldi in Miami geblieben, dem FBI-Agenten, der vor über einem Jahr versucht hatte, sie für seine Suche nach ihrem Bruder zu instrumentalisieren, dem Verbrecher Malcolm Dyer mit seinem Finanzschneeballsystem.

Avery hob den Kopf. «Joe ist ein Profi. Er kommt bestimmt rein und auch wieder raus, ohne Spuren zu hinterlassen. Sie würden nie erfahren, wer es gewesen ist.»

«Ja, ich bin sicher, es gibt eine riesige Auswahl möglicher Verdächtiger», sagte Chase trocken. «Hunderte von Menschen würden in Bella Flora einbrechen, um Vergeltung zu üben.»

«Wir könnten einfach das Wasser aus dem Pool ablassen. Oder Rasierschaum reinkippen», sagte Kyra und wischte Dustin das Gesicht und die Finger ab. «Oder Klopapier und Kondome an die Palme im Hinterhof hängen.» Ihre Augen waren vor Boshaftigkeit ganz groß geworden.

Maddie sah sie an. «Wir haben Bella Flora zu neuem Leben

verholfen – und sie uns. Wir werden nicht einmal symbolisch einen Finger krumm machen, um ihr zu schaden. Ich glaube, nicht einmal Tonja Kay ist so engherzig, Schindluder mit ihr zu treiben.»

Avery widersprach nicht. Sie wussten alle, dass für Maddie beinahe jedes Glas noch halbvoll war. Als Deirdre Applaus bekam für das von ihr zubereitete Essen, biss sie die Zähne zusammen, und es gelang ihr, auch dazu zu schweigen. Leicht war es nicht.

Zusammen räumten sie den Tisch ab und kümmerten sich um das Geschirr. Dann verabschiedete sich einer nach dem anderen, um zu packen oder schlafen zu gehen. Ein Blick aus dem Fenster neben der Haustür bestätigte ihnen, dass Nigel und die anderen Fotografen für diesen Abend aufgegeben hatten. Mit etwas Glück würden sie morgen früh genug unterwegs sein, bevor die Meute zurückkehrte.

Chase begleitete Avery nach draußen bis zu der Treppe, die zur Garagenwohnung hinaufführte. Der Nachthimmel war voller Sterne. «Ich werde dich vermissen», sagte er. «Bei Dads Zustand weiß ich nicht, wann ich es schaffen werde, nach Miami zu kommen.»

«Ich weiß.» So war es eben, wenn man sich mit einem alleinerziehenden Vater einließ, der gleichzeitig ein verantwortungsbewusster Sohn war und ein eigenes Unternehmen führte. Sie war von Hochachtung erfüllt, weil er so viele Bälle gleichzeitig in der Luft hielt, musste aber stets befürchten, selbst zu dem einen Ball zu werden, der zu viel war, sobald sie sich aus seinem Einflussbereich entfernte.

«Wir können skypen», sagte Chase. «Und na ja, du weißt, wenn du einen Rat brauchst, kann ich …»

«Ich habe jetzt meine eigene Unternehmerlizenz für Florida», erinnerte sie ihn und versuchte, die Unterhaltung vom Privaten aufs Berufliche zu lenken. «Vielleicht bespreche ich das eine oder andere kurz mit dir. Aber es ist von entscheidender Wichtigkeit, dass der Sender begreift, wer *Alles Neu* leitet.» Dieses Mal hatte Avery nicht vor, sich unter sackartigen Klamotten zu verstecken. Aber sie würde dem Sender auch keine Gelegenheit geben, sie wie einen Hohlkopf darzustellen.

«Es ist keine Schwäche, eine zweite Meinung einzuholen oder einen Gebäudeplan zu besprechen. Unsere Väter haben das jahrelang getan», entgegnete Chase.

«Das liegt daran, dass keiner von ihnen knapp über 1,50 Meter misst, blond und blauäugig ist oder Körbchen in Größe D trägt. Es gibt eine große Anzahl von Leuten, einschließlich Lisa Hogan, die nur das sehen können.»

«Das sind Idioten», sagte Chase. «Dein Gesicht und dein Körper sind ein Teil von dir. Und ein sehr attraktiver Teil.» Er legte seine Arme um sie, umfasste ihre Pobacken und zog sie an sich. «Es ist schwer, diesen Teil nicht zu bewundern.»

Ein paar Augenblicke lang erlaubte sie sich, sich ihm hinzugeben.

«Woran denkst du?», flüsterte Chase.

«An Deirdre», sagte Avery, obwohl das nur teilweise stimmte.

«Ernsthaft?», fragte er.

«Mhm. Ich denke daran, was sie morgen früh alles versuchen wird, in den Mini Cooper zu stopfen. Und wie sie sich letztes Mal den ganzen Weg nach South Beach darüber beschwert hat, dass der Wind ihr Haar verwuschelte, weil ich das Verdeck unten hatte. Die Fahrt bis zu diesem Meilenstein morgen ist sogar noch deutlich länger.»

«Wenn es das ist, woran du denkst, muss ich mir entschieden mehr Mühe geben.» Er beugte sich herunter und küsste sie mit übertriebener Gründlichkeit und Klangeffekten. «Und woran denkst du *jetzt*?»

«Ich denke, dass Deirdre vielleicht den Fußraum im Kleinbus vorzieht. Es ist bestimmt noch Platz für sie bei Maddie und Kyra und Dustin.»

Er schüttelte den Kopf. «Aber dann wird sie all die Wärme und den Charme verpassen, mit denen du sie so gern einhüllst.»

«Ein Mädchen darf doch noch Träume haben, oder nicht?»

Chase lachte, dann vergrub er sein Gesicht an ihrem Nacken. Sein Atem war warm auf ihrer Haut. «Natürlich darf sie das», sagte er, und seine Lippen fuhren ihren Hals hinauf. «Solange ich wenigstens in ein paar von ihren Träumen vorkomme.»

Nicole Grants Träume ähnelten in dieser Nacht eher Albträumen. Was erstaunlich war, wenn man bedachte, wie schön der vorangegangene Abend gewesen war. Sie und Joe hatten auf der Terrasse am Pool mit Blick über die Bucht von Biscayne zu Abend gegessen. Die Lichter von South Beach hatten aus der Entfernung herübergeglitzert. Sie hatten sich geliebt, und danach war sie in seinen Armen eingeschlafen, zufrieden damit, dass Joe Giraldi sie nach knapp einem gemeinsamen Jahr immer noch glücklich machen und überraschen konnte.

Keines dieser angenehmen Dinge hatte das auslöschen können, was anscheinend im *Bates Motel* ihres Unterbewusstseins lauerte. Der Traum dieser Nacht begann, wie so oft, damit, dass sie im Panzer eines Vintage-Valentino-Kleids oder eines Klassikers von Chanel eine Promi-Party betrat. Während sie ein teures Restaurant oder ein Wohnzimmer von der Größe eines Fußballfelds durchschritt, nickte sie hoheitsvoll oder lächelte warmherzig Menschen an, die für die Klatschspalten oder die Seiten von *Variety* lebten. Mit zusammengezogenen Schulterblättern und hocherhobenem Kopf ging sie in großen

Schritten zwischen den mit Schmuck behängten Damen und den Männern in teuren Anzügen hindurch. Dabei ignorierte sie das Rauschen des Blutes in ihren Adern, ihren zu schnellen Herzschlag, das gähnende Loch der Unsicherheit in ihrem Magen. Die Leute zahlten einem kein Vermögen, damit man ihnen einen Partner suchte oder auch nur ein Date arrangierte, wenn man so aussah und sich auch so benahm, als brauchte man Geld.

Jahrelang war sie mit der fiktiven Vergangenheit, die sie sich zurechtgelegt hatte, und ihrer geheimnisvollen Aura gut durchgekommen. Als Gründerin und Besitzerin von *Heart Inc.* hatte sie Verbindungen zustande gebracht, die dem König fremd finanzierter Unternehmensübernahmen Tränen des Neids in die Augen getrieben hätten. Sie besaß lange Listen mit allen gewünschten Persönlichkeitsattributen inklusive DNA und IQ bis Körbchengröße. Listen, die einem Genetiker mit Nobelpreis Ehre gemacht hätten.

Zu ihren Kunden gehörten griechische Lebensmittel-Tycoons jenseits ihrer Blüte, die nichts als junges festes Fleisch wollten. Großindustrielle, die nach einer klugen, aber nicht *zu* klugen Blondine, Brünetten oder Rothaarigen suchten, die die fein abgestimmte Mischung von körperlichen Eigenschaften, Wesenszügen und anderen immateriellen Gütern mitbrachten, wie Nicole sie gewissenhaft katalogisiert hatte und zu liefern in der Lage gewesen war.

Damit hatte sie sich einen Namen und ein Vermögen aufgebaut. Beides hatte sie verloren, als das Finanzsystem ihres Bruders krachend in sich zusammenfiel und sie plötzlich von den Gästelisten der Promi-Partys gepflückt wurde wie eine Laus aus dem Pelz eines reinrassigen Pudels.

Der nächtliche Albtraum spiegelte ihr echtes Leben. Die Blicke der Partygäste hatten sich tatsächlich von leutselig zu wissend verwandelt. Ihre Worte klangen zunehmend spitz. Augenbrauen wurden nach oben gezogen, die Augen darunter zusammengekniffen. Und Schultern so kalt wie die Gipfel des Himalayas drehten sich von ihr weg.

Plötzlich stand sie nackt da, das Vintage-Kleid lag zerknittert auf dem Boden. Sie zitterte vor Scham, jeder Zentimeter ihres Selbst war entblößt.

Nicole wachte nackt auf, aber ihr war nicht kalt. Eine sanfte Brise strich über sie. Langsam öffnete sie die Augen und sah, wie die transparenten Schlafzimmervorhänge sich leicht im Wind bauschten wie Segel, die von warmer Luft und Morgensonne gefüllt sind.

Das Aufheulen eines Jetskis und das anhaltende Brummen eines Bootsmotors wurden von einer salzigen Brise hereingetragen. Sie wollte nicht aufstehen. Oder ihre Sachen ins Auto packen, um auf die Keys zu fahren.

Sie hätte tatsächlich für immer hierbleiben können. In Joe Giraldis Bett.

Bei diesem Gedanken flogen ihre Augenlider auf, und ihre Füße berührten den Boden. Sie fand ihren Bademantel, zog ihn an, wusch sich das Gesicht und putzte sich die Zähne und achtete darauf, nicht allzu genau in den Spiegel zu sehen. Sie wollte keinen einzigen Funken Bedürftigkeit zurückgeworfen bekommen.

Es ging nicht an, dass sie zu viel Nähe zuließ oder es sich zu gemütlich machte.

Auf der Pool-Terrasse ertönte ein metallisches Schaben. Nikki steckte den Kopf aus dem Fenster.

Special Agent Joe Giraldi saß an dem Tisch, an dem sie gestern zu Abend gegessen hatten. Sein dunkles Haar war noch nass vom Duschen, aber er trug bereits ein frisches weißes Hemd, dessen Ärmel über den gebräunten Unterarmen aufgerollt war. Eine Krawatte, die sie für ihn gekauft hatte, war um seinen Hals geknotet. Eine vom FBI ausgegebene Sonnenbrille bedeckte seine braunen Augen.

Sie sah ihr eigenes Bild im Spiegelglas seiner Brille, als sie auf ihn zuging.

«Guten Morgen.» Er lächelte sie an, während sie sich setzte und ihre nackten Beine unter sich zog. Ohne zu fragen, schenkte er ihr eine Tasse Kaffee ein.

«Ich dachte, du wärst schon weg», sagte sie. Er war Profiler für Finanzvergehen und oft auf Reisen. «Sollte dein Flug nicht früh gehen?»

«Ich nehme einen späteren.»

Sie trank ihren Kaffee und hielt die Augen auf die Bucht gerichtet, während sie seinen durchdringenden Blick hinter der verspiegelten Brille spürte.

«Dachtest du wirklich, ich würde abreisen, ohne mich zu verabschieden?», fragte er.

Sie zuckte mit den Schultern und nahm einen weiteren Schluck. «Ich hätte Verständnis dafür.»

Er schüttelte den Kopf. «Ich glaube, du verstehst nicht halb so viel, wie du denkst.» Er sagte das ruhig und in einem solch sachlichen Ton, dass es schwerfiel, seine Aussage zu bestreiten.

Sie betrachtete sein Gesicht, das so stark und männlich war wie der Rest von ihm. Der vergangene Herbst und der darauffolgende Winter waren angenehm verschwommen vorübergezogen, durchsetzt mit Einsprengseln unvermeidlicher Realität. *Heart Inc.* war so gut wie tot, und ihre Wiederbelebungsversuche waren bislang erfolglos verlaufen. Man hatte ihr einen Buchvertrag angeboten, aber sie war sich nicht sicher, ob das angebotene Honorar ausreichen würde, um vor aller Welt einzugestehen, wie unglaublich dumm sie gewesen war und wie gründlich sie von dem Menschen betrogen worden war, den sie mehr geliebt hatte als jeden anderen.

Vor Joe lag der *Miami Herald*. Er drehte ihn in ihre Richtung, damit sie die Seite sehen konnte, die er sich gerade angeschaut hatte. Auf dem Titelblatt prangte ein großes Foto von Kyra Singer und ihrer Mutter Maddie, Dustin Deranian und Avery Lawford, die in einem Hauseingang standen. Die Textzeile darunter führte aus, dass es sich um das Haus von Chase Hardin handelte. Dustins Gesicht war über die Schulter seiner Mutter hinweg zu sehen. Der Fotograf hatte ein scharfes Foto von Avery Lawford in einem Fetzen von T-Shirt geschossen, das um die Brust spannte. Dazu trug sie abgeschnittene Shorts, die enthüllten, wie kurvig sogar ein paar kurze Beine sein konnten. Der obligatorische Werkzeuggürtel saß tief auf ihrer Hüfte.

Nicole zog die Zeitung näher zu sich heran. «Oh Gott. Deirdre wird Avery wieder mal einen Vortrag halten, weil sie sich in dieser Aufmachung hat erwischen lassen. Und Avery wird stur bleiben, aber trotzdem entsetzt sein.» Nicole selbst verließ selten ohne sorgfältiges Make-up das Haus, es war ihre Version eines Schutzpanzers. Aber kein Mädchen, das bei einer Hausrenovierung in den Tropen Böden polierte und sich totschwitze, war in der Verfassung für eine Nahaufnahme.

«Ihr solltet euch allmählich daran gewöhnen, dass jeder, der neben Kyra und ihrem Sohn steht, Freiwild ist», sagte Joe.

Sie nippte schweigend an ihrem Kaffee. Der Mann verdiente sein Geld damit, Kriminellen die Wahrheit zu entlocken. Sie hatte keinen Zweifel daran, dass er jeden ihrer Gedanken besser lesen konnte als sie selbst.

«Irgendwelche Nachrichten, mit was für einem Haus oder mit welcher Sorte von Berühmtheit ihr es zu tun bekommt?», fragte er jetzt.

«Nein.» Sie legte die Zeitung beiseite. Eigentlich musste sie sich anziehen und das Auto packen, doch sie blieb sitzen, wo sie war. «Nur die Anweisung, dass wir um vier Uhr nachmittags in den Upper Keys sein müssen und dort kontaktiert werden. Niemand kann sagen, wo wir tatsächlich landen. Oder wie berühmt der Hausbesitzer wirklich ist.»

«Ich könnte vermutlich helfen, das einzukreisen. Eine Liste potenzieller Kandidaten erstellen, weißt du?»

Sie konnte sich gut vorstellen, dass er das bereits getan hatte, doch er hatte gelernt, nichts anzubieten, worum er nicht gebeten worden war. Das war der Teil an der Beziehung mit einem FBI-Agenten, der gleichzeitig gut und schlecht war. Er konnte alles für sie herausfinden – aber er war auch nur sehr schwer zu belügen.

«Danke. Aber ich will dem Sender nicht die Money Shots mit unseren überraschten Gesichtern rauben. Schließlich bezahlen sie uns dafür.»

Ihr Lächeln wirkte verkrampft. Der Himmel wusste, dass sie viel zu schlecht bezahlt wurden angesichts all der Peinlichkeiten, denen sie ausgesetzt waren, und angesichts der Tatsache, dass sie die Stars einer Serie waren, die gegen ihren Willen in eine Reality-Show verwandelt worden war. Keine von ihnen konnte es sich jedoch leisten, dem Sender den Rücken zu drehen. Im Gegenteil, sie mussten alles tun, damit die Serie in eine zweite Staffel ging.

«Ich komme runter, sobald ich kann.» Joe beugte sich vor und küsste sie. «Und ich hoffe, dass du herkommst, wann immer du eine Pause hast.»

«Danke.» Sie standen auf und trugen das Geschirr ins Haus. Nikki begleitete Joe zur Tür, wo er nach seiner Reisetasche griff und sich umdrehte, um sie zum Abschied noch einmal zu küssen.

«Bis bald.» Er betrachtete ihr Gesicht, aber sie hatte keine Ahnung, wonach er suchte und ob er es fand.

Nicole ließ sich Zeit beim Packen, trödelte mit ihrem Mittagessen und lud ihre Sachen dann in den Jaguar, der so ungefähr alles war, was von ihrem früheren Leben übrig war.

Später, als sie aus Giraldis Auffahrt zurücksetzte und in Richtung Highway fuhr, versuchte sie, nicht an all das zu denken, was unausgesprochen geblieben war.

Ihrer Erfahrung nach war es besser, zu wenig zu sagen als zu viel. Und definitiv besser, nichts zu sagen als das Falsche.

3

Sie verließen Tampa praktisch auf Zehenspitzen, bevor die Paparazzi wiederkamen. Dustin, der in der Nacht viel zu oft aufgewacht war, schlief noch halb, als sie ihn in seinen Autositz schnallten, und Kyra wünschte sich, es ihm gleichtun zu können. Maddie kletterte mit einem Styroporbecher voll Kaffee auf den Fahrersitz, nahm einen Schluck und startete den Motor des Kleinbusses. «Und weg sind wir!», sagte sie viel zu fröhlich, als sie sich hinter Averys prallgefülltem Mini Cooper und den beiden hineingezwängten Frauen darin in Bewegung setzte.

Kyra gähnte und lehnte den Kopf an das Seitenfenster, während sie sich durch den morgendlichen Verkehr schlängelten und sich dann nach Osten in Richtung Interstate 95 hielten.

«Was für ein prächtiger Tag!» Jede Äußerung von Maddie war so angefüllt mit guter Laune, dass sie nach einem Ausrufezeichen verlangte. «Ich kann es nicht erwarten, die Keys zu sehen! Die Reiseführer, die ich gekauft habe, liegen alle auf dem Rücksitz, falls du dich dafür interessierst. Ich hielt es für eine gute Idee, mir Wissen über alle Keys anzulesen, damit ich auf die Insel vorbereitet bin, auf der wir dann landen.»

Kyra blinzelte verschlafen. Gähnte. Sie war noch sehr weit davon entfernt, den Tag in Angriff zu nehmen, den ihre Mutter bereits so freudig willkommen hieß. Und das lag nicht nur daran, dass Dustin die Nacht über unruhig gewesen war. Maddies Laune hatte sich mit jeder Meile, die sie zwischen sich und Atlanta gebracht hatte, verbessert. Kyra war schon klar, dass ihr Vater es in großem Stil vermasselt hatte, trotzdem war es verstörend zu sehen, wie sehr die Nähe zu ihrem Vater und dem Leben, das sie gelebt hatten, ihre Mutter niederdrückte. Und wie sehr sie sich auf die Herausforderungen zu freuen schien, die vor ihnen lagen.

Maddie schaltete das Radio an und begann mitzusummen. Bevor Kyra die Augen zufielen, schoss ihr noch der Gedanke durch den Kopf, dass Maddie, falls sich ihre Laune noch weiter verbesserte, bei ihrer Ankunft in Miami über dem Kleinbus schweben würde, anstatt darin zu sitzen.

Als sie Stunden später erwachte, summte ihre Mutter noch immer. Dustin wimmerte im Schlaf. Seine langen Wimpern klimperten, die Augen öffneten sich, und sein Gesicht verzog sich. Er begann zu weinen.

«Ach du Schreck!», sagte Kyra. «Tun dir noch immer die Zähne weh, kleiner Mann?»

Dustin steckte sich den Daumen in den Mund und begann heftig daran zu nuckeln.

«Halt durch, Dustin. Rettung naht.» Sie zog den Rucksack, der als Wickeltasche diente und alles enthielt, was Dustin brauchte, auf ihren Schoß und wühlte darin herum, bis sie den Beißring fand. «Da, schau mal.» Sie reichte ihrem Sohn den Ring und sah zu, wie er ihn sich in den Mund steckte und darauf herumzukauen begann. «Möchtest du ein Buch lesen?» Er nickte eifrig, und sie zog ein Bilderbuch über Boote heraus, welches Chase ihm geschenkt hatte.

«Boog!», sagte Dustin mit dem noppigen Gummiring im Mund.

Als er versorgt war, blickte Kyra sich um. «Wo sind wir?»

«Wir sind auf der Mautstraße nach Süden.» Madeleine lächelte. «Dem Navi zufolge müssen wir nur geradeaus fahren, bis wir auf den Highway 1 kommen. Wusstest du, dass dieser Highway am nördlichen Zipfel von Maine beginnt und bis ganz hinunter zum Monroe County Court House auf Key West führt? Das ist der Meilenstein null. Der südlichste Zipfel des Festlands der Vereinigten Staaten.»

«Cool.» Kyra war sich bewusst, dass sie sich darüber freuen sollte, dass ihre Mutter so glücklich klang. Aber Maddies Zukunftseifer war noch verstörender, als ihren Vater zusammen mit seiner neuen Freundin Kelly zu sehen. Und das war wirklich extrem peinlich gewesen.

«Was ist mit Avery und Deirdre passiert?», fragte sie, als sie den Mini Cooper nirgends erblickte.

«Sie sind vor ein paar Ausfahrten rausgefahren, um zu tanken. Da es ja eine recht einfache Strecke ist, haben wir beschlossen, nicht um jeden Preis Kolonne zu fahren.»

Kyra gähnte. Ihr Magen knurrte. Der Beißring fiel aus Dustins Mund, und er begann zu strampeln. «Können wir bald anhalten? Ich glaube, es wird Zeit für eine neue Windel. Und ich hätte auch nichts gegen was zu essen.»

«Klingt gut», sagte Maddie. «Ich kann auf alle Fälle eine Pause gebrauchen. Und wir sollten vermutlich auch noch mal tanken.»

«Danach fahre ich», bot Kyra an und gähnte, wie sie hoffte, zum letzten Mal. «Ich muss nur erst Benzin und Koffein in meinen eigenen Tank füllen.»

Sobald sie Sitzplätze getauscht hatten, nahm ihre Mutter ihre, wie sich herausstellte, umfassende Sammlung von Reiseführern vom Rücksitz, ordnete sie auf ihrem Schoß und begann in einem erschreckenden Tempo mit Fakten über die Florida Keys um sich zu werfen. Dustin beteiligte sich zu gleichen Teilen an dem Brabbeln und Zeigen, als sie an Homestead vorbeifuhren und die Everglades umrundeten. Sie waren in zähfließenden

Verkehr geraten, der nur Zentimeter für Zentimeter nach Süden vorrückte. Aber jedes Detail über die Keys und ihre Geschichte, das ihre Mutter weitergab, war mit so viel Aufregung garniert, dass sie Kyra damit bald auf die Nerven ging.

«Hier steht, dass ‹Keys› von dem spanischen Wort ‹cayos› kommt, das bedeutet so viel wie ‹kleine Inseln›», erklärte Maddie gerade. «Sie bestehen aus Korallen und Kalkgestein, und es gibt zweiundvierzig Brücken, die sie miteinander verbinden. Genau genommen wurde der Overseas Highway auf den Fundamenten von Henry Flaglers Overseas Railroad gebaut. Die Bahn hat die Keys als Erste mit dem Festland der Vereinigten Staaten verbunden.»

Kyra lächelte und nickte. Eine Antwort schien nicht erforderlich.

«Au, sieh mal!» Kaum zwei Minuten später zeigte Maddie auf ein Schild. «Wir haben gerade die Grenze zur Conch Republic überquert. Das ‹ch› spricht man wie ein ‹k›, es klingt also wie ‹Konk›.»

«Kank!», sagte Dustin.

Es folgte die Geschichte, wie die Keys sich im April 1982 von den USA abgespalten hatten, um gegen die Straßensperrungen der U. S. Border Patrol und die Durchsuchung von Fahrzeugen nach Drogen und illegalen Ausländern zu protestieren, die auch den Tourismus beeinträchtigten. «Und dann haben sie den USA den Krieg erklärt, eine Minute später kapituliert und sich um eine Milliarde Dollar Entwicklungshilfe beworben.» Ihre Mutter lachte. «Ist das nicht phantastisch?»

«Total», sagte Kyra. «Total phantastisch.»

Kyra warf ihrer Mutter einen Blick zu. Die sich immer an die Regeln gehalten, die Verantwortung übernommen, das Richtige getan hatte. Und die nun ganz bezaubert war von politischen Faxen, die kaum mehr waren als ein Publicity-Trick.

«Ich wette, du weißt nicht, was eine ‹Conch› ist», sagte ihre Mutter.

«Da hast du wohl recht.»

«Das ist eine große Meeresschnecke – eine Molluske. Sie ist auf den Keys ein Grundnahrungsmittel. Deswegen wird jemand, der hier geboren und aufgewachsen ist, ‹Conch› genannt.»

«Weil sie aussehen wie Schnecken?», fragte Kyra und widerstand kaum dem Drang, die Augen zu verdrehen.

«Ich kann es kaum erwarten, eine Conch-Suppe zu probieren. Und frittierte Conch-Schnecken. Und ...» Maddie blätterte eines der Bücher auf ihrem Schoß durch. «Du glaubst gar nicht, was sie aus dieser Schnecke alles machen.»

Maddie surrte förmlich vor Aufregung. Sie war eine echte Aufregungs-Mücke, nach der Kyra gern geschlagen hätte.

«Wusstest du, dass man Key Largo früher Rock Harbor genannt hat?»

«Ähm, Nein. Aber der Film hat mir gefallen», sagte Kyra. Bogie und Bacall hatten am Set ihres ersten Films eine Affäre gehabt, genau wie sie und Daniel. Nur war keiner von ihnen aus dem Filmteam geworfen worden – oder schwanger geworden. Und Bogart hatte für seinen Kostar seine Frau verlassen.

«Diesem Führer hier zufolge haben Beamte die Post 1948 dazu überredet, ihren Namen in Key Largo zu ändern, um Nutzen aus dem Film zu schlagen», sagte Madeleine. «Obwohl sie den ganzen Film auf einer Tonbühne in Kalifornien gedreht haben und Humphrey Bogart und Lauren Bacall nie einen Fuß auf die Keys gesetzt haben.»

Ihre Mutter blätterte durch eine Zeitschrift. «Oh mein Gott! Wir haben das Bogart Film Festival gerade verpasst! Aber sie stellen die *African Queen* aus, die in dem Bogart-Hepburn-Film benutzt wurde. Man kann darauf sogar gelegentlich Rundfahrten machen.»

«Af Keen!», tönte Dustin fröhlich.

Kyra kämpfte immer noch gegen den Impuls an, die Glückseligkeit ihrer Mutter platzen zu lassen, und so lächelte sie nur und nickte. Zum Glück verebbte ihre Gereiztheit mit den vorbeifliegenden Meilensteinen. Es war schwer, missgelaunt zu bleiben, wenn man auf die unglaubliche Weite türkisen Wassers und den frischen blauen Himmel blickte, in den es überging. Mutter Natur hatte jedenfalls gewusst, was sie tat, als sie diese Kette von Inseln geschaffen, sie mit tropischem Gefieder bedeckt und sie zwischen nicht nur ein, sondern gleich zwei herrlichen Gewässern platziert hatte.

«Gleich hinter Marathon machen die Keys einen Knick nach Westen», sagte ihre Mutter mit einem halben Auge auf die Karte, die sie wie ein Akkordeon aus einem der Führer gezogen hatte. «Und gleich dahinter kommt die berühmte 7 Mile Bridge.»

«Bitch!», rief Dustin, der für den Moment seinen Beißring vergessen hatte.

Beide drehten die Köpfe.

«Ich glaube, wir müssen an seiner Aussprache arbeiten», sagte Maddie.

«Unsinn. Ich finde, wir sollten es als Playback aufnehmen, für das nächste Mal, wenn wir Tonja Kay begegnen.» Kyra konnte sich bei dem Gedanken ein Grinsen nicht verkneifen. «Was hast du gesagt, Dustin?»

«Bitch!», gluckste Dustin.

Alle drei lachten, und Kyras Pferdeschwanz wippte in der warmen Brise.

Die Sonne funkelte auf dem Wasser, und Kyra klappte die Sonnenblende herunter, um nicht geblendet zu werden. Sie hatte alle Fenster heruntergelassen, um den Wind vom Meer und vom Golf einzufangen. Vielleicht war es an der Zeit, dass jemand ein Minibus-Cabrio entwickelte. Auch dieser Gedanke zauberte ein Lächeln auf Kyras Gesicht.

«Die Bahnstrecke ist 1935 von einem gewaltigen Wirbelsturm zerstört worden. Zirka achthundert Menschen, die im Straßenbau arbeiteten und die gerade evakuiert werden sollten, sind gestorben. Viele von ihnen waren Veteranen des Ersten Weltkriegs. Der Sturm hatte Windstärken von zweihundert Meilen pro Stunde und brachte eine sechs Meter hohe Flutwelle mit. Gleich nach Meilenstein 82, wo wir uns melden sollen, gibt es ein Denkmal.» Maddie blickte sich zögernd um. «Wie würden sie die Leute denn heute evakuieren? Ich meine, das hier ist die einzige Straße raus und wieder rein.» Sie klappte den Führer zu.

«Es ist Mai. Mit etwas Glück sind wir hier vor August wieder weg, bevor die Saison für Wirbelstürme ernsthaft anbricht», sagte Kyra.

Dabei wussten sie alle, dass der Sender eine Goldgrube wie einen Wirbelsturm, der hohe Einschaltquoten einbrachte, nicht verachten würde. Das hatten sie schon einmal erlebt. Bei der Renovierung von Bella Flora.

«Soll ich eine SMS schreiben und nachfragen, ob Nikki oder Avery und Deirdre schon etwas gehört haben?», fragte Madeline.

Kyra sah ihre Mutter an. «Äh. Nein, danke.»

Maddie hatte schon autokorrigierte Nachrichten versandt, in denen sie sich nach «Nudelmaßen» erkundigte und «Kot zum Abendessen» vorschlug. Ein fehlgeleiteter Daumen konnte Such- und Rettungsaktionen auslösen.

An Meilenstein Nummer 83 fuhren sie am Segelhafen Whale Harbor vorbei, einem Komplex von Holzgebäuden und Docks auf der Atlantik-Seite. Die Flybridges von Fischerbooten ragten neben Schildern in den Himmel, die für Charter-Angeltouren warben und für eine Bar und Kneipe namens Wahoo's.

Der Drang, Maddie den Spaß zu verderben, war abgeebbt. Jetzt, wo sie beinahe am vereinbarten Treffpunkt angekommen waren, war auch Kyra so weit, dass sie das Haus endlich sehen wollte, an dem sie arbeiten würden. Oder zumindest herausfinden wollte, wo auf den Keys es sich befand.

Eine Textnachricht traf ein. «Kannst du nachsehen, von wem sie ist?», fragte Kyra.

«Sie ist vom Sender», sagte ihre Mutter. «*Treffpunkt wird korrigiert zu Meilenstein 79,5*», las sie vor. «*Bud N' Mary's.*»

«Was ist ein Bud N' Mary's?», fragte Kyra.

Maddie blätterte durch ihren Reiseführer. «Ich bin mir nicht sicher. Es könnte ein Restaurant sein oder eine Bar. Oder ein Hotel. Oder ...»

Kyras Blick schweifte von rechts nach links, von der Seite der Bucht auf die des Atlantiks. Eine Geschäftsstraße mit einem Besucherzentrum und einer Ansammlung kleiner Gebäude glitt vorüber. Ein rechteckiges Schild wie aus den Fünfzigern verwies auf das Islander Resort die Straße nach links runter. Eine große hölzerne Meerjungfrau zierte den Eingang eines Etablissements namens Lorelei auf der rechten Seite. Kyra verlangsamte das Tempo, als sie an etwas passierten, was sie für das Denkmal für die Wirbelsturmopfer hielt.

Auf diesem Abschnitt des Overseas Highways ging das Neue und Glänzende einher mit Altem und Merkwürdigem. Maddie schien völlig gebannt. «Oh, schau, da sind die Cheeca Lodge und der Green Turtle Inn. Die sind auch in meinem Führer genannt.»

«Wir sind gerade an Meilenstein 81 vorbeigefahren.»

Eine weitere Textnachricht traf mit einem Pling ein. Maddie kniff die Augen zusammen und spähte auf ihren Bildschirm. «Die ist von Avery. Sie schreibt: *Wappnet euch ...*» Ihr Daumen bewegte sich. «Oh nein!»

«Was? Was ist los?» Kyra rutschte das Herz in die Hose, und sie blickte ihre Mutter an. «Haben sie den Besitzer getroffen?» Seit sie herausgefunden hatte, dass Daniel Deranian der geheimnisvolle Käufer von Bella Flora war, hatte sie Angst, dass er irgendwie auch mit dem Haus in den Keys zu tun haben könnte. Oder noch schlimmer, dass der Sender ein Haus ausgewählt hatte, das Tonja Kay gehörte, um die Quoten nach oben zu treiben. «Schreibt sie was über das Haus?»

«Nein. Ich meine, ich weiß nicht», sagte Maddie. Sie sah Kyra an. «Ich wollte gerade fragen, und da bin ich aus Versehen auf ‹löschen› gekommen.»

Ein grüner Meilenstein rechterhand zog Kyras Aufmerksamkeit auf sich. «Oh mein Gott! Wir sind schon bei … Warte!» Sie drehte scharf das Lenkrad nach links. «Da ist das Bud N' Mary's!»

4

Avery steckte ihr Mobiltelefon in die Tasche, stieg aus dem Mini Cooper und stand neben Deirdre auf dem Parkplatz von Bud N' Mary's Marina. Der Staub auf dem geteerten Platz war eine Mischung aus Steinen, Muscheln und Sand. Die Brise vom Wasser war heiß, und sie roch stark nach einer Mischung von Fisch und Salzluft. Die Nutzgebäude, die die Hafenanlagen umgaben, waren unterschiedlich groß. An einem Ende stand eine Lagerhalle für Boote, es gab offene und abgedeckte Liegeplätze, ein Geschäft und ein Restaurant und etwas, das nach einem Hafen- oder Charterbüro aussah. Ein Netz von Stegen erstreckte sich nach hinten aufs Wasser hinaus. Etliche Männer saßen an Tischen im Schatten, tranken Bier und teilten ihre Aufmerksamkeit zwischen dem Filmteam von Lifetime, das auf dem nächstgelegenen Steg stand, und Deirdre und Avery, denen das Filmteam ihre Kameras und das Galgenmikrophon entgegenhielt.

Reifen knirschten auf Muscheln und Steinen, als Nicole Grant in die Parklücke neben ihnen fuhr. Das Verdeck ihres flaschengrünen Jaguars war heruntergeklappt. Das Team von Lifetime kam näher. Die Biertrinker lebten auf.

Nicole stieg aus ihrem Cabrio wie ein Filmstar, der am Set eintrifft. Sie trug etwas, das nach einem Vintage-Neckholder-Kleid aussah, hochwahrscheinlich Designerware, und Retro-Riemensandaletten. Sie wickelte einen leuchtend bunt gemusterten Seidenschal vom Kopf und ließ ihn sich auf die Schultern fallen, als sie ihr dickes rotbraunes Haar ausschüttelte.

Sie sah aus wie ein exotischer Vogel, den man inmitten eines Asphaltdschungels ausgesetzt hat.

«Die Frau weiß, wie man einen Auftritt hinlegt.» Deirdre seufzte und musterte ihre Tochter. «Ich tröste mich mit der Tatsache, dass du diesmal Unterwäsche trägst.» Als sie letzten Frühling in South Beach angekommen waren, war das nicht der Fall gewesen.

Der Videofilmer des Senders, Troy Matthews, der die Kamera auf seinen breiten Schultern balancierte wie ein Spielzeug, schüttelte sein zotteliges blondes Haar und lachte. Avery spießte Deirdre mit ihrem Blick auf. Sie hoffte, dass das Mikro, das der teddybärenhafte Tontechniker Anthony über ihre Köpfe hielt, nicht empfindlich genug war, um Deirdres Kommentar aufzuzeichnen.

«Ich bin zum Renovieren gekommen, nicht um für Urlaubsmode zu modeln», sagte Avery und fuhr mit der Hand ihre abgeschnittenen Shorts hinunter.

«Hmpf.» Deirdres Haar sah entschieden windzerzaust aus, aber die Falten in Leinenhose und Sommerjacke ließen die Kleidungsstücke nur noch teurer aussehen.

«Jemand, der an einem Tag wie heute in einem Cabrio den Overseas Highway entlangfährt und nicht das Verdeck herunterklappt, verdient nicht, hier zu sein», sagte Avery. «Und wir sehen nicht wegen der frischen Luft und der Sonne zerknittert aus. Wir sehen zerknittert aus, weil wir zwischen all deinem … Zeug eingequetscht waren.»

Nachdem sie kurz die Hafenanlagen, das Filmteam und die männlichen Zuschauer gemustert hatte, umarmte Nicole Avery und Deirdre. Zusammen drehten die drei der Kamera und den männlichen Zaungästen den Rücken zu.

«Hat jemand eine Ahnung, warum wir uns in einem Yachthafen befinden?», fragte Nicole leise.

«Nein.» Avery schüttelte den Kopf. «Keinen Schimmer. Wir haben nur die SMS, die uns hierherzitiert hat.»

«Also, ich hoffe sehr, dass wir hier bloß auf ein Getränk bleiben», sagte Nicole. «Und keine spontane Angeltour machen müssen.» Ihre Nase kräuselte sich. «Sie können uns doch nicht zum Angeln zwingen, oder?»

«Nur falls du vergessen hast, eine Klausel in deinen Vertrag zu schreiben, dass du *nicht* angeln wirst», sagte Avery.

«Sehr witzig.» Sie waren alle in einer zu verzweifelten Lage gewesen, um überhaupt großartig zu verhandeln. Jedenfalls zu ihren Gunsten. «Fischen ist anders, als dabei zuzusehen, wie Wandfarbe trocknet. Das tue ich nicht. Nicht mal für Joe», fügte Nicole hinzu.

«Na, dann hoffe ich mal, dass wir hier nur eine Pinkelpause machen und die nächsten Anweisungen erhalten, denn auf dem Schild dadrüben steht, dass wir in der ‹Welthauptstadt des Sportfischens› sind», sagte Deirdre.

Es erklangen Rufe und die Geräusche von Bootsmotoren und aufgewühltem Wasser. Einige der Männer verließen ihre Schattenplätze und eilten hinaus auf die Stege, wo sie warteten, während Fischerboote sonnenverbrannte Touristen mit Kühlboxen und Angelruten ausspuckten.

Pelikane und Möwen kreisten mit scharfäugiger Vorfreude über ihnen, während die Angelführer, die weitaus unverbrauchter wirkten als ihre Kunden, anfingen den Fang ihrer Gäste zu säubern und zu filetieren. Die vermutlich nicht essbaren Überreste wurden wieder ins Wasser geworfen – für alle Kreaturen, die unter der Oberfläche warteten oder von oben aufs Wasser herabstießen. Gelegentlich wurde den Pelikanen ein Stückchen zugeworfen, die sich auf den Pfählen ringsum niedergelassen hatten.

Sie sahen zu, wie richtig große Fische, die anscheinend nicht hatten entkommen können, an den Haken unter den Schildern der verschiedenen Charter-Kapitäne aufgehängt wurden. Dann wurden Fotos vom Fang und seinen Fängern gemacht.

«Es kommt mir ungerecht vor, sie zu fotografieren. Tot, wie sie sind», meinte Nicole.

«Na ja, also ich habe gehört, dass es viel schwieriger sein soll, sie zum Stillhängen zu kriegen, wenn sie noch leben», sagte Avery trocken. «Ich würde das bestimmt nicht schaffen.»

Die Möwen schrien unablässig, während sie Sturzflüge machten und nach dem Fressen schnappten. Die Menschenschlange vor der Bierausgabe wurde länger.

Hinter ihnen ertönte ein Hupen, und als sie sich umwandten, erblickten sie Madeline Singers Minibus. Kyra saß am Steuer und Madeline auf dem Beifahrersitz. Dustin befand sich in seinem Kindersitz auf der Rückbank.

«Was machen wir hier?», rief Kyra aus dem Fenster.

«Keine Ahnung, aber dadrüben ist ein Parkplatz frei.» Avery zeigte auf die abgedeckten Bootslager. «Ich schätze, jetzt, wo wir alle da sind, wird uns irgendjemand ... irgendetwas sagen.»

Mit einer Grimasse in Richtung des Filmteams parkte Kyra den Kleinbus und holte Dustin aus seinem Autositz. Maddie hielt ihn an der Hand, während Kyra ihre Videokamera aus der Kameratasche zog und sie sich über die Schulter hängte. Troys Kamera und Anthonys Mikrophon waren bereits auf Dustin gerichtet. Der kleine Junge lächelte und klatschte Troy mit seiner freien Hand ab. Kyra nickte dem Team kurz angebunden zu. Es folgten ausgiebige Umarmungen mit Nicole, die sie seit Weihnachten in Bella Flora nicht mehr gesehen hatten.

«Wow, schaut euch die Boote an!», rief Maddie und nahm Dustin auf den Arm. «Und die Vögel. Ach, du liebes bisschen. Schau mal, die großen Fische, Dustin. Ein paar von denen sind so groß wie du.» Sie trug ihn auf den nächstgelegenen Steg und zeigte auf die baumelnden Trophäen. Die Kamera des Senders und das Mikro folgten ihnen.

«Fis!», rief Dustin und zeigte mit der Hand auf das Wasser unter dem Steg.

Madeline hielt ihn fest und spähte gleichzeitig ins Wasser. «Du hast recht, kleiner Mann.» Sie sah genauer hin. Dann fragte sie den Mann, dessen Hände nie still zu stehen schienen, während er Fische säuberte und einpackte: «Was sind das denn für Fische?»

«Tarpune. Wenn Sie genau hinschauen, können Sie sehen, dass da unten eine ganze Schule von ihnen lebt. Sehen Sie den runden Kopf dadrüben?», fragte der Mann mit einem Nicken. Seine Finger und das Messer, das sie umschlossen, flogen noch immer hin und her. «Da, gleich neben dem Ruderboot.» Er wies auf ein kleines, offenes Boot, das in der Nähe angebunden war. «Das ist eine Grüne Meeresschildkröte.»

Sie beobachteten alles eine Weile schweigend, während sich die Touristenmenge zu zerstreuen begann. Matrosen schrubbten Boote ab, Müll wurde ausgeladen. Manche Männer hielten auf die Bar zu, wo sie dann herumstanden und sich vermutlich Angelgeschichten erzählten.

Kyra filmte den Betrieb, die Männer, die Vögel, die Fische. Troy filmte Dustin und sie. In dieser Reihenfolge.

«Meine Güte, das reicht jetzt», sagte Kyra, nahm Dustin Madeline ab und entfernte sich mit ihm.

«Nicht annähernd. Nicht meiner Chefin zufolge», antwortete Troy. «Vielmehr muss ich ein tägliches Dustin-Deranian-Kontingent einhalten, und heute habe ich nur noch drei Stunden, bevor er ins Bett geht.»

Kyra schloss kurz die Augen und schüttelte dann den Kopf. «Ich dachte, wir beide hätten eine Absprache.»

«Hatten wir. Aber Lisa Hogan hat sie nicht unterschrieben. Glaub mir, wenn sie mich von diesem Dreh abziehen, weil ich nicht genügend Material ranschaffe, schicken sie jemanden, der sich nur noch an Dustin hängt und dem es egal ist, wie ihr gerade ausseht.»

«Anders als dir.»

Troys Ton wurde kühler und passte sich ihrem an. «Anders als mir.»

Die Frauen bildeten einen losen Kreis um Kyra und Dustin, während Leute an ihnen vorübergingen und sich der Parkplatz leerte. Ein offenes Boot mit Steuerkonsole und Steuerrad in der Mitte glitt in den Hafen und in einen der leeren Liegeplätze. Ein drahtiger Mann mit tiefgebräuntem Gesicht und langgliedrigen Bewegungen sprang heraus, band das Boot fest und kam auf sie zu. Er trug eine verspiegelte, von einem Band gehaltene Panorama-Sonnenbrille, wie 99,9 % der Biertrinker, denen er zuwinkte. Seine Nase hatte er mit einer Art weißer Creme beschmiert. Als er seine Kappe absetzte und grüßend nickte, entblößte er einen Kopf, der rasiert und glänzend und beinahe so gebräunt war wie sein Gesicht.

«Ich bin Hudson Power», sagte er lächelnd. «Ich komme Sie abholen.»

«Uns abholen?», echote Nicole.

«Ja», sagte er. «Wenn Sie Ihre Sachen zusammensammeln, lade ich sie ins Boot.»

Falls Avery kurzzeitig geistesabwesend gewesen war, war sie nun wieder da. «Wir sollen alle unsere Sachen in dieses eine Boot kriegen?» Sie sah die offene Jolle an, die er am Steg festgemacht hatte. Sie schien maximal sechs bis sieben Meter lang zu sein.

«Mhm. Also, abgesehen von Ihren Autos.» Ein Grübchen bildete sich auf seiner Wange. «Die müssen Sie hierlassen.»

Troy und Anthony feixten, und Avery durchzuckte der Gedanke, dass die beiden keineswegs überrascht aussahen.

«Aber wohin wollen wir? Und warum können wir nicht einfach dorthin fahren? Mit dem Auto, meine ich», fragte Madeline.

Hudson zeigte über die Stege und die daran festgebundenen Boote hinweg hinaus auf ein Stück glitzernd blaues Meer. «Ich bringe Sie da rüber.» Er wartete geduldig, bis Maddies Augen das rundliche Stück Land in der Ferne scharfgestellt hatten. Es schien mit Mangroven und hohen, dünnen Palmen bedeckt zu sein, und es lag im Atlantik.

«Und Sie können nicht hinfahren, weil es ... na ja, es ist ...» Hudson schaute sie an.

«... eine Insel», sagte Kyra leise. «Und, lieber Gott, ich hoffe, sie gehört nicht Tonja Kay.» Sie sah Troy stirnrunzelnd an, der gerade von der Insel zu ihnen herüberblendete.

Ausnahmsweise interessierte ihn Dustin nicht. Stattdessen ließ er die Kamera über all ihre erstaunten Gesichter und offenen Münder gleiten und verweilte einen Moment auf jeder von ihnen.

«Wir fahren auf eine Insel?», fragte Avery.

«Jawohl, Ma'am. Obwohl wir hier unten ‹Keys› dazu sagen.»

Es herrschte Schweigen, während sie die Nachricht verdauten.

«Und wir ... wohnen da auch?», fragte Deirdre.

Avery hatte ihre Mutter noch nie so verzagt sprechen hören. Sie selbst riss sich zusammen und hakte nach: «Da sollen wir renovieren? Auf dieser Insel?» Sie stellte sich auf die Zehenspitzen, sah aber immer noch nicht mehr als Mangroven, Palmen und Sand. Eine leise Andeutung von Dach schimmerte hinter den Bäumen hindurch.

«Jawohl, Ma'am», sagte Hudson erneut. Avery konnte nicht sagen, ob er immer so langsam sprach oder sich einfach um ihre Auffassungsgabe sorgte. «Brauchen Sie mit Ihren Sachen Hilfe?»

Avery schnaubte. «Ich bin mir nicht sicher, ob auf dieser Insel allein genug Platz für Deirdres Zeug ist.»

«Also, wir nehmen alles mit, was reinpasst», sagte er. «Und den Rest laden wir auf das Boot der Filmcrew. Das Wasser ist im Augenblick glatt wie Glas, und wir müssen nicht weit fahren.»

«Und wie kommen wir da wieder weg? Ich meine, wie können wir die Insel verlassen, wenn wir das wollen?», fragte Nicole.

«Tja, Sie können jederzeit schwimmen. Aber es ist ein bisschen weit.» Hudson rieb sich übers Kinn und dachte nach. «Jemand könnte Sie abholen kommen. Oder vielleicht können Sie sich eine Jolle oder ein Dingi leihen.»

Nun, dachte Avery, sie mussten sich nicht nur Gedanken darüber machen, wie sie selbst hin- und wieder zurückkamen. Viel wichtiger war die Frage, wie sie tagtäglich Material und Arbeiter zur Insel transportieren und wieder an Land zurückbringen sollten. Falls sie überhaupt Leute fanden, die in der «Welthauptstadt des Sportfischens» arbeiten wollten.

«Die Insel hieß früher Tea Table, wegen ihrer Form und so. Sie hat eine wirklich interessante Geschichte. Aber Will ... der Besitzer hat sie in Mermaid Point umbenannt, als er sie in den frühen Achtzigern gekauft hat.»

Alle erstarrten und glotzten Hudson Power an.

«Wer, sagten Sie, ist der Besitzer?», fragte Avery so beiläufig sie konnte.

Power sah Troy und Anthony an. Troy schüttelte leicht den Kopf.

«Tut mir leid», sagte Hudson und zog den Kopf ein. «Ich habe vergessen, dass ich nichts sagen darf.»

Kyra senkte die Kamera und funkelte Troy an. Doch bevor sie

etwas sagen konnte, fragte Nicole: «Ernsthaft? Keiner von euch will uns verraten, wer auf dieser Insel lebt?»

Das Sender-Team und ihr Skipper schwiegen einhellig.

«Lieber Gott», sagte Avery. «Das glaub ich einfach nicht.»

«Sie könnten uns wenigstens eine Warnung zukommen lassen», fügte Nicole hinzu.

«Tut mir leid, Ladys», sagte Troy, und sein Ton stellte klar, dass er das nicht tun würde. «Wir wollen doch nicht die ganze Überraschung verderben, oder?»

5

Maddie kam sich im Bug des Boots ein wenig vor wie George Washington bei der Überquerung des Delaware River. Natürlich abgesehen von dem um sie herum gestapelten Gepäck. Und dem Motor. Und das in eine Rettungsweste geschnallte Enkelkind auf ihrem Schoß. Sie hoffte nur, dass sie auf keinen Kriegsschauplatz zuhielten.

Dustins dunkle Locken wehten im Wind. Das Blau des Himmels verblasste im Vergleich zu dem Türkis des Wassers. Schäfchenwolken hingen hoch über ihnen. Dustin lachte glücklich. Das Boot des Senders fuhr neben ihnen her, das von Anthony gesteuert wurde und von wo aus Troy kontinuierlich filmen konnte. Seine Kamera bewegte sich gelegentlich, kehrte aber immer wieder zu Daniel Deranians Goldkind zurück. Kyra hatte ihre Videokamera ebenfalls auf der Schulter und filmte den sich entfernenden Hafen, die am Himmel kreisenden Vögel und die näher kommende, von Mangroven bedeckte Insel. Sie fing Captain Hudson am Steuerrad ein und die Reaktionen ihrer Mitstreiterinnen. Auch Maddie erkannte die Angespanntheit auf allen Gesichtern. Sie warteten darauf, endlich das Haus zu sehen, an dem sie arbeiten würden, und den Menschen, dem es gehörte.

Avery sah entschieden gequält aus, als der Hafen hinter ihnen in der Entfernung kleiner wurde. «Ich kann nicht glauben, dass wir auf einer Insel arbeiten sollen.»

«Das beinhaltet auf alle Fälle unerwartete logistische Herausforderungen», sagte Deirdre.

«Ja, verdammt!», antwortete Avery. «Ich dachte, das Schwierigste würde wieder das Anheuern der Handwerker und das Beschaffen des Materials sein. Mir ist aber nie der Gedanke gekommen, dass ich mir den Kopf darüber zerbrechen muss, wie ich sie zur Baustelle hinbringe und wieder abtransportiere.»

«Na ja, die Leute hier müssten eigentlich daran gewöhnt sein. Wahrscheinlich darf man hier noch nicht mal wohnen, wenn man kein Boot besitzt», vermutete Maddie. «Eigentlich finde ich das auch ziemlich cool. Wahrscheinlich fahren sie einfach kurz auf ihren Booten an Land, parken ... und ... Äh, ich meine, legen an.»

«Genau, falls sie nicht gerade ihre ‹Bin angeln›-Schilder rausgehängt haben», sagte Avery.

«Ich kann kaum erwarten zu erfahren, wem die Insel gehört», sagte Nicole. «Man braucht Geld, um eine ganze Insel zu kaufen. Jetzt wünschte ich, ich hätte Joes Liste mit potenziellen Kandidaten nicht abgelehnt. Vielleicht ist der Besitzer alleinstehend und auf der Suche nach einer Beziehung.»

«Vielleicht ist der Besitzer unsozial und versteckt sich vor der Beziehung, die er oder sie bereits hat», sagte Deirdre. «Man beschließt doch nicht, auf einer Insel zu wohnen, wenn man das Alleinsein nicht mag.»

Die Senderkamera hob sich und nahm, wie Maddie annahm, ihr Gesicht ins Visier. Eine frische Brise fuhr in diesem Moment durch ihr frisch gestuftes Haar, und die Sonne brannte auf ihren Wangen. Sie mochte das Gefühl, hoffte aber, dass sie jetzt nicht aussah wie Medusa. Nicole hatte ihren Schal um den Kopf gebunden, Averys Haar war kurz, und Deirdres Frisur würde nicht einmal hier draußen auf dem Wasser wagen, sich auch nur einen Millimeter zu bewegen. Kyras langes dunkles Haar war in ihrem Nacken zu einem Knoten verschlungen, und sie tat alles, um Troy die Sicht auf Dustin zu verstellen. Maddie seufzte. Sie wusste nicht, wie groß die Insel war. Sie hoffte nur, sie würde groß genug für diese beiden sein.

Wie man vom Hafen aus schon sehen konnte, wurde die Nordseite der Insel von einer beinahe undurchdringlichen Wand aus Mangroven und, wie Maddie vermutete, Meertraubenbäumen begrenzt. Jedenfalls hatten sie dieselben breiten, runden Blätter, die sie noch von den Bäumen im Garten der Bella Flora in Erinnerung hatte. Um die Insel herum lief eine Reihe hoher, dünner Palmen auf einen halbmondförmigen weißen Sandstrand zu, der von einem kreisrunden Meerespool in zwei Hälften geteilt wurde. Möwen und kleine Vögel suchten dort auf ihren Streichholzbeinen nach Nahrung.

Hudson, der weiterhin keinen Namen nannte, erzählte ihnen immerhin so viel: Hinter einem wahren Dschungel aus Tropengewächsen befinde sich ein großes, zweistöckiges Haus. Mit Wänden aus verwittertem Holz und einem Pyramidendach aus Metall. Mit einer großen, überdachten Veranda und einem Balkon im ersten Stock. Und der gesamte rückwärtige Teil des Gebäudes bestünde aus gläsernen Schiebetüren, die das Abendlicht reflektierten ...

«Oh mein Gott, ich habe das Gefühl, wir werden auf *Fantasy Island* zu Gast sein!», rief Maddie aus.

«Genau. Jetzt fehlt uns nur noch der Diener Tattoo, der für uns die Ankunftsglocke läutet», ergänzte Nicole.

«Ich habe jahrelang Wiederholungen dieser Serie geschaut», sagte Avery. «Aber diese Insel hier sieht unbewohnt aus. Vielleicht ist Mr. Roarke unpässlich.»

«Ich bin mir ziemlich sicher, dass Mr. Roarke tot ist», murmelte Deirdre.

«Und in einem Sarg beerdigt wurde, der mit korinthischem Leder ausgeschlagen ist», fügte Nicole leise hinzu.

Hudson gab vor, nicht zu lauschen, aber seine Lippen zuckten. In dem Boot neben ihnen bewegten sich Troys Finger zur Kameralinse, und er panoramierte von ihnen zur Insel. Sie machten weiterhin Scherze darüber, wer oder was auf der Insel wohl lebte, gleichzeitig prickelte Maddies Körper vor Unbehagen, während sie die kleine Landmasse nach Lebenszeichen absuchten.

«Ich habe kein gutes Gefühl bei der Sache», sagte Avery. «Was, wenn es überhaupt keinen Besitzer gibt? Was, wenn das alles nur ein Trick ist, um uns auf einer unbewohnten Insel auszusetzen, um dann irgendeine Überlebenskünstlergeschichte loszutreten? Ich glaube, Lisa Hogan würde nicht mal davor zurückschrecken, uns bei der Flucht durch Haigewässer schwimmen zu lassen.»

«Haigewässer?» Maddie blickte Hudson erschrocken an.

«Na ja, es handelt sich nun mal um den Atlantik», sagte er beinahe entschuldigend. «Aber die meisten Haiarten lassen einen in Ruhe – wenn man sie in Ruhe lässt.»

«Das ist ja wahnsinnig beruhigend», blaffte Nicole.

«Aber mit den Barrakudas ist es eine andere Geschichte», fuhr er mit unbewegtem Gesicht fort.

«Ich könnt mich als Erste rauswählen», bot Nicole an. «Ich warte in der Cheeca Lodge auf euch. Oder in The Moorings. Ich glaube, das sind die nächstgelegenen Fünf-Sterne-Unterkünfte.»

Das Boot passierte jetzt die südöstliche Seite des Eilands. Sie entdeckten zwei Gartensessel im Sand und eine Hängematte, die zwischen zwei Palmen gespannt war. Nach einem Stück Ufermauer verschwand der Strand wieder und wurde von gewaltigen Mangroven verschluckt, die alles abschirmten, was hinter ihnen lag.

«Zurückschneiden würde nicht schaden», bemerkte Deirdre.

«Geht nicht», sagte Hudson.

«Also beschneidet niemand jemals die Mangroven?», fragte Nicole.

«Nicht wenn es jemand sehen könnte», antwortete er. «Und auf alle Fälle nicht am helllichten Tag. Sie stehen nämlich unter Naturschutz.»

Die Ufermauer zog sich um die Südseite der Insel, und dort befand sich auch ein langer Anleger. Er wurde lediglich von einem einfachen hölzernen Bootshaus unterbrochen, das aus der Insel hervorragte. Die Rückseite des Gebäudes stand auf dem Festland, vorne wurde es von Pfählen gehalten, die im Meeresboden verankert waren.

Zwei Boote wurden knapp über dem Wasserpegel aufbewahrt. Darüber besaß das Bootshaus ein weiteres Stockwerk, dessen Balkon über dem Wasser schwebte.

Die Ufermauer und ein schmaler Steg erstreckten sich weiter nach Westen. «Das hier ist eine von Menschen erschaffene Fahrrinne», erklärte Hudson und zeigte auf einen langen Streifen dunkelblauen Wassers. «Sie führt bis zur Brücke und dann nach Süden, wo sie auf die Hauptfahrrinne trifft. Man kann nicht einfach nach Norden oder Süden fahren, das Wasser ist zu flach.»

Zwei unansehnliche Hausboote waren ein Stück weiter am Anleger vertäut und schaukelten in ihrem Kielwasser, als Hudson das Boot nun an den Steg lenkte und den Motor abstellte. Es war kaum zum Halten gekommen, da sprang er schon mit einem Tau in der Hand hinaus. Schnell und effizient vertäute er die Jolle.

Troy und Anthony machten gleich daneben fest und bauten sich dann auf der Ufermauer auf, um zu filmen, wie alle an Land gingen.

Das Haus war nicht zu sehen, aber ein Begrüßungskomitee hatte sich vor ihnen aufgebaut, bestehend aus einer kleinen

Gruppe von Hühnern und einem Aufsicht führenden Hahn. Dieser warf ihnen einen schnellen Blick zu, dann pickte er weiter.

«Wie sind denn die Hühner auf die Insel gekommen?», fragte Nicole, als Hudson ihr die Hand reichte, um ihr aus dem Boot zu helfen.

«Sie leben überall auf den Keys», antwortete Maddie. Dafür musste sie nicht einmal einen Führer zu Rate ziehen. «Es hat mit den Kubanern und ihren Hahnenkämpfen angefangen. Das war illegal, und als die Bundespolizei kam und dem auf den Grund ging, ließen sie die Hühner einfach frei laufen und taten so, als wären sie Haustiere. Nicht wenige haben sich fortgepflanzt.»

Sie versammelten sich unter einer Gruppe von Palmen und versuchten, zu den Hühnern so viel Abstand zu halten wie möglich.

«Ist jemand zu Hause? Ich meine, sind Sie sicher, dass der Besitzer hier ist?», wandte sich Avery an Hudson.

«Ja», antwortete er. «Das war er jedenfalls, als ich losgefahren bin. Warum bringen wir nicht alles erst mal in den Schatten. Ich bin sicher, dass bald jemand kommt.»

Es war nach sechs Uhr abends und milde 27 Grad warm, aber die Feuchtigkeit machte die Luft heiß und klebrig. Als sie alles ausgeladen hatten, schwitzte sogar Deirdre, die normalerweise in jeder Situation kühl und gefasst wirkte.

«Dieser Insel würde ein Page nicht schaden», sagte sie.

«Hier geht's ziemlich entspannt zu», sagte Hudson. «Sie brauchen eigentlich nur Shorts, T-Shirts und ein Paar Flip-Flops.»

«Deswegen bringen die Leute normalerweise auch nicht so viel Zeug mit», sagte Avery und beäugte Deirdres Designer-Koffer, die nun den halben Stamm einer Palme hoch aufgestapelt waren.

Das Summen von Insekten, das Rauschen der Palmblätter in der salzigen Brise und das gelegentliche Gackern eines Huhns waren die einzigen Geräusche, die die Stille durchbrachen. Maddie konnte sich nicht daran erinnern, wann sie zum letzten Mal eine solche Ruhe erlebt hatte oder ob sie so etwas überhaupt schon einmal erlebt hatte.

Sie lungerten im Schatten herum, als sie das leise Geräusch sich nähernder Schritte vernahmen. Ein junger Mann mit außergewöhnlich dunklem Haar und einem ausdrucksstarken Gesicht erschien auf der Lichtung. Er trug khakifarbene Cargo-Shorts und ein frisches weißes Polohemd. Er war vielleicht Mitte zwanzig und deutlich größer, jünger und attraktiver als Hervé Villechaize, der Tattoo verkörpert und jede Folge von *Fantasy Island* eröffnet hatte.

«Hallo», sagte er mit einem Lächeln und nickte ihnen zu. «Ich bin Tom. Danke, dass Sie gekommen sind.»

Avery trat einen Schritt vor, schüttelte die angebotene Hand und stellte alle vor. «Wir freuen uns sehr, dass wir die Gelegenheit bekommen, auf Ihrer Insel zu arbeiten.»

Er warf ihr ein weiteres blitzendes Lächeln zu. «Ich finde es toll, dass der Sender Sie geschickt hat, aber leider ist es nicht meine Insel. Sie gehört meinem Vater.»

Sie sahen ihn alle erwartungsvoll an. Etwas an seinem feinziselierten Gesicht und dem breitschultrigen Körperbau kam ihnen vertraut vor, aber niemand wusste, warum.

«Ist Ihr Vater auch hier?», unterbrach Avery das Schweigen.

«Auf alle Fälle.» Sein Lächeln wurde schwächer. «Wenn Sie mir folgen, stelle ich Sie ihm vor.» Er wandte sich an Hudson. «Würdest du das Gepäck auf ... ich meine in ihre ...», er zögerte kurz, «... Zimmer bringen?» Er und Hudson wechselten einen Blick, der Avery nicht geheuer war.

Der Pfad war zu schmal, als dass sie nebeneinandergehen

konnten, und so folgten sie Tom im Gänsemarsch durch den dschungelartigen Bewuchs.

«Zu unserem nächsten Job nehme ich definitiv eine Machete mit», murmelte Nicole. Sie schlug auf ihren nackten Arm. «Und einen Koffer voller Mückenspray.»

Sie erreichten eine Lichtung, die von dem zweistöckigen Gebäude beherrscht wurde, von dem Hudson gesprochen hatte. Die Vorderseite des Hauses war landeinwärts ausgerichtet. Breite Steinstufen führten auf eine leicht erhöhte, weitläufige Veranda, die um das gesamte Erdgeschoss herumführte. Deckenventilatoren drehten sich träge über ein paar klapprigen Schaukelstühlen. Ein kleiner Seitenflügel ragte links aus dem Haus hervor. Zur Rechten erhob sich ein steinerner Kamin. Auf dem Gebäude thronte ein Metalldach.

Aus der Nähe wirkte das Haus viel größer, als sie gedacht hatten, und es war in einem deutlich schlechteren Zustand. Die Bretterverkleidung war nicht nur ungestrichen, sondern stark verwittert. Wie ein Boxer, der mindestens eine Runde zu viel hinter sich hatte, schien das Haus nur noch von schierer Willenskraft aufrecht gehalten zu werden. Oder vermutlich aus Gewohnheit.

«Lieber Gott.» Deirdre stieß angesichts des verwitterten Holzes und der fehlenden Planken auf der durchhängenden Veranda ein leises, missbilligendes Stöhnen aus. In der Grundmauer fehlten Steine, und der Eingangstreppe fehlten Stufen. Die meisten Fensterrahmen waren entweder angenagt oder vergammelt. Die Hochschiebefenster waren salzverkrustet und schmutzig und flehten praktisch darum, aus ihrem Elend erlöst zu werden.

Avery mochte die sauberen, einfachen Linien des Hauses und die Art, wie man es in seine Umgebung eingepasst hatte. Wer immer auch der Promi war, er hatte keinen Gedanken daran verschwendet, andere zu beeindrucken.

Sie hielt auf die Eingangsstufen zu, um das Innere des Gebäudes zu besichtigen, als Tom rief: «Zum Pool geht es hier entlang.» Dann führte er sie um das Haus herum und zu einer betonierten Poolterrasse, die in Richtung Meer ragte.

Der Pool war ebenso leer wie die Terrasse, von der aus man einen freien Blick über den Strand und den kleinen Meerespool hatte, der in allen Schattierungen von Türkis, Grün und Blau schimmerte. Sie nahmen einen kleinen Pavillon wahr und erspähten in einiger Entfernung die Spitze eines weiteren Gebäudes.

«Das dort ist der Alligator-Reef-Leuchtturm», erklärte Tom. «Gleich dahinter fließt der Golfstrom vorbei.»

Bevor noch jemand von ihnen etwas dazu sagen konnte, trat ein Mann aus dem im Schatten liegenden Pavillon. Der Fremde wirkte noch größer und breitschultriger als Tom, sein Körper war schlank und muskulös, sein Gesicht tief gebräunt. Und so still und zerklüftet wie eine Bergkette.

Sein verwaschenes T-Shirt umspielte die Bauchmuskeln und spannte sich um seine Brust. In einem Mundwinkel hing ein dünner weißer Stiel.

Als er auf sie zukam, ließ er eine unerwartete, raubtierhafte Anmut erkennen – wie ein Berglöwe, der auszog, um zu sehen, wer sich seiner Höhle näherte.

Avery widerstand dem Impuls, einen Schritt rückwärts zu machen. Neben ihr wurde Deirdre aufmerksam. Es war ein Grad von Aufmerksamkeit, den sie normalerweise für Presseleute reservierte und andere Menschen, die ihrem Ehrgeiz in die Hände spielten. Etwas wie ein Wimmern kam über Maddies Lippen.

«Schweig still, mein Herz», flüsterte Nicole.

Kyra hatte sich ihre Videokamera bereits auf die Schulter gewuchtet und filmte das Nahen des Mannes. Ein kurzes

Lächeln zog über ihre Lippen, die der einzige Teil ihres Gesichts waren, den man sehen konnte.

«Ich weiß, dass ich träume.» Maddie griff nach Averys Hand. Ihre Stimme klang gedämpft, beinahe ehrfürchtig. «Ich bin ... schon immer ... so verliebt in ihn gewesen.»

«Und ich dachte, er wäre tot.»

Avery hatte noch nie so schwarze Augen gesehen. Ein winziger amüsierter Funke schien in ihnen aufzublitzen. Vielleicht war es auch Irritation. «Für mich sieht er ziemlich lebendig aus.»

Endlich stand er direkt vor ihnen. Er schien sich der Kameras klar bewusst zu sein, war aber in keiner Weise davon eingeschüchtert. Langsam nahm er den kleinen weißen Stiel aus dem Mund und verbeugte sich schließlich mit einem ironischen Lächeln. Der Mann, der einst als William der Wilde bekannt gewesen war.

Und die Stimme, die Millionen von Platten verkauft hatte, sagte: «Ich bin William Hightower. Willkommen auf Mermaid Point.»

6

Er war sich nicht sicher, was er mit dem verdammten Stiel anstellen sollte, jetzt, wo die ganze Gruppe ihn anstarrte. Nach sechs Monaten der Ruhe – von denen er einen Großteil damit verbracht hatte, einen Bogen um die Bars zu machen und auch um die Menschen, mit denen er früher gefeiert hatte – war die schiere Anwesenheit all dieser Leute wie ein Ansturm auf seine Sinne. Seine Tagen waren lang und lächerlich unbelebt gewesen, seine Einsamkeit nur unterbrochen von den Stunden des Angelns in den Flats, seinen endlosen Bahnen im Pool, wenn er nicht länger still sitzen konnte, und den Treffen der Anonymen Alkoholiker drüben auf dem Festland, in der Nähe der Bibliothek.

Die Stille war so tief gewesen, dass sie ihn, wenn er nicht sein Haus und sein Land von allem befreit hätte, was irgendeine Art von High hätte produzieren können, dazu getrieben hätte, sich zu betrinken, Pillen einzuwerfen und zu schnupfen ... Egal, er hätte alles probiert, nur um sich wieder zu spüren.

Aber jetzt, angesichts dieses Schwarms von Fremden, wünschte er sich die Stille zurück. Der Gedanke, sie in nächster Zeit hier vor der Nase und auf seiner Insel zu haben, verstärkte sein Gefühl der Einsamkeit noch. Und Tom dachte, er würde sein Haus tatsächlich einem nie endenden Strom von Fremden öffnen? Eher würde er sich umbringen. Oder sich einen Flüssiganzünder und ein Streichholz besorgen und die gesamte Insel abfackeln.

Oder sollte er diesen Trupp an Frauen alles aufmöbeln lassen, damit er anschließend alles verkaufen konnte und ... Was und? Was zum Teufel sollte ein 61-jähriger ehemaliger Rocker mit sich anfangen, wenn seine Karriere vorbei war? Kein Wunder, dass Mick Jagger noch immer auf Tour ging.

Er bezähmte seinen Gesichtsausdruck, solange ihm alle vorgestellt wurden, und tat sein Bestes, um konzentriert zu wirken. Die kleine Püppi mit dem riesigen Vorbau, die gerade erzählte, sie sei Architektin und trage die Verantwortung für die Renovierung, hieß Avery. Die ältere – ihre besser angezogene Ausgabe – würde sich um die Innenraumgestaltung kümmern; irgendwas an dieser Deirdre und ihrem taxierenden Blick ließ ihn an eine Mutter und ihre Tochter denken, die einmal in einem Flieger hinter ihm gesessen hatten. Damals, als er ein Vielflieger im Mile High Club gewesen war. Doch diese beiden sahen nicht so aus, als wäre ihr Zusammenspiel besonders harmonisch. Und wann hatte er überhaupt zum letzten Mal auch nur an einen flotten Dreier gedacht?

Die Frau, die den kleinen Jungen auf dem Arm hatte, war überdurchschnittlich groß und hatte dunkelbraunes Haar, das ihre Schultern berührte. Ihre braunen Augen wurden groß in dem Augenblick, als sie sein Gesicht sah, und ihre Wangen nahmen eine hübsche Rosafärbung an, als sie ihm mitteilte, ihr Name sei «M... M... M... Madeline». Als er ihr die Hand schüttelte, vertiefte sich das Rosa auf ihren Wangen zu Rot, aber ihre Lippen bogen sich zu einem Lächeln, bevor sie ihren Blick auf den kleinen Jungen senkte, den sie als ihren Enkel Dustin vorstellte.

Der kleine Junge bedachte ihn mit einem blendenden Lächeln. Um ihm zu widerstehen, hätte er völlig besoffen sein müssen. Die Mutter des Jungen, Kyra, wirkte etwas jünger als Tom, vielleicht Anfang zwanzig. Sie war groß und langgliedrig, und ihr Haar hatte sich weitgehend aus dem Knoten gelöst, zu dem sie es aufgedreht hatte. Sie hatte eine Kamera auf der Schulter, und obwohl sie Madelines ebenmäßige Züge hatte, stotterte sie kein bisschen, als man sie ihm vorstellte. Entweder hatte sie keine Ahnung, wer er war, oder es war ihr schlicht egal.

Der kostspielig aussehende Rotschopf beäugte ihn beinahe so eingehend wie er sie, aber es kamen von ihr keine sexuellen Vibes. Ihr Name klang vage bekannt, aber er hatte keine Ahnung, warum. Er hatte Tom wissenlassen, dass er keinerlei biographische Angaben der Truppe brauchte, die sich um die Renovierung kümmern würde, für die er keinen Bedarf sah und die er immer noch nicht wollte. Er hatte nicht einmal nach der Sendung *Alles Neu* gegoogelt. *Alles Neu*, als gäbe es so etwas! Außerdem hatte er es geschafft, den Zeitungsartikel zu verschlampen, den Tom ihm gemailt hatte.

«Sie haben keine Mutter oder Tochter mitgebracht», sagte er zu dem Rotschopf, der sich als Nicole vorstellte und als Einziger allein gekommen zu sein schien.

«Stimmt, ich bin allein. Und selbst? Sind noch weitere Familienmitglieder oder sogar Ehefrauen anwesend?», fragte Nicole.

Will war sich nicht sicher, ob sie flirtete oder einfach neugierig war. Liebe Güte, er war wirklich aus der Übung. Vielleicht lag das auch an dem Umstand, dass er ohne einen Tropfen Alkohol im Blut mit diesen Frauen kommunizierte.

«Nein», mischte sich Tom ein. «Soweit wir wissen, bin ich das einzige Familienmitglied.»

Will schwieg. Er wollte niemanden in seinem Haus haben. Wollte nicht, dass sich die Dinge veränderten. Dass man mit ihm plauderte. Wenn sie Jovialität erwarteten oder was auch immer man sich von einem Gastgeber erhoffte, dann waren sie auf die falsche Insel gekommen.

Will würde seine Intimsphäre mit niemandem teilen, wenn er nicht dazu gezwungen war. Er hoffte immer noch auf eine

Rettung in letzter Sekunde. Oder dass das Glück wie ein Blitz einschlug. So wie der Blitz, der ihn damals aus dem Dunkel und der Armut geholt und ihn auf die erste Sprosse seines Aufstiegs bis zur Spitze der Charts gestellt hatte.

Der Sender hatte gewollt, dass die Mannschaft von *Alles Neu* während der Renovierung bei ihm im Haus wohnte. Seine strikte Weigerung war die einzige Auseinandersetzung gewesen, die er gewonnen hatte. Früher hatte sich niemand, nicht einmal sein Sohn, mit ihm auseinandergesetzt. Das waren noch Zeiten gewesen – als alle sprangen, um ihm zu gefallen. Und ihm jeder bei jedem Blödsinn beipflichtete, den er von sich gab.

Die Mutter des kleinen Jungen zog einen Plastikbecher und kleine Käsedinger aus ihrer Kameratasche und gab sie ihrem Sohn. «Du kannst Dustin absetzen, Mom. Er kann ganz schön schwer werden.»

In dem Augenblick, als Dustins Füße den Boden berührten, wackelte er auf den Pool zu, wobei er den Snack und sein Getränk umklammert hielt. Will beobachtete ihn und wie es seine Mutter und Großmutter fertigbrachten, in seiner Nähe zu bleiben und ihm trotzdem Raum zu geben.

«Wasa!», rief der Kleine. «Simm!»

Dann kam er zurück und schlang einen Arm um Madelines Oberschenkel, und sie lächelte. Es war nicht das leicht nervöse Lächeln, das sie für ihn gehabt hatte, als sie sich begrüßten. Es war ein reines, unbefangenes Strahlen, das ihr gesamtes Gesicht erleuchtete.

«Ja», sagte sie zu ihrem Enkel. «Ich wette, Mr. Hightower lässt dich mal schwimmen. Aber du darfst nie ohne Erwachsene zum Pool gehen. Nie.»

Sein Sohn stieß ihn mit dem Ellenbogen an. «Will», flüsterte er.

«Will», sagte Will, bevor er sich dagegen entscheiden konnte. «Sie können mich alle Will nennen.»

Will betrachtete den Poolbereich und sah ihn zum ersten Mal seit Ewigkeiten mit den Augen von Fremden. Tom hatte eine Putzkolonne durchgeschickt, und das Wasser im Pool glitzerte. Der Whirlpool und die Terrasse waren ebenfalls geschrubbt worden, aber es fiel schwer, die Risse im Beton zu ignorieren oder die fehlenden Zierfliesen. Die eisernen Außenmöbel waren zerkratzt, und die Farbe blätterte ab, die Kissen waren zerrissen und verblichen. Seit Jahren hatte niemand mehr versucht, den Dschungel zu zähmen, der immer weiter auf das Haus und die Poolterrasse vorrückte. Die Putzkolonne war auch durchs Haus gezogen mit der Anweisung, die Spinnweben und Wollmäuse zu beseitigen, die Will nie bemerkt hatte. Das Tageslicht war für ihn nur dazu da gewesen, um zu verschlafen, und die Nächte hatte er so triefäugig verbracht, dass er nicht mal einen Alligator in der Badewanne gesehen hätte.

Ohne den Alkohol, der ihn in Watte gepackt hatte, sah dieses Haus so alt und müde aus, wie er sich fühlte.

Im Pavillon blieb er stehen und ließ sich von der Brise streicheln, während die Frauen die eingebaute Außenküche in Augenschein nahmen, die früher einmal der letzte Schrei gewesen war. Ein paar Holztische und Stühle standen auf dem sandbedeckten Betonboden. Es gab hier auch eine Musikanlage, aber er wusste nicht einmal, ob das System noch funktionierte. Von der gewölbten Decke hing ein gewaltiger Ventilator mit Lampe, der sich drehte und nach jeder Runde ein lautes Quietschen von sich gab.

«Die Decke besteht aus Elliotkiefer im Kreuzversatz», sagte Deirdre ganz aufgeregt. «Das hier wäre ein großartiger Platz, um das Frühstück zu servieren und vielleicht sogar ein zwangloses Mittagessen.»

Darauf hatte er keine Antwort. Sein Blick blieb an Madeline Singer hängen. Sie sahen einander an, bis jemand, er hatte keine Ahnung, wer, sich räusperte.

«Können wir jetzt das Haus anschauen?», fragte die junge Blondine.

Er reckte den Kopf, um den Sonnenstand zu sehen. Es war noch jede Menge Zeit bis zum Sonnenuntergang – einst eine Tageszeit, die er beinahe so sehr gemocht hatte wie den Sonnenaufgang. Jetzt verbrachte er einen Großteil der Show damit, gegen seinen Alkoholdurst anzukämpfen, während die Sonne in der Bucht versank. Er hatte keine Ahnung, wie lange es noch dauern würde, bis er den Gedanken an Alkohol verbannen konnte, um sich auf die Sonne zu konzentrieren. Und es lag ihm absolut nichts daran, dass die anderen von diesem Kampf etwas mitbekamen.

«Wollen wir uns zunächst auf die Außenanlagen und die Nebengebäude beschränken?», schlug Tom geschmeidig vor. «Dann können Sie sich heute Abend einrichten, und wir machen morgen die Hausbegehung, wenn das Licht gut ist.»

Will warf seinem Sohne einen Blick zu und war eigenartig berührt. So blieb ihm wenigstens noch eine weitere Nacht, um so zu tun, als würde nichts von alledem passieren.

Der kleine Junge blickte auf. Die Mutter des Kindes senkte die Kamera, ließ sie an einem Gurt über ihrer Schulter hängen, dann hob sie Dustin hoch und drehte sich so, dass sein Gesicht vor der Kamera des Senders verborgen war.

«Wollen wir ganz hinten auf der Insel anfangen und uns in Richtung Anleger vorarbeiten?», schlug Tommy vor.

Bevor Will widersprechen oder sich vor der Führung drücken konnte, ging sein Sohn voran zu der ehemaligen Zufahrtsstraße.

Am nordwestlichen Ende der Insel befand sich auf einer Lichtung eine schmale Aufschüttung, die einmal der Anfang einer Landbrücke zum Highway 1 gewesen war. Wasser hatte die Zufahrtsstraße zerstört.

Tom zeigte ihnen die Garage für drei Fahrzeuge, die daneben gebaut worden war. Die dreiteilige Holzkonstruktion beherbergte Wills Jeep und einen verrosteten Rasenmäher, der in diesem Jahrtausend noch nicht benutzt worden war. Einige Bootsmotoren, die Hudson wegen der Ersatzteile ausschlachtete, waren an einer Wand aufgereiht. Außerdem lagerten hier kaputtes Gartenwerkzeug und unterschiedliches Gerümpel ohne ersichtliche Ordnung. Und der Boden war von Öl bedeckt.

Während sein Vater weiter schwieg, deutete Tom auf die Außentreppe, die in den ersten Stock führte, der genauso groß war wie die Garage. Balkone wiesen nach Osten und nach Westen. Ein Teil der Räume war für die Köchin und das Hausmädchen hergerichtet worden, so Tom. Hier befanden sich ein kleines Wohnzimmer und ein Bad.

«Wieso gibt es keine Straße mehr?», fragte Nicole.

«Sie ist nicht vollkommen ...», setzte Tom an, reagierte dann aber auf Wills mahnenden Blick. Sie schuldeten diesen Leuten nicht für alles – oder überhaupt für irgendetwas – eine Erklärung, so die Botschaft seines Vaters.

Stattdessen richtete Tom die Aufmerksamkeit auf den Schuppen gegenüber. «Dadrüben befindet sich der Notfallgenerator. Neben dem Geräteschuppen.»

Will sah auf die Uhr und versuchte, nicht daran zu denken, wie durstig er war. Er zog einen neuen Lolli aus seiner Tasche und führte dann alle zurück auf den Pfad. An der Gabelung würde er in Richtung Anleger abbiegen, auf der Südseite der Insel.

«Was ist dadrüben?» Deirdre zeigte an der Gabelung prompt

auf den Pfad, den er nicht eingeschlagen hatte und der zu dem einen Gebäude führte, das er ihnen auf keinen Fall zeigen wollte.

«Darum müssen Sie sich nicht kümmern», sagte Will, doch Deirdre bog bereits in die andere Richtung ab, spähte durch die Zweige, das Blattwerk und die Lianen hindurch. Er hatte keine Ahnung, wie sie das Gebäude überhaupt hatte entdecken können. Aber die anderen folgten ihr und zwangen ihn damit zur Umkehr.

«Das ist aber ganz reizend!», rief Deirdre. «Und so idyllisch gelegen.»

Das kleine Haus, das nur ein Zimmer beherbergte, hatte bereits hier gestanden, als er die Insel gekauft hatte. Es war ein gedrungenes, einstöckiges Gebäude, gebaut aus einem Mosaik rechteckiger Blöcke aus Korallengestein, die man *Keystone* nannte. Das einfache Giebeldach bestand aus Zinn. Ein Zaun aus losen, nur mit einem Seil zusammengebundenen Bambusstangen begrenzte das kleine Grundstück auf drei Seiten und ließ Lücken, durch die man hindurchblicken konnte. Das Haus stand auf einem kleinen Hügel und überblickte ein Stück Ozean. Und er wusste, dass man von der kleinen Veranda aus den besten Inselblick auf den Sonnenaufgang hatte.

«Warum ist da ein Vorhängeschloss vor der Tür?»

Diese Deirdre war wirklich penetrant. Offenbar glaubte sie, nur weil sie das Grundstück betreten hatte, habe sie das Recht, jede verdammte Frage zu stellen, die ihr durch den Kopf schoss.

«Ich denke, das erklärt sich von selbst», sagte er.

«Was ist denn dadrin?», klinkte sich Avery ein, und der Typ mit der Kamera schwenkte seine Linse auf Will. Es war schon eine Weile her, dass man ihm regelmäßig Kameras vors Gesicht gehalten hatte, trotzdem wusste er genau, dass dieser Typ für ein Close-up heranzoomte.

«Das ist mein Studio», gab er nun doch die Auskunft, die er zurückhalten wollte.

«Werden wir auch dieses kleine Haus renovieren?», fragte Avery.

«Nein», antwortete Will in einem Ton, mit dem er die Unterhaltung zu beenden gedachte.

«Und warum nicht?», fragte Deirdre, die seinen Ton entweder nicht mitbekam oder ignorierte. Was ein weiterer Hinweis darauf war, wie wenig er in Form war.

«Selbst wenn das Haupthaus zu einem Bed and Breakfast umgewandelt werden sollte» – sein Hals verengte sich tatsächlich, als er die Worte aussprach –, «mein Studio bleibt tabu.»

Niemand würde dieses Studio mehr betreten.

Und insbesondere nicht er selbst.

Sie starrten ihn verständnislos an. Alle, außer Madeline. Die vermutlich wusste, dass er seit über einem Jahrzehnt nichts mehr geschrieben oder aufgenommen hatte. In ihren großen braunen Augen standen Fragen, die er ebenfalls ignorierte.

«Tom kann Ihnen jetzt den Rest zeigen», sagte er mit einem kurzen Nicken. Dann drehte er sich um und riss endlich die Verpackung des gottverdammten Lollis auf.

7

Nicole und die anderen sahen zu, wie William Hightower davonstapfte. Danach scheuchte sein Sohn sie auf den sandigen, von Wurzeln unterwucherten Pfad zurück und führte sie in die entgegengesetzte Richtung.

«Es tut mir leid», sagte Tom. «Er ist nicht daran gewöhnt, etwas zu tun, was er nicht tun will.» Er klang missbilligend. William Hightowers Sohn war offenbar nicht Mitglied seines Fanclubs.

«Sie meinen, er will nicht, dass wir hier renovieren?» Maddie, die offenbar Inhaberin eines Mitgliedsausweises des besagten Fanclubs war, schien enttäuscht.

«Ich glaube, er ist so scharf darauf wie auf eine Wurzelbehandlung», sagte Nicole. «Ohne Betäubung.»

«Na ja, er hat zu seinen besten Zeiten jede Menge Novokain geschluckt», sagte Tom. «Es wird allmählich Zeit, dass er es mit der Realität zu tun bekommt.»

«Bloß dass Reality-TV mit ‹Realität› nicht besonders viel zu tun hat», zeigte Avery auf.

«Amen», stimmte Nicole ihr zu. Gott allein wusste, dass sie diese Lektion auf die harte Tour gelernt hatten.

Sie kamen beim Anleger heraus, und Tom führte sie ins Bootshaus. Das Wasser leckte an den Stützpfeilern des Gebäudes, was in dem Raum für ein höhlenartiges Echo sorgte. Eine Sammlung von Angelruten, Geräten und Ausrüstung, die einem Sportgeschäft Ehre gemacht hätte, stand gegen die Rückwand gelehnt oder hing an Haken. Hölzerne Fallen standen in einer Ecke aufgestapelt. Das Brummen einer brusthohen

Gefriertruhe war im Kontrast zum Plätschern des Wassers ein störender Missklang.

«Was ist in der Gefriertruhe?», fragte Avery.

«Köder und Fische. Sie werden auf dem Anleger filetiert und dann hier gelagert.» Tom öffnete den Deckel und ließ sie einen Blick auf einen Vorrat von Fischen und Meeresfrüchten werfen, der vermutlich ein ganzes Leben lang reichte.

Dustin streckte eine Hand nach den Angelruten aus. «Fis», sagte er.

«Meine erste Angel ist hier vielleicht noch irgendwo», sagte Tom. «Ich war noch ziemlich jung, als ich zum ersten Mal eine Leine ausgeworfen habe.»

Maddie sah erschrocken aus.

«Ohne Haken.» Tom lächelte. «Nur mit Schwimmer und einem toten Gewicht. Ich bin mir ziemlich sicher, dass ich nie wirklich etwas gefangen habe. Vermutlich war das damit gar nicht möglich, aber das wusste ich nicht, bis ich älter wurde.»

«Das ist toll, dass Ihr Dad Ihnen das Fischen beigebracht hat», sagte Maddie.

Tom schnaubte. «Dafür war er viel zu sehr mit Feiern beschäftigt. Nein, Hudson hat es mir beigebracht. Er war ursprünglich Wills erster Angelführer. Sie sind seit langer Zeit befreundet.»

Äußerlich schienen der bescheidene, leise sprechende Hudson und der überlebensgroße Rockstar ein eher unwahrscheinliches Duo zu sein, aber die Freundschaft zwischen Nicole, Avery und ihr selbst hätte auch niemand für möglich gehalten, dachte Maddie.

Tom führte sie aus dem Bootshaus heraus und in das Obergeschoss des auf Stelzen stehenden Gebäudes. Ein schmaler Balkon erstreckte sich auf seiner Vorderseite– mit Blick aufs Wasser.

«Wow, man könnte direkt von diesem Balkon aus angeln», sagte Nicole.

«Geschieht ständig», sagte Tom.

Ein Wandschrank nahm fast die Hälfte des einräumigen Stockwerks ein. In der anderen Hälfte standen ein Bett, ein Nachttisch und eine kleine Kommode. Eine Tür führte in ein kahles, wenn auch zweckmäßig eingerichtetes Bad, in das keine Frau gerne einen Fuß setzen würde. Die Küche war noch weniger verlockend.

«Hudson wohnt hier, wenn er auf der Insel ist», erklärte Tom.

Sie traten hinaus auf den Balkon. Das Boot, mit dem sie gekommen waren, dümpelte an der Stelle, wo sie es verlassen hatten. Das kleinere Boot der Crew lag dahinter. Nikkis Blick glitt nach Westen Richtung Overseas Highway, hinter dem die Sonne bereits sank.

«Es ist nicht mehr lange bis zum Sonnenuntergang», sagte Tom. Der Himmel begann zu verblassen, als habe man sämtliche Farbe aus ihm herausgewaschen und in die Sonne fließen lassen. «Die Sonnenaufgänge und Sonnenuntergänge auf der Insel sind gleichermaßen spektakulär. Im Lorelei drüben in der Bucht gibt es übrigens jeden Abend eine Sonnenuntergangsfeier mit Musik und Unterhaltungsprogramm, die Tische am Strand laden zum Verweilen ein. Morada Bay macht es genauso, aber da geht es etwas nobler zu.»

«Und wie sollen wir da hinkommen?», fragte Nicole und wünschte, sie wären bereits dort.

«Das müssen wir uns vermutlich noch überlegen», sagte Tom.

Dustin steckte sich einen Daumen in den Mund und begann daran zu nuckeln. Maddie gähnte.

Troy und Anthony, die sich bis jetzt erstaunlicherweise zurückgehalten hatten, lehnten neben ihnen am Geländer und filmten alles. Und auch Kyra schien im Augenblick mehr damit beschäftigt zu sein, ihre Umgebung festzuhalten, als Dustin vor der Senderkamera abzuschotten.

«Ich wäre einem Bett und etwas zu essen nicht abgeneigt», sagte Nicole. «Nicht zwingend in dieser Reihenfolge.»

Es erklang allgemein zustimmendes Murmeln.

«Von hier oben kann man die gesamte Insel überblicken.» Avery beugte sich noch einmal über das Geländer. Nicole hoffte, dass es weniger baufällig war, als es aussah.

«Können Sie uns unsere Zimmer zeigen?», fragte Nicole, die mehr als bereit dafür war, auszupacken und sich zu entspannen. «Und uns sagen, wo wir etwas zu essen finden?»

«Ja, mir sind gar keine weiteren Gebäude auf der Insel aufgefallen. Wohnen wir denn im Haupthaus? Oder sind die Gästehäuser irgendwo versteckt?», schaltete sich Maddie ein.

Troy schwenkte mit seiner Kamera vom Blick über das Geländer zurück zu ihnen. Was nie ein gutes Zeichen war.

«Ich dachte, der Sender hätte Ihnen die Unterbringung erklärt», sagte Tom vorsichtig.

«Der Sender brüstet sich damit, uns nie irgendetwas zu erklären, womit man uns auch überraschen könnte», sagte Deirdre.

«Also, Sie ... ähm ... Sie sind auf einem Hausboot untergebracht.» Tom sah einmal in die Runde und wirkte einigermaßen verlegen.

Es folgte ein Schweigen, in dem sie die Information verarbeiteten. Nicole folgte in diesem Moment der Kameralinse – und erspähte Deirdres aufgetürmtes Gepäck auf dem Deck eines ... Boots.

«Wir haben zwei Hausboote», erklärte Tom und deutete runter zum Anleger. «Ein kleineres für die Filmcrew. Das größere ist für Sie.»

«Heilige Scheiße!», entfuhr es Avery.

«Das ist ein Witz, oder?» Nicole musterte Toms feingezeichnetes Gesicht, entdeckte darin aber kein Anzeichen von Humor.

«Nun, Ihr Hausboot bietet mehrere Schlafbereiche, ein voll

ausgestattetes Bad und einen Wohnraum mit Küche, Tisch und Wohnzimmer. Und Sie haben es ganz für sich.» Tom verstummte, als sie jetzt alle entsetzt auf das größere Boot hinunterstarrten.

«Alle fünf und Dustin auf diesem einen Boot?», fragte Madeline ungläubig.

«Ja.»

«Und wie viele Bäder, sagten Sie, gibt es?», hakte Deirdre nach.

«Also, ähm, nur das eine?» Toms Antwort klang wie eine Frage.

Sie standen still und wie erstarrt da und nahmen diese Information ... zur Kenntnis.

«Aber es gibt außerdem noch eine Toilettenkabine», versicherte Tom ihnen schnell. Er zeigte über ein paar Büsche hinweg auf ein Objekt von der Form einer Telefonzelle. «Außerdem hat das Hausboot eine Dachterrasse und eine Klimaanlage. Und in der Küche gibt es einen Kühlschrank, gefüllt mit Lebensmitteln.»

Troy und Anthony bemühten sich gar nicht erst, ihr Grinsen zu verbergen.

«Herrje.» Mehr fiel Nicole dazu nicht ein.

«Dem Sender schien die Idee zuzusagen», sagte Tom und löste sich endgültig vom Geländer und von ihnen, als wollte er sich schützen. «Sie fanden sie perfekt.»

«Zweifellos», sagte Nicole. «Uns auf einem Boot vor einer Insel mitten im Atlantik zusammenzupferchen, ist absolut perfekt. Absolut perfekt für *sie*.»

8

Sie standen in der Hauptkajüte des Hausboots, bei geschlossenen Türen und umgeben von eingebauten, von Kissen bedeckten Simsen, die als Möbel durchgehen sollten. Hätten sie sich bewegen wollen, hätten sie sich minutiös abstimmen müssen, doch dazu fehlte ihnen – zumindest im Moment – die Kraft.

Troy und Anthony filmten, wie sie alle an die Wand gepresst und weitgehend sprachlos nach Luft schnappten.

«Also, es ist kompakt. Und eigentlich irgendwie genial konstruiert», sagte Maddie, die Optimistin. Fast behutsam fuhr sie mit der Hand über die uralte Resopalarbeitsplatte, als sie sich nun in der Küche zusammendrängten.

«Ich komme mir vor wie eine Sardine», sagte Nicole. «Und es riecht hier auch irgendwie fischig. Muss dein Glas wirklich immer so ... halbvoll sein?»

«Ich kann nicht glauben, dass sie meinen, sie kämen damit durch.» Deirdre stand an eine der Türen gedrückt, von der Nicole hoffte, dass sie zu einem bislang unentdeckten zweiten Badezimmer führen würde. Ihre Kosmetiktasche hielt Deirdre mit beiden Armen fest umschlossen, der Rest ihres Gepäcks stapelte sich noch immer an Deck.

«Der Sender ist schon damit durchgekommen. Als ich zum letzten Mal nachgesehen habe, gab es keine ‹Hausboot und Inselrenovierungen untersagt›-Klausel in unserem Vertrag.» Avery warf Deirdre einen bedeutungsvollen Blick zu. «Außer natürlich, es ist *deinem Agenten* gelungen, eine solche Klausel in dein Vertragsexemplar zu schmuggeln?»

Deirdre blieb still.

«Dachte ich mir», sagte Avery.

«Also, die Küche ist klein, aber mit so ziemlich allem ausgestattet», sagte Maddie.

«Ja», kommentierte Kyra. «Sie erinnert mich irgendwie an die Barbie-Dreamhouse-Küche, die ich früher hatte. Oder warte mal, vielleicht ist es eher der Puppenofen, an den ich gerade denke.» Sie setzte Dustin auf den Esstisch, ein Rechteck ebenfalls aus Resopal, das an drei Seiten von vinylbezogenen Wandbänken umgeben war. Der Raum war so klein, dass es praktisch unmöglich war, ihn vor den Kameras zu verstecken.

«Na ja, immerhin gibt es einen Mixer.» Nicole beäugte das kleine, wenn auch uralte Gerät auf der Arbeitsfläche. «Und ich habe eine Flasche Rum in der Tasche. Hat jemand was dabei, womit man ihn mischen könnte? Nicht dass ich ihn im Augenblick nicht auch direkt aus der Flasche trinken würde.»

«Nein, aber ich habe Diet Cokes in der Kühltasche und ein paar Snacks», sagte Maddie. «Lasst uns einfach zusammenlegen und bestimmen, wer wo schläft. Dann nehmen wir Essen und Trinken mit nach oben und schauen uns unseren ersten Sonnenuntergang auf den Keys an.»

Neben der Essnische bog sich eine L-förmige Küchenzeile um den Rumpf des Boots. Flache Schränke waren unter der Resopalarbeitsfläche und unterhalb eines schmalen, rechteckigen Fensters eingebaut. Es gab zudem eine Einbau-Mikrowelle, einen Herd und einen kompakt wirkenden Kühlschrank. Ein sehr kleiner, sehr alter Fernseher stand in einer Nische.

«Ich bin mir ziemlich sicher, dass man die Essnische und das Sofa zu Betten umbauen kann», überlegte Maddie, als sei das etwas Gutes.

«Ich warte lieber auf etwas, das einem echten Schlafzimmer

näher kommt», sagte Nicole. Sie hatte während der Renovierung von Bella Flora auf dem Boden und als Kind unter weitaus schlimmeren Umständen geschlafen. Ein Bett und eine Tür besaßen für sie große Bedeutung.

«Okay», sagte Avery. «Sehen wir mal nach, was hinter Tür Nummer eins liegt. Könnt ihr alle mal zur Seite treten, damit ich sie öffnen kann?»

Sie rückten nach links und machten die Tür frei, die sich gleich neben der Arbeitsfläche befand. Avery zog die Tür so weit auf, wie es ging. «Es ist ein Duschraum.»

«Nur das?», fragte Deirdre. «Sonst ist da nichts drin?»

«Na ja, es gibt noch zwei Wandhaken.»

«Großartig», stöhnte Nicole.

«Und Tür Nummer zwei?», fragte Maddie.

«Waschbecken, Waschtisch mit Spiegel, Toilette.»

Es gelang Maddie, über Averys Schulter zu spähen. «Meine Güte, ist das klein. Ich meine, kompakt. Oder eher ... effizient?»

«Na ja, wenigstens ist die Dusche getrennt von Toilette und Waschbecken zu benutzen. Das bedeutet, dass zur selben Zeit nicht nur eine Person etwas damit anfangen kann», sagte Avery.

«Aber wir sind zu fünft!», warf Kyra ein. «Ich dachte nicht, dass ich das jemals sagen würde, aber zum Glück trägt Dustin noch Windeln, und wir müssen ihn noch keiner Sauberkeitserziehung unterziehen, solange wir hier sind.»

«Wenn hier nicht noch irgendwo ein zweites Bad versteckt ist, muss ich vielleicht auch anfangen, Windeln zu tragen», sagte Nicole. «Ich werde die Toilettenkabine dadraußen jedenfalls *nicht* benutzen.»

«Es ist ja nicht so, als hätten wir uns noch nie ein Bad geteilt», sagte Maddie und wagte einen aufmunternden Blick.

«Stimmt», gab Avery zu. «Aber ich hätte nie gedacht, dass

mich der Gedanke an die Bäder in Bella Flora und The Millicent nostalgisch stimmen könnte. Sie waren hinüber, aber es waren richtige Bäder.»

«Und sie waren an Land», fügte Nicole hinzu. «Eine Qualität, die ich vorher nie zu schätzen gewusst habe.»

Sie dachten noch darüber nach, als Avery auch die restlichen Türen aufzog.

«Das war es im Hinblick auf Bäder», sagte sie. «Aber wie es aussieht, gibt es drei Schlafbereiche – ich bin mir allerdings nicht sicher, ob sie die Bezeichnung ‹Schlafzimmer› verdienen.»

«Als Erstes gibt es ein Stockbett. Und ...» Sie spähte zur gegenüberliegenden Tür hinein. «Das hier sieht aus wie ein normal großes Polsterbett. Und da stehen tatsächlich ein paar winzige Einbauregale an der Wand.»

Der Raum daneben hatte keine Tür, nur eine angeschrägte Öffnung. «Dieser Miniraum beherbergt auch ein Doppelbett. Aber es gibt keinen Stauraum.»

«‹Minimalistisch› bekommt hier eine völlig neue Bedeutung», murmelte Deirdre.

Sie rückten erneut zur Seite, damit Avery eine kleine Leiter an der Wand hinaufklettern konnte. Sie blieb darauf stehen und blickte sich um. «Wow, hier stehen noch zwei Einzelbetten mit einer niedrigen Trennwand dazwischen. Und es gibt zwei winzige Fenster – in einem hängt eine Klimaanlage. Wartet, hier ist noch eine Tür. Die führt zum Oberdeck.» Als sie die Leiter wieder heruntergeklettert war, wandte sie sich zu den anderen um. «Es ist eng, und die Decke ist niedrig. *Ich* kann da gerade noch aufrecht stehen.»

«Ich reserviere uns das Penthouse», rief Deirdre erfreut. «Wir beide sind auch kompakt. Für uns ist es perfekt.»

«Nenn es nur so, solange du noch kannst», sagte Avery.

«Denn du wirst feststellen, dass die Bezeichnung nicht zu rechtfertigen ist.»

«Soll ich dir mein Gepäck hochreichen?», fragte Deirdre.

«Nein. Vermutlich ist es besser, es über die Außentreppe hochzutragen, aber dabei bist du auf dich allein gestellt», antwortete Avery. «Da sind ein paar Haken und ein paar eingebaute Schubladen. Abgesehen davon gibt es im ‹Penthouse› keinen Stauraum. Jeder Zentimeter ist ausgenutzt.»

«Aber wo soll ich meine Sachen unterbringen?», fragte Deirdre.

Avery zuckte mit den Schultern. «Von mir aus kannst du sie mit ins Bett nehmen. Alles, was auf meinem Bett oder in meinem Weg herumsteht, landet bei den Fischen.»

Deirdre schnaubte.

«Dann kann ich doch das Stockbett nehmen», schaltete sich Kyra ein. «Ich lege Dustin in das untere Bett und baue Kissen davor. Damit hätten Mom und Nicole eigene Zimmer.»

«Klingt gut», sagte Maddie. «Und mir macht es nichts aus, das Zimmer ohne Tür zu nehmen. Da höre ich auch Dustin besser.»

«Danke», sagte Nicole erleichtert darüber, dass ihr Zimmer, egal, wie eng es war, ihr allein gehören würde.

«Also, wenigstens muss niemand in der Essecke oder auf dem Sofa schlafen», zeigte Maddie auf.

Das stimmt, dachte Nicole, als sie den winzigen Raum mit Wänden aus Fiberglas betrat, der in nächster Zukunft ihr Zimmer sein würde. Es gab hier wenig Privatsphäre und noch weniger Stauraum, aber wenigstens hatte diesmal jede ihr eigenes Bett.

Als sie die Getränke und Snacks und die Sandwiches aus dem Feinkostladen, die Maddie im Kühlschrank entdeckt hatte, auf das Oberdeck trugen, stand der Himmel bereits in Flammen. Sie setzten sich auf die eingebauten Bänke, die an beiden Seiten des Decks entlangliefen, und stellten das Essen und die Getränke neben sich ab. Die «Tafel» für das Abendessen war auf zwei von Deirdres Hartschalenkoffern gedeckt. Das Getränk des Abends war Rum-Cola.

«Ich kann nicht fassen, dass du an Käseflips gedacht hast!», sagte Avery zu Maddie und nahm sich eine Handvoll aus der Großpackung.

«Wir wollen nicht zusehen müssen, wie du unter Entzug leidest», sagte Deirdre trocken. «Wie ich gehört habe, ist die Sucht nach diesem künstlichen Käsegeschmack beinahe so schwer zu bekämpfen, wie man die orange Verfärbung der Haut wieder los wird.»

«Wir brauchen bloß noch ein paar Tische und Klappstühle, dann können wir loslegen», sagte Maddie.

«Ja, es ist ein bisschen verstörend, dass hier alles festgeschraubt ist», sagte Nicole. Als Heart Inc. noch florierte, war sie auf Yachten gewesen, die sich eher angefühlt hatten wie schwimmende Fünf-Sterne-Hotels. Und selbst Joes Schnellboot war komfortabel. Dieses Hausboot war dagegen etwas ... ganz anderes.

Sie schauten nach Westen, mümmelten an ihren Sandwiches und blickten über den Overseas Highway hinweg zur Florida Bay hinüber. Die Brise trug Musikfetzen zu ihnen herüber. Das Hausboot unter ihnen schaukelte sanft.

«Seht euch nur diesen Himmel an», sagte Maddie.

«Da wünscht man sich doch, malen zu können.» Kyras Kamera war auf das Schauspiel gerichtet.

Sie saßen schweigend da und atmeten die salzhaltige Luft

ein. In der Nähe sprang ein kleiner Fisch aus dem Wasser. Insekten summten leise.

«Es ist hier so friedlich», sagte Avery.

«Es ist wunderschön», stimmte Nicole zu. «Es wäre nur noch schöner, wenn wir im Haupthaus wohnen würden. Mit echten Badezimmern und festem Boden unter den Füßen.»

«Fester Boden wäre gut», pflichtete Kyra ihr bei und bot Dustin ein kleines Stück Fleisch an, das in Käse gewickelt war. Er hatte eine Lerntasse voll Milch in der Hand. «Bäder und Schränke wären noch besser.»

«Mir leuchtet wirklich nicht ein, warum wir nicht im Haus übernachten können. Es ist doch so groß, dass wir William Hightower nicht auf die Pelle rücken müssten», sagte Deirdre.

«Auch wenn es kein ganz gänzlich furchtbarer Gedanke wäre, diesem Hausherrn auf die Pelle zur rücken.» Nicole lachte. «Der Mann sieht gut aus für sein Alter. Und er trägt immer noch einen klingenden Namen. Ich könnte ihn mit jemandem verkuppeln, der genauso prominent ist, und dann würde Heart Inc. wieder ganz oben auf der Rangliste der Partnervermittlungsagenturen stehen.»

«Die Promi-Frau müsste aber eigenes Geld mitbringen», sagte Deirdre. «Wenn man sich seine Reaktion auf unsere Anwesenheit hier vor Augen hält, ist ziemlich klar, dass sein Konto nicht mehr so groß ist wie sein Name. Und ich bin mir ziemlich sicher, irgendwo gelesen zu haben, dass er gerade zum vierten oder fünften Mal aus einer Entzugsklinik entlassen wurde.»

Maddie runzelte die Stirn. «Sein Bruder ist ziemlich jung an einer Überdosis gestorben. Und man bekommt nicht ohne Grund einen Spitznamen wie William der Wilde.»

«Vielleicht sind wir in Wahrheit nur hier, um seinen Namen wieder in die Klatschspalten zu bringen, damit er danach ein Comeback versuchen kann», spekulierte Kyra.

«Ich glaube nicht, dass ein Studio mit Vorhängeschloss ein Anzeichen dafür ist, dass jemand sein Comeback plant», sagte Maddie. «Und er scheint ebenso wenig Interesse daran zu haben, die Presse anzulocken, wie wir.»

Nicole schenkte eine weitere Runde Drinks aus. Das Schnappen der Dose und das darauffolgende Zischen klangen in der Stille der Umgebung fast explosiv. Sie hob ihr Glas. «Auf Mermaid Point. Und Sonnenuntergänge ohne Kameras.»

Sie stießen mit ihren Plastikbechern an und tranken.

«Ich bin dafür, dass wir unsere abendliche ‹gute Sache› noch vertagen, bis wir uns ... akklimatisiert haben», sagte Avery. «Ich habe ein bisschen Angst davor, mich festzulegen, bevor wir das Haupthaus nicht von innen gesehen haben.»

«Gut gedacht», sagte Nicole. «Wir wollen keine gute Sache verschwenden. Ich habe eh das Gefühl, dass die guten Sachen hier eher spärlich gesät sein werden.»

Sie sahen alle Maddie an, die behauptete, sie sei nicht die «Gut genug»-Polizei, aber das war sie natürlich doch.

«Für mich ist das in Ordnung», sagte Maddie und gähnte herzhaft. «Aber ich bin mir ziemlich sicher, dass wir auf viele gute Sachen anstoßen können, wenn wir uns eingelebt haben.»

Dustin lehnte sich in Kyras Schoß zurück. Ein Daumen wanderte in seinen Mund. Die Lerntasse baumelte an seiner anderen Hand.

«Ich sehe keine Spur von Troy und Anthony auf dem anderen Hausboot. Und sie scheinen sich auch nicht in den Büschen zu verstecken», sagte Kyra.

«Ich wette, sie sind drüben in Islamorada», sagte Avery.

«In einem Restaurant», fügte Deirdre sehnsüchtig hinzu.

«Und essen etwas, das nicht in Plastik verpackt war.» Nicole setzte noch eins drauf.

«Das würde mich nicht im Geringsten überraschen», sagte Kyra. «Sie sind ja nicht diejenigen, die vor den Kameras beschissen aussehen sollen. Deswegen filme ich nämlich auch weiterhin *alles* – falls wir jemals beweisen müssen, wie es hier wirklich war.»

«Mir tut Will beinahe leid», sagte Maddie nachdenklich. «Ich meine ... William Hightower. Der Sender wird seinen Namen genauso ausschlachten wie uns.»

Kyra sah ihre Mutter überrascht an. Und Nicole fragte sich, ob sie da etwas nicht mitbekommen hatte – zwischen Maddie und Mr. Hightower. «Er ist ein erwachsener Mann», sagte Kyra. «Mir wäre es lieber, sie würden sich auf ihn konzentrieren statt auf Dustin. Aber ich bin sicher, Lisa Hogan hat Troy und Anthony die Anweisung gegeben, weder William noch Dustin aus den Augen zu verlieren.» Sie blickte auf das Kind in ihrem Schoß. Dustin war eingeschlafen, seine Brust hob und senkte sich bei jedem Atemzug.

«Ich glaube, es wird wirklich Zeit, dass wir Dustin ins Bett bringen. Es war ein langer, wunderlicher Tag.» Maddie begann die Becher und den Müll einzusammeln. Die anderen taten es ihr gleich.

«Und es wird eine Weile dauern, bis wir alle nacheinander gewaschen und bettfertig sind», betonte Avery.

Sie sahen sich an und gingen schnurstracks Richtung Treppe, die zur Hauptkajüte hinunterführte.

Als Nicole endlich in dem zu kleinen Bad an der Reihe gewesen war, ihr Bett gemacht hatte und sich hatte hineinfallen lassen, war sie viel zu müde, um auf Giraldis Gute-Nacht-Nachricht zu antworten. Sie war lediglich erleichtert, dass es auf ihrer teetischförmigen Insel Netz zu geben schien.

Die Schaumstoffmatratze war nicht besonders komfortabel, und die «Wände» waren definitiv zu dünn, aber das beinahe unmerkliche Schaukeln und das Geräusch von Wasser, das sanft gegen den Bug schwappte, waren nicht schlecht. Ihr letzter Gedanke, bevor sie einschlief, galt der Sorge, dass vermutlich eine atomare Explosion nötig sein würde, um sie am nächsten Morgen zu wecken.

9

Ein fremdes Geräusch durchdrang die Stille.

Avery schnellte in ihrem Bett hoch und riss die Augen auf. Auf der anderen Seite der Abtrennung war Deirdres Bett – leer, abgesehen von ihren Koffern. Die allerdings waren so hoch aufgestapelt, dass sie das schmale, rechteckige Fenster fast verdeckten, hinter dem bereits die Morgensonne aufgetaucht war.

Sie warf einen Blick auf ihre Uhr und stöhnte. Acht Uhr. Sie ließ sich auf ihr Kissen zurücksinken, schloss die Augen und versuchte, wieder einzuschlafen.

Dieses Mal war das fremde Geräusch lauter, anhaltender und erkennbar: Der Inselhahn, dem sie gestern schon begegnet waren, schmetterte laut seinen Morgengruß in die Gegend, obwohl der Sonnenaufgang lang vorüber war. Hatten die Viecher nicht angeblich eine innere Uhr?

Er krähte erneut.

«Kikeriki, dass ich nicht lache!» Mehr als verstimmt warf sie die Decke von sich und setzte sich auf, um durch den Fensterspalt mit zusammengekniffenen Augen über die Insel spähen zu können. Der verdammte Vogel befand sich auf der Lichtung neben der Palmengruppe. Es sah so aus, als ob er sich stolz in die Brust warf, um einen weiteren Weckruf abzusondern, während er über die Lichtung stolzierte. Eine Schar Hühner scharwenzelte um ihn herum.

Sie wollte sich die Bettdecke gerade wieder über den Kopf ziehen, als das Aroma frisch aufgegossenen Kaffees ihre Nase erreichte. Unten rührte sich etwas. Gedämpfte Stimmen. Das Geräusch von laufendem Wasser.

Avery zog ihre Shorts und ein T-Shirt an, kletterte die Leiter hinunter und landete mitten in der Hauptkajüte.

Maddie – die wunderbare Maddie! – reichte ihr einen Becher Kaffee und führte sie zur Essecke, wo eine geöffnete Schachtel mit Donuts auf dem Tisch stand. Kyra und Dustin waren bereits auf und mümmelten an einem Müsliriegel beziehungsweise einer Banane. Deirdre, die perfekt zurechtgemacht war und ein hochwertiges, durchscheinend weißes, für eine Kreuzfahrt geeignetes Outfit trug, löffelte mit abgespreiztem kleinem Finger einen fettarmen Joghurt. Der kleine Plastiklöffel passte nicht ganz ins Bild. Aus dem Bad erklangen ein Schlag und ein Fluch, der von Nicole stammen musste.

Deirdre sah ihre Tochter an und musterte ihre Aufmachung. Eine Augenbraue wanderte nach oben, der Mund öffnete sich. Als Maddie den Kopf schüttelte, schloss er sich wieder. Avery seufzte und trank ihren Kaffee. Während das Koffein ihren Körper flutete, griff Maddie in die Schachtel, holte einen Donut mit Schokoladenglasur heraus und legte ihn auf einer Serviette vor sie hin.

«Gott segne dich», sagte Avery und nahm einen großen, wunderbaren, zuckrigen Bissen davon.

«Gern geschehen.» Maddie lächelte. Ihre warmen braunen Augen funkelten vor guter Laune. «Ich habe mit einer Einkaufsliste angefangen.» Sie ließ sich neben Dustin auf die Sitzbank gleiten und brach ihm ein Stück Donut ab. «Wir haben nicht viel Stauraum, aber schreibt auf die Liste, was ihr unbedingt haben wollt.»

«Wie willst du denn an Land kommen?», fragte Deirdre.

«Ich weiß noch nicht», sagte Maddie. «Aber zunächst mal gehe ich nicht davon aus, dass wir hier wie Geiseln gehalten werden, sondern dass sie uns die Arbeit nur erschweren wollen.»

Nikki kam in Laufklamotten fertig geschminkt aus dem Bad, das Haar zum Pferdeschwanz gebunden. «Erschweren ist eine Untertreibung. Ich bin schwarz und blau und das, ohne geduscht oder einen Fönversuch unternommen zu haben.»

«Wohin willst du?», fragte Kyra.

«Zum Laufen», antwortete Nicole.

«Ich glaube, die Insel ist nicht so groß», sagte Deirdre.

«Dann muss ich vermutlich ein paarmal drum herumlaufen. Oder lernen, wie man über Wasser geht.»

Es klopfte an der Kabinentür. Sie öffnete sich, und Troy und Anthony traten ein.

Avery seufzte.

«Wir dachten, ihr wärt von der Insel getürmt», sagte Kyra.

«Nein.» Die Lampe, die anzeigte, dass er filmte, leuchtete bereits an Troys Kamera.

«Und wo wart ihr?», fragte Kyra und wischte Dustin Donut-Krümel von Mund und Händen.

«Und ich dachte, ihr wärt froh, uns mal nicht sehen zu müssen», entgegnete Troy liebenswürdig.

«Ich bin nur neugierig, wie ihr von der Insel weg- und wieder zurückfahrt. Da wir möglicherweise an irgendeinem Punkt in die Verlegenheit kommen werden, dasselbe tun zu müssen.» Kyra glitt von der Sitzbank und stellte sich vor Dustin.

«Hudson hat uns auf einen Drink mit ins Lorelei genommen. Sie veranstalten bei Sonnenuntergang immer eine ziemlich coole Feier.» Troy bewegte sich nach rechts, um eine bessere Ausgangslage zu bekommen. «Und da wir vom Feiern reden, es gibt auf der Insel keinen Alkohol. Wenigstens sollte es keinen geben.» Troy zog einen maschinengeschriebenen Bogen Papier mit Ge- und Verboten aus der Tasche und reichte ihn Avery.

«Also, ich werde diesen Sommer nicht ohne einen Drink überleben», sagte Nicole.

«Ihr könnt auf dem Hausboot trinken», schaltete sich Anthony ein. «Tut es nur nicht allzu offensichtlich.»

«Heißt das, wir verwandeln diese Anlage in ein Bed and Breakfast, in dem kein Alkohol serviert wird?», fragte Deirdre. «Ich dachte immer, Fischer trinken wie ... na ja, wie Fische.»

«Ist nicht unser Problem», sagte Avery, die noch immer die Liste studierte. «Unser Job ist es, hier zu renovieren und die Serie *Alles Neu* interessant genug zu halten, ohne uns zu völligen Idiotinnen zu machen.»

Troy, der es inzwischen aufgegeben hatte, Dustin vor die Kamera zu kriegen, ließ die Linse von einer zur anderen wandern und zoomte zweifellos jedes Gesicht nah heran.

«Alles klar.» Nicole blinzelte, als die Kamera stoppte und direkt auf sie gerichtet blieb. «Ich weiß, ich stehe nicht allein damit, wenn ich sage, dass mir der Idiotinnen-Teil die meiste Sorge bereitet.»

Maddie folgte den anderen den sandigen, baumgesäumten Weg zum Haus hinauf. Sie hatte Dustin an der Hand. Ihre Gedanken galten William Hightower und seinem Alkoholproblem. Die Klatschblätter waren voll mit Geschichten von Promis, die mit derselben Regelmäßigkeit, mit der sie ihre Einkäufe erledigten, in Entzugskliniken ein- und wieder auscheckten. Sie hatte nur nie hingesehen und mied jetzt sogar beim Friseur die üblichen Magazine, seitdem Kyras und Dustins Gesichter ihr gelegentlich daraus entgegengestarrt hatten. Sie rief sich in Erinnerung, dass sie über den echten William Hightower absolut nichts wusste. Wie eine Million anderer Mädchen war sie nur kindisch verknallt gewesen in den Rockstar und bösen Buben.

Und nun war er der Hausbesitzer, dem sie helfen sollten. Nicht anders als Max Golden, der ehemalige Comedian, den sie alle in South Beach ins Herz geschlossen hatten. Mit dem Unterschied, dass Max mit seinem professionell geschliffenen Humor, seinem guten Timing für Witze und dem Bergwerk von Herzen neunzig gewesen war. William Hightower war kaum sechzig und hatte diesen waidwunden Blick, der ihn nur noch attraktiver machte.

Das Haus wirkte im hellen Morgenlicht noch größer und abgekämpfter, seine Holzfassade und die schwere Doppeltür noch wettergegerbter. Durch die verglasten Fenster konnte man kaum hindurchsehen.

Nicole kam auf die Lichtung gejoggt und gesellte sich zu ihnen. Sie beugte sich vor und stützte sich mit den Händen auf den Knien ab, um durchzuatmen, während die anderen das Haus in Augenschein nahmen. Avery kritzelte in ihr Notizbuch, Troy und Kyra filmten das Äußere des Gebäudes und alle Anwesenden. Sie schienen einander nicht wahrzunehmen und brachten es dennoch fertig, nicht zusammenzustoßen.

Thomas und William Hightower standen neben der Treppe. Der jüngere Hightower trug lässige Businesskleidung, was in dieser Umgebung eigenartig formell wirkte. Sein Vater trug Badeshorts, die weit unten auf seinen Hüften saßen, ein altes T-Shirt von World Wide Sportsman und ein abgenutztes Paar Flip-Flops. Haar und T-Shirt waren feucht, als habe man ihn gegen seinen Willen aus dem Pool gezerrt. Die dunklen Augen blickten finster und nicht das kleinste bisschen einladend.

«Also, das Haus und die Gebäude, die Sie gestern besichtigt

haben, sind noch ungefähr in dem Zustand, in dem sie waren, als mein Vater Mermaid Point 1983 gekauft hat. Seit den frühen Neunzigern ist nichts mehr nennenswert umgestaltet oder neu gemacht worden.» Tom räusperte sich und fuhr sich über das kurze dunkle Haar. «In den letzten zehn oder fünfzehn Jahren hat sich einiges eher verschlechtert.»

Will schnaubte. «Ich glaube, das sehen sie schon selbst», sagte er. «Warum bringen wir es nicht hinter uns und führen Sie jetzt einfach herum?»

Avery hörte auf zu kritzeln und sah den alternden Rocker an. «Ich mag die klaren Linien an diesem Haus. Die Bretterverschalung ist der Clou und gibt ihm eine für Florida geradezu klassische Anmutung. Und der Keystone des Fundaments und der Treppe lässt es bodenständig wirken – beinahe als wäre es aus der Insel selbst herausgewachsen.»

Will beäugte Avery einen Augenblick misstrauisch, da er sich nicht im Klaren darüber war, was sie bezweckte. Seine Brauen senkten sich, und sein Laserblick grub sich fast in sie. Maddie war froh, dass sie selbst nicht einer solchen Durchleuchtung unterzogen wurde.

«Finde ich auch», fügte Deirdre hinzu und überraschte damit alle, inklusive Avery. «Und das Metalldach wirft nicht nur die Hitze zurück, sondern nimmt auch Aspekte der Insel auf. Natürlich ist alles etwas ... verwitterter ... als es in anderer Umgebung wohl wäre. Es ist schwer, den Elementen zu trotzen, wenn man auf allen Seiten von Salzwasser, Wind und Sonnenhitze umgeben ist», schloss sie huldreich.

«Aber wenn an dem Haus nichts getan werden müsste, wären wir nicht hier», setzte Avery hinzu und kam so auf den Punkt.

Sie und Deirdre richteten ihre identisch blauen Augen auf die beiden Hightowers.

«Können Sie uns jetzt herumführen, William?», fragte

Deirdre höflich. «Ich habe letzte Nacht vor Vorfreude auf die Innenraumgestaltung kaum geschlafen.»

Deirdre versuchte, nicht über das erschrockene Gesicht ihrer Tochter zu lachen, als sie ins Haus traten und sich umsahen. Staubmäuse tanzten in dem Sonnenlicht, das es durch die salz- und schmutzverkrusteten Sprossenfenster und Seitenlichter geschafft hatte. Das Foyer war weitläufig und hoch. Zu allen Seiten gingen Türen ab, und an einer Wand befand sich eine Treppe, aber die Luft war etwas feucht, und es roch nach Handtüchern, die schon zu lange in der Waschmaschine vergessen waren. Oder nach einer Umkleidekabine, die man zu lange nicht geputzt hatte.

Die Wände bestanden aus Pecky-Cypress-Brettern. Träger aus massivem Holz stützten die gewaltige Decke – ein Geflecht aus Balken mit drei Eckpunkten, das den Blick nach oben lenkte. Geradeaus lockte ein lichterfüllter Raum, doch William Hightower führte sie in das Zimmer links vom Eingang, das als Büro eingerichtet war. Auf der anderen Seite des Foyers befand sich ein formelles Esszimmer, in das Deirdre kurz verschwand. Nach einem schnellen Rundumblick fragte sie sich, wie der ehemalige Rockstar wohl am Kopfende des Mahagonitisches unter dem Kronleuchter bei einer formellen Einladung präsidierte.

Inzwischen hatte William an seinem Schreibtisch Platz genommen, alle anderen hatten sich im Raum verteilt. Avery ergriff das Wort: «Wie viel Zeit, würden Sie sagen, verbringen Sie in diesen Räumen?»

Hightower zuckte mit den Schultern. «Nicht viel. Und ich habe nie einen Grund gesehen, an ihnen etwas zu verändern.»

Avery nickte bedächtig und ließ sich nichts anmerken. Deirdre, die wieder zu ihnen gestoßen war, musste sich ein

Lächeln verkneifen. Hightower hatte eben bereits zugegeben, dass er diese in die Jahre gekommenen Räume offensichtlich nicht sehr intensiv nutzte. Also würde er sie auch nicht vermissen. In Gedanken klatschte sie ihre Tochter ab und lächelte verschmitzt.

Sie gingen zurück ins Foyer und an der schmalen Treppe vorbei in den riesigen Hauptraum, dessen Licht schon zuvor gelockt hatte. Überraschenderweise gehörte eine kleine, L-förmig gebaute offene Küche mit veralteten Schränken und einer fleckigen Corian-Arbeitsplatte zu diesem Raum. Das einzig Anerkennenswerte war der Gasherd von Wolf mit den typischen roten Knöpfen und der Edelstahlabdeckung. Den mussten sie unbedingt retten, nahm Deirdre sich vor und hatte den Eindruck, dass Avery in diesem Moment dasselbe dachte.

Ein Angelkasten befand sich mitten auf einer auf Böcken stehenden Eichentischplatte, sein Inhalt lag ausgebreitet um ihn herum. Abgenutzte und plattgesessene Ledermöbel standen um einen holzbefeuerten Kamin, über dem ein gewaltiger Flachbildfernseher – vermutlich die einzige Neuerung seit Jahren – hing.

Doch der große Raum bot weit mehr. Hinter einer Reihe von Pfeilern aus Zypressenholz, die eine gewölbte Balkendecke stützten, nahm ein Billardtisch von der Größe eines Kleinstaates einen Gutteil des Platzes ein. Der Boden bestand aus breiten Holzplanken, und in einer Ecke waren lieblos ein Clubsessel und eine Ottomane arrangiert. Der Bezug der Ottomane war so verblichen, dass Deirdre weder seine ursprüngliche Farbe noch seine Beschaffenheit erraten konnte. Auffällig war das hohe Teleskop, das daneben stand und aufs Meer ausgerichtet war. Dass der Hausherr ein passionierter Angler war, spiegelte sich auch hier wider. Angelzeitschriften stapelten sich auf einem kleinen Lampentisch und türmten sich auf dem Boden. Teile von zerlegten Angeln lagen auf einem rustikalen Bücherregal, das aus hölzernen Krebsreusen gebaut worden war.

William Hightower hatte das Haus auf seiner tropischen Privatinsel in eine Junggesellenbude voller Angelgerätschaften verwandelt.

Nachdem sie sich alle auf den bedauernswerten Zustand des einst sagenhaften Zimmers konzentriert hatten, schweiften ihre Blicke nun Richtung Fenster. Die langgestreckte Ostwand des Raums bestand aus Schiebetüren, die trotz der wolkigen Flecken und der korrodierten Aluminiumrahmen einen atemberaubenden, ungehinderten Blick auf den Atlantik freigaben.

«Wow.»

«Oh mein Gott.»

«Unglaublich.»

Sie sprachen mit Flüsterstimmen, als sie ehrfürchtig die glitzernden Blau- und Grüntöne des Meeres in sich aufnahmen, das sich bis zum Horizont erstreckte. Vögel schossen aus dem blassblauen, mit Wölkchen betupften Himmel in das gleißende Wasser, auf der Suche nach Nahrung. Die Strahlen der Morgensonne schienen auf den Wellen zu tanzen. In einiger Entfernung fuhr ein Boot aufs Meer hinaus, das als Heckwelle eine weiße Wolke hinter sich herzog wie ein Flugzeug einen Kondensstreifen am Himmel.

«Boog.» Dustin zeigte auf das Boot und störte die ehrfurchtsvolle Stille.

Auch William Hightower hatte den Ausblick mit einer Intensität genossen, die ihn immer wieder neu mit seiner Insel verband. Nie würde er dieser Umgebung müde werden! Dann wandte er sich als Erster ab: «Wollen wir weitergehen?»

Maddie hätte sich gewünscht, auch noch auf die ausladende, überdachte Veranda hinaustreten zu können, doch es war offensichtlich, dass William ein längeres Verweilen verhindern wollte. Also folgte sie den anderen zurück ins Foyer.

Gemeinsam stiegen sie über die schmale Treppe in den ersten Stock. Als ihre Hände das schmiedeeiserne Geländer berührten, merkten sie, dass die Farbe abblätterte; zudem waren die Macken in den Pecky-Cypress-Wänden kaum zu übersehen. Sie besichtigten das Wäschezimmer und zwei kleinere Schlafzimmer sowie das Bad auf der Vorderseite des Hauses. Deirdre beobachtete, wie Avery zeichnete, kritzelte und zweifellos in Gedanken bereits Wände versetzte und die bauliche Gesamtlage einzuschätzen versuchte.

Im Hauptschlafzimmer, das die gesamte östliche Breite des Hauses einnahm, fiel William Hightowers einfacher, beinahe spartanischer Geschmack ins Auge. Deirdre trat ungefragt auf den angrenzenden Privatbalkon und genoss noch einmal die atemberaubende Natur. Sie glaubte zu ahnen, warum William Hightower hier lebte. Und dass diese Natur der Grund sein würde, warum Gäste viel Geld bezahlen würden, um hier wohnen zu dürfen. Doch was auch immer sie in diesem Gebäude verändern würden, es *durfte* nie mit dem wetteifern, was sich außerhalb befand.

Thomas Hightower übernahm noch einmal die Führung und geleitete sie zur Tür. Etwas benommen machten sich Nicole, Maddie und Kyra, die Dustin auf dem Arm trug, auf den Weg zurück zum Hausboot. Deirdre und Avery blieben dagegen unabgesprochen auf der Lichtung stehen und betrachteten still das prächtige Inselhaus von William dem Wilden.

Das Haus war nicht so kaputt oder verlottert wie Max Goldens Millicent oder so verschmutzt und verloren wie Bella Flora, trotzdem würde die Reparatur nicht einfach werden. Dieses Gebäude und auch die anderen Anlagen auf Mermaid Point mussten vorsichtig in verschiedene Einheiten unterteilt werden, damit man sie dann von Grund auf instand setzen und in ein Refugium verwandeln konnte, das die unterschiedlichsten Gäste – und unter Wahrung ihrer Privatsphäre – bequem bewohnen konnten.

Die Herausforderung war groß und die Arbeitsbedingungen alles andere als herausragend. Aber Deirdre hatte keinen Zweifel daran, dass Mermaid Point zu einem hochklassigen Reiseziel werden konnte, wenn Avery nur endlich ihren Schmerz überwinden und eine echte Zusammenarbeit zulassen würde.

10

Am späten Nachmittag stand Avery auf dem Oberdeck des Hausboots und sah Thomas Hightower dabei zu, wie er sein Reisegepäck auf der Jolle verstaute, die am Anleger schaukelte. Da erreichte sie Chases Anruf. Sie konnte das Röhren der Elektrowerkzeuge im Hintergrund hören und wusste, dass Chase von einer Baustelle aus anrief. Doch seine Stimme hatte sie klar und deutlich im Ohr, als sie einander begrüßten.

«Also, wie sieht's aus?», fragte er. «Wem gehört das Haus? Und was brauchst du, um es zu verwandeln?»

«Wir sind genau genommen auf einer Privat...»

«Oh, warte, eine Sekunde.» Sie hörte, wie Chase die Sprechmuschel mit der Hand bedeckte und seine gedämpfte Stimme, die mit jemandem sprach. «Sorry. Es gibt hier ein Problem mit dem Fundament und ...»

Sie sah, wie Tom in das Boot kletterte und sich dann umdrehte, um Maddie hineinzuhelfen. Hudson, der danebenstand, setzte sich eine Baseballkappe auf die Glatze, band die Leinen los und stieß sie ab. Sie hatte versucht, Deirdre dazu zu überreden, mit Maddie an Land zu gehen. Damit hätte sie die Möglichkeit gehabt, ungestört sämtliche Anlagen auf der Insel noch einmal zu begutachten, aber ein Ausflug in den Supermarkt war weder für Deirdre noch für das Filmteam Anreiz genug gewesen.

Das Boot tuckerte vom Anleger fort, umrundete Mermaid Point und geriet außer Sicht.

Chase war wieder am Telefon. «Tut mir leid», sagte er. «Hier geht es heute verrückt zu.»

«Kein Problem», sagte sie. «Aber es ist ein bisschen kompliziert. Weil dieses Haus auf einer Privatinsel steht und …»

«… verdammt, entschuldige.» Chase schnitt ihr abermals das Wort ab. «Da muss ich drangehen. Es ist Dad.»

Dieses Mal wurde der Anruf gehalten.

Das Heulen des Bootsmotors verklang. Es war heiß und feucht, Schweiß rann Avery in zwei Bächen den Rücken hinunter und sammelte sich zwischen ihren Brüsten. Wenn es Troy und Anthony nicht gegeben hätte, die alles zu filmen schienen, was sich bewegte, hätte sie sich längst bis auf den Badeanzug ausgezogen.

«Oh Mann.» Chases Stimme riss sie aus ihren Gedanken. «Sein Termin bei dem Spezialisten ist auf drei Uhr heute Nachmittag vorgezogen worden. Und Hamden ist in den Play-offs.» Hamden hieß die Highschool seiner Söhne Josh und Jason, wo beide im Baseballteam spielten. «Das erste Spiel ist um fünf. Und ich muss auf zwei weiteren Baustellen vorbei, bevor ich Dad abhole.» Ein Tuten zeigte einen neuen Anruf an. «Nein, den nehme ich jetzt nicht an. Los, erzähl. Wie groß ist die Insel, und welcher Promi ist der Besitzer?»

Avery brachte ihn in Sekundenschnelle auf Stand, da sie nicht sicher sein konnte, wie lange er die anklopfenden Anrufer ignorieren würde und die Töne, die anzeigten, dass andere auf seine Mailbox gesprochen hatten.

«Wow, William Hightower. Wasted Indian. Die waren riesig. Ich weiß noch, wie *The Mermaid in You* rauskam, als ich noch ein Kind war. Ich habe den Song immer geliebt.»

«Tja, na ja. Keine Ahnung, wie viel Geld so ein Erfolg abwirft, aber er hat davon seit langer Zeit nichts mehr in diese Anlage gesteckt.» Averys Augen wanderten das Pfahlwerk des Bootshauses hinauf und nahmen die verzogenen Bretter und die abblätternde Farbe wahr.

«Ich hätte nichts gegen einen Ausflug auf eine Privatinsel», sagte Chase.

«Ja», sagte sie und wünschte, er wäre hier. «Wenn wir nicht in einem Hausboot zusammengepfercht wären, würden wir vermutlich alle ein bisschen mehr Begeisterung aufbringen. Es ist hier wunderschön, und das Potenzial ist riesig. Aber William Hightower ist nicht gerade Feuer und Flamme für unsere Sache, die sein Sohn offensichtlich arrangiert hat. Es ist ziemlich klar, dass William froh wäre, wenn wir in den Sonnenuntergang davonsegelten. Der hier übrigens spektakulär ist. Beinahe so spektakulär wie der Sonnenaufgang.»

«Du warst bei Sonnenaufgang schon wach?»

«Also ... Nein, genau genommen nicht. Wäre ich aber beinahe gewesen, wenn die innere Uhr des Inselhahns nicht verkorkst wäre.»

Chase lachte. Sie stellte ihn sich mit zurückgeworfenem Kopf und vor Humor blitzenden blauen Augen vor.

«Hör zu», sagte er, «ich habe den Namen des Leiters der Planungsbehörde da unten rausgefunden. Ich schicke ihn dir per SMS. Und ich rufe Mario an.» Mario war ein Mitglied der Kunsthandwerkerfamilie, die sie dabei unterstützt hatte, Bella Flora und The Millicent zu alter Pracht zu verhelfen. «Nur um mal zu hören, ob er so weit im Süden Familie hat oder ob er da unten ein paar Bauleute kennt.» Chase hielt inne, seine Hand legte sich kurz auf die Sprechmuschel, dann fuhr er fort. «Und ich ...»

«Danke, Chase. Aber ich komme klar. Ich habe Marios Nummer gespeichert, falls ich ihn erreichen muss. Und ich bin mir recht sicher, dass ich noch weiß, wie man einen Anruf tätigt.»

«Du verdrehst gerade die Augen, stimmt's?», fragte er. «Ich kann es praktisch hören.»

Avery biss die Zähne zusammen.

«Und du beißt vermutlich die Zähne zusammen.»

«Lieber Himmel», sagte sie. «Wenn wir nicht in der Pampa wären, würde ich wetten, dass du hier irgendwo eine Überwachungskamera installiert hast.»

«Ich kenne dich, Avery. Und ich liebe dich. Aber du bist so stur wie ein Ziegenbock. Der Sender wird nicht wissen oder sich darum scheren, woher du deine Handwerker hast oder wer sie dir empfohlen hat. Du musst nicht losziehen und jeden einzelnen selbst rekrutieren.»

Sie schwieg. Aber sie spürte, wie sich ihr Kiefer verkrampfte, und fragte sich, ob er auch das «hören» konnte.

«Und hör auf, Deirdre zu ignorieren. Sie kann dir eine große Hilfe sein, wenn du es zulässt. Ich weiß, du hörst es nicht gern, aber die Frau ist Weltklasse, was Innenraumgestaltung angeht.»

«Bist du jetzt fertig damit, meine Gedanken zu lesen, mir beim Denken zuzuhören und mir vorzuschreiben, wie ich mit Deirdre umzugehen habe?»

«Möglicherweise.»

«Gut. Dann erzähl mir doch, wie es mit deinen Fertighäusern läuft», sagte sie versöhnlich. «Hast du noch immer einen Interessenten für den Bungalow in der Jamerson Street?»

«Avery, ich bin noch nicht fertig mit dir, weil ich dich nämlich nicht das Thema wechseln lasse», sagte Chase. «Jedes Mal, wenn du Deirdre widersprechen oder sie ausschließen willst, denk an diese Kugel, vor die sie sich geworfen hat. Um dich zu retten.»

Avery starrte aufs Meer hinaus, das in Schichten von Blau und Grün schimmerte, die Intensität der Farben hatte beinahe hypnotische Wirkung.

«Außerdem hat sie dich geboren», fuhr er fort. «Sie ist nur für eine Weile ... untergetaucht.»

«Ach, für eine kleine Verschnaufpause vom Elternsein, oder? Für, warte mal, über zwanzig Jahre?» Avery verabscheute ihren eigenen Quengelton. Aber jedes Mal, wenn sie dachte, sie käme damit klar, dass Deirdre sie verlassen hatte, und sie sei nun in der Lage, nach vorne zu blicken, kam die alte Verletztheit wieder hoch. Wie eine Infektion, die eine Resistenz gegen Antibiotika entwickelt hatte.

«Ich weiß», sagte Chase sanft. «Sie hat es schlimm vermasselt. Aber sie ist wieder da und scheint entschlossen, zu bleiben. Du musst nicht rührselig werden oder so – sonst würden wir dich ja alle nicht wiedererkennen. Aber du kannst dich zivil verhalten. Und du musst dich definitiv mit ihr über deine Pläne beraten.»

«Gut», sagte sie und war sehr froh, dass er in diesem Moment ihr Gesicht nicht sehen konnte. Oder ihre Gedanken lesen, die sich noch immer damit beschäftigten, wie sie Deirdre entwischen und die Anlage allein begehen konnte. «Vielleicht hast du recht. Ich denke darüber nach.»

«Avery ... dein Ton verrät mir, dass ...» Schon wieder tutete es in der Leitung. «Ah, verdammt, das ist die Bank. Ich muss da ran.»

«Pass auf dich auf», sagte sie und legte auf, erleichtert darüber, dass sie ihn nun nicht direkt anlügen musste. Aber egal, was Chase oder gewisse andere Menschen von ihr erwarteten: Sie hatte nach Deirdres Weggang gelernt, eine Einzelkämpferin zu sein. Ganz sicher würde sie sich jetzt nicht auf sie stützen.

Im Bud N' Mary's Hafen war nicht allzu viel los, als Maddie am späten Nachmittag zurück auf den Parkplatz fuhr. Sie hatte sich Zeit gelassen, hatte sich zuerst auf dem Highway 1 nach Norden gehalten, wobei sie gelegentlich an den Rand gefahren war, um ungeduldige Verkehrsteilnehmer an sich vorbeizulassen, denn sie hatte versucht, die Umgebung in sich aufzunehmen. Auf dem Parkplatz des Hafens Whale Harbor drehte sie um und fuhr zurück nach Süden zum Public Grocery Store in Marathon. Die Strecke führte sie über Brücken und Dammstraßen mit großartigen Ausblicken aufs Wasser, und sie ließ ihr Zeit, sich zu akklimatisieren.

Ein Schild stach ihr ins Auge, und sie las den alten Namen darauf betont laut: «Mat-e-cum-be.» Genüsslich zerhackte sie das Wort in vier einzelne, betonte Silben – und es war für sie völlig unerheblich, ob das Wort indianischen oder spanischen Ursprungs war.

Sie fuhr so langsam, wie sie konnte, als sie das Lorelei zu ihrer Rechten passierte, das Troy erwähnt hatte, und das Denkmal für die Wirbelsturmopfer eine halbe Meile weiter zu ihrer Linken. Sie genoss, wie klein und überschaubar sich alles anfühlte.

Einer Eingebung folgend, bog sie bei dem Schild zur Helen Wadley Bibliothek rechts ab und fuhr an dem weißen Betongebäude entlang. Hinter der Bibliothek befand sich ein schöner Park mit Picknicktischen, Schaukeln und Klettergerüsten, die Dustin begeistern würden. Er lag an einer mangrovengesäumten Bucht mit einem kleinen Anleger und einem Strand. Wenn sie eine Möglichkeit finden würde, auf einfache Weise Mermaid Point verlassen und wieder zurückkehren zu können, könnten sie mit Dustin in der Bibliothek Bücher ansehen und ihn dann im Park seine Energie versprühen lassen.

Hudson wartete bereits auf sie, als sie zum Hafen zurückkehrte. Er hatte seine Baseballkappe tief in die Stirn gezogen. Ein paar sandgraue Augenbrauen hoben sich über den Rand seiner verspiegelten Sonnenbrille. Sein ganzer Körper wirkte drahtig, die großen Hände patent.

«Kann ich Ihnen mit den Einkäufen helfen?» Er lächelte gelassen.

«Danke», sagte sie. «Ich hole den Rest aus dem Minibus.»

Er lud die Tüten ins Boot und bot ihr dann seine Hand. Als sie sich gesetzt hatte, zog er etwas aus dem Motor, der sprang an, wühlte das Wasser auf und warf Schaum hinter sie.

«Wie haben Sie das gemacht?», fragte Maddie.

«Was?»

«Wie haben Sie das Boot gestartet?»

«Man zieht nur am, ähm, Startseil.» Er blickte sie an, als habe sie ihn nach dem ersten Buchstaben des Alphabets gefragt, enthielt sich aber jeden Kommentars.

Während sie langsam aus dem Hafen tuckerten, beobachtete Maddie genau, was er tat. Abgesehen von der Zeit, als sie Bella Flora renoviert hatten, hatte sie nie am Wasser oder in dessen Nähe gelebt. Und sie hatte nie darüber nachgedacht, wie man ein Boot bediente. Aber angesichts der Situation auf Mermaid Point durchzuckte sie ein Gedanke: Wenn sie lernte, dieses Boot zu steuern oder auch ein anderes, hätten sie die Möglichkeit, die Insel zu verlassen und wieder zurückzukehren, ganz unabhängig von irgendjemandem.

«Sie haben also diese Taue immer dabei?», fragte sie, als sie auf das offene Meer zuhielten. «Sie gehören nicht zum Hafen oder so?»

«Man nennt sie, genau genommen, ‹Leinen›», erklärte er. «Und sie gehören zum Boot. Damit man es vertäuen kann, wenn man zu seinem eigenen Anleger zurückkommt oder eben zum nächsten Ort, den man ansteuert.»

Sie bemerkte, dass er sich bemühte, nicht zu lächeln. Er drehte an etwas, das wie ein Griff aussah, und das Boot beschleunigte. Maddie hob fragend eine Augenbraue.

«Mit dem Gashebel kontrolliert man die Geschwindigkeit», sagte er.

Sie nickte erneut und wusste nicht recht, was sie als Nächstes fragen sollte.

«Wenn Sie den Griff im Uhrzeigersinn drehen, beschleunigen wir. Gegen den Uhrzeigersinn werden wir langsamer.» Er führte ihr geduldig vor, was er meinte, damit sie es sehen und die Veränderung spüren konnte.

Als sie genügend Abstand zum Hafen hatten, wurde er immer langsamer, bis das Boot auf der Stelle wippte. Sie konnte Mermaid Point vor ihnen, Bud N' Mary's hinter ihnen liegen sehen.

«Möchten Sie's versuchen?», fragte er leise.

Maddie betrachtete die Kanalmarkierung, die sie nicht lesen konnte, die seichten Stellen, an denen sie ganz klar den Meeresboden sehen konnte, und die riesigen Ausmaße des Meeres, die das Boot aussehen ließen wie ein Stück Treibgut. Sie dachte auch an all die Meerestiere, die zweifellos unter der Wasseroberfläche lauerten und von denen ihnen nicht alle freundlich gesinnt waren, aber nichts davon fiel ins Gewicht. Sie musste ja nicht der nächste Jacques Cousteau werden, sie musste nur in der Lage sein, ein kleines Schiff zu steuern. Was auch im Notfall wichtig sein könnte angesichts ihrer Insellage.

«Ja.» Sie sah die Spiegelung ihres lächelnden Gesichts in seiner Brille. «Unbedingt.»

Hudson stellte den Motor ab und rückte zur Seite, damit Maddie rechts vom Motor sitzen konnte.

«Okay. Alles, was Sie brauchen, wenn Sie den Motor gestartet haben, steht auf dieser Ruderpinne.» Er demonstrierte die Position für Leerlauf, den sie einstellen musste, bevor sie die Richtung änderte. Der Leerlauf befand sich zwischen dem Vorwärts- und dem Rückwärtsgang.

«O-kay», sagte Maddie und nickte.

«Man benutzt die Ruderpinne auch als Steuer», erklärte Hudson. «Sie drücken sie von sich weg, wenn Sie nach rechts wollen, und ziehen sie zu sich heran, wenn Sie nach links wollen. Also im Grunde immer gegensätzlich zu der Richtung, die Sie anpeilen.» Er wartete auf ihr erneutes Nicken, während das leise Plätschern der Wellen gegen den Bootsrumpf das einzige Geräusch war.

«Und jetzt hier, sehen Sie diesen Knauf?» Er wartete, bis sie den rechteckigen Knauf gefunden hatte, der aus der Vorderseite des Motors hervorstand. «Sie müssen sicherstellen, dass der Motor im Leerlauf ist, dann nehmen Sie den Handstarter und ziehen ihn fest zu sich heran.»

Maddie zog. Nichts geschah.

«Das ist in Ordnung. Stützen Sie sich mit der anderen Hand oben auf dem Motor ab und ziehen Sie schnell. Wenn er nicht anspringt, ziehen Sie noch einmal schneller.»

Sie zog noch zwei Mal. Beim dritten Versuch sprang der Motor an. «Ich habe es geschafft!», jubelte sie.

«Das haben Sie», sagte er. «Und jetzt fahren Sie uns nach dadrüben.» Er zeigte auf den Highway und das tiefblaue Wasser zwischen den Markierungen. «Genau so», sagte er anerkennend. «Geben Sie etwas Gas und fahren Sie dann zwischen den roten und grünen Kanalmarkierungen entlang.»

Maddie drehte ihre Hand so vorsichtig, dass zuerst nichts geschah. Sie versuchte es erneut, und das Boot machte einen Satz vorwärts.

«Ganz locker», sagte Hudson wie ein Cowboy, der sein Pferd beruhigt. «Bewegen Sie den Hebel nur ein kleines bisschen.»

Als es ihr gelang, ihren Griff so weit zu lockern, dass sie dazu in der Lage war, lächelte er. «Gut. Sehr gut.»

Sie krochen im Schneckentempo vorwärts. Als sie es schaffte, das Boot zwischen die Markierungen zu steuern, breitete sich ein zufriedenes Lächeln auf ihrem Gesicht aus. Sie steuerte ein Boot!

«Sehr gut», lobte er. «Steuern Sie jetzt ein bisschen nach rechts.»

Vor lauter Konzentration biss sie sich auf die Unterlippe, drückte den Griff von ihrem Körper weg, und der Bug des Boots drehte sich nach rechts.

«Ich hab die Vorderseite dazu gekriegt, sich nach rechts zu drehen!»

Er lachte anerkennend. «Haben Sie. Und die Vorderseite des Boots nennt man Bug. Sie selbst sitzen im Heck.» Er ließ ihr einen Augenblick Zeit, um das aufzunehmen. «Versuchen Sie es doch mal in die andere Richtung. Nur eine leichte Korrektur.»

Vorsichtig tat sie wie geheißen. Der Bug drehte sich nach links.

«Gut», sagte Hudson. «Sie sollten daran arbeiten, dass Ihre Bewegungen so gleichmäßig sind wie möglich.»

Es waren keine anderen Boote im Kanal, also schob sie die Ruderpinne von sich, zog sie wieder heran und war jedes Mal, wenn das Boot reagierte, unerklärlich begeistert. Als er keine Anstalten machte, wieder zu übernehmen, wiederholte sie das Manöver. Mutig geworden, drehte sie das Handgelenk, um Gas zu geben, und das Boot machte wieder einen Satz nach vorne. «Huch!», rief sie. Da Hudson in keiner Weise alarmiert aussah, entspannte sie sich. Sie wusste, es war albern, so zufrieden mit sich zu sein. Das Boot war klein und der Motor nicht besonders stark. Trotzdem hatte sie das überraschende Gefühl, etwas geleistet zu haben.

«Wir befinden uns jetzt genau zwischen Flut und Ebbe», erklärte er. «Diese Jolle braucht nicht mehr Tiefe als dreißig Zentimeter oder so, trotzdem bleiben Sie am besten einfach in der Fahrrinne. Bei Ebbe geht es manchmal um wenige Zentimeter Tiefe.»

Madeline nickte glücklich. Ihr Haar flog um ihren Kopf, und die Sonne brannte auf ihre nackten Arme und Schultern. Sie hätte sich ihr Strahlen selbst dann nicht verkneifen können, wenn sie sich bemüht hätte.

Hudson lehnte sich zurück und verschränkte die Arme. «Wir fahren unter der Brücke durch, nach Süden auf die Buchtseite, und dann kommen wir unter der nächsten Brücke wieder zurück auf die Meeresseite. Dieses Mal vertäue ich das Boot noch.»

«Aye, aye, Captain», sagte sie und gab noch mehr Gas. Sie war versucht, sich ein Mal zu zwicken für den Fall, dass dies bloß ein seltsamer Traum war, in dem sie, Madeline Singer, ehemalige Hausfrau, auf dem Weg zu William Hightowers Privatinsel ein Boot durch die Florida Keys steuerte.

11

Deirdre saß in der Essnische, ein Glas frisch aufgegossenen Sonnentee vor sich, und sah zu, wie Maddie die Nahrungsmittel verstaute und die wenigen Teller und das spärliche Besteck neu sortierte. Seit sie mit den Einkäufen zurück war, pfiff Maddie vor sich hin und klapperte in dem kleinen Raum herum. Sie tat so, als sei die enge Kombüse eine echte Küche und diese schwimmende Sardinenbüchse ein echtes Zuhause.

Maddie hängte das leuchtend bunte Geschirrtuch – von dem Deirdre annahm, dass es sich genauso wenig auf dem Hausboot befunden hatte wie die große Kanne, in der sie ihren Sonnentee aufgegossen hatte – an den kleinen Ofengriff. Da tappte Dustin, der offenbar gerade aus seinem Mittagsschlaf erwacht war, mit seiner Mutter im Schlepptau in den Wohnbereich der Kajüte.

«Möchtet ihr Saft?», fragte Maddie.

«Sapp.» Dustin rieb sich mit den Fäusten den Schlaf aus den Augen.

«Kommt schon!», sagte Maddie und lächelte auf ihren Enkel hinab. «Wie heißt das Zauberwort?»

«Bitte?» Er kletterte gegenüber von Deirdre auf die Eckbank und streckte seine stämmigen braunen Beinchen vor sich aus. Maddie setzte eine Lerntasse und eine kleine Schüssel mit Goldfischchen vor ihm ab und drückte ihm dann einen Kuss auf den Kopf. «Und?»

«Banke.» Er hob die Tasse und trank in großen Schlucken wie ein Seemann, der nach einer langen Zeit an Bord endlich am Bartresen stand.

Kyra glitt neben ihren Sohn und warf sich eine Handvoll Goldfische in den Mund. Ihre Mutter brachte ihr ein Glas Tee. «Danke.» Sie lächelte und gähnte noch, als Avery und Nicole die Kajüte betraten. Nicoles Haut glänzte. Avery hatte ihr T-Shirt bereits durchgeschwitzt.

«Ich kann nicht glauben, dass es schon so heiß ist, obwohl wir noch nicht mal Juni haben.» Nicole nahm von Maddie ein Glas Tee entgegen und drückte es sich an die Stirn. «Könnt ihr die Klimaanlage kälter stellen?»

Avery drehte am Thermostat. «Ich habe sie so kalt eingestellt wie möglich.»

«Das ist kein gutes Zeichen», sagte Nicole. «Ich meine, es fühlt sich an wie 35 Grad. Ich will gar nicht daran denken, wie heiß es hier drin werden kann.»

Avery hielt sich ihr Glas an den Nacken, der nass vor Schweiß war. Deirdre rückte zur Seite, um Platz zu machen.

«Danke, aber ich bin so verschwitzt, ich habe Angst, an dem Plastik kleben zu bleiben und nie wieder aufstehen zu können», sagte Avery.

«Ich könnte eine Runde im Pool gut vertragen», sagte Nikki.

Dustin blickte aufgeregt von seiner Zwischenmahlzeit auf. «Im Poo simm!»

«Dustin ist dabei», sagte Nikki. «Steht sonst etwas auf dem Plan?»

«Keine Ahnung», sagte Maddie und wischte die Arbeitsplatte ab. Sie pfiff nicht mehr. «Ich glaube, wir sollten erst um Erlaubnis fragen. Vielleicht ...»

«Es ist schlimm genug, dass wir hier auf der Insel festsitzen. Ich weigere mich, auch noch auf diesem Hausboot festzusitzen», sagte Nicole. «Außerdem hat Tom gesagt, wir sollten uns auf dem Anwesen wie zu Hause fühlen.»

«Tom und sein Vater sind diesbezüglich nicht unbedingt

einer Meinung», wandte Maddie ein. «Oder in Bezug auf irgendwas sonst.»

«Ihm wird vermutlich nie auffallen, dass wir da waren», sagte Nicole.

Deirdre fand das kaum glaubhaft, aber sie interessierte sich mehr für das Funkeln in Averys Augen.

«Geht ihr doch alle gemeinsam hin und schwimmt eine Runde», sagte Avery. «Es gibt nicht viel anderes zu tun, bevor ich einen endgültigen Plan habe.»

«Wie lange, meinst du, wird das dauern?», fragte Nicole.

«Kommt drauf an.» Avery zuckte mit den Schultern, aber Deirdre konnte sehen, wie sehr sie sich bemühte, beiläufig zu klingen.

«Auf was?», fragte Maddie.

«Darauf, wann ich mir alles wirklich ungestört noch einmal ansehen kann. Man braucht Zeit und muss nachdenken, bevor so ein Plan steht.»

«Und manchmal braucht man eine zweite Meinung», sagte Deirdre und imitierte Averys beiläufigen Tonfall.

Ihre Tochter schwieg.

«Also, ich habe Bildmaterial von allen Gebäuden innen und außen», sagte Kyra. «Ich würde gern eine Runde schwimmen. Außer wir nehmen Dustin mit zum Pool und Troy und Anthony schwirren pausenlos um ihn herum.»

«Das wäre ein Grund mehr, dass du mitgehst und ihnen noch ein anderes Ziel bietest.» Wenig subtil machte Avery deutlich, wie gern sie alle loshaben wollte.

«Also, ich gehe nicht schwimmen», sagte Deirdre. «Ich kann dir also helfen.»

«Danke.» Avery setzte ihr Glas in der Spüle ab. «Aber ich brauche deine Hilfe nicht.»

Deirdre seufzte. Ihre Hand hob sich automatisch, um sich

über den Arm zu reiben, der ihr noch immer unerwartet weh tat, aber sie schaffte es, sich zu beherrschen.

«Ach, ich finde nicht, dass wir in Williams Privatsphäre eindringen sollten.» Maddie blickte an sich herunter. «Und ich bin mir nicht sicher, ob ich im Badeanzug vor einem Mann stehen will, der mit Cher und mindestens zwei Bikini-Models aus der *Sports Illustrated* zusammen war.»

«Oh, und warum ist es dir so wichtig, was er denkt?», fragte Kyra überrascht. «Ich bezweifle, dass er auch nur zwei Mal hinsieht und ...»

Nicole schnitt Kyra das Wort ab. «Ich glaube nicht, dass er am Pool ist», sagte sie. «Ich habe ihn seine Bahnen ziehen sehen, als ich heute Morgen laufen war. Falls er aber zufällig da sein sollte, überlebt er es bestimmt, sich anzuschauen, wie *echte* Frauen aussehen.»

Maddie wirkte nicht überzeugt.

«Bitte, Oma?» Dustin blickte mit großen braunen Augen zu seiner Großmutter auf.

Deirdre musste lächeln, als Maddies Widerstand in sich zusammenfiel. Die Frau würde für dieses Kind durch Feuer gehen. Und ganz bestimmt würde sie einem alternden, missgelaunten Rockstar die Stirn bieten.

«Ich bin auf Dustins Seite», sagte Nicole. «Ich schwimme eine Runde, und dann suche ich mir ein schattiges Plätzchen für ein Nickerchen. Ich glaube, ich habe heute Nacht nie länger als eine Stunde am Stück geschlafen.»

«In Ordnung», pflichtete Kyra ihr bei. «Gehen wir uns abkühlen. Dustin, komm, wir suchen deinen Eimer und die Schaufel. Los, Mom.»

«Na gut», gab sich Maddie endlich geschlagen. «Ich glaube, das Boot und der Wohnwagen, die Dustin zum Geburtstag bekommen hat, sind in der Strandtasche.»

Alle bis auf Avery und Deirdre gingen sich umziehen.

«Willst du dich nicht abkühlen?», fragte Avery Deirdre.

«Nein. Dies ist eine gute Gelegenheit für uns, die Nebengebäude zu inspizieren und einen umfassenden Plan zu erstellen.»

«Ich kann das alleine», sagte Avery.

Sie standen sich in dem beengten Wohnbereich gegenüber und maßen einander mit Blicken. Deirdre hatte sich geschworen, Averys Gnade nicht mit Argumenten zu erstreiten, andererseits hatte sie schon viele gute Absichten gehabt, die sie nicht ganz umgesetzt hatte. «Ich weiß, dass du dieses Projekt nicht gefährden wirst, nur um mich dir vom Leib zu halten», sagte sie frustriert.

«Darum geht es nicht», sagte Avery, aber ihre Augen wichen Deirdre dabei aus. «Ich will nur ein Gefühl für die Anlage bekommen, die Atmosphäre einatmen ... allein. Mir scheint, es gab in meiner Kindheit eine Innenausstatterin, die mir genau dieses Konzept erklärt hat.» Jetzt sah sie Deirdre doch an. «Wir können zusammenarbeiten ... danach.»

Deirdre studierte das Gesicht ihrer Tochter. Der Schweiß und der Schmutz hatten auf ihrem T-Shirt und auf ihren Wangen Spuren hinterlassen. Als Kind war sie ein richtiger Tomboy gewesen; jeden Abend blieben ganze Hügel von Erde und Schmutz in der Badewanne zurück. Aber sie hatte sich auch in Antiquitätenläden, Textilgeschäften und Modellhäusern mit einer Selbstverständlichkeit bewegt, die sich anzueignen Deirdre Jahre gekostet hatte.

«Warum gehst du nicht voraus und siehst dir den Pavillon und das Bootshaus an», schlug Avery vor. «Ich gehe rüber zur Garage, und dann wechseln wir. Wir können unsere Gedanken und Zeichnungen morgen vergleichen. Nachdem wir beide ... nachgedacht haben.»

Es war ein Ausweichen, an dem ein sehr dünner Olivenzweig

befestigt war. «Na gut.» Deirdre lenkte ein. «Aber morgen früh gehen wir zusammen noch einmal ins Haupthaus. William Hightower ist nicht glücklich darüber, dass wir hier sind. Er wird nicht dulden, dass wie beide nacheinander nach Belieben hindurchstromern.»

Damit nahm sie ihr Telefon und ihren gelben Block, und gemeinsam folgten sie dem ekstatischen Dustin und seiner Entourage von Bord. Hinter dem Bootshaus trennten sich ihre Wege. Sie und Avery gingen in unterschiedliche Richtungen.

In der einen Minute lag William mit geschlossenen Augen am Pool und konzentrierte sich darauf, mit dem Universum eins zu sein. Oder wenigstens mit der nächsten Kokospalme. In der nächsten Minute drang eine kleine Armee in sein Universum, eine Armee, bestehend aus dem Jungen, einer Gruppe von Frauen und der Filmcrew, die ihnen folgte.

Er hielt die Augen geschlossen und hoffte, dass sie die Botschaft verstehen und weggehen würden. Oder dass die Invasion wenigstens kurz und leise über ihn hinwegziehen würde. Doch dann schob sich etwas zwischen ihn und die Sonne. Ein Schatten fiel auf sein Gesicht, und er spürte eine vorsichtige weibliche Präsenz. Wahrscheinlich Maddie. Er zog in Erwägung, sie einfach zu ignorieren oder sich schlafend zu stellen, aber beides würde eine Anstrengung erfordern. Und allein der Gedanke war lächerlich. Das war sein Pool, sein Haus, seine verdammte Insel.

«Was ist?»

Er öffnete die Augen und blickte in ein Gesicht, das mit zwei wirklich schönen braunen Augen gesegnet war und einem vollen Mund, der sich an den Mundwinkeln leicht nach oben bog.

«Es tut uns leid, Sie zu stören.» Sie blickte über die Schulter zum Rest der Armee, die wartete und sich gegenseitig anstieß. Der Geruch von Kokosnussöl drang an Wills Nase, und er wusste, dass sich gerade jemand eincremte.

«Poo!», rief die aufgeregte Stimme des kleinen Jungen. «Will simm!»

Jemand brachte ihn zum Schweigen, aber Will konnte alle Blicke auf sich spüren. Madeline stand noch immer vor ihm, ihr dunkles Haar flatterte im Wind.

«Brauchen Sie was?», fragte er.

«Ja. Würde es Ihnen etwas ausmachen, wenn wir Ihren Pool benutzten?»

Ein kleiner, engstirniger Teil von ihm wollte spontan antworten: «Ja, verdammt, und ob mir das was ausmacht. Und wo wir gerade dabei sind, ich finde es entsetzlich, dass Sie hier sind!» Doch er konnte all die hoffnungsvoll zu ihm herüberblickenden Gesichter nicht ignorieren, insbesondere nicht das Gesicht des Kleinen.

«Ich weiß, es ist lästig, dass wir hier sind», sagte Maddie. «Und überall die Kamera. Na ja, daran müssen wir uns selbst erst wieder gewöhnen. Ich weiß auch nicht, wie man sein ganzes Leben leben soll, wenn man ständig unter solcher Beobachtung steht.» Ihr Mund bog sich zu einem Lächeln ganz nach oben. «Ich meine, Sie sind William Hightower – Sie kennen das doch.»

War er das? Sie klang viel sicherer, als er es war. Weil er sich viel zu oft kaum selbst wiedererkannte.

«Bitte sehr.»

«Was?» Sie zuckte leicht zurück.

«Bitte, gehen Sie schwimmen, Schätzchen», sagte er wegwerfend. «Kein Problem. Ich wollte mich sowieso gerade in den Schatten legen.»

Er stand auf und merkte, wie ihre Augen seinen Bewegungen folgten. Ihr Blick verhedderte sich irgendwie auf seiner Brust und glitt dann langsam nach unten. Will begriff, dass sie ihn taxierte, und musste beinahe lachen, als er sah, wie sie am Saum ihres T-Shirts zupfte, das bis zu ihren Schenkeln reichte.

Maddie schluckte und blickte mit Mühe wieder zu ihm auf. Sie merkte selbst, wie sich ihr Gesicht langsam rosa färbte, als ihr klarwurde, dass er sie beobachtet hatte.

«Ich bin drüben im Pavillon, falls, äh, falls Sie etwas brauchen.» Er zwinkerte ihr zu, nur um zu sehen, ob er sie noch einmal zum Erröten bringen konnte. Irgendwann unterwegs hatte er vergessen, dass Frauen wie Madeline Singer überhaupt existierten.

12

Sie saßen an diesem Abend auf dem Oberdeck des Hausboots, während die Sonne lange unterging. Dustin steckte schon in seiner Koje, angenehm ermattet von all den Stunden, die er schwimmend im Pool und buddelnd im Sand verbracht hatte. Maddie hatte Snacks zusammengestellt, die sie mit an Deck genommen hatten, einschließlich einer Schüssel Käseflips für Avery und der Bagel Bites für Kyra. Außerdem gab es Hummus und fingerfertig geschnittenes Gemüse, um das Ganze abzurunden. Trotz der behelfsmäßigen Unterkunft war Maddie eigenartig zufrieden.

«Es muss hier doch irgendwo einen Feinkostladen geben», sagte Deirdre.

«Unbedingt. Bestimmt gleich neben dem Köderladen», sagte Nicole und füllte ihren Becher mit dem Erdbeer-Daiquiri, den sie gemixt hatte. «Nein, warte, hier unten befindet sich das Geschäft wahrscheinlich im Köderladen.»

Es wurde gelacht.

«Esst», sagte Maddie nach einem großen, köstlichen Schluck. «Ich habe zum Abendessen nur einen Salat gemacht. Ich habe heute versucht, unsere Vorräte aufzustocken, aber es gibt nicht genug Stauraum, um die Zutaten für echte Gerichte vorzuhalten. Außerdem wird es da unten ziemlich heiß, wenn der Ofen eine Weile an ist.»

«Ja, die Klimaanlage hat nicht viel Saft», sagte Nicole.

«Vielleicht braucht sie einen Schuss Kältemittel», überlegte Maddie.

«Ich glaube, ihr fehlt der Lebenswille», sagte Avery trocken.

«Mir auch», sagte Nicole. «Ich bin mir heute am Pool vorgekommen wie ein Klumpen Ton im Brennofen.» Sie wedelte eine Mücke weg.

Avery schlug auf ihren Schenkel. Aus den Mangroven ertönte ein Rascheln, das keine von ihnen wahrhaben wollte.

«Wir sind hier erst seit vierundzwanzig Stunden, und ich habe das Gefühl, dass ich schon die Hälfte meiner Klamotten durchgeschwitzt habe», sagte Avery.

«Das passiert, wenn man mit zu leichtem Gepäck reist», sagte Deirdre. «Ich kann dir ein paar Sachen leihen, wenn du willst.»

Avery warf sich einen Käseflip in den Mund und wischte sich die orangefarbenen Hände an den Shorts ab. «Ich brauche nicht mehr Klamotten, ich brauche eine Waschmaschine.»

«Vielleicht können wir sie überreden, neben der Toilettenkabine eine aufzustellen.» Deirdre zog eine Grimasse.

«In Islamorada muss es einen Waschsalon geben. Es ist ja ein Touristenort», meinte Maddie.

«Es gibt einen vollkommen benutzbaren Wäscheraum in William Hightowers Haus.» Avery wartete, bis Deirdre zu ihr herübersah, und leckte sich dann einen orangefarbenen Finger ab.

«Klar, warum fragen wir ihn nicht einfach, ob er uns ein paar Ladungen Wäsche wäscht?» Kyra untermalte ihren Kommentar mit verdrehten Augen.

«Natürlich fragen wir ihn nicht, ob er uns die Wäsche macht. Aber wir könnten ihn fragen, ob er uns die Waschmaschine und den Trockner benutzen lässt. Ich meine, was sollte er dagegen haben? Vielleicht können wir ihm anbieten, seine Wäsche für ihn mitzuwaschen. Als eine Art Kuhhandel», schlug Avery vor.

«Dir würde es nichts ausmachen, William dem Wilden die Wäsche zu machen, oder?», frotzelte Nicole und wandte sich an Maddie. «Denk nur, du könntest William Hightowers Boxershorts in den Händen halten.»

«Ich kann ihn mir nicht in Boxershorts vorstellen. Eher in Slips», sagte Deirdre. «Oder nein, jetzt wo ich darüber nachdenke, sieht er für mich aus wie ein Mann, der ohne auskommt.»

«Es macht mir Angst, dass du über seinen möglichen Verzicht auf Unterwäsche nachgedacht hast», sagte Avery.

«Ich bin hier vielleicht die Älteste», sagte Deirdre. «Aber ich kann euch versichern, ich bin noch nicht tot.»

«Was denkst du, Maddie? Du hast ihn doch aus der Nähe gesehen.» Nicole grinste.

«Keine Ahnung», sagte Maddie. «Und ich werde ihn nicht fragen, ob wir sein Wäschezimmer benutzen können.» Und ganz sicher würde sie ihn sich nicht in Unterwäsche vorstellen. Oder gar ohne.

«Warum nicht?», fragte Avery.

«Aus demselben Grund, aus dem sie in ihrem T-Shirt geschwommen ist, anstatt es auszuziehen», sagte Kyra. «Bloß weil William Hightower sie sehen konnte.»

«Das ist ja lächerlich», sagte Maddie. «Er würde mich ja ohnehin nicht mal anschauen, wenn ich nackt auf dem Kopf stünde.»

«Das wäre zumindest ein Weg, die Schwerkraft zu kompensieren», sagte Nicole. «Aber ehrlich, ich bin mir ziemlich sicher, dass er hergesehen hat.»

«Ich würde gern auf Mermaid Point anstoßen», sagte Maddie, die beschlossen hatte, dass es an der Zeit war, die Kontrolle über die Unterhaltung zu übernehmen. «Sie ist wunderschön. Und auch wenn unsere Lebensumstände ein wenig ... rustikal sind, wohnen wir doch auf einer Privatinsel. Das ist heute Abend meine gute Sache.»

«Na ja, egal, wie feindselig William Hightower *Alles Neu* auch gegenübersteht, sein Name zieht bestimmt eine Menge neuer Zuschauer an», sagte Nikki. «Also ist das auch eine gute Sache.»

Sie erhoben die Gläser, stießen an und tranken.

«Auf einer Insel zu sein ist auch eine gute Sache», sagte Kyra. «Auch wenn es schwierig ist, hierher- und wieder wegzukommen. Ungleich schwieriger ist es für Paparazzi, sich anzuschleichen.»

«Auf einer Insel zu sein bedeutet auch weniger Ablenkung. Was uns helfen wird, bei der Sache zu bleiben.» Maddie fiel auf, dass Deirdre bei ihren Worten Avery ansah.

Sie stießen erneut an und tranken. Der Himmel war lila gestreift, und der glühend rote Sonnenball bereitete sich aufs Eintauchen vor.

«Ich will die logistischen Herausforderungen unserer Arbeit hier gar nicht herunterspielen», sagte Avery, den Blick auf die Sonne gerichtet. «Aber der Sonnenuntergang ist wirklich spektakulär, und demnächst werde ich auch für einen Sonnenaufgang aufstehen. Ich meine, es ist ziemlich cool, beides von einem Ort aus übers Wasser hinweg sehen zu können.»

«Prost!» Auch darauf stießen sie an und setzten die Becher an die Lippen.

«Es würde mir nichts ausmachen, den Sonnenuntergang von woanders als diesem Deck aus zu sehen», sagte Nikki. «Wollen wir nicht mal die Feier im Lorelei ausprobieren?»

«Und wie sollen wir dorthin kommen und wieder zurück?», fragte Kyra.

«Vielleicht fährt Hudson uns hin und holt uns wieder ab», sagte Maddie und wünschte, sie hätte schon genügend Übungsstunden mit der Jolle gehabt, um selbst fahren zu können.

«Oder wir rufen ein Wassertaxi. Falls es so etwas gibt», schlug Deirdre vor.

«Klingt gut», sagte Nicole.

«Super, dann also abgemacht», sagte Deirdre. «Maddie fragt William Hightower, ob wir den Wäscheraum und die Küche ...»

«Nein, das mache ich nicht.» Maddies Handflächen wurden feucht, wenn sie nur daran dachte.

«... und Nikki hat die Aufgabe, herauszufinden, wie wir zum Sonnenuntergang am besten von *Fantasy Island* wegkommen», schloss Avery.

«Nein. Wartet. Ich werde wirklich nicht ...», setzte Maddie an, aber die anderen hatten ihre Aufmerksamkeit bereits dem Himmel zugewandt und betrachteten das Abtauchen der roten Kugel. Was bedeutete, dass sie es wirklich tun musste.

Avery wachte vor dem Hahn, aber nicht vor der Sonne auf. Sie schlug schnell auf den vibrierenden Wecker und setzte sich im Bett auf. Sie wollte durch das Haupthaus gehen, während William Hightower im Pool seine Bahnen zog, was regelmäßig zwischen sieben und acht Uhr morgens zu geschehen schien. Deirdres Bett war bereits leer, und Avery fürchtete, dass sie schon auf sie warten und darauf bestehen würde, mitzukommen. Doch als sie leise die kurze Leiter hinunterkletterte, hörte sie im Bad Wasser laufen und sah keine Spur von Deirdre. Wenn sie es schaffte, sich unbeobachtet vom Boot zu schleichen, konnte sie tatsächlich durchs Haus gehen und ihre Gedanken allein zu Ende bringen.

Am Küchentresen drehte sich Maddie um und wollte sie gerade begrüßen. «Guten Mo...»

«Schschsch.» Avery legte schnell einen Finger auf die Lippen. «Ich will nicht, dass Deirdre mich bemerkt», flüsterte sie.

«Aber ...»

«Ich weiß. Ich kann nicht ohne einen Becher Kaffee gehen.»

Immerhin trug sie das T-Shirt, auf dem stand: «Ich trinke Kaffee, um Sie zu schützen.»

Maddie reichte Avery einen Styroporbecher voll Kaffee mit Sahne und Zucker, so wie sie ihn mochte.

«Danke!», flüsterte Avery, klemmte sich ihren gelben Block unter den einen Arm und steckte sich einen Bleistift hinters Ohr. Ihr Maßband steckte bereits in ihrer Gesäßtasche. «Ich will nur nicht, dass Deirdre ... du weißt schon ...»

«Aber sie ist noch nicht mal ...», setzte Maddie an.

«Bis später.» Avery wandte sich um, schlich auf Zehenspitzen an der Badezimmertür vorbei und kletterte die kurze Leiter zum Hauptdeck hinauf. Sie gratulierte sich zu ihrer erfolgreichen Flucht, ging von Bord und trat auf den Anleger.

Wo Deirdres fröhliches «Guten Morgen!» sie zur Salzsäule erstarren ließ. Sie brauchte einen Moment, um zu begreifen, woher der Gruß gekommen war. Dann entdeckte sie ihre Mutter, perfekt angekleidet und geschminkt, auf dem Anleger. Ihre Tasche, in der sie immer ein Maßband, einen Notizblock und eine Farbpalette bereithielt, hing ihr über die Schulter.

«Ich wollte dich nicht wecken», sagte Deirdre liebenswürdig. «Aber ich wollte unsere gemeinsame Hausbegehung auch nicht verpassen. Es wird leichter, Einzelheiten zu besprechen, wenn William Hightower nicht dabei ist.»

Deirdre war klug genug, nicht triumphierend auszusehen, als sie gemeinsam mit Avery Richtung Haupthaus marschierte. Und sie hielt gnädig den Mund und kommentierte nicht einmal Averys Aussehen.

«Wie gehen wir also vor?», fragte Deirdre, als sie das Haus erreichten. Avery zuckte mit den Schultern. Im Moment wünschte sie sich nichts anderes als einen weiteren Becher Kaffee. Da zog Deirdre einen Thermosbecher aus ihrer Tasche und reichte ihn Avery, die nicht die Kraft besaß, ihn abzulehnen.

«Danke.»

«Gern geschehen.» Deirdre zog auch ihre Notizen heraus, wandte sich um und blickte an der Hausfassade hinauf, während Avery den Kaffee hinunterstürzte.

«Ich überlasse dir das Gebäude», sagte Deirdre. «Ich weiß, dass die beschädigten Bretter der Verkleidung ersetzt werden müssen genauso wie die Fenster und die verfaulten Rahmen. Mir ist auch klar, dass du so bald wie möglich einen Dachdecker hochschicken willst, der sich das Dach ansieht. Wir brauchen jemanden, der sich um die Steinarbeiten kümmert, einen Schreiner für die verfaulten Simse und den schlechten Bodenbelag auf der Veranda. Ästhetisch betrachtet brauchen wir neue Ventilatoren und neue Möbel für die Veranda – ich denke da an Rattan oder Korb. Was den Anstrich angeht, könnte Grau passen oder auch Cremeweiß – etwas Beruhigendes und Maskulines –, aber mit bunten Klecksen, die die Farben der Insel aufnehmen. Das würde ich auch bei der Garage und den Einheiten im Bootshaus durchziehen.»

Avery suchte nach etwas, dem sie widersprechen konnte, fand jedoch nichts. Deirdres Begeisterung schien durch und durch wahrhaftig zu sein.

«Zum Glück steht das Haus etwas erhaben, und die Verkleidung des Fundaments muss sowieso bearbeitet werden. Wenn wir nämlich die beiden vorderen Zimmer in Gästesuiten umwandeln, erleichtern wir uns dadurch das Verlegen neuer Rohre für die Bäder.»

Deirdre sah Avery an und wartete auf einen Kommentar. Erneut war Avery gezwungen, zustimmend zu nicken. Was schrecklich schmerzhaft war.

Deirdre griff nach dem Türknauf, und gemeinsam traten sie ein.

Als sie die schwere Holztür hinter ihnen schloss, sagte

Deirdre: «Ach, ich würde diese Tür gern durch Glas ersetzen. Damit das Auge von außen nach innen geleitet wird. Das würde auch die Eingangshalle heller machen. Wie findest du übrigens das Pecky-Cypress-Holz an den Wänden?»

«Es ist ein tolles Material, unempfindlich gegen Schädlinge und Feuchtigkeit», sagte Avery endlich. «Aber ...» Sie zögerte, noch immer wehrte sie sich gegen die Zusammenarbeit, die Deirdre ihr aufgezwungen hatte.

«Aber was?», ermunterte Deirdre sie in dem Ton, den sie immer angeschlagen hatte, wenn sie Avery als Kind in ein Antiquitäten- oder ein Stoffgeschäft mitgenommen und sie über die Herkunft eines Kleiderschranks oder die Stärke und Webart eines Stoffes abgefragt hatte.

«Aber mit den Jahren ist das Holz sehr nachgedunkelt», antwortete Avery wie das Kind, das sie gewesen war.

«Und?», hakte Deirdre nach.

Avery zögerte und versuchte, sich nicht daran zu erinnern, wie eifrig sie damals gewesen war, um ihrer Mutter zu gefallen. Wie stolz sie war, jedes Mal wieder, wenn sie die Antwort gewusst hatte. «Und obwohl eine Glastür den Raum heller machen würde, würden die Wände einen großen Teil des gewonnenen Lichts sofort wieder absorbieren.»

«Stimmt.» Deirdre reagierte eindeutig erfreut. Und versuchte nicht einmal, das zu verbergen. «Genau das habe ich auch gedacht. Und ich glaube, ich habe die Lösung.» Sie beäugte Avery. «Schau dir das hier an.»

Sie reichte Avery eine aus einer Zeitschrift herausgerissene Seite. Darauf zu sehen war eine geweißte Pecky-Cypress-Decke.

Avery betrachtete das Foto und besah sich dann die Wände der Halle, gegen ihren Willen fasziniert.

«Es ist eine Säurewaschlösung», erklärte Deirdre. «Ich habe im Netz eine Rezeptur dafür gefunden. Wir könnten sie tatsächlich selbst auf die Wände der Eingangshalle und des Wohnzimmers auftragen.»

Avery stellte sich den Raum vor, in den das Licht aus Osten und Westen hereinströmte und in dem die geweißten Wände leuchteten. Es war eine gute Idee. Möglicherweise sogar eine großartige. *Verdammt.*

Deirdre schaute ihre Tochter aufmerksam an und rückte dann die Tasche auf ihrer Schulter zurecht. «Du darfst meine Ideen mögen, ohne mir in aller Form zu verzeihen. Genau genommen können wir bei diesem Projekt zusammenarbeiten, und dann, wenn wir fertig sind, kannst du mich wieder hassen.» Ihr Lächeln sah traurig aus.

Avery blickte in die Augen ihrer Mutter, die dieselbe Form und Farbe hatten wie ihre eigenen – und sie erkannte die Trauer darin.

«Es gefällt mir», sagte sie dann widerstrebend. «Mir gefällt die Säurewaschlösung. Sie wird dem Raum sehr guttun.»

In Deirdres Augen schwammen Tränen. «Gut ... Das ist ... Ich bin froh.»

Bevor der Augenblick zu rührselig wurde, kam Avery schnell auf die Treppe zu sprechen, die sie unbedingt versetzen wollte. «Ich habe mir gedacht, ich würde hier aus der Eingangshalle gern die Treppe herausreißen.» Sie führte Deirdre zur Küche und zeigte auf die Rückwand. «Und sie hierhin verlegen.»

Deirdre wischte sich wiederholt die Tränen weg, während sie Avery zuhörte.

«Und ich dachte, vielleicht könnten wir sogar einen Teil der Küche unter die Treppe bauen. Was denkst du?»

«Was ich denke?», fragte Deirdre, und ein Lächeln breitete sich über ihr Gesicht aus. «Ich dachte, du würdest niemals fragen.»

13

Nicole surfte im Internet nach Wassertaxis oder anderen Transportmitteln. Die Auswahl war deutlich geringer, als man es an einem Ort erwarten konnte, an dem die Landmasse klein und die sie umgebende Wasserfläche groß war. Andererseits hatten die meisten Leute, die sich auf Inseln verkrochen, wohl kein Interesse daran, diese zu verlassen, oder sie besaßen ihre eigenen seetauglichen Transportmittel. Es war jedenfalls viel leichter, eine Limousine zum Flughafen von Miami zu beordern als ein Boot zum nächsten Yachthafen.

Sie dachte gerade über etwas nach, das *Nautilimo* hieß – ein Boot, das aussah wie ein rosa Cadillac –, als eine Textnachricht eintraf. Giraldi.

«*Alles okay? Wo steckst du?*»

«*Islamorada*», tippte sie. «*Eine Privatinsel namens Mermaid Point.*»

«*Will Hightower?*» Seine sofortige Antwort verriet ihr, dass ihm diese Möglichkeit bewusst gewesen war. Oder er hatte geheime FBI-Rauchzeichen erhalten oder eine Dokumentation ihrer Ankunft. «*Habe* Wasted Indian *geliebt. Besonders* Mermaid in You.»

Sie lächelte, als sie sich eine jüngere, langhaarige Version von Giraldi vor seiner FBI-Zeit vorstellte, der zu den mitreißenden Rhythmen unter William Hightowers herzzerreißender Stimme abrockte.

«*Hightower hat uns nicht gerade ins Herz geschlossen*», tippte sie zurück.

«*Schwer vorstellbar*», antwortete er schnell.

«*Schön gesagt*», entgegnete sie. «*Wo bist du?*»

«*Hartsfield. Auf dem Weg nach Chicago. Montag wieder zu Hause.*»

Nicole starrte auf die Nachricht. In der Nähe des Hartsfield International Airport lag das Gefängnis in Atlanta, in dem ihr Bruder einsaß. War Joe auf dem Weg zu ihm? Aber es saßen außer Malcolm Dyer doch noch viele andere wegen Finanzkriminalität verurteilte Verbrecher dort ein. Joe war ja auf die Erstellung von Persönlichkeitsprofilen bei Finanzvergehen spezialisiert.

«*Oh?*» Mehr fiel ihr nicht ein.

Der Cursor blinkte. Sie sah Giraldi vor sich, angeschnallt in seinem Business-Class-Sitz, vor dem seine langen Beine Platz fanden, und wartend. Sie wollte ihn fragen, ob er Malcolm gesehen hatte, aber noch mehr wollte sie es nicht wissen. Sie hatte mit ihrem Bruder nicht mehr gesprochen, seit er ein letztes Mal versucht hatte, sie zu benutzen. Da hatte sie endlich verstanden, dass die Nähe, von der sie geglaubt hatte, dass sie zwischen ihnen bestünde, niemals existiert hatte. Dass er sie im Gegenteil so betrogen hatte wie alle anderen. Sein ganzes Leben lang.

Eine weitere Textnachricht von Joe traf ein. «*Kann nächstes Wochenende runterkommen.*»

Sie war dankbar, dass er ihrem Hinweis folgte und ihr keine Informationen über ihren Bruder aufdrängte, für die sie nicht bereit war.

«*Wohnen auf einem Hausboot. Mit einem Mangel an Türen und Bädern. Träume von Hotel und Bad. Vielleicht Zimmerservice.*»

«*Ich komme und reserviere. Pack nicht viel ein. Zahnbürste reicht.*»

Selbst beim Tippen verspürte sie ein eindeutig sexuelles Prickeln. «*Die Insel zu verlassen ist kompliziert.*»

«*Bin zwar etwas eingerostet*», antwortete Giraldi, «*habe aber Kurs in Personenbergung absolviert.*»

Nicki lächelte. «*Ein Boot würde reichen.*»

«*Das habe ich auch*», tippte er.

«*Mein Held.*» Die Worte mochten scherzhaft sein, aber das machte sie nicht unwahr.

«*Startfreigabe*», tippte er. «*Wir sehen uns nächstes Wochenende.*»

Sie verabschiedete sich und wünschte, das Wochenende – und Joe – lägen nicht mehr in so weiter Entfernung.

«Danke, Mom. Ich komme gleich. Ich möchte nur noch kurz das Material durchgehen, das ich bislang habe.» Kyra saß in der Essnische, Laptop und Notizblock vor sich.

Avery und Deirdre waren noch nicht von ihrem Rundgang zurück. Maddie hoffte, dass sie einander nicht umgebracht oder verstümmelt hatten.

«Alles klar, wir sind dann unten am Strand.» Maddie trug ihren Badeanzug und wieder ein langes T-Shirt. Sie wäre lieber hier in der Nähe des Anlegers geblieben, aber auf dieser Seite der Insel war der Strand zum großen Teil mit Mangroven bedeckt, und der Wind kam von Osten.

Sie trug Dustins Schnellboot und den Wohnwagen, eine Strohtasche mit Sonnencreme, Handtüchern, Snacks und Getränken. Dustin hielt seinen Eimer und die kleine Schaufel. Kyra hatte ihm schon den Werkzeuggürtel um die Hüften geschlungen. Und für die orangefarbenen Schwimmflügel gesorgt, die seine Oberarme umschlossen.

Maddie nahm den Pfad zum Haus und weiter zwischen Pool und Pavillon hindurch. Dabei hoffte sie, dass William Hightower mit seinem Schwimmprogramm fertig und wieder nach drinnen gegangen war. Als sie und Dustin näher kamen, entdeckte sie William bewegungslos auf einem Liegestuhl, den

Hinterkopf auf einen Arm gebettet, das Kinn zur Sonne erhoben. Seine Augen waren geschlossen.

Sie waren beinahe am Pool vorbei, als Dustin rief: «Sau, Oma! Billiam heia!»

«Dustin», flüsterte sie. «Man darf nicht rufen, wenn jemand schläft.»

«Sau, Oma», flüsterte er. «Wach!»

Maddie drehte sich um. William Hightower war in der Tat wach. Er stützte sich auf einen Ellenbogen und sah sie unverwandt an.

«Sorry!», rief sie und nahm Dustin an der Hand. «Wir arbeiten noch an den verschiedenen Begeisterungsstufen. Falls es Sie nicht stört, gehe ich mit ihm eine Weile runter an den Strand.»

«Kein Problem.»

Maddie fiel ein, dass jetzt vielleicht Gelegenheit war, kurz die Wäschezimmer- und Küchennutzung anzusprechen. Doch angesichts der Tatsache, dass William sie so offen musterte, konnte sie kaum still stehen, geschweige denn um etwas bitten. Außerdem zog Dustin an ihrer Hand.

Trotzdem fragte sie: «Ist es sicher, an den flachen Stellen am Strand zu baden?»

«Also, ich würde nicht gerade zum Leuchtturm rüberwaten, aber solange Sie keine blitzenden Diamanten dabeihaben oder andere glänzende Sachen, werden die Barrakudas Sie in Ruhe lassen.»

«Simm!» Dustin hob aufgeregt seine schwimmflügelpräparierten Arme.

Überraschend blitzten Hightowers weiße Zähne auf. «Nichts geht über eine Runde Schwimmen», stimmte er zu.

«Danke», sagte Maddie und wartete darauf, dass er sich wieder hinlegte oder wenigstens die Augen schloss. Er tat nichts davon. Vielmehr schien er ihre Beine zu studieren, was offenbar ein anerkennendes Funkeln in seinen Augen hervorrief.

«Oma, komm.»

Da war nichts zu machen. Zusammen mit Dustin ging sie weiter Richtung Strand – und versuchte zu verdrängen, dass Hightower nun auf ihren nicht mehr ganz so straffen Hintern gucken würde. Und richtig. Sie spürte auf dem ganzen Weg seinen Blick auf sich, bis zu dem Platz, an dem Dustin sich fallen ließ und seine Schaufel in den feuchten weißen Sand rammte.

Weil sie nicht umhinkonnte, Daniel Deranians Namen zu googeln, sah sich Kyra Bild für Bild an, auf denen Daniel, seine ebenso berühmte Filmstar-Ehefrau und ihre Kinder zu sehen waren, die anscheinend gerade durch die Hauptstädte Europas tourten, um Daniels neuesten Film zu promoten. Sie hatten sich seit Januar nicht mehr gesprochen. Damals hatte ihn Kyra zur Rede gestellt, weil er Bella Flora gekauft und sie der einzigen Person überschrieben hatte, bei der Kyra die Vorstellung nicht ertrug, dass sie auch nur einen Fuß ins Haus setzte.

Die Unterhaltszahlungen gingen per Dauerauftrag ein, der von einem von Daniels Finanzleuten eingerichtet worden war. Sie ihrerseits schickte in regelmäßigen Zeitabständen Fotos von Dustin, so wie ihre Vereinbarung es vorsah. Doch seit sie sich geweigert hatte, Dustin seinen Vater besuchen zu lassen, wenn Tonja Kay anwesend war, gab es zwischen ihnen nur noch wenig Kontakt. Nur zu Weihnachten war eine Bella Flora in Spielhausgröße in Pass-a-grille angeliefert worden.

Als sie weiter die Bilder durchging, richtete sie ihre Aufmerksamkeit auf das Lächeln in Daniels Gesicht, auf die Bewunderung, mit der seine Kinder zu ihm aufsahen, auf die Nahaufnahmen von Tonja Kays engelhaft schönem Gesicht – der perfekten Tarnung für die wütende, hässliche Person, die sich dahinter verbarg. Alles erinnerte Kyra daran, warum sie und Dustin es besser hatten, wenn sie zu Daniel ein paar Schritte mehr Abstand hielten, der sie so leicht wieder zurück in seine Umlaufbahn ziehen könnte. Die Bilder waren Mahnungen, die sie sich nicht erlauben durfte zu vergessen.

Nachdem Dustin eine Sandburg und eine Parkgarage für sein Schnellboot gebaut hatte und einige Male ins Meer gesprungen war, schaute er Maddie an und bat um ein «Sannitz».

Maddie, die sich sicher war, dass Hightower längst nicht mehr am Pool sein konnte, lächelte ihren Enkel an und half ihm dabei, den Sand von seinen Händen und vom Gesicht zu spülen. «Komm, wir sammeln unsere Sachen zusammen und machen ein Picknick.»

Wenn man aus der hellen Mittagssonne kam, wirkte der Pavillon dunkel und kühl. Der Wind vom Meer wehte hindurch. Maddies Augen gewöhnten sich noch an die Dunkelheit, als Dustin bereits «Billiam!» rief und zu einem nahen Tisch rannte. Maddie entdeckte William Hightower auf einem nicht allzu bequem aussehenden Stuhl sitzend, die langen Beine an den Knöcheln übereinandergeschlagen.

«Oh nein, Dustin. Wir wollen nicht stören ...»

Aber Dustin kletterte schon auf den Stuhl neben Hightower. Das Sandwich, das sie ihm zu tragen erlaubt hatte, zerquetschte er dabei in seiner Faust. Was ihn nicht störte. Er pulte die Plastikverpackung ab und bot William die Hälfte an.

«Billiam Sannitz?»

Hightower lächelte, und seine Augen leuchteten amüsiert. «Ich möchte dir nicht dein Mittagessen wegessen», sagte er zu

Dustin, dann wandte er sich an Maddie. «Sie haben bestimmt kein zweites Sannitz in Ihrer Tasche, oder?» Er wies auf den leeren Stuhl ihm gegenüber.

«Bitte schön», erwiderte sie und reichte dem Rockstar das ähnlich zerdrückte zweite Sandwich, dann schob sie Servietten für beide hinterher.

«Welche Saftpackung möchtest du dazu trinken? Ich habe Apfel und Traube.»

«Sapp», sagte Dustin.

«Welchen magst du denn am liebsten?», fragte William.

Dustin dachte kurz nach, dann sagte er mit Nachdruck: «Taube.»

«Dann nehme ich Apfel. Bitte.» William sah Maddie an. «Und mein Freund hier nimmt Traube.»

Die beiden tranken Seite an Seite aus ihren Saftpackungen, während Maddie verdaute, wie warmherzig Hightower mit Dustin umging. Er schien ehrlich interessiert, dem Geplauder ihres Enkels zu lauschen. Und verspeiste das durch die Mangel gedrehte Sandwich mit Erdnussbutter und Marmelade, als habe er nie etwas Besseres bekommen.

Sie war so in diesen Anblick vertieft, dass sie kurz zusammenzuckte, als sich Hightower von Dustin löste und sie ansprach: «Macht es Ihrem Mann nichts aus, wenn Sie den ganzen Sommer nicht da sind?»

«Oh ... Nein ... Mein Ehemann hat nicht ... Ich meine, mein Mann will nicht ...» *Du lieber Gott.* Sie hörte auf zu sprechen. Der Mann versuchte lediglich, etwas Konversation zu machen. «Ähm, was ich sagen wollte, ist, ich bin seit kurzem geschieden. Also geht es meinen Exmann nicht wirklich etwas an, wohin ich gehe und für wie lange.»

William nickte, sein Gesichtsausdruck verriet nichts als müßige Neugierde. Und Maddie entspannte sich zusehends, beobachtete erneut, wie William Hightower mit ihrem Enkel plauderte, während sie ihre Brote aufaßen und die letzten Tropfen aus ihren Saftpackungen schlürften. Es war ein Anblick, den sie sich nie hätte vorstellen können – und den sie vermutlich nie vergessen würde.

14

Bruce Springsteens *Pink Cadillac* wummerte durch den frühen Abend. Die Melodie erreichte sie, lange bevor die *Nautilimo* an diesem Samstagabend am Steg von Mermaid Point anlegte. Die schwimmende rosa Stretchlimousine, die auf einem Bootskörper verschraubt zu sein schien, besaß die eleganten Linien eines Cadillac-Oldtimers inklusive weißer Reifen, Flossen und Reserverad auf dem Kofferraum. Sein T-top-Dach, weiße Ledersitze und ein Armaturenbrett aus Mahagoni machten die Illusion komplett. Kyra verliebte sich auf den ersten Blick.

Der weißbärtige Kapitän tippte sich zum Gruß an den Strohhut und parkte das schwimmende Luxusgefährt dann geschickt parallel zum Steg ein, als handle es sich um einen Randstein. Der Song lief weiter, während der Kapitän aus dem Boot sprang, es vertäute und so tat, als stünde er in Habachtstellung. Er trug marineblaue Shorts über storchenhaften Beinen. Sein fassförmiger Brustkorb steckte in einem kurzärmeligen weißen T-Shirt mit aufgemalten Epauletten, um seinen Hals war ein blaues Halsband gebunden. Eine gemalte Goldkordel führte zu einer falschen, aufgemalten Tasche.

«Ladys.» Er lüftete seinen Hut, um den ein Band in nautischem Muster gebunden war, vor Nicole, Avery, Deirdre und Maddie. Kyra hatte derweil seine Ankunft gefilmt und hielt nun fest, wie er allen an Bord half. Troy und Anthony filmten vom Deck ihres Hausboots. Hudson und William Hightower hatten die Insel bereits vor Stunden mit dem Boot verlassen, ohne etwas über ihr Ziel verlauten zu lassen.

«Die SS *Nautilimo* zu Ihren Diensten.» Das Lächeln des Kapitäns war breit und einladend. Er zwinkerte schelmisch. «Wie ich höre, fahren wir die Buchtseite hinauf zum Lorelei und dann wieder zurück, wann immer Sie so weit sind.»

Bruce Springsteen sang weiter von zerdrückten Samtkissen und davon, die Straße entlangzucruisen. Kyra kam nun ebenfalls an Bord und setzte sich neben ihrer Mutter auf den Rücksitz. Ein sehr aufgeregter und mit Rettungsweste bekleideter Dustin saß bereits auf Maddies Schoß.

«Boog», sagte er. «Kink Padiback!»

Troy und Anthony sprangen von ihrem Deck. «Hey, wartet!»

«Tut uns leid, hier ist kein Platz mehr», rief Kyra.

«Fahren wir los», sagte Nicole.

«Ich könnte sie vermutlich noch reinquetschen», meinte der Kapitän und nickte dem Filmteam zu, das filmend den Steg heruntergelaufen kam.

«Auf keinen Fall», sagte Kyra, wobei sie lächelte und Troy und Anthony zuwinkte. «Sie müssen ihren eigenen ... Cadillac bestellen.» Sie sangen alle den Refrain mit, während die SS *Nautilimo* ablegte und nach Süden in See stach. «Oder sie können uns in dem Flachbodenboot folgen. Oder schwimmen. Wer weiß, vielleicht schickt ihnen der Sender auch einen Hubschrauber. Aber das ist nicht unser Problem.»

Der Kapitän drehte nach Westen auf die überwucherte Dammstraße zu, die Mermaid Point nicht länger mit dem Festland verband, und hielt sich dann parallel zum Highway 1 nach Süden. Er drehte die Musik leiser und begann, sie auf Sehenswertes hinzuweisen.

«Wenn wir den Kanal nach Osten aufs offene Meer hinaus genommen hätten, wären wir zum Alligator Reef gekommen. Das ist der historische Leuchtturm dadraußen, den Sie auch von Mermaid Point aus sehen können. Würden wir uns nach

Süden halten, kämen wir zu Robbie's – da gibt es einen Yachthafen, Geschäfte und ein Restaurant. Und Sie könnten den Kleinen hier Tarpune füttern lassen.»

Sie fuhren in Richtung Norden an einer Reihe mangrovenbedeckter Inseln vorbei. «Dadrüben sind die besten Stellen zum Inshore-Angeln in den Flats. Die Flats-Boote fahren rein und raus, weil sie so wenig Tiefgang haben. Sie benutzen Pfähle, um sich durch die Flats zu bewegen. Wir können im Caddy nicht ganz so nah ranfahren.»

Sie kamen an einem Yachthafen vorbei, dessen Anleger in die Bucht hinausragten und neben dem sich ein Trockenlager befand. Hinter einem großen Parkplatz erhob sich ein Gebäude von der Größe eines Kaufhauses. «Das ist Bass Pro Shops World Wide Sportsman», so der Kapitän. «Das Schwesternboot von Hemingways Pilar steht mitten in der Verkaufshalle. Man kann hineinklettern, und es gibt auch ein Aquarium, Angelequipment und alles Mögliche. Es ist zu einer echten Touristenattraktion geworden.»

Er wies auf die Rückseite des immensen World-Wide-Gebäudes. «Wenn Sie auf dem Weg zurück zu Mermaid Point einen Absacker trinken möchten, können wir bei The Zane Grey Lounge anhalten, das ist eine nette Bar. Oder in der Morada Bay.» Maddie und die anderen schauten zum Strand, wo bunt bemalte Tische und Stühle platziert waren. Und die Ruhesessel aus Holz waren so ausgerichtet, dass man den Sonnenuntergang auf keinen Fall verpassen würde. Sie hörten, dass auf einer kleinen Bühne eine Band spielte.

Der Kapitän wies schließlich noch auf das Gebäude neben der Morada Bay. «Das ist das Pierre's – deutlich schicker. Es gehört einem Mann, der achtzehn Villen auf sieben Hektar Land sein Eigen nennt, das Moorings Village. Da lungern viele Mega-Filmstars am Strand herum.»

Kyra schwenkte ihre Kamera über die Bars, Restaurants und all die Sehenswürdigkeiten, zoomte heran, vor allem aber versuchte auch sie, die salzige Brise zu genießen. Sie zeigte Dustin die Wasservögel, die von den Mangroveninseln aufstiegen, und wies auf den Himmel, der sich über ihnen bereits rosa färbte.

«Dadrüben ist das Lorelei.» Maddie hatte bereits in einem ihrer Führer gelesen, dass zum Restaurant die Cubana-Bar gehörte, beides direkt am Wasser gelegen mit Blick auf die sagenhaften Sonnenuntergänge.

«Viele der Bekannten Angel-Guides starten von den Anlegern hinter dem Restaurant», sagte der Kapitän. «Außerdem werden Tauchsafaris angeboten. Und meine *Nautilimo* hat hier ihren Anlegeplatz.»

Er drosselte das Tempo, als sie in einen kleinen Hafen einfuhren, in dem zehn oder zwölf kleine Segelboote nebeneinanderdümpelten.

«Ankern die hier?», fragte Avery.

«Sie sind an Mooringbojen festgemacht. Die Leute wohnen auf den Booten und gehen mit Dingis an Land. Die Mooringbojen gehören zum Lorelei, und sie zahlen jeden Monat Miete.»

«Sie leben einfach hier draußen mitten im Hafen?»

«Mhm», sagte Captain Joe. «Die Keys sind voll mit Leuten, die herkommen, weil man hier die Freiheit hat, einfach ... zu sein. Und andere können sich vielleicht einfach nicht mehr leisten. Die Aussicht ist jedenfalls unschlagbar.»

«Warum liegen die Boote nicht näher am Ufer?», fragte Avery.

«Da ist eine Wasserlandebahn, für Wasserflugzeuge und so.» Er fuhr sie am Strand entlang zu einer Stelle, an der mehrere Hausboote an Land vertäut waren. Alte Haushaltsgeräte und Möbelstücke stapelten sich auf der Erde.

«Junge, Junge, das sieht ja alles noch klappriger aus als bei uns», sagte Nikki.

«Und sie haben nicht mal ihre eigene Toilettenkabine!», sagte Avery.

«Wer wohnt da?», fragte Maddie.

«Das ändert sich immer mal. Aber es ist eine günstige Unterkunft, also leben hier oft Jungs, die körperliche Arbeit leisten, oder Leute, die sich ... im Übergang befinden.»

«Oh, dadrüben sind die Bibliothek und der Spielplatz, von denen ich euch erzählt habe», rief Maddie, als sie an der schmalen Bucht rechts vorüberfuhren.

Schließlich steuerte Captain Joe sein pinkes Wunder an Land. «Ich bin oben in der Bar», sagte er, nachdem er die *Nautilimo* vertäut und seine Gäste vom Steg weg zu einem Terrassenbereich geführt hatte, der von einem Geländer eingefasst war. Viele der Tische waren bereits besetzt.

Sie vereinbarten mit Joe eine Uhrzeit für die Rückfahrt und verabschiedeten sich. In einer Ecke gab ein Zauberer eine Vorstellung. Zusammen mit Dustin sahen sie zu, wie der hagere Mann in einem weiten schwarz-weiß gewürfelten Umhang einen Vogel in eine Kiste steckte und mit einem Zauberstab leicht daraufklopfte. Das Tier verschwand.

Dustin klatschte begeistert in die Hände. Seine Augen waren riesig.

Sie blieben noch ein paar Minuten, dann sagte Maddie zu Kyra: «Bleib doch hier und schau mit Dustin eine Weile zu. Und wir bemühen uns um einen Tisch unten am Strand.»

«Okay.» Kyra setzte sich Dustin auf die Hüfte, damit er einen ungehinderten Blick auf die Bühne hatte. «Winkt mir einfach, wenn ihr bestellen wollt.»

Der Sonnenuntergang war spektakulär, eine Sinfonie aus Pink- und Rottönen, die sich vor ihren Augen ausbreiteten.

Sie schlüpften aus ihren Schuhen und gruben die Zehen in den kühlen Sand, während sie frittierte Muscheln und Räucherfischdip hinunterschlangen, gefolgt von geschwärzten Fisch-Tacos und hausgemachten Kartoffelchips. Alles wurde von einer liebenswürdigen Kellnerin serviert, der es gelang, gleichzeitig gelassen und effizient zu sein. Der Zauberer hatte zu Dustins Betroffenheit seine Vorstellung beendet, inzwischen sang eine Zwanzigjährige mit Sanduhrfigur und rauchiger Stimme so sanft und luftig wie die Brise, auf der ihr Gesang schwebte.

Sie sang von Liebe und Herzschmerz und davon, nach vorne zu blicken, und Maddie hätte jedes ihrer Lieder zu ihrer persönlichen Hymne erklären können. So fühlte sie sich, nicht emanzipiert auf eine Gloria-Gaynor-*I will Survive*-Weise, wie damals, als sie erstmals mit ihrer Entscheidung gerungen hatte, ihre Ehe zu beenden, sondern frei und leicht und atemlos angesichts lauter neuer Möglichkeiten.

Dieses Mal stießen sie ohne Maddies Aufforderung an, sich eine gute Sache zu überlegen.

Sichtlich gelöst, was angesichts der Harmonie am Tisch und dem sternenerfüllten Nachthimmel über ihnen wenig überraschte, legte Avery mit vor Aufregung geröteten Wangen los. «Also, meine gute Sache sind die Pläne für Mermaid Point. Ich glaube, nicht einmal William Hightower kann etwas gegen sie einzuwenden haben.»

«Da schließe ich mich an», sagte Deirdre. «Meine gute Sache ist die Tatsache, dass ich zu diesen Plänen beitragen darf. Und ich stimme zu, nicht einmal William Hightower wird etwas dagegen haben können.»

«Ich bin froh, das zu hören», sagte Kyra. «Und ich bin auch froh, dass wir für heute Abend anscheinend Frick und Frack losgeworden sind.» Sie hielt Dustin auf ihrem Schoß fest. «Es ist schön, einfach in der Menge unterzutauchen.»

«Und ich bin froh, mit euch allen hier zu sein und diesen Augenblick zu teilen», sagte Maddie ein wenig leidenschaftlicher, als sie es beabsichtigt hatte. «Ich habe das Gefühl, ich könnte hier ewig sitzen.»

Sie hoben ihre Gläser und tranken ihre gefrorenen gemixten Drinks. Um sie herum senkte sich die Nacht herab, und ein warmer Wind spielte in ihren Haaren.

«Also, ich bin unserem Kapitän sehr dankbar, dass er uns aus der Gefangenschaft befreit hat. Und meine gute Sache ist sein ... *Pink Cadillac ...*» Nicole sang die letzten Worte in einer dürftigen Imitation von Bruce Springsteen. Dann zeigte sie auf Avery.

«Crushed velvet seats ...», sang Avery und übergab an Maddie, die einstimmte mit *«Riding in the back of a ...»*.

Kyra drückte Dustin eng an sich, und sie alle riefen: «Kink Padiback!»

Maddie lachte und fühlte sich wunderbar leicht und beschwingt. Sie lächelte noch immer, als sie sich entschuldigte und auf der Suche nach den Toiletten den Weg zu einer kleinen Brücke praktisch hinaufschwebte.

Ihr Blick glitt über die Terrasse, an der Bar vorbei, dann nach links. Sie erstarrte kurz, als sie William Hightower entdeckte, der an einem Tisch saß und sich mit Hudson Power unterhielt.

Hudsons Gesicht hellte sich auf, als er sie erblickte. Er stand auf und winkte sie heran. William blickte ebenfalls auf, aber der Ausdruck auf seinem dunklen Gesicht war undurchdringlich.

15

Entschlossen, ihre Nervosität nicht zu zeigen, die sie in William Hightowers Gegenwart überkam, zwang sich Maddie zu einem Lächeln und trat an den Tisch. Sie begrüßte die beiden Männer und stellte erfreut fest, dass ihre Stimme normal klang und nicht nach den wackeligen Knien, die sie gerade hatte. Sie spürte andere Augenpaare auf sich, die sie musterten, Menschen, die sich vielleicht Fragen stellten. Aus den Augenwinkeln bemerkte sie Köpfe, die zusammengesteckt wurden.

«Ist es hier immer so voll?», fragte sie, nachdem sie es abgelehnt hatte, sich zu ihnen zu setzen.

«Meistens, aber im Augenblick ist es wegen der Saison für Tarpune besonders schlimm», antwortete Hudson. «Haben sie schon mal einen Tarpun gesehen?»

«Nur vor Bud N' Mary's im Wasser. Aber unser *Nautilimo*-Kapitän meinte, wir könnten bei Robbie's welche füttern.»

William grunzte amüsiert. «Es macht deutlich mehr Spaß, sie zu fangen, als sie zu füttern.»

«Allzu wahr», sagte Hudson. «Angeln Sie gerne?», fragte er Maddie.

«Ich habe keinen Schimmer. Ich habe es nie versucht.» Sie war ja nicht in der Nähe eines Gewässers aufgewachsen, und Steve genauso wenig. Und bei ihren wenigen Strandurlauben war ihnen der Gedanke ans Angeln nie gekommen. «Außer sie rechnen den Goldfisch dazu, den ich auf dem Rummelplatz gewonnen habe, indem ich einen Tischtennisball in sein Aquarium geworfen habe.» In ihrer Erinnerung war der Goldfisch, kurz nachdem er sein neues Zuhause im Fischglas bezogen hatte, mit dem Bauch nach oben darin geschwommen und in der Toilettenspülung beerdigt worden.

«Hier unten angeln wir üblicherweise keine Haustiere», sagte William trocken. «Aber das Angeln bringt einem einiges über sich selbst bei. Und vieles davon ist nicht unbedingt erfreulich.»

«Sprich bitte nur für dich», sagte Hudson. «Du wirst halt nicht gern von einem Fisch in deine Schranken verwiesen.»

«Hey», sagte William. «Wer wird das schon gerne? Die Viecher können erstaunlich verschlagen sein.»

Sie lachten, und in diesem Moment wirkte William Hightower ein bisschen weniger wie ein Rock-Gott und mehr wie ein menschliches Wesen.

«Sind Sie sicher, dass Sie sich nicht auf einen Drink zu uns setzen möchten?» Hudsons grüne Augen waren warm, sein Lächeln entspannt.

«Nein, danke. Ich hatte genug.» Sie blickte auf die dunkle Flüssigkeit in Williams Longdrinkglas und fragte sich, woraus sie wohl bestand. «Ich vertrage nicht so viel Alkohol.»

William fing ihren Blick auf und stürzte seinen restlichen Drink ohne Kommentar hinunter. Als ihr klarwurde, dass er vermutlich annahm, ihr Satz sei auf ihn gemünzt, verzog sie das Gesicht.

Maddie wollte sich gerade entschuldigen und zu den anderen zurückkehren, als ein Mann und eine Frau, die sie vom Nebentisch aus beobachtet hatten, aufstanden und herüberkamen. Der Typ hatte einen riesigen Bierbauch und schwankte leicht. Die Frau war groß und hatte lange Beine, sah aber aus der Nähe deutlich älter aus.

William verkrampfte sich. Dann glättete sich sein Gesicht, und er setzte eine unpersönliche Maske auf.

«Hey, sind Sie nicht William Hightower?», fragte der Mann.

«Der bin ich», sagte William mit leiser Stimme.

«Hab ich's dir doch gesagt», sagte er zu der Frau, bevor er sich wieder an Will wandte. «Ich bin Dan. Ich und Vera sind Riesenfans.»

William lächelte leicht, wenn auch mit sehr dünnen Lippen. «Das ist schön.»

Vera fuhr sich mit der Hand durch ihr blondiertes Haar. Ihre nackte Haut – und wie es Maddie schien, war schrecklich viel davon zu sehen – sah von zu viel Sonne über einige Jahrzehnte ganz ledern aus.

«Ich und Vera spendieren Ihnen einen Drink.» Dan winkte ungefragt dem Bartender zu. «Bring dem wilden Will noch eine Runde. Geht auf mich.» Seine Augen verengten sich. «Vera hat jahrzehntelang auf Sie gestanden, Mann. Und trotzdem hat sie mir nicht geglaubt, als ich sagte, dass Sie das sind hier drüben.»

«Danke. Ich weiß die Geste zu schätzen. Aber ich hatte genug.»

Zwei Jungs, die an der Bar gestanden hatten, schlenderten herüber und postierten sich hinter Will und Hudson. Dans Augen, die bereits blutunterlaufen waren, wurden noch eine Spur schmaler. «Ich will dir bloß einen verdammten Drink ausgeben, Mann.»

William seufzte. «Habe ich verstanden», versuchte er es ein letztes Mal. «Aber ich brauche keinen Drink, und es wäre mir wirklich recht, wenn Sie sich vor der Dame nicht so ausdrücken würden.»

«Vor wem? Ihr etwa?» Vera funkelte Maddie an. «Was ist so besonders an ihr?»

Hudson machte Anstalten aufzustehen. Will legte ihm die Hand auf den Arm.

«Hier.» Dan hielt Maddie sein Telefon hin. «Wissen Sie, wie man so was benutzt?», fragte er.

Maddie war beim Fotografieren mit dem Handy nur wenig besser als beim Nachrichtenschreiben, aber die Frage des Typen war eindeutig rhetorisch gemeint. Aus den Augenwinkeln sah sie plötzlich etwas aufblitzen. Ihre Brust wurde eng, als sie die Kameralinse erkannte. Irgendwie waren Troy und Anthony hierhergelangt und drehten bereits. Instinktiv trat sie einen Schritt vor und rückte etwas nach rechts, um wenigstens einen Teil von William abzuschirmen – so wie sie es bei Dustin tun würde.

«Okay, wir lassen den Scheißdrink aus», sagte Dan, als gäbe es etwas zu verhandeln. «Aber ohne Foto gehen wir hier nicht weg.»

William und Hudson erhoben sich, die beiden von der Bar flankierten sie. Das Mobiltelefon fühlte sich in Maddies Hand an wie ein Anker.

An den Tischen um sie herum war es still geworden. Einen Augenblick lang bewegte sich niemand. Dann legte Hudson Dan und Vera seine Arme um die Schultern. Einer der Jungs von der Bar stellte sich direkt in die Schusslinie von Troys Kamera.

Dan versuchte, sich loszumachen, was aber nur dazu führte, dass sein T-Shirt hochrutschte und einen blendend weißen Bauch enthüllte, der das Licht des Tages nie hätte sehen sollen.

«Mir ist klar, dass ihr nicht von hier seid», sagte Hudson zu Dan und Vera. «Wir haben nämlich viele Promis, die hier leben und hier gerne ihre Zeit verbringen. Sportler, Präsidenten und so weiter. Und wisst ihr, warum sie hierherkommen?»

«Zum Angeln?» Dan schien angesichts der Wendung, die das Gespräch genommen hatte, verwirrt zu sein.

«Also, ja», gab Hudson zu, als stünden sie alle zum Plaudern beisammen. «Aber auch weil wir sie in Ruhe lassen. Wir stellen uns ihnen nicht in den Weg. Oder drängen ihnen Drinks auf. Und ganz sicher fordern wir keine Fotos oder Sonstiges von ihnen.»

Maddie beobachtete, wie Verwirrung und Unentschlossenheit über die Gesichter von Dan und Vera wanderten. Niemand hatte die Stimme erhoben oder Gewalt angewandt, aber es war sonnenklar, dass sie nichts von dem bekommen würden, was sie wollten.

«Ach, ist doch scheißegal», sagte Vera plötzlich. «Er sieht sowieso älter aus als eine Mumie. Und wenn sie das ist, worauf er heutzutage steht, na ja ...» Vera schüttelte traurig den Kopf, als wäre die Welt zu einem wahrhaft armseligen Ort verkommen. Sie streckte den Arm aus, um Maddie das Handy aus der Hand zu nehmen. In diesem Moment blitzte es.

«Lieber Himmel. Komm, Dan», sagte Vera. «Das ist Mist.»

Hudson ließ ihre Schultern los und stellte sich neben Madeline, während Dan und Vera sich verzogen. Inzwischen hatte sich eine Wand aus Menschen vor Williams Platz aufgereiht. Maddie bezweifelte, dass Troy irgendwas Interessantes vor die Linse bekam.

William schüttelte den Kopf. «Tut mir leid, dass Sie da reingezogen wurden.»

«Ich kann nicht glauben, wie unverschämt diese Leute waren», sagte Maddie und kochte vor Wut. Sie hatte beobachtet, wie die Paparazzi Daniel Deranian und seine Frau verfolgten, und es noch mehr verabscheut, als sie begannen, Kyra und Dustin zu jagen. «Die sollten sich schämen!»

«Wie es aussieht, hatten Dan und Vera Glück, dass wir Maddie nicht auf sie losgelassen haben», sagte William und musterte sie.

«Ja. Das war eine ziemlich beeindruckende Blockade», stimmte Hudson ihm zu.

Maddies und Williams Blicke trafen sich. Die Wut in ihren Adern hatte das letzte bisschen Verlegenheit verglühen lassen. «Die Vorstellung, dass jeder, der jemals eine Kinokarte oder ein Plattenalbum gekauft hat, sich berechtigt fühlen darf, in das Leben eines anderen Menschen einzudringen, ist absolut lächerlich.» Sie konnte noch immer nicht glauben, welchen Beschützerinstinkt dieses Paar in ihr geweckt hatte.

«Hey, Will», sagte der Bartender. «Ich habe dem Typen den Drink, den er für dich bestellt hat, doppelt in Rechnung gestellt. Hast du noch Durst?»

«Bin vöööllig ausgetrocknet, Schätzchen», lallte William. Er und Hudson wechselten einen Blick. «Kannste mir den in so 'n Becher füllen?»

Der Bartender lächelte. «Schon erledigt.»

Maddie sah erst das Longdrinkglas und dann William an und fragte sich, ob diese ganze Keinen-Alkohol-auf-der-Insel-Sache bloß eine weitere Schikane des Senders war. Nicht dass es sie etwas anging, ob der Rocker trank oder nicht.

«Hier, eine doppelte Coca-Cola für den Heimweg», sagte der Bartender.

«Sollen wir Sie mit zurücknehmen?», fragte Hudson.

«Nein, danke», sagte Maddie. «Ich muss zu den anderen zurück.» Sie war eigenartig erleichtert, dass William der Wilde offensichtlich abstinent war. Sie wandte sich zum Gehen, als Hudson William auf den Rücken schlug.

Obwohl er die Stimme senkte, konnte sie hören, wie er sagte: «Sehr eindrucksvoll. Vor sechs Monaten hätte diese kleine Begegnung mit einer Schlägerei geendet. Wir hätten den alten Dan vom Boden kratzen müssen.»

Will schnaubte. «Vor sechs Monaten hätte ich die Prügelei genossen. Scheiße. Nichts ist mehr annähernd so, wie es mal war.»

Die letzten Worte, die sie hörte, kamen aus Hudsons Mund. «Dem lieben Gott sei Dank dafür.»

16

Als wäre es nicht genug, dass sie der Auseinandersetzung im Lorelei beiwohnen musste, entdeckte Maddie am nächsten Morgen beim Frühstück, dass sich ein Video davon bereits wie ein Virus im Netz verbreitete.

«Die Welt war ein besserer Ort, als noch nicht jeder die Kamera eines Mobiltelefons in der Tasche hatte und entschlossen war, sie auch zu benutzen.» Nikki glitt neben Kyra auf die Eckbank, die das Video auf ihrem Computerbildschirm aufgerufen hatte.

«Wer immer das gefilmt hat, saß höchstens einen Tisch weit entfernt», sagte Kyra, während sie die hässliche Szene zwischen William und dem widerwärtigen Fan verfolgte.

«Ich kann nicht glauben, dass wir nicht mitbekommen haben, was da lief», sagte Nicole.

«Ich kann nicht glauben, dass du mittendrin warst», sagte Kyra und schaute ihre Mutter an.

«Da war nicht viel, in dem man mittendrin hätte sein können», antwortete Maddie, die nicht in der Lage war, ihren Blick vom Bildschirm loszureißen.

«Oh Gott, schaut euch das an.» Kyra rief ein eindeutig hausgemachtes Interview mit den immer noch angriffslustigen Dan und Vera auf. Bilder von Maddie, die während der Auseinandersetzung das Telefon der beiden in der Hand hielt, waren in den Film hineingeschnitten worden. «Wer auch immer das zusammengeschustert hat, kann ein bisschen Filme bearbeiten. Seht euch das Ende an.» Kyra drehte den Bildschirm um, sodass alle das Ende des Videos sehen konnten, an dem eine Reihe von Blitzen ausgelöst worden war, als die Blondine Maddie das Telefon entriss. Der Film endete mit einer unglaublich unschmeichelhaften Großaufnahme von Maddies überraschtem Gesicht.

«Großartig», stöhnte sie. «Ich sehe total lächerlich *und* technisch unterbegabt aus.»

«Und was noch schlimmer ist», sagte Kyra und spulte den Film noch einmal zurück. «Angesichts der Tatsache, dass du direkt neben William stehst, braucht vermutlich niemand länger als fünf Minuten, um zu begreifen, dass die nächste Folge von *Alles Neu* auf Mermaid Point gedreht wird. Die Welt und ihre Paparazzi wissen nun, wo wir sind.»

Nach dem Frühstück breiteten Avery und Deirdre ihre Notizen und Zeichnungen auf dem Tisch aus, um sich auf die Präsentation am Abend bei William Hightower vorzubereiten. Die Art ihrer Zusammenarbeit nach zwei Jahren voller Auseinandersetzungen war beinahe erschreckend: Sie verlief ohne Streit.

Avery blickte auf, um auf die Uhr zu sehen, und erwischte die anderen dabei, wie alle sie anstarrten. «Kommt damit klar», sagte sie. «Ich tu das jedenfalls. Beinahe.»

Deirdre schwieg diplomatisch, während sich Maddie in die Einrichtungspläne vertiefte.

«Was ist das da über dem Kühlschrank?», fragte sie.

«Das ist die Treppe, jedenfalls wird sie es sein, wenn wir hierfür die Zustimmung bekommen.» Avery drehte die Pläne, damit sie auch die anderen besser sehen konnten, dann wandte sie sich an Maddie. «Du hast viel mehr Praxiserfahrung in der Küche als wir beide. Welche dieser beiden Optionen, glaubst du, funktioniert besser für ein Bed and Breakfast?»

Maddie studierte die Pläne einzeln und schob dann einen Bogen Pergamentpapier unter den anderen, sodass die beiden

Hälften ein neues Bild zu ergeben schienen. «Das hier wäre die reinste Freude, wenn man darin arbeiten müsste. Und es wäre kinderleicht, hier das Frühstück anzurichten oder jeden Tag die Horsd'œuvres für eine Happy Hour oder gelegentlich einen besonderen Nachtisch. Und diesen Teil», sie zeigte auf ein Stück des Tresens, «könnte man so ausstatten, dass sich die Gäste dort selbst Getränke oder Kaffee holen könnten, sich vielleicht Popcorn zubereiten, wenn sie einen Film oder ein Sport-Event ansehen wollen.»

Avery nickte und kritzelte Notizen auf das Pergament. Währenddessen versuchte sich Maddie vorzustellen, wie William Hightower mit einem ständigen Strom von Fremden zurechtkommen würde, die in sein privates Zuhause eindrangen. «Wisst ihr was, da wir sowieso planen, das Hauptschlafzimmer und das Bad zu renovieren, und wir da oben so viel Platz haben, mit dem wir arbeiten können: Wollen wir nicht einen Wohnbereich mit einer halbwegs anständigen Küche einplanen, damit William nicht in den Bereich für die zahlenden Gäste runterkommen muss, wenn er es nicht will?»

«Das ist eine großartige Idee», sagte Nicole.

Avery und Deirdre nickten zustimmend.

«Und ich dachte, es ist vielleicht nicht schlecht, wenn wir heute Abend oben im Haus erst einmal zusammen Abendessen, bevor wir William die endgültigen Pläne präsentieren. Um ihn erst mal ein bisschen weichzuklopfen», sagte Avery.

«Ich habe angeboten, dass ich Rinderfilet au poivre mache mit einer hervorragenden ...», setzte Deirdre an.

«Aber das kann sie nicht, weil wir vermutlich den ganzen Nachmittag brauchen werden, um die Präsentation vorzubereiten», schnitt Avery ihrer Mutter das Wort ab. «Und da eine *bestimmte Person* noch nicht dazu gekommen ist, William um die Nutzung der Küche oder des Wäscheraums zu bitten, bin ich einfach hingegangen und habe ihn gefragt ...» Avery zögerte nur kurz, bevor sie den Blick auf Maddie richtete. «Ich habe angeboten, dass du heute Abend kochst.»

«Ich?» Maddie hoffte, sich verhört zu haben.

«Machst du es? Bitte, Mad?» Avery flehte sie geradezu an. «Hudson hat gesagt, er bringt dich gerne entweder zu deinem Auto oder kauft, was immer du brauchst, für dich ein.»

«Aber wie soll ich wissen, was ich will, wenn ich nicht sehen kann, was er hat?» *Okay, das klang irgendwie falsch.* «Ich meine, ohne einen Blick in seinen Kühlschrank und in seine Vorratskammer geworfen zu haben.»

Avery zuckte mit den Schultern, sie hatte ihre Aufmerksamkeit bereits wieder auf die Skizzen gerichtet. «Du hast die Erlaubnis, in der Küche des Mannes zu kochen, Maddie. Ich glaube nicht, dass er Einwände hat, wenn du einen Blick in seine Vorratskammer wirfst.»

Maddies Blick in William Hightowers Vorratskammer fühlte sich weit weniger persönlich an, als es möglicherweise der Fall gewesen wäre, wenn sich etwas darin befunden hätte.

Nachdem er ihr lächelnd zugenickt hatte, war William an den Küchentisch zurückgekehrt, wo er sich wieder mit den Teilchen und Sachen beschäftigte, die Maddie nicht zuordnen konnte, die aber aus dem Angelkasten quollen oder vor ihm ausgebreitet lagen.

Er blickte nicht auf, als sie seine schmerzlich leere Vorratskammer öffnete, und nicht einmal dann, als sie ihren Kopf in den gleichfalls leeren Kühlschrank steckte. Ein bereits abgelaufener Milchkarton, ein Eierkarton mit zwei Eiern, je ein halbvolles Glas Senf und Mayonnaise und etwas, das nach den Überresten einer Pizza aussah, konnte sie entdecken. Mehr nicht. Dafür war der Gefrierschrank vollgestopft mit Fisch.

«Wie leben Sie?», fragte sie, bevor sie sich zurückhalten konnte.

«Hmm?» Er blickte auf.

«Hier gibt es keine Nahrungsmittel.» Maddie schloss den Kühlschrank. «Was machen Sie sich zu essen?»

Er musterte sie über seine Brille hinweg, was eigenartig beunruhigend war.

«Ich kann mir immer einen Fisch fangen, wenn ich das möchte. Und, keine Ahnung ...» Er hielt inne, als dächte er zum ersten Mal darüber nach. «Ich habe einen Großteil meines Lebens auf der Straße verbracht und gegessen, was backstage gestellt wurde. Oder ich habe mir in irgendeinem IHOP oder Waffle House ein Frühstück geholt, wenn es nach einer Show oder einer Party spät geworden war.» Er fixierte sie mit seinen dunklen Augen, und sie versuchte, nicht daran zu denken, wie viele Frauen auf diesen Partys gewesen waren und wie weit sie gegangen waren, um seine Aufmerksamkeit zu erregen.

«Was ich getrunken, geraucht, geschnüffelt oder geschnupft habe, hat mich immer mehr interessiert als das, was es zu essen gab.» Sein Lächeln war schief. «Hatte immer mehr Durst als Hunger. Außer bei Heißhungerattacken.» Er zuckte mit den Schultern. «Meine Geschmacksknospen sind vermutlich nicht besonders hoch entwickelt.»

Seine Ehrlichkeit überraschte sie, und sie stellte fest, dass sie auf gleiche Weise reagierte. «Auf der Grundlage Ihrer Speisekammer und des Kühlschranks schätze ich, dass sie im Alter von vierzehn den Tiefflug angetreten haben. Mein Sohn hat sich zwischen vierzehn und sechzehn ausschließlich von Käseflips, Käsetoasts und allem Pizza-ähnlichen ernährt. Ich weiß also, wovon ich spreche.»

«Darauf wette ich», sagte er mit einem blassen Lächeln, sodass sie erneut darüber nachgrübelte, was er an ihr wohl so amüsant fand.

«Avery sagt, es ist für Sie in Ordnung, uns gelegentlich die Küche oder den Wäscheraum zu überlassen.»

William zuckte mit den Schultern. «Halten Sie sich schadlos. Es ist ja nicht so, als gäbe es Engpässe, was den Platz angeht.»

«Ich weiß, dass alles ist ... also, mir ist bewusst, dass Sie uns eigentlich nicht hier haben wollen.»

«Will ich nicht.» Er setzte die Brille ab und legte sie beiseite. «Und doch sind Sie alle hier. Wenn ich Sie aus meiner Küche verbanne, ändere ich ja nichts daran.»

«Also gut.» Sie zog das Blatt Papier und den Bleistift heraus, die sie sich in die Hosentasche gestopft hatte. «Was möchten Sie heute zu Abend essen?», fragte sie und hoffte, dass sein Wunsch ihre kulinarischen Fähigkeiten nicht übersteigen würde.

«Italienisch esse ich immer gern», sagte er. «Machen Sie Spaghetti mit Fleischbällchen?»

«Also, ich stelle eher Nahrungsmittel zusammen, als dass ich etwas koche», entgegnete sie wahrheitsgemäß. «Wenn Sie mit Sauce aus einem Glas und Pasta aus einem Karton leben können, bin ich ziemlich sicher, dass ich Ihre vierzehnjährigen Geschmacksknospen zufriedenstellen kann.»

Das wahrhaftigste Lächeln, das sie bislang gesehen hatte, erhellte sein Gesicht und begleitete Maddie den ganzen Weg hinunter zum Hafen, durch den Supermarkt und wieder zurück nach Mermaid Point.

17

In der Hoffnung, dass das Essen der Schlüssel zum Herzen dieses Mannes war – oder wenigstens zu seiner Unvoreingenommenheit –, wartete Avery mit den geschäftlichen Themen, bis der Tisch abgeräumt und Dustin mit einem Haufen Spielsachen neben den Billardtisch gesetzt worden war.

William Hightower hatte die Spaghetti mit Tomatensauce und Hackfleischbällchen, die Maddie zum Abendessen gemacht hatte, praktisch inhaliert. Er aß außerdem zwei Portionen Caesar Salad und fünf Scheiben von dem Knoblauchbrot, dessen Duft den großen Wohnraum immer noch erfüllte. Obwohl er behauptete, pappsatt zu sein, als der Hauptgang abgeräumt wurde, aß er auch noch den Nachtisch: einen Eisbecher, den sich jeder selbst zusammenstellen konnte. Er und Dustin, der auf den Stuhl neben dem Rockstar geklettert war und darum gebettelt hatte, dort sitzen bleiben zu dürfen, verspeisten das Eis mit beinahe identischem Genuss.

Nun zog Avery die Pläne heraus, stellte die behelfsmäßige Staffelei auf und bereitete sich darauf vor, anzufangen. Deirdre teilte an alle Unterlagen aus und stellte sich dann auf die andere Seite der Staffelei. Kyra und Troy hoben ihre Videokameras auf die Schultern.

Zwar hatte Avery gehofft, dass Thomas dabei sein würde, um zu helfen, seinen Vater in den Griff zu bekommen, doch sie musste offensichtlich auf ihn verzichten. Er war nicht da, weshalb sie ihm die Unterlagen gemailt hatte. Als sie jetzt ihren Blick auf William Hightower richtete, hörte sie in ihrem

Kopf den Satz: «Gentlemen, starten Sie Ihre Maschinen.» Der Gedanke ließ sie lächeln, und sie fing an.

«Unser primäres Ziel hinter all den vorgeschlagenen Umbauten ist es, mit dem größtmöglichen räumlichen Puffer zu Ihnen acht eigenständige Gästesuiten zu schaffen und das höchstmögliche Maß an Privatsphäre für Sie zu erhalten.»

Hightower nickte, sah aber nicht halb so interessiert aus wie zu dem Zeitpunkt, als man die Spaghetti und die Fleischklößchen vor ihn gestellt hatte. Deirdre warf ihrer Tochter einen aufmunternden Blick zu, als sie nun ein großflächiges Bild des Haupthauses von außen auf die Staffelei stellte. Avery spürte Deirdres leise Unterstützung, und zum ersten Mal nahm sie diese an, fühlte sich davon sogar getröstet.

«Wir haben nicht vor, den Grundriss des existierenden Gebäudes zu verändern. Im Grunde genommen handelt es sich um eine Umgestaltung.» Sie drehte sich zu dem Bild um. «Wie Sie sehen, werden die Veränderungen außen minimal sein. Wir werden lediglich beschädigte und verwitterte Teile des Gebäudes reparieren oder ersetzen. Wir werden streichen und mehr Licht ins Innere lassen. Meine Hoffnung ist, dass das Dach lediglich repariert und nicht ersetzt werden muss, aber das werden wir erst wissen, wenn wir die Dachdecker hier haben. Ich lasse sie kommen, sobald wir uns auf die Pläne geeinigt haben.»

Sie warf einen erneuten Blick auf Williams Gesicht. Es verriet nichts. Zeichnung Nummer zwei wurde hervorgeholt.

«Der größte strukturelle Eingriff wird darin bestehen, dass wir die Treppe aus dem Foyer an diese Wand verlegen.» Avery zeigte auf die Wand hinter Hightower. «Der Grundriss der Küche wird sich ändern. Wir werden um den Herd herum bauen und wollen, wie Sie sehen können, hieraus eine L-Form machen. Der Wäscheraum wird in den hinteren Flur verlegt. Daneben ist eine Toilette mit allem Schnickschnack geplant, die vom großen Wohnzimmer aus genauso zugänglich sein wird wie von den seitlichen Veranden. Damit wird das Foyer offener wirken, und der Zugang zu den beiden Gästesuiten im Erdgeschoss wird erleichtert.»

Avery zeigte auf das Esszimmer und das Büro, die nun beide eigene Bäder hatten. Würden sie gerade Poker spielen, sie hätte keine Ahnung, welches Blatt William Hightower auf der Hand hatte.

«Wenn wir die Treppe und den Wäscheraum verlegen, können wir die beiden vorderen Schlafzimmer im Obergeschoss in zwei eigenständige Suiten umwandeln», fuhr sie fort.

Hightower studierte die Zeichnung, schwieg aber weiter.

«Der zusätzliche Platz erlaubt es uns auch, die obere Diele weiträumiger zu gestalten und damit einen zusätzlichen Raum zwischen diesen Suiten und Ihnen zu schaffen.» Avery räusperte sich. «Zudem planen wir, eine kleine Küche in das Hauptschlafzimmer einzubauen, damit Sie unabhängig von der Küche im Erdgeschoss sind.»

Wieder keine Reaktion. Avery warf einen Blick zur Seite. Deirdre stand immer noch an der Staffelei, und es schien, als würde sie ihrer Tochter heimlich Energie zusenden. Dankbar streckte Avery den Rücken und richtete den Blick erneut auf William Hightower. Schließlich übernahm Deirdre.

Sie erläuterte die Designelemente der Küche sowie ihren Plan, den Kühlschrank und die Vorratskammer unter die Treppe zu bauen. Sie erzählte von ihrer Idee, gewerbliche Haushaltsgeräte anzuschaffen, und von ihrem Wunsch, in dem Gemeinschaftsraum trotzdem die Anmutung eines Zuhauses beizubehalten.

In Hightowers Augen flackerte kurz Ärger auf, als Deirdre ihr Ziel betonte, den Gästen das Gefühl zu vermitteln, persönlich eingeladen zu sein. «Die Einrichtung soll robust sein und wenig Pflege benötigen», fuhr sie fort. «Ich dachte an Arbeitsplatten aus Zink oder Beton, Schränke mit klaren Linien – möglicherweise rot glänzend und leicht abwischbar, zudem wäre das ein stimmungsvoller Farbfleck im Ensemble. Das Ganze soll gehoben und lässig zugleich wirken, mit nautischen Anklängen und Zitaten aus dem Angelsport, aber unter Berücksichtigung des leiblichen Wohls und der Bequemlichkeit.»

«Das ist großartig!», rief Nikki aus. Maddie lächelte ihre Zustimmung. Was William Hightower dachte, blieb ein Geheimnis.

Avery konzentrierte sich darauf, normal zu atmen, als Deirdre nun die Skizzen vom Bootshaus auf die Staffelei stellte.

«Wir brauchen Ihren Input in Bezug darauf, welchen Stauraum wir im Erdgeschoss für Köder und Angelgerät, das die Gäste benutzen können, gebrauchen werden.» Avery war erneut an der Reihe, immer noch darauf wartend, dass der Hausherr sich endlich äußerte. «Aber das Obergeschoss kann in zwei Gästesuiten mit separaten Eingängen umgewandelt werden. Es gibt ja bereits einen Balkon nach Süden. Wenn wir von den Zimmern Zugänge von beiden Seiten schaffen, haben wir eine Sonnenaufgangs- und eine Sonnenuntergangssuite.»

Ihr Lächeln wurde mit einem unbestimmten Nicken quittiert. Troy und Kyra filmten weiterhin aus jedem Blickwinkel, aber Avery glaubte nicht, dass sie es mit ihren Bemühungen schafften, William Hightower irgendwie interessiert oder beteiligt aussehen zu lassen.

Avery fuhr fort und ersparte sich die Details. Sie handelte den Pool und die Reparaturen an der Poolterrasse ab, die moderne Outdoor-Küche, die im Pavillon untergebracht werden würde, die Hängematten und hölzernen Ruhesessel, die auf dem Grundstück verteilt werden würden, um Plätze der Abgeschiedenheit und Reflexion zu schaffen.

Der Raum war inzwischen so schwer vom Schweigen, dass selbst Dustin mit gedämpfter Lautstärke zu spielen schien. Wenn der Mann nicht bald etwas sagte, würde Avery ihm vorschlagen, den Namen seiner Band von Wasted Indian in Silent Indian zu ändern. Verdammt noch mal, wie kann jemand nur so stur sein. Sie merkte, wie langsam der Zorn in ihr hochstieg.

Schließlich schob sie noch die beiden Zeichnungen der Dreifachgarage auf das Gestell. Es war eines ihrer liebsten Gebäude, weil es ein hohes Maß an Flexibilität aufwies. «Wenn Sie sich die Zeichnungen ansehen, werden Sie bemerken, dass Sie das Ober- und das Untergeschoss separat vermieten können. Man könnte auch die Garage zu einer zweistöckigen Einheit öffnen, in der bis zu zehn Gäste untergebracht werden können. Womit sie sich perfekt für Familien eignen würde oder für größere Gruppen, die zusammen untergebracht sein möchten.»

Das war es gewesen, mehr hatten sie nicht. Avery blickte in den Raum und sah, dass alle Augen und beide Kameras auf William Hightower gerichtet waren.

Avery machte einen letzten Versuch, um William aus der Reserve zu locken. «Das alles ist natürlich nur eine erste Herangehensweise an das Projekt. Wenn es etwas gibt, das Sie ändern und besprechen möchten, sind wir dafür selbstverständlich offen.»

Deirdre streckte den Arm herüber und ergriff ihre Hand. Sie drückte sie leicht. Avery war sich nicht sicher, ob die Geste als Unterstützung oder als Warnung gemeint war, aber sie veranlasste sie dazu, den Mund zu schließen. Jeder Zentimeter ihres Körpers wappnete sich gegen den Zusammenprall.

Hightower grunzte, sagte aber nichts. Es war Maddie, die schließlich das ungemütliche Schweigen durchbrach. «Ich bin mir nicht sicher, ob Sie es bemerkt haben, aber Avery und Deirdre haben sehr viel Zeit in diese Pläne und diese Präsentation investiert.» Ihre Stimme klang schneidend, ihre Wangen waren gerötet. «Und diese Pläne sind erstklassig.»

Hightower grunzte erneut.

«Ein einfaches ‹Ja, ich bin mit den Plänen einverstanden›, wäre großartig, Mr. Hightower. Und sollte Ihnen etwas nicht gefallen, wäre es das Mindeste, das auszusprechen, damit sie überarbeitet werden können.»

Maddie bebte vor Zorn. Dann richtete sie ihre ausdrucksvollen Augen auf William Hightower, als wollte sie ihn zu einer Reaktion provozieren.

Er starrte zurück.

«Selbst ein ‹Ich hasse diese Pläne, lassen Sie sich auf dem Weg hinaus nicht von einer Palme erschlagen› wäre besser als dieses unglaublich ... rüpelhafte Schweigen. Ich bin mir sicher, wir können hier morgen früh weg sein.»

Hightowers Augen verdunkelten sich. Es braute sich darin ein Sturm zusammen, der die Iris beinahe schwarz aussehen ließ.

«Glauben Sie mir, nichts ist so einfach, wie Sie zu glauben scheinen.» Die Worte waren mehr geknurrt als gesprochen. Er erhob sich, schob den Stuhl an seinen Platz zurück und machte Anstalten, den Raum zu verlassen.

Avery wusste, dass sie etwas sagen oder tun sollte, aber sie wusste nicht, was. Selbst Deirdre, die normalerweise in jeder Situation oben schwamm, war wie gelähmt.

«Es *kann* so einfach sein.» Auch Maddie stand auf. Sie würde nicht nachgeben. Wie eine Löwin würde sie ihre Jungen verteidigen. «Werfen Sie uns raus oder geben Sie uns Ihre Zustimmung. Wir haben dabei nicht wirklich etwas zu melden. Sie vermutlich schon.»

«Sie liegen falsch.» Williams Kieferknochen traten hervor, als er kurz angebunden nickte. «Aber zum Teufel damit. Legen Sie los und machen Sie sich über das Haus her.» Dann verließ er endlich mit großen Schritten den Raum. Wenige Sekunden später fiel die Haustür ins Schloss.

Kyra senkte die Kamera. Troy schien zerrissen zu sein zwischen dem Wunsch, Hightower zu folgen und die Bestürzung der anderen festzuhalten. Kurzentschlossen filmte er weiter.

Maddie schloss die Augen. Öffnete sie wieder, als hoffte sie, es hätte sich in der Zwischenzeit etwas geändert. «Oh Gott. Es tut mir so wahnsinnig leid!!! Seine ganze Haltung, diese abwertende Körpersprache, das hat mich einfach so verdammt ... wütend gemacht.»

Nicole und Deirdre sahen genauso schockiert aus wie Avery.

«Er ist rausgestürmt und hat die Tür zugeknallt.» Maddie ließ sich zurück auf ihren Stuhl fallen. «Ich habe William Hightower aus seinem eigenen Haus gejagt.»

«Und ob du das getan hast», sagte Nicole und unterdrückte ihr Lachen. «Der Mann war eindeutig stocksauer.»

«Es tut mir leid», sagte Maddie noch einmal. Als sie nach ihrem Wasserglas griff, zitterten ihr die Hände. «Ich konnte nicht ertragen mitanzusehen, wie er Avery und Deirdre behandelt hat. Es ist mir egal, wer er ist, dafür gibt es einfach keine Entschuldigung.»

«Stimmt. Und ich glaube, das hast du ihm unmissverständlich klargemacht.» Avery verschränkte die Hände auf dem Tisch.

Deirdre nickte. «Du wirst dich natürlich entschuldigen müssen. Aber ihr überseht den wichtigsten Teil dieses gesamten Wortwechsels.»

«Auf jeden Fall.» Nicole lächelte.

«Und der wäre?», fragte Maddie.

Avery lächelte nun ebenfalls, als die Erleichterung sie durchströmte. «Egal, wie wütend du ihn auch gemacht hast, du hast William Hightower dazu gebracht, uns zu erlauben, dass wir loslegen.»

18

Am nächsten Morgen hatte Avery genügend Koffein im Blut und stand an der südöstlichen Spitze von Mermaid Point auf der Ufermauer, als der Hahn sich in die Brust warf und seinen morgendlichen Weckruf herauskrähte.

Das wäre wesentlich beeindruckender gewesen, wäre es nicht bereits neun Uhr. Die Sonne gewann schon an Kraft, trotzdem gluckten die Hennen um ihn herum, als sei er und nicht William Hightower der Rockstar auf dieser Insel.

«Seltsam», murmelte Avery, während sie sich den Werkzeuggürtel um die Hüften zurechtzog und sich entschieden eine Haarsträhne hinters Ohr schob. «Du musst ja im Hennenstall gute Karten haben, Kumpel.»

Hightowers Fischerboot war weg. Seit dem letzten Abend, als er aus dem Haus getürmt war, hatten sie ihn nicht mehr gesehen. Dafür stand Averys Truppe jetzt neben ihr und beobachtete, wie das Lastschiff mit den Müllcontainern und den Baugerüsten an der Ufermauer in die richtige Position manövriert wurde. Daneben machte ein Boot mit Arbeitern fest.

Sie hatten sich auf eine Uniform, bestehend aus kurzen Hosen und einem *Alles-Neu*-T-Shirt geeinigt, aber ihre Interpretationen rangierten von Deirdres vollständig bedecktem Körper bis hin zu Kyras bauchfreiem Oberteil und abgeschnittenen Hotpants. Es gab kein Anzeichen dafür, dass sie das Kleinkind, das sie auf der Hüfte trug, geboren hatte.

Da sie zwischen Bequemlichkeit und ihrem Bewusstsein

für Troys Vorliebe für unschmeichelhafte Nahaufnahmen und die harsche Realität hin und her gerissen waren, gingen sie auch in Sachen Make-up sehr unterschiedlich vor. Wie immer war Deirdres Gesicht professionell geschminkt, was Avery inzwischen nur noch leicht ärgerlich fand und nicht mehr vollkommen lächerlich. Avery hatte sich für eine getönte Sonnencreme, Mascara und einen Hauch von Lipgloss entschieden. Das waren Konzessionen an die desaströsen Effekte hochauflösender Fernsehbildschirme und nicht der Versuch, Deirdres Anforderungen zu genügen. Das sagte sie sich jedenfalls.

Maddies Lidstrich und die lebhaftere Farbe ihres Lippenstifts passten zu dem hohen Pferdeschwanz und den neonpinken Turnschuhen und ließen sie jünger aussehen, doch waren die Anzeichen einer durchwachten Nacht schwerlich zu übersehen. Nicole, die in der Öffentlichkeit selten ohne ihren gekonnt aufgetragenen «Schutzschild» erschien, hatte sich das rotbraune Haar zu einem französischen Zopf geflochten. Ihr ärmelloses T-Shirt lenkte den Blick auf ihre gut trainierten Oberarme, die vorteilhaft geschnittenen Shorts betonten ihre Läuferinnenbeine. Wenn irgendwer mit auch nur einem Hauch von Raffinesse bei körperlicher Arbeit aufwarten konnte, dann war das Nikki.

Bald war die Luft erfüllt von metallischem Klappern und den mit schwerem Akzent gerufenen Anweisungen der Männer, die das Gerüst abluden, um es anschließend rund um das Haus zusammenzubauen.

Averys Herz schlug tatsächlich vor Aufregung, als das Gerüst in Richtung Dach wuchs. Auf der Lichtung kam der Container scheppernd zu stehen, ein handfester Beweis dafür, dass die Arbeiten an ihrem ersten Projekt als Architektin *und* als Bauunternehmerin mit eigener Lizenz endlich begonnen hatten.

Troy und Anthony filmten aus jeder denkbaren Perspektive. Kyra übergab Dustin an Maddie, damit sie ihre eigene Version aufnehmen konnte.

Avery verteilte derweil die Aufgaben und hakte sie auf ihrer Liste ab.

«Deirdre wird damit beginnen, das Büro und das Esszimmer auszusortieren und zu entscheiden, was bleibt und was wegmuss. Danach kommen die Küche und das große Wohnzimmer dran, gefolgt vom Obergeschoss. Alles, was rausfliegt, wird William gezeigt. Dann bekommt jedes einzelne Stück einen Aufkleber, damit es zu irgendeinem Zeitpunkt von der Insel abtransportiert werden kann.»

«Verstanden.» Deirdre hätte beinahe salutiert, aber sie sah erfreut aus, möglicherweise sogar stolz. Avery war sich nicht sicher, ob dieser Gesichtsausdruck neu war oder ob sie ihn bislang nur nie wahrgenommen hatte.

«Nikki und Maddie und ...»

«Dustbin!», krähte Dustin.

«... und Dustin fangen an, die Garage leer zu räumen und vorzubereiten. Wenn das geschehen ist, macht ihr mit dem Bootshaus weiter.»

Avery lächelte den kleinen Jungen mit seinem kinderkopfgroßen Helm und dem Werkzeuggürtel an. Sie konnte sich noch genau an ihre eigene Freude erinnern, als ihr Vater ihr als Kind eine rosa Version eines Werkzeuggürtels schenkte. Wenn sie jetzt seinen eigenen Gürtel trug, hatte sie das Gefühl, ihm besonders nahe zu sein.

«Ich habe zwei Dachdecker bestellt, die morgen kommen, sich alles ansehen und uns dann eine Einschätzung geben. Wir müssen uns auf den Beginn der Abbrucharbeiten Anfang nächster Woche einstellen.»

«Aye, aye, Captain!» Maddie nickte und salutierte zackig mit wippendem Pferdeschwanz. «Alle Mann an Bord und bereit, loszulegen.»

Avery salutierte zurück. «Wir treffen uns um 12:30 Uhr zum Mittagessen im Pavillon. Lasst das Schwitzen beginnen!»

William hatte Mermaid Point vor Sonnenaufgang verlassen, ohne wirklich etwas vorzuhaben. Er wollte einfach woanders sein. Vor Indian Key hatte er seinen Fischtank mit Köderfischen gefüllt und war dann zu seinen Lieblingsstellen vor dem Yellow Shark Channel gefahren. Die warme, feuchte Luft drang in seine Haut ein, und die Stille beruhigte ihn. Niemand, der ihn störte, niemand, mit dem er sprechen musste. Und er musste nirgendwohin. Es gab niemanden, vor dem er auftreten musste. Einfach. Unkompliziert. Genauso, wie er es mochte.

Erst am späten Nachmittag kehrte er zurück und fand sein Haus mit einem Metallkäfig ummantelt vor. Daneben stand ein überquellender Container, und eine Horde von Arbeitern stapfte über seine nicht mehr private Insel. Die Ruhe, die ihn gerade noch eingehüllt hatte, verdampfte wie Sommerregen auf heißem Asphalt. Er begab sich zum Pool in der Hoffnung auf Abkühlung und wurde im Pavillon Madeline Singers ansichtig, wo sie kalte Getränke an die Arbeiter aushändigte, die sich um sie drängten wie Kinder um einen Limonadenstand.

Ein schiefer Pferdeschwanz baumelte auf einer Seite ihres Kopfes, die daraus entschlüpften Haare waren voller Spinnweben und Laub. Ihre Kleider sahen sogar noch schmuddeliger aus. Sie zuckte zusammen, als sie ihn erblickte, und ihre Wangen, jedenfalls das bisschen Haut, das durch die Schmutzschicht noch hindurchschimmerte, röteten sich. War sie immer noch sauer? Oder verlegen, weil sie ihn zusammengestaucht hatte? Sie war anders als so ungefähr jede andere Frau, mit der er Erfahrungen gesammelt hatte, deswegen war ihm schleierhaft, wie sie auf ihn zu sprechen war. Ungefähr zwei Sekunden lang dachte er darüber nach, sie zu meiden, aber er hatte Durst. Und das war immer noch seine Insel, verdammt noch mal.

Beim Klang eines Nebelhorns, möglicherweise aber auch nur bei Wills Anblick griffen die Arbeiter nach ihren Plastikbechern und zerstreuten sich. Madeline sah ihn argwöhnisch an, als er auf sie zukam, was ihm vollkommen gleichgültig war. Auf den letzten Metern blieb er kurz stehen, griff in seine Tasche, zog einen Vierteldollar heraus und legte ihn vor sie auf den Tisch. «Eine Zitronenlimonade on the rocks, bitte», sagte er. «Am besten eine doppelte.» Zu allem Überfluss hatte er nachts angefangen, vom Trinken zu träumen; Zitronenlimonade war in seinem Traum nicht vorgekommen.

«In Ordnung», sagte sie steif und griff nach einem Becher. «Aber ich glaube, ich schulde Ihnen eine Entschuldigung zusammen mit dieser Limonade.»

Und ob. Es gefiel ihm, wie sie ihm in die Augen sah. Nichts erinnerte an ihr anfängliches Gestammel. Sie erwies sich als ein gutes Stück härter im Nehmen, als er es am Vorabend erwartet hatte. Wenn sie sich entschuldigt hatte, würde er annehmen und dann ...

«Es tut mir leid, dass ich Sie so angegriffen habe», fuhr sie fort. «Möglicherweise war meine Reaktion genauso daneben wir Ihre Unhöflichkeit.»

Möglicherweise? Er runzelte die Stirn. «Ihre Entschuldigung klingt nicht übermäßig engagiert.»

Sie runzelte ebenfalls die Stirn und warf sich das dunkle Haar über die Schulter. «Also, ich weiß nicht, wie groß eine Entschuldigung dafür sein muss, dass ich Ihr Verhalten in Frage gestellt habe. Sie haben unnötig und feindselig eine Reaktion verweigert, was geradezu …»

«… ‹unhöflich› war. Ja, ich glaube, das haben Sie gestern Abend klargestellt.» Er beobachtete, wie ihr Kinn nach oben ging, und das Aufblitzen von Ärger in ihren Augen. Sie füllte den Becher mit Eis.

«Na gut, also wie ist es damit», sagte sie. «Ich fühle mich … ziemlich mies, Sie an Ihrem eigenen Tisch so angegangen zu sein.» Es klang widerwillig. «Das war falsch von mir.»

Er musterte ihr Gesicht und sah, wie sie ihre vollen Lippen aufeinanderpresste. «Also würden Sie sich gar nicht entschuldigen, wenn Sie mich auf neutralem Boden angegriffen hätten? Beispielsweise bei Bud N' Mary's? Oder drüben im Green Turtle Inn?»

Er hatte den eindeutigen Eindruck, dass sie fast die Augen verdreht hätte und sich nur gerade eben zurückgehalten hatte. Sein Ärger war schon längst verpufft, aber er wollte sie noch ein wenig zappeln lassen. «Ich glaube, Sie können das noch besser.»

Eine Augenbraue schoss in die Höhe, und sie neigte den Kopf, um ihn noch eingehender zu mustern. «Na gut, wie wäre es mit ‹Ich schäme mich sehr dafür, Sie aus Ihrem eigenen Haus vertrieben zu haben›.» Sie goss Limonade auf das Eis.

«Und?»

«Sie wollen mehr?»

«Oh ja.»

Maddie blinzelte, als sie ihm sein Getränk reichte, was wohl bedeutete, dass er es mit seiner Anzüglichkeit wohl etwas übertrieben hatte. Er war von ihrer Direktheit fasziniert. Sie war keine Frau, die etwas sagte und es nicht so meinte.

Sie nahm einen Schluck von ihrem eigenen Getränk und leckte sich dann über die Oberlippe. «Ich habe mich ein bisschen darum gesorgt, dass Sie sich eventuell so geärgert haben, dass Ihnen heute beim Fischen etwas zustößt.»

Ihre Sorge machte ein Loch in den letzten Rest von Ärger, den er noch verspürt hatte. Er stürzte die Limonade, die sie ihm serviert hatte, in einem Zug herunter. «Zum Glück kenne ich die Flats hier wie meine Hosentasche.»

Noch als er ihre Besorgnis vom Tisch wischte, war er überraschend berührt davon. Einen Großteil seines Lebens hatten Leute etwas von ihm gewollt, aber er konnte sich nicht daran erinnern, wann sich zum letzten Mal jemand Sorgen um ihn gemacht hatte. Ohne zu fragen, schenkte sie ihm den Becher noch einmal voll und schien sich etwas zu entspannen. Er kam sich vor wie ein Schuljunge, der nach Hause kommt und dessen Mutter mit Milch und Keksen auf ihn wartet. Etwas, was ihm in seiner eigenen Kindheit definitiv nie passiert war.

«Ich weiß, dass wir hier Eindringlinge sind», sagte Maddie. «Und auch, dass ich bei der Verteidigung von Avery und Deirdre vielleicht ein bisschen zu ...»

«Aggressiv?»

Sein Ton war neckisch geworden, ihrer dagegen ernst. «Unterm Strich muss man einfach sagen, dass die beiden wirklich Talent haben. Und ich bin sicher, dass wir alle alles in unserer Macht Stehende tun werden, damit diese Renovierungsmaßnahmen die Unannehmlichkeiten wert sind.»

Er ertappte sich bei der Frage, wie weit sie wohl gehen würde, damit sich die Unannehmlichkeiten für ihn lohnten, aber in ihren klaren braunen Augen stand kein Quäntchen Arglist. Und noch konnte er darin sexuelle Anspielungen lesen.

«Warum machen Sie so was?», fragte er, plötzlich neugierig geworden. «Warum stellen Sie sich hier hin mit Limonade und Eis für alle?»

Sie zuckte mit den Schultern. «Es ist so heiß, und alle arbeiten so hart. Ich bin daran gewöhnt, mich um meine Familie zu kümmern. Ich vermute, ich kümmere mich einfach grundsätzlich gern um Leute.»

Sich um Leute kümmern. Das war ja mal ein Konzept. Er hatte sich nie erfolgreich um jemanden gekümmert, der ihm wichtig war. Und niemand hatte sich jemals wirklich um ihn gekümmert. Nicht auf die Weise, von der Madeline Singer vermutlich sprach.

Sie fasste sich an den Kopf und befreite ihr Haar aus dem schiefen Pferdeschwanz. Er ertappte sich dabei, dass er ihre Brust bemerkte, die sich unter ihrem schmutzigen T-Shirt hob.

«Danke für die Limo», sagte er, als sie die Kühltasche einzupacken begann. «Und für die Entschuldigung.»

«Die habe ich Ihnen ja auch geschuldet.» Sie hob die Kühltasche an, dann gingen sie gemeinsam zum Pool. Da blieb sie stehen und blickte ihm direkt in die Augen. «Und ich glaube, jetzt, wo Sie uns Ihr Go gegeben haben, schulden Sie uns Zusammenarbeit.»

Sie wartete nicht darauf, ob er zustimmte oder widersprach, sondern ging mit schwingendem, über die Schulter fallendem Haar den Weg zum Hausboot hinunter.

Will schälte sich aus seinem T-Shirt und tauchte ins Wasser. Als er zu kraulen begann, fragte er sich, wie eine Frau wie Madeline Singer wohl im Bett war.

19

Als sich am Freitag der Arbeitstag dem Ende zuneigte, war jeder Muskel in Maddies Körper maximal gefordert worden. Und viele ihrer Muskeln hatten den Test nicht bestanden. Die Tapete im Badezimmer herunterzureißen, hatte mehr brutale Kraft als Fingerspitzengefühl erfordert, und Maddies Schultern und Oberarmmuskeln schmerzten. Ihren Badeanzug anzuziehen war eine quälende Erfahrung, und sie war viel zu erschöpft, um die Arme erneut zu heben und sich etwas drüberzuziehen. Ihre Gedanken waren einzig davon beherrscht, zum Whirlpool zu kommen. Sie hoffte, die warmen Wasserstrahlen würden ihrem geschundenen Körper etwas Erleichterung verschaffen. Danach hatte sie vor, so lange im Pool zu versinken, bis sie sich wieder wie ein Mensch fühlte.

Sie hinkte hinter Avery und Nikki den Pfad hinauf, gefolgt von Kyra und Dustin. Deirdre bildete das Schlusslicht. Sie wankten in einer langsam vorankommenden Schlange wie verwundete Soldaten auf der Rückkehr aus der Schlacht, die Augen starr auf die Person vor ihnen gerichtet. Selbst Deirdre, die normalerweise eher eine beratende Rolle übernahm, hatte die Ärmel hochgekrempelt und ihnen geholfen, die Abfälle in den Container hinauszutragen und den wertvolleren Ausschuss unter einer Plane zu stapeln.

Kyra enterte mit Dustin den Pool, während Maddie, Nikki, Avery und Deirdre mit Seufzern der Erleichterung in den Whirlpool stiegen. Sie setzten sich vor die Düsen, legten die Köpfe in den Nacken und schlossen die Augen. Dabei ignorierten sie Troy und Anthony vollkommen, die ihren mühevollen Fußmarsch verfolgt hatten und nun den Whirlpool umrundeten.

«Oh Gott», ächzte Avery. «Sogar meine Lippen tun weh.»

«Ich habe dir doch gesagt, du sollst diesen Reißnagel nicht mit den Zähnen rausziehen.» Deirdres Rüge besaß wenig Inbrunst. «Und ich wünschte, du würdest nicht mehr aufs Dach klettern. Ich dachte, ich bekomme einen Herzinfarkt, als ich dich da oben rumspazieren sah.»

«Mach dich nicht lächerlich. Das gehört zum Job», sagte Avery. «Und ich bin viel zu dankbar dafür, dass wir nicht das gesamte Ding ersetzen müssen, um darüber nachzudenken, wie oft ich da hochmusste.»

«Ich brauche einen Drink», murmelte Nicole. «Eine Poolbar wäre hier wirklich nicht schlecht. Mit Kellnern.»

«Du weißt doch, dass wir hier nicht trinken dürfen.» Maddie war so erschöpft, dass es ihr wie eine größere Errungenschaft vorkam, die Augen zu öffnen.

«Egal.» Nicole sprach langsam, als kostete sie jedes Wort große Mühe. «Ich glaube, ich hätte sowieso nicht die Kraft, ein Glas an die Lippen zu führen. Und meine Hände sind so taub, ich könnte das Glas bestimmt nicht mal *halten*.»

«Schade, dass man den Inhalt nicht intravenös bekommen kann.» Avery gähnte.

Sie lachten, aber nur leise und möglichst ohne sich dabei zu bewegen.

Kyra und Dustin stiegen aus dem Pool und setzten sich rechts und links von Maddie auf den Rand des Whirlpools. Ihre Beine baumelten im Wasser. Als Dustin einen rundlichen Arm um Maddies Schultern legte, rückten Troy und Anthony für eine Nahaufnahme näher heran. «Kusseln.» Er schlang auch den anderen Arm um ihren Hals und umarmte sie stürmisch. Maddie atmete die Mischung aus Kleinkind und Sonnenschein tief ein. Der berauschende Duft weckte ihre Lebensgeister.

«Ich kann kaum glauben, dass sie diese Woche mit der Ausstrahlung der ersten Staffel von *Alles Neu* beginnen.» Averys Kopf blieb in den Nacken gelegt, aber sie hatte nun ihre Augen geöffnet.

«Geht mir auch so.» Maddie drückte sanft Dustins Knie. «Wenn ich daran denke, bekomme ich gleich so ein Kribbeln im Magen.» Wenn die erste Staffel erfolgreich war, hätten sie etwas, worauf sie aufbauen könnten, und weiterhin ein Einkommen, so bescheiden es auch wäre.

«Seit wir hier sind, war ich nicht mehr in der Nähe eines Fernsehers», sagte Deirdre. «Ich hoffe jedenfalls stark, dass der Sender uns auch beworben hat.»

«Ich hoffe, sie lassen uns nicht zu doof dastehen.» Nicole sprach damit Kyra an, die bei der Montage dabei gewesen war.

Kyra sah Troy an. Troy starrte zurück.

«Es hätte schlimmer kommen können», sagte Kyra. Sie gab exakt dieselbe Antwort wie zu Weihnachten, als das Thema ebenfalls aufgekommen war.

Ein kurzes Schweigen trat ein, als alle an den bevorstehenden Tag der Abrechnung dachten. Maddie wollte daran glauben, dass *Alles Neu* ein Hit werden würde und damit die Lösung ihrer finanziellen Probleme. Aber wenn die erste Staffel zu wenig Publikum anzog, würde nicht einmal William Hightowers Name ausreichen, um sie zu retten.

«Glaubst du, William hätte etwas dagegen, wenn wir Staffel eins auf seinem Flachbildschirm gucken?», fragte Avery.

«Keine Ahnung», sagte Maddie. «Mir ist sowieso nicht klar, ob und in welchem Umfang er mit uns zusammenarbeitet.»

«Also, ich bin mir nicht sicher, ob ich mich selber hochaufgelöst auf einem großen Bildschirm sehen möchte», sagte Nicole.

«Wir werden Max wiedersehen.» Kyra lächelte. «Ich finde, er stiehlt uns allen total die Show.»

«Gax!» Dustin klatschte in die Hände.

In der Nähe von Maddies Ohr bimmelte ein Mobiltelefon. Sie merkte, wie Kyra das Handy in die Hand nahm und auf das Display sah. Dann holte ihre Tochter scharf Luft. «Mom, kannst du ein Auge auf Dustin haben?» Bevor Maddie antworten konnte, war sie aufgestanden und auf dem Weg zum Strand mit dem Telefon am Ohr.

«Vielleicht sollte ich tatsächlich das Buch schreiben, nach dem dieser Verlag mich gefragt hat.» Nikkis Augen blickten in die Ferne. «Ihr wisst schon, falls *Alles Neu* nicht ... so gut ankommt, wie wir hoffen. Ich dachte, ich nenne es *Schwester des Abschaums. Wie ich einen gewissenlosen Wirtschaftskriminellen großgezogen habe.*»

«Solltest du vielleicht machen», antwortete Avery. «Immerhin hat er auch dich bestohlen. Es ist völlig unfair, dass du deine Firma und deinen Ruf eingebüßt hast, nur weil du mit ihm verwandt bist.»

Alle wussten, dass Nicole einmal mit Büros für Partnervermittlung der Schönen und Reichen an beiden Küsten des Landes vertreten gewesen war.

«Bist du dir sicher, dass Heart Inc. ... erledigt ist?», fragte Maddie, deren Augen auf ihre Tochter geheftet blieben, die am Strand auf und ab ging und sich weiter das Telefon ans Ohr presste.

«Ich glaube, wir können mit einiger Sicherheit sagen, dass zu viele der Menschen mit großen Privatvermögen, die meine Kunden waren, nun dank Malcolm deutlich weniger Vermögen haben. Ich bin schon so lange auf keine Promi-Dinnerparty mehr eingeladen worden, dass ich nicht mal mehr weiß, welche Gabel ich für was benutzen muss.»

«Vielleicht musst du dir einen neuen Markt erschließen», überlegte Deirdre.

Maddie warf Deirdre, die sich aufs Vorteilhafteste im Whirlpool drapiert hatte, einen kurzen Blick zu. Ihr schnittiger Badeanzug untermauerte die These, dass sechzig die neuen vierzig waren. Bedeutete das vielleicht, dass sie selbst erst dreißig war?

«Ja, du könntest dich auch um weniger exklusive Kundschaft bemühen», sinnierte Avery. «Was ist mit Menschen über fünfzig?»

«Der Wind hat mir zugetragen, dass AARP als Lobbyorganisation für Ältere bereits diese Zielgruppe anspricht.» Maddie würde nicht zugeben, dass sie deren Website zu ihren Favoriten hinzugefügt hatte – für den Tag, an dem sie bereit war, über eine neue Beziehung nachzudenken.

«Vielleicht könntest du dich auf Frauen im besten Alter spezialisieren, die nach einem Toy Boy suchen», neckte Deirdre.

«Ich bin eine Partnervermittlerin, keine Puffmutter.» Nikki seufzte. «Wenigstens war ich das mal.»

Maddie konnte sich nicht vorstellen, einen jüngeren Mann zu wollen, geschweige denn, sich vor diesem auszuziehen. Aber mit welcher Sorte Mann konnte sie sich überhaupt etwas vorstellen? Ein Bild von William Hightower schoss ihr durch den Kopf, wie er sein T-Shirt auszog und kopfüber in den Pool sprang. Sie schob das Bild schnell zur Seite.

Unten am Strand beendete Kyra ihr Gespräch, blieb dann stehen und starrte aufs Meer hinaus. Als sie zum Whirlpool zurückkehrte, hatte sie einen eigenartigen Gesichtsausdruck.

«Ist alles okay?», fragte Maddie.

«Klar.» Kyras gerötetes Gesicht und die verkrampften Schultern straften ihre Aussage Lügen. Kyra konnte genauso wenig lügen wie ihre Mutter. «Ich nehme Dustin mit zum Boot und mache ihn bettfertig.»

Maddie gab ihrem Enkel einen Gutenachtkuss und sah zu, wie Kyra ihn davontrug.

Ein Boot durchquerte die nahe gelegene Fahrrinne. Maddie blickte auf in der Hoffnung, es sei William Hightower, der von einem weiteren Angeltag nach Hause zurückkehrte, doch das Boot fuhr an Mermaid Point vorbei und verschwand unter der Tea Table Bridge. Wenigstens konnte einem hier niemand auflauern. Besonders nicht bei Ebbe, wenn das Meer, das die Insel umgab, nur wenige Zentimeter tief war.

Nicole gähnte. «Ich glaube nicht, dass ich bis Sonnenuntergang wach bleiben kann, deswegen wollte ich nur kurz sagen, dass die einzige gute Sache, die mir im Moment einfällt, der Umstand ist, dass morgen Joe kommt und wir ganze vierundzwanzig Stunden freihaben. Falls jemand eine Mitfahrgelegenheit braucht, wir fahren mit dem Boot zur Cheeca Lodge. Das Erste, was ich dort mache, ist, die Klimaanlage aufzudrehen, bis Kühlschranktemperatur herrscht, und richtig lange in einer richtigen Badewanne zu liegen.»

«Echt?», fragte Avery. «Du verbringst eine Nacht mit Joe Giraldi, und alles, was dir dazu einfällt, sind die Klimaanlage und die Badewanne?»

Nikki grinste verwegen. «Ich habe nicht gesagt, dass ich alleine abkühlen und baden will.»

Am nächsten Tag waren Nicole und Giraldi längst über alle Berge, bevor auch die anderen bereit waren, die Insel zu verlassen. Maddie stöberte Hudson Power im Bootshaus auf und fragte ihn, ob er sie alle zu Bud N' Mary's bringen könne.

«Kann ich, aber Sie kommen vermutlich auch alleine klar.» Ein Grübchen blitzte auf, als er lächelte. Er war ein gutmütigerer, freundlicherer und unendlich unkomplizierterer Mann als William Hightower. Und es war viel einfacher, ihn um Hilfe zu bitten.

«Nein, noch nicht.» Maddie blickte über ihre Schulter, um sicherzugehen, dass niemand zuhörte. «Bei der ganzen Anlegeprozedur bin ich nicht gerade ein Naturtalent.» Sie hatte kürzlich bei einer Übungsstunde entdeckt, dass es tatsächlich möglich war, auch im Rückwärtsgang zu beschleunigen. «Und ich habe immer noch Angst, nicht in der Fahrrinne zu bleiben.»

Hudson lachte, aber Maddie war bewusst, dass es nur seiner Erfahrung und Reaktionsgeschwindigkeit zu verdanken war, dass sie nicht den Anleger gerammt hatten.

Sie machten sich mit Hudson zum Hafen auf, vier Erwachsene und ein Kleinkind, eingezwängt in ein Flachbodenboot. Troy und Anthony folgten ihnen im Schlauchboot. Hudson bereitete sich gerade darauf vor, einen leeren Anlegeplatz anzusteuern, als sie die ersten Rufe erreichten.

«Schau hierüber, Kyra, Liebes!» Nigel Bracken stand ganz vorne in der Meute der Paparazzi. Sein langes Gesicht war von der Sonne verbrannt, seine blassen, dünnen Arme waren rot gefleckt. Neben ihm erschien der Fotograf mit dem Kartoffelgesicht. Ein Hawaii-Hemd mit neonfarbenen Blumen spannte sich über seinen Bauch; er rammte mit dem Ellenbogen und schmatzenden Flip-Flops an den Füßen Fotokonkurrenten aus dem Weg. Andere trugen Angler-Caps mit Ködermotiv, nagelneue Bootsschuhe und Florida-Keys-T-Shirts, an denen noch die Preisschilder baumelten.

«Wo steckt Ihr Trinkkumpan, Maddie, der wilde Will?», schrie jemand.

Maddie spürte, wie sehr es sie traf, dass einfach angenommen wurde, Will trinke wieder. Sie legte einen Arm um Kyra in dem Versuch, ihr dabei zu helfen, Dustin vor den Kameras abzuschotten.

«Wow.» Hudson verlangsamte das Tempo beträchtlich. «Glauben Sie wirklich, die denken, sie fallen so nicht auf?»

«Ich glaube nicht, dass es ihnen darauf ankommt, nicht aufzufallen.» Avery reckte den Hals, um die Meute besser sehen zu können. «Aber mir war nicht bewusst, dass es ihnen auf etwas anderes ankommt, als einen Money Shot von Dustin zu landen oder uns in einem unvorteilhaften Moment zu knipsen.»

«Verdammt.» Kyra drückte Dustin enger an sich und zog ihm seine Baseballmütze tiefer in die Stirn, um sein Gesicht zu beschatten. «Ich wusste, ich hätte mich um eine Verkleidung bemühen sollen.»

«Ich glaube, die Burka hätte hier nicht funktioniert», sagte Deirdre, womit sie auf die Verkleidung anspielte, in der Kyra an Weihnachten aufgetaucht war.

«Nein, und ich glaube auch nicht, dass es einen ärmellosen Bikini gibt, der alles verdeckt», alberte Avery.

«Hier ist alles viel zu klein, als dass man sich verkleiden könnte», sagte Deirdre. «Wenn wir alle zusammen sind und eine von uns Dustin auf dem Schoß hat, ist es ziemlich schwierig, denen vorzumachen, wir seien jemand anders.»

Sie kauerten sich ins Boot und versuchten, sich einen Plan auszudenken. Dabei bedeckten sie sich den Mund mit der Hand, um sich vor den professionellen Lippenlesern zu schützen, die wie eine Schar von Tauben auf dem Anleger hockte, deren Zielflugsystem einen Kurzschluss erlitten hatte.

Maddie seufzte. «Islamorada ist viel zu klein, um sie abzuhängen.»

«Ich glaube nicht, dass sie gut genug organisiert sind, um uns alle zu verfolgen», überlegte Avery. «Sobald wir auf dem

Parkplatz sind, fahren wir in verschiedene Richtungen davon. Falls sich die Möglichkeit ergibt, mitten zwischen vielen Autos zu parken oder hinter dem Ort, wo ihr hinwollt, macht das.»

«Wann soll ich Sie wieder abholen?», fragte Hudson.

«Wir haben eine lange Woche vor uns», sagte Avery. «Ich würde Mermaid Point gern so lange entfliehen wie möglich.»

«Falls wir sie loswerden, wollen wir uns zu einem frühen Abendessen im Shrimp Shack treffen?» Maddie verteilte eine Liste mit Restaurants in der Nähe, die sie aus ihren Führern exzerpiert hatte. «Andernfalls können wir uns um sieben wieder hier treffen.» Sie wandte sich an Hudson. «Ist das für Sie in Ordnung?»

«Auf alle Fälle.» Hudson beäugte die Fotografen. «Sie erreichen mich auf der Mobilnummer, die ich Ihnen gegeben habe, falls sich Ihre Pläne ändern.» Dann setzte er plötzlich mit dem Boot vom Anleger zurück, was Nigel und seine Brüder im Geiste dazu veranlasste, ihnen hinterherzurufen, wobei ihre Worte vom Wind verschluckt wurden. «Ich lasse Sie auf der Rückseite des Trockenlagers raus. Mit etwas Glück verschafft Ihnen das einen kleinen Vorsprung.»

«Ich gehe hier nie mehr weg. Sie müssen mich hier mit einem Brecheisen wieder rausholen.» Es war Sonntagmorgen, und Nicole ging davon aus, dass ihr Lächeln so befriedigt wirkte, wie sich der Rest von ihr anfühlte. «Und wenn Avery Lawford nicht wäre, wüsste ich noch nicht mal, wie ein Brecheisen aussieht.»

Sie und Giraldi saßen auf ihrer privaten Terrasse in der Cheeca Lodge beim Frühstück, der Atlantik erstreckte sich vor ihnen. Gestern hatte sich Nicole eine kosmetische Gesichtsbehandlung gegönnt, wofür ihr Gesicht praktisch vor Dankbarkeit auf die Knie gefallen war, gefolgt von einer Paarmassage am Strand, die Joe arrangiert hatte. Danach hatten sie sich in ihre zum Meer hinausgehende Suite zurückgezogen und die Klimaanlage, die marmorne Badewanne und einander voll ausgenutzt.

Die Passatwinde strichen über ihre nackte Haut, die der seidene Überwurf nicht bedeckte. «Ich weiß nicht, ob ich mich dazu zwingen kann, zurückzugehen.» Ihre Lippen waren von Joes Küssen geschwollen, ihre Glieder fühlten sich von ihrem Liebesspiel schwer an. Sie hatte keine Ahnung, wie es ihm gelungen war, mitten in der Hochsaison für Tarpune mit solch kurzem Vorlauf ein so unglaubliches Zimmer zu bekommen. Und es war ihr auch egal. Sie fühlte sich wieder wie ein Mensch. Sie studierte seine Augen, die sie so warm und begütigend ansehen konnten, das blendende Lächeln, das sein Gesicht dann erleuchtete. Für jemanden, der in seinem Job jeden Tag dem Abschaum der Menschheit begegnete, indem er Kriminelle wie ihren Bruder jagte, blieb er erstaunlich positiv. Er schien tatsächlich auf eine Weise an Beziehungen zu glauben, die sie, die zweimal verheiratet gewesen war und unzählige Ehen gestiftet hatte, nicht begreifen konnte. Der Umstand, dass er aus einer großen, liebevollen Familie stammte, faszinierte und ängstigte Nikki gleichermaßen. Immerhin war sie bei einer Mutter aufgewachsen, die vom Leben gezeichnet gewesen war, und mit einem jüngeren Bruder, der nie gelernt hatte zu geben, nur zu nehmen. Wegzunehmen, um präzise zu sein.

Joe schenkte ihnen beiden Kaffee nach. Sie betrachtete das subtile Muskelspiel auf seiner nackten Brust, als er die Kanne wieder absetzte.

«Meine Familie kommt am 4. Juli zu Besuch.» Er strich sich Butter auf einen Toast, dann Marmelade. «Sie hoffen alle, dass du auch dabei sein wirst.»

Er klang beiläufig, aber sie sah an der leichten Anspannung seiner Kiefermuskulatur, dass es ihm etwas bedeutete. Er bemühte sich, aber sie wusste, dass er nicht wirklich verstehen konnte, wie fremd sie sich im Schoß seiner herdenartigen italienischen Familie vorkam.

«Ich bin nicht sicher, ob wir an dem Wochenende freihaben.» Um seinem Blick nicht begegnen zu müssen, griff sie nach einem Toast, den sie nicht zu essen beabsichtigte. «Aber ja, ich schau mal, was ich machen kann.»

«Sie sind keine Axtmörder, weißt du?», sagte Joe leise. «Sie mögen dich wirklich gern.»

«Und ich mag sie. Sie sind reizende Menschen.» Sie strich sich sorgfältig Butter auf den Toast. «Sie könnten überhaupt nicht netter sein. Aber deine Mutter hat mich gefragt, wann ich dich zu einem ehrlichen Mann machen werde.»

«Ich hätte nichts dagegen, selbst die Antwort darauf zu erfahren.» Er klang verschmitzt.

«Und dann hat mir deine Großmutter ein Haar vom Kopf gezupft, um es in einem uralten Familienrezept für einen Liebestrank zu verwenden. Und deine Schwester hat damit gedroht, mir Überschuhe aus Zement zu machen, falls ich dir weh tun sollte.»

Weiße Zähne blitzten auf. «Deena hat ein paar Folgen *Sopranos* zu viel gesehen. Wir sind zwar Italiener, aber die Hintergrundprüfung des FBI hat bestätigt, dass wir keine Verbindungen haben.» Er nahm ihr den durchhängenden Toast aus der Hand und legte ihn auf ihren Teller. «Was *nonna* Sofia angeht, würde ich mich allerdings in Acht nehmen. Ihre Zaubertränke sind mächtig. Jetzt, wo sie an die neunzig ist, bringt sie manchmal etwas durcheinander. Ich glaube, sie hat einmal versehentlich zwei entfernte Cousins in Sizilien zusammengebracht. Was keine ihrer Mütter gutgeheißen hat.»

Er sagte das so trocken, dass Nicole lachen musste. «Ich bin eben keine ‹Ich-verbringe-das-Wochenende-mit-der-Familie-meines-Freundes›-Person.»

«Wirklich?» Sein Ton verriet, dass er ihr nicht glaubte. Andererseits bildete das FBI seine Agenten nicht dafür aus, dass sie beim ersten Anzeichen von Widerstand das Handtuch warfen. Oder beim zweiten.

In dem Versuch, das Thema zu wechseln, tat sie sich Sahne und Zucker in den Kaffee und erzählte Giraldi, dass sie darüber nachdachte, doch den Verlag zu kontaktieren, der sie gebeten hatte, über sich und Malcolm zu schreiben. Über ihre Kindheit und darüber, wie sie sich erklärt, was zu seinen Verbrechen geführt haben könnte.

Giraldi antwortete nicht.

Sie sah auf. «Was?», fragte sie. «Was ist?»

«Ich habe Malcolm getroffen. Er, ähm, lässt dich grüßen.»

«Ach ja?» Sie hatte ihren Bruder nicht mehr gesehen, seitdem sie Joe dabei geholfen hatte, Malcolm hinter Gitter zu sperren. Nun saß er in einer Justizvollzugsanstalt für kriminelle Egoisten, wo er hingehörte.

«Ihm ist ein bedeutender Vorschuss für seine Version der Geschichte angeboten worden. Er hat bereits angefangen zu schreiben.»

Sie schüttelte ungläubig den Kopf. Er hatte ihr alles gestohlen. Und nun hatte er auch noch vor, ihr die letzte Möglichkeit zu stehlen, mit der sie Geld verdienen konnte, um wieder auf die Beine zu kommen? «Aber ich dachte, Kriminelle dürften nicht von ihren Verbrechen profitieren.»

«Dürfen sie auch nicht. Aber er behauptet, dass sein Vorschuss und die Beteiligung an dem Buch seinen Opfern zugutekommen soll.»

Ach du meine Güte. Nikki konnte sich die Almosen genau vorstellen, mit denen Avery, Maddie und Hunderte anderer Opfer abgespeist werden würden. Sie glaubte keine Sekunde daran, dass er für seine Niederschrift, in der mit Sicherheit alle außer ihm selbst unschmeichelhaft porträtiert werden würden, auch nur annähernd altruistische Gründe hatte. «Das glaubst du doch nicht, oder? Du glaubst nicht, dass er ehrenhafte Absichten hat.»

«Nein.» Giraldis Gesicht wurde härter. Als er dabei gewesen war, als man Malcolm das Handwerk legte, hatte er gesehen, wie Hunderte Familien und wohltätige Einrichtungen von seinem Schneeballsystem zugrunde gerichtet worden waren. «Aber man kann nie sagen, was ein Richter glauben wird. Oder, um genau zu sein, wie eine Bewährungskommission das einschätzt.»

20

Avery lief den Strand auf und ab, das Telefon ans Ohr gepresst. Wieder hing sie in der Warteschleife des Senders. Dieses Mal würde sie nicht eher auflegen, bevor sie nicht Lisa Hogan am Apparat hatte.

Hinter ihr kletterten Dachdecker mit der Trittsicherheit von Bergziegen das Gerüst hinauf und über das metallene Satteldach. Große Strohhüte bedeckten ihre Köpfe. Die Dachdeckerfirma war ihr von Enrico Dante empfohlen worden, der sich um das Dach von Bella Flora gekümmert hatte und aus einer italienischen Kunsthandwerkerfamilie stammte, die ursprünglich von dem legendären Architekten Addison Mizner nach Palm Beach geholt worden war.

Die Crew war bei Sonnenaufgang per Boot angelandet – zusammen mit dem notwendigen Material – und hatte dem zeitlich in Bedrängnis geratenen Hahn ein ärgerliches Krähen entlockt. Sie flüsterten ostentativ mit Akzenten aus Ländern und Inseln, in denen Avery nie gewesen war – als hätte jemand ihre Ankunft und ihren Einsatzbeginn wirklich verschlafen können.

Dem Vorarbeiter zufolge würden sie kurz nach der Mittagessenszeit Feierabend machen, denn dann könnte man auf dem Metalldach ein Ei braten – oder jeden unbedeckten Körperteil, der damit in Berührung kam. Die Garage und das Dach des Bootshauses sollten als Nächstes in Angriff genommen werden, insgesamt würden die Reparaturen eine Woche in Anspruch nehmen. Sobald sie einen federführenden Zimmermann gefunden hatte, konnte im Haupthaus der Abbruch beginnen.

Um 9:15 Uhr brannte die Sonne bereits erbarmungslos herab. Sie beobachtete drei Stelzvögel, die ihre Schnäbel vermutlich auf der Suche nach Frühstück in so seichtes Wasser tauchten, dass es kaum ihre Knöchel bedecken würde, hätten sie welche gehabt. Avery hatte kein Gefühl mehr dafür, wie lange sie bereits in der Warteschleife hing, aber sie begann sich zu fragen, ob sie noch Empfang hatte.

«Das Budget ist viel zu hoch. Ich kann nicht einmal die Hälfte davon genehmigen.»

Beim Klang von Lisa Hogans Stimme spürte Avery das Adrenalin durch ihren Körper rauschen. «Das ist ein Fernsehprogramm», erklärte sie. «Das Wort ‹knauserig› kommt im Titel nicht vor. Ich kann mit der Hälfte von dem, was eigentlich nötig ist, keine drei alleinstehenden Gebäude, einen Pool mit Pavillon und das Gelände instandsetzen.»

«Viel Geld auf ein Projekt werfen kann jeder», antwortete Lisa Hogan.

Jeder, dachte Avery, bis auf euch.

«Die Zuschauer möchten sehen, wie Sie sich alle die Hände schmutzig machen. Und wie einfallsreich sie sind. Sie wollen nicht sehen, wie Sie herumstehen, während ein Haufen von Subunternehmern die Arbeit übernimmt. Wenn ich Ihnen zu viel Geld gebe, wird es nicht halb so interessant.»

«Sie finden also nicht, dass es interessant genug ist, uns auf einer Insel stranden zu lassen und uns in ein Hausboot mit nur einem Bad zusammenzupferchen?»

«Wenn Ihnen das alles zu viel ist, Avery, können Sie Ihren gutaussehenden Freund anrufen, damit er kommt und Ihnen hilft.»

Avery schluckte die Erwiderung herunter, die ihr durch den Kopf schoss. Selbst wenn Chase Zeit hätte, würde sie nicht in diese Falle tappen. Lisa Hogan ein kaltherziges Miststück zu nennen, würde Avery vielleicht für den Moment ein besseres

Gefühl geben, leider bestand die Möglichkeit, dass die so Titulierte es als Kompliment nehmen würde.

«Es geht hier nicht um meine Unfähigkeit, den Auftrag zu erledigen», antwortete Avery. «Sondern darum, dass er ohne einen realistischen Geldbetrag nicht erledigt werden kann.»

«Leider steht in Ihren Verträgen nichts über die Höhe des Budgets oder ein Vetorecht. Und Sie sollten alle nicht vergessen, dass Sie hier beim Sender unter Vertrag sind.» Hogan machte eine Pause, um den letzten Satz in Averys Bewusstsein vordringen zu lassen.

«Was ist mit der Verfügung, die neue Bed and Breakfasts verbietet?», fragte Avery.

«Unsere Anwälte sind dran», sagte Hogan. «Anscheinend ist unsere Ausgangslage ganz gut, weil Mermaid Point nicht mehr mit dem Festland verbunden ist. Und falls wir damit nicht weiterkommen, könnte uns William Hightowers indianisches Blut in die Hände spielen.»

Avery atmete ein weiteres Mal tief ein, aber sie war näher am Hyperventilieren als am Entspannen. «Nur um das zu rekapitulieren: Sie sagen mir also, dass reichlich Geld für Anwälte im Budget vorhanden ist, aber nicht für die Renovierung?» Sie hielt inne und kämpfte mit sich. «Und Sie haben absichtlich einen Standort ausgesucht, der schwer zu erreichen ist, an dem zurzeit nicht neu gebaut werden darf und für den es eine Verfügung gibt, die genau das verbietet, was wir erschaffen wollen?»

«Ja, ich denke, das fasst es ganz gut zusammen.» In Hogans Stimme schwang bissiges Amüsement. «Alles, was Sie tun müssen, ist, diese Gebäude aufzumöbeln. Meine Aufgabe ist es, das Ganze so interessant wie möglich zu gestalten.»

Da sie noch nicht bereit war, die schlechten Nachrichten mit den anderen zu teilen, ging Avery weiter am Strand auf und ab und dachte über ihre nächsten Schritte nach. Gestern hatte sie mit Mario Dante gesprochen, der letztes Jahr, als sie für die morgen ausgestrahlte erste Staffel von *Alles Neu* das The Millicent in South Beach restauriert hatten, eine große Hilfe gewesen war.

«Ich zwitschere es den anderen Familienmitgliedern zu», hatte Mario mit seinem schweren Akzent gesagt. «Roberto ist so geschickt, dass er Holz zum Singen bringen kann. Das Letzte, was ich von ihm gehört habe, war, dass er irgendwo auf den Keys auf einem Boot lebt.»

Das schien hier ja häufiger vorzukommen.

Bitte, lieber Gott, betete Avery leise, schick uns so schnell wie möglich Marios Cousin, den Zimmermann. Und bitte hilf mir, Geld aufzutreiben, damit wir ihn bezahlen können.

Sie versuchte noch, sich zu beruhigen, als sie Schritte hörte.

«Uns ist schon schwindelig davon, dich hier auf und ab rennen zu sehen», sagte Deirdre. «Ist alles in Ordnung mit dir?»

«Ich arbeite dran.»

«Der Sender?»

Sie nickte.

Deirdre stieß einen kurzen, beinahe damenhaften Fluch aus. «Mir ist klar, dass du für die Renovierung die Verantwortung trägst. Und ich habe ebenfalls klar vor Augen, wie sehr du dich beweisen willst. Aber du bist hier nicht allein.» Sie nahm Averys Arm und führte sie zum Pavillon, wo die anderen auf sie warteten. «Und meiner Erfahrung nach sind mehr Hirne besser als eines allein.»

«Und?», fragte Nicole, während Maddie Avery eine Limonade einschenkte.

«Ich habe gerade mit dem Sender telefoniert.» Averys Hände

krampften sich um das Glas. «Lisa Hogan beschneidet uns Geld und Zeit, damit alles ‹interessant› bleibt.»

Niemand unterbrach sie, während sie alle auf den neuesten Stand brachte. «Vermutlich hätte ich damit rechnen müssen.» Avery schüttelte den Kopf. «Ich komme mir vor wie der General einer siegreichen Armee, dessen Versorgungslinie zu lang und lückenhaft geworden ist. Nur dass es hier keine Felder ortsansässiger Bauern gibt, auf denen wir hamstern könnten.»

«Aber wir kennen doch ortsansässige Bauern.» Maddie schenkte sich selbst nach. «Jedenfalls so halb ortsansässige.»

«Was meinst du?», fragte Kyra.

«Ich frage mich, ob es irgendeinen Grund gibt, warum wir nicht die Sponsoren anbaggern sollten, die in Miami als Gegenleistung für ihre Präsenz im Fernsehen Arbeiten übernommen haben», sagte Maddie. «Wir haben keine Auflage, *neue* Subunternehmer beschäftigen zu müssen, oder?»

«Nein.» Zum ersten Mal an diesem Morgen lächelte Avery. Ihre Verträge schützten sie zwar nicht gerade, aber sie beinhalteten auch keine die Bauarbeiten betreffenden Details.

«Das ist gut», sagte Deirdre. «Das heißt, wir müssen das Rad nicht neu erfinden. Wir müssen nur vor Ort ein paar Radspeichen auftun.»

«Miami ist nur eine Stunde entfernt», mischte sich Nicole ein. «Das ist so gut wie ‹vor Ort›.»

Maddie reichte die Karaffe mit der Limonade herum. «Also könnten wir Superior Pools, Randolph Plumbing, Walls of Windows und East Coast Electric ansprechen, ja?»

Avery fixierte Maddie. «Wieso kannst du alle unsere Sponsoren aus Miami auswendig hersagen?» Sie besaß die Unterlagen zu ihren Arbeiten an The Millicent, aber sie hatte nicht erwartet, dass irgendwer anders sich genau an alles erinnerte.

Maddie zuckte mit den Schultern. «Ich glaube, ich habe sie

im letzten Jahr alle zusammengesammelt, als ich lernen wollte, wie ich auf meinem iPhone Kontakte erstelle. Ich bin gestern versehentlich darauf gestoßen, als ich versucht habe, Andrew eine Nachricht zu schicken.»

«Sollen Nicole und ich uns die Liste aufteilen?», schlug Deirdre vor. «Wir hängen uns heute Nachmittag ans Telefon, erinnern sie alle an die Ausstrahlung der ersten Staffel morgen Abend und machen Termine noch für diese Woche aus. Und wenn wir in die Stadt fahren, um sie zu treffen, können wir auch gleich noch die Showrooms in Miami abklappern. Ich wollte schon Bestellungen aufgeben, aber wenn wir dort sind, kann ich den ein oder anderen Gefallen einfordern. Ich wüsste nicht, wieso wir Möbel und Accessoires nicht im Austausch gegen Danksagungen im Abspann bekommen sollten.»

«Ich wette, wenn sie erfahren, auf wessen Privatinsel sie arbeiten und wohin sie die Ausstattung liefern sollen, wird es noch einfacher.» Nikki wirkte sehr erfreut.

«Außerdem könnte ich vielleicht Kontakt mit Secondhand-Möbelverkäufern hier und in Miami aufnehmen und in Erfahrung bringen, ob wir Williams ausrangierte Einrichtung dort verkaufen oder wenigstens in Kommission geben können.» Nachdenklich nippte Maddie an ihrer Limonade.

«Das ist eine großartige Idee.» Da die Ideen nur so sprudelten, spürte Avery, wie sich der Druck langsam von ihrer Brust hob.

Kyra senkte die Kamera. «Vielleicht hat er ein paar Erinnerungsstücke oder alte Poster oder so, die wir auf eBay anbieten könnten. Ich könnte einen Account anmelden und Fotos und Videos hochladen, um den Verkauf zu unterstützen.»

Deirdres Augen verengten sich, als sie sich im Pavillon umblickte. «Ich möchte in diesen Pavillon wirklich eine Außenküche einbauen lassen. Falls wir William dazu kriegen könnten, vor laufender Kamera hier zu kochen, wette ich darauf, dass wir die Küche umsonst bekommen.»

Sie blickten nun alle Maddie an. Die rutschte unbehaglich auf ihrem Stuhl herum. «Ich glaube nicht, dass er zu mehr als anbraten und Fisch zu grillen in der Lage ist.»

«Es muss ja kein Drei-Sterne-Menü sein. Wir inszenieren das einfach gut.» In Deirdres Stimme schwang Aufregung. «Wir brauchen nur den berühmten Star, der ihre Produkte benutzt. Für die meisten ist William Hightower noch immer ein größerer Name als Max Golden.»

«Gax!», klinkte sich Dustin ein.

«Das könnte klappen.» Avery wollte nicht allzu aufgeregt klingen, aber sie spürte, wie sich ihre Stimmung hob. «Wir strengen uns alle an und sehen, was wir ranschaffen können. Thomas kommt übrigens, um sich hier mit uns die erste Folge anzusehen. Ich werde beiden Hightowers unsere Budgetprobleme erläutern und sie dann bei der Suche nach Sponsoren um Hilfe bitten.»

Avery griff nach ihrem Glas. «Vielleicht sollten wir ihnen eine letzte selbstgekochte Mahlzeit servieren, bevor wir die Küche herausreißen. Und danach ist William von der ersten Folge hoffentlich so beeindruckt, dass er ganz zu uns ins Boot steigt.»

21

Nachdem sie das Tiramisu verspeist hatten, das auf die Lasagne zum Abendessen gefolgt war, und sich alle vor den Fernseher gesetzt hatten, um die erste Folge von *Alles Neu* anzusehen, kam sich William vor wie ein gemästetes Kalb. Nur dass es die um ihn versammelten Frauen waren, die so taten, als würden sie gleich geschlachtet werden.

Obwohl niemand auch nur einen weiteren Bissen hinunterbringen konnte, stellte Madeline Schälchen mit Popcorn hin und setzte sich dann neben Dustin aufs Sofa, dessen Füße nicht mal vorne an die Kante reichten.

William beobachtete, wie Maddie den Arm um die Schulter ihres Enkels schlang und ihn an sich zog. Er erwischte sich dabei, wie er seinen Sohn musterte, dessen Kindheit er mehr oder weniger verpasst hatte. Und der seine Teenagerjahre in verschiedenen Internaten verbracht hatte, die Will bezahlt, aber kaum je besucht hatte. All die Jahre auf Tour, in denen er keinen Gedanken daran verschwendet hatte, was sie ihn kosteten.

In der Anfangssequenz der ersten Staffelfolge wurden die Frauen gezeigt, wie sie vor einem Haus in South Beach eintrafen, das von einem hohen schmiedeeisernen Zaun umgeben war, der allerdings kaum höher war als das hohe Gras dahinter. Das Haus war groß und stromlinienförmig und wies viele nautische Details auf, aber auch abblätternden Putz und Fenster, die nicht zusammenpassten. Es war in unterschiedlichen Farben gestrichen worden, von denen nicht einmal Will dachte, dass man sie absichtlich kombiniert hatte.

Schweigen senkte sich über den Raum, als der Fernsehbildschirm die schockierten Gesichter von Maddie, Kyra, Avery, Deirdre und Nicole zeigte. Ihr Unbehagen vor der Kamera hätte kaum offensichtlicher werden können. Ein deutlich jüngerer Dustin auf dem Arm seiner Großmutter war der Einzige, der auf den extremen Nahaufnahmen gut aussah – und von diesen entlarvenden Aufnahmen gab es viele.

Trotz der Tatsache, dass Troy und Anthony in diesem Moment ihre Reaktionen auf die Fernsehausstrahlung filmten, stöhnten die Frauen auf. Kyras Finger zitterten auf dem Zoom-Knopf ihrer Kamera, und ihre Lippen bildeten eine schmale, wütende Linie.

«Dustbin.» Der kleine Junge zeigte auf sich selbst im Fernseher. «Da Dustbin, Oma.»

Die Ausrichtung der Kamera veränderte sich, und auf dem Bildschirm war jetzt die weit geöffnete Tür des Hauses zu sehen. Ein kleiner alter Mann mit kurzgeschnittenem weißem Haar und farblich passenden, buschigen Augenbrauen schwankte kurz auf der Eingangstreppe und begann dann auf die Kamera zuzugehen. Er trug ein weites Hemd und Hosen in Weiß, kombiniert mit einem gleichermaßen schlechtsitzenden blauen Blazer. In einer Hand hielt er eine kalte Zigarre, unter seinem Arm klemmte eine Kapitänsmütze. Seinen Willkommensgruß sprach er direkt in die Kamera, als wäre er der Kapitän, der die Passagiere auf seinem Traumschiff willkommen heißt.

«Gax!» Erneut war Dustin der Einzige unter den Zuschauern, dem es nicht vor Schreck die Sprache verschlagen hatte.

Will betrachtete mit Interesse alles, was folgte. Max Golden war ein ehemaliger Varieté-Künstler mit einem warmen Funkeln in den Augen und einem offensichtlich noch immer stabilen Humor. Was aber Wills Aufmerksamkeit wirklich fesselte, waren der spürbare Ärger und das Unbehagen der Frauen aufgrund der eindeutig unerwarteten und aufdringlichen Kameraführung. Gleichermaßen faszinierend war der desolate Zustand des Hauses, das in mehrere Wohnungen unterteilt worden war und das sie zurückverwandeln sollten in eine funktionierende Familienwohneinheit.

«Mannomann», sagte Will, als die Folge für eine Werbung unterbrochen wurde. «Wenn man sich The Millicent ansieht, ist Mermaid Point ja top in Schuss.» Er verdrängte das unerwartete Mitleid, das er mit allen verspürte. Es war schlimm genug, mit vollem Wissen bei einer Reality-TV-Sendung mitzumachen – wie viel schlimmer musste es sein, ohne Vorwarnung in einer zu landen. Bis eben noch hatte er noch gedacht, er sei hier der Einzige ohne Alternativen.

Niemand sagte sofort etwas. Im Gegenteil, sie schienen Mühe zu haben, ihre Stimmen wiederzufinden.

Deirdre war die Erste, die sich äußerte. «Ich habe dir ja gesagt, dass diese abgeschnittenen Hotpants und das Neckholder-Top ein Fehler sind», sagte sie zu Avery, die als Erwiderung die Augen verdrehte.

«Ich kann kaum glauben, wie schockiert und verängstigt wir alle aussehen», sagte Nicole und knusperte am Popcorn. «Das ist ja wie in einem der alten Western, wenn die Siedler aufblicken und den gesamten, erbosten Komantschen-Stamm auf ihre schutzlose Wagenkolonne zureiten sehen.»

«Es sieht aus wie ein verdammter Hinterhalt», sagte Will.

«Wir sehen völlig unfähig aus», murmelte Avery.

Kyra funkelte Troy an. «Ihr habt viel mehr Aufnahmen von Dustin in die Eröffnungsszenen geschnitten, als wir vereinbart hatten. So sah die erste Szene nicht aus, als ich den Schneideraum verlassen habe.»

«Lisa Hogan hatte das letzte Wort», sagte der Kameramann mit entschuldigendem Schulterzucken. «Und was die Senderchefin will, bekommt die Senderchefin auch.»

Will und Tom wechselten einen Blick. Die Mitwirkenden und das Kamerateam, die Will als Eindringlinge und Eroberer wahrgenommen hatte, begannen immer mehr auszusehen wie Opfer. Wenn sie nicht den Plan seines Sohnes, seinen privaten Rückzugsort in ein verdammtes Hotel umzuwandeln, umsetzen würden, hätten sie ihm vermutlich sogar leidgetan.

«Max wirkt wie ein netter Typ.» Selbst Tom wirkte aufgrund der zudringlichen Machart der Serie kleinlauter.

Will fragte sich, ob sein Sohn je darüber nachgedacht hatte, was dieses *Alles Neu* sie selbst im Hinblick auf Demütigung und Aufdringlichkeit kosten würde. Denn das war wohl genau der Punkt. Vielleicht war ihm nicht klar gewesen, *wie* öffentlich sie für diese Renovierung würden bezahlen müssen.

Maddies Unbehagen war mit Händen zu greifen. Will hatte ja bereits die Erfahrung gemacht, dass sie recht streitlustig sein konnte, wenn man sie provozierte, und dass sie ungefähr so dickhäutig war wie der kleine Junge auf ihrem Schoß. Aber wie verzweifelt musste man sein, um seine Familie einer solchen Bloßstellung auszusetzen?

«Wissen Sie, es wird nicht einfacher, der Käfer unter dem Mikroskop der Medien zu sein. Max geht ziemlich gut damit um. Ich wette, er hat damals zu seinen Glanzzeiten die Bühne praktisch aufgefressen.» Es war das einzig Positive, was ihm einfiel. «Wie geht es ihm jetzt nach der Sendung?»

Sie sahen ihn ausdruckslos an. Troy hob die Kamera von seiner Schulter und stellte sie auf den Wohnzimmertisch.

«Max ist gestorben.» Kyra klang angespannt, Tränen sammelten sich in ihren Augen. «Wenn Sie sich alle acht Folgen ansehen, werden Sie miterleben, wie er sich vor eine Kugel wirft, die für Dustin gedacht war.»

«Sie verarschen mich», sagte Will, deutlich entsetzt.

«Deirdre ist auch angeschossen worden.» Maddie sprach

leise. Will drehte sich Deirdre um, die sich beinahe reflexhaft über den Arm rieb. «Sie hat sich vor eine Kugel geworfen, um Avery zu schützen.»

«Alter Schwede.» William musterte die Frauen um sich herum. Sie waren eine bunte Mischung, und trotzdem wirkten sie irgendwie verschworen. Aber es klang auch so, als hätten sie gemeinsam deutlich mehr Mist erlebt, als er sich das vorgestellt hatte. Doch die Stimmung war zu ernst für tröstende Worte. «Aber ... der Hausbesitzer stirbt nicht immer, oder?» Es gelang ihm nicht ganz, ernst zu bleiben. Und er sah, wie in ihren Gesichtern amüsierte Überraschung aufflackerte.

«Im Grunde wissen wir das nicht.» Er konnte sehen, dass Avery sich bemühte, todernst zu bleiben.

«Und wieso nicht?», fragte er und spielte mit.

«Sie sind erst der zweite Hausbesitzer, mit dem wir es zu tun haben.» Sie grinste grimmig.

Will wandte sich um und bemerkte Maddies Blick. Er zwinkerte ihr zu. «Dann bemühe ich mich wohl besser um gutes Benehmen.»

Am Morgen – nach der Premiere von *Alles Neu* – klang sogar das Kikeriki des Hahns gedämpft. Maddie verließ das Hausboot, um zum Haupthaus zu laufen, während die Sonne noch dabei war, aufzugehen. Als sie dort ankam, war sie bereits in Schweiß gebadet. Die Dachdecker waren schon bei der Arbeit, ihr Scheppern und Klappern war sicher auf der ganzen Insel zu hören. Maddie warf einen Blick auf den Pool und sah William, wie er das Wasser durchpflügte; bei jedem Zug tauchte ein Arm aus dem Wasser auf. Sie betrat die Vorhalle durch die unverschlossene Haustür. Dort traf sie der Windstoß aus der Klimaanlage mit voller Wucht und kühlte ihre feuchte Haut.

In der Küche setzte sie eine Kanne Kaffee auf, stellte die Kartons auf, die Avery für sie dagelassen hatte, und begann die Küchenschränke auszuräumen, die dazu vorgesehen waren, abgebaut zu werden.

Die anderen waren mit Säcken voller Katzenstreu zur Garage geschickt worden; die Streu sollte die Benzinflecken auf dem Betonboden aufsaugen. Sie hatten auch Vorschlaghammer dabei, mit denen sie die Wände und die Garagentore einreißen sollten. Maddie wusste, dass man ihr die leichteste Aufgabe übertragen hatte. Aber sie wusste auch, dass es dafür einen Preis gab: Sie sollte William Hightower dazu überreden, sein Gesicht und seinen Namen und möglicherweise ein paar von seinen Erinnerungsstücken zur Verfügung zu stellen, um das viel zu kleine Budget aufzustocken.

Bei all dem Lärm vom Dach hörte sie nicht die sich nähernden Schritte und schreckte zusammen, als Thomas Hightower plötzlich hinter ihr stand.

«Entschuldigung.» Er trug Khaki-Shorts und ein blassblaues Poloshirt und war barfuß unterwegs. «Ich wollte Sie nicht erschrecken. Ich wusste ja, dass Sie früh anfangen, um der Hitze zuvorzukommen, aber na ja, auszuschlafen ist sowieso keine Option.»

«Hier ist Kaffee, falls Sie welchen möchten.» Maddie riss ein Stück Packband ab und fing an den Boden des Kartons zuzukleben, den sie gerade in der Hand hatte.

«Danke.» Tom schenkte sich ein und lehnte sich an den Tresen, um zu trinken. «Das schmeckt deutlich besser als alles, was Will und ich je aufgebrüht haben.»

«Der Geschmack Ihres Vaters kommt mir ziemlich ... unkompliziert vor, für jemanden, der so berühmt ist.»

«Oh yeah», sagte er. «Sex, Drugs and Rock 'n' Roll. Das war seine Heilige Dreifaltigkeit. Essen spielte dabei nie eine Rolle.»

Maddie hielt den Blick auf den Karton gerichtet, da sie nicht wusste, was sie dazu sagen sollte.

«Sie wirken wie eine nette Frau. Lassen Sie sich nicht vereinnahmen von dieser ‹Neues Kapitel›-Sache. Mein Vater hat mehr neue Kapitel aufgeschlagen, als in ein Buch passen.»

Maddie hatte das eigenartige Bedürfnis, William Hightower zu verteidigen. Sie widerstand.

«Ich sehe, dass Sie das nicht glauben wollen. Er hat auf Frauen immer diese Wirkung gehabt. Vielleicht liegt es aber auch daran, dass man mit fast allem durchkommt, wenn man berühmt genug ist.»

Maddie beschäftigte sich mit einem neuen Karton. Die Entfremdung zwischen William und seinem Sohn und ihre Uneinigkeit in Bezug auf die Renovierung waren vom ersten Tag an offensichtlich gewesen. Bis jetzt war ihr jedoch nicht klar gewesen, wie groß diese Entfremdung wirklich war.

Sie rief sich gerade in Erinnerung, dass sie das nichts anging, da sagte Tom: «Meine Mutter war erst siebzehn, als sie ihm auf irgendeinem Konzert aufgefallen war. Sie ist ihm auf der ganzen verdammten Welt überallhin gefolgt und hat so getan, als hätten all die anderen Frauen, die er vögelte, keine Bedeutung. Sie hat sich hinter Drogen versteckt und die Wahrheit verdrängt – genau wie er es immer gemacht hat.» Tom schüttelte den Kopf und fuhr sich mit der Hand durch das dunkle Haar. «Er hat sie wie ein Stück Dreck behandelt, aber noch an dem Tag, als sie an einer Überdosis starb, hat sie sich eingeredet, er würde sie tief drinnen wirklich lieben.»

«Vielleicht hat er das getan.» Kaum hatte Maddie sich geschworen, ihre Gedanken für sich zu behalten, platzte sie schon wieder damit heraus. «Manchmal ist es schwer für Kinder, Erwachsene mit erwachsenen Augen zu sehen.»

Tom schnaubte. «Ich glaube nicht, dass die beiden in irgendeiner Hinsicht besonders erwachsen waren.»

Vom Dach ertönten Schläge und ein Dröhnen. Die Haustür öffnete sich, und Kyra kam mit Dustin herein, der seinen Lieblingslaster und seinen Werkzeuggürtel dabeihatte. Sein Gesicht erhellte sich, als Kyra ihn auf die Füße stellte. Mit ausgebreiteten Armen wackelte er auf Maddie zu. Unter Toms Blicken nahm sie ihn auf den Arm.

«Kann er eine Weile bei dir bleiben?», fragte Kyra. «Ich möchte rausgehen und ein paar Actionszenen in der Garage filmen. Ich glaube, ich habe noch kein Material von Nicole und Deirdre, wie sie den Vorschlaghammer schwingen.» Sie lächelte, und Maddie war froh zu sehen, dass ein Teil ihres Ärgers vom Vorabend verpufft zu sein schien. Wenn sie bloß alle diese Demütigung vergessen könnten.

«Klar.»

Als die Haustür zuschlug, setzte Maddie Dustin auf die Füße und schlang ihm den Werkzeuggürtel um die schmalen Hüften. Wenige Augenblicke später schnellte Dustins Kopf hoch. Ein Lächeln erschien auf seinem Gesicht, als er Will entdeckte. «Billiam!»

In William Hightowers dunklem Brusthaar glitzerten noch die Wassertropfen. Um seine Hüften trug er ein gestreiftes Handtuch. Seine Bauchmuskeln wirkten härter, als es einundsechzigjährigen Bauchmuskeln von Rechts wegen zusteht, dachte Maddie.

Thomas richtete sich auf. Maddie gewahrte seine Überraschung, als Dustin direkt auf Will zuwackelte und seine Arme um die nackten Beine des Rockers warf. Toms Überraschung verwandelte sich geradezu in Schock, als William sich hinunterbeugte, den Kopf schüttelte und Dustin mit Wasser bespritzte.

«Du nass!» Dustin streckte die Hand aus und zog an Wills Haaren. Hightower lachte und schüttelte abermals den Kopf. Er sah aus wie ein gesundes männliches Tier. Sein Lachen machte ihn menschlich.

William sah Maddie und seinen Sohn an. Er lächelte liebenswürdig. «Morgen. Haben wir Saft für meinen Freund hier da? Ich erinnere mich, er bevorzugt Traube.»

«Taube!», krähte Dustin.

Ihre Mundwinkel zuckten nach oben. Das änderte sich sofort, als sie sah, wie sich Toms Augen verdunkelten ... das Gefühl, das sie darin wahrnahm, konnte sie nicht entschlüsseln.

«Arme!» Dustin ließ Wills Beine los und streckte die Arme aus, um hochgehoben zu werden.

William legte seine Hände um Dustins Taille und nahm ihn hoch. Er hielt ihn auf Armlänge von sich, sodass seine knubbeligen Beinchen baumelten, als wäre er unsicher, was als Nächstes zu tun sei. «Darin war ich noch nie gut.»

«Das ist ein Understatement», murmelte Thomas leise.

«Setzen Sie ihn hier ab.» Maddie zeigte auf einen Barhocker neben Tom, der sich inzwischen gesetzt hatte. «Möchten Sie Kaffee?»

«Ja, danke.» William setzte sich auf den dritten Barhocker, womit Dustin wie ein kleiner Puffer zwischen zwei Hightowers wirkte.

Maddie nahm ein Saftpäckchen aus dem Kühlschrank, steckte einen Strohhalm hinein und stellte es auf der Tischplatte vor ihrem Enkel ab. «War Thomas, als er klein war, auch so gern im Wasser wie Dustin?», fragte sie in dem Versuch, den jüngeren Hightower in die Unterhaltung einzubeziehen.

William drehte sich zu ihr. Er schien von der Frage genauso überrascht wie sein Sohn. «Machen Sie Witze? Ich dachte immer, er müsse ein halber Fisch sein. Ich bin mir ziemlich sicher, dass er schwimmen gelernt hat, bevor er laufen konnte.»

Thomas atmete hörbar aus.

«Er hat es geliebt, wenn ich ihn so angespritzt habe.» William lehnte sich zur Seite und schüttelte vor Dustin noch einmal seine Haare aus. Dustin kicherte. «Tom war nur ein oder zwei Jahre älter als Ihr Enkel, als ich die Insel gekauft habe.»

Thomas' Augenbrauen zogen sich zusammen.

«Und er war schnell», sagte William. «Ich musste ihn immer über den gesamten Strand jagen, wenn es Zeit wurde, ins Haus zu gehen. Selbst bei Sonnenuntergang, wenn die Moskitos so groß waren, dass sie mit ihm hätten wegfliegen können.»

Thomas Hightower schaute seinen Vater an, als habe er ihn noch nie zuvor gesehen.

William bemerkte seine Überraschung. «Willst du mir etwa sagen, dass du dich nicht daran erinnerst?», fragte er.

«Ich erinnere mich daran, dass du immer fort warst. Und dass du mich ungefähr zwei Minuten nach dem Tod meiner Mutter in ein Internat verfrachtet hast.»

«Ernsthaft? Das ist alles?» William musterte das Gesicht seines Sohnes.

Tom nickte langsam. «Ja, ich würde sagen, das fasst es ungefähr zusammen.»

«Mein Gott.» Wills Stimme troff vor Ironie. «Ich habe einen großen Teil meiner Zeit damit verbracht, die schlimmen Dinge zu verdrängen. Es wäre mir nie eingefallen, dass jemand versuchen könnte, die guten Dinge zu vergessen.»

Die Blicke von Vater und Sohn verhakten sich ineinander, identisch braune Augen unter identisch schrägen Augenbrauen suggerierten eine Gemeinsamkeit, die es nicht gab. Maddie wartete darauf, dass einer von ihnen das Wort ergriff, dass einer von ihnen ein tiefer gehendes Gespräch in Gang setzen würde, um die Distanz zu überbrücken. Aber sie schwiegen.

Sie fragte sich unwillkürlich, wie die männliche Spezies wohl überleben konnte, wo doch so viele von ihnen auf dem Schlauch standen.

«Haben Sie Hunger?», fragte sie schließlich. «Es sind noch Eier im Kühlschrank. Ich könnte Rührei machen oder Omeletts. Eine Art letzte halboffizielle Mahlzeit, bevor die Küche herausgerissen wird.»

Will und Tom zuckten mit den Schultern – dieselbe Bewegung, dieselben Schultern. «Ich bin gar nicht besonders hungrig.» Thomas lehnte gewohnheitsmäßig ab, aber Will fragte: «Ist von der Lasagne noch etwas übrig?»

«Ja.» Maddie war sich sicher, denn sie hatte den Rest gestern Abend eingepackt und in den Kühlschrank gestellt.

«Aber wissen Sie, dass es erst halb neun am Morgen ist?»

«Für italienisches Essen gibt es keine falsche Uhrzeit», sagte William. «Und der Morgen ist die beste Zeit der Welt für kalte Lasagne.»

«Okay.» Sie holte die Reste aus dem Kühlschrank. «Ist das so was wie eine Familientradition der Hightowers?»

Will schnaubte. «Ich glaube nicht, dass wir irgendetwas hatten, das man Tradition nennen könnte. Abgesehen vom völlig Breitsein.» Er blickte Thomas nachdenklich an. «Deine Großmutter war keine große Köchin. Ehrlich gesagt, weiß ich das auch gar nicht, weil sie und mein Dad normalerweise zu dicht waren, um an Essen zu denken.»

«Zu dist!» Dustins Aussprache war etwas eigenartig, aber offenbar konnte er gut hören.

«Entschuldigung», sagte Will zu Maddie, doch sein Blick war auf seinen Sohn gerichtet. «Und was es mit der Lasagne auf sich hat? Nun, ich habe im Laden in der Stadt immer Tiefkühlkost geklaut, wenn der alte Hyram aufs Klo musste und das Geschäft unbeaufsichtigt war. Die Gefriertruhe stand direkt neben der Tür.» Er wirkte, als sei er ganz zufrieden mit sich. «Es war das Lieblingsfrühstück von deinem Onkel Tommy und mir.»

In Thomas' Augen blitzte Zweifel auf, aber sein harter Gesichtsausdruck wurde weicher. «Du hast nie über Onkel Tommy gesprochen. Du hast mir seinen Namen gegeben und so getan, als sei das eine große Ehre. Aber du hast nie von ihm erzählt.»

«Yeah, also. Das wollte ich immer mal machen.» William fuhr sich mit der Hand durchs Haar. «Du siehst genauso aus wie er. Immer wenn ich einen seiner Gesichtsausdrücke auf deinem Gesicht entdecke ... Über manche Sachen kann man einfach nicht sprechen, sie sind zu schwer. Verdammt, ich habe in all den Jahren alles getan, um nicht einmal daran zu denken.»

In einem Film würden sich die beiden nun in die Arme fallen und einander die alten Verletzungen und den alten Groll vergeben, dachte Maddie. Die Musik würde anschwellen. Aber das hier war das echte Leben. Die einzigen Geräusche waren die Schläge, Schritte und Rufe, die vom Dach zu ihnen herunterdrangen, und das Schlürfen, mit dem Dustin die allerletzten Tropfen Traubensaft durch den Strohhalm zog.

Maddie stellte die Lasagnereste auf den Tresen. Keiner der beiden Hightowers wirkte bereit für eine rührselige Szene, aber es war auch keiner von ihnen davongelaufen. Sie wollte das als Erfolg durchgehen lassen.

«Was trinken Leute, die Lasagne zum Frühstück essen?» Maddie teilte die Lasagne in zwei Stücke.

«Heutzutage trinken sie Milch dazu», sagte William. «Und du, Tom? Willst du auch Milch?»

Maddie nahm zwei Gläser aus dem Schrank und zog die Milchpackung aus der Kühlschranktür.

«Na gut», sagte Tom. Er klang skeptisch, aber Maddie meinte, auch etwas wie Freude ausmachen zu können. «Ich schätze, ich versuche es mal. Aber ich bin mir ziemlich sicher, dass es einen Grund dafür gibt, dass Lasagne in den Frühstücksrestaurants von IHOP nicht auf der Karte steht.»

22

Das Hausboot, das am nächsten Nachmittag eintraf, war so fidel wie sein Besitzer. Der Rumpf war in leuchtendem Hellblau gestrichen, die Wände waren sonnengelb, und die rosaroten Streifen des Kajütendachs erinnerten an einen Sonnenuntergang. Die Fenster waren geöffnet und ließen die Meeresbrise hinein, und *Free Bird* von Lynyrd Skynyrd schallte aus der Lautsprecheranlage, während sein Bug sich langsam dem südöstlichen Zipfel der Ufermauer von Mermaid Point näherte.

Deirdre und Nikki waren vor ein paar Stunden nach Miami gefahren, um Werbegespräche mit den Ausstattern und Subunternehmern zu führen, die zu kurzfristigen Terminen bereit gewesen waren. Sie hatten geschworen, nicht zurückzukehren, bevor die Verträge unterschrieben waren. Avery, Maddie und Kyra verfolgten die Ankunft des Hausboots vom Pool aus, in den sie nach einem Tag, an dem sie die Vorschlaghammer geschwungen und die Wände des Bootshauses eingerissen hatten, zur Abkühlung gesprungen waren. Dustin trieb rücklings und Schwimmflügel-bewehrt auf der flacheren Poolseite auf dem Wasser.

Der Motor wurde ausgeschaltet und das dreifache Gitarrensolo mitten im Akkord abgeschnitten. Der Mann, der vom Deck sprang und das Boot mit lässiger Effizienz vertäute, war von durchschnittlicher Größe und Körperbau, trug abgeschnittene blaue Jeans und ein Batik-T-Shirt in Regenbogenfarben mit abgeschnittenen Ärmeln. Sein Kopf war in ein rotes Tuch gewickelt, und ein grauer Zopf hing über seinen Rücken. Der passte zu dem geflochtenen Unterlippenbärtchen, der vor dem spitzen Kinn herunterhing. Die dunkle Haut des Fremden schien zu einem goldenen Braunton gebacken zu sein. Langsam setzte er sich in Bewegung, nahm seine Umgebung in sich auf und hielt womöglich innerlich inne, um an den Rosen zu schnuppern oder – wie in diesem Fall – an der Bougainvillea. An einem Lederband baumelte ein Peace-Zeichen um seinen Hals, an seinen Füßen befanden sich geflochtene Ledersandalen. Und dazu wippte sein Kopf zu einem Rhythmus, den nur er hören konnte.

Avery fand, er sah aus wie eine ältere Version von Johnny Depp in der Rolle des Captain Jack Sparrow.

Wie aus dem Nichts tauchten Troy und Anthony auf und filmten die beeindruckende Ankunftsszene. Was allen erneut in Erinnerung rief, dass die Lifetime Crew immer im nächsten Busch auf der Lauer lag, um sich die Finger wund zu filmen.

«Wenn ich ein bisschen älter wäre, hätte ich jetzt bestimmt einen Flashback.» Avery konnte den Blick nicht von dem Mann abwenden, der auf sie zukam.

«Wenn er nach dem Weg nach Woodstock fragt oder nach dem Allman Brothers Big House in Macon, dann wissen wir alle, dass er in den Siebzigern falsch abgebogen ist», witzelte Maddie. «Meint ihr, er ist ein Freund von William?»

«Keine Ahnung.» Avery kniff gegen die Sonne die Augen zusammen. Der Mann sah aus wie Mitte oder Ende sechzig, doch sein Körper wirkte sehnig und stark. Sie bemerkte ein Tattoo auf einem seiner Oberarme in Form eines großen X, in dessen Mitte sich eine Handsäge und ein Hammer kreuzten.

Ein plötzlicher Hoffnungsschimmer trieb Avery und ihre schmerzenden Muskeln aus dem Pool. Tropfend ging sie auf den Mann zu. Es musste sich einfach um Marios Cousin, den Schreiner, handeln.

Sein Kopf wippte noch immer, und die braunen Augen hatten leicht erweiterte Pupillen, aber sein Lächeln, bei dem ein goldener Zahn weit vorne im Mund sichtbar wurde, war breit und aufrichtig. Er streckte eine lederne Hand aus und ergriff Averys. «Marios Beschreibung zufolge schätze ich, Sie sind Avery Lawford.»

«Und ich hoffe, Sie sind Roberto Dante.»

«Der bin ich.» Die Goldkrone blitzte in der Sonne und trug zu seiner piratenhaften Aura bei. Es war keine Spur eines italienischen Akzents zu hören. Sein Griff war fest, die Finger waren schwielig. «Ich hatte in der Nähe von Big Coppitt Key zu tun, als Mario mich erreicht hat. Musste erst den Auftrag erledigen, an dem ich gearbeitet hab.» Roberto blickte sich um und nickte verträglich. «Hübsch haben Sie's hier. Gute Vibes.» Er befingerte sein geflochtenes Unterlippenbärtchen und neigte den Kopf. «Genau genommen glaube ich, dass ich schon mal hier war. Wohnt hier zufällig ein gewisser Wild Will?»

Avery lächelte. «Das ist seine Insel. Woher kennen Sie William?»

«Haben früher reichlich zusammen gefeiert. Drüben in Key West. Seit den frühen Siebzigern treibe ich mich hier auf den Keys rum. Ich mag den Frieden und die Leute, wissen Sie? Sie gehen einem ins Blut.»

«Möchten Sie etwas Kaltes zu trinken? Oder was zu essen?» Avery hätte ihm auch ihr erstgeborenes Kind angeboten, wenn sie eins gehabt hätte.

«Nein, ich brauch nichts, danke.»

«Haben Sie eine Crew, mit der sie normalerweise zusammenarbeiten?», fragte Avery.

«Nein, bin eher eine One-Man-Show. Aber ich hab schon mit vielen Jungs aus der Gegend gearbeitet. Ich kann alle zusammentrommeln, die wir brauchen, je nachdem, was zu tun ist.

Ist es okay, wenn ich mein Haus hier festmache?» Er zeigte auf das Boot, das Avery insgeheim schon das Sonnenuntergangshaus nannte.

«Klar. Unsere Hausboote liegen unten am Anleger, falls Sie lieber dort festmachen wollen.»

Er zupfte sich nachdenklich an seinem Kinnzopf. «Hm, falls ich das fragen darf. Warum haben Sie da unten festgemacht? Ist ein seltsamer Ort dafür.»

«Wieso seltsam?» Maddie war inzwischen aus dem Pool gestiegen, hatte sich in ein Handtuch gewickelt und sich zu ihnen gesellt.

«An dem Ort bekommt man kaum einen Hauch von den Passatwinden vom Atlantik ab. Ich meine, man ist natürlich etwas geschützter. Macht Sinn, das Bootshaus und den Anleger dorthin zu bauen. Aber da auf einem Boot zu wohnen?» Er zuckte mit den Schultern. «Das macht Sie zu Frischfleisch für Wanzen und Insekten.»

Avery wechselte einen Blick mit Maddie. Sie fragte sich, wer wohl für das Festmachen der Boote zuständig gewesen war. Der Sender oder William Hightower? Sie wettete auf den Sender.

«Unser Hausboot hat keinen Motor, es lässt sich nicht steuern oder dergleichen. Vielleicht könnten Sie uns helfen, unser Hausboot neben Ihres zu ziehen?», fragte Maddie.

«Klar.»

Avery nickte Maddie zu und zog ein T-Shirt über. «Roberto, lassen Sie uns gleich alles zusammen durchgehen, ja? Ach, und kein Angriff auf Ihre persönlichen Entscheidungen oder so, aber wir haben ein kleines Kind dabei.» Sie deutete auf Dustin und Kyra. «Und einen vor kurzem aus der Reha entlassenen Rockstar. Also bitte weder Drogen noch Alkohol auf diesen 1,4 Hektar Land.»

Dante strich bedächtig über sein Bärtchen. «Kein Problem.

Ich rauche nur gelegentlich was. Aus medizinischen Gründen, wissen Sie. Und das mach ich gern ganz für mich allein bei mir zu Hause.»

Avery hatte spontan das Bild vor Augen, wie der Mann in einer Wolke von Marihuana-Qualm in seinem Sonnenuntergangshausboot saß. Solange sein Rauch nicht in die Nähe von Dustin kam oder William Hightower in Versuchung führte und solange er nicht vorhatte, in bekifftem Zustand Elektrowerkzeug zu benutzen ... Es musste für sie schon mehr zusammenkommen, um diesen Mann abzuweisen, den sie so dringend brauchten. Milde Gelassenheit war eine schöne Gabe für ein wichtiges Mitglied des Bautrupps.

Dante lächelte, und die Goldkrone blitzte erneut auf. «Ich lass es sowieso langsam auslaufen. Wenn sie das Zeug völlig legalisieren, ist der ganze Spaß vorbei.»

Es war eigenartig, wie schnell alle einen Gang höher schalteten, nachdem Roberto Dante angekommen war, wenn man sich vor Augen hielt, wie entspannt dieser Mann war. Aber er musste nur jedes Gebäude einmal begehen, um vollkommen zu verstehen, was Avery vorschwebte und inwiefern die Bedingungen Einschränkungen vorgaben.

Er schüttelte William Hightower die Hand mit einem zwanglosen: «Schön, dich mal wiederzusehen, Mann. Wir tun unser Bestes, um dir nicht mehr als nötig auf die Nerven zu gehen, aber ich will nicht lügen. Die ersten Abrisstage werden laut und schmutzig. Falls du kannst, würde ich dir empfehlen, woanders unterzukommen.»

Avery hatte erwartet, dass Hightower ein wenig diskutieren würde, aber Will nickte bloß. Und als sie am nächsten Morgen am Haupthaus ankamen, war die Tür unverschlossen und keine Spur von ihm zu sehen. Sie bemerkte den Ausdruck, der kurz über Maddies Gesicht glitt: halb Erleichterung, halb Enttäuschung.

«Hab gehört, wie er kurz vor Sonnenaufgang los ist», sagte Roberto. Er reichte jeder von ihnen einen Vorschlaghammer und wies sie auf die instabilsten Stellen des Treppenhauses hin. «Lasst uns das Ding hier raushauen. Ich reiße solange die Schränke von der Küchenwand, um für die neue Treppe Platz zu schaffen.»

Sie setzten Dustin mit einem Stapel Spielsachen ganz hinten in den Wohnbereich in die Nähe des Billardtischs, wo er aus der Gefahrenzone war, und dann droschen Avery, Maddie und Kyra los.

«Wow! Ich habe so viel Energie!» Maddies Vorschlaghammer krachte durch die Balustrade und splitterte ein gutes Stück davon ab.

Kyra schwang ihren Hammer gegen die Treppenstufe unter der nun unterbrochenen Balustrade und verursachte ein riesiges Loch. «Das fühlt sich wirklich gut an.» Sie holte erneut aus. «Genau genommen großartig.» Sie funkelte direkt in Troys Kamera. «Es ist perfekt, um Aggressionen abzubauen.» Sie ließ den Hammer niedersausen und stieß einen lauten Jubelschrei aus, als das Holz erneut splitterte. «Stellt euch einfach jemanden vor, auf den ihr wütend seid, der euch Unrecht getan hat und ...»

Bäm! Ein neuer Schlag, ein neues Loch.

Maddie lachte und legte selbst los. «Aiiii!», rief sie und schmetterte den Vorschlaghammer hart gegen den hölzernen Kasten der Treppe.

«Passt nur auf den Dielenboden auf», mahnte Avery, als sie in Position ging, um selbst weiterzumachen. «Diese Stelle hier müssen wir zwar ohnehin anflicken, aber ich möchte nicht, dass wir etwas unnötig beschädigen. Und ich hoffe, dass wir die Dielen aus der Küche, wo die neue Treppe gebaut wird, für diese Stelle hier benutzen können.»

Bis die Treppe verschwunden und ihre Überbleibsel in den Container geworfen waren, hatten sie ein ordentliches Chaos angerichtet und waren gut ins Schwitzen gekommen. Holzsplitter klebten an ihrer verschwitzten Haut. Avery streckte die Hand aus und zog einen Splitter aus Maddies Haar. Maddie tat dasselbe bei Kyra. Sie sahen aus wie eine Affenfamilie beim gegenseitigen Entlausen.

Dante arbeitete zu Musik. Seine Arme schwangen im Takt von *Blackhearted Woman* von der Allman Brothers' Band, das aus den tragbaren Lautsprechern dröhnte. Da begriff Maddie, dass sie zum ersten Mal Südstaatenrock im Haus eines der weltbekanntesten Rocker hörten.

Marios Cousin hatte inzwischen die Küchenschränke abgebaut. Es blieben nur noch der Herd und die Abzugshaube übrig. Der Kühlschrank war zur Seite geschoben worden, um die Wand frei zu bekommen, an der die neue Treppe entstehen sollte.

Maddie hielt sich ein Limonadenglas an die Stirn und schien deutlich interessierter an seinen kühlenden Eigenschaften als daran, damit ihren Durst zu löschen, während Roberto ins Erzählen geriet. «Damals in seinen Anfangsjahren hat Will eine Zeitlang mit den Allmans im Big House in Macon gewohnt. Er und seine Band haben *Mermaid in You* im Muscle Shoals Studio aufgenommen. Ich fand schon immer, das ist einer der traurigsten Songs, die ich je gehört habe.»

«Ja», stimmte Maddie ihm zu. «Diese rohen Gefühle, die Vorstellung, jemanden so zu lieben, dass es einem die Seele verbrennt.»

«Genau, schon bei den Anfangstakten von diesem Lied habe ich immer Schmerzen in der Magengrube bekommen», sagte Avery, die sich zu ihnen gestellt hatte. Gemeinsam lauschten sie der verklingenden Musik. Es wurde still im Raum.

«Wild Will konnte mit seiner Stimme den Blues beinahe so gut singen wie Gregg Allman», sagte Roberto. «Aber natürlich schreibt man die Musik, für die Will bekannt war, auch nicht, wenn man den Schmerz nicht aus persönlicher Erfahrung und nächster Nähe kennt.»

23

Ohne feste Pläne warf Will eine Trockenkiste mit seiner Campingausrüstung, eine Kühltasche mit Getränken und Sandwiches und ein paar Angeln samt Angelkasten in die Jolle. Er ließ sich auf seiner Fahrt durch die Florida Bay Zeit, las das Wasser, kurvte zwischen den tropfenförmigen Mangroveninseln und den dunklen Schilfgras-Prärien hindurch, die sich an sandige flache Becken anschlossen. Er angelte halbherzig, ohne Zweck, und bewegte sich beinahe absichtslos von Stelle zu Stelle. Die Fische, die vermutlich spürten, dass er nicht wirklich auf der Jagd war, sondern sich nur versteckte, ignorierten seine Fliegen und seine ohne Überzeugung ausgeworfene Angelleine.

Nachdem er zum Tanken und Snackskaufen einen Zwischenstopp auf Flamingo eingelegt hatte, umrundete er das Festland und band die Jolle dann am Sandstrand von Cape Sable an. Skelette von Knopfmangrovenstämmen erhoben sich aus dem Sand wie zerfallende Dinosaurierrippen, und ein Vorhang von Mangroven schützte ihn vor Blicken aus dem Inland. Dort, wo das Wasser sanft an den Strand plätscherte, betrachtete er den Sonnenuntergang. So kühne Farben streiften den Himmel, dass er das Gefühl hatte, er könne sie mitsamt der salzigen Luft einatmen.

Als es dunkel wurde, entfachte er ein kleines Feuer, um die Mücken in Schach zu halten, legte sich auf seinen Schlafsack und starrte hinauf zu den Sternen. Der Nachthimmel funkelte über ihm, und eine warme Brise strich über ihn, aber der Trost, den ihm beides sonst brachte, stellte sich nicht ein.

In den Mangroven und in der Bucht wimmelte es von Leben. Das Summen von Insekten, das Vorbeihuschen kleiner Tiere im Gebüsch, der Ruf einer Eule, das alles zerrte an seinen Sinnen. Früher hatte er einmal geglaubt, hier draußen high zu sein würde ihn mit dem Kosmos verbinden, ihn eins werden lassen mit dem Schlamm, dem schwankenden Schilfgras unter der Wasseroberfläche, den Krebsen, die sich über den Sand bewegten. Selbst mit dem sternenklaren Himmel. Als die Drogen und der Alkohol, die die Realität immer für ihn abgefedert hatten, die Realität zu ersetzen begannen, hatte er sich an die Hoffnung geklammert, dass er an diesem Ort wieder Musik hören würde. Dass die Worte und Melodien auf einer Brise zu ihm getragen würden so wie am Anfang. Und dass sie den Lärm des Ruhms ersetzen würden, der seinen Kopf schon so lange erfüllte.

Aber das alles war Blödsinn gewesen. Nur eine weitere Lüge, mit der er sich vorgemacht hatte, das Universum kreise nur um ihn.

Der Mond war so voll, dass er wünschte, er könnte alles loslassen und ihn anheulen. Oder um alles weinen, was er verloren hatte, besonders um diejenigen, die er von sich gestoßen hatte. Als er endlich einschlief, träumte er von einem Durst, den er nicht löschen konnte. Von einer Oase mit klarem, glitzernd blauem Wasser am anderen Ende einer Wüste, die er niemals durchqueren konnte. Vom Schlag eines schimmernden Meerjungfrauenschwanzes zum Abschied, bevor er in der stürmischen See verschwand.

Am Morgen sah er die Sonne über einem entfernten Mangrovenwäldchen aufgehen. Er wagte kaum zu atmen oder sich zu bewegen, als ein weißer Reiher sich in eleganten Spiralen in den Himmel schraubte. Und er beobachtete ehrfurchtsvoll, wie ein Prachtfregattvogel von seinem Schlafsitz in einer Knopfmangrove in seiner Nähe aufflog, die prächtigen Schwingen ausgebreitet und mit dem gegabelten Schwanz den puderblauen Himmel zerteilend.

Als aus einem praktisch wolkenfreien Himmel Regen fiel, begrüßte er die Nässe auf seiner Haut, ließ sich kühlen und beruhigen. Auf seiner verkorksten Version einer Visionssuche, für die ihn seine Seminolen-Vorfahren verspottet hätten, verlor er das Gefühl für die verstrichenen Tage. Und fing an tief innen Lebendigkeit zu spüren und all die Schönheit um ihn herum mit frischer, messerscharfer Klarheit wahrzunehmen. In den folgenden Tagen stocherte Will die Jolle durch Snake Bight und mäanderte unter Mangrovenbaldachinen hindurch. Die gewundenen Wasserwege erlaubten seinen Gedanken dasselbe gemächliche Tempo. Gelegentlich hielt er an einer Landzunge oder an seinen Lieblingsstellen in den Backcountry Flats an, doch er machte sich nicht die Mühe, eine Angel auszuwerfen. Er wollte nichts fangen. Gleichzeitig ignorierte er den Lockruf seines Zuhauses, solange er konnte, denn er war noch nicht bereit, der Invasionsarmee entgegenzutreten, die sich auf Mermaid Point versammelt hatte.

In den ersten Juniwochen wurde jeder Tag heißer als der vorangegangene und die Luft schwerer, bis sie sich anfühlte wie ein Sack Steine, den jede von ihnen mit sich herumschleppte. Hitzewallungen brachen spontan aus, manchmal sorgte allein der Gedanke hinauszutreten dafür, dass das Wasser in Bächen über die Haut rann. Es gab leichte Morgenschauer, die sich sanft näherten, auf Zehenspitzen über den Highway 1 schlichen, um sich dann über die Bucht hinweg zu verziehen. Selbst die dunkleren, schwereren Stürme, die über den Atlantik brausten wie düstere Lokomotiven und in einer saunaartigen Dampfwolke auf den Asphalt trafen, hielten sich nicht lange auf.

«Keine Landmasse in der Nähe. Sie bleiben an nichts hängen», hatte Roberto erläutert, und er schien recht zu behalten.

Der Hippie-Schreiner trieb entspannt, ohne Eile und anscheinend immun gegen Hitze, Feuchtigkeit und Regen durch jeden einzelnen Tag. Und was Averys Ansicht nach das Beste war: Er und die von ihm zusammengestellte zweiköpfige Crew verschwendete keinen einzigen Nagel, kein Hammerschlag war zu viel. Roberto Dante schien tatsächlich in der Lage zu sein, das Holz zum Singen zu bringen – oder wenigstens vergnügt mitzusummen.

Er arbeitete zu einer persönlichen Playlist, die von Rockbands dominiert wurde, die in den Siebzigern die nationalen Bühnen betreten hatten, zu einer Zeit, als Avery noch nicht geboren war und an die sie zuvor noch nie einen Gedanken verschwendet hatte. Seine Songs waren abwechselnd bittersüß und hart und wurzelten, Roberto zufolge, in Blues, Rock und Country Music.

«Die Südstaatenrocker selbst sagen, dass es einfach guter Rock 'n' Roll ist und dass es nur Südstaatenrock genannt wurde, weil die Bands aus dem Süden kamen.»

Dante hielt einen Augenblick inne, um zu einem, wie Avery erkannte, Wet-Willie-Song mitzusummen. Dann fuhr er fort: «Ich finde auch, dass in den Songzeilen und den Geschichten, die sie erzählen, eine tiefere, universelle Wahrheit steckt. Sie stammten alle aus einem recht ähnlichen Milieu. Außerdem hatten die Südstaatenbands den Ruf, etwas ... rauflustig zu sein.» Er lächelte, schloss beim Zuhören die Augen, und seine Lippen bewegten sich lautlos zu den Texten.

Avery war zufrieden damit, Robertos Musik und seinen Ansichten zu lauschen, aber sie war noch zufriedener mit den Fortschritten, die sie machten. Die Küche war eine leere Hülle, die darauf wartete, neu gefüllt und gestaltet zu werden. Die neue Treppe an der Rückwand der Küche war inzwischen eingebaut ebenso wie ein Gästebad, ein Wäschezimmer und eine begehbare Vorratskammer hinter der Küche. Diese neuen Räume gingen vom hinteren Flur ab und waren sowohl vom Gemeinschaftsbereich des Haupthauses zugänglich als auch von den Veranden vorne und hinten. Ein großes Loch klaffte noch über der Treppe und auch in der Eingangshalle, wo die Treppe ursprünglich gewesen war. Trotzdem: Avery spürte bereits, wie die Räume Gestalt annahmen. Der berauschende Duft von Sägemehl erfüllte die Luft. Sie genoss Robertos Soundtrack, aber die süßesten Melodien für ihre Ohren kamen von den Kreis- und Radialsägen, die der Tischler auf der vorderen Veranda aufgebaut hatte, vom Rhythmus der Hammerschläge, mit denen sein Gehilfe die neuen Wände und Bäder für den ersten Stock und die Gästesuiten für das Erdgeschoss zusammensetzte.

William Hightower blieb verschwunden, und Deirdre und Nicole waren noch immer in Miami, als die zweite Folge von *Alles Neu* ausgestrahlt wurde. Avery, Maddie, Kyra und Roberto sahen sie, ausgestreckt auf dem großen Wohnzimmersofa, auf Williams Fernsehbildschirm. Troy und Anthony zeichneten wieder alle Reaktionen auf. Avery zeigte sich zum Beispiel zwischen leicht angeekelt und dermaßen außer sich, dass sie am liebsten etwas durchs Zimmer gepfeffert hätte. Noch einmal sahen sich alle ganz am Boden in ihrem Kampf, The Millicent ins Leben zurückzuholen – und sich gleichzeitig daran zu gewöhnen, dass man sie in Reality-TV-Stars verwandelte. Dabei verhielten sie sich exakt so widerwillig wie William Hightower, den man dazu gezwungen hatte, sein Heim in Bed and Breakfasts zu verwandeln.

«Mario sieht ziemlich gut aus für einen Mann in seinem Alter», sagte Roberto.

«Ja.» Avery war dankbar dafür, dass sie etwas Positives sagen konnte. «Und der Mann konnte wirklich kochen.»

«Alle Dante-Männer können kochen. Das liegt uns in den Genen. Und unsere Mamas bringen es uns bei. Außerdem gehört es zu unserem Paarungsritual.» Robertos Lächeln wurde schelmisch. «Sieht ganz so aus, als hätte mein Onkel einen Narren an Maddie gefressen.»

«Oh nein. Er war zu uns allen ganz reizend», sagte Maddie schnell. «Und damals war ich noch verheiratet.»

Roberto zuckte mit den Schultern. «Manchmal sind verheiratet oder nicht verheiratet nicht das Wichtigste.»

«Ich kann immer noch nicht glauben, *wie* furchtbar man uns aussehen lässt.» Kyra hatte ihren Laptop auf dem Schoß, Dustin saß neben ihr auf dem Sofa. Sie sprach direkt in die Kamera, die Troy auf der Schulter trug. «Nach allem, was ich im Netz gesehen habe, schauen die Leute zu und tauschen sich über die Sendung aus.»

Averys Blick war starr auf den Bildschirm gerichtet. So furchtbar das alles auch war, sie musste hingucken.

«Ist doch gut, dass wir Zuschauer haben. Ich meine, wir brauchen viele davon, oder?» Maddie zögerte. «Wir sehen nur so verwundbar aus. Und unfähig.»

«Ja, unfähig. Das sollten wir nicht vergessen.» Kyras Ton war trocken und wütend. «Avery ist die Einzige, die so wirkt, als hätte sie einen Schimmer von dem, was da vor sich ging.»

«Das liegt daran, dass sie den tatsächlich hatte.» Maddie seufzte.

Kyras Finger flogen über die Tastatur. «Großartig. Da hat jemand auf der Facebook-Seite von *Alles Neu* angeboten, uns umsonst die Haare und das Make-up zu machen.» Sie tippte weiter. «Jemand anderes bietet uns eine Finanzberatung für unsere wirtschaftlichen Engpässe, damit wir uns nicht mehr im nationalen Fernsehen demütigen lassen müssen.»

Avery war zu entsetzt, um auch nur peinlich berührt aufzustöhnen.

Weitere Tippgeräusche. «Es gibt viele Beiträge, die ein Loblied auf Max Golden oder The Millicent singen. Und Dustin schlägt auch ziemlich ein.» Auch darüber klang Kyra wenig erfreut.

Die Sendung endete schließlich mit einem Standbild von Max und Dustin am Küchentisch. Eine Werbeeinspielung stellte «überraschende Enthüllungen» in Aussicht. Troy und Anthony umkreisten die Couch und filmten nach Herzenslust.

«Max erhält jede Menge Fan-Mails und Posts. Es ist im August zwar in den Nachrichten gekommen, aber viele, die jetzt zuschauen und sich in ihn verlieben, wissen nicht, dass er … nicht mehr da ist. Ich bin mir nicht sicher, wie die Szene mit Parker Amherst ankommen wird.» Kyra schloss den Laptop, schon ihn zur Seite und zog Dustin auf ihren Schoß.

«Es ist so traurig-schön, ihn zu sehen», sagte Avery.

«Das stimmt», sagte Kyra und kuschelte mit Dustin. «Und ihr wisst, er hätte diese Aufmerksamkeit genossen. Max ist nie einer Kamera oder Zuschauern begegnet, wenn er nicht wollte.»

«Ich weiß.» Maddies Ton wurde leichter. «Ich stelle ihn mir gerade vor, wie er sich da oben mit seiner Millie freut wie ein Schneekönig, weil er eine Rolle im Reality-TV hat.»

Ihr Gelächter war von Trauer gefärbt.

«Ich hoffe, es gibt keine Gegenreaktion, wenn die letzte Sendung ausgestrahlt wird. Ich bin mir nicht sicher, ob unsere Zuschauer etwas so Krasses sehen wollen.» Kyra küsste ihren Sohn auf den Kopf. «Gott weiß, wir haben nicht ausgesucht, was gezeigt wird.»

«Richtig», sagte Avery, «trotzdem sind wir die sichtbarsten Zielscheiben. Ich denke nicht, dass Lisa Hogan ihre E-Mail-Adresse oder Kontaktinfos ins Netz gestellt hat.»

«Nein, hat sie nicht.» Kyra stand mit Dustin auf dem Arm auf. Sein Kopf lehnte an ihrer Schulter, er hatte sich den Daumen in den Mund gesteckt. Ihr Gesichtsausdruck wurde nachdenklich. «Vielleicht sollte sich jemand um dieses Versäumnis kümmern.»

24

Am nächsten Morgen stand Maddie auf dem Deck des Hausboots und beobachtete, wie der rosa Sonnenaufgang in den blassblauen Himmel überging. Der Inselhahn und sein Harem pickten auf der Erde herum, die vom Gewitter der letzten Nacht noch feucht war. Eine Schar Möwen suchte im Sturzflug in den nun ruhigen Gewässern um Mermaid Point nach Frühstück. Langbeinige Stelzvögel standen im Gezeitenpool und ließen sich das Gefieder von der Morgenbrise zausen. Sie fragte sich, wie es wohl Will erging und warum er so lange fortblieb, und sie freute sich auf Deirdres und Nikkis Rückkehr. Sie hatten verkündet, es sei eine durchschlagend erfolgreiche Verkaufsreise gewesen.

Die Fensterläden auf Robertos Boot waren noch verriegelt, und auch auf dem Boot der Sender-Crew, welches nun ebenfalls an der Ufermauer vertäut lag, war es still. Sie trat vom Deck auf den kleinen Halbmond des Strandes und betrachtete den Pool, der ohne William Hightower darin leer wirkte. Die ganze Insel fühlte sich ohne ihn verlassen an.

Maddie saß in einem hölzernen Gartenstuhl, als Kyra sich zu ihr gesellte. Sie hatte den noch verschlafenen Dustin auf dem Arm, und ihre Kamera hing über der Schulter. Sie setzte Dustin zusammen mit seinem Eimer, der Schaufel und einer Lerntasse voll Saft vorsichtig auf dem Sand ab und ließ sich in den zweiten Holzstuhl fallen.

«Nach dem Regen sieht alles so blitzsauber aus.»

«Ja, nicht?» Maddie grub ihre nackten Zehen in den feuchten

Sand. Dustin trank mit einem langen, durstigen Schluck seinen Saft aus und begann zu buddeln. «Es ist hier so unglaublich friedlich.»

Vom Highway 1 hinter ihnen drangen leise Verkehrsgeräusche an ihre Ohren. Jedes Mal, wenn ein Bootsmotor zu hören war, erstarrte Maddie kurz, horchte, ob er vertraut klang, wartete, ob eins der Boote auf seinem Weg zum Alligator Reef langsamer wurde und stattdessen auf Mermaid Point zuhielt.

Sie war froh, dass es für Paparazzi noch zu früh war, selbst für Nigel Bracken, der sich als der hartnäckigste aus der Rotte erwiesen hatte. Aber jedes Boot, in dem nach fünftägiger Abwesenheit nicht William Hightower saß, war für sie eine Enttäuschung, die sie nur schwer verbergen konnte.

«Bestimmt kommt er bald zurück.» Mit der Videokamera in der Hand panoramierte Kyra langsam vom Haupthaus über den Strand zu den Booten, die vorbeifuhren.

«Was?»

Kyra warf ihrer Mutter einen Blick zu, den sie schon als Teenager eingesetzt hatte, wenn sie Maddie warnen wollte, sie nicht zu unterschätzen. «Der wilde Will. Er wird zurückkommen. Und es wäre vielleicht besser, wenn du hier nicht rumsitzt und nach ihm schmachtest, wenn er eintrifft.»

«Ich? Schmachten?» Maddie versuchte ein unbeschwertes Lachen, das ihr nicht ganz gelang.

«Mom. Akzeptier es. Du bist verknallt in den Typen.»

«Kyra, er ist eine Ikone. Jede Frau in meinem Alter ist verknallt in ihn. Das bedeutet nicht ...»

Kyra schnitt ihr das Wort ab, ohne ihren Protest überhaupt zur Kenntnis zu nehmen. «Und du bist hoffnungslos aus der Übung. Was für Fähigkeiten du in dieser Hinsicht auch besessen haben magst: Sie sind eingerostet. Und offen gestanden, wenn du schon beim Geräusch eines Motorboots erstarrst, na ja … Also, ich würde die Sonnenbrille aufbehalten. Du willst doch jemanden, der daran gewöhnt ist, jede haben zu können, nicht sehen lassen, *wie* interessiert du an ihm bist.»

Ein kleiner verzweifelter Teil in Maddie hätte Kyra gern gefragt, was ihrer Ansicht nach funktionieren würde, aber sie blieb still. Egal, wie erwachsen Kyra tat, sie war ihre Tochter, aber auch die Tochter von Steve.

«Und wo wir gerade beim Thema Verknalltsein in männliche Stars sind», fuhr Kyra fort. «Ich habe zugestimmt, dass Dustin das Wochenende vom 4. Juli bei Daniel verbringt.»

«Aber ich dachte, ihr hättet euch darauf geeinigt, dass Dustin nicht in die Nähe von Tonja Kay muss.»

«Muss er auch nicht. Dustin und Daniel verbringen den Feiertag zusammen in Bella Flora. Ich habe Daniel gesagt, dass ich mich in der Nähe aufhalten werde, um sicherzugehen, dass sie nicht ‹unerwartet› auftaucht.»

Maddie hob ihren Blick. Wenn es um Daniel Deranian ging, war nichts so einfach oder so direkt, wie es klang. «Du lässt ihn also einfach bei Daniel? Du hast nicht vor, ebenfalls zu bleiben?»

«Ich habe nebenan etwas reserviert.»

«Ach, Schatz, du weißt doch, es wäre besser, du bleibst auf Distanz. Und falls das durchsickert, wird jeder Paparazzo auf der Nordhalbkugel sich auf den Weg nach Bella Flora machen.»

«Keine Sorge. Ich habe tolle Verkleidungen für uns.» Kyra nahm Dustins Lerntasse und fixierte Maddie. «Abgesehen davon bist *du* diejenige, um die ich mir Sorgen mache. Mir ist schon klar, dass du jetzt frei bist, um dich mit anderen Männern zu treffen und so weiter. Und Daddy hat *Kelly*.» Kyra zog die Nase kraus. Sie war noch immer unglücklich darüber, dass ihr Vater eine Freundin hatte. «Ich glaube nur nicht, dass William Hightower für den Anfang eine gute Wahl ist. Es ist, als wollte man auf eine Harley steigen, obwohl man bislang nur

Tretroller gefahren ist.» Kyra nickte zur Betonung. «Ich glaube, du musst mit jemandem anfangen, der nicht so gefährlich ist. Weißt du, mit jemandem, der dir nicht das Herz bricht. Jemandem mit Stützrädern.»

Avery kletterte vom Hausboot auf die Ufermauer und trug ihre Kaffeetasse zu dem Gartenstuhl, in dem Maddie saß und auf einen gelben Block kritzelte. Dustin buddelte zufrieden zu ihren Füßen im Sand. Wahrscheinlich mehr aus Gewohnheit als getrieben von der Vorstellung, es könne tatsächlich einen Unterschied machen, saß Maddie mit dem Rücken zur Kamera. Avery sah, wie Troy bereits auf dem Boot der Sender-Crew stand und filmte.

Ein paar Schritte weiter reckte der Hahn Kopf und Körper und krähte in ihre Richtung, bevor er davonschritt, ohne sich darum zu scheren, ob seine Groupies ihm folgten. Avery schüttelte den Kopf. «Jeden Tag denke ich, dass der alte Romeo bei Tagesanbruch krähen wird, und jeden Tag werde ich enttäuscht. Ich werde meinen digitalen Wecker jedenfalls nicht ausstellen.» Sie sah zu, wie ihm die letzten Hühner seines Harems um die nächste Kurve folgten. «Ich weiß nicht, was sie in ihm sehen.»

«Kyra hat mich gerade daran erinnert, dass sich über Geschmack nicht streiten lässt.» Maddie lächelte. «Aber ich schätze mal, er ist die Hühnerstallversion eines wilden Abenteurers.»

Obwohl sie wegen der Mangroven nichts sehen konnte, hörte Avery einen Bootsmotor hinten am Anleger. Die Bootshupe trötete fröhlich, und jemand rief nach Roberto. «Woran arbeitest du?», fragte sie dann und setzte sich in den leeren Gartenstuhl.

«Ich habe eine Liste von Möbel-Secondhandläden zwischen Key West und Palm Beach erstellt. Ich wollte heute Morgen herumtelefonieren und die Möbel und Armaturen anbieten, die Deirdre in keiner der Wohneinheiten mehr verwenden möchte. Wir müssen sie von der Insel kriegen, und möglicherweise verdienen wir damit sogar noch etwas, das wir in die Renovierung stecken können.»

«Gut.» Avery nahm einen großen Schluck von ihrem Kaffee. «Wir müssen Will noch nach Erinnerungsstücken fragen. Wir nehmen alles, was er signiert hat und wir verkaufen oder auktionieren können.»

Maddie rutschte unbehaglich auf ihrem Stuhl herum. Avery wusste, dass es weit außerhalb von Maddies Wohlfühlbereich lag, um etwas bitten zu müssen, doch sie schien nun mal mehr Einfluss auf William Hightower zu haben als alle anderen.

«Roberto hat gesagt, er könnte sich morgen früh als Erstes um die kleine Küche in Wills Schlafzimmer kümmern, aber wir generieren den Raum dafür aus Wills begehbarem Kleiderschrank. Kannst du den heute Nachmittag ausräumen?»

«Meinst du nicht, wir sollten damit warten, bis Will zurück ist? Ich kann doch nicht einfach seinen Schrank aufmachen und ohne seine Erlaubnis seine Sachen befingern.»

«Nein, wir können nicht warten.» Avery stürzte den restlichen Kaffee hinunter. «Wir wissen nicht, wo er ist und wann er zurückkommt. Ich hoffe, bald. Deirdre hat nämlich der Firma der Außenküche versprochen, dass er darin eine Kochvorführung vor laufender Kamera machen wird, sobald sie eingebaut ist. Und wir hinken dem Terminplan bereits hinterher.»

Sie stellte ihre Tasse auf die Armlehne des Stuhls und beäugte Maddie.

«Und du wirst ja nichts *befingern*. Du wirst mit großer Sorgfalt und Respekt seine Besitztümer durchsehen und sie aus dem Weg räumen, damit sie nicht schmutzig werden und kaputtgehen.»

Maddie zog eine Grimasse. «Aber in dem Schrank liegt bestimmt auch seine *Unterwäsche*. Ich kann doch nicht durch seine persönlichen Sachen gehen.»

«Ich bin mir sicher, es ist ihm lieber, wenn du das machst als ein anderes Mitglied der Crew. Ich würde ja Roberto darum bitten, aber ich habe Angst, dass er Wills Boxershorts als Drogenzubehör missbraucht.»

Maddie konnte nicht anders, als über dieses Bild zu lachen. Avery ging schnell, bevor Maddie einen Weg fand, sich aus der Aufgabe, die sie zugeteilt bekommen hatte, herauszuwinden.

Als sie ihre Anrufe getätigt hatte, war Maddie über die Reaktion der Secondhandläden mehr als erfreut. Die Besitzerin eines Secondhandshops in Key West hatte verkündet, dass sie in ihren Verkaufsräumen keinen Platz für Möbel habe, aber trotzdem alles nehmen würde, «was in den letzten vier Jahrzehnten mit William Hightowers Körper in Berührung gekommen ist». Was Maddie auf die Idee gebracht hatte, dass sie beim Ausräumen des Riesenschranks darauf achten könnte, ob sich vielleicht alte Tour-T-Shirts oder Ähnliches fand, von dem Will sich zu trennen bereit wäre. Nachdem sie ein Sandwich gegessen hatte, machte sie sich auf den Weg zum Haupthaus. Inzwischen hatte sie sich beinahe selbst schon davon überzeugt, dass es nicht persönlicher war, William Hightowers Kleiderschrank auszuräumen als seine Küchenschränke. Und Letzteres hatte sie immerhin schnell, effizient und ohne Skrupel erledigt.

Aber Williams Schlafzimmer fühlte sich ganz anders an als seine Küche. Zum einen hatte in der Küche nicht sein ungemachtes, extrabreites Bett gestanden – das sie einen Augenblick länger anstarrte als unbedingt nötig. Die schwarz-grau gestreifte Bettwäsche war zerknittert, die Kissen lagen verstreut herum, die Überdecke lag halb auf dem Bett, halb daneben. Maddie hatte keine Ahnung, ob William sein Bett immer so zurückließ oder ob er nur so früh aufgebrochen war, dass er keine Zeit gehabt hatte, das Bett zu machen.

Sie stand lächerlich lange wie gebannt da, bevor sie endlich näher trat. Nah genug, um die Laken zu berühren, in denen er geschlafen hatte, um über die Kissen zu streichen, auf denen sein Kopf gelegen hatte.

Okay, sie wurde sich allmählich selbst unheimlich. Sie war kein Groupie, das sich für immer an die Erinnerung eines flüchtigen Blicks klammern würde. Sie würde hier nicht herumstehen und William Hightowers Bett anstarren, als hätte sie den Kopf voller ... Also, es spielte ja keine Rolle, wovon er voll war.

Mit einem nervösen Auflachen schalt sie sich für ihren Kindskopf. Für ihr albernes Verlangen, zu ... Also, auch darüber wollte sie nicht nachdenken. Und so tat sie das, was sie getan hätte, wenn es ihr Bett wäre. Sie machte es. Ordentlich. Mit militärisch korrekten Kanten. Dann enterte sie ohne zu zögern den begehbaren Schrank. Wo sie den schweren Geruch einige ausgedehnte Momente lang tief einatmete, während sie zu begreifen versuchte, was genau sie vor sich sah und was sie damit anfangen sollte. Es dauerte eine Weile, bis sie Kategorien entwickelt hatte, nach denen sie William Hightowers Besitztümer sortieren konnte. Als sie dann endlich loslegte, war alles andere ausgeblendet.

Sie war so in ihre Aufgabe vertieft, dass sie bis zum späten Nachmittag nichts als ihre eigenen Gedanken hörte. Weshalb sie unwillkürlich zusammenschreckte, als sie hörte, wie unten die Haustür zuknallte und schwere Schritte die neu gebaute Treppe heraufstampften. Bis ins Schlafzimmer.

«Verdammte Scheiße! Was zur Hölle ist hier denn los?!!»

Maddie fuhr herum, als sie Wills Stimme hinter sich vernahm. Der Stapel Boxershorts, den sie in den Händen hielt, flog in die Luft und verstreute sich auf dem Boden.

Sie war sich nicht sicher, wer von ihnen beiden erschrockener aussah. Aber sie wusste, *wer* wütender war. Sie zuckte bei dem Ausdruck in seinen Augen zusammen, ihre schlimmsten Befürchtungen wurden wahr. Sie fühlte sich ertappt wie ein unartiges Kind. Die Hand in seiner Unterwäsche. Äh, Keksdose.

25

Madeline Singer anzuschreien, war noch schlimmer, als einen Welpen zu treten. Will bereute es beinahe sofort, nachdem er damit begonnen hatte, vielleicht sogar schon kurz davor.

Es wäre vielleicht nicht passiert, wenn er nicht so müde und hungrig in Mermaid Point angekommen und nicht so sauer auf sich selbst gewesen wäre, weil er in der Nähe von Shell Key beinahe auf Grund gelaufen war, nur weil er mit den Gedanken ganz woanders gewesen war und vergessen hatte aufzupassen. Niemand, der in einer Gegend wohnte, wo es viele Untiefen gab, konnte sich so etwas leisten. Er hatte schon den ganzen Tag eine merkwürdige Lust auf ein großes, mit Eis gefülltes Glas Limonade gehabt, aber kaum dass er nahe genug heran war, um die fremden Boote zu erkennen, die an seinem Anleger vertäut lagen, war ihm nach Streit. Der Lärm der Sägen und Hammer und die Rufe der Fremden, die auf seiner Insel widerhallten, hatten das normalerweise so entspannende Abspritzen und Aufbocken des Boots in eine nervige Notwendigkeit verwandelt.

Der überquellende Müllcontainer tat das Seinige. Und das Baugerüst, das sein Haus zu ersticken drohte, war der Tropfen, der das Fass zum Überlaufen brachte. An diesem Punkt hätte er in den Pool springen sollen, um sich körperlich wie seelisch abzukühlen. Stattdessen war er hineingegangen. Wo er sich wie einer von den verdammten drei Bären aus dem Märchen von Goldlöckchen fühlte, als er entdeckte, dass die Treppe in den zweiten Stock fehlte und stattdessen ein riesiges Loch in der Decke klaffte, die Küche abgebaut und Betonstufen an einer völlig anderen Stelle nach oben führten und in ein weiteres klaffendes Loch ragten.

In seinem Schlafzimmer waren sie auch gewesen. Alle seine Sachen waren weggeräumt. Sein Bett war von irgend so einem analfixierten Eindringling gemacht worden – ganz ordentlich und präzise, wie beim Militär.

Aber er wollte sich nicht aufregen und tastete seine Taschen nach einem Lolli ab, was er die ganze Woche nicht mehr getan hatte, ging in die Abstellkammer, die früher einmal sein Ankleideschrank gewesen war, und fand dort «Goldlöckchen» inmitten von Stapeln seiner Kleider und Habseligkeiten; jeder Stapel ordentlich handschriftlich gekennzeichnet.

Als sich Madeline Singer zu ihm umdrehte, hielt sie gerade seine verdammte Unterwäsche in den Händen. Irgendein versteckter Teil seines Hirns begriff, dass diese Frau keine einzige bösartige Faser am Leib hatte. Aber der Rest seines Hirns brüllte bereits vor Wut und Empörung, dass sie derart in seine Privatsphäre eingedrungen war, wie es kein anderer Erwachsener je gewagt hatte, seit seine Mutter in einer ihrer kurzen nüchternen Phasen seine geheime Sammlung *Playboy*-Magazine unter seinem Bett entdeckt und weggeworfen hatte.

Maddie hatte noch überraschter gewirkt als er, als seine Unterwäsche wie aus einer Kanone geschossen in die Luft flog und dann wieder auf sie niederregnete.

«Was zum Teufel ist hier los?»

Er hatte gar nicht gedacht, dass er so laut gewesen war. Aber ihre Lider flatterten, und ihr Gesicht verzog sich, als würde sie gleich ...

«Oh, verdammt. Nein! Wehe, Sie heulen jetzt!»

«Ich heule nicht!», schrie sie zurück. «Sie haben mich nur überrascht, das ist alles!»

Sie kniete sich auf den Boden und fing an seine Unterwäsche wieder aufzusammeln, auch die, die vor seinen Füßen gelandet war. Ein Paar Boxershorts nach dem anderen faltete sie zusammen, während er ihr dabei zusah.

Sie drückte ihm dann den Stapel in die Hand, als verleihe sie ihm einen wichtigen Preis. Er hatte keine andere Wahl und musste annehmen. Nicht dass er eine Ahnung gehabt hätte, auf welchen verdammten Stapel sie nun gehört hätten.

Also stopfte er sie in die oberste Schublade einer jetzt leeren Kommode, atmete tief durch und reichte ihr seine Hand, um ihr aufzuhelfen.

«Was ist das hier alles?» Er deutete auf die Haufen und versuchte, seine Wut herunterzuschlucken. Ihr Erschrecken schien sich in etwas zu verwandeln, das an Ärger erinnerte. Er schaute sich um. Alle Kleiderbügel waren gleich ausgerichtet. All seine Kleidung war nach Farben geordnet.

«Was machen Sie da?» Seine Wut war ein wenig abgeebbt, aber er und seine Stimme waren noch Lichtjahre von Ruhe und Ausgeglichenheit entfernt.

Er wappnete sich für ihre Tränen, aber sie sah ihm mit gehobenem Kinn direkt in die Augen. «Roberto ist bereit, Ihnen morgen früh Ihre Küche einzubauen. Vorher mussten wir dieses Zimmer leeren.»

Seine Wut verrauchte, trotzdem war er noch längst nicht dazu bereit, sich zu entschuldigen. Am besten war es vermutlich, aus dieser Kammer zu verschwinden. Jetzt doch in den Pool zu springen. Den restlichen Dampf abzulassen.

«Ich wollte die Unterwäsche ins obere Schlafzimmer bringen. Ich dachte, die Sachen wären dann einfacher für Sie zu finden. Wenn das hier alles fertig ist, wollte ich die Wäsche zurücklegen.»

Er schwieg. Aber er nickte. Er entdeckte eine Tüte Lollis auf einem leeren Regalbrett. Aufgerollte Poster, vermutlich von einer Tournee aus vergangener Zeit, waren daneben zu einer Pyramide gestapelt.

«Ich war mir nicht ganz sicher, was ich hiermit tun soll.»

Will drehte sich um und sah, dass sie eine weiche Hülle hochhielt, die beinahe bis zu ihren Schultern reichte.

«Ich hoffe, es macht Ihnen nichts aus, dass ich hineingesehen habe. Darin sind Teile einer Angelrute. Ich wusste nicht, ob das bedeutet, dass sie kaputt ist oder ...»

Er griff nach der Hülle, die er vor Urzeiten in den hinteren Teil seines begehbaren Schranks gestopft hatte. «Die gehört mir nicht», sagte er schroff. «War ein Geschenk für Toms Mutter.» Er konnte nicht einmal ihren Namen aussprechen. Zwanzig Jahre lang hatte er ihn nicht mehr in den Mund genommen.

Aber irgendetwas ließ ihn weiterreden. «Es ist eine maßgefertigte Angel, die ich bei einem der ersten Redbone Foundation Promi-Angel-Wettbewerbe gewonnen habe, die ich organisiere. Das ist eine Benefizveranstaltung für die Erforschung von Mukoviszidose, die eine hiesige Familie namens Ellis ins Leben gerufen hat.» Er zog alle drei Teile der Angel heraus. Das Holz schimmerte immer noch, ebenso wie der Goldfaden unter der Polyurethan-Schicht. Er fuhr mit der Fingerspitze über die glänzende Schicht und betrachtete die Unterschrift darauf und das golddurchwirkte Logo. «Sie ist von José Wejebe signiert.»

Er merkte, dass sie nichts mit dem Namen anfangen konnte.

«Er war ein bekannter Fliegenfischer und Tourenführer. Und einer der nettesten Typen, die ich je kennengelernt habe. Er war unter dem Spitznamen ‹Spanische Fliege› bekannt.»

Die Guten starben immer zu früh. Grantige Arschlöcher wie er dagegen konnten Alkohol und Drogen und wer weiß was noch in rauen Mengen zu sich nehmen, ohne zu sterben. Die wahre Strafe lag darin, einsam und allein ewig zu leben. Er schüttelte den Kopf, um seine Gedanken zu ordnen. Er musste sofort hier raus, weg von dieser Unterhaltung. Er schickte sich an zu gehen.

Plötzlich streckte Maddie die Hand aus, um ihn aufzuhalten. «Bevor Sie gehen. Ich ... wir ... ich soll Sie fragen, ob Sie ein paar Erinnerungsstücke spenden würden, die wir dann verkaufen können, um Geld für die Renovierung zu sammeln.»

«Ich dachte, die Fernsehgesellschaft käme für die Kosten auf.»

«Sie halten uns gern kurz. Deshalb haben sie unser Budget um die Hälfte gekürzt. Deirdre und Nikki sind nach Miami gefahren, um die Firmen, die die Arbeit an The Millicent gesponsert haben, zu bitten, sich zu beteiligen. Wir würden einige der, also Ihrer, Sachen und Möbelstücke auf Kommission verkaufen, wenn das für Sie in Ordnung ist. Ihr Name ist ja immer noch sehr wertvoll.» Sie schluckte, zwang sich aber weiterzusprechen. «Wenn Sie vielleicht ein paar von den Tournee-T-Shirts oder einige Poster signieren könnten?»

«Sollten Sie den Sender nicht lieber zwingen zu tun, was er zu tun verpflichtet ist?», fragte er knapp.

«Ja. Das würden wir gern. Aber Sie haben vielleicht schon gemerkt, dass es ihn nicht besonders kümmert, wie wir nach außen wirken oder wie es uns geht. Und keine von uns kann es sich leisten, die Show zu verlassen. Oder Mermaid Point.»

Ihr Tonfall war ein wenig frostig geworden. Aber dies war sein Haus, verdammt noch mal, diese ganze Insel gehörte ihm und wurde jetzt auseinandergerissen. Er wollte auf keinen Fall, dass jemand ging, bevor alles wieder in Ordnung war.

«Na gut.» Er spuckte die Worte beinahe aus. «Solange Sie nicht meine Unterwäsche versteigern. Und jetzt, wenn Sie mich bitte entschuldigen wollen.» Er dachte nur noch an den Pool, um sich abzureagieren.

«Es gibt da, ähm, noch eine Sache.»

«Was?»

«Deirdre sagt, sie könnte eine ganz neue Küche organisieren und im Pavillon installieren lassen.» Maddie zögerte. «Dafür müssten Sie nur ein kurzes Koch-Demo einspielen.»

Er lachte bellend bei der Vorstellung von etwas derart Lächerlichem. «Niemand will sehen, wie ich koche.» Verdammt, sie wollten ihm ja nicht mal beim Singen zuhören. Vielleicht sollte er auch dankbar dafür sein, dass sie nicht darum gebeten hatte. Mit ihren besorgten braunen Augen und diesem hochgereckten Kinn.

«Sie wären überrascht zu erfahren, was die Leute alles von Ihnen sehen wollen.»

Er sah sie jetzt an, sah, wie sie errötete. Aber sie nahm es nicht zurück.

«Ich glaube, mit Sicherheit sagen zu können, dass mich diese Leute nicht im Fernsehen beim Kochen sehen werden.»

Sie musterte ihn weiter. «Entschuldigung. Aber ich kann leider keine Absage akzeptieren.» In ihren Augen lag ein entschlossener Glanz. «Ich beschließe jetzt mal zu glauben, dass Sie ein viel netterer, ehrenhafterer Mann sind, als Sie es nach außen hin zeigen. Und dass Sie, wenn es an der Zeit ist, auch an uns andere denken und nicht nur an sich selbst.»

«Das wäre aber ein Fehler», sagte er. «Denn die Wahrscheinlichkeit, dass ich das tue, liegt irgendwo zwischen sehr unwahrscheinlich und ausgeschlossen.»

Doch sie hatte sich bereits abgewandt, während er noch sprach. Die letzten Worte, so schien ihm, waren an ihrem Rücken abgeprallt.

26

Fred Strahlendorf, der Elektriker, den East Coast Electric aus Miami geschickt hatte, sah überhaupt nicht so aus wie die Elektriker, die Avery in ihrem Leben kennengelernt hatte. Als Strahlendorf gemeinsam mit dem Klempner der Klempnerei Randolph, den Leuten von der Klimaanlagenfirma Hendricks Heat & Air, dem Verantwortlichen von Superior Pools und dem Verkaufsleiter von Walls of Windows in Mermaid Point ankam, trug er ein kurzärmeliges, kariertes Baumwollhemd, das ordentlich in die Khaki-Shorts gesteckt war. In seinem Gürtel steckten polierte Werkzeuge, seine Fingernägel waren manikürt, sein eisengraues Haar war kurz geschoren. In einem Kugelschreiberetui steckten ein paar Bleistifte und Kugelschreiber.

Alle Männer, die von den Sponsorenfirmen geschickt worden waren, sollten sich die Anlage anschauen und einen Voranschlag für Zeit und Kosten ihrer Maßnahmen erstellen. Nur Fred war bereits mit einem leicht abgeschabten, aber zweifellos perfekt gepackten Koffer eingetroffen, bereit, sofort mit seiner Arbeit zu beginnen. Und so liebte Avery ihn sofort.

«Ich muss nur meinen Assistenten anrufen und sagen, was ich brauche, dann bringt er es morgen mit. Er hat in Marathon Familie. Wenn Sie mich hier in Mermaid Point unterbringen können, gehöre ich ganz Ihnen.» Die Augen des Elektrikers, die denselben Grauton hatten wie sein Haar, funkelten unternehmungslustig.

«Was glauben Sie denn, wie lange Sie brauchen werden?»

«Ich muss mir natürlich erst einmal alles ganz genau ansehen, aber wenn ich hierbleibe und morgen früh nur noch aus dem Bett steigen muss?» Er dachte einen Augenblick nach. «Ich fange direkt nach dem 4. Juli mit einem großen Auftrag an. Ich werde mich also bemühen, bis dahin mit allem fertig zu sein, egal, wie hart ich dafür arbeiten muss.»

Avery hätte ihn am liebsten umarmt und geküsst, aber sie fürchtete, dass sie damit sein Hemd zerknittert hätte. Die einzige Frage war nur, wo sie ihn unterbringen sollte. William Hightower hatte absolut deutlich gemacht, dass er keinerlei «Gäste» empfangen würde, bis er nicht unbedingt musste, und dass er immer noch hoffte, dass dieser Tag niemals kommen würde. Sie hatten keinen Platz auf ihrem Hausboot, und abgesehen davon konnte sich Avery diesen sorgfältig gebügelten Mann absolut nicht in der östrogengeschwängerten Schlange vor dem einzigen Badezimmer vorstellen.

«Er kann bei mir pennen.» Roberto war herangetreten, als Strahlendorf noch sprach, und hatte den Elektriker von Kopf bis Fuß gemustert. Jetzt streckte er ihm die Hand hin. «Ich habe da noch ein paar Betten.» Er nickte zu seinem bunt angestrichenen Hausboot hinüber.

«Danke.» Der Elektriker wirkte überhaupt nicht besorgt, bei einem alternden Hippie auf einem Boot wohnen zu müssen, welches sich alle Mühe gab, den Sonnenuntergang über den Keys zu imitieren. Sie sah, wie Troy und Anthony grinsend Fotos von den beiden schossen. Zweifellos malten sie sich bereits aus, wie viele komödiantische Einlagen Mermaid Points ureigenes *Seltsames Paar* bieten würde.

Als der Tag endete, schmerzte Averys Hirn tatsächlich von all den Tausenden Einzelheiten, mit denen es vollgestopft war, aber sie hatte jetzt alles, was sie brauchte, um eine valide Bauplanung zu erstellen, und sie spürte eine Erleichterung, die sie sich noch gestern nicht hätte vorstellen können.

Wenn sich alle an ihre Zusagen hielten und sie darauf achtete, dass niemand seinen Zeitplan überzog, konnten sie tatsächlich schon Mitte August fertig sein. Was ihnen noch ein paar Wochen Puffer für eventuelle Verzögerungen lassen würde. Deirdre würde sogar noch alles in Szene setzen und dem Ganzen den letzten Schliff verleihen können. Ihr gemeinsames Ziel war es, Mermaid Point zu verlassen, bevor die Hurrikan-Saison im September ihren Höhepunkt erreichte.

Es war schon weit nach der Abendessenzeit, als Avery auf dem Anleger stand und den anderen Handwerkern zum Abschied zuwinkte, die in Hudsons Boot stiegen, um zurück zum kleinen Hafen zu fahren. Auf dem Hausboot machte Maddie einen schnellen Salat, den sie von richtigen Tellern aßen. Gestärkt, ließen sie Kyra Dustin ins Bett bringen und stiegen genau rechtzeitig zum Sonnenuntergang in den Whirlpool.

Die einzigen Geräusche waren das Zirpen der Zikaden und das Rauschen der Boote, die draußen in der Fahrrinne vorbeifuhren. Die Luft war warm und feucht, und es ging eine sanfte Brise. Die Ruhe war beruhigend. Leise blubberte das Wasser um sie herum. Maddie gähnte und lehnte den Kopf gegen den Rand des Whirlpools, sodass sie den Blick in den Himmel richten konnte. Deirdre tat es ihr nach, wobei sie aufpasste, dass ihr Haar nicht feucht wurde. Nikki hatte die Augen geschlossen und die Arme zu beiden Seiten auf den Poolrand gelegt. Selbst nach diesem anstrengenden Tag wirkte sie erstaunlich elegant. Ihr Haar war immer noch zu einem nachlässigen Haarknoten aufgesteckt; sie lächelte leicht, aber zufrieden mit ihren gepflegten Lippen. Avery lächelte ebenfalls.

Sie dachte an Deirdre, die so spät die Aufgabe der Mutterschaft übernommen hatte und darin aufging, und obwohl sie es niemals geglaubt hätte, musste sie zugeben, dass Deirdre

Morgan zu einem wichtigen Teil ihres gemeinsamen Ganzen geworden war. Einem Teil, auf den sie erstaunlicherweise nicht mehr verzichten wollte.

«Wenn ich ein Glas mit etwas zu trinken in der Hand hätte, würde ich euch zuprosten.» Avery hob ihre leere Hand, als hielte sie ein Weinglas. «Und besonders den wunderbaren Firmen, die ihre Handwerker zu uns geschickt haben und die Nicole und Deirdre dazu gebracht haben, für so wenig Geld für uns zu arbeiten.»

«Hört, hört.» Nicole öffnete die Augen.

«Ich finde, wir sollten so bald wie möglich nach Islamorada fahren, um das mit einem Abendessen zu feiern. Dann können wir uns richtig zuprosten.» Deirdre hob ebenfalls ein imaginäres Glas und beugte sich vor, um mit Avery anzustoßen.

«Das kann ich nur unterstützen.» Auch Maddie hob ein imaginäres Glas.

«Was geschieht jetzt, oh furchtlose Anführerin?», fragte Nicole Avery, als sie wieder bequem lagen.

«In den nächsten Wochen unterstützen wir unsere Handwerker so gut wie möglich, bis es Zeit ist zum Streichen, Fußbodenlackieren und dafür, den Gebäuden den letzten dekorativen Touch unter Deirdres Aufsicht zu geben. Jede von uns bekommt eine der Sponsorenfirmen zugeteilt, der sie als Botin, Vermittlerin oder Übersetzerin dient – was eben gerade gebraucht wird. Alle müssen so viele Kenntnisse wie möglich erwerben, im Auge behalten, wie die Renovierung laufen soll, und dabei helfen, wo immer es nottut. Ich werde alles so organisieren, dass wir gut und möglichst reibungslos vorankommen. Wenn wir in den nächsten zwei Wochen richtig Gas geben, den 4. freinehmen, um uns ein wenig zu erholen, und dann den Rest erledigen, bin ich mir ziemlich sicher, dass wir bis zum Labor Day im September durch sind.»

«Prima, weil der Labor Day hier in der Gegend eine ganz große Sache ist. Der Hurrikan von 1935 hat nämlich an dem Tag die Küste erreicht. Fünfhundert Menschen mussten sterben.» Maddie schluckte. «Ich weiß nicht recht, ob ich jedes Jahr mit dem Gedenkgottesdienst klarkommen würde. Ich erinnere mich noch gut an Hurrikan Charlene und wie ich mich in diesem Motel-Badezimmer verbarrikadiert habe, während Charlene an Pass-a-Grille vorbeidonnerte.»

«Hey, soweit ich gehört habe, bleibt dieser Sommer ausgesprochen ruhig und trocken. Aber ich bin sehr dafür, so schnell wie möglich fertig zu werden», sagte Avery. «Und um das zu schaffen, werden wir eine von uns als ‹Hightower-Betreuerin› bestimmen.»

«Hoffentlich hast du dafür nicht mich im Auge.» Madeline verschränkte die Arme vor der Brust.

«Natürlich habe ich dich dafür im Auge. Wir brauchen jemanden, der ihn ... na ja, vielleicht nicht glücklich macht, aber doch immerhin kooperativ.»

«Das ist aber nicht so einfach, wie du zu glauben scheinst», sagte Maddie. «Das letzte Mal, als ich deinen Hightower-Anweisungen Folge leistete, hat er mich mit seiner Unterwäsche in der Hand erwischt.»

«Schade, dass ich nicht dabei war.» Nicole konnte sich ein Lachen kaum verbeißen.

«Wir finden es *alle* schade, das verpasst zu haben», fügte Deirdre hinzu.

«Ich kann euch gar nicht sagen, wie gern *ich* das verpasst hätte», bemerkte Maddie trocken.

«Aber du hast ihn dazu gebracht, ein paar Sachen zu spenden», lobte Avery.

«Verdammt, das klingt ja, als hätten wir auch seine Unterwäsche versteigern können.» Nikki war jetzt hellwach. Selbst im abnehmenden Licht sah Avery das humorvolle Glitzern in ihren Augen.

«Oh nein.» Maddie scherzte jetzt auch. «Die Unterwäsche hat er ausdrücklich davon ausgenommen.»

Nikki schnaubte, und alle brachen in Lachen aus.

«Ihr hättet sein Gesicht sehen sollen, als die Boxershorts in die Luft flogen und dann auf uns niederregneten.» Maddie grinste.

Bald lachten sie alle Tränen und hielten sich die Seiten. Deirdre schien es jetzt völlig egal zu sein, ob ihr Haar nass wurde oder nicht. Roberto und Fred hatten den Blick vom Himmel gewandt und schauten überrascht zu ihnen herüber. Avery wischte sich die Lachtränen aus den Augenwinkeln. Nikki lachte immer noch so sehr, dass sie kurz vorm Ertrinken schien.

«Na gut. Es war völlig lächerlich. Aber der Mann war stinksauer», sagte Maddie.

«Aber er hört auf dich.» Deirdre hatte sich als Erste wieder unter Kontrolle. «Ob du den Titel also willst oder nicht – ich glaube, du bist genau die richtige Wahl für den Posten der William-Flüstererin.»

Darüber mussten sie erneut lachen. Langsam wurde es dunkel, und die Sterne funkelten am Himmel. Schließlich räusperte sich Deirdre und wechselte das Thema. «Wo stehen wir eigentlich, was den Bebauungsplan angeht?»

«Darüber kann ich gerade wirklich nicht nachdenken», erwiderte Avery ehrlich. «Ich freue mich so sehr über die Handwerker, die wir gewonnen haben. Wir haben jetzt einen erstklassigen Zimmermann und einen ebenso guten Elektriker, und beide wohnen gleich nebenan. Online habe ich übrigens gesehen, dass die Stadt Islamorada das Verbot von Bed and Breakfasts aufheben will.» Sie zuckte die Achseln. «Ich habe im Moment zu viele Dinge im Kopf, auf die ich Einfluss nehmen kann, sodass ich mir keine Sorgen um die Dinge mache, die nicht in meiner Hand liegen. Wir sind nicht an das Grundstück gebunden, wir verändern die Struktur der Bauten nicht, und bisher hat das noch niemanden daran gehindert, uns die entsprechenden Genehmigungen zu besorgen. Und soweit ich informiert bin, ist das ohnehin das Problem der Rechtsabteilung des Senders.»

«Außer dass Lisa Hogan schon versucht, es zu unserem Problem zu machen», sagte Nikki leise.

Avery zuckte erneut die Achseln. «Sie hat nur gesagt, wir müssten bis zum Labor Day fertig sein, und wir tun alles, was in unserer Macht steht, um das zu schaffen. Aber ich kann William Hightower nicht dazu zwingen, an der Haustür zu stehen und die Gäste mit einem Lächeln im Gesicht zu begrüßen. Und niemand kann von mir erwarten, loszuziehen und Gäste anzuwerben. Wie mein Vater immer sagte: ‹Wir können nur unser Bestes geben.›»

Sie stiegen ziemlich verschrumpelt, aber erstaunlich hoffnungsvoll aus dem Whirlpool. Avery wünschte allen eine gute Nacht und schaute ihnen hinterher, wie sie zum Hausboot gingen. Als sie allein war, trat sie auf den vom Mond hell erleuchteten Strand und zog ihr Handy hervor, um Chase anzurufen und ihm die Neuigkeiten zu erzählen.

27

In den letzten Juniwochen vergingen die Tage wie im Flug. Maddie spürte, dass die Sonne heißer schien und immer mehr an Kraft gewann. Selbst wenn kleine Wölkchen über den Himmel zogen, blieb die Brise feuchtschwer; wie ein warmes, feuchtes Handtuch, das sich um einen wickelte und sich nicht abschütteln ließ.

Trotz der Hitze ging es auf dem dereinst so schläfrigen Inselchen geschäftig und lebendig zu. Jeden Morgen kamen die Handwerker und blieben bis spät am Nachmittag. Boote und Kähne legten an und wieder ab, brachten Arbeiter, Vorräte und Material. Sie alle übernahmen das Eiland so komplett, dass nicht einmal William Hightower mehr wusste, welcher feindliche Übergriff als am schlimmsten zu werten war.

Auf Mermaid Point hallten Elektrowerkzeuge und Rufe wider. Wo Roberto arbeitete, plärrte Rock 'n' Roll und besonders klassischer Südstaatenrock aus dem Kofferradio. William war deshalb zuerst ganz blass geworden und hatte dann so getan, als hörte er das gar nicht, aber Maddies Herzschlag ging schneller, wenn sie die ersten Akkorde ihrer alten Lieblingslieder hörte.

Eines späten Nachmittags blieb sie vor der Garage stehen, wo Roberto im Stock darüber gerade ein neues Bad und eine Wendeltreppe einpasste, nur um der raueren, härteren Stimme eines jüngeren William Hightowers lauschen zu können, der sich über eine Meerjungfrau beklagte, die ihn verlassen hatte und die ins Meer zurückgekehrt war.

Sie blinzelte die Tränen weg und dachte gerade darüber nach, wie jemand, der so starke Gefühle mit seiner Stimme auslöste, einfach beschließen konnte, sie nicht mehr zu benutzen, als sie bemerkte, dass Troy und Anthony ihre Reaktion auf den Song aufnahmen. Das Team schien wirklich überall zu sein und buchstäblich alles zu filmen. Kyra versuchte, Dustin so gut wie möglich vor ihnen zu schützen. Hin und wieder filmte sie selbst die beiden Männer, obwohl nicht ganz klar war, was sie mit dem Video eines Kameramanns und eines Toningenieurs anfangen wollte.

Die Tage waren vollgepackt mit Geschäftigkeit und Gesprächen über die Projekte, sodass selbst Maddie, die immer sehr viel von guter Kommunikation gehalten hatte, am Abend, wenn die Handwerker die Insel verließen, absolut keine Energie mehr hatte, zu sprechen. Sie achtete auch längst nicht mehr so streng auf ihre «Eine gute Sache»-Regel, weil aber die Kamera des Senders die Sonnenuntergänge ignorierte, kletterten sie fast jeden Abend aufs obere Deck des Hausboots. Beladen mit Snacks und Getränkedosen, wobei sie die Getränke inzwischen mit einem Schuss Rum aus einer Literflasche aufpeppten, die Nikki aus Miami mitgebracht hatte. Manchmal prosteten sie einander zu und ließen den Tag Revue passieren; manchmal saßen sie einfach still da, den Blick zur Sonne und in den Himmel gerichtet.

Averys Finger waren ganz orange gefärbt von ihren Käseflips, und der Rum, den sie in ihre Cola-light-Dosen gegossen hatten, begann zu wirken, als plötzlich eine Bootsladung Paparazzi in den Kanal fuhr. Auch heute Abend mussten sie eins von täglich zwei Shootings aus so einem Boot heraus ertragen. Shootings, die inzwischen so regelmäßig und unausweichlich geworden waren wie die Gezeiten. Bisher hatten Nigel und seine Leute die Distanz gewahrt, waren im tiefen Wasser geblieben und hatten sich auf ihre Teleobjektive verlassen, die so lang waren, dass sie aus zwei Meilen Entfernung einen noch nicht ganz an die Oberfläche gekommenen Pickel sichtbar machen konnten.

Vom Deck seines Boots winkte Roberto mit seiner Batik-Bandana den Fotografen zu. Fred Strahlendorf zielte mit einem Schraubendreher auf sie, bevor er ihn wieder in seinem Werkzeuggürtel verstaute. Avery zeigte ihnen den orangefarbenen Mittelfinger, aber da Dustin in seiner Koje lag und sie alle schon sehr müde waren, brachten sie nicht besonders viel Energie auf.

«Darf ich an Bord kommen?» Hudson Power stand an der Ufermauer, den Kopf zur Seite geneigt. Im Swimmingpool schwamm William Hightower, was er jetzt immer frühmorgens vor Sonnenaufgang, vor der Ankunft der Handwerker, und am Abend tat, wenn alle weg waren.

Hudson setzte sich auf ein freies Sitzkissen. Deirdre stellte einen Teller mit Crackern und Pastete auf eine hölzerne Krabbenfalle, die Maddie zu einem «Cocktailtisch» umfunktioniert hatte. Nikki reichte ihm eine Dose Cola aus der Kühltasche, und Maddie fiel auf, dass ihm niemand einen Schuss Rum anbot.

«Ich finde, wir sollten sie näher heranwinken. Vielleicht setzen wir Will und Dustin in ein kleines Boot, direkt dorthin, wo das Wasser flacher wird, und dann warten wir, bis sie anbeißen.» Kyra hatte den Blick auf Nigel, den Paparazzo, gerichtet. «Dann machen wir Fotos davon, wie sie auf Grund laufen.»

«Sehr verführerisch.» Nicole nahm einen tiefen Schluck.

«Sind die Strafen fürs Stranden nicht sehr hoch?», fragte Maddie. «Ich erinnere mich daran, dass in einem meiner Reiseführer etwas von dem Schaden stand, den Bootsschrauben im Seegras und den Korallenriffen anrichten können.»

«Das stimmt, die Geldstrafen können in die Tausende gehen», erwiderte Hudson mit Blick auf die Meute. «Bisher waren diese Typen so schlau, einen Hiesigen ans Steuer zu lassen.» Hudson winkte dem Fahrer des Paparazzi-Boots freundlich zu. «Das ist Captain Eli Fine dadraußen.»

Eli winkte zurück und ließ das Bootshorn tuten.

«Aber es passiert dauernd», sagte Hudson. «Selbst Schneckenmuscheln stranden hin und wieder.» Er nahm einen Schluck von seiner Cola. «Es heißt, es gibt hier nur drei Sorten Skipper: diejenigen, die bereits gestrandet *sind*. Diejenigen, die noch stranden *werden*. Und diejenigen, die das niemals zugeben würden.»

«Sie sind aber noch nie auf Grund gelaufen, oder?», fragte Maddie überrascht. Hudson hatte ihnen klar und konzise erklärt, wie man das Flachboot steuerte. Sie wusste, dass er schon seit Jahrzehnten Gruppen mit dem Boot hierherführte und bereits als Kind Boote gelenkt hatte.

«Natürlich.» Hudson steckte sich einen Cracker mit Pastete in den Mund und kaute genüsslich. Die Winkel seiner grünen Augen kräuselten sich. «Will auch. Tatsächlich habe ich gehört, dass es einer der Gründe war, warum er so böse war, jemanden in seiner, ähm, begehbaren Kleiderkammer zu finden. An dem Tag wäre er beinahe auf eine Sandbank gelaufen – die er eigentlich wie seine Westentasche kennt. Man muss nur einen winzigen Moment lang unaufmerksam sein.»

Maddie war sich nicht sicher, was schlimmer war: die Vorstellung, auf einer Sandbank aufzulaufen und von dort nicht wieder wegzukommen. Oder das, was sie innerlich als «das Unterwäsche-Debakel» abgespeichert hatte. «Aber wenn man innerhalb des markierten Bereichs bleibt, ist man doch sicher, oder?» Kurz kam ihr der Gedanke, wie schön es wäre, wenn es deutliche Kanalmarkierungen auch im wahren Leben gäbe.

«Ich würde gern sagen, dass es einfach nur darauf ankommt, vorsichtig zu sein, aber hier unten, na ja, ist es eben Teil des Erlebnisses.» Hudson lächelte. «Dieser Link zu Boatsafe.com, den ich Ihnen gegeben habe: Darin gibt es ganze Kapitel über das Stranden und was man tun kann, wenn es einem passiert ist.»

Das Paparazzi-Boot verschwand hinter der Tea-Table-Relief-Brücke, gerade als Maddies Handy klingelte. Sie sah das Bild auf ihrem Display und entschuldigte sich bei den anderen. Dann verließ sie das Deck und ging zum Strand, um mit ihrem Sohn Andrew zu reden. Im letzten Monat hatten sie hin und wieder miteinander gesprochen, was sie für ein gutes Zeichen hielt. Ihrer Erfahrung nach riefen neunzehn Jahre alte Jungs ihre Eltern nur aus *gutem* Grund an, wobei der beste Grund immer noch Geld war.

«Hallo, mein Schatz.» Sie setzte sich auf den türkisfarbenen Strandstuhl und schaute aufs Wasser. «Wie läuft's mit dem Praktikum?»

«Gut.» Sie waren alle begeistert gewesen, als er das bezahlte Praktikum bei Coca-Cola ergattert hatte; es würde nicht nur in seinem Lebenslauf gut aussehen, sondern ihn auch den ganzen Tag in Atem halten – und zusätzlich noch ein wenig Geld in seine Taschen spülen. «Wusstest du, dass eine Münze ganz blank wird, wenn man sie in ein Glas Cola tut?»

«Ähm, nein.» Sie schaute die Cola-light-Dose an, die sie auf der breiten Armlehne ihres Stuhls abgesetzt hatte, und stellte sie in den Sand. «Das ist ja interessant.» Dann bombardierte sie ihn mit Fragen zu dem Firmensitz, zu den Freunden, die über den Sommer nach Hause gefahren waren, und ob er sich schon eine Wohnung für den Herbst gesucht hätte. Aber obwohl sie merkte, dass er etwas auf dem Herzen hatte, begriff sie in den kurzen Gesprächspausen doch, dass es dabei nicht um Geld ging.

«Es sind viele Leute gekommen, um sich das Haus anzuschauen», sagte er, und es klang unglücklich.

«Aber das ist doch gut, Liebling. Wir wollen es ja verkaufen.»

«Kelly hat das Haus aufgepeppt.» Kelly Wittes war Steves Freundin. Sie besaß eine Firma, die Häuser von ihrem Gerümpel befreite und sie zum Verkauf herrichtete. «Es sieht gar nicht mehr aus wie unser Haus.»

Maddie wies ihn nicht darauf hin, dass ihr Haus niemals wieder der sichere Hafen sein würde, der es früher gewesen war. Doch als sie die Traurigkeit in Andrews Stimme hörte, begriff sie, dass Kyra und sie vielleicht Glück gehabt hatten – hier in Mermaid Point gelandet zu sein, statt den Haushalt aufzulösen und ihr geliebtes Heim verkaufen zu müssen.

«Und *sie* ist die ganze Zeit hier», fügte Andrew betrübt hinzu.

«Ach, Andrew.» Maddie wollte sich die zehn Jahre jüngere Frau gar nicht vorstellen, wie sie sich auf das Sofa kuschelte, das Steve und sie ausgesucht hatten. Wie sie an ihrem Esstisch aß. Auf Maddies Seite der orthopädischen Matratze schlief. «Ich weiß, dass das sicher nicht leicht ist. Möchtest du vielleicht über den 4. Juli nach Mermaid Point kommen?»

Maddie fiel plötzlich auf, dass sie die regelmäßigen Schwimmschläge nicht mehr hörte. Sie ertappte sich dabei, wie sie auf den Ozean starrte und sich dabei William Hightower vorstellte, der nach einem Handtuch griff, während Wassertropfen an seinem beeindruckenden Oberkörper herabrannen. «Es ist hier wunderschön. Und wir könnten einen Tag lang Hochseefischen gehen oder einen Führer engagieren, der mit uns das Hinterland erkundet.» Sie hatte gedacht, dass es bestimmt Spaß machen würde, und Andrew liebte die Natur. «Die Restaurants hier bereiten uns zu, was wir angeln. Und es gibt ...»

Sie spürte, wie sie immer begeisterter wurde. Sie hatte bisher gar nicht daran denken mögen, dass alle außer ihr Pläne für die Feiertage gemacht hatten. Wenn Andrew käme, könnten sie all das zusammen unternehmen, was sie so gern unternehmen würde.

«Danke, Mom.» Andrew unterbrach sie, bevor sie ihm erzählen konnte, wie gern sie im nahe gelegenen Delfinarium mit den Delfinen schwimmen würde. «Aber ich wollte mit ein paar Freunden nach Hilton Head fahren. Todds Freundin wird mit einigen ihrer Freundinnen aus der Studentinnenverbindung dort sein.»

«Oh. Das klingt toll.»

«Ja. Dad und Kelly wollen hier im Haus eine Grillparty veranstalten.» Er sprach ihren Namen extra kindlich aus. «Und am Sonntag ist offenes Haus. Deshalb dachte ich, dass ich schon ein paar Tage früher verschwinde.»

«Hilton Head klingt toll», sagte Maddie noch einmal. Sie hatte ein wenig Magenschmerzen bei der Vorstellung, wie Steve und seine Freundin eine Party in ihrer Küche abhalten würden; all diese Fremden, die sich dort versammeln würden. Gott, sie hoffte, dass auf der Gästeliste nur Fremde standen und nicht ihre und Steves alte Freunde. War es Verrat, wenn sie nicht dabei war? «Brauchst du noch Geld?»

«Nein, alles gut. Ich habe meinen letzten Gehaltsscheck eingelöst und noch etwas von Dad bekommen, sodass ich meinen Anteil des Hotelzimmers bezahlen kann.»

«Das ist sehr gut.» Maddie achtete darauf, dass es heiter klang, als sie sich von ihm verabschiedete. Sie zwang sich, den Gedanken an ihren Exmann und die Frau zu verdrängen, die sich in ihrem demnächst ehemaligen Haus anscheinend sehr wohl fühlte. Sie hielt den Blick aufs Meer gerichtet und konzentrierte sich darauf, während der Horizont langsam vom immer dunkler werdenden Himmel verschluckt wurde.

Sie war so versunken, dass sie bei den ersten Tropfen auf ihrem nackten Arm zusammenzuckte. Die Männerstimme jagte einen Schauder über ihren Rücken. Sofort erhob sie sich.

«Sorry.» William Hightower stand neben ihr, das Handtuch

um die Schultern gelegt. Auf seiner nackten Brust glitzerten Wassertröpfchen. «Sie weichen mir aber nicht aus, oder?»

«Ich? Ausweichen?» Sie schüttelte den Kopf. «Eher nicht.» Sie bewegte sich sehr vorsichtig von ihm weg, um nur keinen falschen Eindruck zu vermitteln. «Ich bin nur nicht besonders interessiert daran, nass zu werden.»

Er lächelte. Sie sah die weißen Zähne aufblitzen, obwohl es zu dunkel war, seine Augen zu erkennen. «Das ist gut. Ich fände es unangenehm, wenn Sie mir wegen unseres unglücklichen Zusammentreffens in meiner Kleiderkammer aus dem Weg gehen würden.»

Sie wollte gerade den Mund öffnen, um darauf zu bestehen, dass sie ihm keinesfalls aus dem Weg ginge, als sie es sich anders überlegte. Sie hatte Angst vor ihm gehabt und sich von ihm provoziert gefühlt, aber sie war immer ehrlich gewesen. «Ich bin nicht daran gewöhnt, dass man mich anschreit. Und es gefällt mir auch nicht.» Sie zögerte nur für den Bruchteil einer Sekunde, dann fügte sie hinzu: «Niemand mag das.»

«Ich weiß.» Er fuhr mit den Fingern durch sein Haar, sodass einige Strähnen zu Berge standen. «Und es tut mir wirklich leid. Ich hatte einen harten ... na ja ... ist auch egal. Es gibt dafür keine gute Entschuldigung. Ich wollte wirklich nicht alles an Ihnen auslassen.»

«Danke. Entschuldigung akzeptiert.»

Er wirkte erfreut über ihre Antwort. Bevor sie ausweichen oder irgendetwas anderes tun konnte, was die Unterhaltung beendet hätte, sagte er: «Ich habe ein paar von den Sachen signiert. Sie hatten ja darum gebeten. Wenn Sie mit mir kommen, kann ich sie Ihnen jetzt geben.»

Nein zu sagen wäre unhöflich gewesen, und sie war sich ziemlich sicher, dass Avery sie von der Insel werfen würde, wenn sie hörte, dass Maddie ausgerechnet die Dinge nicht annahm, um die man ihn gebeten hatte. Sie folgte ihm zur hinteren Terrasse und durch eine geöffnete Schiebetür ins Haus. Der Küchentisch war auf gleiche Höhe mit dem Poolbillardtisch geschoben worden, und sie erkannte die Kiste mit den Bindestöcken und den flauschigen und knallbunten Teilchen, von denen sie inzwischen wusste, dass es sich um Schwimmer oder Köder fürs Fliegenfischen handelte, die er selbst knüpfte. Ein Haufen T-Shirts und Poster lag wackelig gestapelt am anderen Ende des Küchentisches. Das Teleskop war näher an den Pooltisch gerückt worden und in Richtung Norden auf die Bud N' Mary's Marina ausgerichtet.

«Möchten Sie etwas Kaltes zu trinken? Oder, ich weiß nicht, einen Snack oder so?»

«Nein, gar nichts, danke», sagte sie, obwohl sie ein wenig neugierig war, was er wohl gerade im Kühlschrank hatte. Sie folgte ihm zum Tisch.

«Ich habe ein Poster und ein T-Shirt von jeder Tournee ausgewählt. Gott, es waren wirklich viele. Ich habe beinahe vergessen, wie lange wir immer unterwegs waren.»

«Darf ich mal?» Sie griff nach dem obersten T-Shirt und hob es an, um die Aufschrift lesen zu können. Es stammte aus dem Jahr 1985. Die «Es liegt nicht an mir, sondern an dir»-Tournee. «Meine Güte, wie ich das Album gemocht habe! Ich glaube, ich habe es so oft gespielt, dass es hinterher ganz zerkratzt war.»

William lächelte erneut. «Na ja, Schallplatten hatten schon deutliche Vorteile gegenüber digitaler Musik.» Er wirkte jetzt viel vorsichtiger. «Dieser Haufen ist für mich wirklich mit vielen Erinnerungen verknüpft.» Er zog eins der T-Shirts von unten hervor. Die gesamte Band war auf der Vorderseite abgebildet. Vorn standen zwei unglaublich junge Männer mit seidigem schwarzem Haar, das in Zöpfen ihren nackten Rücken herunterhing, dazu trugen sie Wildlederhosen, die nur bis zu den Hüften reichten. Es war eindeutig William, der die Gitarre um die Schulter gehängt hatte, mit den Fingern an den Saiten. Seine Augen waren geschlossen, der Gesichtsausdruck ganz verträumt, als ob er mit dem Mikrophon Liebe machte. Sein jüngerer Bruder Tommy stand neben ihm; sein ein wenig kleineres, dünneres Abbild, abgesehen von der krummen Feder, die in seinem Zopf steckte, und der Flöte, die er an die Lippen gehoben hatte. Tommys Augen waren weit geöffnet. Er schaute seinen Bruder mit einem Blick an, den Maddie immer für Bewunderung gehalten hatte. Etwas beinahe Überirdisches lag in seinem Gesichtsausdruck und eine unnatürliche Ruhe in der Art, wie er sich im Abglanz des Lichtes hielt, das auf ihn schien.

«Er hat sehr zu Ihnen aufgesehen, oder?», fragte sie sanft.

William seufzte lange, traurig und voller Reue. «Ich war wohl so etwas wie ein Elternteil für ihn. Aber er war so süß, so weich. Er passte nicht auf die Straße oder in die Welt, in die wir gerieten.» Er legte das T-Shirt zurück auf den Stapel und griff nach etwas, das auf dem nächsten Stuhl lag. «Dafür bekommen Sie vermutlich ziemlich viel Geld.» Er hielt die Angelrute hoch, die sie in seiner Kammer gefunden hatte und die immer noch in ihrer Stoffhülle steckte. «Hudson weiß vermutlich genauer, was sie inzwischen wert ist, aber jetzt, da José Wejebe tot ist, bekommt man bestimmt an die fünfzehnhundert Dollar oder mehr dafür.»

Maddie schüttelte bereits den Kopf. «Das können wir nicht annehmen.»

«Ich biete es als Entschuldigung für unseren Zusammenstoß an. Und als Dank dafür, dass Sie mir geholfen haben, wieder Kontakt mit Tom aufzunehmen. Es war ein ziemlich schwacher Versuch, aber er wäre gar nicht passiert, wenn Sie nicht gewesen wären.»

«Nein.» Maddie drückte ihm die Angelrute in die Hand.

«Behalten Sie die. Sie bedeutet Ihnen viel mehr, als sie an Geld bringen könnte. Die TV-Station spielt mit uns. Wir akzeptieren die Spenden gern, aber die Angelrute ... Nein, sie muss bei Ihnen bleiben.» Sie schaute ihn an und hatte plötzlich eine Idee. «Da wir gerade von Tom sprechen. Wann wollen Sie ihn denn das nächste Mal sehen?»

Sie sah seine Überraschung angesichts des Themenwechsels. «Ich glaube, wenn er das nächste Mal nach Mermaid Point kommt, um sich zu erkundigen, wie die Sache vorangeht.»

«Sie sollten ihn anrufen», sagte Maddie. «Jetzt.»

«Oh nein, ich glaube nicht. Er hat bestimmt jede Menge zu tun.»

Sie musste ein Lachen unterdrücken, als sie seinen erschrockenen Gesichtsausdruck sah. «Was machen Sie denn über den 4. Juli?»

«Hudson und ich wollten ein paar Tage angeln gehen.» Er hatte eindeutig keine Ahnung, wohin diese Unterhaltung führen sollte.

«Haben Sie Tom eingeladen mitzufahren?»

«Nein.» Allein die Idee schien ihn zu überraschen. Wirklich, dieser Mann hatte keine Ahnung.

«Warum nicht?», fragte sie unschuldig. «Sind Sie nicht gern mit ihm zusammen?»

«Das ist es nicht», fing er an und verstummte, um dann doch fortzufahren. «Ich war ein schlechter Vater, und wie er gesagt hat, habe ich ihn kaum gesehen, als er klein war. Wir waren ständig auf Tour.» Er zögerte, aber sie wartete, dass er weitersprach. «Nachdem mein Bruder starb und dann auch noch Toms Mutter ...» Er sah Maddie forschend an und spürte, dass sie bereit war, ihm weiter zuzuhören. «Na ja, ich war viele Jahre lang wie im Nebel. Nach meinem ersten Aufenthalt in der Entzugsklinik versuchte ich ... Sie wissen schon ... Kontakt aufzunehmen. Aber Tom war da schon ein paar Jahre im Internat und sagte mir, er sei nicht interessiert. Bestimmt hat es auch nicht gerade geholfen, dass er keine einzige gute Erinnerung an mich hatte.»

Sie war gerührt, dass er so ehrlich war, und hatte Mitleid mit ihm, wirklich. Aber die Beziehung zu seinem Sohn würde niemals besser werden, wenn er nicht Kontakt zu ihm aufnahm.

«Und wie viele Jahre ist das jetzt her?» Sie ließ ihm nicht die Zeit zu einer Antwort. «Sie sind in der Musikindustrie auch nicht dorthin gekommen, wo sie letztlich gelandet sind, indem sie Risiken vermieden und sich verkrochen haben. Und ob Sie es jetzt schon gemerkt haben oder nicht – Ihr Sohn ist längst aus der Pubertät heraus. Und er hat sich auch nicht plötzlich in Luft aufgelöst oder Ihnen gesagt, Sie sollten verschwinden.»

Will wirkte skeptisch, schien aber über das nachzudenken, was sie gesagt hatte. Sie widerstand dem Drang, ihn zu trösten; es war jetzt nicht der richtige Zeitpunkt, ihn von der Leine zu lassen.

«Lassen Sie mich Ihnen etwas sagen, Will.» Er schwieg, und sie merkte, dass sie ihn zum ersten Mal nicht formell William genannt hatte. «Ich bin selbst Mutter und kann Ihnen sagen, dass kein Kind, egal, wie alt, elterliche Zuneigung kaltlässt. Sie müssen es mehr als einmal versuchen; am besten ist es, wenn Sie regelmäßig Kontakt aufnehmen. Und um ehrlich zu sein, ist *jetzt* immer der beste Zeitpunkt.» Sie gab ihm das Handy, und er starrte es benommen an.

«Soll ich die Nummer für Sie wählen?»

«Er hat bestimmt schon etwas vor. Alle haben inzwischen etwas vor. Sie etwa nicht?» Er legte das Handy zurück auf den Tisch.

«Nein», erwiderte Maddie. «Ehrlich gesagt, habe ich keine Pläne. Und ich glaube nicht, dass Ihr Sohn etwas so Wichtiges vorhat, dass er die Zeit nicht lieber mit Ihnen verbringen würde.» Sie reichte ihm das Handy ein zweites Mal.

«Herrje. Sie sehen so harmlos auf, aber Sie haben wirklich Eier.»

Maddie fühlte sich lächerlich geschmeichelt. «Danke.» Tatsächlich vertrieb das Kompliment den letzten Rest ihrer Schüchternheit. «Hier.» Sie nahm ihm das Handy aus der Hand, scrollte durch seine Adressliste und versuchte, nicht mit der Wimper zu zucken, als sie die Handynummern von Mick Jagger und Paul McCartney entdeckte. Als sie zum T kam, fand sie Toms Nummer und drückte auf «Wählen». Erst nachdem sie sicher war, dass die Verbindung aufgebaut wurde, gab sie Will das Handy zurück.

Er starrte es einen Augenblick lang an. Sie griff nach seiner Hand und hob sie, sodass das Handy an seinem Ohr lag. Einen Moment lang befürchtete sie, dass er auflegen würde, sobald er Toms Stimme hörte. Aber dann neigte er den Kopf zur Seite und begann zu sprechen. Tom musste sich gemeldet haben.

«Hallo. Ja, alles in Ordnung.» William zögerte. «Ähm, und bei dir?»

Er nickte und lauschte Toms Antwort. Dann: «Nein. Nichts Besonderes. Ich wollte nur ...»

Maddie hätte lachen wollen. Der Wilde Will sah aus und klang wie Andrew kurz nach seinem sechzehnten Geburtstag, als er fast eine Stunde gebraucht hatte, um sich ein Herz zu fassen und ein Mädchen zu fragen, ob sie mit ihm ausgehen wollte. Sie warf William denselben Blick zu, den sie Andrew damals zugeworfen hatte, und formte mit den Lippen die Worte «Fragen Sie ihn».

«Also ... na ja ...»

Maddie drehte sich um und trat an die Schiebetür, um nach draußen zu gehen und ihn allein zu lassen.

«Also, ich habe mich gefragt, ob du vielleicht Lust hättest, mit Hudson und mir über den 4. Juli angeln zu gehen. Nur ein paar Tage. Es sei denn, du hast schon andere Pläne.»

Eine Pause entstand. Maddie drehte sich noch einmal um. Genau in diesem Augenblick hob er den Kopf, und sein Gesicht hellte sich auf. «Das würdest du gern?»

Er hörte aufmerksam zu, und Maddie sah die Freude in seinem Blick. Die Helligkeit in seinem Lächeln drang ihr bis ins Mark. «Toll», sagte er und verbarg seine Begeisterung nicht mehr. «Ich rede mit Hudson und schicke dir dann die Details.»

Sie reckte die Daumen, und er schenkte ihr ein Lächeln, das selbst das Tausend-Watt-Strahlen von Max Golden in den Schatten stellte. Dann drehte sie sich endgültig um und ging, damit er nicht sah, wie gerührt sie war. Er redete immer noch, als sie endgültig nach draußen gingen. Die letzten Worte, die sie hörte, waren «Das ist toll, Tom. Ich freue mich sehr, dass du kommen kannst».

28

Bist du dir sicher, dass du weißt, was du tust?» Nikki stieg vorsichtig ins Flachboot, das am Dock schaukelte. Sie musste sich an Deirdres Hand festhalten, um nicht umzukippen.

«Ich glaube schon.» Maddie blinzelte in die Sonne und atmete tief und, wie sie hoffte, beruhigend durch. Sie hatten angenommen, dass Hudson sie beim Lazy Days absetzen würde, etwas weiter nördlich von Bud N' Mary's am Strand, wo Deirdre einen Tisch fürs Abendessen reserviert hatte. Aber er hatte schon eine Verabredung mit einem Kunden, und Will war schon von der Insel aufgebrochen, vermutlich mit Troy und Anthony im Gefolge. Sie hatten keine Wahl, sie mussten in Mermaid Point bleiben. Oder selbst mit dem Boot fahren.

Maddie hätte sicher gekniffen, wenn nicht alle schon angezogen, geschminkt und voller Vorfreude gewesen wären. Sie schaffte es sogar, den Motor anzuwerfen. Jetzt klammerte sie sich ängstlich an die Ruderpinne; Schmetterlinge flatterten in ihrem Bauch. «Avery?» Ihre Stimme brach, und sie musste sich räuspern. «Könntest du die Leinen losmachen?»

«Aye, aye, Captain!» Avery, die im Bug saß, stand auf und machte das Seil von der Klampe los. Dann salutierte sie.

«Deirdre?» Maddie wandte sich Averys Mutter zu, die im Heck saß, neben dem Motor. «Könntest du das andere Seil losmachen und uns abstoßen?»

Kyra stand am Kai, Dustins Hand in ihrer. Beide winkten. «Viel Spaß bei eurem Mädelsabend», hatte Kyra gesagt, als sie versucht hatten, sie dazu zu überreden, Dustin mitzunehmen.

«Aber seht zu, dass ihr nicht so hart feiert, dass ihr den Weg nicht zurückfindet. Ich glaube nicht, dass man Brotkrumen im Meerwasser wiederfindet.»

Für ihr Transportmittel waren sie geradezu lächerlich overdressed, aber sie hatten sich alle danach gesehnt, die Insel zu verlassen. Nikki trug ein ärmelloses Kleid und hohe Absätze. Deirdre hatte einen cremefarbenen Leinenanzug an mit einem leuchtend orangefarbenen Top darunter; ihre Schuhe hatten Kittenheels. Sogar Avery hatte eine schicke Caprihose und Wedge-Sandalen angezogen. Maddies weiße Hose und die schulterfreie Folklorebluse dazu waren das Schickste, was sie dabeihatte; ihr Hosenboden fühlte sich jetzt schon feucht an.

Sie atmete erneut tief durch und biss sich auf die Unterlippe. Sie bewegte die Pinne vom Kai fort und lenkte das Boot in die Fahrrinne. *Du schaffst das.* Um genau zu sein, hatte Hudson ihr gesagt, dass sie das konnte, und er sagte es ihr nicht nur, weil er nett sein wollte.

Als sie in der Fahrrinne waren, schaltete sie in den nächsten Gang. Der Bug hob sich leicht, und das Boot nahm Fahrt auf. Ihre Nerven flatterten, und sie war ganz aufgeregt, als sie das Boot in Richtung Süden lenkte, immer die Fahrrinne entlang und unter der Brücke hindurch in die Bucht.

«Oh, das ist so wundervoll!» Sie fuhren jetzt direkt in die Sonne, die ganz tief stand, schwer, golden und warm. Maddie schaltete in den Leerlauf, sodass sie sanft über das Wasser glitten. Die Sonnenkugel sah aus, als ob sie direkt vor ihnen ins Wasser fallen würde. Sie schauten ehrfürchtig zu, wie die Kugel im Wasser schmolz und einen goldenen Glanz auf die Oberfläche legte.

«Es ist ja ganz anders, wenn man den Sonnenuntergang vom Wasser aus sieht», sagte Avery. «So nah dran und so persönlich.»

Maddie sog die salzige Luft tief in ihre Lungen und spürte, wie die warme Brise mit ihrem Haar spielte und über ihre Wange strich. Ein Fischreiher flog über den Himmel. Sie hatte dem Highway 1 und der Bucht mit ihren Kanälen und Mangrovenwäldern den Rücken zugekehrt, sodass ihr die Zivilisation ganz weit weg erschien.

Sie wendete das Boot und fuhr jetzt in Richtung Norden, wobei sie darauf achtete, genau zwischen den Kanalmarkierungen zu bleiben, dann glitten sie unter der Brücke hindurch, die vor Bud N' Mary's lag, genau wie Hudson es ihr gezeigt hatte.

«Ist das Restaurant nicht eher dort hinten?» Nikki zeigte auf die Marina und den Highway 1, die jetzt hinter ihnen lagen.

«Ja, aber ich muss bis zur letzten Kanalmarkierung fahren.» Maddie zeigte auf eine Stelle vor ihnen. «Dann mache ich eine scharfe Kehrtwende, damit ich direkt auf den Strand beim Lazy Days zuhalten kann.»

Sie tat es langsamer, als sie gewollt hätte, und weit vorsichtiger, als sie eigentlich sein wollte. Dieser erste Ausflug ohne Hudsons geduldige Gesellschaft und seine ruhigen Anweisungen war gleichzeitig befreiend und beängstigend.

Sie näherten sich dem mit Fackeln erleuchteten Strand. Tische waren im Sand aufgestellt, die aussahen, als seien sie aus dem Gebäude gequollen. Der erste Stock war voller Menschen.

Nikki reckte den Hals, als sie näher kamen. «Wo legen wir denn an?»

Maddie wollte ihnen nicht sagen, dass sie beschlossen hatte, nicht am Bud N' Mary's anzulegen und den kurzen Weg zum Lazy Days zu gehen, weil sie sich beim Anlegen noch nicht sicher fühlte.

«Seht ihr diese Boote zu unserer Rechten?» Sie zeigte auf zwei Boote, die vor dem Strand ankerten und friedlich auf dem flachen Wasser schaukelten. «Ich schalte gleich den Außenborder in genau dem richtigen Moment aus, dann klappe ich ihn ein. Wir gleiten dann langsam mit dem Bug auf den Sand und sichern das Boot mit dem Anker.» Maddie sagte das, als sei das keine große Sache, doch das Herz schlug ihr bis zum Hals. Ihre Hand war krampfhaft um die Pinne geschlossen.

«Ernsthaft?» Nikki wirkte nicht sehr überzeugt.

«Hast du das denn schon mal gemacht?» Avery hatte sich hingekniet und hielt sich an der Reling fest, als wappnete sie sich bereits für den Aufprall.

«Nicht wirklich.» In Wirklichkeit hatte Maddie noch nicht die Gelegenheit gehabt, das Anlegemanöver zu üben. Sie hatte nur zugehört, als Hudson die einzelnen Schritte erklärt hatte. Und sie war sich nicht ganz sicher, ob sie den Motor hochklappen sollte, bevor sie auf den Strand glitt, oder danach, aber sie wollte die anderen nicht beunruhigen. Das hier war bestimmt leichter, als das Boot irgendwo anzulegen – eine Kunst, in der sie sich bisher nicht gerade hervorgetan hatte.

Sie fuhr auf eine Stelle zu, die so weit wie möglich von den anderen Booten entfernt lag, nur für den Fall, dass sie sich verrechnete. Dann versuchte sie, sich nur noch auf die Geschwindigkeit des Boots zu konzentrieren.

«Dann mal los», murmelte sie, schaltete den Motor aus und hielt den Atem an. Das Boot glitt jetzt weiter. Sie schloss kurz die Augen, schickte ein stummes Gebet in den Himmel und legte den Hebel um, der den Motor hochklappen ließ. Sie betete immer noch in Gedanken, stumm, aber inbrünstig, als sich der Bug auf den Sand schob. Und dann, ganz sanft und wie durch ein Wunder, glitt das Boot ganz auf den Strand und blieb ruhig liegen, genau wie sie es gehofft, ähm, geplant hatte.

«Du hast es geschafft!», jubelte Nikki.

«Toll gemacht, Madeline Singer!» Avery stieß die Faust in die Luft.

Maddie riss beide Arme in die Höhe, wie ein olympischer Leichtathlet, der es über die Ziellinie geschafft hatte. Befriedigung und Adrenalin durchströmten sie. Vom oberen Stockwerk des Restaurants ertönte Applaus.

«Was machen wir jetzt?»

Maddie riss sich noch einmal zusammen. «Nimm den Anker zu deinen Füßen. Wir müssen das Boot am Strand festmachen.»

Avery bückte sich und hob den Anker. Nikki kletterte aus dem Boot. Ihr kurzes Kleid und die hohen Absätze behinderten sie dabei. Als sie es schließlich über die Reling und auf den Strand geschafft hatte, sanken ihre Absätze tief ein. Bewundernde Pfiffe ertönten aus Richtung des Restaurants, als sie sich bückte, um sich die Schuhe auszuziehen.

Avery schaffte es, das Boot etwas würdevoller zu verlassen, und ließ den Anker in den Sand fallen.

Maddie kletterte zum Bug und streckte Deirdre die Hand hin. Sie waren sich alle ihres Publikums nur zu bewusst. Avery und sie ließen genau so viel Leine, dass das Boot im richtigen Abstand zum Strand liegenbleiben würde, und Maddie wurde vor Stolz ganz rot. Schließlich eroberten sie einen Tisch ganz in der Nähe. Maddie suchte sich ihren Stuhl extra so aus, dass sie das Boot im Auge behalten und sogar bis Mermaid Point übers Wasser schauen konnte. Sie bestellten eine Flasche Wein und ein paar Appetizer, und endlich konnte sie sich entspannen und auf die Rückfahrt freuen.

Als Steuermann trank Maddie nichts vom Wein oder von den Schnäpsen, die mit den frittierten Muscheln, den Krabbenküchlein und den Kokos-Shrimps serviert wurden.

«Auf Maddie, unseren furchtlosen Captain.» Nikki hob ihr Schnapsglas. «Das hast du gut gemacht!»

«Auf Maddie!», riefen sie alle und stießen miteinander an.

Maddie lächelte und verbeugte sich. Die anderen tranken ihre Schnäpse und knallten ihre Gläser auf den Tisch.

Maddie las die Speisekarte und nippte an ihrer Weinschorle. Dabei überlegte sie, was sie bestellen sollte. «Ich esse heute Abend nur Muscheln», verkündete sie dann, als der Kellner kam, um ihre Bestellung aufzunehmen. «Als Erstes eine Muschelsuppe.» Sie schwankte zwischen Geknackter Muschel und Lazy Muschel und tat so, als sei sie enttäuscht, dass es keinen Muschelkuchen zum Nachtisch gab.

«Bis dahin sind Sie zu Key-Limettenkuchen mehr als bereit», versprach der Kellner.

Das Restaurant war für seine Tafelfreuden bekannt. Musik drang vom Balkon im ersten Stock herunter. Das Publikum war gemischt: Sonnengegerbte Anwohner aßen hier ebenso wie krebsrote Touristen.

«Alle hier wirken so glücklich», sagte Maddie.

Eine zweite Runde Schnaps stand vor ihnen.

«Mit freundlichen Grüßen von den Herren an der Bar.» Der Kellner zeigte auf eine Gruppe Männer, die ihre Gläser hoben. Außerdem stand eine offene Flasche Wein auf ihrem Tisch, ihre zweite an diesem Abend.

«Also, ich jedenfalls bin glücklich, hier zu sein!» Avery hob erneut ihr Schnapsglas.

«Ebenfalls!» Deirdre stieß mit Avery an.

«Es ist ja so schön, mal nicht auf der Insel zu sein!» Auch Nikki hob ihr Glas.

Maddie lächelte und stieß mit ihrem Weinschorleglas an, aber sosehr sie sich freute, hier zu sein, sie freute sich doch auch wieder auf Mermaid Point. Sie hatte immer wieder zur Insel herübergeblickt. Palmen bewegten sich sanft in der Brise am nordöstlichen Ufer. Dahinter sah sie, wie ein Licht im oberen Stockwerk des Haupthauses angeschaltet wurde. Sie spähte auf ihre Armbanduhr und fragte sich, ob das bedeutete, dass Will wieder zu Hause war. Er hatte sich geweigert, am nächsten Morgen vor der Kamera in der neuen Gartenküche zu kochen – und Maddie weigerte sich zu glauben, dass er sie im Stich lassen würde.

«Wird Chase über den 4. Juli hier sein?», fragte Deirdre.

Avery schüttelte den Kopf. «Er mag seinen Dad nicht allein lassen. Offenbar ist Jeff ziemlich unleidlich, weil er nicht mehr arbeiten kann. Und die Jungs haben einen Baseball-Wettkampf.»

«Dann solltest du hinfahren. Es hilft nicht immer, wenn man sich rarmacht, weißt du», sagte Deirdre. «Manchmal vergessen einen die Menschen einfach. Oder versuchen es jedenfalls.» Sie seufzte. «Natürlich weißt du, dass ich aus Erfahrung spreche.»

«Ich verstehe.» Avery nahm einen Schluck Wein. «Aber direkt nach den Feiertagen kommen einfach zu viele Handwerker, und wir müssen zu viel Arbeit in zu kurze Zeit quetschen. Ich will nicht zu lange weg sein.» Sie zögerte. «Vielleicht fahre ich nach Key West runter – Joe hat einen Freund, der ein Bed and Breakfast in Old Town betreibt. Dort kann ich übernachten. Ihr könnt mitkommen, wenn ihr wollt.»

«Danke.» Deirdre wurde ganz rot vor Freude. «Das wäre toll.» Sie warf ihrer Tochter einen nachdenklichen Blick zu. Maddie, die weit nüchterner war als die anderen, hatte das Gefühl, die Mühlräder in Deirdres Hirn mahlen sehen zu können.

«Findet ihr den Namen ‹Geknackte Muschel› auch so toll?» Maddie legte ihre Gabel auf den Teller und knabberte an einer Pommes. «Es ist unglaublich, auf wie viele unterschiedliche Arten man sie zubereiten kann.»

«Vielleicht sollte Will morgen für das Video eine kleine Muschel kochen.» Avery tupfte sich die Mundwinkel mit der Serviette ab. «Vorausgesetzt, er taucht auf.»

«Er wird auftauchen», sagte Maddie mit mehr Überzeugung, als sie wirklich fühlte.

«Er *muss* auftauchen», sagte Deirdre. «Der Sponsor zählt darauf.»

«Na ja, wenn nicht, könntest du mal zeigen, was deine Kochkurse wert sind, und was Tolles kochen», sagte Avery zu ihrer Mutter. «Maddie kann dir ja helfen.»

«Ich koche nicht für dieses Video.» Maddies Blick glitt erneut zu Mermaid Point und zu dem Licht, das hinter den Palmen leuchtete. «Ich werde einfach dort stehen und William Mut zusprechen. Ihr wisst schon, ihm praktisch die Hand halten, wenn er es braucht.»

«Na ja, du hast ja schon seine Unterwäsche gehalten. Dagegen ist seine Hand völlig harmlos.» Nikki hob verschmitzt ihr Glas in Maddies Richtung.

Sie grinsten sich alle an.

«Seeeehr witzig.»

«Drinks schmecken tatsächlich besser aus einem Glas als aus einer Coladose», bemerkte Avery.

Maddie sah zu, wie sie erneut ihre Gläser hoben. Sie war Avery dankbar, dass sie das Thema gewechselt hatte. Es gab wirklich Schöneres, als die einzig Nüchterne am Tisch zu sein.

Der Himmel war tintenschwarz. Die Sterne glitzerten wie Diamanten. Es war Vollmond, und der schien jetzt aufs Wasser und wies den Weg nach Mermaid Point. Wieder einmal musste Maddie sich bewusst auf das Gespräch um sie herum konzentrieren.

«Wann fährst du denn zu Joe Giraldi?» Deirdre hatte die Frage an Nicole gerichtet.

«Am 3. Seine Familie kommt dann am nächsten Morgen.»

«Ist das ein Problem?», fragte Avery.

«Nein, eigentlich nicht.» Nicole umfasste den Stiel ihres

Glases und leerte es. «Aber es ist irgendwie ... komisch. Sie scheinen einfach nicht zu verstehen, dass zwei Menschen ihre Gesellschaft genießen können, ohne verheiratet zu sein.»

Alle verstummten erschrocken und sahen Nikki an.

«Wer von euch beiden muss denn *nicht* unbedingt heiraten?», fragte Avery.

Einen Moment lang sah es so aus, als wollte Nikki nicht antworten. Dann seufzte sie und sagte: «Ich.»

«Ernsthaft?», fragte Deirdre.

«Du hast einen Antrag von Joe Giraldi abgelehnt? Von Special Agent Joe Giraldi?», fragte Avery. «Von dem mit der Waffe und dem Abzeichen und dem steinharten Sixpack?»

Maddie beobachtete Nikkis Gesicht.

«Ich war schon zwei Mal verheiratet und würde nicht gerade sagen, dass diese Erfahrungen wiederholt werden müssen. Und Joe und ich ... na ja, wir haben viel Spaß zusammen, und ich sehe keinen Grund, uns das zu verderben.»

Nikki trank ihren Wein aus. Ihr heiterer Ton konnte die Unbehaglichkeit darunter kaum verbergen.

«Joes Mutter findet, dass alle mindestens fünfzig Jahre lang verheiratet sein sollten, so wie sie und Joes Vater. Sein Vater hat mir erzählt, dass die ersten vierzig Jahre die schwierigsten seien.» Nikki lächelte grimmig. «Aber er hat dabei gelacht und ihre Hand gehalten. Und Joe, Joe hätte gern Kinder. Ehrlich, er verdient auch welche. Ihr solltet ihn mit seinen Nichten und Neffen sehen. Und ich bin ...» Nikki schaute in ihr leeres Glas, dann hob sie wieder den Kopf. «Na ja, ich glaube, dieser Zug ist abgefahren.»

Maddie hörte das Bedauern in ihrem Tonfall. Und sah die Unsicherheit in Nicoles Augen.

«Weißt du, jetzt, da ich ein bisschen was über Boote weiß, kann ich dir sagen, dass selbst große Schiffe ihren Kurs ändern können. Sie dürfen zurück zum Hafen oder einen ganz anderen Kurs einschlagen als ursprünglich geplant.»

«Danke, Maddie.» Nikkis Lächeln war bittersüß. «Aber ich bin mir nicht sicher, ob Joe und ich wirklich dasselbe wollen. Und im Ernst, wenn man es in siebenunddreißig Jahren nicht auf die Reihe kriegt ...» Nikki zuckte die Achseln. «Ich glaube kaum, dass unsere Chancen gut stehen. Und ich habe einfach keine Lust, eine Dreifach-Verliererin zu werden.»

Maddie schüttelte sanft den Kopf. «Ich würde die Jahre mit Steve um nichts in der Welt missen wollen. Oder unsere Familie. Manchmal ist es einfach an der Zeit für einen neuen Anfang. Letztlich müssen wir alle unsere eigenen Entscheidungen treffen, aber einen so tollen Typen wie Joe würde ich nicht ohne ernsthafte Gründe laufenlassen.»

«Aye, aye, Captain.» Nicole salutierte, aber nicht so elegant wie zuvor.

Diesmal wurden pinkfarbene Drinks mit kleinen Schirmchen darauf vor sie auf den Tisch gestellt, zusammen mit ihren Key-Limettenkuchen. «Granatapfel-Martinis. Vom Barmann Dave.»

Sie hoben ihre Gläser und prosteten dem Barmann zu. Alle außer Maddie tranken.

«Oh mein Gott! Ich spüre schon, wie mir Haare auf der Brust wachsen!», sagte Avery und stellte das leere Glas auf den Tisch.

«Die Redensart habe ich nie verstanden.» Nikki leerte ihr Martiniglas und leckte sich die Lippen.

Deirdre trank langsam von ihrem Martini.

Maddie probierte ebenfalls. Von hier aus sah sie ihr «Zuhause» und einen so hell scheinenden Vollmond, dass sie sich ganz sicher nicht verirren würden. Sie wagte einen zweiten Schluck. Der Mix des Barmanns war köstlich leicht und fruchtig. Sie aßen ihren Nachtisch mit stiller Begeisterung.

«Ich mag es hier. Alle sind so freundlich», lallte Avery glücklich.

«Ich auch.» Maddie lächelte.

«Was machen eigentlich Kyra und du über die Feiertage?», fragte Deirdre.

«Kyra nimmt Dustin mit nach Bella Flora, um die Feiertage dort mit Daniel zu verbringen.»

Alle hoben die Augenbrauen und sahen Maddie an.

«Ich weiß. Aber nur Dustin und er wohnen in Bella Flora. Kyra bleibt in einer Wohnung in der Nachbarschaft.» Maddie stellte das als Tatsache dar. Sie hoffte, dass es auch stimmte.

«Vielleicht kann sie ihn davon überzeugen, dass es am besten wäre, wenn Tonja Kay Bella Flora in Ruhe ließe.» Avery kratzte mit der Gabel die letzten Krümel zusammen.

«Vielleicht.» Maddie wusste, dass sie nicht die Einzige war, die bezweifelte, dass man Tonja Kay von etwas abbringen konnte. In der Vergangenheit hatte nur die Drohung, Tonjas wahres, schmutziges Gesicht an die Öffentlichkeit zu zerren, die Filmschauspielerin daran gehindert, zu bekommen, was sie wollte.

«Und du?», fragte Nikki.

«Ich habe noch keine Pläne.» Maddie war gar nicht unglücklich darüber.

Sie sahen sie misstrauisch an. «Also bleibst du allein mit William Hightower auf Mermaid Point?», fragte Nicole mit neckischem Unterton.

«Nein», antwortete Maddie. «Ich werde allein dort sein. William, Hudson und Tom gehen auf einen Angeltrip.» Sie lächelte. «Ist das nicht toll?»

«Ist er von selbst auf die Idee gekommen?» Deirdre klang eher ungläubig.

«Nein, nicht wirklich. Aber wichtig ist doch nur, dass es passiert.» Maddie erschrak, als sie bemerkte, dass ihr Martiniglas leer war. Sie musste sanft aufstoßen.

«Was du nicht sagst.» Avery beobachtete sie genau. «Aber was ist mit dir, was machst du?»

«Ich glaube, es wird schön, Mermaid Point ganz für mich allein zu haben», sagte Maddie. «Ich kann mich richtig entspannen und vielleicht ein paar Sehenswürdigkeiten anschauen, von denen ich gelesen habe. Ihr wisst schon, jetzt, da ich diese Jungfernfahrt geschafft und ein bisschen Selbstbewusstsein habe, kann ich ja ohne Hilfe die Insel verlassen.»

Es war bereits 23:30 Uhr, als sie mit dem Essen fertig waren und die Rechnung bezahlt hatten. Sie hakten sich beieinander ein, gingen über den Strand zum Boot und sangen dabei laut die Erkennungsmelodie von *Gilligan's Island*. Die wenigen noch verbliebenen Gäste und die Kellner im Restaurant lachten und applaudierten.

Es war noch nicht ganz Mitternacht, als Maddie erkannte, dass das Vertrauen in ihre Bootsführerkünste vielleicht doch einen Hauch zu optimistisch gewesen war.

29

Ihr Aufbruch vom Strand beim Lazy Days war weit geräuschvoller und nasser als ihre Ankunft.

«Okay, MaryAnn und Ginger!» Maddie zeigte auf Avery und Nikki. «Du auch, Mrs. Howell!», rief sie Deirdre zu. «Jetzt müssen wir den Anker lichten, das Boot abstoßen und hineinspringen.»

Maddie watete durchs flache Wasser. Bei ihrem dritten Versuch, ihren Hintern auf den Bootsrand zu hieven, damit sie ihre Beine hineinschwingen konnte, schwankte sie gefährlich und fiel dann mit dem Hintern zuerst hinein.

Nicole hatte ihre Schuhe ausgezogen und kroch halb, halb sprang sie auf den Bug, wobei sie ihre Schenkel zeigte. Deirdre rutschte hinter ihr auf den Bug, drehte sich auf den Hintern und warf die Beine ins Boot, wobei sie Sand verspritzte. Das Boot schleifte über den Sand.

«Junge, wir müssen doch mehr gegessen haben als gedacht!» Am Strand brachte Avery ein paar ausgesprochen unelegante Augenblicke damit zu, den Anker aus dem Sand zu zerren. «Ich hol euch hier raus!», versprach sie und legte den Anker ins Boot. Ohne jede Rücksicht darauf, wie nass sie dabei wurde, packte sie den Bug und schob ihn in tieferes Wasser. Sie selbst lief platschend hinein und sprang am Bootsrand hinauf, wobei sie mit den Füßen strampelte, um weiter hochzukommen. Deirdre und Nikki packten sie an der Taille und hievten den Rest von ihr hinein.

Keuchend vor Anstrengung, sahen sie sich an. Nur Avery

schien ihren pitschnassen und schmutzigen Zustand lustig zu finden.

«Na ja, schön war das nicht. Aber immerhin haben wir niemanden verloren», bemerkte Maddie.

«Schdimmt, Skipper! Alle anwesend und im Dienst.» Avery salutierte schlampig und versuchte, die Hacken zusammenzuschlagen, was sie alle viel lustiger fanden, als es war.

«Okay.» Maddie stand auf und ließ den Motor ins Wasser. «Los geht's.» Sie schaltete den Motor ein.

Auf Deck war es nass, und beim ersten Mal zog sie so heftig am Startseil, dass sie wegrutschte. Langsam richtete sie sich wieder auf und strich ihre nassen Kleider glatt. «Und ich habe nicht einmal zwei Gläser getrunken! Immerhin war in dem letzten fast nur Fruchtsaft.» Sie sah, dass Nikki und Deirdre sie zweifelnd ansahen. Avery grinste immer noch schief.

«Alles in Ordnung.» Maddie war nicht ganz sicher, ob sie sich selbst oder die anderen beruhigen wollte. «Ich muss das nur besser greifen können.» Sie legte eine Hand auf den Motor, um sich abzustützen, zog den Choke, griff das Startseil, schloss die Augen und zog. Diesmal sprang der Motor an.

Ihre Crew applaudierte ihr. Avery stieß die Faust in die Luft und schrie: «Wuhuuu!»

«Jetzt müssen wir nur in die Fahrrinne und dann in Richtung Osten fahren, wo der Abzweiger nach Mermaid Point kommt.» Maddie setzte sich auf die Bank neben dem Motor und nahm die Pinne fest in die Hand.

«Wir fahren nicht genauso wieder nach Hause, wie wir gekommen sind?», fragte Deirdre.

«Nein. Wir sind anders hierhergefahren, damit wir den Sonnenuntergang genießen konnten.» Maddie fuhr rückwärts vom Strand und wendete das Boot dann, sodass sie auf den Ozean glitten. Sie drückte aufs Gas. «Der Rückweg sollte kürzer sein.»

«Is so schööön hier.» Avery hatte den Kopf in den Nacken gelegt. Sie schaute in den Himmel.

«Ist es.» Maddie nickte.

Es war fast windstill, der Mond war beinahe voll, und sein helles Licht schimmerte auf dem spiegelglatten Meer. Die einzigen Geräusche waren das Brummen des kleinen Außenborders, das leichte Plätschern des Wassers gegen den Rumpf und das Klatschen, wenn ein Fisch aus dem Wasser sprang und zurück. Hin und wieder hörten sie ein Auto auf dem Highway.

Die salzige Luft war warm, das Meer weit. Der Leuchtturm auf dem Alligator Reef schimmerte in der Ferne. William Hightowers Licht leuchtete zu ihrer Rechten. Maddie versuchte, sich daran zu erinnern, was backbord und was steuerbord war. Und fragte sich, warum man das nicht einfach links und rechts nennen konnte.

«Es ist so friedlich und ruhig hier.» Nicole lehnte sich zurück, seufzte und kreuzte ihre nackten, nassen Füße.

«Ham beschtimmt auch die Leute auf der *Titanic* gedacht, kurz bevor sie in diesen Eisberg gekracht sind.» Avery zog sich das nasse Top von der Brust und kicherte, weil es so ein schmatzendes Geräusch machte.

«Ich kann dir so gut wie garantieren, dass es dadraußen keine Eisberge gibt.» Deirdres hochgezogene Augenbraue zeigte, dass sie ihre leicht angetrunkene Tochter betrachtete. «Nicht einmal ein Eiswürfel würde länger als eine Sekunde oder zwei in diesem Meer bestehen.»

Nikki begann, den Titelsong von *Titanic* zu summen. Avery sang den Text mit, allerdings sehr schief, sodass das Lied keinerlei Ähnlichkeit mehr mit Celine Dions Version hatte.

«Na ja, ich höre mir lieber das Lied *My Heart Will Go On* an als die Titelmelodie von *Der weiße Hai*», sagte Deirdre. «Es ist eine Tatsache, dass es hier draußen Haie gibt.»

Avery tat erschreckt und sang das ominöse «Dum-dum, dum-dum, dum-dum, dum-dum», das im Film den weißen Hai ankündigt.

«Ich glaube, das reicht jetzt.» Deirdre sah ihre Tochter amüsiert an. «Wenn du zufällig auf eine Haiflosse stößt, bin ich sicher nicht die Einzige, die versuchen wird, übers Wasser zu laufen.»

«Dum-dum, dum-dum ...»

Maddie versuchte, alles um sich herum auszublenden und nur auf die Kanalmarkierungen zu achten, die jetzt eine Biegung beschrieben und parallel zu Mermaid Point verliefen. Ihr Blick glitt zu dem einsamen Licht, das vom ersten Stock herunterschien. Kam das Licht aus Williams Schlafzimmer oder von seiner Terrasse? «Wir müssen nur nach Mermaid Point kommen, die Markierungen finden und dann in den Hochwasserkanal fahren.»

In der Ferne hörte man ein Klatschen. Jemand hupte auf dem Highway. Aus einem Nachtclub am Ufer drang Musik zu ihnen herüber.

«Wow, die Luft trägt hier aber auch jedes Geräusch weiter, oder?» Avery hatte endlich mit ihrem «dum-dum» aufgehört. Sie schaute zur Insel herüber. «Ob sie uns auf Mermaid Point ebenso hören?»

«Ich bin mir nicht einmal sicher, ob noch jemand dort ist, außer Dustin und Kyra.» Deirdre gähnte. «Und du weißt doch, wie laut die Klimaanlage auf dem Hausboot ist.»

«Na, ich bin jedenfalls erledigt.» Nikki gähnte wie zum Beweis. «Ich hätte nie gedacht, dass ich mich einmal auf das Bett auf einem Hausboot freuen würde, aber im Moment kommt es mir vor wie ein Bett im Ritz.»

«Juhuu!» Ohne Vorwarnung stand Avery im Bug auf und schwenkte die Arme, womit sie das Boot zum Schaukeln brachte. «Hey, William! William Hightower!»

«Was tust du da?», zischte Maddie. Sie schaute wieder Richtung Lichtschein. Sie blinzelte, um zu erkennen, ob sich dort jemand bewegte.

«Willst du, dass ich ihn frage, ob er in diesen Boxershorts schläft oder splitternackt, Mad?»

«Pssst!» Maddie versuchte, sie zum Schweigen zu bringen. «Und setz dich wieder. Du bringst das Boot zum Kentern.»

«Hey!» Ein Grinsen breitete sich auf Averys Gesicht aus. «Habt ihr jemals jemandem den blanken Hintern gezeigt?» Avery nestelte am Reißverschluss ihrer Caprihose. «Wir haben sogar fast Vollmond. Perfekt!»

«Oh Gott. Kann sie bitte jemand aufhalten?» Maddie errötete vor Scham. Noch schlimmer aber war, dass sie nicht sehen konnte, wohin sie fuhr, weil Avery ihr die Sicht versperrte.

«Avery», sagte Deirdre tadelnd.

«Kannst du das nicht besser?» Maddies leichter Schwips war jetzt vollkommen verschwunden. «Nach all den Erziehungstipps, die ich dir gegeben habe? Du musst es schon so sagen, dass sie weiß, dass du es ernst meinst!»

«Avery!», sagte Deirdre. «Setz dich und ...»

«Was meinste, Nikki?» Avery schien jetzt ihren Reißverschluss aufgegeben zu haben und versuchte, sich die Caprihose herunterzuziehen, ohne ihn zu öffnen.

«Ich glaube kaum, dass es hier ein Publikum gibt, das deine Darbietung genießt. Nicht dass ich glaube, dein glänzender, weißer Po würde Will oder Roberto außer Fassung bringen. Allerdings könnte er Fred Strahlendorfs Kugelschreiberetui schmelzen.»

Alle außer Maddie lachten. Avery wirkte noch unentschlossen.

«Avery! Lass deine Hose in Ruhe und setz dich wieder! Ich sehe ja die ...» Etwas Metallenes glitzerte auf der Insel, und

Maddies Blick glitt hoch zum ersten Stock der Villa. Sekunden später dachte sie nicht mehr daran, was William Hightower oder sonst jemand sehen oder hören könnte.

Das Boot wurde langsamer. Etwas rumpelte gegen den Rumpf. Das Boot blieb stehen.

Avery kreischte. Sie ruderte mit den Armen. Wenn Nikki sie nicht am Hosenbund festgehalten hätte, wäre sie über Bord gegangen. Nicht dass sie hier ertrunken wäre. Einige Vögel krächzten und flatterten auf. Diejenigen, die blieben, blinzelten sie schläfrig an. Sie standen im Wasser, das kaum bis zu ihren Fußgelenken reichte, wenn sie welche gehabt hätten.

«Heilige Scheiße!» Nikki ließ Averys Hosenbund los. «Was ist los?»

Maddie schaute sich um und versuchte herauszufinden, wo sie waren – und wo sie eigentlich hingesollt hätten. «Angesichts der Tatsache, dass wir uns nicht mehr von der Stelle rühren, unser Bug direkt auf den Strand von Mermaid Point zeigt und die Fahrrinne dort drüben ist ...» Maddie deutete in Richtung Süden. «... können wir vermutlich davon ausgehen, dass wir gestrandet sind.»

«Was machen wir jetzt?» Nikki zog Avery neben sich auf die Bank.

Maddie schaltete den Motor aus und ließ sich ebenfalls auf ihren Platz fallen. Jetzt, ohne das Motorengeräusch, war es beinahe vollkommen still. In ihrem Kopf schwirrten die Dinge durcheinander, die sie auf der «Sicher Bootfahren»-Website gelesen hatte. Hudson hatte sie darauf hingewiesen. «Das Einzige, woran ich mich erinnern kann, ist, dass wir den Motor ausschalten müssen, weil er das Flachboot sonst nur noch tiefer in den Sand gräbt. Und dass wir mehrere tausend Dollar zahlen müssen, wenn uns ein Polizeiboot entdeckt.» Sie bemühte sich, ruhig zu bleiben.

«Na ja, immerhin können wir Land sehen.» Nikki spähte um Avery herum, die immer nüchterner wirkte. «Das bedeutet, dass uns die Leute an Land ebenfalls sehen können, nicht wahr?»

Maddie drehte sich Richtung Insel, in der Hoffnung, ein Licht zu sehen, das sich bewegte, oder andere Zeichen der Aktivität auf Mermaid Point zu entdecken. «Ich weiß nicht. Wir haben zwar genug Mondlicht, aber ich bin mir nicht sicher, ob uns jemand vom Land aus erkennen würde. Wie viel Uhr ist es?»

Nikki schaute auf ihr Handy. «Es ist beinahe eins. Warum?»

«Ich erinnere mich daran, dass Hudson gesagt hat, dass man manchmal auf die Flut warten muss, damit sie einen freischwemmt.»

«Wie lange würde das dauern?», fragte Deirdre.

Maddie überlegte kurz. «Ich glaube, es gibt eine Website mit Gezeitentabellen. Salz... Salzwassergezeiten oder so.»

Nikki tippte auf ihrem Handy herum. «Ich google das mal.»

Avery starrte auf ihr Handy. «Haben wir Leuchtraketen, die wir in die Luft schießen können?»

Maddie öffnete das Stauraumfach unter ihren Sitzen, schaute in die Seitenfächer, wühlte unter den Schwimmwesten und hob alle Kissen an. «Ich weiß es nicht!»

Die einzigen Boote, die zu dieser Zeit unterwegs waren, fuhren weit hinter Alligator Reef. «Ich fühle mich, als hätte ich auf einer verlassenen Straße im Nirgendwo einen Platten.»

Avery fing an, den Titelsong aus *Beim Sterben ist jeder der Erste* zu summen. Maddie warf ihr einen Blick zu.

«Sorry.» Avery wandte sich wieder ihrem Handy zu. Ein heller Lichtstrahl erschien. «Meine Taschenlampe.» Sie winkte mit dem Strahl hin und her, damit man es auf der Insel sehen konnte.

Maddie kam es so vor, als blitzte am Strand von Mermaid Point etwas auf, aber es war sofort wieder verloschen, sodass sie sich nicht ganz sicher war.

Avery schrie jetzt. «SOS! Gestrandete Frauen! Hilfe!!!» Ihre Rufe hingen über dem tintenschwarzen Wasser. Niemand antwortete.

«Kannst du mit dieser App auch Morsecode?» Deirdre deutete auf Averys Handy.

«Ich guck mal.» Avery schaltete die Taschenlampen-Funktion aus und suchte nach einer Anleitung, wie man ein Notsignal abgab. «Hat jemand mal einen Zettel?»

«Wir haben unsere Handtaschen nicht mitgenommen», erinnerte sie Deirdre. «Nur den Personalausweis und die Kreditkarte.»

«Das erleichtert mich jetzt aber», sagte Avery. «Wenn sie unsere Leichen finden, können sie uns wenigstens identifizieren.»

«Sehr witzig.» Deirdre klang ein wenig angespannt.

«Ich habe die Website gefunden. Saltwatertides.com.» Nikki starrte auf ihr Display. «Ich gebe mal eben Islamorada ein.» Maddie beobachtete, wie sie runterscrollte. «Hier ist es ... Verdammt.» Sie sackte auf ihrem Platz zusammen. «Hochwasser ist erst um 4:22 Uhr.»

«Oh, gut.» Deirdres Tonfall war wesentlich trockener als ihre Umgebung. «Nur noch etwas mehr als drei Stunden von jetzt an gerechnet.»

«Und auch nur, wenn wir davon ausgehen, dass uns das Hochwasser wirklich freischwemmt. Vielleicht ist auch der Motor kaputt.» Maddie schlang die Arme um den Außenborder und versuchte, ihn anzuheben. «Er steckt eindeutig fest. Er ruckelt nicht mal.»

Avery hatte es offensichtlich aufgegeben, nach dem Morsecode zu suchen, und schwenkte erneut ihre Handytaschenlampe. «Hey! Hilfe! Hier!»

Nikki verdrehte die Augen. «Vielleicht sollte jemand den Motor freibekommen. Können wir nicht einfach aussteigen und das Boot in tieferes Wasser schieben?»

«Können wir versuchen.» Maddie ertappte sich dabei, wie sie Averys Taschenlampenstrahl verfolgte. Wenn jemand auf Mermaid Point ihn sehen würde, würde er ihnen sicher helfen.

«Ich nominiere Avery zur Chefschieberin, zumal ihr lächerlicher Drang, allen ihren Hintern zu zeigen, uns erst in diesen Schlamassel gebracht hat», sagte Nikki.

«Aber es ist dunkel, und wir wissen nicht, was da unten ist.» Deirdre schaute zwischen der Wasseroberfläche und ihrer Tochter hin und her.

«Was auch immer es ist, es kann nicht sehr groß sein. Das Wasser ist hier nicht mal dreißig Zentimeter tief.» Avery stand auf.

«Ich will nicht, dass du allein da rausgehst», sagte Deirdre. «Du hast etwas getrunken, und da unten könnte ein steiler Abhang sein oder so.»

«Hoffen wir nicht alle darauf?» Nikki sah, dass Deirdre sie ansah. «Ich geh da nicht ohne Schuhe rein, und das hier sind Vintage-Valentinos.» Sie hielt ihre knallroten Schuhe hoch. Ein Sandklumpen fiel aus einem von ihnen herunter.

«Ich kriege das hin, und ich brauche dabei keine Gesellschaft. Hier, halt mal die Taschenlampe über den Rand, damit ich was sehen kann.» Avery drückte Deirdre das Handy in die Hand und schwang ihre Beine über den Bootsrand. Ein paar Sekunden lang schien sie auch im Wasser noch größer zu sein als das Boot, dann wurde sie immer kleiner. «Ich sacke ein!» Sie packte den Bootsrand und ruderte mit dem anderen Arm, um die Balance wiederzugewinnen. «Es ist ganz schlammig unter uns!» Sie bückte sich, um nach etwas zu tasten. «Verdammt, ich habe einen meiner Schuhe verloren. Ich kann ihn nicht ...» Sie tastete weiter. «Er ist weg!»

Deirdre hielt die Handytaschenlampe direkt hinter Avery, um das Wasser zu beleuchten. «Oh mein Gott! Da ist eine Flosse!» Deirdre ließ das Handy fallen und stürzte vor, um Averys Hände zu greifen.

«Nein, nicht ... ich ...», begann Avery.

Bevor sie den Satz beenden oder jemand sich rühren konnte, hatte Deirdre Avery schon halb ins Boot gezogen. Sie kippelte auf dem Rand und landete vor Deirdres Füßen – in einer Wasserpfütze. «... das ist bestimmt nur ein Ammenhai oder ein Stachelrochen, den ich zufällig aufgestört habe.»

«Hat irgendwer Wills oder Robertos Telefonnummer?», fragte Nikki.

Sie schüttelten alle den Kopf. Avery setzte sich auf. Maddie hatte Hudsons Nummer, aber sie rief niemanden an. Abgesehen von der Flosse befanden sie sich in so niedrigem Wasser und in solcher Nähe zu Mermaid Point, dass ihr das Ganze total peinlich war.

«Vielleicht sollten wir die Küstenwache anrufen», sagte Nikki.

Maddie zögerte. «Wir sind nicht in ernsthafter Gefahr. Und ich hoffe immer noch, dass wir mit der Flut freikommen. Ich glaube, keine von uns hat ein paar tausend Dollar übrig, um die Strafe fürs Stranden zu bezahlen.»

Sie wirkten alle etwas bedrückt, aber niemand widersprach.

«Vielleicht gibt es einen privaten Abschleppdienst.» Nikki schaute auf ihr Handy. «Ihr wisst schon, so was wie den ADAC für Boote.»

«Wahrscheinlich.» Avery zog den einen Schuh aus, der noch

an ihrem Fuß steckte. «Aber wir wissen nicht, ob sie rund um die Uhr Bereitschaft haben. Und vermutlich ist es weit teurer, wenn man mitten in der Nacht und außerhalb der Bürozeiten anruft.»

Maddie schaute auf ihr Handy. «Es ist jetzt schon nach zwei Uhr morgens.»

Avery stöhnte. «Die Handwerker für die Gartenküche kommen zwischen sechs und sieben Uhr, weil sie fertig sein wollen, bevor die Filmcrew eintrifft. Wir müssen vor ihnen wieder zurück sein.»

Maddie zog die Schwimmwesten aus den Stauraumfächern und verteilte sie.

«Hast du Angst, dass wir kentern oder ertrinken?», fragte Deirdre, als sie ihre Weste entgegennahm.

«Nein.» In diesem Augenblick fand Maddie die Aussicht, vom Meer verschlungen zu werden, weit besser, als zugeben zu müssen, dass sie bei ihrem allerersten Ausflug als Kapitänin gestrandet war. Und das auch noch mit einem derart kleinen Boot. «Wir haben genug von den Westen, sodass wir ein ‹Kissen› daraus machen können.» Sie schüttelte die leuchtend orangefarbene Weste zurecht, die viel trockener war als ihre Kleidung. «Wenn wir rechtzeitig erkennen wollen, dass die Flut kommt, sollten wir vorher vielleicht noch ein, zwei Stunden die Augen zumachen.»

Und damit rollte sich Maddie zusammen und schloss die Augen. «Und jede, die jetzt ‹Gute Nacht, John-Boy› sagt oder versucht, irgendwem den Hintern zu zeigen, schläft bei den Fischen.»

30

Troy und Anthony waren nicht das einzige Kamerateam, das ihre nicht sehr triumphale Rückkehr nach Mermaid Point filmte. Ein Paparazzi-Boot begleitete sie in der Fahrrinne, was nicht schwer war, zumal sie das Flachboot paddelten und sich dabei kaum schneller als eine Schildkröte fortbewegten.

Nigel beugte sich über den Bootsrand und fragte glücklich-hoffnungsvoll: «Ist denn alles in Ordnung mit euch dadrüben? Keine verletzt bei diesem kleinen Missgeschick?» Er fokussierte mit der Kameralinse jede Einzelne und grinste dabei, als würde er am liebsten jede von ihnen abknutschen, so schmutzig und abgerissen sie auch waren. Aber keiner der Fotografen bot ihnen eine Abschleppleine an, weil sie befürchteten, ihre Shorts könnten nass werden.

Die Motorschraube hatte sich in dem Schlickloch festgefahren, auf dem sie die Nacht verbracht hatten. Erst als die Flut kam, löste sich das Flachboot aus dem Schlamm.

Sie hatten sich mit dem Paddeln abgewechselt und kamen schließlich pitschnass und salzverkrustet an, mit Schlick und Sand und Korallenstücken an ihrer Haut und in ihrem Haar. Kyra und Troy filmten ihre Ankunft. Eine unbekannte Crew, von der Maddie annahm, dass sie zur Küchenfirma gehörte, stand neben ihnen.

William, Hudson, Roberto und Fred schauten ebenfalls zu. Dustin hing in einer Art Tragetuch auf Kyras Rücken. Er blinzelte über die Schulter seiner Mutter.

«Sie sehen ein bisschen müde aus.» William Hightowers

amüsierter Tonfall ärgerte Maddie. «Ich hörte, dass Sie eine spontane Übernachtungsparty dadraußen auf der Sandbank gefeiert haben.» Für eine stille und manchmal wahrhaft schweigsame Person klang er geradezu ausgelassen.

«Sie haben uns dadraußen gesehen und nicht geholfen?» Maddie konnte es kaum glauben. «Es ist Ihnen nicht zufällig in den Sinn gekommen, uns zu holen?»

«Na ja, wir haben schon darüber gesprochen», erwiderte William. «Roberto ist in sich gegangen, um herauszufinden, ob Sie nicht vielleicht absichtlich dort waren. Fred hat überlegt, etwas zu konstruieren, über das Sie laufen könnten, *falls* Roberto zu dem Schluss kommen würde, dass Sie Hilfe brauchen. Schließlich wollte Hudson Ihnen allen die peinliche Situation ersparen.»

«Und Sie?» Maddie musste es einfach fragen.

«Ich habe es eher als wichtigen Initiationsritus gesehen.» Er zeigte ihr ein blendend weißes Lächeln. «Und ich war neugierig, ob Avery uns ihren blanken Hintern zeigen würde oder nicht. Möglicherweise haben wir auch gewettet, ob sie vielleicht auch schaffen würde, eine von ihnen zu überreden, dabei mitzumachen.»

«Sie haben alles gehört.» Es war keine Frage.

«Der Schall trägt weit über das Wasser.» Er zuckte mit den Achseln und lächelte erneut.

«Und ich habe mir dieses Aufblitzen am Strand von Mermaid Point nicht eingebildet.» Auch das war keine Frage.

«Ich habe ein Teleskop und ein Fernglas. Normalerweise sind beide aufs Wasser gerichtet.»

Maddies Gehirnzellen waren nicht ausgeruht genug, um angemessen antworten zu können. Offenbar ging es Avery, Deirdre und Nikki ebenso, denn auch sie schwiegen.

Endlich räusperte sich Hudson. «Ich spritze Ihnen gleich

das Boot ab. Dann kann ich mir auch die Motorschraube anschauen.»

«Danke.» Maddie freute sich zu sehen, dass Hudsons Gesichtsausdruck weit besorgter und unendlich viel weniger schadenfroh war als der von William Hightower. «Natürlich bezahlen wir alle Schäden, die wir verursacht haben.»

Eine große, kurvige Brünette löste sich aus der Gruppe der Filmcrew und streckte ihr die Hand hin. «Ich bin Jeanne Bletzer von Creative Kitchens.» Sie gab ihnen allen die Hand. «Ich werde das Kochvideo produzieren. Und ich bin froh, dass Sie alle heil wiedergekommen sind.» Während sie sprach, sah sie aus den Augenwinkeln zu William Hightower herüber. «Ich freue mich ja so, dass wir Ihre Ankunft filmen konnten.»

Avery rieb sich den steifen Nacken. Der Schuh, der die Tour überlebt hatte, baumelte am Finger ihrer anderen Hand. «Wenn wir uns auf einen Plan hätten einigen können, wie wir die Bootsschraube losbekommen, wären wir schon weit früher wieder hier gewesen.» Sie warf Deirdre einen unheilvollen Blick zu.

«Ich habe doch nur an deine Sicherheit gedacht.» Deirdre schob sich eine sandige Locke aus dem Gesicht. Maddie war sich sicher, dass es ihr Haar noch niemals gewagt hatte, sich dorthin zu verirren.

«Das Wasser war nicht einmal dreißig Zentimeter tief, vielleicht waren es sechzig, als die Flut kam. Ich bin mir ziemlich sicher, dass nichts von dem, was du *gesichtet* hast, Haiflossen waren.» Avery seufzte. «Du hast uns den Schreck unseres Lebens eingejagt. Und du hast mich so heftig zurück ins Boot gezerrt, dass meine Arme bestimmt nicht mehr gleich lang sind.»

Sogar Hudson musste lachen. Dann verzog er sich und kümmerte sich um das Boot.

«Die Küche ist jetzt aufgebaut», erklärte Jeanne. «Wir wollten noch ein paar Aufnahmen mit Will machen und von derjenigen, die dabei die ‹Assistentin› spielt.»

«Das wäre dann Madeline», sagte Will.

«Ich? Oh nein. Ich bin nur für die moralische Unterstützung hier.» Maddie sah an ihrem abgerissenen Aufzug herunter. «Ich komme später zum Pavillon, wenn William mit dem Kochen beginnt, und feuere ihn ein bisschen an.» Sie wandte sich zum Gehen.

«Sie gehen nirgendwohin.» William griff nach ihrem Oberarm. Er beugte sich nah zu ihr, sodass sie seinen Atem an ihrem Ohr spürte. «Der einzige Grund, aus dem ich hier bin, ist der, dass ich dachte, ich müsste Sie zurückholen. Sonst wäre ich schon längst weg.»

Sie schaute auf ihren schmutzigen Arm, den er nicht losgelassen hatte, und dann in Williams Augen. «Ich bin hier nicht der Promi. Und ich bin nicht ...»

«Wir glauben übrigens, dass unsere weiblichen Kunden es sicher toll fänden, zusammen mit William Hightower zu kochen. Ein Traum, der wahr wird. Machen Sie also besser mit.» Die Augen der Produzentin glitzerten begeistert.

«Wenn Maddie nicht kocht, koche ich auch nicht.» William ließ ihren Arm los, aber nicht ihren Blick. «Ende der Geschichte.»

Maddie wand ihren Arm aus seinem viel zu warmen Griff. «Sie haben uns die ganze Nacht dadraußen sitzen lassen und auch noch Wetten abgeschlossen, als ob das alles nur ein großer Witz wäre. Was, wenn etwas Schlimmes passiert wäre?» Erst jetzt, da sie in Sicherheit war, spürte sie, wie viel Angst sie gehabt hatte.

«Dann wäre ich gekommen und hätte Sie alle geholt.» Er sagte es schlicht und als Feststellung.

«Und wie hätten Sie gewusst, ob wir Sie brauchen?», fragte

Maddie. «Woher hätten Sie gewusst, ob wir nicht über Bord gespült wurden oder uns an diesen blöden Korallenriffen verletzt hätten?»

In seinen Wangen vertieften sich die Grübchen, aber er schwieg. Hudson, der dabei war, den Wasserschlauch abzuwickeln, antwortete statt seiner. «Er hätte es gewusst, weil er die ganze Nacht in der Hängematte aufgepasst hat. Wir anderen durften ihn nicht dabei ablösen.» Hudson warf seinem Freund einen Blick zu.

Roberto nickte. Fred Strahlendorf ebenfalls. Jeanne Bletzer musterte die Männer vom Scheitel bis zur Sohle, diesmal ebenso interessiert wie überrascht.

«Das stimmt, Mom.» Kyra hatte aufgehört zu filmen. Sie trat jetzt zu ihnen. «Als ich heute Morgen aufgewacht bin und gemerkt habe, dass ihr noch nicht wieder da wart, bin ich sofort rausgerannt und habe William in seiner Hängematte gefunden. Er hat mich durch sein Fernrohr sehen lassen. Und er hat mir gesagt, dass du die Sache wie ein alter Seebär geregelt hättest. Und dass es dir gut geht.» Sie lächelte. «Wobei er das mit dem Blankziehen nicht erwähnt hat. Wir finden es wirklich alle sehr schade, das verpasst zu haben.»

«Und ich habe nicht gefilmt, weil William Anthony und mir gesagt hat, dass er uns und unsere Ausrüstung sofort von der Insel werfen würde, wenn ich meine Kamera hervorholte.» Troy klang ernsthaft gekränkt. «Lisa Hogan wird böse auf mich sein. Ich überlege schon, einem der Paparazzi sein Filmmaterial von heute Morgen abzukaufen und es als meins auszugeben.»

«Mir gefällt besonders der Teil mit dem ‹von der Insel werfen›.» Kyra warf dem Fernsehkameramann einen Blick zu. «Darauf hätte ich auch selbst kommen können.»

Maddie fiel keine Entgegnung ein. Aber ein warmes Gefühl breitete sich in ihrer Brust aus.

«Wie lange brauchen Sie denn in etwa, bis Sie sich umgezogen und, äh, erfrischt haben?», fragte die Produzentin.

Maddie musste genauso verwirrt ausgesehen haben, wie sie sich fühlte, weil Deirdre jetzt an ihre Seite trat. «Maddie, wir müssen unbedingt tun, worum Jeanne bittet. Ein Video zu liefern, in dem Will in der Gartenküche kocht, ist Teil unserer Abmachung.» Sie hakte sich bei Maddie ein. «Ich habe genug Schminke, um die Müdigkeit aus deinem Gesicht zu wischen. Danach siehst du vermutlich noch jünger aus.»

«Deirdre hat recht.» Nikki trat an ihre andere Seite. «Du musst da wirklich mitmachen. Ich habe noch ein paar Accessoires und eine Bluse, die dich noch schicker aussehen lässt. Wir schaffen es in weniger als einer Stunde, dich sogar für die Nahaufnahmen vorzubereiten.»

Maddie ließ es zu, dass man sie zum Hausboot zurückführte. Dort verschwand sie unter einem eiskalten Wasserstrahl, für den die anderen den uralten Durchlauferhitzer verantwortlich machten. Dann setzten sie Maddie auf einen Stuhl und cremten, malten und toupierten an ihr herum. Zwei durchgedrehte gute Feen, die Aschenputtel für den Ball zurechtmachten.

Es dauerte dann doch länger als eine Stunde, bis Madeline Singer in der Gartenküche auftauchte. Will blinzelte überrascht, als Deirdre und Nicole sie so wie Stylisten ihr Model ans Set brachten. Maddie hatte dichtes Haar, das über ihre Schultern fiel, hübsche, gleichmäßige Gesichtszüge und intelligente braune Augen, aber in diesem Augenblick hatte sie kaum noch Ähnlichkeit mit der Frau, die damals auf der Insel angekommen war und kaum ihren Namen herausgebracht hatte.

Ihr Haar war längst nicht so glatt und glänzend gewesen.

Ihre Augen wirkten fast doppelt so groß wie sonst, und ihre Wimpern bogen sich wie Schmetterlingsflügel. Tatsächlich hatten sie alles «Gemütliche» aus ihrem Gesicht gepinselt und getüncht, sodass ihre Wangenknochen höher und kantiger und ihre Nase schmaler und weniger aufgeworfen wirkten.

Und ganz sicher hatte sie keine genoppten, türkisfarbenen Hosen und eine weiche weiße, weit aufgeknöpfte Bluse getragen, unter der William einen zarten Spitzen-Push-up-BH erahnte.

Sie standen nebeneinander. Die Lichtassistenten rückten das Licht zurecht, und die Kameracrews stellten sich auf ihre Positionen. Will versuchte, nicht hinzusehen, als der Mann, der für den Ton zuständig war, Maddie ein Mikrophon an die Bluse klemmte, genau an die Stelle, wo der Stoff aufklappte. Als Kyra zu ihrer Mutter kam und ihr das Haar von der Schulter strich, sah Will, wie ähnlich sich die beiden waren.

Maddie bewegte sich sehr vorsichtig. Er merkte, dass sie Angst hatte, die geliehene Kleidung zu zerknittern. Hin und wieder strich sie über ihr Haar und schien erstaunt zu sein, wie es sich anfühlte. Er wusste, dass er ihr ein Kompliment machen sollte, doch die Wahrheit war, dass er sie lieber mochte, wenn sie nicht ganz so gut aussah.

Aber er war ja nicht dumm, also sagte er ihr, wie toll sie aussah. Und provozierte sie absichtlich ein wenig, um ihr die Nervosität zu nehmen.

«Was machen wir denn jetzt?», fragte sie, als sie der Beleuchtungsassistent anwies, sich einander zuzuwenden, damit er das Licht prüfen konnte. Will wusste selbst nicht genau, ob er sie in diese Sache hineingezogen hatte, um sich für seine durchwachte, sorgenvolle Nacht zu rächen, oder nur, um sie ein wenig gegen sich aufzubringen. Doch jetzt, da die Crew sich um sie herum zu schaffen machte, begriff er, dass sie noch nie aufs Stichwort «gespielt» hatte, obwohl sie stundenlang für die TV-Show *Alles Neu* vor der Kamera gestanden hatte. Im Gegensatz zu ihm, der schon so oft etwas vorspielen musste, wenn die Kamera lief. Wobei diese Kochshow vermutlich eines der wenigen Events war, bei denen er nüchtern gefilmt wurde.

«Versuch einfach, gar nicht auf die anderen zu achten», sagte er leise und wechselte bewusst ins Du angesichts dieser außergewöhnlichen Situation und obwohl er wusste, dass die Mikrophone alles aufnehmen würden. «Genau so, schau mir in die Augen und mach einfach, was ich mache.»

Er hielt ihren Blick, als sich die Kameras auf die beiden richteten und Jeanne Bletzer herunterzählte. Schließlich zeigte Jeanne auf Will, und er lächelte, trat noch einen Schritt näher an Maddie heran, damit sie tatsächlich beide im Bild waren, und sprach mit Maddie, als ob es keine Kameras gäbe.

«Also, hast du Lust, mit diesen neuen Kochutensilien zu kochen?», fragte er sie und schaute ihr in die überraschend angstfreien Augen.

«Hmm ... ich weiß nicht recht.» Sie neigte den Kopf zur Seite, als müsste sie nachdenken. «Kommt drauf an, was ich tun soll.» Sie hob eine Augenbraue und bebte innerlich ein wenig. Trotz des ganzen Drumherums hatte diese Begegnung etwas sehr Intimes.

«Weiß ich noch nicht. Tu einfach, was ich dir sage.» Er zwinkerte ihr zu.

Sie richtete sich auf und überrumpelte ihn vollkommen, indem sie direkt in die Kamera schaute und die Augen verdrehte. «Wir kennen uns noch nicht allzu gut. Daher weißt du vermutlich noch nicht, wie gering die Wahrscheinlichkeit ist, dass ich tue, was du sagst.»

Diesmal lachte er laut. Er konnte wirklich nichts dagegen machen. Immer wenn ihm Maddie leidtat oder er dachte, dass sie nicht den Mumm für etwas hätte, überraschte sie ihn vollkommen. Wie letzte Nacht, als er überzeugt gewesen war, dass sie ihn oder Hudson oder vielleicht auch Roberto anrufen und sie anbetteln würde, sie zu retten. Stattdessen hatte sie nur die Schwimmwesten herausgeholt und alle schlafen geschickt.

«So gering, was?» Er grinste breit und hatte das Gefühl, mit ihr in einer Art Screwball-Komödie zu spielen. Ähnlich wie das, was ihm Maddie über die Auftritte von Max Golden und seiner Frau Millie erzählt hatte. «Ich finde keine Worte dafür, wie bestürzt ich deswegen bin.»

Jetzt musste sie lachen. Es war ein leichtes, perlendes Geräusch. «Du wirst es sicher überleben.»

Und dann lief es einfach wie geschmiert.

«Ich versuch's», erwiderte Will. «Und bis dahin bereite ich die Marinade nach meinem Geheimrezept zu und grille uns ein paar Rotbarschfilets. Und zwar genau hier in meiner brandneuen, schicken Gartenküche.»

Er sah, wie Jeanne Bletzer glücklich lächelte, und spürte, wie die Kameras ihn ganz dicht heranzoomten.

«Du hast ein Geheimrezept?», fragte Maddie zweifelnd. «Du, in dessen Kühlschrank es so leer ist wie im Grand Canyon?»

«Ja, habe ich. Tatsächlich habe ich schon vor einigen Stunden ein paar hübsche Filets in Marinade eingelegt.»

Sie sah ihn misstrauisch an. Er wusste genau, wie gut das im Video aussehen würde. «Wo hast du denn die Marinade gekauft?», fragte Maddie. «Und kann man sie auch als Salatsoße benutzen?»

Sie neckten sich weiter, und dafür brauchte keiner von beiden ein Drehbuch oder ein Stichwort. Keine Patzer, keine zweiten Versuche. Maddie erwies sich als Naturtalent.

Am Ende sorgte sie sogar noch für eine kleine Überraschung. «Ich habe hier etwas, das ich dir unbedingt zeigen wollte.» Sie zog ein Stück Pappe hervor, auf dem mit schwarzem Filzstift Namen und Zahlen geschrieben standen, und hielt die Pappe dann so, dass die Kamera sie einfangen konnte.

«Was ist denn das?», fragte Will.

«Ein Kochplan.» Maddie lächelte unschuldig.

«Und wofür ist der?»

«Na, für uns alle.»

Er studierte den Kochplan eine ganze Weile und musste sich sehr bemühen, nicht wieder loszuprusten.

«Da wir ja nun die beste und die am prachtvollsten ausgestattete Küche auf der Insel haben, finde ich, dass wir uns mit der Zubereitung des Abendessens alle abwechseln sollten.» Ihr Lächeln war breit und sehr zufrieden.

«Und wer entscheidet, wer was wann tut?», fragte er, bereitwillig den Stichwortgeber spielend.

«Ich», antwortete sie, ohne zu zögern. «Ich bin davon überzeugt, dass meine frühere Karriere als Vollzeithausfrau mich dazu eher qualifiziert als eine Rock-'n'-Roll-Ikone, die es gewohnt ist, verhätschelt und verwöhnt zu werden. Findet ihr nicht auch, Ladys?»

Und wieder einmal hatte sie ihn überrascht. Und nicht nur deshalb, weil er sich nicht hundertprozentig sicher war, was «verhätschelt» in diesem Fall genau bedeuten sollte.

Die Frauen im Pavillon, die Produzentin von Creative Kitchens eingeschlossen, jubelten. Und Maddie Singer nahm William Hightowers Schweigen als Zustimmung.

«Super», sagte sie dann und lächelte so breit, dass ihr perfekt geschminktes Gesicht leuchtete. «Der Plan wird haarklein ausgearbeitet sein, wenn alle aus den Feiertagen zurück sind.»

Wieder schwieg er beeindruckt. Und Jeanne Bletzer rief hochzufrieden: «Cut! Wir haben's im Kasten, Leute.»

Sie dankte ihrer Crew und bat sie, alles zusammenzupacken.

Zu Will und Maddie sagte sie: «Toll gemacht, Sie beide. Ich kann Ihnen gar nicht sagen, wie positiv überrascht ich bin. Sie waren großartig zusammen – wie James Garner und Mariette Hartley in diesen Polaroid-Werbespots. Viel mehr Chemie, als ich erwartet hatte.»

Sie schüttelte ihnen begeistert die Hände. «Sie beide könnten mit dieser Show wirklich auf Tour gehen.»

31

Avery glaubte grundsätzlich nicht ans Weinen. Sie hatte ihr gesamtes vierzehntes Lebensjahr damit verbracht, zu weinen, nachdem Deirdre sie verlassen hatte. Als sie endlich damit aufhörte, war sie blass und erschöpft, aber um die Erkenntnis reicher, dass ihre Tränen die Mutter nicht zurückgebracht hatten. Dasselbe konnte man über die Tränen sagen, die sie nach dem Niedergang ihrer Ehe vergossen hatte, nach dem Tod ihres Vaters und dem Ende ihrer Rolle in der TV-Show, die sie selbst entwickelt hatte.

Als das sauer verdiente Geld ihres Vaters an Malcom Dyers Schneeballsystem verloren ging, hatte sie wie verrückt gekämpft; sie fand, dass das weit produktiver war, als zu weinen. Aber als sie jetzt Fred Strahlendorf und, zumindest vorübergehend, Roberto verabschieden musste, traten ihr doch Tränen in die Augen – vor Dankbarkeit und Zuneigung.

Tatsächlich: Als sie mit Franks Assistenten Danny im Schlepptau und Roberto neben sich die Bauten besichtigte, hätte sie weinen können vor Freude über alles, was sie in so kurzer Zeit geschafft hatten.

Roberto schien damit zufrieden zu sein, seine Arbeit für sich selbst sprechen zu lassen, aber Fred händigte ihr eine Mappe mit akribisch geführten Listen aus. Außerdem hatte er einen Plan und eine Checkliste für ihre Begehung an die innere Klappe der Mappe geheftet.

«Also, Williams Wohnung, seine neue Küchenzeile und die Gästezimmer sind so gut wie fertig», sagte Fred, als sie durch das Haupthaus gingen. «Ich habe mit den Leuten von der Klimaanlagenfirma gesprochen, und sie wollen ein Luftbefeuchtungssystem einbauen. Hier ist eine Liste der einzelnen Thermostate, die sie für die Gästezimmer benutzt haben.»

In der Eingangshalle zeigte er hinauf zu den Balken in der gewölbten Decke. «Sie sehen, dass in jedem Balken die Spots installiert werden können, die Deirdre mir gezeigt hat. Das obere Stockwerk ist offen, sodass man gut von oben herankommt.» Er holte einen Stift aus seinem Etui und hakte jeden einzelnen der besprochenen Punkte ab. «Die Elektrizität in der Küche ist fertig, sie basiert auf Deirdres Plänen. Ich habe schon Notizen für die Leute von der Küchenfirma angefertigt.» Er übergab Avery ein detailliertes Diagramm der elektrischen Leitungen. «Aber Danny und ich kommen vielleicht während der Installation für ein oder zwei Tage zurück, um die Arbeiten zu beaufsichtigen. Das wird vermutlich Anfang bis Mitte August sein.»

Averys Augen waren inzwischen wieder angenehm trocken. Trotzdem hatte sie das Gefühl, dass ihr Herz vor lauter Glück flatterte.

Die Garage, aus der man das Gästehaus gemacht hatte, war ebenfalls eine Freude. Der Rohbau war bereits fertig und die einzelnen Zimmer deutlich zu erkennen. Roberto fuhr mit der Hand über einige komplizierte Holzarbeiten in den beiden neuen Badezimmern und betastete die Rahmen der neuen Taschenschiebetüren zwischen dem Esszimmer und dem Schlafzimmer im Erdgeschoss. Dabei lächelte er verträumt. Fred blätterte zur nächsten Seite in seiner Mappe und sagte: «Das Erdgeschoss und der erste Stock sind als vollkommen abgeschlossene Einheiten behandelt worden. Natürlich kann man sie auch öffnen und als eine einzige große Einheit vermieten. Ich habe viel Mühe darauf verwendet, die Treppenaufgänge einzeln mit Leitungen zu versehen – wir wollen ja nicht, dass ein Gast in seiner Suite aus Versehen das Licht auf der Treppe einschaltet, wenn der andere Gast gerade seine Ruhe haben will.» Er zeigte Avery das Schema und wie er damit umgegangen war. Dann hakte er auch diesen Punkt ab.

Sie blieben an der Abzweigung stehen, die zu William Hightowers Studio führte – das einzige Gebäude, das niemand hatte betreten oder verändern dürfen.

«Es ist ein Hohn», sagte Roberto, «dass der Wilde Will keine Musik mehr macht. Eine Beleidigung des Universums. Jemand muss da entschlossen einschreiten.»

«Man könnte zumindest den Pfad aufräumen, wenn der Gartenarchitekt da war», sagte Fred. «Und vielleicht etwas an den Außenwänden tun. Wer weiß? Vielleicht ist es dann so wie in diesem Film, den Roberto und ich neulich angeschaut haben – *Feld der Träume*. Wenn man hier etwas baut oder renoviert, kommt er vielleicht doch.»

Wobei es natürlich schwierig war, etwas zu «bauen» oder zu «renovieren», wenn man es nicht einmal anschauen durfte.

«Das ist eine abgefahrene Idee», sagte Roberto und lächelte erfreut. «Ich bin stolz auf dich, Mann.»

Fred schaute wieder auf seine Liste, aber Avery glaubte, dass er leicht mit dem Kopf nickte, bevor sie weitergingen.

Auch im Bootshaus und den darüberliegenden Gästesuiten waren elektrische Leitungen verlegt worden. Die Beleuchtung am Steg war verstärkt worden, damit man dort auch bei Dunkelheit Fische ausnehmen und Boote abspritzen konnte. Eine Lichterkette in der Nähe des Wassers sorgte für romantische Stimmung beim nächtlichen Angeln.

Fred hakte drei weitere Punkte ab und nickte verständnissinnig. Roberto schlug ihm herzhaft auf den Rücken.

Sie trafen Deirdre unten am Pool. Während Roberto die

Augen schloss und sein Gesicht in die Morgensonne hielt, zeugte ihnen Fred, wo die Stromkästen standen. Die Leitungen verliefen parallel zum Swimmingpool, der den Strom für die Beleuchtung der Palmen lieferte, die gepflanzt werden würden, sobald der Pool fertig war.

«Perfekt!», sagten Avery und Deirdre wie aus einem Munde, sodass Deirdre lächeln musste. Avery senkte den Kopf, um die Tränen zu verbergen, die ihr erneut in die Augen traten. «Ich weiß nicht, was wir ohne euch gemacht hätten», sagte sie, als sie es endlich geschafft hatte, sie wegzublinzeln.

Fred lächelte bescheiden und tippte auf sein Kugelschreiberetui. Roberto schlang die Arme um den Elektriker. «Ich werd dich vermissen, Mann. Aber das Zimmer wird immer für dich frei sein. Jederzeit.»

«Danke», sagte Fred. «Du weißt, dass ich deine Gastfreundschaft sehr schätze. Dein Sonnenuntergangshaus ist für mich wie Rubicks Zauberwürfel: eine unwiderstehliche Gelegenheit, das Chaos selbst zu zähmen.»

Roberto umarmte Fred erneut und schlang dann ebenso überschwänglich seine Arme um Avery und Deirdre. «Der Verkehr wird grauenvoll von jetzt an bis nach den Ferien. Ich werde mich an einem stillen Ort verstecken, bis ich weiß, dass alle wieder auf dem Festland sind. Schickt mir ein Rauchsignal, wenn die Rigipsplatten fertig sind und ihr mich für die Verkleidungsarbeiten braucht.»

«Oder Sie rufen ihn einfach auf dem Handy an», versetzte Fred trocken. «Ich habe alle Nummern auf die Checkliste gesetzt.»

«Cool, Mann», sagte Roberto. «Hoffentlich haben alle über die Feiertage Zeit, den Strandhafer zu riechen. Ich jedenfalls werde das unbedingt tun.»

Fred und Danny gingen zum Steg und luden den Rest ihrer

Ausrüstung in Dannys Motorboot. Roberto ging zum Haus der untergehenden Sonne und warf dort den Motor an.

«Hoffentlich raucht er nicht zu viel vom Strandhafer, wenn er schon dabei ist», sagte Avery, die zusah, wie Roberto sein Hausboot vom Steg löste und langsam hinaus in die Fahrrinne tuckerte. «Zum Glück ist er geschützt und nicht auf Rezept erhältlich.»

Deirdre lächelte. Gemeinsam mit Avery winkten sie dem seltsamen Paar zu, das sie so ins Herz geschlossen hatten, und schauten ihnen nach, bis beide Boote unter der Tea Table Bridge verschwunden waren.

Der Mini Cooper war vollgestopft mit Menschen und Gepäck und fuhr langsam auf dem Highway 1 in südlicher Richtung zum Marathon Municipal Airport. Es war spät am Morgen des 3. Juli, und Avery hielt das Steuer im Strom des Feiertagsverkehrs ganz fest.

«Wie gut, dass wir so viel Zeit eingeplant haben.» Deirdre, die neben ihr saß, hatte sich auf wundersame Weise auf nur einen Koffer und eine Make-up-Tasche für ihre Reise nach Key West beschränkt. Jetzt spähte sie in den Rückspiegel auf die lange Autoschlange hinter ihnen.

«Übers Wasser wäre es sicher schneller gegangen.» Kyra hatte den Arm über die Lehne von Dustins Kindersitz gelegt, in dem er sicher angeschnallt saß. Mutter und Sohn hatten stumpfes straßenköterblondes Haar und trugen unauffällige Keys-T-Shirts, Flip-Flops und dunkle Sonnenbrillen. Diese Verkleidung verhüllte nicht so viel von ihren Körpern, wie einige Kyra geraten hatten, würde sie aber vermutlich kaum von den anderen Passagieren auf ihrem Flug nach Tampa unterscheiden. Die Paparazzi, die alles um Daniel Deranian herum verfolgten, würden so auf keinen Fall auf sie aufmerksam werden.

Immer wenn Avery Kyra ihm Rückspiegel sah, stutzte sie. Keiner von ihnen fühlte sich wohl bei der Vorstellung, dass Kyra und Daniel Deranian ein ganzes Wochenende so nah beieinander verbrachten, aber Kyra hatte sie ja nicht nach ihrer Meinung gefragt.

«Übers Wasser wäre es nur schneller, wenn wir nicht wieder auf einer Sandbank nächtigen», versetzte Avery trocken. «Aber ich wünsche mir doch irgendwie, mit Deirdre ein Boot nach Key West nehmen zu können, wenn wir euch abgeliefert haben. Dieser Verkehr ist wirklich unglaublich.»

Der Flughafen von Marathon bestand aus einem kastenförmigen Betonterminal, einer einzigen Landebahn, die parallel zum Golf verlief, und einem Hangar, in dem die kleinen Privatflugzeuge parkten. Ein Zubringerflugzeug stand auf dem Asphalt beim Terminal. Die Treppe war schon herangeschoben worden. Avery schaute zu, als die ankommenden Passagiere über den Asphalt auf den Terminal zusteuerten. Ihr Blick fiel auf einen einzelnen Mann, der sie an Chase erinnerte; eindeutig ein Fall von nutzlosem Wunschdenken.

«Was ist los?» Deirdre und Kyra neben ihr grinsten.

«Was glaubst du denn, was hier los ist?» In Deirdres Tonfall lag eine gewisse Verschmitztheit, die Avery noch nie gehört hatte.

«Ace!», schrie Dustin begeistert und zeigte auf das, was eindeutig nicht das Produkt von Averys Einbildung war.

Bevor sie auch nur etwas sagen konnte, schloss «Ace» Hardin sie in die Arme, hob sie in die Luft und wirbelte sie herum.

«Oh mein Gott! Ich glaub es einfach nicht!» Sie hörte selbst die Freude und Ungläubigkeit in ihrer Stimme. Innerlich war ihr geradezu schwindelig.

Chases Lippen glitten über ihren Nacken, als er sie wieder auf die Füße setzte. Er ließ sie gerade lange genug los, um auch Kyra und Deirdre zu umarmen und Dustin das Haar zu zausen. Dann legte er seinen Arm um Averys Schultern.

«Das verstehe ich nicht. Ich dachte, du müsstest in Tampa bleiben, bei ...»

«Eine gute Freundin hat angeboten, bei Dad und den Jungs zu bleiben.» Chase grinste.

Averys Herz pochte, und ihr ging alles Mögliche durch den Kopf, aber ihr fiel einfach nicht ein, wer in Tampa ein langes Wochenende für sie opfern würde. «Eine Freundin? Aber wer?»

Chase lachte und drückte ihre Schulter. «Sie steht direkt vor dir.»

Avery sah zu ihm auf und folgte seinem Blick zu ...

«Deirdre?»

«Was?» Deirdre strahlte vor Begeisterung. «Glaubst du, ich komme nicht ein Wochenende lang mit einem störrischen alten Mann und zwei pubertierenden Jungs zurecht?»

«Aber du und ich, wir fahren nach Key West. Dein Koffer ist in meinem Auto. Du ...» Avery verstummte.

«Ich bitte Chase, mir meinen Koffer zu holen, wenn er seinen Koffer in deinen Wagen packt. Du und Chase, ihr fahrt nach Key West. Ich fliege mit Kyra und Dustin nach Tampa. Sie setzen mich auf ihrem Weg nach Bella Flora bei den Hardins ab.»

Kyra nahm Dustin auf den Arm und lachte. «Unglaublich, dass wir das Geheimnis bewahrt haben. Mom dachte, wir schaffen das nie.»

Avery hörte ihre Worte, konnte sie aber nicht richtig begreifen. Alle wussten davon? Sie sah in das glückliche Gesicht ihrer Mutter, und zum x-ten Mal an diesem Tag füllten sich ihre Augen mit Tränen.

Sie wischte sie ab und schniefte. Wenn sie nicht aufpasste,

würde diese Weinerei zu einer Gewohnheit. Und was würde das bedeuten? Hatte ihr Vater ihr nicht immer gesagt, dass auf dem Bau nicht geweint wird?

Nicole hätte nichts gegen Stau, Baustellen oder irgendetwas anderes gehabt, was ihre Fahrt in Richtung Norden aufgehalten hätte. Aber der größte Teil des Verkehrs war auf der anderen Seite des Highways in Richtung Süden unterwegs. Nichts hielt sie auf. Gar nichts verzögerte ihre Ankunft in Miami Beach bei der Giraldi-Familie, die den 4. Juli in Joes Haus feiern wollte.

Sie hatte das Verdeck ihres Jaguars heruntergelassen und fuhr recht schnell, sodass die warme Brise über ihre Wangen strich und am Schal zerrte, den sie um ihr Haar gebunden hatte. Sie hatte nur eine Nacht mit Joe gehabt, als Deirdre und sie in Miami Sponsoren gesammelt hatten, und sie spürte das spezielle Kribbeln in ihrem Bauch, welches sie immer spürte, wenn sie Joe wiedersah. Doch dieses Gefühl vermischte sich mit etwas, das sie sich zu benennen schämte. Dieses Etwas war Angst.

Nicole schaltete das Radio lauter, und Bonnie Raitts *I Can't Make You Love Me* ertönte. Es ging ja gar nicht darum, dass sie beide etwas fühlen sollten, was sie nicht fühlten. Die Gefühle waren hier überhaupt nicht das Problem. Das Problem waren ihre unterschiedlichen Vorstellungen darüber, was sie aus diesen Gefühlen machen sollten. Das verkomplizierte alles. Joe war ein entschlossener Mann, der gewohnt war zu bekommen, was er wollte. Er glaubte, man könnte alle Hindernisse überwinden, wenn man nur wollte. Aber selbst seine Geduld war nicht unendlich. Und was sollte sie tun, wenn er beschloss, dass er keine Lust mehr hatte, ihre Einwände zu entkräften? Es gab eine Million jüngere und hübschere Frauen, die sofort ja zu Joe Giraldi sagen würden.

Das Auto hinter ihr saß ihr praktisch auf der Stoßstange. Und das war kein Wunder: Ihr Fuß war vom Gas geglitten, und sie schlich geradezu die Straße entlang.

«Sei nicht so eine Memme», schalt sie sich selbst. «Es gibt keinen Grund dafür, Angst zu haben. Du wirst ein paar Manicotti essen, na gut, eine Menge Manicotti. Du wirst zu allen ganz nett sein und dich einfach nicht auf ein Gespräch über deine Zukunft mit Joe einlassen.»

Das Auto überholte sie, und der Fahrer sah sie direkt an. Nicole drückte nun ebenfalls aufs Gas.

Es war ja nicht so, als käme sie nicht mit Joes Familie zurecht. Sie war schon mit ganz anderen Leuten als den wohlmeinenden, wenn auch ziemlich unverblümten Giraldis zurechtgekommen, als ihre Firma Heart Inc. noch gut lief. Unglaublich reiche und fordernde Leute, die die Eigenschaften potenzieller Ehepartner so sorgfältig auswählten wie die Lackierung und den Holzboden für ihre Yacht. Eine italienische Großmutter, die knapp 1,40 Meter groß war und uralte italienische Flüche ausstieß, war wirklich kein Grund für Angst. Immerhin hatte Nikki schon ganz andere Dinge überlebt.

Sie führte ihre Selbstgespräche den ganzen Weg bis Homestead, durch Miami hindurch und schließlich auch noch auf dem MacArthur-Damm, der über die Biscayne Bay führte.

Aber als sie nach Palm Island abbog und die kleine Brücke nach Hibiscus überquerte, war sie zu dem Schluss gekommen, dass Selbstgespräche nichts halfen. Weil Joe nun mal Joe war. Und seine Eltern waren warmherzig und lustig, seine Schwestern liebten ihn abgöttisch und wollten nur das Allerbeste für ihn. Und *nonna* Sofia mit ihrem Akzent aus der Alten Welt konnte man eigentlich nur der absichtlichen Überfütterung bezichtigen.

Wie konnte man sich gegen so etwas schützen? Besonders

wenn man selbst keine Familie mehr hatte – zumindest niemanden, der einen nicht bestohlen und betrogen hatte?

Nicole folgte der Kurve, die auf Joes Haus zuführte, ein bescheidenes einstöckiges Gebäude mit Stuck und Ziegeldach. Zwei Mietautos standen schon neben seinem Jeep in der Auffahrt. Außerdem parkte dort der Porsche Speedster von 1960, den er sich als eine seiner wenigen Extravaganzen gönnte. Zwei von Joes Neffen spielten vor der Tür Fußball mit ihrem Vater.

Nicole fuhr jetzt langsamer und kämpfte gegen den peinlichen Drang an, Gas zu geben und einfach weiterzufahren, bis die Straße eine Schlaufe beschrieb und sie wieder von Hibiscus herunterführte.

«Hallo, Nikki!»

Dom, der Schwager von Joe, schnappte sich den Fußball und scheuchte die Jungs auf die Wiese, damit sie in die Einfahrt biegen konnte.

«Hallo!» Sie lächelte strahlend, parkte und dankte dann Joes Neffen Gabriel dafür, dass er ihre Tasche aus dem Kofferraum hob. Sie lächelte auch, als sie ihrem Empfangskomitee zum Haus folgte. Drinnen umarmten und begrüßten sie die Giraldis so herzlich, dass sie keine Wahl hatte: Sie musste ihre Vorstellung von sich selbst als einer Gefangenen, die zum Tod durch Erschießen verurteilt war, aufgeben. Als Joe sie in die Arme schloss, waren alle Gedanken an Flucht so plötzlich verflogen wie die Willenskraft angesichts handgemachter Cannolis.

32

Das Conch House Inn bestand aus zwei Gebäuden – einem großen viktorianischen Haus mit einer umlaufenden Terrasse und Einflüssen von den Bahamas und einem schmalen, langen Shotgun-Haus, wie es sie in den Südstaaten der USA häufig gab. Beide Fronten waren auf die Truman Avenue im Herzen von Old Town Key West gerichtet. Das Grundstück war üppig mit tropischen Pflanzen bewachsen und wunderschön gepflegt; weit schöner und auch versteckter gelegen als Mermaid Point und die umliegenden Keys. Beim Conch House Inn konnte man auch parken. Chase hatte ihr gesagt, dass das allerdings sehr teuer war, besonders an einem langen Wochenende. Key West war dann voller Touristen, die in viel mehr Autos gekommen waren, als die Stadt unterbringen konnte.

«Sam Holland und ich kennen uns schon sehr lange», erklärte Chase, als er Averys Mini auf einem der teuren Parkplätze abgestellt, ihre Taschen ausgeladen und sie die Stufen zum Haupthaus hinaufgeführt hatte. «Dieses Grundstück und die Häuser sind schon seit Generationen im Besitz seiner Familie, aber Sam hat alles wiederinstandgesetzt und in ein Bed and Breakfast verwandelt.»

Die «Rezeption» bestand aus einem antiken Schreibtisch im offiziellen Wohnzimmer, einem großen Saal mit Blick auf die vordere Terrasse und den Pool. Die Böden waren aus dunklem Holz, die Möbel alle antik. An den Wänden, die mit historischen Farben gestrichen und mit Zierleisten versehen waren, hingen alte Familienfotos. Sam begrüßte sie herzlich, schlug Chase begeistert auf die Schulter und umarmte Avery, als sei auch sie eine alte Freundin. Er strahlte eine ansteckende Begeisterungsfähigkeit aus, und sie zweifelte nicht daran, dass sich auch Fremde bei ihm willkommen fühlten. «Ich habe euch in der Marquesa-Suite im ersten Stock des Pool-Häuschens untergebracht. Von dort hat man einen tollen Blick, ist aber trotzdem sehr für sich.» Er zwinkerte ihnen zu. «Es ist eine der begehrtesten Suiten.»

«Danke, Mann.» Chase schaute sich anerkennend um. «Es sieht toll aus hier. Wir freuen uns schon, wenn du uns von der Renovierung erzählst.»

Sam begleitete sie durch das Esszimmer und hinaus auf die Veranda, die auf den Pool hinausging. «Wir sind ausgebucht, deshalb habe ich heute Nachmittag so gut wie keine Zeit. Aber wie wäre es mit einer kleinen Führung morgen nach dem Frühstück? Frühstück ist von 8:30 bis 10:00 Uhr, und viele essen draußen am Pool. Ich brauche dringend eine Stärkung, bevor wir über die Renovierung sprechen.» Er lachte ein wenig kläglich. «Ende gut, alles gut, aber die Arbeiten zogen sich endlos hin und waren manchmal wirklich beängstigend.»

«Ah.» Avery lachte. «Das kann ich gut verstehen. Wir können uns ja gegenseitig unsere Kampfnarben zeigen.»

Der Fußboden in ihrem Zimmer war gekachelt. Die Decken waren gewölbt, man konnte die Stützbalken sehen. Die Wände waren in einem tropischen Türkis gehalten. Avery trat durch die bodentiefen Fenster und sog den Duft von Frangipani und Jasmin ein, die sich am Balkon hochrankten. «Hmmm. Ich glaube, ich entspanne mich jetzt schon.»

«Ich auch.» Chase trat von hinten an sie heran und schlang die Arme um sie. Er küsste sie direkt hinterm Ohr. «Tatsächlich finde ich, dass wir jetzt ein Nickerchen gebrauchen könnten.» Er gähnte nicht sehr überzeugend.

«Aber es gibt hier so viel zu unternehmen, und wir sind nur wenige Tage da.»

«Ähm ... hmm.» Er knabberte an ihrem Ohrläppchen und küsste ihren Nacken.

«Du weißt schon, das Hemingway-Haus, den südlichsten Punkt und ...» Sie schluckte, als er seine Hände von ihrer Taille aus hochgleiten ließ. «Die ... ah ...» Sie schauderte leicht unter seiner Berührung. «Die Feierlichkeiten zum Sonnenuntergang am Mallory Square. Ich habe gehört, dass man die auf keinen Fall verpassen darf.»

Er drehte sie sanft um und verschloss ihr den Mund mit seinen Lippen.

Als der Kuss endete, war sie außer Atem und hatte das Gefühl, dass ihre Knie aus Götterspeise bestünden. «Vielleicht ist es *wirklich* einen Hauch zu warm draußen.»

«Extrem.» Er küsste sie erneut. «Extrem heiß.»

Sie stellte sich auf die Zehenspitzen, damit ihre Körper sich noch enger aneinanderschmiegen konnten, und sie bemerkte, dass er sich ohne jeden Zweifel sehr freute, sie zu sehen.

«Ich garantiere dir, dass du absolut alles zu sehen bekommst, was du in deinen Reiseführern gefunden hast, Avery. Und noch ein paar Dinge mehr.»

«Das ist gut.» Sie seufzte, als er seine Hand wieder über ihren Körper gleiten ließ. Ihre Haut prickelte vor Erregung. «Aber was dieses Nickerchen angeht ...»

Seine Hände umschlossen ihren Hintern.

Sie schmiegte sich noch enger an ihn. «Ich glaube, ich bin doch ein bisschen zu ... wach ... jetzt ... um zu schlafen.»

«Bei einem Nickerchen muss man nicht unbedingt schlafen.» Er ließ eine Hand unter ihr Knie gleiten und hob sie mit

Leichtigkeit hoch. Sie schlang ihre Arme um seinen Hals, und er trug sie ins Zimmer.

«Es ist viel zu lange her, Avery.» Er ließ sie aufs Bett herunter. «Kommt mir vor wie eine Ewigkeit.»

Sie lächelte und zog ihm das T-Shirt über den Kopf, half ihm, seine Shorts loszuwerden, und spürte das Begehren, als er nackt vor ihr hockte.

«Ich bin mir nicht sicher, wie ‹ruhig› dieses Nickerchen wird.» Chase legte sich neben sie und begann ihre Bluse aufzuknöpfen. «Aber ich garantiere dir, dass wir hinterher sehr viel entspannter sein werden.»

Kyra fuhr auf die Howard-Frankland-Brücke, die nach St. Petersburg führte. Dabei schaute sie aus den Augenwinkeln immer wieder auf das zurzeit aufgewühlte Wasser in der Bucht von Tampa und in den Rückspiegel ihres Mietautos. Dustin schlief tief und fest in seinem Kindersitz. Bisher hatte sie noch keinen Fotografen entdecken können. Wenn sie Glück hatte, waren Nigel und die anderen Paparazzi noch in Islamorada und fuhren an Mermaid Point auf und ab. Oder sie waren an irgendeinem anderen Urlaubsort, wo sie neue, hoffentlich noch sensationellere Beute aufs Korn nehmen konnten.

Die Gandy- und die Courtney-Campbell-Brücke, die die Bucht rechts und links der Howard-Frankland-Brücke überspannten, waren beide vollkommen überfüllt mit Autos, die alle in Richtung der Strände wollten. Von der Brücke fuhr sie auf der 275 zum Pinellas Bayway, der sie zum St.-Pete-Strand brachte. An der Ampel hielt sie direkt gegenüber vom Don-CeSar-Hotel, einem Gebäude, das aussah wie eine pinke Hochzeitstorte mit weißen Zuckergussfenstern und -türmchen, dann bog sie nach

Süden auf den zweispurigen Gulf-Boulevard ab. Hier genoss Kyra den ersten echten Blick auf den Golf von Mexiko und den breiten weißen Strand, der ihn säumte.

Sie sog die warme, salzige Luft ein, als sie an den Mom-and-Pop-Motels vorbeikam, die an einer neuen Baustelle zu ihrer Linken lagen. Zu ihrer Rechten standen Autos in Parklücken direkt am niedrigen Betonmäuerchen, das an der Strandpromenade entlangführte.

Die Blocks waren hier nicht besonders lang und die Seitenstraßen kaum länger. Sie fuhr am Paradise Grille und dem Hotel The Hurricane vorbei – den Namen hatte sie schon immer für unglückverheißend gehalten, zumal auf einer so exponierten Düneninsel. Danach kam die Eighth Avenue, die gleichzeitig die Hauptstraße von Pass-a-Grille war.

Ihr Puls beschleunigte sich, als sie die äußerste Spitze der Insel erreichten. Seit Weihnachten war sie heute zum ersten Mal wieder in Ten Beach Road. Damals hatte sie erfahren, dass sich ihre Eltern scheiden lassen wollten, und die erzürnte Tonja Kay hatte ihr gesagt, dass Daniel der «geheime Käufer» von Bella Flora war.

Bella Flora ragte rosa in die Höhe, die kleinere und privatere Hochzeitstortenausgabe vom Don CeSar. Beide Häuser waren ungefähr zur selben Zeit gebaut worden. Auf den beiden Stockwerken von Bella Flora reihten sich Rundbogenfenster aneinander, darunter hingen schmiedeeiserne Balkone. Türmchen und Schornsteine erhoben sich aus einem Ziegeldach in den Himmel.

«Buhfora!» Dustin war wach und strahlte über das ganze Gesicht. «Buhfora!»

«Genau, Dustin.» Kyra bog langsam in die Ziegeleinfahrt ein und hielt hinter einem Lieferwagen an, der vermutlich der Poolwartungsfirma gehörte. «Du warst noch in meinem Bauch, als du zum ersten Mal hier warst.» Sie hielt an, stieg aus und schnallte Dustin los. «Komm, wir schauen, ob dein Daddy da ist.»

Sie trug Dustin die geschwungenen Stufen zur schweren Holztür hinauf. Es war merkwürdig, hier zu klingeln, merkwürdig, als Gast hierherzukommen, obwohl sie das Haus so gut kannte.

Das Klingeln hallte innen wider, und sie überlegte schon, hinter das Haus zu gehen. Aber in diesem Moment öffnete sich die Tür – und Daniel stand vor ihr. Er war barfuß, seine Jeans lagen eng an seinen schmalen Hüften an. Er trug ein kurzärmeliges Arbeitshemd, auf dem «Pasadena Pools» oberhalb der Brusttasche stand. Es war nicht zugeknöpft und zeigte seine nackte Brust und seinen ebenso beeindruckenden wie flachen Bauch. Sein Blick war warm und ein wenig neugierig. Er fuhr sich mit der Hand durch die dunklen Locken.

«Dandell!» Dustin breitete die Arme aus und beugte sich sofort vor zu seinem Vater.

«Hallo, kleiner Mann.» Daniel nahm ihn Kyra ab, setzte ihn sich auf die Hüfte und küsste ihn auf den jetzt blonden Scheitel.

Er bat sie herein und schloss die Tür hinter ihnen. «Offenbar habt ihr euch beide die Haare blond färben lassen. So habe ich euch ja noch nie gesehen.» Er neigte den Kopf zur Seite und betrachtete sie. «Interessant.»

«Ja, genau. Deine Frau ist ja eine Blondine, oder?» Tonja Kays Haar war eine wahre Symphonie aus allen möglichen Blondtönen. Dazu hatte sie eine Alabasterhaut und ein trügerisch engelsgleiches Gesicht.

Daniel sagte nichts dazu und ging voran in den Flur, an der Bibliothek vorbei, dem offiziellen Wohnzimmer und der wunderschönen Lounge im orientalischen Stil. Sie standen im Salon mit seinen bodentiefen Fenstern, von denen aus man auf den Pool und noch viel weiter schauen konnte, bis dahin, wo der Golf und die Bucht ineinander übergingen. Das riesige Spielhaus, ein kleines Abbild von Bella Flora, das Daniel Dustin zu Weihnachten geschickt hatte, stand immer noch neben der Loggia, wo sie es gelassen hatten. Kyra war erleichtert, dass noch niemand damit begonnen hatte, den Salon in einen Innenpool umzuwandeln, wie Tonja Kay gedroht hatte. Bisher wirkte Bella Flora unangetastet.

Kyra nahm sich Zeit, um sich umzusehen, teils weil sie diesen Raum und das Haus so sehr liebte wie noch keinen Ort zuvor, nicht einmal das Haus, in dem sie aufgewachsen war. Und teils weil sie noch immer nicht so immun gegen Daniel Deranians Attraktivität war, wie sie es eigentlich hätte sein müssen. Selbst jetzt konnte sie dem Blick aus seinen warmen braunen Augen kaum widerstehen, der förmlich «Schlafzimmer» zu schreien schien. Und dann waren da diese Brust und dieser Bauch, die schon so viele Kinosäle mit weiblicher Bewunderung und Sehnsucht gefüllt hatten.

«Ich wusste ja gar nicht, wie wunderbar dieses Haus ist, bevor ich es gekauft habe.» Es klang beinahe überrascht, und sie hätte ihn gern gefragt, warum er es dann getan hatte. Welchen Grund hatte er gehabt, Bella Flora als sein immerhin sechstes Haus zu kaufen, obwohl Pass-a-Grille und das nicht gerade glamouröse St. Petersburg in der Nähe eindeutig nicht zu der Art von Orten gehörten, in denen die Deranian-Kays gern verkehrten. Aber sie war ja nicht gekommen, um zu diskutieren oder so. Sie war gekommen, um Dustin bei seinem Vater abzugeben.

«Möchtet ihr etwas essen oder trinken?», fragte Daniel. «Der Kühlschrank ist voll, und es gibt Mahlzeiten im Gefrierschrank.»

«Sapp! Essen!», rief Dustin, der sich am Hals seines Vaters festhielt.

«Kommt sofort», antwortete Daniel heiter. «Ihr seid sicher beide hungrig.»

Sie gingen in Richtung Küche, als Kyra stehen blieb. «Ich hole mal schnell die Sachen aus dem Auto.»

«Soll ich dir dabei helfen?»

«Nein, danke!» Sie rief es über die Schulter, und die Worte hallten in der Stille wider.

Sie erkannte diesen hilfsbereiten Mann gar nicht wieder. Ihr fiel auf, dass sie, abgesehen von der leidenschaftlichen, wenn auch kurzen Affäre, von der sie sofort schwanger geworden war, nur sehr wenig Zeit miteinander verbracht hatten. Und selbst ihre kurzen Treffen waren heimlich und atemlos gewesen. Nur jemand, der so jung und naiv war wie sie bei ihrem ersten Film, konnte glauben, dass sein Interesse an ihr mehr war als nur Begehren. Wenn sie daran dachte, wie sie in genau diesem Haus gestanden hatte und ihre Mutter davon zu überzeugen versuchte, dass Daniel sie liebte und sein Leben mit ihr und dem gemeinsamen Sohn verbringen wollte, wurde sie rot.

Als sie zurückkam, saßen Vater und Sohn am Esstisch. Eine riesige Menge Essen war vor ihnen ausgebreitet. Kyra entdeckte ein Glas Kaviar und einen Teller mit hübsch angerichteten Vorspeisen. Aber es gab auch einen großen Behälter mit Erdnussbutter und ein Glas Traubengelee. Daniel schmierte gerade ein Erdnussbutter-Marmeladen-Sandwich, als sie Dustins Reisetasche und eine Tüte mit Windeln an der Küchentür abstellte.

«Junge, ihr beiden reist aber mit kleinem Gepäck.» Daniel schnitt das Sandwich in zwei Hälften und stellte den Teller vor Dustin hin. Kyra sah sich unauffällig um. Deirdre hatte diese Küche mit spanischen Kacheln, alten Holzarbeitsplatten und Küchenschränken mit blassgrünen, gläsernen Fronten ausgestattet.

«Dustins Sachen sind ziemlich klein, und es sind ja nur ein paar Tage. Und hiervon gibt es sicher mehr als genug.» Sie stieß mit der Fußspitze gegen die Pampers-Tüte. «Hast du eine Kinderfrau mitgebracht?»

«Nein.» Er wirkte überhaupt nicht so, als ob ihm das Windelwechseln und der ganze Rest Sorgen bereiten könnte.

«Komm, iss auch was», sagte Daniel. «Und dann sollten wir dein Auto ein wenig zur Seite fahren. Ein paar Lieferwagen kommen immer wieder hierher, damit es so aussieht, als würde an dem Haus gearbeitet.» Er steckte sich eine gefüllte Olive in den Mund und sah sehr zufrieden aus mit seinem Plan.

«Ich fahre mit dem Auto gleich zum Hotel, deshalb musst du dir darum keine Sorgen machen.» Kyra wandte sich zum Gehen.

«Was?» Er schenkte geschickt weißen Traubensaft in Dustins Lerntasse, und sie erinnerte sich daran, dass er das ja schon viele, viele Male gemacht hatte; er und Tonja Kay hatten mehrere Adoptivkinder. Dustin war vielleicht sein einziger leiblicher Sohn, aber er war nicht sein einziges Kind.

«Aber du musst doch nicht in ein Hotel gehen, wenn es hier so viele Schlafzimmer gibt.» Er sagte es in einem vollkommen vernünftigen Tonfall, als ginge es dabei nur um den notwendigen Raum.

«Es ist Dustins und dein Wochenende. Ich bin zu erreichen, aber ich glaube, dass es besser ist, wenn ich kein Teil davon bin.» Weil sie diese Unterhaltung dringend beenden musste, um nicht in Versuchung zu geraten, trat sie an den Tisch und umarmte Dustin zum Abschied.

«Dann komm doch zumindest zum Schwimmen oder zum Sonnenuntergangucken wieder her.» Daniel wirkte ehrlich verwirrt.

«Ich kann nicht», erwiderte Kyra. «Aber danke trotzdem. Oh, Dustins Badehose und seine Schwimmflügel sind in seiner

Tasche. Und lass ihn nicht schlafen gehen, ohne ihm vorher die Zähne geputzt zu haben.»

«Aber ...»

Sie gab Dustin noch einen Kuss, wünschte ihm viel Spaß und sagte ihm, er sollte auf seinen Dad hören. Dann verließ sie das Haus mit einem fröhlichen Winken und achtete wenig später darauf, ihren Mietwagen ganz an den Rand des Parkplatzes vor dem Inn nebenan zu parken, wo Daniel Deranian sie hoffentlich niemals finden würde, sollte er den Drang verspüren, nach ihr zu suchen.

33

Maddie machte der Verkehr auf dem Highway 1 überhaupt nichts aus. Es war sogar so, dass die Autos, die Anhänger mit den Booten darauf, die SUVs, in denen Familien saßen, und die Cabrios mit den Partygängern darin ihr das Gefühl von Ferien vermittelten. Und sie hatte fast das Gefühl, an der allgemeinen Aufregung teilhaben zu können.

Sie konnte sich kaum daran erinnern, wann sie zum letzten Mal einen ganzen Tag für sich gehabt hatte, ganz zu schweigen von drei ganzen Tagen. Entschlossen, die Zeit zu genießen, fuhr sie mit dem Flachboot erst Richtung Osten und dann Richtung Norden, immer schön innerhalb der Fahrrinne, wie ein Kind, das besonders sorgfältig sein Lieblingsmalbuch ausmalt, bis sie bei Bud N' Mary's ankam. Sie schaffte es ohne Schwierigkeiten, das Boot zu vertäuen, und nickte sogar ein paar Stammgästen an der Marina zu. Einer der dortigen Bootsführer tippte sogar an seine Baseballkappe, als sie den Steg verließ, um den Minivan zu holen.

Sie überlegte fröhlich hin und her, wo sie zu Mittag essen sollte, und entschloss sich schließlich zu einem Tisch unter einem Sonnenschirm am Strand der Morada Bay. Dort konnte sie überall Leute beobachten und trotzdem den Blick über die Bucht genießen, in den die Boote kreuz und quer durch die Fahrrinnen fuhren, die zwischen den Mangroven-bewachsenen Inseln hindurchführten. Sie sahen aus wie Perlen, die an unsichtbaren Fäden kreuz und quer entlangglitten.

Sie zog ihre Flip-Flops aus, um ihre Zehen im warmen Sand

vergraben zu können, und trank ein Glas Weißwein, während sie darüber nachdachte, was sie bestellen sollte. Sie gönnte sich noch ein zweites, letztes Glas zu ihrem Endiviensalat mit Blauschimmelkäse. Dann aß sie eine Schüssel Zackenbarsch-Ceviche. Um sie herum stieg die Stimmung im gleichen Maß wie die Hitze. Als sie ihre Mahlzeit beendet hatte, ging sie den Steg entlang bis hinter das riesige Sportartikelgeschäft. Sie schlenderte dann erst durch die Kunstgalerie, bevor sie das Geschäft betrat.

Die Klimaanlage war hochwillkommen nach der Hitze und der Feuchtigkeit draußen, und obwohl der Laden gerammelt voll war, schaffte er es, gleichzeitig ein ernsthafter Sportausstatter und eine wunderbare Touristenattraktion zu sein. Maddie wartete, bis sie an der Reihe war, die Holztreppe zum renovierten «Schwesternschiff» von Ernest Hemingways berühmter *Pilar* hochsteigen zu dürfen, welches majestätisch inmitten des Ladens aufragte. Sie ließ sich Zeit, die glänzende Mahagoni- und Messingeinrichtung sowie die gerahmten Zeitungsartikel und Fotos zu bewundern. Einen kurzen Moment lang stellte sie sich William Hightower vor, wie er sich in dem hölzernen Angelstuhl niederließ und gerade einen Edelfisch aus dem Wasser zog, so wie Hemingway es vermutlich getan hatte. Und sie ertappte sich dabei, dass sie sich fragte, wo Will und Tom und Hudson wohl gerade waren, wo sie fischten, und wie es Vater und Sohn erging. Aber vor allem fragte sie sich, wie lange Will wohl fortbleiben würde.

Danach machte sie einen Abstecher zu The Trading Post, einem Lebensmittel- und Gemischtwarenladen, wo sie nur einkaufte, was sie die nächsten Tage essen wollte: ein kleines Fleischfilet und Salat, sechs Eier, Aufschnitt und Sandwichscheiben; dazu eine Cantaloupe und andere Früchte. Am längsten blieb sie vor der Gefriertruhe stehen, nicht nur weil die

Kälte, die daraus aufstieg, so guttat, sondern auch weil sie sich das dekadenteste Dessert gönnen wollte, das sie finden konnte. Schließlich kaufte sie einen großen Becher Talente Salzkaramell-Eiscreme, nachdem ihr mehrere Kundinnen unaufgefordert und begeistert gerade diese Marke besonders empfohlen hatten.

An der Kasse griff sie nach einem Klatschmagazin, das sie sonst nur bei der Kosmetikerin las. Nach einem kurzen Blick auf die Schlagzeilen, die ihr versicherten, dass weder Kyra, Dustin oder *Alles Neu* darin vorkamen, legte sie die Zeitschrift in ihren Einkaufswagen.

Maddie schaffte es ohne Zwischenfälle zurück nach Mermaid Point, was sie für einen Grund zum Feiern hielt. Weil sie wusste, dass sie vollkommen allein auf der Insel war, zog sie sich einen uralten Bikini an, band sich das Haar zu einem Pferdeschwanz und nahm das Magazin, einen historischen Liebesroman und eine Dose Cola Light hinaus in die Hängematte. Das Geflecht der Hängematte grub sich in ihre Haut. Sie genoss den Schatten, das leichte Schaukeln und die warme Brise, die vom Ozean herüberwehte. Sie stellte die kalte Coladose auf ihren nackten Bauch und blätterte durch das Magazin. Ein Artikel über den ehemaligen *Friends*-Star Matthew Perry und seinen Kampf gegen die Sucht ließ sie erneut an William Hightower denken. Erfolg und Glück gingen eben nur selten Hand in Hand. Sie betrachtete die Fotos vom Strandhaus des Schauspielers in Malibu, das sieben Millionen Dollar wert sein sollte, und war überrascht davon, wie das Grundstück verändert worden war. Sie würde William die Bilder zeigen. Selbst in seiner Abwesenheit hatte sie das Gefühl, dass er sogar in der Brise mitschwebte, die über ihre Haut glitt und in den Mangroven und Palmwedeln raschelte.

Dieses Rascheln vermischte sich mit dem Verkehrsrauschen

vom Highway, dem Summen der Insekten, den Schreien der Möwen und dem Brummen der Bootsmotoren draußen in den Fahrrinnen, eine beruhigende Symphonie, die ihr schon ganz heimatlich vorkam.

Sie schlief im Schatten der Palmen ein, die Coladose in der Hand, und wachte kurz auf, weil ein Boot in der Nähe tuckerte. Sie war schon wieder eingenickt, als sie Schritte hörte. Sie riss die Augen auf. Sie war der einzige Mensch auf Mermaid Point! Sie tastete nach ihrem Handy und warf dabei die Coladose aus der Hängematte, bis ihr einfiel, dass sie das Telefon auf der Armlehne des Liegestuhls hatte liegen lassen. Bis jetzt war ihr gar nicht in den Sinn gekommen, dass sie Angst haben musste, so allein hier draußen.

Die Hängematte kam ihr plötzlich vor wie ein Gefängnis aus Seilen. Sie lag regungslos da, weil sie das Geräusch nicht recht orten konnte. Sie wusste nicht, ob sie sich so schnell wie möglich aus der Hängematte rollen sollte, in der Hoffnung, dass sie auf den Füßen und nicht auf dem Gesicht landete, um dann zum Handy zu rennen, sodass sie ... An diesem Punkt fiel ihr nicht ein, was sie weiter tun sollte, weswegen sie sich überhaupt nicht rührte.

Ein weiteres Knirschen ließ ihr die Haare zu Berge stehen. Sie hatte jetzt Gänsehaut. Und sie war viel zu nackt in dem alten Bikini. Maddie kniff die Augen zu und verstand plötzlich, warum Strauße ihre Köpfe in den Sand steckten. Hätte es ein Loch gegeben, das groß genug war, sie hätte längst ihren Kopf verbuddelt.

In diesem Moment fiel ein großer Schatten über sie.

«Maddie?» William Hightowers Stimme klang weit entfernt. Sie zwang sich, die Augen zu öffnen, und sah, dass er sich hingehockt hatte, um ihre Coladose aufzuheben. Die Angst verflog. Stattdessen kam die Scham, in diesem winzigen Bikini erwischt worden zu sein.

«Ich dachte immer, dass sich Leute mit dem Blut amerikanischer Ureinwohner in den Adern viel besser anschleichen können», sagte sie schnippisch. «Du hast mich ja fast zu Tode erschreckt.» Sie überlegte, ob sie sich aufsetzen sollte, wobei ihr Bauch sicher weiter hervortreten würde, oder einfach wie eine Idiotin liegen bleiben sollte.

«Tut mir leid.» Er stand auf und grinste. «Ich bin in Anschleichen und Überleben in der Wildnis durchgefallen. Die meiste Zeit meiner Jugend habe ich damit verbracht, die richtige Grasmischung für meine Friedenspfeife zu finden.»

Er stellte die sandige Dose auf den nächsten Stuhl, und Maddie nutzte die Gelegenheit, aus der Hängematte zu gleiten. Sie hätte ihre Seele für irgendetwas gegeben, wohinter sie sich hätte verstecken können. In einer Komödie stünde sie jetzt schon hinter einer Zimmerpflanze. Oder flitzte den Pfad zum Hausboot herunter, wobei sie das noch merkwürdiger und unattraktiver aussehen lassen würde. Sie beäugte das Klatschmagazin, merkte aber gleich, dass es nicht groß genug war, um ihr Sichtschutz zu gewähren.

«Warum bist du denn so früh schon wieder zurück?», brachte sie schließlich hervor. «Ich dachte, ihr wärt für zwei oder drei Tage fischen und campen gegangen.»

Will beobachtete mit einem amüsierten Lächeln, wie sie sich wand und zappelte. Er merkte offenbar genau, wie unangenehm ihr das alles war. Und wenn sie den Bauch noch weiter einzog, würde sie vor seinen Füßen ohnmächtig zusammensinken.

«Das Boot war schon bereit, als Hudson mich anrief. Ein Kunde ist unerwartet über die Feiertage gekommen. Wenn man davon leben muss, den Leuten die Gegend zu zeigen, dann schlägt man etwas Manna, das vom Himmel fällt, natürlich nicht aus.»

«Und Tom? Hättet ihr nicht zu zweit fahren können?» Sie machte sich Sorgen, dass er vielleicht etwas getan haben könnte, womit er seinen Sohn verprellt hatte, und rang um Atem. Leider wölbte sich ihr Bauch nach außen, als sie wieder einatmete.

«Ich weiß genau, was du jetzt denkst», sagte er.

«Tatsächlich?» Sie vergaß Bauch, Beine, Po und stemmte die Fäuste in die Hüfte.

«Ja. Du denkst, dass ich Tom abgesagt hätte, weil Hudson nicht kommen konnte.»

Sie brachte es fertig zu schweigen, bis er fortfuhr. Das hatte sie bei Kyra und Andrew gelernt.

«Ich will jetzt nicht sagen, dass ich nicht daran gedacht hätte. Aber er hat selbst abgesagt. Er hat noch vor Hudson angerufen. Er hat eine schlimme Erkältung, man konnte es an seiner Stimme hören. Aber er klang auch enttäuscht. Und er hat gefragt, ob wir die Sache nicht verschieben können.»

«Oh. Das ist doch toll.» Maddie lächelte.

«Ja.» Will wirkte ebenfalls erfreut, dann musterte er sie unverhohlen. «Und jetzt sind nur noch wir beide hier.» Er zwinkerte ihr zu.

«Oh.»

«Ich geh jetzt ein bisschen schwimmen. Aber ich habe in Shell Key einen Haufen Mangrovenbarsche gefangen. Und ich würde mich freuen, sie uns heute zum Abendessen zu machen.»

«Oh.»

«Ich weiß natürlich nicht, ob du deinen Kochplan schon fertig hast.» Er grinste. «Aber ich fange gern damit an. Vielleicht brechen wir einfach in die Gartenküche ein.»

«Klar.» Sie sah an sich herab, dann schaute sie ihn wieder an. «Ich glaube, ich dusche erst mal und mache dann ein bisschen sauber. Ich kann einen Salat mitbringen, wenn du willst.»

«Toll.» Er stand auf, als erwartete er, dass sie zuerst ging, aber sie wartete, bis er es tat, und drehte sich erst um, als sie hörte, wie er in den Pool sprang. Sie fand, dass sie schon weit mehr nicht mehr so ganz knackiges Fleisch gezeigt hatte, als eine Frau tun sollte.

Maddie brauchte lächerlich lange unter der Dusche. Sie machte ein Peeling und rasierte sich die Beine. Noch länger brauchte sie vor dem winzigen, beschlagenen Spiegel, wo sie Make-up, Eyeliner und Mascara auftrug.

«Du meine Güte», ärgerte sie sich und ließ den Lippenstift ungeöffnet auf das Bord zurückfallen. «Du trittst da jetzt nicht so auf, als wäre das ein Date!»

Bevor sie auf die Idee kommen konnte, noch mehr an sich herum zu verbessern oder gleich ganz zu kneifen, flocht sie noch ihr nasses Haar und zog ein Paar Jeansshorts an, ein frisches T-Shirt und ihre Flip-Flops.

Sie brachte den Salat in einer Plastikschüssel mit Deckel mit, dazu einen Krug mit kalt aufgegossenem Tee, und kam sich vor wie eine Fußballmutter, die am Ende der Saison zur Teamparty kommt. William war ähnlich angezogen wie sie, auch sein Haar war noch nass von der Dusche. Er hatte bereits eine Herdflamme angezündet. Zwei Teller standen auf der Arbeitsplatte.

«Hast du ein Problem mit Butter?», fragte er und hielt eine gusseiserne Pfanne und eine Packung Butter hoch. «Oder irgendwelche Unverträglichkeiten?»

«Nein. Wie du vermutlich feststellen konntest, mag ich eigentlich alles.» Sie seufzte, weil sie daran denken musste, wie spärlich sie angezogen gewesen war, als er sie in der Hängematte überraschte.

«Ich finde es gut, dass du nicht zu den Frauen gehörst, die sich mit der Frage quälen, wie viele Karottenstücke sie auf einmal essen dürfen.» Er stellte die Pfanne auf den Herd und warf mit Schwung ein großes Stück Butter hinein. Dann rieb er die Fischfilets mit einer Art Würzmischung ein. «Körperliche Perfektion wird allgemein völlig überschätzt.»

«Darf ich das zitieren?», fragte sie und überlegte, ob er das wohl wirklich so meinte.

«Unbedingt.» Er legte die Filets in die brutzelnde Butter.

Sie schnüffelte genüsslich. «Ich dachte, du machst Witze, als du gesagt hast, dass du eine geheime Würzmischung hättest, zumal deine ‹geheime Marinade› von der Firma Wish-Bone stammt.» Sie trat näher und beugte sich vor, um daran zu riechen. «Zwiebelsalz? Pfeffer? Paprika?»

«Ich werde darauf nicht antworten, zumal es ein Geheimnis ist.»

«Ich glaube, ich muss dich immerhin dafür loben, dass du die Schachtel mit den drei Gewürzen in deiner Vorratskammer gefunden hast», neckte sie ihn.

«Lach du nur.» Seine gute Laune war ansteckend. «Ich bleibe dabei, dass dieses Essen dich definitiv aus den Socken hauen wird.» Er betrachtete ihre Beine. «Wenn du welche tragen würdest.»

Er hatte einen der kleinen Holztische für zwei gedeckt – nur ein Glas, eine Gabel und eine Serviette für jeden von ihnen. Eine Zitronella-Kerze flackerte in der Mitte. Um ihren Händen etwas zu tun zu geben, holte Maddie Eiswürfel aus der neuen Eiswürfelmaschine, goss Eistee in die Gläser und stellte den Krug neben die Salatschüssel auf den Tisch.

William legte jedem ein fertiges Fischfilet auf den Teller, drückte ein paar Tropfen Zitrone darauf und trug sie zum Tisch. Maddie setzte sich ihm gegenüber und tat ihnen Salat auf die Teller, fast wie damals in Atlanta, wo sie Steve, Kyra und Andrew wohl eine Million Mal das Essen gekocht hatte. Nur dass ihr diesmal William Hightower gegenübersaß. Weiter entfernt von ihrem alten Leben konnte sie nicht sein.

«Bon appétit.» William sah zu, wie sie eine Gabel voll zum Mund führte.

Der Fisch zerging buttrig und süßlich auf ihrer Zunge. «Wow», sagte Maddie, als sie den Bissen heruntergeschluckt hatte. «Ich hätte den Fisch auf jeden Fall gelobt, einfach um dein zerbrechliches männliches Ego nicht zu verletzen. Aber das hier schmeckt wirklich großartig.»

«Na, vielen Dank.» Sein Lächeln war schief, der Tonfall trocken.

«Tut mir leid. Das Kompliment war wohl ein bisschen ungeschickt. Es ist nur, dass ich etwas derart ... ich weiß nicht ... Erwachsenes und Köstliches nicht erwartet habe, eingedenk deiner erst vierzehn Jahre alten Geschmacksknospen.»

«Hmmm.» Eine dunkle Augenbraue hob sich. «Diese Beschreibung gefällt mir. Erwachsen *und* köstlich.» Er sah ihr direkt in die Augen, und sie fühlte sich seltsam befangen. Ein Gefühl, das sie den Rest der Mahlzeit zu verdrängen versuchte.

Als sie mit dem Essen fertig waren, führte sie William zu den Lehnstühlen, die er in Richtung Westen rückte. Maddie stellte die Zitronella-Kerze auf die breite Armlehne ihres Stuhls, und sie setzten sich, um die spektakuläre Himmelsshow zu genießen. Diesmal fasste die Sonne die Wolken mit einem goldenen Rand ein und schien durch die Lücken wie eine Botschaft Gottes. Oder wie ein kühner Pinselstrich aus Michelangelos Hand.

«Ich verstehe jetzt, warum du das hier weder aufgeben noch mit Fremden teilen willst.» Sie wendete den Blick nicht von dem strahlenden Licht am Himmel, aber die Anziehungskraft des Mannes neben ihr war so stark wie der Sog bei Ebbe.

«Ich fühle mich besser hier, irgendwie heiler als irgendwo anders, außer auf dem Wasser.» William sagte das ganz leise, das Gesicht zum Himmel gewandt. «Es ist ein Verbrechen, an einem solchen Ort zu leben und dann zu *stoned* zu sein, um es genießen zu können.»

«Ist es denn schwierig, nüchtern zu bleiben?» Die Worte waren heraus, bevor sie darüber nachdenken konnte.

Eine Weile sagte er nichts, und sie überlegte schon, ob sie sich entschuldigen sollte.

«Ich glaube, der Kampf hört nie auf», sagte er nachdenklich und drehte sich ihr zu. «Aber es wird leichter.» Seine Mundwinkel kräuselten sich. «Viele Jahre lang habe ich versucht, alles Schlechte zu tilgen; aber davon geht es auch nicht weg. Scheint so, dass ich die Dinge so sehe, wie sie wirklich sind.»

Die Dunkelheit senkte sich über sie, und die Mücken und Gnitzen kamen, um sich an ihnen zu laben. Maddie konnte förmlich hören, wie sie verächtlich über die Zitronella-Kerze lachten.

«Es ist dein Parfüm», sagte Will. «Es zieht sie an.»

Sie hätte es besser wissen müssen. Hudson hatte sie schon zu Beginn gewarnt, als sie sich über Mückenstiche beklagten, aber sie hatte automatisch nach der Dusche ihren Duft aufgelegt.

«Ich persönlich finde, dass du großartig duftest.» Seine Stimme klang rau. «Ich verstehe die Mücken. Vielleicht bin ich sogar ein bisschen eifersüchtig auf sie.»

Er stand auf und reichte ihr die Hand, um sie auf die Füße zu ziehen. Sie spürte die beinahe elektrische Spannung zwischen ihnen. Ihre Augen schlossen sich, als er sich vorbeugte, um seine Lippen auf ihre zu pressen. Seine Lippen waren warm und fest. Der Kuss begann ganz langsam, wurde dann aber sehr schnell sehr leidenschaftlich. Viel zu leidenschaftlich für ihren

Verstand, der die Tatsache einfach nicht begreifen konnte, dass William Hightower sie küsste – und sie ihn zurückküsste.

«Normalerweise frage ich nicht um Erlaubnis.» Er küsste sie erneut, diesmal noch leidenschaftlicher. Lust, ein anderes Wort gab es dafür nicht, durchströmte sie.

«Verstehst du, was ich meine, Maddie?»

Sie konnte nicht denken. Wollte nicht sprechen. Sie wollte nur seine Lippen auf ihren fühlen, sich in seiner überwältigenden Hitze verlieren.

Er legte ihr den Finger unters Kinn und hob es, sodass sie sich ansahen. «Wir sind Erwachsene. Wir fühlen uns offenbar voneinander angezogen.» Seine Augen waren dunkler als der Nachthimmel. Leidenschaft lag in seinem Blick. Leidenschaft für sie. «Wenn du nichts dagegen einzuwenden hast, werde ich dich lieben.»

Sie waren ganz allein. Niemand, der den Aufpasser spielte. Niemand, der wissen würde, was sie taten oder auch nicht. Aber ihr Verstand konnte einfach nicht verarbeiten, was da gerade passierte. Wie konnte sie das nur tun? Wie konnte sie ihr schon in die Jahre gekommenes Selbst vor einem Mann entblößen, der mit den schönsten Frauen der Welt geschlafen hatte? Sie hatte in den letzten dreißig Jahren außer Steve niemanden auch nur geküsst.

Sie trat einen Schritt zurück, löste sich aus seinem Griff, unterbrach die Verbindung. Ihr Blick war auf einen Punkt links von seinem Kinn gerichtet.

«Ich, ich muss gehen. Es ... es tut mir leid. Ich ... danke für das Abendessen.» Sie faltete die Hände vor dem Bauch. Sie warf ihm aus den Augenwinkeln einen weiteren, unsicheren Blick zu und sah, dass die Leidenschaft in seinen Augen einem Ausdruck Platz machte, von dem sie fürchtete, dass es belustigte Überraschung war.

«Ich ... ich weiß das Angebot wirklich zu schätzen. Es ist ein ... ein gutes Angebot.» Sie nickte bei jedem Wort bekräftigend. «Aber ich glaube, ich gehe besser zum Sex. Äh, ich meine ... ins Bett. Nein, nein, ich meine ... ich gehe besser schlafen.» Wenn sie jetzt nicht aufhörte, würde sie ewig so weiterplappern. «Also ... Gute Nacht.»

«Gute Nacht, Maddie.» Sie konnte hören, dass er lächelte. «Sieh zu, dass du tief schläfst.»

«Danke. Du bist auch tief.» Sie schloss beschämt die Augen. Aber bevor sie es noch schlimmer machen konnte, drehte sie sich um und floh geradezu Richtung Hausboot.

Die Brise trug Williams leises Lachen hinter ihr her.

34

Zu sagen, dass Maddie Schwierigkeiten hatte, einzuschlafen, wäre so, als sagte man, Noah hätte nur ein paar Tiere auf seiner Arche gehabt. Sie wälzte sich die ganze Zeit herum und konnte den Gedanken einfach nicht verdrängen, dass sie sich mit William Hightower allein auf einer einsamen Insel befand. Der aus irgendeinem Grund – vielleicht weil sie die einzige Frau in der näheren Umgebung war – *mit ihr schlafen* wollte.

Mit ihr schlafen. Sozusagen *Sex haben.*

Sie schwitzte sich durch die Nacht und wusste, dass es diesmal nicht an der Menopause und auch nicht an der schlechten Klimaanlage lag, sondern daran, dass in ihr zwei geradezu lächerlich entgegengesetzte Gefühle miteinander in Widerstreit lagen: hemmungslose Lust und erbärmliche Beschämung, wie sie mit ihrer Zusammenkunft umgegangen war. Zwei Dinge, die sogar noch unfassbarer waren als die Tatsache, dass sie einundfünfzig und alleinstehend war.

Um zwei Uhr morgens zog sie in die Hauptkabine um und legte sich aufs Sofa, um durch das rechteckige Fenster auf die Mondsichel und ein Stück vom Sternenhimmel zu starren. Um drei Uhr ging sie an Deck, wo die warme Brise mit ihrem Haar spielte und sie die regelmäßigen Schwimmschläge aus dem Pool hörte.

Einen wilden Augenblick lang überlegte sie, einfach nackt zu William in den Pool zu springen, sodass er ihre Makel nicht mehr sehen konnte, und sich ihm schweigend, ohne Gestammel und Freud'sche Fehlleistungen, darzubieten.

In diesem Szenario würden sie wilden Affensex haben, was auch immer das hieß, und dann irgendwann, vielleicht wenn er ihr gerade den Rücken zudrehte, würde sie aus dem Pool steigen und in die Nacht verschwinden. Wodurch sie für ihn eine kurze, aber schöne Erinnerung bleiben würde.

Feigling.

Zurück in ihrer winzigen Kabine, starrte sie auf die dunkle Decke und überlegte, was schlimmer war: die Tatsache, dass sie sich so vollkommen zum Trottel gemacht hatte, oder die Tatsache, dass sie vor etwas davonrannte, von dem sie sich niemals hätte vorstellen können, dass es passieren würde, und das sich aller Wahrscheinlichkeit nach auch niemals wiederholen würde. Die Vorstellung, ein neues Leben zu beginnen, frei zu sein, Risiken einzugehen und sogar Fehler zu begehen, klang so wunderbar.

Bis man es wirklich tun musste.

Maddie fluchte, schlug auf ihr Kissen ein, drehte sich auf die Seite. Sie ärgerte sich immer noch und fragte sich, wie sie jemals wieder William unter die Augen treten sollte, als der Schlaf schließlich doch kam.

Romeo, der Hahn, und seine Julias weckten sie ein paar Stunden später, und sie zwang sich aufzustehen, machte sich eine Tasse Kaffee und trug sie hinauf an Deck. Sie war erstaunt, dass er so kurz vor dem Tagesanbruch gekräht hatte. Die Sonne begann gerade aufzugehen, und der Morgennebel färbte sich rot. Sie setzte sich auf die Bank, zog die Knie unters Kinn und atmete den frischen Morgen ein. Sie sah Fischerboote hinaus aufs Meer fahren; die großen in Richtung offenes Meer hinter den Riffen, die kleineren Ruderboote fuhren in die Bucht. Taucherboote waren bereits an den Bojen festgemacht und schaukelten beim Alligator Reef Leuchtturm. Angeln war ein Sport, den man am besten frühmorgens betrieb; die erfolgreichsten Angler warfen ihre Köder aus, solange die Fische noch nicht ganz wach waren und noch keinen Kaffee getrunken hatten.

Jetzt, um halb sieben Uhr, war die Luft bereits heiß und drückend. Bei dem Gedanken an Fische, die ihren Morgenkaffee aus winzigen Tässchen tranken, musste sie lächeln. In diesem Moment trat William aus dem Pavillon. Er trug nur abgeschnittene Jeans und hatte eine Angelrute unter dem Arm. Er ging über den Strand zum seichten Wasser. Er schwang den Arm nach hinten und über den Kopf. Eine Weile schaute sie ihm dabei zu, wie er die Angel auswarf und wieder einholte, und bewunderte die weichen, flüssigen Bewegungen, die beinahe wie ein Tanz wirkten.

Sie überlegte immer noch fieberhaft, wie sie ihm begegnen sollte. Aber an diesem Morgen, im sauberen, hellen Licht des jungen Tages, wirkten ihre Selbstzweifel irgendwie albern. Sie würden noch die nächsten sechs bis acht Wochen nah beieinander auf dieser Insel bleiben müssen. Es war unwahrscheinlich, dass sie sich in einem Loch verkriechen konnte oder einfach verschwinden würde. Noch unwahrscheinlicher war es, dass sie vor Peinlichkeit sterben würde. Es war der 4. Juli. Morgen Abend würden alle wieder da sein, und der Alltag würde wieder einkehren. Viele Leute, hinter denen sie sich verstecken konnte, viel Arbeit, mit der sie sich von ihrem Begehren ablenken konnte. Sie fühlte etwas Ähnliches wie Panik, als ihr bewusst wurde, dass sie womöglich eine Gelegenheit hatte verstreichen lassen, die niemals wiederkehren würde.

Wie William so scharfsinnig festgestellt hatte, waren sie beide erwachsen. Es war höchste Zeit, sich auch wie eine Erwachsene zu benehmen.

Maddie wusch sich das Gesicht, putzte sich die Zähne, steckte sich das Haar mit einer Spange hoch und zog sich Shorts und ein Bikinitop an. Sie goss sich eine zweite Tasse Kaffee ein, die sie mitnahm. Dann kletterte sie vom Hausboot und ging auf die kleine Sandbank, auf der William beinahe knietief im Wasser stand.

«Guten Morgen.» Ihre Stimme krächzte ein bisschen, aber sie überspielte das, und zum Glück tat William es ihr nach. Er sah aus wie ein edler Wilder oder ein steinzeitlicher Jäger mit seiner bronzefarbenen Haut, die sich über seine schlanke, muskulöse Gestalt spannte. Sein zotteliges schwarzes Haar mit den grauen Strähnen fiel ihm bis auf die breiten Schultern.

«Morgen.» Er sagte es beiläufig, und er wandte sich ihr zu. Aber andererseits war es auch unwahrscheinlich, dass sein Interesse an ihr am Abend zuvor etwas anderes gewesen sein sollte als beiläufig. Wahrscheinlich war Sex im Allgemeinen etwas Beiläufiges für ihn. Sie sah ihr Spiegelbild in den Gläsern seiner Sonnenbrille.

«Was angelst du denn?» Sie versuchte, ihren Tonfall dem seinen anzupassen und wünschte sich, ebenfalls eine Sonnenbrille zu tragen, hinter der sie sich verstecken könnte.

«Grätenfische. Die letzten beiden Stunden der Flut sind eine gute Fangzeit. Aber sie sind schwer zu fangen und außerordentlich scheu.» Er schob die Sonnenbrille kurz auf die Nasenspitze und sah sie direkt an. «Man nennt sie nicht umsonst weiße Gespenster.» Dann wandte er seine Aufmerksamkeit wieder der Angelrute zu und warf sie aus. Die gelbe Schnur schnellte vor und verschwand unter der Oberfläche.

«Was für einen Köder benutzt du denn?»

«Sie mögen kleine Krabben und Krebse, aber ich benutze einen Kunstharzköder.»

«Einen von denen, die du selbst gemacht hast?»

«Genau.»

«Diesen buschigen gelben oder den glänzenden kupferartigen?»

Er lächelte und zeigte seine weißen Zähne – und sie spürte, wie sie sich langsam zu entspannen begann.

«Glänzend kupferfarben. Ich wusste gar nicht, dass du so viel Interesse am Angeln hast.»

«Ich hatte noch nie damit zu tun. Ist es denn schwierig?»

«Eigentlich braucht man vor allem Geduld. Für das Fliegenwerfen ebenso wie dafür zu verstehen, wie die Fische denken.»

«Fische *denken?*» Wer hätte das gedacht. Vielleicht tranken sie doch aus winzigen Kaffeetassen.

«Na ja, ich weiß nicht, ob man ihnen Absicht unterstellen kann, aber sie können ziemlich gerissen sein. Und Grätenfische sind schnell wie nur was.»

«Hättest du etwas dagegen, wenn ich dir zuschaue?»

«Nein, aber soweit ich weiß, gibt es nur eine Sache, die noch mehr Geduld erfordert als Angeln, und das ist, jemand anderem beim Angeln zuzuschauen.»

Maddie lachte.

«Stell dich lieber an meine linke Seite. Ich will dich nicht aus Versehen mit dem Haken verletzen.»

Er warf seine Angel aus und holte sie wieder ein, und sie unterhielten sich dabei. Seine Bewegungen waren weich und elegant, sie wirkten beinahe instinktiv. Sie trank ihren Kaffee und genoss das Gefühl des Wassers, das sich langsam von ihren Beinen zurückzuziehen begann. Die Morgensonne schien schon warm, brannte aber noch nicht so unbarmherzig auf sie nieder. Sie genoss es, William Hightowers schöne Bewegungen zu beobachten. Die lange Schnur, wie sie einen Bogen in der Luft beschrieb und den Köder an einen ganz bestimmten Punkt zu befördern schien, die weichen Bewegungen der Rute, die halb ruckte und halb glitt.

«Zielst du auf etwas dadraußen?», fragte sie, als der Köder wieder einmal die Wasseroberfläche durchdrang.

«Absolut.»

Sie versuchte, etwas zu erkennen, sah aber nur Wasser.

«Die Fische sind dadrüben.» Er nickte zu der Stelle, wo der Köder gerade versunken war. «Siehst du die Bewegung im aufgewühlten Wasser? Da schwimmen sie. Sie fressen am Meeresboden und halten ihre Schwanzflossen in die Höhe. Du würdest sie auch sehen, wenn du polarisierte Sonnenbrillengläser hättest.»

Sie hätte gern seine Augen gesehen, um herauszufinden, ob er sie auf den Arm nahm, aber sein Mund und sein Tonfall waren vollkommen ernst. «Ich habe den Köder direkt vor den Fisch platziert, den ich im Auge habe. So wecke ich seine Aufmerksamkeit. Ich will, dass er denkt, der Köder sei Beute. Und diese kleinen Bewegungen?» Er ruckte ein wenig mit der Angel. «Die mache ich, um ihn anzulocken, damit er anbeißt.»

«Ist das nicht ein bisschen viel Mühe, um einen Fisch zu fangen?»

Er lachte. «So habe ich es noch nie gesehen, aber vermutlich hast du recht.» Er ließ die Schnur wieder herausschnellen und holte sie erneut ein. «Manchmal braucht man nur einen einzigen Fisch, der die ganze Mühe wert ist.» Er sah sie direkt an. Ihr wurde es eng um die Brust.

«Was gestern Abend angeht ...», fing sie an.

«Ist schon okay, Maddie. Und du hattest vermutlich recht damit, abzulehnen. Ich bezweifle, dass ich das bin, was du gerade brauchst.»

«Na ja, ich ...» Ein merkwürdiges Gefühl der Enttäuschung breitete sich in ihr aus.

«Ehrlich, es gibt überhaupt keinen Grund, sich Sorgen zu machen.»

Er wirkte vollkommen gelassen. Offenbar hatte sie sein Interesse für weit größer gehalten, als es war.

«Willst du es mal versuchen?»

«Was?» Sie dachte immer noch daran, was sie miteinander hätten tun können, wenn sie sich nicht so idiotisch verhalten hätte.

«Angeln», sagte er. «Willst du es auch mal versuchen?»

«Oh, ich weiß nicht. Ich weiß, dass du hier zu tun hast, und ich ...»

«Lass deine Angst nicht neuen Erfahrungen im Wege stehen, Maddie. Ich zeige dir gern, wie es geht.» Wieder sah er sie an, und es war eindeutig, dass sie nicht mehr übers Angeln sprachen. «Man hat mir gesagt, dass ich ein ganz guter Lehrer bin.»

Sie antwortete nicht, und er holte die Schnur ein. «Na komm. Wenn du hier draußen in der Sonne stehst, brauchst du einen Hut und Sonnenschutz, und du musst die Flip-Flops anlassen, damit du dir nicht die Füße aufschneidest. Ich habe eine Angel, die besser zu dir passt.»

Sie folgte ihm in den Pavillon, wo er zwei Flaschen Orangensaft aus dem Kühlschrank holte und ihr eine davon reichte. «Trink das aus. Du darfst nicht dehydrieren. Und du wirst deine Kraft brauchen.»

Er schob ihr eine Tube Sonnenschutz zu und öffnete die Hülle der signierten Angel, die sie in seiner Kammer gefunden hatte.

«Oh nein. Die kann ich nicht nehmen. Ich weiß doch, wie wertvoll sie ist und was sie dir bedeutet ...»

«Du kommst besser mit acht Gramm Wurfgewicht klar. Und ich glaube kaum, dass diese Angel dazu bestimmt ist, für immer in einem Schrank zu liegen, oder?», fragte er.

«Na ja, ich weiß nicht, ob ...»

«Die richtige Antwort darauf wäre: ‹Nein, Will, sie sollte

nicht für immer in einem Schrank liegen. Und es wäre gut, wenn du ein bisschen beweglicher in deiner Denkweise wirst. Du kannst dich nicht für immer vor den unangenehmen und schmerzhaften Dingen des Lebens verstecken.›» Er hatte die drei Teile der Angel herausgeholt und steckte sie zusammen. Er zeigte auf die Endkappe und die Spitze. Dann ließ er die Spule einschnappen und fädelte die Schnur durch die Führungsringe.

«Hier.» Er reichte ihr die zusammengesetzte Rute und nahm dann die Tube mit der Sonnenschutzcreme.

«Dreh dich mal um.» Dann spürte sie, wie er mit seinen großen, starken Händen die Creme in ihre Schultern massierte, sie auf ihren Armen und ihrem Rücken verteilte. Sie stand regungslos da, darauf bedacht, nicht vor Genuss aufzustöhnen. Es fühlte sich an wie ein besonders aufmerksames Streicheln. In diesem Augenblick wäre sie ihm und seinen Händen überallhin gefolgt.

Zwei Stunden später ... eher nicht mehr.

«Ich glaube, ich kann meinen Arm nie mehr heben.» Maddie sah den Mann an, der vor ein paar Stunden noch so entspannt gewirkt und sich zwischenzeitlich in einen hartherzigen Aufseher verwandelt hatte.

«Schon okay, jetzt ist Ebbe. Du fängst hier ohnehin nichts mehr von Wert.» Es war kurz nach halb zehn. Die Sonne stieg noch immer.

«Ha, ich bin noch nicht mal in die Nähe eines Fisches, geschweige denn eines Fischmauls gekommen», beschwerte sich Maddie. «Aber ich bin mir ganz sicher, dass ich gehört habe, wie mich ein paar von ihnen ausgelacht haben.»

Schon wieder zeigte er dieses umwerfend blitzende Lächeln.

Aber vermutlich lächelte er nur, weil er dachte, dass sie Witze machte.

«Du hast dich fürs erste Mal gar nicht so schlecht geschlagen.»

Sie sah ihn prüfend an. Meinte er das ernst? Er hatte dafür gesorgt, dass sie weit genug entfernt von den Mangroven und den Palmen stand, sodass sie weder irgendwo hängen geblieben war noch die Rute zerbrochen hatte, aber das hatte sie nicht daran gehindert, die Leine bei buchstäblich jedem Wurf zu verschlingen, zu verheddern oder zu verknoten. Sie reichte ihm jetzt die Rute und dankte ihm für die Wasserflasche, die er aus dem Kühlschrank geholt hatte. «Ich weiß es zu würdigen, dass du mir Unterricht erteilt hast, aber ich fürchte, dass ich kein Fünkchen Talent zum Fliegenfischen habe.»

Er lachte und nahm einen tiefen Schluck Wasser. «Es war dein erstes Mal. Es ist noch zu früh, um so etwas zu sagen.»

«Nein, ich kann das schon mit Sicherheit sagen.» Nicht nur ihr Arm fühlte sich viel zu schwer an. Ihr ganzer Körper spürte, dass sie letzte Nacht kaum geschlafen hatte. Und ihre Lider ebenfalls. «Ich brauche jetzt ein Nickerchen.» Sie gähnte. «Danke für die Folter. Ich meine, den Unterricht.»

Sie lächelte ihm ebenfalls mit ihren perlweißen Zähnen zu, obwohl es mehr ein Gähnen als ein Lächeln war. Immerhin war es ihr in ihrem Zustand vollkommen egal, wie er sie sah oder was er über sie dachte. Sie konnte nur noch daran denken, aufs Hausboot zu gehen, die Rollos herunterzuziehen und so lange zu schlafen, wie sie konnte.

35

Sie wachte davon auf, dass etwas gegen ihr Fenster schlug. Sie rollte sich noch enger zusammen und legte das Kissen über ihren Kopf, um das Geräusch auszublenden.

«Maddie?»

Sie gähnte, öffnete aber nicht die Augen. Sie hatte beschlossen, nie wieder aufzustehen.

«Hey!» Schwere Schritte erklangen an Deck des Hausboots. Ein rasches Klopfen an der äußeren Kabinentür. Noch mehr Schritte.

Sie richtete sich halb auf, ohne die Augen zu öffnen.

«Schläfst du immer noch?» Aus William Hightowers Stimme klangen Belustigung und gespieltes Entsetzen. «Wenn du jetzt nicht aufstehst, verpasst du den gesamten Feiertag.»

Sie öffnete mühevoll ein Auge und sah, wie er in der Tür stand, voll guter Laune, Energie und sonnengebräunt.

«Wie spät ist es?»

«Zeit, ein Bad zu nehmen; danach fühlen sich deine Armmuskeln gleich besser. Und wir können von da aus das Feuerwerk am Highway sehen.»

Sie setzte sich auf und presste sich das Kissen vor die Brust. Sie nahm vage wahr, dass ihr Haar zu allen Seiten abstand, und fühlte geradezu den Abdruck des Kissens auf ihrer Wange. «Gib mir noch eine Stunde, dann bin ich bei dir.»

«Auf keinen Fall.» Er zog ihr das Kissen weg. «Na los! Du verpasst sonst das Feuerwerk. Ich habe schon etwas zu essen und zu trinken besorgt.»

Jetzt waren beide Augen offen. Er trug nur eine Badehose und ein breites Lächeln.

«Zieh einfach einen Badeanzug an. Wenn du in fünf Minuten nicht da bist, komme ich und hole dich.»

«Gut.» Sie zog sich den Badeanzug an und ein langes Hemd darüber. Als sie ankam, lag er schon im Whirlpool. Ein Tablett mit Gläsern, eine offene Flasche Weißwein und ein paar Pappteller standen am Rand. Ihr Herz blieb beim Anblick der Flasche beinahe stehen. Sie zog sich, ohne weiter darüber nachzudenken, das Hemd über den Kopf und kletterte zu ihm in den Pool.

«Kein Alkohol auf der Insel.» Das waren ihre ersten Worte. «Du solltest nicht ...»

«Ich trinke ja nicht. Du trinkst.»

«Aber ...»

«Ist schon okay, Maddie. Würdest du dich besser fühlen, wenn ich den Wein in eine Coladose füllen würde?»

So viel zu ihren Versuchen, den Alkohol zu verstecken.

«Wenn ich dem Alkohol nicht widerstehen kann, wenn jemand anders etwas trinkt, dann sollte ich wohl schleunigst wieder in die Entzugsklinik.» Er gab ihr das Weinglas. «Es ist wirklich in Ordnung. Es ist keine Versuchung für mich.» Er lächelte sein schiefes Lächeln, von dem sie sofort wieder Herzklopfen bekam. «Jedenfalls nicht der Wein.»

Sie nahm einen Schluck und spürte, wie die kühle Frische ihre Kehle herunterglitt. Sie versuchte, nicht allzu sehr so auszusehen, als genieße sie es.

«Es ist wirklich völlig in Ordnung. Ich lasse es dich wissen, wenn mich der unwiderstehliche Drang überkommt, dir das Glas aus der Hand zu reißen und mir den Chardonnay intravenös zu spritzen.»

«Ist gut.» Sie nahm erneut einen Schluck. «Zumindest heute bist du der Boss.»

«Gut. Dann iss auf.» Er schob ihr den Teller mit Crackern hin, die er mit Käse und Aufschnitt angerichtet hatte. «Ich habe auch noch Tiefkühlpizza, wenn wir später noch Hunger haben. Ich dachte mir, dass du heute bestimmt keine Lust auf Fisch hast.»

«Allerdings. Und ich habe ein Steak im Gefrierschrank des Hausboots.» Sie stellte das Weinglas ab. Essen war das Letzte, wonach ihr jetzt war. Das angenehme Sprudeln des warmen Wassers auf ihrer nackten Haut, der Wein und Williams Nähe entspannten sie einerseits, und gleichzeitig waren ihre Nerven zum Zerreißen gespannt. Sie lehnte den Kopf gegen den Rand des Whirlpools und ließ die Beine schweben.

Sie schwiegen und schauten zu, wie die gelbe Sonne an einem Himmel leuchtete, der sich immer mehr rötete.

«Also, Madeline Singer. Ich habe mir einige Fragen gestellt. Wie kommt es, dass eine so nette Frau wie du in eine Reality-TV-Show gerät, in der sie das Haus eines nicht ganz so netten Menschen renoviert, wie ich einer bin?»

«Die kurze Version oder die lange?»

«Ich habe die ganze Nacht Zeit.» Es war eine schlichte Feststellung, aber von seinen Worten bekam sie Gänsehaut.

Sie erzählte ihm fast alles, von Steves Geständnis, dass sie ihre Ersparnisse und seinen Job an Malcolm Dyers Schneeballsystem verloren hatten, bis hin zu dem merkwürdigen Gefühl, das man hatte, wenn man nach mehr als einem Vierteljahrhundert Ehe plötzlich wieder Single war. Hin und wieder sah sie zu ihm herüber, bereit, sofort zu verstummen, wenn er gelangweilt wirken sollte, doch das geschah nicht. Er stellte ihr Fragen nach Kyra und Andrew und hörte aufmerksam zu, als sie zu erklären versuchte, wie sehr Angst und Erwartungsfreude über ihre Zukunft miteinander verbunden waren. Die Sonne war bereits hinter dem Horizont verschwunden und hatte nur einen schwach rötlichen Schimmer hinterlassen, als sie ihre Geschichte endlich beendete. Sie hatte beinahe eine halbe Flasche Wein ausgetrunken; ihr Kopf schien ebenso zu schweben wie ihr Körper. Langsam begann sie zu verstehen, weshalb es Kyra so schwerfiel, einem gutaussehenden Promi zu widerstehen.

William beugte sich zu ihr und berührte sanft ihre Lippen, ein weicher, forschender Kuss, der sie erregte und wärmte. «Du bist eine überraschende Frau, Madeline Singer.»

Sie seufzte an seinen Lippen. «Nur weil du noch nie länger als fünf Minuten mit einer Vorstadthausfrau verbracht hast.»

«Mein Pech.» Er küsste sie erneut, diesmal leidenschaftlicher. Sie wusste, dass sie Abstand halten sollte, aber ihr Körper schien seinen eigenen Willen zu haben.

«Bin ich jetzt dran?», fragte sie, als sie es endlich fertigbrachte, ihre Lippen von seinen zu lösen. «Eine Frage zu stellen, meine ich?»

«Du bist dran, wann immer du willst, Maddie.» Seine dunklen Augen drangen tief in ihre Seele, und sie fragte sich, was er da wohl sah.

«Sag mir, warum du keine Musik mehr machst und noch nicht einmal mehr Musik hörst.»

Er schaute sie überrascht an. «Du schleichst auch nicht um den heißen Brei herum, was?»

«Ich versuche, mich daran zu gewöhnen, direkter zu sein.»

Er lachte leise und schüttelte den Kopf. Es war ihm sichtlich unangenehm. «Die kurze Version oder die lange?»

«Wie du willst», sagte sie. «Ich habe die ganze Nacht Zeit.»

Sie beobachtete, wie er ihre Worte aufnahm. Schaute zu, wie er sich mit der Hand durchs Haar fuhr – eine Geste, die ihr vertraut zu werden begann.

«Als ich aufwuchs, waren wir sehr arm, und meine Eltern

waren meistens betrunken. Aber anders kannte ich es nicht. Nur manchmal, wenn ich Musik hörte, merkte ich nichts davon. Ich liebte R&B, Soul, Jazz, Gospel und Country. Ganz egal, was. Mein wertvollster Besitz war ein Transistorradio, das ich bei der Armenhilfe ergattern konnte. Als ich zwölf war, habe ich jeden Penny gespart und eine zerkratzte Gitarre gekauft. Und habe mir selbst beigebracht, wie man darauf spielt.»

Sie erinnerte sich an Teile der Geschichte aus den Interviews und Artikeln, die sie als Teenager praktisch inhaliert hatte, aber sie hätte sich den rohen Schmerz, den sie jetzt in seiner Stimme hörte, niemals vorstellen können.

«Lange Zeit hat mich die Musik erfüllt, sie hat mich erhoben. Verdammt, sie hat mich und Tommy da rausgeholt.» Er lächelte traurig. «Sie war immer in meinem Kopf. Und die Texte? Sie kamen einfach so. Wie ein Geschenk Gottes, und ich war zu dumm und zu eingebildet, um das je in Frage zu stellen.»

Er atmete tief durch, und obwohl er sie direkt ansah, wusste sie, dass er etwas ganz anderes sah. «Dann verlor ich meinen Bruder Tommy. Und Susannah. Und James, unseren Drummer, der mir wie ein zweiter Bruder war. Es ist hart, den Exzessen standzuhalten, die wir uns zugemutet haben.»

Sie hielt den Atem an, weil sie ihn nicht unterbrechen wollte. Sie wollte ihn trösten, ihm etwas geben, das zumindest ein wenig seinen Schmerz lindern sollte, aber sie rührte sich nicht und hörte nur zu.

«Und dann, eines Tages, als ich noch dachte, dass ich dieses Geschenk besäße, egal, wie schlimm ich auch damit umging, war es fort. Und ich wusste, dass man es mir genommen hatte, weil ich ihm nicht gerecht geworden war. Ich hatte es nicht respektiert. Ich verdiente es nicht.»

Maddie wusste nicht, was sie sagen sollte.

«Ich habe alle Rauschmittel geschluckt, inhaliert und gespritzt, die es gibt. Ich habe versucht, die Abwesenheit des Geschenks auf jede erdenkliche Weise zu verdrängen, aber sie ist wie eine gähnende Leere in mir. Als hätte jemand direkt in mich gegriffen, mich aufgerissen und alles Wichtige herausgeholt.» Er streckte die Hand aus und fuhr mit den Fingern über ihre Wange. «Es ist sogar noch schlimmer, seit ich nüchtern bin. Weil mich jedes schöne Stück, das ich höre, daran erinnert, was ich sinnlos vergeudet habe.»

Sie streckte die Arme nach ihm aus, schlang ihre Arme um ihn, schmiegte sich an ihn. Seine Hände umfassten ihren Hintern, und er hob sie hoch, sodass sie ihre schwerelosen Beine um ihn schlingen konnte.

«Es ist nicht fort. Die Worte sind deine; sie kamen aus deinem Herzen, nicht von irgendeinem geheimnisvollen Ort im Universum.» Sie wusste nicht, woher sie die Überzeugung nahm, aber sie war sich vollkommen sicher, dass es stimmte. «Du musst aufhören, dich selbst zu bestrafen. Du musst glauben. Du ...»

Er küsste sie leidenschaftlich, sodass sie verstummte. Sie wusste nicht, ob er das absichtlich tat oder ob er die machtvolle Anziehungskraft zwischen ihnen ebenso unwiderstehlich fand wie sie. Sein Körper fühlte sich hart und glitschig an. Seine Arme waren stark, und er drehte sie um und drückte sie gegen den Rand des Whirlpools. «Öffne die Augen, Maddie. Ich muss wissen, dass du verstehst und auch willst, was jetzt passiert.»

Sie sah ihn direkt an und nickte. Er schob ihr die Träger des Badeanzugs von den Schultern und senkte seinen Mund auf ihre Brüste. «Ja, das tue ich.» Sie sagte es so deutlich, wie sie konnte, obwohl sie die Gefühle, die in ihr durcheinanderwirbelten, kaum noch ertragen konnte. «Ich will dich. Ich will dich jetzt.»

Dann schloss sie die Augen und gab sich ganz dem Augenblick hin. Und sie schwor sich, dass sie nichts bereuen würde, egal, was als Nächstes passierte.

36

Zum ersten Mal seit sehr langer Zeit, länger, als er sich überhaupt erinnern wollte, wachte William mit einer Frau in seinem Bett auf, von der er sofort wusste, wer sie war und wie sie dorthin gekommen war.

Sie hatten im Whirlpool begonnen, während die Feuerwerkskörper über ihnen explodierten, waren dann zu einem Liegestuhl am Pool gegangen, hatten es kurz – und erfolglos – in Maddies kleiner Koje auf dem Hausboot versucht und waren schließlich gegen zwei Uhr in der Nacht mit einem Topf Salzkaramell-Eiscreme und zwei Löffeln in seinem Bett gelandet. Gegen drei waren sie schließlich eingeschlafen.

Er reckte sich etwas und atmete ihren Duft ein. Madeline Singer war eine Riesenüberraschung im Bett gewesen – und nicht nur, weil sie älter und dennoch um einiges unerfahrener im Bett war als die Frauen, an die er gewöhnt war. Er hatte ihre anfängliche Schüchternheit reizend gefunden; die süße Dringlichkeit, die sie überkommen hatte, war aufregend gewesen. Aber die Ehrlichkeit jeder ihrer Berührungen war schließlich weit erregender gewesen als die sicheren Bewegungen so viel erfahrenerer Frauen. Er hatte einen gewissen Triumph bei ihrer Freude und ihrem Genuss gespürt, als er sie zum Orgasmus gebracht hatte.

Aber noch weit beeindruckender war, wie sehr seine Nüchternheit die Erfahrung verstärkt hatte. Er hatte den sanften Nebel und die schwergliedrige Sinnlichkeit immer sehr genossen, die man verspürte, wenn man die richtige Mischung aus

Alkohol und Drogen nahm – wobei es allerdings lange her war, dass er diese Mischung noch kontrollieren konnte.

Das Handy auf dem Nachttisch zeigte acht Uhr morgens. Tageslicht drang ins Zimmer. Aber wenn man seiner Erektion Glauben schenken wollte, war er mit Madeline Singer noch lange nicht fertig.

Sie lag auf der Seite, mit dem Rücken zu ihm, und ihr Haar war auf dem Kissen ausgebreitet. Er zog die Decke über sie beide und schmiegte sich von hinten an sie. Den Arm schlang er um sie und umfasste ihre Brust.

«Maddie?», flüsterte er in ihren Nacken. Sie duftete nach Salzkaramell-Eis und nach ihm. «Bist du schon wach?»

«Mmmm.» Ihre Schenkel drückten gegen seine Erektion. «Vielleicht.»

Sie atmete tief durch, wobei sich ihre Brüste in seiner Hand bewegten, und drehte sich in seiner Umarmung um. Ein kleines Lächeln hob ihre Mundwinkel, aber sie hatte die Augen noch geschlossen, als hätte sie Angst, sie zu öffnen. Ihre Schultern wirkten so steif wie der Teil von ihm, der jetzt gegen ihre Beine drückte.

«Alles in Ordnung?» Er beobachtete ihr Gesicht. Sah den Hinweis auf Nervosität, weil sie sich auf die Unterlippe biss. «Ernsthaft, Maddie. Geht es dir gut?»

Sie öffnete die Augen und sah ihn an. Er war sich nicht sicher, was genau sie sah, aber sie entspannte sich wieder in seiner Umarmung.

«Ging mir nie besser.» Sie schlang die Arme um seinen Hals. «Ich habe nur darüber nachgedacht, ob du wohl etwas in deiner Hosentasche hast. Oder ob du dich nur freust, mich zu sehen?» Sie hauchte den Spruch absichtlich etwas atemlos, schürzte die Lippen und hob anzüglich die Brauen.

«Ah.» Er lächelte und zog sie an sich. Warum hatte er früher nie gemerkt, dass Humor ein Aphrodisiakum sein konnte? Nicht dass er je seine Partnerinnen wegen ihres Sinns für Humor ausgewählt hätte. Wobei: Wenn er es genau bedachte, hatten viele seiner Partnerinnen eigentlich ihn gewählt. Oder, noch genauer, sie hatten eigentlich damit prahlen wollen, mit ihm geschlafen zu haben. Jedenfalls bezweifelte er, dass auch nur eine von ihnen alt genug gewesen war, um Mae West zu zitieren, wie Maddie es eben getan hatte.

«Keine nennenswerten Hosentaschen», neckte er zurück. «Aber ich freue mich eindeutig, dich zu sehen.»

Er rollte sich mit ihr auf den Rücken. Sie riss überrascht die Augen auf; ganz kurz glomm Panik in ihrem Blick auf, als die Decke herunterglitt. Er streichelte über ihren Rücken und ihre Schenkel herab, ganz leicht, weil er sich wünschte, dass sie dieselbe Lust empfand wie er. Als ihre Brustwarzen an seiner Brust hart wurden, hob er sie auf seine Erektion, voller Erstaunen, wie anders sie war. Wie wunderbar normal. Wie wahrhaftig. Sie schauten sich in die Augen, als ihr Körper den seinen langsam aufnahm. «Ich nehme an, du bist bereit für einen Morgenritt?» Er hauchte ihr die Worte in die Halsbeuge.

«Das bin ich. Und ich bin ausgesprochen erleichtert. Ich dachte schon, du wolltest angeln gehen.»

Hinterher zog er die Decke hoch und schlief mit ihr im Arm ein. Er schlief tief und fest, ein ganz ungewöhnliches Wohlgefühl durchzog seine Träume. Er wusste nicht, wie lange er so geschlafen hatte, als Geräusche in sein Bewusstsein drangen. Auf angenehme Weise erschöpft, hörte er die Schritte nicht. Er brauchte ein paar Augenblicke, um zu begreifen, was da geschah.

«Was machst du so spät noch im Bett ... Oh, entschuldige!»

Will öffnete widerstrebend die Augen. Hudson stand in seiner Schlafzimmertür. «Du bist flachgelegt worden, was? Was ist passiert?» Hudson hatte die Stimme gesenkt und trat ans Bett. «Hat irgendeine Touristin, die zufällig hier aufgekreuzt ist ...» Er riss erschrocken die Augen auf, als sein Blick auf die Frau neben Will fiel. «Das ist doch nicht ... was zum ...», stammelte Hudson, als wäre das, was er da sah, vollkommen unfassbar.

«Psst. Du weckst sie noch auf.» Will stieg aus dem Bett und suchte nach seinen Kleidern. In dem Moment fiel ihm ein, dass sie sich im Whirlpool ausgezogen und sich danach nicht wieder angezogen hatten. Er drehte Hudson den Rücken zu und ging ins Badezimmer auf die Toilette. Er fand eine trockene Badehose und zog sie an. Hudson wartete im Flur auf ihn und sah Will an, als sähe er ihn zum ersten Mal.

«Was?»

Hudson nahm seinen Arm und zog ihn zurück ins Badezimmer. «Herrgott noch mal, Will!», zischte er. «Was zum Teufel ist da passiert?»

«Meinst du das ernst?» Will kratzte sich den Bauch und beschloss dann, die Zähne zu putzen. Es lag doch alles auf der Hand. «Du tust so, als wärst du noch nie in mein Schlafzimmer gekommen und hättest mich mit einer Frau gesehen.»

«Nicht mit einer wie sie», versetzte Hudson. «Nicht mit einer Frau wie Maddie. Wie konntest du ihr das antun?» Er sagte es, als hätte er Will dabei erwischt, wie er Mutter Teresa begrabschte.

«Ihr das *antun*?» Will betrachtete das schockierte Gesicht seines Freundes. «Was? Glaubst du, ich hätte ihr mit dem Knüppel eins übergezogen und sie gegen ihren Willen in mein Schlafzimmer geschleift?»

«Hast du das getan?»

«Herrje, Hudson. Musste ich jemals jemanden in mein Bett schleifen?»

«Also willst du behaupten, dass sie dir mit dem Knüppel eins übergezogen und dich so gefügig gemacht hat?»

«Was hast du bloß immer mit dem Knüppel ... wir waren hier beide allein und hatten nichts zu tun und haben beschlossen, miteinander zu schlafen.» Will zuckte mit den Achseln. «Passiert eben.»

«Dir vielleicht. Aber ich glaube kaum, dass ihr das oft passiert.»

Will hatte keine Lust, ihm vorzuschwärmen, was für eine neuartige Erfahrung er gerade gemacht hatte. Nichts davon, kein bisschen, ging irgendjemanden auch nur einen feuchten Kehricht an. Nicht einmal Hudson. «Ich bin mir vollkommen bewusst, dass Madeline Singer anders ist als die anderen Frauen, mit denen ich geschlafen habe, aber dennoch hatten wir einvernehmlichen Sex. Keine Nötigung, weder auf meiner noch auf ihrer Seite.»

«Na klar. Die Frau hatte ein verdammtes Poster von dir an der Wand, als sie in der Pubertät war. Sie war verheiratet und hing ewig in der Vorstadt fest. Du musstest nur einen Finger krümmen. Sie hatte null Chancen, deinem berühmten Arsch zu widerstehen.»

«Jetzt überschreitest du aber alle Grenzen. Und weißt du noch was? Irgendwie klingt das alles so, als seist du heimlich verknallt, und du hast keine Ahnung, wovon du redest. Und du unterschätzt Madeline Singer vollkommen.»

Hudson schritt jetzt im Bad auf und ab. Will hatte ihn noch nie so aufgeregt erlebt. «Ich kenne dich schon sehr lange, Will», sagte er. «Ich habe dich besoffen gesehen. Ich habe deine Selbstzerstörung gesehen und wie du anderen Menschen ernsthaften Schaden zugefügt hast. Ich habe gesehen, wie du ein

Vermögen verprasst hast. Aber ich habe noch nie gesehen, dass du eine Frau derart ausnutzt.»

Ein dumpfes Krachen drang aus dem Schlafzimmer.

«Bist du jetzt glücklich?», fragte Will, als wäre er ein Zwölfjähriger, der etwas Verbotenes tut. Er verließ das Badezimmer und lief auf das Geräusch zu. Hudson folgte ihm auf den Fersen. «Du hast sie aufgeweckt. Jetzt kannst du sie ja selbst fragen, wie sehr ich sie ausgenutzt habe.»

Als sie im Schlafzimmer ankamen, erstarrte Maddie. Sie stand schon in der Tür, ganz offensichtlich im Begriff, den Ort zu verlassen. Sie war barfuß und trug eins von Wills T-Shirts – es hing ihr bis fast zu den Knien und weit über die Ellenbogen. Sie wandte sich langsam zu ihnen um. Ihre Haare waren völlig verwuschelt und ihre Lippen geschwollen.

«Ich wollte eure Unterhaltung nicht unterbrechen. Sie klang ein wenig ... hitzig.» Sie sah Hudson direkt an. Will musste fast lachen, denn eine zarte Röte überzog sein Gesicht.

«Hudson ist zufällig hereingekommen», erklärte Will; Hudson selbst schien es die Sprache verschlagen zu haben. «Und er kann es einfach nicht glauben, dass du aus freiem Willen in mein Bett gekommen bist.»

Ihre Finger zerknüllten den Stoff seines T-Shirts, aber sie reckte trotzig ihr Kinn. «Weil?»

Es klang ein wenig scharf. Als wäre sie die Erziehungsberechtigte und er und Hudson die Kinder. Es fehlte noch, dass er jetzt den Kopf hängen ließ. Hudson ging es keinen Deut besser. Will fand die Situation jetzt nicht mehr lustig.

«Weil er mich kennt», antwortete er leise. «Und weil du ganz offensichtlich viel zu viel Klasse und Intelligenz besitzt, um in meinem Bett zu landen.»

Sie nickte stumm. Sie sah ihn erwartungsvoll an, aber die ganze Nacht war für ihn eine Reihe von ganz neuen Erlebnissen gewesen. Und dieser Morgen danach war sogar noch befremdlicher für ihn. Er hatte keine Ahnung, was als Nächstes passieren sollte.

«Also ... vielleicht könntest du ihm versichern, dass wir miteinander geschlafen haben, weil wir es beide wollten. Und dass es ihn verdammt noch mal überhaupt nichts angeht.» Er dachte eine Sekunde nach und fügte dann hinzu: «Und dass es auch gar keine große Sache war.»

Der letzte Satz ließ sie ein wenig erbleichen, und er glaubte, Hudson so etwas wie «Volltrottel» murmeln zu hören.

Als keiner von ihnen etwas sagte, haspelte Will weiter. «Wir hatten Spaß zusammen. Verdammt, es war ... eindeutig besser als gut. Wir ... mögen uns.» Er hielt inne. Maddies Gesicht sah etwas verstörend aus, es schien förmlich in sich zusammenzusacken. Wenn er nur Hudson loswerden könnte, würde er vielleicht noch etwas retten können.

Aber Hudson rührte sich nicht, und Will war ratlos. Und obwohl das hier ganz anders war als sonst, fiel er zurück in seine erprobten Verhaltensweisen. Er distanzierte sich, schob sie fort. Auf die Dauer gesehen, war das sicher die barmherzigste Lösung. Er war einfach nicht der Typ für «und dann lebten sie glücklich und zufrieden bis an ihr Lebensende».

«Es war Sex, Mann. Wir haben ihn beide genossen. Ende der Geschichte.» Er sah Maddie direkt in die Augen und suchte nach Zustimmung. «Ich kann hier wirklich kein Problem sehen. Du etwa, Babe?»

37

Babe?! Maddie war wieder zurück auf dem Hausboot. Sie hatte keine Ahnung, wie sie dorthin gekommen war. Kyra, Dustin, Avery und Deirdre kamen gerade wieder und erzählten fröhlich von ihren Ferien.

Maddie umarmte erst Dustin und dann Kyra, Nicole, Deirdre und Avery, aber sie war mit den Gedanken woanders. Genauer gesagt, bei William Hightower und der Nacht, die sie miteinander verbracht hatten.

Er war ein geschickter und großzügiger Liebhaber gewesen und hatte seine gesamte Aufmerksamkeit nur auf sie gerichtet. Wenn sie auch nur eine Hand frei gehabt hätte, hätte sie sich kneifen müssen.

Nach viel zu wenig Schlaf war sie aufgewacht und hatte befürchtet, dass er seine Enttäuschung nicht würde verbergen können, wenn er sie so im harten Tageslicht sah, aber er hatte sie erneut überrascht. Und dann war Hudson gekommen – eine Peinlichkeit, die sie wahrscheinlich irgendwie verdaut hätte –, wenn sich William Hightower nicht plötzlich in einen völlig Fremden verwandelt hätte. Die Sorte «Spieler», die sich auf falsche Koseworte wie «Babe» verließ, damit er nicht im Eifer des Gefechts den falschen Namen nannte.

«Alles in Ordnung mit dir?» Deirdre sah sie mit einem merkwürdigen Blick an. Kyra ebenfalls.

«Klar.»

«Wie war dein Wochenende?», fragte Avery.

«Gut.»

«Was hast du denn gemacht?»

«Ach, wisst ihr. Nicht viel.» Wenn man den Sex mit einem Mann nicht zählte, von dem sie den größten Teil ihrer prägenden Jahre geträumt hatte. «Ich habe mich einfach entspannt. Habe herumgelegen und Nickerchen in der Hängematte gemacht. Bin in den Pool gehüpft. Nichts Besonderes oder Neues.» Sie musste an Wills «gar keine große Sache» denken. «Ihr wisst schon, nichts Wichtiges.»

Sie wurde ganz rot bei der Lüge und bei dem Gefühl, von dem sie sich gewünscht hätte, dass es Verärgerung wäre. Leider war es eher Scham. Was lächerlich war. Was für sie ein wahr gewordener Traum gewesen war, schien für ihn nicht mehr Bedeutung zu haben als eine juckende Stelle, an der man sich kratzte. Sie schloss kurz die Augen und fragte sich, was um alles in der Welt sie denn erwartet hatte.

«Du siehst irgendwie ziemlich müde aus für jemanden, der sich die letzten Tage nur entspannt hat.» Avery musterte sie, als hätte sie Maddie noch nie zuvor gesehen.

«Ich würde lieber hören, was ihr alle so erlebt habt. Kommt, wir gehen nach oben und gucken uns den Sonnenuntergang an.» Vielleicht würde die frische Luft ihre Gedanken ordnen.

«Es dauert noch Stunden bis zum Sonnenuntergang.» Deirdre sah sie prüfend an.

«Na gut, dann kochen wir etwas, und ihr könnt mir dabei etwas von euren Ferien erzählen.» Maddie ging Richtung Kombüse.

«Das wäre toll, Mom. Nur leider gibt es hier nichts, woraus wir ein Abendessen zaubern könnten. Ich meine, hier gibt es ein einziges, ziemlich lecker aussehendes Steak. Wir könnten jeder einen Happen davon nehmen.»

«Ich wollte heute eigentlich einkaufen gehen, aber die Zeit ist einfach so ... vergangen.» Maddie musste sich zusammenreißen, um nicht bei der eigenen Untertreibung zusammenzuzucken.

«Na ja, zum Glück habe ich auf dem Weg von Key West hierher ein paar Snacks eingekauft.» Avery tätschelte zwei Lebensmitteltüten.

«Und ich habe ein bisschen Ted Peter's Räucherfisch-Aufstrich aus St. Pete hergeschmuggelt.» Kyra zog eine braune Papiertüte aus ihrem Rucksack. «Ich bin mir ziemlich sicher, dass wir noch ein paar Cracker haben, auf die wir sie streichen können.»

«Ich habe vielleicht noch einen Laib kubanisches Brot in meinem Koffer», fügte Deirdre hinzu, als ob das knusprige Gebäck von allein in ihr Gepäck gesprungen wäre.

«Ich mache ein paar Erdnussbutter-Marmeladen-Sandwiches für Dustin und mich selbst.» Kyra wandte sich an die anderen. «Will sonst noch wer?»

Nikki goss Rum in ihre Getränkedosen. Maddie lag es auf der Zunge, ihnen zu sagen, dass das Alkoholverbot auf der Insel gar nicht so streng war, wie sie geglaubt hatten, dass Will wusste, dass sie ihre Limonaden aufpeppten, aber tatsächlich hoffte sie nichts mehr, als dass sie niemals erfuhren, dass sie mit ihm geschlafen hatte.

Sie legten alles Essbare, was sie finden konnten, auf den Tisch und setzten sich auf die kleine Bank.

«Also, wie war es in Key West?» Nikki griff nach einem Plastikmesser und dem Fischaufstrich. Sie hatte eine Blechdose mit Biscotti auf den Tisch gestellt, die Joes Mutter ihr mitgegeben hatte.

«Es war toll, aber voller Touristen. Es hat sich beinahe bedrückend angefühlt nach unserem Leben auf der Insel.» Avery steckte sich einen Käseflip in den Mund. «Und es hat sich herausgestellt, dass Chase bei Drag Queens ausgesprochen beliebt ist.»

«Das musst du uns schon noch ein bisschen genauer erklären.» Das kam von Kyra, die sich Dustin auf den Schoß gesetzt hatte.

«Viel genauer», nickte Nikki.

Maddie spürte, dass sich ihre Anspannung langsam löste, wobei sie sich nicht sicher war, ob es am Alkohol oder an den vertrauten Frauen um sie herum lag.

«Okay, also, wir haben diese tolle Bootsfahrt bei Sonnenuntergang unternommen und haben spät in einem kleinen spanischen Restaurant namens El Siboney zu Abend gegessen. Dann sagte Sam, Chases Freund, wir müssten unbedingt in eine Travestieshow.»

«Was ihr natürlich gemacht habt.» Deirdre nickte.

«Also waren wir schließlich in einer Bar in der Duval Street. Sie heißt La Te Da. Und gleich bei der ersten Nummer kommt dieser Darsteller, der haargenau aussieht wie Marilyn Monroe, vielleicht sogar noch hübscher, direkt auf Chase zu, umarmt ihn und vergräbt seinen Kopf an seiner Brust. Und dann sieht sie mich an und sagt: ‹Ich weiß, dass ich sein Typ bin, Honey. Weil ich mehr so aussehe wie du als du.›»

Alle lachten.

«Chase brachte es nicht über sich, ihr eine Dollarnote in den BH oder ins Strumpfband zu stecken, trotzdem hat er es ziemlich cool genommen. Und danach war er ein bisschen so wie Katzenminze für Katzen. Im Ernst, sie waren wirklich hinreißend. Und talentiert. Ich hatte tatsächlich Angst, dass sie ihn in ihre Garderobe verschleppen und ihn fragen, was er eigentlich in mir sieht, wenn ich ihn nicht festhalte.»

Sie versuchten, sich das bildlich vorzustellen, und lachten. Maddie nahm noch einen Schluck von ihrer frisierten Cola light.

«Und wie war es bei dir, Nikki?», fragte Deirdre.

«Na ja, soweit ich weiß, gab es keine Travestiekünstler beim Familientreffen der Giraldis. Wobei, wenn ich es recht bedenke – *nonna* Sofia hat einen kleinen Schnurrbart.» Nikki lächelte und schüttelte den Kopf. «Es sind wirklich großartige Menschen, und ich glaube nicht, dass sie verstehen, was Joe in mir sieht – seine Mutter hat ihren Wunsch nach Enkelkindern von ihm noch nicht aufgegeben –, aber ich habe gemerkt, dass sie wissen, dass er mir einen Heiratsantrag gemacht hat. Und sie scheinen wirklich zu wollen, dass Joe bekommt, was er sich wünscht. Und aus irgendeinem unbekannten Grund scheine das ich zu sein.»

«Sie können sich glücklich schätzen, dich in ihrer Familie willkommen heißen zu können», betonte Avery.

«Und ihr könntet ein Kind adoptieren, weißt du. Und es gibt Fruchtbarkeitsbehandlungen.» Deirdre verteilte Fischaufstrich auf einem Cracker.

«Das kann ich mir wirklich noch nicht vorstellen. Obwohl *nonna* Sofia mit einem rohen Hähnchenbein vor meinem Gesicht herumwedelte und dabei etwas auf Italienisch murmelte. Ich fürchte, es war ein Fruchtbarkeitsfluch. Angesichts des Alters der Eier, die vielleicht noch da sind, wäre das ein bisschen, als wollte man das Kolosseum in ein McDonald's verwandeln.»

Sie lachten, aber Nicole lächelte nicht mehr. «Selbst wenn die Eier nicht längst ihr Haltbarkeitsdatum überschritten hätten, bin ich mir ziemlich sicher, dass ich kein Elternmaterial bin – Malcolm ist ja der beste Beweis.»

«Sein Verhalten war doch nicht deine Schuld», sagte Maddie, die erleichtert war, über anderer Leute Probleme sprechen zu können. «Gibt es eigentlich Neuigkeiten von ihm?»

«Joe behält ihn im Auge. Offenbar war er bisher der perfekte Insasse. Und die Umgebung scheint ihm zu bekommen. Er hat zwölf Kilo abgenommen, geht jeden Tag zum Sport und arbeitet in der Freizeit an seiner Autobiographie.» Nikki schob ihren Cracker-Teller von sich.

«Darf er seine Geschichte denn verkaufen?»

«Das ist noch nicht sicher. Ich hoffe nicht. Aber wahrscheinlich findet er einen Weg, sich zum Helden dieses Stückes zu machen. Ich werde vermutlich schlecht dabei wegkommen. Und ich glaube niemals, dass seine Opfer auch nur einen Penny von seinem Vorschuss oder seinen Gewinnen sehen würden», sagte Nikki.

«Das wären dann wir.» Averys Lippen waren jetzt ganz orange.

«Ja, es kann sein, dass er das alles nur benutzt, um vor der Bewährungskommission gut auszusehen. Aber er scheint wirklich zu schreiben. Und selbst wenn er das Buch nicht verkaufen kann – wenn er darin über unsere Kindheit schreibt – na ja, ich fühle mich jetzt schon durch den Dreck gezogen, ohne dass schon alle Welt weiß, wie ärmlich unser Leben einmal war.»

«Vielleicht solltest du deine eigene Geschichte aufschreiben», sagte Kyra und wischte Dustin seine Erdnussbutter-beschmierten Fingerchen ab. «Um die Sache ein für alle Mal zu klären.»

«Ich weiß nicht», seufzte Nikki. «Es gibt einfach zu viel, dessen ich mir im Moment noch nicht sicher bin. Ich war noch nie so unentschlossen. Ich wusste immer, was ich wollte, was ich erreichen wollte. Ich habe so viele Jahre damit verbracht, meine Kindheit hinter mir zu lassen und finanzielle Sicherheit zu erreichen, aber die Kontrolle über das eigene Schicksal ist nur eine Illusion. Und wenn ich nicht einmal meinen Bruder, mein eigen Fleisch und Blut, als das sehen konnte, was er ist, was qualifiziert mich dann dazu, ernsthafte Entscheidungen zu treffen? Ich will mit Joe zusammen sein. Wir möchten unser Leben miteinander verbringen. Aber ich verstehe einfach nicht, warum ich ihn dafür heiraten muss. – Aber es reicht jetzt, das ist genug über mich.» Nikki wandte sich an Kyra. «Wie war es in Bella Flora?»

«Genau», sagte Avery. «Ich hatte fast Angst zu fragen. Gab es Anzeichen von ‹häuslicher Gewalt›?»

«Nein.» Kyra klemmte sich eine Strähne hinters Ohr. «Bella Flora ist vollkommen unberührt. Und angesichts der vielen Häuser, die sie besitzen, hoffe ich, dass Tonja Kay das Ganze vielleicht einfach vergisst.»

«Na ja, je mehr du dich fernhältst, desto wahrscheinlicher ist das», sagte Maddie.

«Genau.» Kyra senkte den Blick und schnitt Dustins zweite Sandwichhälfte in kleine Quadrate.

Maddie kannte diesen Tonfall und dieses Verhalten. Ihre Tochter hatte mit Daniel Deranian geschlafen. Schon wieder. Sie hätte ihr vielleicht deshalb Vorwürfe gemacht, aber sie verstand jetzt, wie leicht das passieren konnte.

«Und wie ist es mit dir, Deirdre?», fragte Maddie viel zu heiter. «Wie war es mit Jeff und den Jungs?»

«Es war viel amüsanter, als ich erwartet hatte. Jeff fällt es schwer zu akzeptieren, dass er sich zurzeit nicht frei bewegen kann, und ich verstehe das. Es muss so schwierig sein, wenn man spürt, dass die Welt um einen herum zusammenschrumpft, aber es ist wirklich schön, sich um andere kümmern zu können.» Deirdre warf Avery einen Blick zu. «Ich bin einmal vor der Verantwortung davongelaufen. Jetzt begreife ich, dass ich nicht nur die Menschen verletzt habe, die ich geliebt und verlassen habe, sondern dass mir gleichzeitig auch etwas entgangen ist, das mich zu einem besseren Menschen gemacht hätte.» Sie verstummte, dann setzte sie nach: «Okay, ich wollte eigentlich gar nicht so tiefgründig werden.» Sie sah die Frauen der Reihe nach an. «Hier ist doch irgendetwas im Gange. Tatsächlich», Deirdre schnupperte, als witterte sie etwas. «Ich habe das dumpfe Gefühl, dass ich hier die Einzige bin, die dieses Wochenende keinen Sex hatte.»

«Genau!» Kyra lachte. «In diesem Sinne werde ich Dustin jetzt mal ins Bett bringen.» Sie wartete, bis er seiner Oma einen Kuss gegeben hatte.

Maddie sah ihnen hinterher, als sie in ihrer Kabine verschwanden. Sie war froh über die Unterbrechung. Doch als sie sich wieder dem Tisch zuwandte, wechselten Deirdre und Avery gerade bedeutungsschwere Blicke. Sie sahen sie aus identischen blauen Augen an. «Also, am Wochenende ist nichts Besonderes passiert?»

«Nein.» Maddie hatte ein Pokerface aufgesetzt, jedenfalls hoffte sie das.

«Also hat das hier absolut nichts mit dir zu tun?» Avery schob ihr ein Stück Zeitung zu. Es war ein körniges Schwarzweißfoto, das zwei Menschen beim Knutschen zeigte, und zwar eindeutig in William Hightowers Whirlpool und nicht weniger eindeutig auf William Hightowers Insel. «Das habe ich im *Key West Citizen* gefunden.»

Nicole beugte sich vor, um das Foto genauer zu betrachten. «Na ja, das ist eindeutig Will. Und die Frau hat nasse Haare in Maddies Länge, aber selbst von hinten sieht man, dass sie nackt ist ...»

Maddies Herz klopfte so heftig, dass sie fürchtete, die anderen könnten es hören. Sie zog das Foto näher zu sich heran und betrachtete es aufmerksam. Dabei versuchte sie, sich zu beruhigen. Sie musste alle Selbstdisziplin aufbringen, derer sie fähig war, um nicht auf ihrem Sitz herumzurutschen. Sie hatte sich derartig auf Will und ihr Zusammensein konzentriert, dass sie die Fotografen mit ihren Teleobjektiven vollkommen ausgeblendet hatte. «Das ist ja furchtbar verschwommen. Das könnte auch Bigfoot sein oder das Ungeheuer von Loch Ness.

Ich meine, man sieht ja gar nichts außer ihrem Hinterkopf und ihren Armen.» *Danke, Gott.*

«Hast du irgendeine Idee, wen Will hier auf der Insel zu Besuch hatte, Maddie? Hast du sie kennengelernt?» Averys Blick fixierte Maddies Augen.

«Nein. Aber es ist eine ziemlich große Insel, und ...»

«Er sollte ein bisschen vorsichtiger sein, wen er hierherlässt», sagte Deirdre langsam. «Weil sie sich offenbar an deinem Badeanzug und deinem Tuch bedient hat.»

«Warum sagst du das?» Maddie spürte, dass ihr die Situation entglitt.

«Warum? Weil ich beides direkt neben dem Whirlpool gefunden habe, als ich ein paar Dinge in den Kühlschrank im Pavillon stellen wollte», sagte Deirdre. «Liegt beides auf deinem Bett.»

Nikki wirkte überrascht. Sie schaute zwischen Deirdre und Avery hin und her, dann zu Maddie und wieder zurück – wie ein Fan, der ein Tennismatch anguckt.

«Vielleicht solltest du melden, dass deine Kleider verschwunden sind.» Avery hob eine Augenbraue, und es sah haargenau so aus wie bei Deirdre.

«Oh nein, das ist nicht mein ...» Maddie schüttelte den Kopf, um ihren Satz zu unterstreichen, aber sie verstummte, bevor sie ihn zu Ende gebracht hatte.

«Ist schon okay, Maddie. Wir verurteilen dich gar nicht. Eigentlich würde ich sogar am liebsten sagen ‹ran an die Buletten›.» Deirdre lächelte.

«Geht mir genauso.» Avery schaute über die Schulter, um sicherzugehen, dass Kyras Tür verschlossen war, dann klatschte sie Maddie leise ab. «Ich nehme mal an, dass die meisten Frauen, die gerade ein Vierteljahrhundert Ehe hinter sich gebracht haben, viel zu ängstlich wären, um sich in so ein Abenteuer zu stürzen.» Sie gab Maddie das Foto. «Du hast echt

Mumm.» Deirdre und sie schenkten ihr dasselbe Lächeln. «Du kannst es wegschmeißen oder es in dein Tagebuch kleben. Liegt ganz an dir.»

Deirdre nickte zustimmend. «Wir werden nicht nach den schmutzigen Details fragen.»

«Es sei denn, du würdest sie gern mit uns teilen?», setzte Nikki hinzu.

Ein Teil von Maddie hätte nichts lieber getan als das. Diese Frauen waren ihre engsten Freundinnen geworden. Aber sie hatte selbst noch kaum begriffen, was da passiert war, ganz zu schweigen davon, dass sie darüber hätte sprechen können. Und ihr Abenteuer war kurz gewesen – und hatte böse geendet.

Sie schüttelte den Kopf. «Ich glaube, ich bin noch nicht bereit dazu. Ich muss die ganze Sache erst verdauen.» Sie würde die Geschichte nicht erzählen, die so wunderschön begonnen und dann so unpersönlich und herablassend mit einem «Babe» geendet hatte.

38

Es dauerte einen Tag, bis die Arbeiten nach den Feiertagen wieder in Gang kamen, und einen weiteren, bis die Rigips-Leute eintrafen, die Roberto erwähnt hatte. Die Sealys waren jamaikanische Brüder, hochgewachsen und schlank, mit melodiösem Akzent und einem warmen, sonnigen Lächeln, das im Kontrast zu ihren ebenholzdunklen Gesichtern stand. Sie arbeiteten Hand in Hand, ohne auch nur ein Wort miteinander wechseln zu müssen, zu Beginn im Haupthaus und dann in den anderen Gebäuden, und das alles mit einer Eleganz, die Avery voller Bewunderung zuschauen ließ.

Sie arbeiteten zu Reggae-Musik und zu «Insel-Musik» – zumindest kannte Avery diesen Musikstil nur unter diesem Namen –, mit starkem Steeldrum-Rhythmus und Texten, die sie zum Lächeln brachten. Vielleicht lag es aber auch nur an dem sichtlichen Fortschritt, den die Arbeiten machten, und der Tatsache, dass keine Fugen mehr verputzt, keine Lücken gefüllt werden mussten, wenn sie fertig sein würden – nur glatte Wände, wo vorher nur die Struktur stand. Avery seufzte vor Glück, als sie dabei zusah, wie die Räume Formen annahmen, die sie sich bisher nur hatte vorstellen können.

Roberto kam spät an dem Nachmittag zurück, an dem die Brüder ihre Arbeit beendeten. «Roberto, *mon!*» Es wurde sich umarmt und gehüpft, als sich die drei wiedersahen. Nachdem sie die Friedenspfeife im Haus der untergehenden Sonne geraucht hatten, fuhren die Brüder mit ihrem Boot zu den Klängen Bob Marleys wieder ab.

Sie brauchten auch ein paar Tage, um sich an Maddies Küchenplan zu gewöhnen. Alle, die auf Mermaid Point lebten oder damit verbunden waren, waren darin eingeschlossen, und die Mahlzeiten waren schlicht bis raffiniert. Bisher standen Hot Dogs und Hamburger von Troy und Anthony, elegante überbackene Jakobsmuscheln à la nage von Deirdre und die Dante-Familienravioli von Roberto auf dem Speiseplan.

Avery hatte wohl bemerkt, dass William zu den ersten Mahlzeiten nicht erschien, und auch, dass Maddie deshalb gleichzeitig enttäuscht und erleichtert war. Tatsächlich hatte sich der Mann seit den Feiertagen rargemacht und schien gar nicht auf der Insel zu sein, obwohl alle Boote am Anleger lagen. Wie das sein konnte, hatte Avery noch nicht herausgefunden. Zwischen ihm und Madeline gab es keinerlei Kontakt, soweit sie erkennen konnte, und Maddie sprach noch nicht einmal seinen Namen aus. Wenn Avery nicht das Foto gesehen und Deirdre nicht ihre Kleider gefunden hätte, wären sie niemals auf die Idee gekommen, dass etwas zwischen ihnen gewesen sein könnte.

An diesem Abend war William Hightower an der Reihe, das Abendessen zuzubereiten, und Avery, die gehört hatte, wie Hudson, Tom und er früh am Morgen ins Boot gestiegen waren, fragte sich schon, ob der Rockstar den Plan vielleicht ebenso abblies, wie er es mit Madeline Singer getan hatte. Aber um drei Uhr nachmittags waren die Männer wieder von ihrem Angelausflug zurück, und zwar erfolgreich, zumindest wenn man die Eiskiste voller frisch filetiertem Fisch als Zeichen nahm.

Avery und Deirdre diskutierten gerade die Pläne für einen weiteren Pfad zwischen dem Pavillon und dem Bade- und Wäschebereich für Gäste im Haupthaus, als William Hightower außergewöhnlich gut gelaunt am Pool ankam. Sein Blick glitt sofort zu Maddie, die am Strand saß und Dustin dabei zusah, wie er im Sand grub. «Darum geht es doch, wenn man auf einer Insel lebt.» Er sagte das lauter als notwendig und weit lauter als normalerweise. Dustin drehte sich um, als er William hörte. Seine Großmutter nicht.

«Billiam!» Dustin ließ sein Eimerchen und die Schaufel fallen und rannte mit breitem Grinsen auf den Rockstar zu.

«Dustbin!» Hightower lächelte zurück und zauste dem kleinen Jungen das Haar. Dann tat er so, als könne er nicht richtig gehen – er hielt sein Bein ganz steif und zog den Kleinen hinter sich her, der sich daran festklammerte. «Bist du bereit zum Schwimmen?»

«Simm!»

Wenn sie die Szene nicht so genau beobachtet hätte, hätte Avery vielleicht den schnellen Seitenblick übersehen, den Hightower auf Maddie riskierte. Die jetzt Dustins Sandspielzeug aufsammelte und mit dem Tempo einer Schildkröte zum Pool ging.

«Darf er mit mir schwimmen gehen?», fragte Will Maddie, wobei er schon um einiges weniger begeistert klang.

«Dustbin simm!»

«Nein, eher nicht.» Maddie streckte die Arme aus, um ihren Enkel von Hightowers Bein zu befreien. «Er hat heute sein Mittagsschläfchen ausgelassen. Ich nehme ihn mit hinein, damit er ein bisschen Ruhe bekommt.» Ihr Kinn war hochgereckt, die Schultern straff. Selbst von ihrem Standort aus konnte Avery sehen, dass Maddie an William vorbeischaute und seinen Blick mied.

«Tut mir leid, Kumpel.» Hightower sah auf Dustin herab. «Wir sehen uns dann beim Abendessen. Ich mache extra ganz besonderen Zitronenbutterfisch nach einem geheimen Rezept.» Er sah zu Maddie, als wartete er auf eine Reaktion.

«Billiam Tisch!»

«Na, wird das nicht toll, Dustin?» Maddie wandte den Blick

nicht von ihrem Enkel. Dann nickte sie kurz in Williams Richtung, drehte sich um und ging zum Hausboot.

«Gut.» William zog sich das Hemd aus und sprang in den Pool. Er tauchte wieder auf und schüttelte sein nasses Haar, ganz das gesunde Männchen mit sonnengebräunter Haut. «Ahhh, das ist doch das Leben.» Es war nicht ganz klar, wen er davon überzeugen wollte.

Avery saß auf der Kante eines Liegestuhls und schaute Maddie hinterher, die sich steif zurückzog.

«Also, wie läuft's mit der Arbeit?», fragte William lässig, obwohl Avery förmlich fühlen konnte, wie er gegen den Drang ankämpfte, sich umzudrehen und Maddie hinterherzuschauen.

«Gut.» Avery überlegte, was da wohl geschehen sein mochte. Sie hatte Maddie noch nie so steif und unbehaglich erlebt. Hatte der Mann im Bett etwas getan, das Maddie nicht in Ordnung gefunden hatte? Sie blickte zu William Hightower und sah, dass er die Schlacht verloren hatte und nun doch Maddie und Dustin hinterherschaute. «Die Rigips-Arbeiten sind fertig – jetzt können Sie sehen, wie die Zimmer aussehen werden. Roberto fängt dann mit den Verkleidungen an. Wenn er mit dem Haupthaus fertig ist, werden die Böden abgeschliffen – dann schlafen Sie vielleicht vier oder fünf Tage lang woanders, bis der Gießharz getrocknet ist. Danach kann der Klempner anfangen, und die Glasschiebetüren können eingebaut werden. Wir haben noch eine Menge vor, aber langsam nimmt die Sache Fahrt auf. Es wird großartig aussehen.»

«Das ist toll.» William Hightower klang um einiges weniger heiter als bei seiner Ankunft. Im Gegenteil, er schien vollkommen aus dem Gleichgewicht, weil sein Publikum einfach so gegangen war und noch nicht einmal applaudiert hatte.

«Dann werde ich noch mal eine Runde schwimmen, bevor ich das Abendessen kochen muss.»

Avery sah ihm ein paar Minuten zu. Er durchmaß den Pool, als wäre jemand hinter ihm her. Oder vielleicht war auch er hinter etwas her.

Maddie zog sich mit weit mehr Sorgfalt zum Abendessen um, als sie wollte. Sie ging mit derselben Beklemmung zum Pavillon, die sie befallen hatte, als Hudson sie in Williams Bett erwischt und die Maske von ihrem kleinen Traum gerissen hatte. Von dem Traum, in dem die Verbindung zwischen Will und ihr mehr war als ein One-Night-Stand, der sich schon beim ersten Tageslicht verflüchtigte. Sie musste immer daran denken, wie schnell er sich verändert hatte, nur weil Hudson ihre Affäre missbilligte; wie schnell er sich von ihr distanziert hatte – genau wie er es vermutlich schon eine Million Mal zuvor getan hatte. Sie hatte ein Abenteuer gewagt und war versucht gewesen, es weiterzuführen. Er hatte das Alltägliche ausprobiert und hatte eindeutig keinerlei Interesse, darin zu verweilen.

Als sie zum ersten Mal danach aufeinandergetroffen waren, war sie mit Nikki und Deirdre zusammen gewesen. Sie hatte sein Gesicht aufmerksam nach den Spuren des Mannes abgesucht, vom dem sie glaubte, einen Blick erhascht zu haben. Irgendeine Art der Bestätigung dessen, was sie miteinander geteilt hatten; irgendein Wort oder einen Blick, der ihr sagte, dass sie kein «Babe» war und dass die Nacht, die sie miteinander verbracht hatten, immerhin etwas bedeutete, auch wenn ihr keine weiteren folgen würden. Aber er hatte sie genauso angelächelt, wie er alle anderen anlächelte, vielleicht sogar noch ein bisschen weniger herzlich, und dann war er seiner Wege gegangen. Erst als sie die Empörung ihrer Freundinnen spürte, verstand sie. *Das hier* war der wahre William Hightower.

Der andere Will, der sie behandelt hatte, als sei sie jemand, der es wert war, dass man ihn genoss, war nur sein Doppelgänger gewesen. Der William Hightower, der sie gehalten und gestreichelt hatte, als wäre sie ein wertvoller Schatz, für den er zutiefst dankbar war, war nicht mehr als ein Hirngespinst.

Sie kam in den Pavillon und sah, dass die Tische mit einem Sammelsurium aus Plastiktellern und -besteck aus allen drei Hausbooten gedeckt war. Will briet wie der Teufel, ebenso wie er in jener Nacht für sie gekocht hatte. Sie schaute ihm von ihrem Platz im Schatten einer Säule zu, als Hudson auf sie zutrat. «Ich hatte gehofft, einen Moment mit Ihnen allein zu finden. Ich wollte mich entschuldigen.»

«Danke. Aber das ist nicht nötig.» Sie trat hinter der Säule hervor und wollte zum Tisch gehen, wo Kyra und Dylan bereits saßen. Hudson griff nach ihrem Arm, um sie aufzuhalten.

«Doch, das ist es. Ich war nur so überrascht, als ich Will und Sie im Bett gesehen habe. Ich hätte mir nie vorstellen können ...»

Maddie schaute sich um, um sicherzugehen, dass niemand sie hören konnte. Wenn es noch etwas Schlimmeres gab als das, was an jenem Tag passiert war, als Hudson sie und Will ertappt hatte, dann darüber auch noch sprechen zu müssen. «Verstehe. Glauben Sie mir, ich verstehe weit mehr, als ich möchte.» Sie schluckte. «Er war einfach einige Nummern zu groß für mich. Es war ein bisschen, wie wenn ein Hobbytennisspieler plötzlich auf dem Centre-Court in Wimbledon spielen muss. Ich war ungeheuer geschmeichelt und habe bestimmt alles Mögliche falsch interpretiert.»

«Nein, das will ich überhaupt nicht sagen.» Hudson sah sie eindringlich an. «Ich glaube sogar, dass Will ...»

«Ja, ich bin mir sicher, dass Will innerlich über mich lacht, so wie diese Fische, denen ich meinen Köder zugeworfen habe.»

«Was?»

Maddie schloss kurz ihre Augen. «Egal. Es ist nicht wichtig. Wir haben beide etwas außerhalb unserer gewohnten Grenzen ausprobiert. Und gemerkt, dass es nicht zu uns passt. Wie schon gesagt, es ist keine große Sache.»

«Nein, Maddie, ich will wirklich nicht ...»

«Ist dieser Typ etwa aufdringlich?» Sie schaute auf und sah Will, der einen Pfannenheber in der Hand hielt und böse schaute. «Die Führer hier in den Keys sind eigentlich dafür bekannt, ein wenig wortkarg zu sein. Aber unser lieber Hudson hier hat verbalen Brechdurchfall. Manchmal springen die Fische extra aus dem Wasser, um ihn darum zu bitten, endlich mal den Mund zu halten.»

«Ganz im Gegensatz zu dir. Der im Bruchteil einer Sekunde den Mund halten und sich verziehen kann.» Die Worte waren heraus, bevor Maddie etwas dagegen tun konnte, aber sie war erleichtert, dass sie sie immerhin ganz ruhig und mit etwas Ähnlichem wie einem Lächeln gesagt hatte.

«Wenn ich deine Gefühle verletzt habe, tut es mir leid.» Will senkte den Pfannenheber. «Ich bin einfach nicht gewöhnt an ...»

«... an Frauen wie mich. Verstanden. Ich habe dich bestimmt bis ins Mark erschüttert.» Sie hoffte sehr, dass diese Erschütterung vergehen würde. Ebenso wie seine Erinnerung daran, wie sie nackt aussah.

Sie genoss die Überraschung in den Gesichtern der beiden Männer. «Jetzt könnt ihr euch wieder beruhigen und aufhören, euch um mich Sorgen zu machen. Und ihr könnt endlich damit aufhören, euch ständig zu entschuldigen.» Sie lächelte erneut, und obwohl sie leise sprach, damit niemand sie hören konnte, wollte sie doch das Gespräch und, wie sie hoffte, auch das ganze Thema ein für alle Mal beenden, und zwar mit genau den

Worten, die in ihrem Kopf widerhallten, seit William sie gesagt hatte: «Es war Sex. Wir haben ihn beide genossen. Ende der Geschichte.» Sie zuckte mit den Achseln und zwinkerte Will zu. «Ich sehe da wirklich kein Problem. Du etwa, Babe?»

«Was läuft da eigentlich zwischen deiner Mom und Will und Hudson?» Troy stand Kyra am Tisch gegenüber und richtete die Kameralinse auf sie und Dustin, während Anthony ihr das Galgenmikrophon vor den Mund hielt. Kyra wünschte, Will würde endlich aufhören zu reden, damit er das Abendessen servieren konnte und sich das TV-Team entweder hinsetzen und mitessen oder etwas anderes filmen würde.

«Keine Ahnung.» Kyra legte Dustin ein Lätzchen um und gab ihm seine geliebte Thomas-die-kleine-Lokomotive-Gabel in die Hand. Den passenden Teller und die Lerntasse hatte sie schon vor ihn hingestellt. Sie beschäftigte sich extra intensiv mit Dustin, um nicht darüber nachzudenken, dass sie gerade ein Close-up von ihr filmten. Aber sie hatten recht, es war eine gute Frage. Ihre Mutter benahm sich ziemlich un-Mom-artig, seit Dustin und sie aus Bella Flora zurückgekommen waren. Kyra hatte keine Ahnung, was in Maddie gefahren war.

«Und wie waren die Feiertage in Pass-a-Grille?»

Sie blinzelte Troy überrascht an. «Ich weiß gar nicht, was du …»

«Jetzt beleidige mich nicht, indem du so tust, als wüsstest du nicht, was ich meine. Die Paparazzi und du seid nicht die Einzigen, die ein Teleobjektiv bedienen können.»

Kyra wollte wissen, woher er das wusste und was er gefilmt hatte, aber sie hielt lieber den Mund. Es war besser, darüber hinwegzugehen, als Daniel zu erwähnen.

«Und was ist mit dir, Dustin?», fragte Troy. «War es schön in Bella Flora?»

«Buhfora!» Er hämmerte fröhlich mit der Gabel auf dem Tisch herum.

«War es schön mit deinem Dad?»

«Dandell Boot snell!»

Sie biss die Zähne zusammen, und der Kameramann zoomte das lächelnde, unglaublich fotogene Gesicht ihres kleinen Sohnes näher heran. Sie schaute weg und sah, dass Will und Tom Platten mit Fisch und Salat auftischten. Hudson schenkte Wasser und Limonade aus. Am Tisch nebenan zeichneten Avery, Deirdre und Roberto etwas auf eine Serviette. Nikki musste noch etwas erledigen und hatte Kyra gebeten, ihr einen Platz frei zu halten.

«Und was ist mit dir, Kyra?» Troy tippte mit seinem Finger auf den Zoom, vermutlich um eine weitere Aufnahme von Dustin und ihr zu bekommen. «Hattest du auch Spaß?»

«Oh, ich habe nicht viel gemacht. Weißt du, ich hatte ein Zimmer im Inn nebenan. Für den Fall, dass Dustin mich braucht.»

«Ja.» Troy hatte die Zähne zusammengebissen. Er bewegte die Finger an seiner Kamera nur ganz leicht. «Wie schade, dass du dort gar nicht geschlafen hast.»

Sie antwortete nicht, versuchte aber auch nicht, ihren Ärger zu verbergen. Ihre Mutter kam an den Tisch, und Troy und Anthony traten ein wenig zurück, damit sie sich setzen konnte – und vermutlich auch, um Maddie gleich mit zu filmen.

«Es geht nicht immer nur nach dir, Kyra.» Troy Matthews versuchte nicht einmal, seine Stimme aus der Aufnahme herauszuhalten. «Du kannst nicht erwarten, dass ich dir Spielraum lasse, nur um mich dann anzulügen und mich im Dunkeln tappen zu lassen. Entweder arbeiten wir hier zusammen, oder jeder kämpft für sich allein.»

Sie hätte ihm am liebsten Beleidigungen an den Kopf geworfen. Ein paar Flüche hätten geholfen, Dampf abzulassen. Aber das war Tonja Kays Art, und Kyra wusste genau, wie das im Fernsehen ausgesehen hätte. Troy hatte gewusst, wo sie hinfuhr, er war ihr sogar gefolgt. Und sie hatte keinerlei Zweifel, dass er auch Material besaß, welches das bewies.

«Ich habe mich schon einmal für dich aus dem Fenster gelehnt», sagte der Kameramann. «Für Dustin und weil ich das Gefühl hatte, dass es richtig ist. Aber bisher läuft die Sache ziemlich einseitig. Offenbar haben *wir* nicht wirklich zusammengearbeitet. Stattdessen hast du die Lage ausgenutzt.»

«Troy, das reicht jetzt.» Wie immer beschützte sie ihre Mutter wie eine Löwin ihr Junges, obwohl Kyra eigentlich selbst eine Löwin hätte sein sollen. «Ich bin mir sicher, dass Kyra versteht, was du sagen willst, und dass sie dir künftig mehr entgegenkommt.»

«Es wird Zeit, dass sie versteht, dass man sich nicht mit einem A-Promi einlassen und trotzdem seine Privatsphäre behalten kann. Tatsächlich hoffe ich, dass auch Sie das verstehen, Mrs. Singer.»

Kyra sah, dass ihre Mutter knallrot wurde, nahm aber an, dass es ihretwegen war.

«Dustin hat sich das nicht ausgesucht», bemerkte sie.

«Nein», stimmte Troy zu. «Du hast für ihn gewählt. Und das solltest du auf keinen Fall vergessen.»

39

Ich kann meine Finger gar nicht mehr strecken. Und meinen Rücken schon gar nicht.» Nikki schüttelte den mit Sandpapier umwickelten Block von ihrer Hand. Sie hörte das Schleifgeräusch auch aus dem Schlafzimmer; das Sandpapier und sein Benutzer waren von der Fußbodenfirma geschickt worden, um die breiten Holzdielen abzuschleifen und so ihre ursprüngliche Schönheit wiederherzustellen.

Maddie und sie schliffen die Ecken des nach vorn gelegenen Schlafzimmers im ersten Stock ab. Avery hatte sich den oberen Treppenabsatz und den Flur vorgenommen. Deirdre arbeitete sich die Treppen herunter. Wenn sie alle fertig waren, wollten sie gemeinsam den Fußboden in der Hauptsuite in Angriff nehmen und schließlich zum ersten Stock übergehen. Danach kamen die Zimmer über der Garage und dem Bootshaus dran. Das würde Stunden und Tage dauern, in denen sie sich immer nur Zentimeter für schmerzhaften, staubigen und verschwitzten Zentimeter voranbewegen konnten.

Die Fenster waren aufgerissen worden, dennoch hing der Staub schwer in der schwülen Luft und legte sich auf Haare und Haut. Jeder Windstoß machte es nur noch schlimmer.

«Wie lange noch, bis wir aufhören und schwimmen gehen können?» Nikkis Stimme klang durch den Mundschutz hindurch gedämpft, aber sie war zu erschöpft, um ihn abzunehmen.

«Hängt davon ab, wie schnell wir hier oben fertig werden.» Avery ließ sich auf den Hintern fallen und lehnte sich gegen die Wand neben der Tür.

«Ich kann kaum meinen Arm heben oder meine Finger strecken. Schnell ist überhaupt keine Option.» Nikki stöhnte. «Das hier schaffe ich nicht mal zehn Tage lang. Wie konnte ich nur vergessen, wie schrecklich das ist und wie sehr ich es hasse?»

«Es muss wohl dieses Hormon ausschütten, das Mütter die Schmerzen bei der Geburt vergessen lässt», bemerkte Avery.

«Ich glaube kaum, dass das Abschleifen von Böden Beta-Endorphine freisetzt», versetzte Maddie trocken. «Hier werden meiner Meinung nach nur Staub und Schmutz freigesetzt.»

«Je stärker ich schwitze, desto stärker klebt der Staub an mir. Und je mehr ich darüber nachdenke, wie lange das hier noch dauern wird, desto lieber will ich mich aus einem dieser Fenster stürzen.» Nikki versuchte zu lächeln, aber sie war sich selbst nicht ganz sicher, ob sie wirklich einen Witz machte.

Wenn sie mit dem Schleifen fertig waren, würden sie mit dem Lasieren und Versiegeln beginnen. Das würden sie mit einem Applikator machen, der aussah wie ein Mopp. Natürlich würde das ebenfalls beschwerlich sein, aber immerhin konnte man im Stehen arbeiten, und man konnte den Fortschritt in Quadratmetern messen und nicht in Zentimetern.

«Kümmere dich noch nicht darum. Konzentriere dich nur aufs Jetzt.»

«Das ist ja sehr Zen, Maddie. Aber ich will weder ein Holzklotz noch zu Sandpapier werden.» Nikki sah auf ihre schmutzigen Hände und eingerissenen Fingernägel. «Und auf gar keinen Fall möchte ich die Lasur oder der Kunstharzlack werden, die uns noch bevorstehen.» Sie wandte ihr Gesicht von der Kamera ab, die auf sie gerichtet war. Troy und Anthony hatten sie aus allen möglichen Winkeln gefilmt, keiner davon war schmeichelhaft. «Ich will die Frau sein, die telepathisch zurück zur Cheeca Lodge transportiert wird, gerade noch rechtzeitig für ihre Massage am Strand.»

«Niemand verlässt das Gebäude, bis die Böden fertig sind – es gibt kein Entkommen, nicht einmal telepathisch.»

Avery war wieder aufgestanden und stand jetzt in der Tür, eine Hand auf den unteren Rücken gepresst. «Wir müssen so schnell wie möglich fertig werden und diese Böden versiegeln, damit die anderen Handwerker hereinkönnen. Der Klempner und die Fliesenleger sind als Nächste dran, dann müssen die Einbaumöbel eingesetzt werden, und wir müssen die Schiene für die Glasschiebetüren setzen. Wir haben noch eine Menge zu tun, und es wird knapp.»

Maddie schaffte es, sich vom Boden hochzuwuchten, schien sich aber nicht mehr aufrichten zu können. «Ich fühle mich wie der Glöckner von Notre Dame.» Sie bewegte sich gebückt voran, um die Wasserflasche zu holen, die sie stehen gelassen hatte.

«Ich will dir ja nicht zu nahe treten, aber du siehst tatsächlich ein bisschen aus wie er», sagte Avery.

«Keine von uns sieht bereit für die Close-ups aus.» Deirdre war zu ihnen ins Zimmer gekommen auf der Suche nach einer kurzen Verschnaufpause. Sie blies sich eine Haarsträhne aus den Augen.

«Und doch nimmt uns Troy ständig von ganz Nahem auf.» Nikki zupfte an ihrem T-Shirt, das schweißgetränkt war und an ihrem Körper klebte.

«Hoffentlich bringt Kyra was Leckeres zum Abendessen mit.» Avery klemmte sich ihr Haar hinters Ohr. Kyra hatte das Kochen übernommen, bis die Böden fertig waren, weil sie Dustin nicht all dem Staub und den Ausdünstungen der Lacke aussetzen wollte. Nur wenn Maddie oder jemand anders auf ihn aufpassen konnten, kam Kyra im Moment dazu, eigene Aufnahmen von den Arbeiten zu machen.

Ganz am Anfang, als sie in Bella Flora das erste Mal zusammenarbeiteten, hatte Nikki nicht verstanden, warum Kyra ihr eigenes Filmmaterial herstellte, aber dann überlegte sie, wie unterschiedlich ihr Bruder Malcolm und sie das gemeinsam Erlebte darstellen würden. Da konnte es vermutlich nicht schaden, wenn man selbst seine eigene Realität dokumentierte, für den Fall, dass man diese gegen die Version eines anderen stellen musste.

«Ich hoffe irgendwie auf ein flüssiges Abendessen. Es ist viel zu heiß für Essen», sagte Maddie.

Nikki sah sie an. Sie hatte William Hightowers Namen nicht mehr ausgesprochen, seit er bei Hudson im Haus wohnte. Wenn jemand anders seinen Namen nannte, hob sie das Kinn, selbst wenn sie so tat, als hörte sie nicht zu. Und dann war da dieser Morgen, als sie in der Tür des Hauptschlafzimmers gestanden und in den leeren Raum gestarrt hatte, die Arme um den Oberkörper geschlungen und ein merkwürdiges kleines Lächeln auf den Lippen.

Die Sonne sank bereits ins Meer, als sie endlich hinaus zum Whirlpool hoppelten und ins Wasser glitten. «Oh mein Gott. Das ist himmlisch.» Maddie schloss kurz die Augen, als sich das Wasser wie ein weiches Kissen um sie legte. «Ich habe schon den ganzen Tag von diesem Gefühl geträumt, aber so schön habe ich es mir nicht vorgestellt.»

«Das war das Einzige, was mich bei der Stange gehalten hat.» Deirdre seufzte.

«Ich muss mich erst abkühlen, bevor ich in den Whirlpool gehe. Und wenn ich endlich drin bin, werde ich meinen Rücken vor die stärkste Düse halten und mich nie wieder wegbewegen.» Nikki stöhnte laut. «Meint ihr, es gibt irgendwelche medizinischen Bedenken dagegen, im Whirlpool zu schlafen?»

«Du meinst, außer den Bakterien und der Tatsache, dass deine Haut danach aussieht wie eine Trockenpflaume?» Avery scherzte, aber auch sie bewegte sich ausgesprochen vorsichtig.

«Was tut Oma weh?» Kyra hatte Dustin neben Maddie ins flache Wasser gesetzt. Jetzt schlang er seine Ärmchen mit den Schwimmflügeln um ihren Hals. «Dustbin heile.»

Maddie zeigte auf ihre Wange und lächelte, als ihr Enkel seine Lippen daraufdrückte. Er roch nach Schweiß, Sonnenschutz und kleinem Jungen.

Im Pavillon schaltete Kyra den Mixer ein. «Die Drinks kommen gleich, Ladys!»

Wenige Minuten später stellte Kyra neben jede von ihnen einen Erdbeer-Daiquiri und mixte dann noch einen Krug voll. Teller mit Sandwichhäppchen und Obst folgten. Sie gab auch Roberto einen Teller, der an Deck seines Hausboots saß und eine selbstgedrehte Zigarette rauchte.

«Das perfekte Abendessen.» Avery griff nach einer Scheibe Thunfischsandwich, das sie mit einem langen Schluck von ihrem Daiquiri herunterspülte.

«Eindeutig zu heiß, um etwas Schwereres zu essen.» Deirdre trank ebenfalls von ihrem Daiquiri.

Maddie schaute zu Roberto herüber, der das Gesicht zum Himmel gewandt hatte. Sie konnte seinen Gesichtsausdruck nicht ausmachen, aber sein Kopf nickte leicht. Einen Moment später wehte William Hightowers Stimme mit der viel zu warmen Meeresbrise zu ihr herüber. Tränen brannten in ihren Augen, als sie dem Lied lauschte, das ihr in ihren frühen Teenager-Jahren vorgekommen war wie die perfekte Vertonung der Liebe. *Written on the Wind* war eine süße und seelenvolle Liebesballade über verlorene Liebe und gelernte Lektionen.

«Nich wein, Oma.»

Maddie sah ihrem Enkel in die wunderschönen Augen und zwang sich, die Tränen herunterzuschlucken. «Tu ich nicht, mein Schätzchen.» Sie strich ihm das nasse Haar aus dem Gesicht und schaute ihm zu, wie er die wenigen Meter zurück zu den Stufen des Whirlpools «schwamm».

«Es ist kaum zu glauben, dass jemand aufhört zu singen, der so etwas mit seiner Stimme kann.» Deirdre nippte nachdenklich an ihrem Drink.

«Und hört euch mal den Text an. Der Mann wusste genau, wie man jemandem das Herz zerreißt.» Nikki stellte ihr leeres Glas auf den Rand des Pools. «Wenn man ihn kennt, würde man nie glauben, dass er zu so tiefen Gefühlen fähig ist.»

Maddie glaubte nicht, dass mangelnde Gefühlstiefe Wills Problem war. Tatsächlich nahm sie an, dass das Gegenteil der Fall war. «Also», sagte sie, weil sie nicht mehr über William Hightower nachdenken wollte als er über sie. «Wer hat etwas, auf das wir anstoßen können?»

«Na ja, ich glaube, ich freue mich, dass ich immerhin noch meine Lippen benutzen kann, wenn der Rest meines Körpers auch schon total unbrauchbar geworden ist.» Nikki nahm einen langen Schluck von ihrem Daiquiri, um ihre Feststellung zu unterstreichen.

«Ich glaube, du hast diese Lippen-Überlebenstechnik schon mal angewandt», bemerkte Avery.

«Und wessen Schuld ist das, Avery Lawford?», entgegnete Nikki. «Du bist doch der Grund dafür, dass der Rest von mir so grauenvolle Qualen erleiden muss.»

«Wir beurteilen hier nicht, ob das Gute gut genug ist», erinnerte Maddie sie. «Und ich glaube nicht, dass wir jemals eine ‹Keine Wiederholungen›-Regel aufgestellt haben.»

«Ich bin jedenfalls dankbar, dass nicht alle so viel herumjammern wie Nikki», sagte Avery brüsk. «Und die gute Sache, auf die ich anstoße, ist die Vorstellung, wie unglaublich alles aussehen wird, wenn wir fertig sind.»

«Ich stimme Avery zu», sagte Deirdre. «Es wird wunderbar.» Sie lächelte und hob ihr Glas. «Und da wir gerade bei guten Sachen sind: Ich habe von *Architektur, Design und Interior* gehört. Sie wollen ein Feature über Privatinseln machen und sind vielleicht daran interessiert, Mermaid Point zu fotografieren. Was den Sender sicher froh machen und unsere Ratings verbessern dürfte.»

«Hört, hört!» Darauf tranken sie alle.

«Na ja, ich möchte auch darauf anstoßen, dass dies hier der trockenste Sommer seit Beginn der Wetteraufzeichnungen war. Und bisher gab es noch keine einzige Sturmwarnung.» Maddie lächelte und hob ihr Glas. «Meiner Meinung nach ist das eine extrem gute Sache. Möge es so weitergehen!» Sie sah zu Kyra herüber, die ihnen wieder eingeschenkt hatte und jetzt auf den Poolstufen neben Dustin saß.

«Wie gut, dass Pat und Patachon mit ihren Kameras nicht mehr auf der Insel sind», sagte Kyra. «Und ich hoffe, dass sie irgendwo stranden oder auf einer einsamen Insel Schiffbruch erleiden und nie zurückkommen.»

Sie verstummten, als die Sonne in der Bucht versank und am Himmel blutrote und gelbe Streifen glühten.

«Macht sich außer mir auch noch jemand Sorgen, wie die letzte Folge rüberkommen wird?», fragte Maddie vorsichtig. «Ich fürchte mich davor, die Szene mit Parker Amherst zu schauen. Schließlich weiß niemand, wie sie das Ende geschnitten haben.»

«Bis dahin haben wir die Böden sicher schon versiegelt, werden aber noch nicht darauf gehen können.» Avery hatte den Blick zum Himmel gewandt. «Ich dachte, wir könnten nach

Islamorada fahren und die letzte Folge in einer der Bars auf einem großen Bildschirm angucken.»

«Eine Bar, das klingt gut», sagte Nikki. «Wenn wir genug trinken, spüren wir diese letzte Demütigung vielleicht nicht so.»

Will war sich nicht sicher, wie er ins Hog Heaven geraten oder warum Hudson Power so entschlossen gewesen war, ihn dorthin zu bringen, um die letzte Folge von *Alles Neu* zu schauen, aber hier war er nun mal.

Es kam Bewegung in die Menge, als Hudson und er hereinkamen, und es wurde sogar noch unruhiger, als sie die *Alles-Neu*-Crew an einem großen Tisch mit Blick auf den riesigen Bildschirm entdeckten.

«Na, freust du dich nicht, dass wir gekommen sind?», fragte Hudson, als er sah, wie Will zu Maddie rüberschaute.

Will schüttelte den Kopf. «Bei dir auf dem Boot wäre es auch gut gewesen.»

«So bedrückt herumzuhängen, steht dir gar nicht.» Hudson lächelte einem Freund zu, als sie an einen Tisch in der Nähe Platz genommen hatten.

«Ich habe nicht bedrückt herumgehangen. Man hat mich ausquartiert. Und nimm's nicht persönlich, aber bei dir zu Hause ist ja nun nicht gerade viel Platz.»

«Wie du meinst.» Hudson schien Wills Bemerkung nicht zu stören. «Da kommt wer.» Seine Stimme klang warnend.

Eine Rothaarige um die dreißig in einem Sommerkleidchen, das ihre Figur eng umspielte und ihre Vorzüge betonte, trat zu ihnen. Sie schien begeistert, ihn zu sehen. «Hallo, Will. Wie ist es dir denn ergangen?»

William brauchte eine Minute, um sie einzuordnen, und als

es ihm schließlich gelang, hätte er am liebsten laut aufgestöhnt. Vor über einem Jahr hatte er sie genau in dieser Bar angesprochen und ein paar Tage mit ihr in Mermaid Point verbracht. Sie später wieder loszuwerden, hatte viel mehr Mühe gekostet, als es der kurze Sex wert gewesen war.

«Mir geht's gut.» Er hatte ihren Namen nicht mehr parat, aber erinnerte sich schwach, dass sie Höschen mit offenem Schritt bevorzugte und begeistert nutzte. Bevor er ihr sagen konnte, dass er keinen Wert auf Gesellschaft legte, hatte sie sich bereits an ihn herangeschmissen.

Als Will einen Blick in Richtung Crew-Tisch warf, sah er, wie Madeline Singer förmlich erstarrte. Es tat ihm leid, dass er ihr diese Szene nicht ersparen konnte. Dann legte er die Hände um die Taille der Rothaarigen, um sie von sich zu schieben, und sagte mit Nachdruck: «Das hier ist weder der richtige Ort noch der richtige Zeitpunkt, um unsere Bekanntschaft zu erneuern, Süße.» Leider ignorierte sie die Botschaft und schmiegte sich nur noch enger an ihn.

«Hudson?» Will versuchte, um sie herum zu schauen und seinen Freund um Hilfe zu bitten. Hudson zuckte zunächst mit den Schultern, doch dann erhob er sich und lotste William an den großen Tisch. Nach einem kurzen Hallo in die Runde eroberte er den freien Platz neben Maddie.

Doch so leicht ließ sich die Rothaarige nicht abwimmeln. Sie zog einen Barhocker heran und setzte sich neben Will. Einen Moment später schlang sie erneut Arme und Beine um ihn. Ihre großen Brüste und ihr vermutlich offener Slip pressten sich an ihn.

Will zog einen Lolli aus der Hosentasche, wickelte ihn aus und steckte ihn sich in den Mund. Das würde die Rothaarige zumindest davon abhalten, ihm auch noch ihre Zunge in den Mund zu stecken. Zeit zum Nachdenken.

Genau in diesem Moment erklang die Eröffnungsmelodie von *Alles Neu*.

Will drehte der Rothaarigen den Rücken zu. Ein Drink würde sicher helfen, um sie loszuwerden. Nach zweien wäre ihm dann egal, was Maddie dachte. Er würde einfach das offensichtliche Angebot der Vollbusigen annehmen. Ein dritter Drink, und er würde ihre Unterwäsche gleich hier an Ort und Stelle ausprobieren. Aber er war fertig mit der Trinkerei, und sein Körper reagierte überraschend desinteressiert auf alles, was die Frau zu bieten hatte.

Die Werbepause war ziemlich kurz. Er wusste, dass das kein allzu gutes Zeichen war. Und dann wurden Gärtner gezeigt, die durch etwas trampelten, was er als das Grundstück des Art-déco-Hauses von Max Golden erkannte.

«Oh, das ist ja *Alles Neu!*», seufzte ihm die Rothaarige ins Ohr. «Die ist ja so armselig! Ich liebe diese Show!» Und damit legte sie ihr Kinn auf seine Schulter, um noch besser schauen zu können.

«Tut mir leid, aber das hier ist eine Privatparty.» Er duckte sich unter ihrem Kinn weg und passte sehr auf, sie nicht aus Versehen «Babe» zu nennen. Ohne eine Antwort abzuwarten, richtete er erneut seine Aufmerksamkeit auf den Fernseher und sah, wie einer der Gärtner das Wohnzimmer betrat. Will merkte, dass irgendwas nicht stimmte – ganz und gar nicht stimmte. Er beobachtete, wie Nicole den Mann fixierte und langsam zu erkennen schien, hörte, wie Avery und Deirdre am Tisch aufkeuchten, als der Typ eine Waffe zog und diese auf Nicole richtete. Und dann auf Avery. Und dann wieder auf Nicole.

Keiner regte sich, als die Show für einen Werbespot unterbrochen wurde. Sogar die Rothaarige blieb wie festgefroren an Ort und Stelle. Troy Matthews filmte, als ginge es um sein kleines Leben. Will spürte, dass die Kameralinse auf ihn gerichtet war und konnte leider nicht verhindern, dass gleichzeitig warme Lippen seine Wange berührten.

Er drehte sich um, um die Rothaarige endgültig in ihre Schranken zu weisen, doch diesmal war es eine Blondine, mit der er ebenfalls geschlafen hatte.

«Hallo, Wilder Meister.» Sie war hochgewachsen und ein wenig schlaksig, mit weißblondem Haar, einem herzförmigen Gesicht und, wie er sich jetzt wieder erinnerte, einer sehr schlauen Zunge.

«Hallo, Babe.» *Verdammt.* Es war ihm einfach so herausgerutscht. Hudson warf ihm einen mitleidigen Blick zu, während Madeline Singer zu Eis gefror. Es reichte.

Will warf seinem Freund einen unmissverständlichen Blick zu und krümmte den Finger. Hudson seufzte, stand aber auf. «Ihr kennt euch doch, oder, Süße?» Dann nahm er Hudson am Arm und zerrte ihn zur Blondine. «Ich muss mich jetzt entschuldigen. Hudson hat mir nur den Platz freigehalten.»

Er setzte sich auf den Stuhl neben Maddie in dem Augenblick, in dem der Werbespot endete. Er war nicht der Einzige, der kaum noch atmen konnte, als der Rest der Szene gezeigt wurde. Baby Dustin, wie er gefährlich mit den Armen wedelte. Maddie, die mit Max Golden ankam. Dustins fröhliches «Gax!». Der Schrecken auf Maddies Gesicht, als sie begriff, was sich da vor ihren Augen abspielte.

Kyra sprang mit Dustin auf dem Arm in genau der Sekunde auf, in der sie auf dem Bildschirm erschien. «Na komm, kleiner Mann. Zeit fürs Töpfchen.» Sie drehte sich um und verschwand.

Will wandte seine Aufmerksamkeit wieder dem Drama zu. Schüsse fielen. Deirdre schubste Avery zur Seite. Max Golden duckte sich, um Dustin zu schützen. Troy und ein anderer Mann stürmten ins Wohnzimmer. Sirenen erklangen. Max Golden wurde reglos auf einer Trage liegend abtransportiert.

Neben Will saß Maddie mit tränenüberströmtem Gesicht. Avery bedeckte ihren Mund mit der Hand, um ein Keuchen zu unterdrücken. Nicole sackte in ihrem Stuhl zusammen.

«Das kann nicht sein!», kam es vom Tisch nebenan. «Ist das wirklich gerade passiert?», fragte Hudson.

«Oh Gott», flüsterte Deirdre.

Sie saßen wie die Salzsäulen da, als die Szenen von Max Goldens Beerdigung gezeigt wurden. Selbst während des Abspanns und des folgenden Werbespots rührte sich niemand von ihnen.

«Herrgott», sagte Will. «Das ist ja so was von beschissen.»

Er hatte schon eine Menge Mist erlebt, aber etwas so absichtlich Ekelhaftes hatte er noch nie gesehen. Er wollte gar nicht darüber nachdenken, wie er rüberkommen würde, wenn er und Mermaid Point in der nächsten Staffel von *Alles Neu* gezeigt wurden.

Dann merkte er, dass jemand hinter ihm stand – es war Kyra Singer mit Dustin auf dem Arm. Sie hatte den Blick auf den Bildschirm gerichtet, wo ein Teaser die Fortsetzung ankündigte, die gerade auf einer nicht identifizierbaren Privatinsel in den Keys gefilmt wurde, so der Werbetext. Und schon tauchten Bilder von Mermaid Point, seinem Haus und den anderen Gebäuden auf der Insel auf. Der Teaser endete mit dem Versprechen auf Promis und einen Skandal und mit zwei Einstellungen, die dieses Versprechen untermauern sollten. Die erste zoomte ganz nah an ein körniges Schwarzweißfoto eines «Mitglieds des Casts im Whirlpool zusammen mit dem Inselbesitzer». Nur dass diesmal der Haufen Kleider neben dem Pool deutlich sichtbar war. *Herrgott im Himmel noch mal.*

Will zuckte zusammen und sah, dass es Maddie ebenso ging. Er konnte nur hoffen, dass die Sender nicht mehr als dieses Foto zur Verfügung hatten.

Die letzte Einstellung zeigte Kyra beim Knutschen mit Daniel Deranian. Sie standen auf einer Art Veranda, ein Spielhäuschen war hinter ihnen zu erkennen.

Alle am Tisch schauten diese letzte Szene in erschrockenem Schweigen an. Will hörte, wie Maddie weinte, spürte, wie schockiert Kyra war, sah, dass Troy und Anthony weiterfilmten und -zoomten, was das Zeug hielt, auch um ihn selbst ins Bild zu bekommen.

Dann wurde der Bildschirm schwarz.

40

Als der Juli in den August überging, hätten manche Mermaid Point gern mit Dantes Inferno verglichen. Es war heiß, schwül, laut, es wimmelte nur so vor Menschen. Boote mit Baumaterialien und Handwerkern kamen und fuhren wieder, sie glitten über das Wasser wie Charon, der seine Schatten in die Unterwelt fuhr. Die Insel brummte und hallte vom Lärm wieder, bis selbst Avery zugeben musste, dass man womöglich das «privat» in «Privatinsel» streichen musste. Mermaid Point war keine Oase der Ruhe mehr, sondern fühlte sich an wie ein Flüchtlingscamp für Leute mit Werkzeuggürteln, vielleicht auch wie ein Zirkus, in dem die Artisten mit Schraubenziehern und Elektrogeräten jonglierten.

Trotzdem hatte Avery angesichts von Duft, Geräusch und Handwerkskunst geradezu himmlische Gefühle.

Der Klempner hatte die Rohre verlegt und Durchlauferhitzer installiert, die Fliesen waren in allen Badezimmern verlegt, und die neue Klimaanlage funktionierte. Spiegel wurden geschnitten, und sobald die Einbauschränke standen, konnten die Arbeitsplatten in der Küche angepasst werden. Jeder vollendete Schritt machte den nächsten Schritt möglich. Bald konnte man mit dem Streichen, dem Anlegen der Gärten und den letzten Verschönerungsmaßnahmen beginnen. Das ganze Projekt war wie eine rasende Lokomotive, und Averys Job war es, Kohle in die Feuerbüchse zu schaufeln und aufzupassen, dass nichts auf die Gleise fiel.

Die Paparazzi wurden immer mutiger und hinterhältiger. Sie

versteckten sich in den Handwerkergruppen. Einige hatten es sogar schon ins Haupthaus geschafft, bis jemand merkte, dass die einzigen Werkzeuge, die sie bedienen konnten, die Kameras waren. Einer von ihnen war sogar bis in William Hightowers Badezimmer vorgedrungen, wo er dessen Wäschekorb fotografierte.

Will, dessen Pool abgelassen worden war, damit der Anstrich erneuert werden konnte, und der mit dem Lärm der Presslufthämmer auf seinem Pooldeck zurechtkommen musste, war kurz davor, den Fotografen kopfüber vom Balkon seines Schlafzimmers zu werfen, als gerade noch rechtzeitig Hudson dazukam und es ihm ausreden konnte.

Aber Will lief durch sein Haus und über sein Grundstück wie ein gefangenes Tier, unfähig, seine überschüssige Energie abzuarbeiten oder vor den Eindringlingen zu fliehen. Hudson fuhr mit ihm von der Insel, sooft er konnte, aber Wills Geduldsfaden wurde jeden Tag dünner, und die Gefahr einer Explosion stieg mit jedem Boot, das anlegte, und jedem Hammerschlag, der zu hören war.

Zur Mittagszeit versammelten sie sich auf dem Hausboot, wo sie Sandwiches aßen und Eisgekühltes tranken. Sie wechselten sich vor der schwächlichen Klimaanlage an der Wand ab, die halbherzig kühle Luft ausstieß, wobei sie ratterte und zitterte. Sie röchelte, als ob ihr letztes Stündlein geschlagen hätte. Bisher hatte sie aber noch nicht ihren Geist aufgegeben.

Maddie brachte einen Teller mit Keksen zum Nachtisch. Sie ließen sich Zeit, wollten instinktiv das Ende der Mahlzeit möglichst weit hinausschieben. Das Hausboot war vielleicht zu klein und nicht besonders komfortabel, aber es war so etwas wie ein Zuhause für sie geworden und weit besser als die unbarmherzige Nachmittagssonne, die draußen auf sie niederbrannte.

Avery nippte an ihrer Cola light und sah ihre Checkliste

durch. «Wir haben noch etwas weniger als drei Wochen. Also bleiben uns noch ungefähr vier Tage zum Möblieren und Dekorieren unter Deirdres Aufsicht.»

«Bis dahin habe ich alles bereit», sagte Deirdre. «Wir müssen für die Gäste am Labor-Day-Wochenende gewappnet sein – das bedeutet: Bettwäsche, Handtücher und Vorräte in den Küchenschränken, das ganze Drum und Dran. Lisa Hogan will eine Party für unsere Sponsoren und die hiesigen Offiziellen ausrichten und das Essen dafür liefern. Damit soll das Wochenende eingeläutet werden.»

«Das Einzige, was wir noch nicht besprochen haben, ist, was wir mit Williams Studio machen.» Avery schaute von ihren Notizen auf.

«Machen? Ich dachte, wir dürften gar nichts ‹machen›.» Nikki brach sich ein Stückchen Keks ab.

«Maddie hat den Pfad dorthin schon beinahe aufgeräumt – die Gärtner können schneiden und pflanzen, wenn sie auf dem Grundstück sind», sagte Avery. «Sie wollen alles herausreißen, was nicht hierhergehört. Will scheint das in Ordnung zu finden. Jedenfalls, ich dachte, wir könnten das alles hier ein bisschen aufpeppen. Es ist ein unschöner Anblick, und wenn wir kein verschließbares Tor in den Bambuszaun bauen, sehen die Gäste das Chaos auch.»

«Ich finde, wir sollten das Gebäude nicht anrühren», sagte Maddie. «Er ist sehr empfindlich, was dieses Studio angeht.»

«Der Sender war aber ziemlich deutlich. Nichts soll unverändert bleiben.» Avery legte ihre Notizen zur Seite und griff ebenfalls nach einem Keks. «Ich habe das Gefühl, wir müssen irgendwie damit umgehen.»

«Ich habe ihn noch nicht mal in der Nähe des Studios gesehen. Wenn wir Glück haben, merkt er gar nicht, dass wir was verändert haben, bis wir wieder weg sind», sagte Nikki.

«Unwahrscheinlich.» Maddie nippte an ihrer Limonade. «Er weiß viel mehr, als er zeigt.»

«Ich finde auch, dass wir irgendetwas mit dem Studio tun müssen», sagte Deirdre. «Zumal der Sender es will. Wie wär's, wenn wir es ein bisschen verschönern und es dann dabei lassen?»

«Das ist keine gute Idee.»

«Tut mir leid, Maddie», versetzte Avery. «Ich verstehe deine Einwände, aber wir hängen nun mal vom Sender ab. Wir passen einfach auf, nicht zu viel dran zu machen.» Sofort setzte sie hinzu: «Wer ist freiwillig dazu bereit?»

Niemand rührte sich.

«Ich möchte wirklich nicht, dass wir Streichhölzer ziehen müssen, zumal wir ja schon eine Hightower-Betreuerin haben.» Avery sah Maddie bedeutungsvoll an.

«Du hast doch die ganzen Frauen gestern Abend gesehen, die an ihm klebten.» Maddie wirkte, als bisse sie beim Sprechen die Zähne zusammen. «Ich glaube kaum, dass ich die Eigenschaften habe, um William Hightower zu ‹betreuen›.»

«Ich glaube, der wichtige Teil dabei ist, wer an wem klebte», erwiderte Deirdre. «Und komischerweise bin ich der Meinung, dass du ganz genau diese Eigenschaften hast. Und noch wichtiger ist, dass ich glaube, du hast das, was ‹seine Wildheit› wirklich braucht. Ob er es nun weiß oder nicht.»

«Sehr zweifelhaft. Aber okay, ich gebe mich geschlagen. Ich übernehme es und hoffe wirklich, dass er nichts davon merkt.»

«Es wird sicher gut, Maddie. Vielleicht ist es wie bei Freds *Feld der Träume*. Vielleicht hat William irgendwann einmal Lust, sein Studio wieder zu betreten, wenn alles besser aussieht.» Avery hakte den Punkt auf ihrer Liste ab. «Außerdem, wie wütend kann er schon werden angesichts von ein bisschen Unkrautjäten und Kärchern?»

Später an diesem Nachmittag erfuhr Maddie, wie wütend William Hightower werden konnte.

Sie hatte die nötigen Gerätschaften zu seinem Studio geschafft und es sogar fertiggebracht, sie anzuschließen. Der erste Durchgang mit dem Kärcher war nur mäßig erfolgreich gewesen. Das Gebäude aus Keystone war alt und ein wenig baufällig, und als sie in Bella Flora zum ersten Mal gekärchert hatte, hatte sie gelernt, dass es besser war, den Druck nicht zu hoch einzustellen und die Düse stets zu bewegen. Gleichzeitig versuchte sie aufzupassen, ob jemand kam, aber der Kärcher war laut, und ihre Gedanken waren mit dem Mann beschäftigt, dem das Gebäude gehörte.

Immer wieder wollte sie verdrängen, wie peinlich ihr gemeinsamer 4. Juli geendet hatte, aber sie ahnte, dass sie diese Gefühle bis ins Grab verfolgen würden. Die Wahrheit war: Auch wenn der Sex zwischen ihnen für William keine große Sache gewesen war, waren seine Berührungen, seine Aufmerksamkeit, die Leidenschaft, mit der er sie geliebt hatte, tatsächlich eine ziemlich große Sache für sie. Vielleicht konnte sie es nicht mit Frauen wie dieser Rothaarigen oder der Blondine im Hog Heaven aufnehmen – und wollte es auch nicht. Maddie glaubte dennoch nicht, dass er ihr etwas vorgespielt hatte. Frauen konnten vielleicht so tun, als ob. Aber ein Männerkörper war nicht so gut geeignet zum Lügen.

Mit einiger Befriedigung sah sie dabei zu, wie Jahrzehnte von Salz und Schmutz von der Steinfassade in den Boden sickerten. Sie selbst war nass und dreckig, aber das Gebäude sah eindeutig sauberer aus; der Keystone hatte wieder fast seine originale Cremefarbe. Die Fenster sahen ebenfalls besser aus, nicht gerade glänzend, aber ein wenig sauberer und zumindest nicht vernachlässigt. Sie drückte ihre Nase ans Glas, neugierig, wie es in dem Studio wohl aussah, und blickte in einen Raum, in dem ein großes Mischpult in Hufeisenform und ein L-förmiges Ledersofa mit Sessel standen. Gegenüber einer Glaswand befanden sich ein Mikro und ein Hocker. Die Wände waren mit einem Material bedeckt, das an Eierkartons erinnerte, und das Mischpult war abgedeckt. Das leise Summen der Klimaanlage und die Umsicht, mit der die Geräte geschützt waren, beruhigten sie. William hatte vielleicht nicht vor, je wieder einen Fuß in sein Studio zu setzen, aber er hatte seine Ausrüstung auch nicht Schimmel und Verfall preisgegeben.

Sie hatte gerade mit dem letzten Sprühdurchgang an der Fassade begonnen und überlegte, in welcher Farbe sie die Tür streichen sollte, sobald die Fassade getrocknet war, als ein wütender Schrei hinter ihr erklang.

«Was zum Teufel machst du da?»

Maddie wirbelte mit dem Kärcher in der Hand herum. Ein Strahl Seifenwasser spritzte in seine Augen.

«Oh!» Sie hielt die Düse niedriger, und der Strahl traf ihn jetzt unterhalb des Bauchnabels.

«Herrgott noch mal, Maddie!» Er drehte sich um, und der Druck zog ihm fast die Laufhosen aus. «Mach das verdammte Ding endlich aus!»

Mit zittriger Hand ließ sie den Schalter los, behielt die Düse aber in der Hand. Er war jetzt vollkommen durchnässt und stand regungslos da, während eine riesige Seifenblase an seiner Wange herabglitt und auf seinem Fuß landete. Angesichts seines Gesichtsausdrucks hatte sie doch das Gefühl, dass ihr die nicht tödliche Waffe in ihren Händen noch von Nutzen sein könnte.

«Tut mir leid.» Sie sagte es so ehrlich, wie sie konnte. Aber auch wenn sie ehrlich war, es fühlte sich erstaunlich befreiend an, William Hightower nass bis auf die Knochen vor sich zu sehen.

«Was genau? Mich pitschnass zu machen?» Er trat näher an sie heran. «Oder dass du auf einen Teil des Grundstücks gegangen bist, den ich gebeten habe, nein, den ich *verboten* habe zu betreten?» Er machte noch einen Schritt auf sie zu.

Sie musste gegen den Drang ankämpfen, zurückzuweichen.

«Glaub bloß nicht, dass du vor mir fliehen kannst.»

«Ich fliehe nicht.» Sie hob das Kinn.

«Oh doch, das tust du. Du tust es, seit uns Hudson am 4. Juli überrascht hat.»

«Na ja, ob ich einen Grund habe, vor dir zu fliehen, oder nicht, ist hier nicht der Punkt. Immerhin habe ich nicht Sex mit jemandem und behaupte direkt danach, dass es überhaupt nichts bedeutet hätte.»

Sie blieb stehen, wo sie war, obwohl jede Faser ihres Körpers nach Flucht schrie.

«Ich habe gar nicht gesagt, dass es nichts bedeutet hat. Und du hast gerade das Thema gewechselt. Du hattest kein Recht, dies hier zu tun.»

«Was zu tun? Unkraut zu jäten? Fenster zu putzen? Oder ein paar Wände?»

«Du weißt ganz genau, was ich meine.» Seine Augen waren schwarz vor Zorn.

Sie war fest entschlossen, kein Mitleid mit ihm zu empfinden. «Ich bin nicht in dein Studio gegangen, obwohl ich gar nicht weiß, was dich das überhaupt interessiert, denn du betrittst es ja nicht mehr.»

Er öffnete den Mund, um zu protestieren. Sie unterbrach ihn.

«Bevor ich dich kannte, war ich ein großer Fan von dir. Und es schmerzt verdammt stark, dein Studio so verlassen und still dastehen zu sehen. Ich kann es kaum aushalten, zuzusehen, wie du dein Talent dir selbst und anderen vorenthältst.» Maddie hatte keine Ahnung, was in sie gefahren war, aber jetzt, da sie schon einmal begonnen hatte, hielt sie nichts mehr auf. «*Du* bist derjenige, der flieht. *Du* bist derjenige, der Angst hat. *Du* bist die Drogen und den Alkohol losgeworden. Jetzt ist es an der Zeit, seinen Mann zu stehen und endlich wieder das zu tun, was *du* am besten kannst.»

Will sah sie böse an.

Sie machte einen Schritt auf ihn zu. «Sie ist nicht dadraußen auf dem Wasser oder oben im Himmel, obwohl ich weiß, dass dir beides irgendwie hilft. Die Musik ist genau hier.» Sie zeigte mit dem Finger auf seine Brust in der Nähe seines Herzens. «Du kannst dich nicht vor ihr verstecken und dann jammern, dass dich dein Talent verlassen hat.»

Sein Gesicht wirkte wie versteinert, nur eine Wange zuckte. «Erstaunlich, wie philosophisch du sein kannst, wenn es um mein Leben geht, während du deins vor einer Kamera lebst und es zulässt, dass ein Sender dich und deine Familie Tag für Tag entwürdigt.»

Sie würde nicht zulassen, dass er das Thema wechselte. «Das mag sein, aber wir *haben* keine anderen Möglichkeiten. Keine von uns hat eine Stimme, wie du sie hast. Und keine von uns kann Texte schreiben, die die Leute etwas tief in ihrem Inneren spüren lassen.»

Zorn funkelte in seinen Augen, aber auch sie war wütend. Ihre Blicke kreuzten sich, dann beugte er sich zu ihr, und zwischen ihnen war genug elektrische Spannung, um die ganze verdammte Insel in Brand zu setzen.

Sie hörten Schritte in der Nähe, dann erklang Kyras Stimme. «Mom? Mom!»

«Entschuldige mich bitte.» Damit drückte sie ihm den Kärcher in die Hand.

«Du hast dein Handy vergessen», sagte ihre Tochter und

betrachtete erstaunt den völlig durchnässten Will. «Es ist Dad.» Sie gab Maddie das Telefon. «Unser Haus ist verkauft. Du musst kommen, um bei der Übergabe dabei zu sein.»

Maddie duschte, zog sich an und legte ihren Koffer aufs Bett. Sie warf gerade Kleider hinein, als Deirdre ihren Kopf durch die Tür steckte. «Ich habe die Neuigkeiten gehört. Herzlichen Glückwunsch.»

«Danke.» Maddie sah an sich herab und merkte, dass ihre Hände zitterten. In der einen Sekunde hatte sie noch wütend vor William gestanden, bereit zu explodieren, und in der nächsten war sie schon zurück zum Hausboot gerannt und hatte versucht zu begreifen, was Steve über das Ausräumen und Fertigstellen des Hauses für die Übergabe gesagt hatte.

«Das Haus zu verkaufen, ist doch eine gute Sache, oder?» Deirdre trat in die winzige Kabine. «Dann hast du ein bisschen Anfangskapital für das, was kommt. Und du kannst besser abschließen.»

«Das klingt richtig, fühlt sich aber nicht ganz so an.» Maddie stopfte eine Handvoll Unterwäsche in die Ecke des Koffers. «Meine Kinder sind in dem Haus aufgewachsen. Ich habe mehr als mein halbes Leben darin verbracht.» Sie wühlte in einer ihrer beiden Schubladen auf der Suche nach einem Nachthemd. «Jetzt habe ich weniger als zehn Tage, um das Haus leer zu räumen und es an jemand anderen zu übergeben. Dann ist mein altes Leben offiziell vorbei.» Es war merkwürdig, diese Worte nicht nur zu denken, sondern laut auszusprechen.

Deirdre lächelte. «Ich habe dich beobachtet. Dein neues Leben fängt ganz bald an. Ich habe schon gesehen, wie es anfing, noch bevor dein altes zusammenbrach.» Sie hob eine

Schulter. «Du bist eine der stärksten Frauen, die ich je kennengelernt habe. Du warst für uns alle der Fels in der Brandung. Und zusätzlich eine Lehrerin und eine Inspiration. Du hast mir geholfen, meine Tochter zurückzubekommen. Das werde ich dir nie vergessen.»

«Du meine Güte.» Wie konnte es sein, dass eine Frau, mit der sie so wenig gemeinsam hatte, als sie sich kennenlernten, eine so große Stütze geworden war. «Ich glaube kaum, dass ich ‹all das› bin, wie meine Kinder sagen würden.»

«Du bist all das und noch viel mehr.» Deirdre hob Maddies Bademantel vom Boden auf und gab ihn ihr. «Und du hast sogar etwas mit einem Rockstar. Vergiss das bloß nicht, wenn du dein ‹altes› Leben beendest.»

«Na ja, wenn du dann weißt, was ich mit William Hightower genau ‹habe›, lässt du es mich hoffentlich wissen.» Maddie stopfte noch zwei T-Shirts in den Koffer.

«Es ist noch nicht ganz klar. Besonders ihm nicht. Aber ihr habt eindeutig eine Verbindung», beharrte Deirdre.

«Wir hatten Sex, Deirdre. Ziemlich hervorragenden Sex, meiner Meinung nach. Die Art von Sex, die ich vermutlich nie wieder erleben werde. Aber eine Verbindung?» Maddie schüttelte den Kopf. «William Hightower kann so etwas wie Verbindung gar nicht. Jedenfalls nicht mit ehemaligen Vorstadthausfrauen.»

«Jetzt stell dein Licht nicht unter den Scheffel.» Deirdre hob eine einzelne Sportsocke auf, die auf dem Boden lag, und reichte sie Maddie. «Sechzig ist das Alter, in dem man die Dinge klarer sieht ... wenn man etwas an den Dingen verändern will, die man bereut. Nur ganz oberflächliche Menschen wollen mit einundsechzig die hübsche Einundzwanzigjährige. William Hightower hat wirklich einen Haufen Probleme, aber Oberflächlichkeit gehört nicht dazu.»

Maddie zog den Reißverschluss ihres Koffers zu und begann dann in ihrem Handgepäck zu wühlen, Abfall herauszusammeln und die Dinge hineinzustecken, die sie in der realen Welt brauchen würde. Ihre Hand streifte eine Zeitschrift; sie zog sie heraus. Ein Post-it markierte den Artikel über Matthew Perrys Entzugsklinik, den sie in einem richtigen Moment Will hatte zeigen wollen. Wer wusste schon, ob dieser Moment jemals kommen würde? «Könntest du das hier Will geben?»

«Du willst William Hightower ein Exemplar einer Klatschzeitschrift geben?» Deirdre sah verständnislos auf das Magazin.

«Nein, ich will ihm diesen *Artikel* geben.» Maddie öffnete die Zeitschrift an der betreffenden Stelle. «Ob er ihn liest oder nicht ... das ist seine Sache.»

Deirdre zog überrascht eine Augenbraue hoch, als sie die Schlagzeile las und die Fotos dazu sah. «Dann fahr du mal los und erledige, was du erledigen musst. Und komm ganz schnell wieder.» Sie klappte die Zeitschrift zu und rollte sie vor ihrer Brust zusammen. «Ich werde sie William persönlich in die Hand drücken. Und dafür sorgen, dass er den Artikel liest.»

41

Maddie kam so benommen und desorientiert am Hartsfield Jackson International Airport an wie jeder andere Tourist.

Andrew holte sie ab und verstaute ihr Gepäck in seinem Jeep. Er war jetzt beinahe ein ganz erwachsener Mann mit einer Stimme, die über den Sommer tiefer geworden war, und wirkte noch ernsthafter auf sie. Zweifellos hatten ihn sein Ausflug in die Arbeitswelt geprägt und natürlich die Veränderungen in der Familie. Er erzählte Maddie alles über sein Praktikum bei Coca-Cola und erwähnte ein Mädchen, mit dem er sich traf. Dadurch merkte sie, wie lange sie schon fort war. In zwei Wochen würde er zurück ans College gehen, dort begann schon sein drittes Jahr.

Und in zwei Jahren ist er fertig, dachte Maddie, und steht dann hoffentlich auf eigenen Füßen.

Sie fuhren nordwärts auf dem Highway, den sie in ihrem Erwachsenenleben ständig entlanggefahren war, und Maddie war fassungslos angesichts all dieser Fahrspuren, Autos und der todesverachtenden Geschwindigkeit, mit der sie gefahren wurden. Die Gebäude, die den Highway säumten, ragten hoch in den Himmel, mit Glasfassaden und Türmen, die im Sonnenlicht funkelten. Maddie merkte, wie weit sie sich schon entfernt hatte von dieser einst so vertrauten Gegend, dem Lärm der großen Stadt und dem Verkehr.

Als sie vom Highway abfuhren, waren die Straßen schmaler, aber nicht weniger voll. Eine grüne, üppig bewachsene Hügellandschaft erstreckte sich um sie, als sie auf ihren Vorort in Atlanta zufuhren. Überall blühten bunte Blumen, doch in den Gärten fehlte die Explosion tropischer Farben und Formen, an die sie sich bereits gewöhnt hatte. In ihrer Nachbarschaft riefen die Häuser, an denen sie vorbeifuhren, nicht mehr «gleich zu Hause», sondern glichen eher hübschen Bildern, eingerahmt und hinter Glas. Immer noch schön und irgendwie vertraut, aber inzwischen aus einiger Entfernung.

Andrew parkte in der Auffahrt, drückte auf die Fernbedienung, und das Garagentor öffnete sich. Steves Auto stand in der Garage.

«Ist Kelly auch hier?», fragte Maddie und kletterte aus dem Jeep. Sie war verstört und verwirrt. In der einen Sekunde rückte sie William Hightower den Kopf zurecht, weil er sich vor seinem Leben versteckte, und in der nächsten kroch sie durch ein Wurmloch in eine Vergangenheit, die in ihren letzten Zügen lag. Sie hatte keine besondere Lust auf eine Plauderei mit der Freundin ihres Exmannes.

«Nein.» Andrew sagte es mit einer gewissen Befriedigung. «In letzter Zeit habe ich sie nicht mehr so oft gesehen. Eigentlich nicht mehr, seit das Haus verkauft ist.»

«Oh.»

Im Haus sah es so aus, als wäre ein Hurrikan hindurchgezogen. Schmutzige Teller und Gläser standen auf jeder verfügbaren Fläche, uralte Zeitungen waren bedrohlich hoch in der Feuerstelle gestapelt worden, Briefumschläge lagen auf der Küchenarbeitsplatte und leere Pizzaschachteln auf dem Küchentisch. Nirgends konnte sie auch nur die Spur einer weiblichen Hand entdecken.

«Was ist denn hier passiert?» Maddie sah ihren Sohn an. «Nachdem die Bombe eingeschlagen ist, meine ich.»

Andrew sah sich um, als ob er erst jetzt die Ähnlichkeit zu

einem Katastrophengebiet bemerkte. «Als es noch im Angebot war, mussten wir es immer ganz ordentlich halten. Aber Dad sagt, jetzt, da es verkauft ist, brauchen wir uns darum nicht mehr kümmern.»

«Ernsthaft?»

«Hey, Maddie.» Steve kam die hintere Treppe herunter und umarmte sie, und auch das fühlte sich fremd und ungewohnt an. Er hielt sie ein wenig länger fest als nötig. Sie war diejenige, die sich aus seiner Umarmung löste. Andrew ging nach oben.

«Tolle Neuigkeiten, was das Haus angeht, was?» Steve lächelte strahlend. «Und wir haben den vollen Preis bekommen.»

«Ja.» Sie lächelte zurück. «Wie viele von den Zimmern hast du schon eingepackt?»

Er steckte die Hände in die Hosentaschen. «Oh, ähm, ich hatte wirklich viel zu tun. Ich dachte, wenn du kommst ...»

«... dass ich das dann machen würde?» So war es immer gewesen. Irgendwie war am Ende immer sie für all das verantwortlich, was getan werden musste. Hatte sie es sich so gewünscht? Oder war das einfach erwartet worden? Als Steve seinen Job und ihre gemeinsamen Ersparnisse verloren hatte und auf dem Sofa gelandet war, war sie gezwungen gewesen, einzuspringen und alles zu übernehmen. Tatsächlich hatten sie das dem jeweils anderen niemals verziehen.

Mit Avery, Nikki, Deirdre und Kyra zusammen übernahm sie oft die Organisation und achtete auf Details, aber da alle ihre Fähigkeiten und ihr Engagement einbrachten, fühlte es sich nie so einseitig an.

«Oh Steve. Ich kann das auf keinen Fall alles allein machen. Ich meine, ich hatte schon angefangen, bevor ich nach Islamorada fuhr, aber ich dachte natürlich, dass wir mehr Zeit zwischen der Vertragsunterzeichnung und der Übergabe haben würden.»

«Die Käufer möchten einziehen, bevor die Schule beginnt, aber ich konnte noch ein paar Tage herausschlagen, bis du kommen und dich kümmern kannst.»

Sie starrte den Mann an, mit dem sie verheiratet gewesen war. Er musste dringend zum Friseur und sah so aus, als hätte er sich ein paar Tage lang nicht rasiert. Und dazu der Zustand, in dem sich dieses Haus befand.

«Was ist eigentlich mit unseren Putzkräften passiert?» Das brasilianische Paar, das über zehn Jahre lang alle zwei Wochen gekommen war, hätte ein solches Chaos niemals zugelassen.

«Die beiden kosten uns ein paar hundert Dollar, die habe ich eingespart.»

Steve klang vernünftig, dennoch kam Maddie das Ganze merkwürdig vor.

«Was ist hier los? Was verschweigst du mir?»

Er schaute auf seine Füße. Dann hob er den Blick und sah sie an. «Ich habe meinen Job verloren.» Er sagte nicht «schon wieder», und sie sagte es ebenfalls nicht. Aber er sah sie an wie ein Welpe, der auf eine Belohnung hoffte, während er sich vor einer aufgerollten Zeitung in Sicherheit bringt. «Ich konnte meinen Kundenstamm nicht so schnell wiederaufbauen, wie man es von mir erwartet hat.»

«Das tut mir leid.» Sie meinte es wirklich so. Aber sie wusste auch, dass das nicht ihr Problem war. Sie mussten genug vom Erlös durch den Hausverkauf zurücklegen, um Andrews Studium zu bezahlen, und dort, wo sie einmal wohnen würde, würde sie ein Zimmer für Kyra, Dustin und Andrew brauchen, damit sie sie besuchen konnten. Wo und wie Steve Singer wohnen würde, ging sie nichts mehr an.

Andrew kam die Treppe herunter. Er trug jetzt Sportshorts und ein T-Shirt. «Ich gehe raus und werfe ein paar Körbe mit den Jungs. Bis gleich.»

Maddie hielt ihn auf. «Tut mir leid. Aber wir müssen dieses Haus zu dritt ausräumen. Sonst schaffen wir es nicht.»

Beide Männer sahen erst überrascht und dann erschrocken aus. Aber Maddie hatte ihren Willen zur Selbstaufopferung definitiv hinter sich gelassen. «Andrew, du kannst mit der Garage anfangen und dann noch dein Schlafzimmer einpacken. Du musst einen Haufen für den Müll machen, einen fürs Rote Kreuz und einen für die Dinge, die du aufbewahren willst – und zwar nur für die Dinge, von denen du ganz sicher bist, dass du sie noch brauchst. Der letzte Haufen ist für all das, was du fürs Studium brauchst.» Sie überging die genervten Blicke. «Außerdem muss einer von euch Umzugskisten auftreiben. Und Steve? Du hilfst erst in der Garage mit, und danach kannst du mit deinem Büro und deinen Habseligkeiten weitermachen. Hast du schon überlegt, wo du wohnen willst?»

«Nein, ich habe auf dich gewartet, um ...»

«Tja», sagte Maddie, die keine Ahnung hatte, warum er auf sie gewartet hatte. «Du wirst hier ausziehen, Steve, und irgendwo hinmüssen – und wenn es ein Lagerraum ist. Ich rufe jetzt die Putzleute an, damit sie alles noch mal durchputzen, wenn das Haus leer ist. Und immerhin ist noch Andrew da, um dir beim Umzug zu helfen.»

Sie kramte in einer Küchenschublade und fand einen Schreibblock. Dann fing sie an, etwas aufzuschreiben, und meinte: «Ich werde dann wohl die Lagerung von Kyras und meinen Sachen organisieren, bis wir wissen, wo wir wohnen werden.»

Vater und Sohn blinzelten sie an wie kleine Tiere, die man aus ihrem sicheren Bau gerissen und direkt vor ein Raubtier geworfen hatte. Maddie kannte das Gefühl genau. Aber jetzt war nicht die Zeit für Reue oder Angst. Sie kritzelte weiter ein paar Notizen auf den Block, dann warf sie ihnen einen letzten scharfen Blick zu. «Bevor ihr die Sachen sortiert, besorgt euch doch bitte große Müllsäcke und werft den ganzen Müll hier weg. Und Steve, vielleicht könntest du zwischendurch mal den Geschirrspüler beladen und anwerfen. Oder hast du Strom und Wasser schon abgestellt, um ein paar Dollar zu sparen?»

Madeline Singer hatte kaum die Insel verlassen, als Will auch schon das Gefühl beschlich, jemand hätte eine große Comicsprechblase über seinen Kopf gehängt, in der stand: «Lasst ruhig euren Ärger an diesem Typen aus».

Avery war noch am selben Tag wütend zu seiner Hängematte gestapft und hatte ihm gesagt, Maddie hätte nur getan, was man ihr gesagt hatte. Und dass sie alles hier auf dieser Insel nur zu seinem Wohl täten, egal, wie viel Unannehmlichkeiten es machte.

Während des exklusiven Vier-Gänge-Menüs an jenem Abend, das Deirdre im Pavillon serviert hatte, hatte Nikki zu Kyra gesagt – gerade laut genug, dass Will es hören konnte –, dass manche Männer die Insel vor lauter Palmen nicht sehen könnten. Und dass sie selten mit den richtigen Körperteilen dachten.

Ein paar Tage später, als er gerade eine Sandburg mit Dustin baute, informierte ihn Kyra brüsk, dass ihre Mutter niemand war, den man auf die leichte Schulter nehmen konnte. Dass man nicht mit ihr «herumtändeln» könne – ein Wort, bei dem sie beide zusammenzuckten. Und dass sie weit mehr Respekt verdiene, als Will ihr entgegengebracht hätte.

Dustin sah ihn aus riesigen braunen Augen an, und Will beschlich das deutliche Gefühl, dass ihm der Kleine dafür, dass er seine geliebte Oma verletzt hatte, eine ordentliche Abreibung verpasst hätte, wäre er nur in der Lage gewesen, mehr als zwei, drei Worte aneinanderreihen zu können.

Selbst Roberto, der fast vier Jahrzehnte lang zugedröhnt gewesen war, hatte ihm gesagt, er hätte die Sache mit Maddie ernsthaft vergeigt.

Will, der normalerweise beim Angeln seine Ruhe suchte, fluchte die ganze Fahrt hinaus in die Florida Bay darüber, dass Maddie ihre Nase in seine Angelegenheiten steckte, und beschwerte sich über die Kritik, die jeder an ihm übte. Hudson schwieg weitgehend, was natürlich Bände sprach. Und als er schließlich doch etwas sagte, war das wenig schmeichelhaft: «Du bist ein Vollidiot. Hör auf mit der Zickerei und dem Gejammer und denk darüber nach, was Maddie gesagt hat.»

Denn natürlich war seine Insel längst nicht mehr privat, und der Streit, den er mit ihr gehabt hatte, war überall mitgehört worden.

Während Madelines Abwesenheit wurde es auf Mermaid Point noch ungemütlicher als zuvor. Die Insel schien sich irgendwie aufzulösen, und der einzige feste Termin am Abend, das gemeinsame Abendessen, fand nicht mehr statt. Niemand fühlte sich mehr verantwortlich für die Einhaltung des Kochplans, jeder zog sich mit irgendeinem Snack zurück und tauchte erst am nächsten Arbeitstag wieder auf.

Will hatte das Gefühl, dass Madeline nie präsenter war. Und er wollte das allen sagen, die ihm die Leviten lasen, ihnen sagen, dass sie sie nicht beschützen mussten. Zumindest nicht vor ihm. Dass sich Maddie zudem weit besser verteidigen konnte, als so ziemlich jede andere Frau, die er in seinem Leben kennengelernt hatte. Und dass er das schätzte – und vermisste. Doch keine der Frauen bot ihm dazu die Gelegenheit.

Dann tauchte Deirdre eines Morgens auf und setzte sich in den Lehnstuhl neben seinem, nachdem er den Sonnenaufgang beobachtet hatte.

«Maddie hat mich gebeten, Ihnen das hier zu geben. Sie

möchte gern, dass Sie das lesen.» Deirdre drückte ihm eine Zeitschrift in die Hand.

«Sie möchte, dass ich ein Klatschmagazin lese?» Er sah auf die Titelseite herunter und las eine der Schlagzeilen. Er war noch nie ein Fan von Matthew Perry gewesen.

«Nein, sie möchte, dass Sie diesen Artikel lesen.» Deirdre zeigte ihm die richtige Seite.

«Okay, mach ich, wenn ich mal Zeit habe.» Er legte die Zeitung weg und schaute wieder zum Himmel hinauf, der jetzt rosa und hellblau gestreift war.

«Nein. Ich habe ihr versprochen, dass Sie ihn lesen.» Deirdre drückte ihm die Zeitschrift erneut in die Hand. «Er ist gar nicht so lang.» Sie nahm die Kaffeetasse auf, die sie im Sand abgestellt hatte. «Ich habe alle Zeit der Welt. Ich kann warten, bis Sie fertig sind.»

Will las den Artikel und war längst nicht mehr so überrascht, wie er vor noch einigen Wochen gewesen war, als er feststellte, wie sehr Madeline Singer und er auf einer Wellenlänge waren. Tatsächlich las er den Artikel sogar zwei Mal. Nur für den Fall, dass eine der Frauen ihn hinterher abfragte.

Madeline hatte keine Ahnung, wie sie es geschafft hatten, aber am späten Nachmittag vor der Übergabe war ihr Leben zusammengeschrumpft, aufgeteilt und in Umzugskartons verpackt, die jetzt in Lagercontainern standen. Sie war körperlich erschöpft, aber daran hatte sie sich inzwischen gewöhnt. Auch ihr Herz schmerzte und pochte dumpf, als sie ein letztes Mal durch das Haus ging und ihre Schritte laut auf den Holzfußböden klangen. Sie hallten so hohl wider, wie es sich jetzt in ihrer Brust anfühlte. Nun war der Zeitpunkt gekommen, wirklich loszulassen.

Die Übergabe war eine Transaktion, die keinen Platz für Gefühle ließ. Es ging dabei letztlich nur um eine Unterschrift. Die Seite des Tisches, auf der die Käufer saßen, wirkte weit glücklicher als ihre Seite. Die neuen Besitzer waren jung, die Frau schwanger mit ihrem ersten Kind. Ihre Gesichter strahlten vor Glück und Vorfreude auf die Zukunft.

Sie aß mit Steve in einem Restaurant in der Brookhaven-Gegend zu Mittag, nicht weit vom Bahnhof entfernt. Er hatte ihr angeboten, sie zum Flughafen zu fahren, aber sie hatte nur die eine Tasche und wollte lieber den Zug nehmen, mit dem sie direkt ins Terminal fahren konnte.

Maddie stocherte in ihrem Essen herum und dachte immer noch darüber nach, dass sich jetzt eine Tür hinter ihr geschlossen hatte. Welche Tür sich wohl stattdessen öffnen würde? Aus dem Verkauf von Bella Flora und dem Verkauf dieses Hauses hatte sie genug Geld, um sich selbst etwas zu suchen. Sie hatte keine Ahnung, ob diese erste Staffel von *Alles Neu* gut genug gelaufen war, um eine Nachfolgestaffel zu rechtfertigen, und wenn, unter welchen Umständen und an welchem Ort diese gedreht werden würde. Maddie arbeitete gern mit Avery, Deirdre und Nikki zusammen, aber Fernsehen und Film waren eigentlich Kyras Traum, nicht ihrer. Wollte es Kyra überhaupt, dass sie bei oder in ihrer Nähe wohnte, damit sie sich ebenfalls um Dustin kümmern konnte? Sie musste ja nicht in Atlanta bleiben. Theoretisch konnte sie überallhin und alles tun, wonach ihr war. Der tägliche Kontakt zu ihrer Tochter und ihrem Enkel hatte sie verwöhnt, und sie konnte sich schwerlich vorstellen, ohne die beiden zu leben.

Sie hatte Steve bereits völlig vergessen, als sie so über ihre Möglichkeiten nachdachte und sich immer wieder sagte, dass sie ja heute nichts entscheiden musste. Jetzt musste sie erst einmal zurück nach Mermaid Point und die Renovierung beenden.

Und dann, na ja, dann würde sie eben entscheiden, was am sinnvollsten war.

«Hast du mir eigentlich zugehört, Maddie?»

«Hmm?» Sie schaute auf. Steve sah sie an. Der Blick aus seinen grauen Augen war ernst und aufmerksam. «Entschuldige, ich war kurz mit den Gedanken woanders.»

«Ich habe gerade gesagt, dass ich mir wünschen würde, wir könnten es noch einmal versuchen. Noch einmal von vorn anfangen. Du weißt schon, ein zweiter Versuch.»

«Was?»

«Ich vermisse dich und unser gemeinsames Leben.» Seine Stimme klang ehrlich. «Wir könnten unseren Standard ein bisschen herunterschrauben. Vielleicht eine kleine Wohnung in Buckhead oder Midtown mieten. Wir könnten sie auch nur für kurze Zeit mieten und dann, du weißt schon, ein bisschen frei und ungebunden in den Tag hineinleben.»

«Warum sollten wir das denn tun?» Sie sah ihn aufmerksam an und bemerkte das Zucken in seinem Augenwinkel, die Mühe, die es ihm bereitete, die Hände ruhig zu halten. «Was ist denn mit Kelly passiert?»

«Oh, gar nichts. Die Beziehung hat sich irgendwie, ich weiß auch nicht, überlebt.»

Ihre Scheidung war fast freundschaftlich abgelaufen. Zumindest war es Maddie klar gewesen, dass ihre Beziehung nach allem, was passiert war, schon zu beschädigt gewesen war, als dass sie noch hätte funktionieren können. Und sie hatte gedacht, dass es Steve ebenso ging.

«Also, dann lass uns mal sehen, ob ich das hier richtig verstehe», sagte Maddie jetzt. «Es ging dir gut ohne mich, als du noch einen Job und eine Freundin hattest. Aber jetzt, da du beides verloren hast ...»

«Es ist nicht leicht, Single und allein zu sein, Maddie. Wenn du das bisher noch nicht begriffen hast, dann wirst du es bald tun.»

«Es ist auf jeden Fall anders.» Ihre eigenen Entscheidungen treffen und den eigenen Lebensweg zeichnen zu können, war zwar beängstigend, aber gleichzeitig auch aufregend. Jede neue Erfahrung machte sie stärker und zu dem Menschen, der sie immer hatte sein wollen. «Aber Single zu sein ist eindeutig nicht das Schlimmste, was *mir* je passiert ist.»

Was sie mit ihm erlebt hatte, insbesondere der Verlust ihres Respekts für ihn, war weit schlimmer.

«Pff.» Steve wedelte wegwerfend mit der Hand. «Was für ein Leben kannst du denn so allein schon führen?» Er schien vollkommen davon überzeugt zu sein, dass sie ohne ihn niemals wieder glücklich werden würde.

«Ich bin ja gar nicht allein», sagte sie, schaute auf die Uhr und gab dann der Kellnerin ein Zeichen, damit sie die Rechnung brachte. «Ich habe doch die Kinder. Und gute Freunde, auf die ich zählen kann.» Der Himmel wusste, dass Avery, Nikki und Deirdre ihr Silberstreif am Horizont gewesen waren – sogar der Regenbogen –, der nach dem Gewitter des Malcolm-Dyer-Debakels aufgetaucht war.

Weil Maddie nicht recht auf seine Vorschläge eingehen wollte, schien Steve zunehmend gereizt zu werden, was ihm nicht besonders gut stand. Die kurze Strecke zum Bahnhof legten sie schweigend zurück. Dann dankte sie ihm dafür, dass er sie mitgenommen hatte, wünschte ihm Glück und legte die Hand auf den Türgriff.

«Du weißt aber schon, dass die Welt nicht auf dich wartet.»

«Wie bitte?» Sie drehte sich zu ihm um.

«Ich sagte, die Welt wartet nicht auf dich, Madeline Singer. Die Welt gehört dir nicht. Du bist einundfünfzig Jahre alt. Und du hast dein bisheriges Leben damit verbracht, die Kinder zum

Sport zu bringen und ihnen nach ihren Wettkämpfen Snacks zu servieren. Wer soll dich denn noch ansehen oder gar wollen?»

In ihrem früheren Leben hätte sie vielleicht noch die andere Wange hingehalten. Oder hätte wortlos das Auto verlassen. Aber der Hohn in Steves Stimme zusammen mit dem frechen Grinsen in seinem Gesicht waren eindeutig zu viel.

«Na ja, ich wollte es eigentlich nicht erwähnen, aber William Hightower hat mich durchaus gewollt.» Sie lächelte und hoffte, dass es ein Mona-Lisa-Lächeln war, geheimnisvoll und verschwiegen, erotisch und voller Anspielungen. Dann stieg sie aus und holte ihre Tasche aus dem Kofferraum.

Sie steckte den Kopf in die offene Beifahrertür und setzte noch eins drauf. «Vermutlich hattest du noch keine Zeit, dir die Show anzusehen. Ich sage nur, dass ich jetzt genau weiß, warum sie ihn den ‹Wilden Will› nennen.»

Sein Mund stand noch immer offen, als sie die Tür zuknallte und fortging.

42

Als Maddie am Anleger von Mermaid Point ankam, strahlten das Bootshaus und die Wohnungen darüber bereits in einem hellen tropischen Grün mit weißen Zierleisten. Sie hatte Wills Ruderboot aufgebockt im Lagergestell des Bootshauses gesehen und sich sofort für den Moment gewappnet, in dem sie ihm begegnen würde. Sie ließ ihre Tasche im Hausboot fallen, ging am frisch fertiggestellten Pool und an den Palmen vorbei und war überrascht, wie viel in ihrer Abwesenheit passiert war.

Avery führte sie durch das Haupthaus wie eine stolze Mutter, die mit ihrem besonders begabten Kind angeben will. Immer wieder blieb sie stehen, um Maddie eine Anekdote zu erzählen oder ihr etwas zu erklären. In der Küche hängte Roberto die Oberschränke auf, während Fred Strahlendorf, der jetzt ein brandneues Kugelschreiberetui besaß, die Geräte anschloss. Die neuen Arbeitsplatten aus Glaskomposit waren bereits eingebaut, und die Klempner installierten die neuen Toiletten, die hakenförmigen Wasserhähne und schraubten in den vier Gästewohnungen Duschköpfe an. «Heute werden alle Badezimmer fertig. Dann kommen sie zurück und schließen den Geschirrspüler an und lassen den Ausguss ein. Der Kühlschrank und Eiswürfelbereiter unter der Treppe sind gerade vor zehn Minuten ans Stromnetz gegangen», erklärte Avery.

Nikki und Deirdre standen auf hohen Leitern vor dem Kamin und drückten Muscheln, Steine, Seepocken und Korallenstücke in die noch weiche Betonverkleidung, die an der Wand bis zur Decke reichte.

«Wow, das sieht ja toll aus!» Maddie trat näher, um es sich genauer anzusehen.

«Danke.» Deirdre lächelte. «Zum Glück wird unsere Technik langsam besser. Wir haben im Gästehaus über der Garage geübt und haben auf die harte Tour herausfinden müssen, dass es viel besser aussieht, wenn man sich in Abschnitten hinaufarbeitet.»

Maddie drehte sich um die eigene Achse, um einen Eindruck von dem Raum zu bekommen. Die Dielenböden schimmerten unter dem Bodenlack. Die abgesäuerten Pecky-Cypress-Bohlen nahmen das Sonnenlicht auf, das ungehindert durch die bodentiefen Glasschiebetüren auf der Meerseite fiel.

«Man zieht sie einfach auf, wenn das Wetter gut ist, und voilà – sofort hat man eine Terrasse», sagte Avery begeistert. «Warte nur, bis du siehst, wie sie das Haupthaus öffnen.»

Maddie lächelte mutig. Sie fürchtete sich immer noch vor ihrem Wiedersehen mit Will. Wie auch immer er zu ihr stehen mochte – es war praktisch unvorstellbar, dass jemandem das Ergebnis der Renovierungsarbeiten nicht gefallen konnte. Die Küchenschränke zogen sich in klaren Linien an den Wänden entlang. Die neuen Geräte passten perfekt zu dem riesigen Stahlherd von Wolf. An der neuen Treppe führte ein Geländer entlang. In der Nähe stand eine Sammlung hölzerner Paddel in verschiedenen Formen, Größen und Farben. Avery hielt eins in die Höhe, um zu zeigen, wie sie angeschraubt werden sollten.

«Die werden toll aussehen», sagte Maddie. «Wobei ich irgendwie gehofft hatte, nie mehr ein Paddel sehen zu müssen, seit wir damals zurückpaddeln mussten.»

«Na ja, andererseits will man sich auch nicht ohne ein Paddel auf einem Bach wiederfinden», mischte sich Nikki vom anderen Ende des Raums ein.

«Oder auf einem Flachboot mitten auf dem Atlantik, und dann auch noch bei Ebbe», setzte Avery hinzu.

«Es sieht alles so wunderbar aus. Tut mir furchtbar leid, dass ich euch im Stich lassen musste.»

«Ach, das macht doch nichts.» Avery lehnte die Paddel gegen die Wand. «Ist schon in Ordnung. Ich habe Lisa Hogan gesagt, dass uns jemand fehlt und sie uns entweder mehr Geld für jemand anderen geben muss, unsere Deadline bis nach dem Labor Day verschieben oder mir sagen soll, welche Gebäude wir unfertig lassen sollen. Sie hat uns einen zusätzlichen Maler bewilligt.» Sie lachte. «Aber du kommst gerade rechtzeitig, um uns morgen und übermorgen hier drinnen zu helfen. Danach arbeiten wir draußen weiter.»

«Avery hat darauf gewartet, dass es möglichst heiß wird, bevor wir uns draußen ans Werk machen.» Nikki drückte einen großen Stein in den Beton und hielt ihn dort fest.

«Hey, um die Hitze kommen wir nun mal nicht herum», versetzte Avery. «Wir haben noch Glück, dass kein Regen aufzieht – wir müssen den Außenanstrich fertig machen, für die Deko sorgen und den Garten anlegen. Danach kann es von mir aus so viel regnen, wie es will.»

Maddie schlief an diesem Abend früh ein. Vielleicht hatte es etwas damit zu tun, dass sie wieder auf dem sanft auf den Wellen wiegenden Hausboot war – oder mit den Drinks zum Sonnenuntergang mit den Leuten, die sie anscheinend am besten verstanden und die begeistert über Steve und seine grausamen Spitzen herzogen, kaum dass Kyra unter Deck war, um Dustin ins Bett zu bringen. Vielleicht lag es auch an Maddies ständiger Anspannung, weil sie immer darauf gefasst sein musste, William Hightower in die Arme zu laufen. Sie versuchte, sich selbst weiszumachen, dass sie überhaupt nicht enttäuscht war, dass er nicht einmal gekommen war, um sie zu sehen. Dabei schlief sie dann endlich ein.

Romeo krähte am nächsten Tag kurz nach Sonnenaufgang. Maddie zog sich an und kochte eine Kanne Kaffee. Sie trank gerade ihre ersten Schlucke, als Avery erschien, angelockt vom Duft des Kaffees wie ein Hund, der Witterung aufgenommen hat. Zusammen nahmen sie ihre Becher mit an Deck, um sich gemeinsam den Sonnenaufgang anzuschauen.

Maddie hörte, dass jemand im Pool schwamm. Ein Teil ihres zwiegespaltenen Ichs wollte sofort wieder unter Deck, um nicht Gefahr zu laufen, Will sehen zu müssen. Der andere Teil wäre am liebsten zu ihm gelaufen, um ihn dabei zu beobachten, wie er in seiner ganzen braun gebrannten Pracht dem Pool entstieg. Sie tat nichts von beidem.

«Ich weiß auch nicht, was mit Romeo los ist.» Avery nickte zu dem Platz, wo der Hahn und sein Harem auf dem Boden scharrten. «Als du weg warst, hat er jeden Tag etwas früher gekräht, bis er fast pünktlich war. Wenn wir hier fertig sind, kräht er bestimmt genau zum Sonnenaufgang.» Sie lächelte den Vogel liebevoll an. «Ich werde ihn und die Mädels irgendwie vermissen.»

Maddie schaute zu dem herumstolzierenden Hahn und seinen Groupies rüber, doch in Wirklichkeit sah sie nur William Hightowers Arme, wie sie durch das Wasser pflügten, und die Wellen, die sein starker Beinschlag verursachte. Ein Fisch sprang aus dem Wasser, und sie schaute auf und entdeckte Troy, der sie vom Deck des anderen Hausboots aus filmte. Von Roberto gab es noch keine Spur.

Maddie schloss die Augen und hob ihr Gesicht der sanften

Morgensonne entgegen, lauschte dabei aber weiter auf jedes Geräusch aus Richtung Pool.

«Er war die ganze Zeit irgendwie mürrisch, als du weg warst», sagte Avery. «Ich glaube, er hat dich vielleicht ein bisschen vermisst.»

«Romeo?», fragte Maddie.

«Nein, Will.»

«Das bezweifle ich.» Maddie seufzte und nahm noch einen Schluck Kaffee. «Es ist eben einfach nur passiert. Ich ... ich kann wirklich nicht sagen, dass ich echte Erwartungen an die Sache hatte. Aber ich war nicht darauf vorbereitet, so schnell und komplett abserviert zu werden. Und es ist wirklich unangenehm geworden, als er mich dabei erwischte, wie ich das Studio gesäubert habe.»

Avery zog die Knie an die Brust. Die Sonne stieg langsam immer höher. «Ich bin mir ganz sicher, dass du jederzeit wieder mit ihm schlafen könntest, Maddie. Aber ich weiß nicht, ob es das ist, was du suchst.»

«Das hat er auch gesagt.»

«Dann solltest du vielleicht auf ihn hören.»

«Vermutlich. Aber ich komme einfach nicht umhin zu bemerken, dass Zuhören für ihn leider nur eine Einbahnstraße ist.» Sie versuchte, sich ihre Enttäuschung nicht anmerken zu lassen; sich nach William Hightowers Aufmerksamkeit zu sehnen, war im Grunde so, als wünschte sie sich, die Sonne möge nur auf sie allein scheinen.

«Er ist vielleicht berühmt, aber er ist immer noch ein Mann.» Avery hatte die Arme eng um ihre Knie geschlungen. «Der Frau zuzuhören, die man zum Erhalt der menschlichen Spezies in seine Höhle gezerrt hat, scheint unter evolutionären Maßstäben nicht so wichtig gewesen zu sein.» Jetzt hielt sie ihren Becher mit beiden Händen fest. «Ich hatte nicht besonders viel

Glück mit Männern. Manchmal glaube ich, dass Chase nur noch da ist, weil er einfach zu hartnäckig ist und niemals aufgeben würde. Aber ich bin lieber mit jemandem zusammen, der mir auch schmerzhafte Dinge ehrlich ins Gesicht sagt, als dass er mir etwas vorlügt, nur weil ich es hören will.»

Die Sonne stand schon merklich höher, als Maddie und Kyra mit Dustin im Schlepptau zum Haupthaus gingen. Avery und Deirdre waren gerade dabei, die Paddel an ihren Platz zu schrauben. Kyra holte ihre Videokamera, um sie dabei zu filmen, wie geschickt sie arbeiteten und dabei ihre blonden Köpfe zusammensteckten. «Wo habt ihr die denn gefunden?»

«Oh, hier und da.» Deirdre rieb sich die Augen und dann den Nacken. «Mir macht es Spaß, Dinge wiederzuverwerten oder ihnen einen anderen Zweck zu geben. Das ist nachhaltig.» Sie griff nach einem offenen Fläschchen Aspirin und nahm ein paar Tabletten zusammen mit einem langen Schluck aus der Wasserflasche.

Dustin holte einen Spielzeugschraubenzieher aus seinem Werkzeuggürtel und kam zu ihnen, um ihnen zu «helfen». Sie griffen alle nach ihren Handys, um Bilder zu machen.

«Seid ihr bereit, nach oben zu gehen und mit dem Streichen zu beginnen?», fragte Maddie.

«Ich mach hier nur noch ein paar Aufnahmen. Könntet ihr ihn vielleicht mit nach oben nehmen, Mom? Ich komme gleich nach.»

«Oben, Oma!» Dustin griff nach Maddies Hand und stieg mit ihr die Treppen hinauf, den Schraubenzieher gezückt.

Sie waren am ersten Treppenabsatz angekommen, und sie wollte gerade zu den neuen Wohnungen abbiegen, als Dustin ihre Hand losließ. Die Tür zum großen Schlafzimmer war nur einen Spalt offen, aber Dustin zog sie auf, schrie freudig «Billiam!» und rannte hinein.

Maddie zögerte nur kurz. Die Furcht, die Glastüren könnten offen sein, zwang sie dazu, hinter Dustin herzugehen. Sie machte sich bereit wegzuschauen für den Fall, dass William ... nackt ... oder ... was auch immer. Das Schlafzimmer war leer, und die Glastüren waren zum Glück geschlossen, aber die Veränderungen, die hier während ihrer Abwesenheit stattgefunden hatten, waren beeindruckend. Die neue Glaswand ließ den ohnehin schon großen Raum noch mehr wie einen Teil der Landschaft wirken. Die gemauerten Wände waren in einem warmen Beige gehalten, die hölzernen Zierleisten kaffeebraun lasiert. Das Bett war noch nicht gemacht, aber eine Kaffeemaschine für zwei Tassen stand auf dem Tresen der neuen Kochnische. Maddies Idee für einen Rückzugsort für Will war verwirklicht worden.

Sie hörte ein gedämpftes Quieken und warf einen Blick in den Schrank. Dustin hatte seit Neuestem das Versteckspielen entdeckt, und sie hoffte sehr, dass er sich nicht in Wills Kleidern versteckte, die jetzt im frisch gestrichenen Schrankzimmer hingen. Das war der letzte Ort, an dem sie auf ihn treffen wollte – mit oder ohne seine Boxershorts in den Händen.

«Dustin! Komm sofort zu mir!»

Sie schob die Hemden und Jeans beiseite – derjenige, der sie aufgehängt hatte, hatte sie vollkommen ungeordnet gelassen. Sie trat aus dem Schrankzimmer und überlegte kurz, die Badezimmertür zu öffnen, die zu dem einzigen Ort führte, an dem sie noch nicht nachgeschaut hatte. *Verdammt.* Sie hatte gerade die Hand gehoben, um anzuklopfen, als die Tür aufflog. William Hightower stand da, mit nacktem Oberkörper, nur mit einer Jeans bekleidet, und mit nassem Haar. Ihr Enkel klammerte sich an seinem Bein fest.

«Ich glaube, du hast da jemanden verloren.»

Er klang nicht böse, aber auch nicht besonders erfreut, sie hier zu sehen.

«Tut mir leid.» Sie griff nach unten, um Dustin an die Hand zu nehmen, und drückte dabei praktisch ihr Gesicht in Williams Unterleib. Schnell richtete sie sich wieder auf und atmete vielleicht ein wenig schärfer ein als nötig. Will roch berauschend gut nach Sonne und Seife und ... na ja, jedenfalls dachte sie sofort an Sex. «Wir sind gerade auf dem Weg zu den Wohnungen oben, um, ähm, alles fertig zu streichen.» Sie hob Dustin auf ihre Hüfte und machte mit dem Kinn eine Bewegung in Richtung Haus, die zweifellos genauso aussah wie bei einem der Hennen-Groupies von Romeo.

«Das ist gut.»

Sie blinzelte und wartete, dass noch mehr kam, aber das war's. Keine Frage nach ihrer Reise, kein «Schön, dass du wieder da bist». Nicht einmal ein bissiger Kommentar dazu, dass er sie bei der Arbeit an seinem Studio ertappt hatte.

«Maddie?»

Sie merkte, dass sich ihr Blick irgendwie in seinem Brusthaar verfangen hatte, und hob den Kopf, nur um ein merkwürdiges Glitzern in seinen Augen zu sehen. Sie war zu nervös, um darüber nachzudenken, ob es Ärger oder Belustigung war. Vermutlich beides.

«Geht es dir gut?» Sein Ton war so höflich, wie man eben war, wenn man unerwartet jemanden getroffen hatte, aber eigentlich weitermusste. Wenn der Mann auch nur annähernd so etwas wie mürrisch gewesen war, wie Avery bemerkt hatte, dann war er eindeutig darüber hinweg.

«Mom?», hörte sie Kyras Stimme hinter sich. «Bist du dadrin?»

«Ich komme!» Sie drehte sich um, aber Kyra stand schon vor ihr. Jetzt war sie praktisch zwischen den beiden eingeklemmt und hatte keine Chance zu entkommen.

«Hallo, Will.» Kyra nahm Maddie Dustin ab. «Wie geht's?»

«Gut.» Er nickte, und sie standen da und starrten einander einen langen, unbehaglichen Moment lang an.

«Okay.» Maddie schluckte. «Also, ich glaube, wir machen uns dann mal wieder an die Arbeit.» Sie schaffte es, sich umzudrehen und Kyra gewissermaßen vor sich herzuschieben. Sie spürte Will hinter sich. Und obwohl sie sich bemühte, nicht zum Bett herüberzuschauen, hörte sie sich sagen: «Der Blick durch die Schiebetüren ist wirklich unglaublich. Wahrscheinlich kannst du im Bett liegen und ...» Sie wurde rot und war geradezu lächerlich dankbar, dass er ihr Gesicht nicht sehen konnte. «Na, jedenfalls sieht ja alles ganz toll aus. Du bist bestimmt sehr froh, wie alles geworden ist!»

Sie standen noch in der Tür. Er grunzte etwas, was sie als Zustimmung interpretierte. Sie wandte sich um und sah, dass er die Augenbraue hochzog.

«Hast du etwas gesagt?»

«Ähm ... nein.»

«Ich meine das Grunzen und die hochgezogene Augenbraue. War das kein Versuch, etwas zu beurteilen oder gar zu kommunizieren?»

«Jedenfalls nicht absichtlich. Nein.» Sein Gesichtsausdruck war ... na ja, sie konnte den Ausdruck ebenso wenig deuten wie die Gedanken und Gefühle, die in ihr miteinander kämpften.

Sie griff nach dem Türknauf, als er sagte: «Ich wollte nur sichergehen, dass ich nichts missverstanden habe.»

Sie atmete einmal tief und peinlich berührt durch, dann zog sie die Tür ins Schloss. Mit dem Handballen massierte sie sich die Stirn und folgte Kyra in die erste Gästewohnung.

«Das war aber komisch.» Kyra setzte Dustin mitten ins Zimmer und gab ihm ein Buch und sein Lieblingsspielzeugauto.

Maddie stand nur da und ließ immer und immer wieder ihr idiotisches Verhalten vor ihrem inneren Auge ablaufen. Kyra goss unterdessen ein wenig von der beigen Wandfarbe in eine Farbwanne und reichte Maddie einen Pinsel. Maddie stellte sich vor, wie Will vor der geschlossenen Tür stand und überlegte, was zum Teufel da gerade geschehen war.

«Was habe ich da bloß getan? Und warum sieht er so attraktiv aus, obwohl er ein solcher Blödmann ist?»

«Na, das ist mal eine Frage, auf die ich auch gern eine Antwort hätte.» Kyra ging ans andere Ende der Wand und machte sich daran, die Ränder auszumalen. «Es hilft auch nicht gerade, wenn sie über eine unfair bemessene Menge an Charisma verfügen und daran gewöhnt sind, jede Frau ins Bett zu kriegen, die sie wollen.»

«Auf keinen Fall hilft das.» Maddie versuchte, sich auf das Streichen zu konzentrieren.

«Das ist wie bei mir und ‹dem, dessen Namen wir nicht aussprechen wollen›.» Kyra nickte in Richtung Dustin, der fröhlich sein Stoffbuch durchblätterte. «Ich war mir so sicher, ihm widerstehen zu können. Ich hatte mir sogar ein Zimmer nebenan gemietet, um woanders hinzukönnen, falls ich weich werden sollte. Und dann, ich weiß auch nicht, konzentriert sich das ganze Charisma und das Testosteron auf dich, ein bisschen Feuerwerk, und puff!» Sie seufzte und schüttelte den Kopf.

Maddie musste beinahe lachen. «Vielleicht haben die Frauen in unserer Familie eine angeborene Schwäche für Feuerwerke. Oder vielleicht werden wir einfach bewusstlos, wenn wir mit zu viel Lärm, zu hellen Farben und … überlebensgroßen Persönlichkeiten konfrontiert werden.»

«Ich weiß nur, dass Daniel so tat, als ob das alles ganz spontan passiert wäre, weil der Abend so zauberhaft war. Erst danach, als ich neben ihm lag, begann ich mich zu fragen, wer eigentlich Kondome zu einem Wochenende mit seinem Sohn mitbringt. Erst da habe ich begriffen, dass er vielleicht alles geplant hatte.» Sie klatschte den Pinsel gegen die Wand und zog dann die Abdeckplane heran, damit keine Tröpfchen auf den Fußboden fallen konnten. «Oder vielleicht ist er einfach immer vorbereitet. Ein bisschen wie ein Pfadfinder?» Sie warf Maddie einen Blick zu. «Bekommt man dafür ein Abzeichen? Dass man immer ein Kondom dabeihat? Wegen der Sicherheit?»

Maddie spürte, wie sich ihre Mundwinkel hoben. «Andrew war Pfadfinder, und ich bin mir fast sicher, dass davon nichts im Handbuch stand.»

Kyra schnaubte. «Irgendjemand muss diesen Pfadfindern sagen, dass sie sich auf das Aufschlagen der Zelte und das Bauen der Lagerfeuer konzentrieren sollen. Und darauf, alten Damen über die Straße zu helfen.»

«Und wenn sie schon mal dabei sind, könnten sie ein Abzeichen erfinden, das man bekommt, wenn man gewissen Männern beibringt, ihren Hosenstall verschlossen zu lassen.» Jetzt schnaubte Maddie.

Ihr Gelächter brachte ihre Arbeit zwar nicht voran, milderte aber Schmerz und Peinlichkeit ein wenig. Maddie gab sich dem Rhythmus ihrer Pinselstriche hin und rief sich wieder ins Gedächtnis, dass die Nacht mit William Hightower nur ein überraschendes Aufblinken auf ihrem Radarschirm gewesen war. In ein paar Wochen würden sie Mermaid Point verlassen und ihr Leben weiterführen. In ein paar Monaten würde William Hightower nicht mehr als eine angenehme und wunderbare Erinnerung sein. Und er würde sich längst nicht mehr an ihren Namen erinnern können.

43

Was Nikki betraf, so gab es nur eine Sache, die schlimmer war, als die Außenwände eines Gebäudes zu streichen – und das war, das Gebäude Ende August streichen zu müssen. In den Keys. Nur vierundzwanzig Breitengrade vom Äquator entfernt.

Sie saß auf dem Gerüst an der Südwand von William Hightowers Wohnung, direkt unter dem Dach. Sie hatte sich ein gefaltetes Handtuch untergelegt, um den direkten Kontakt mit dem heißen Metall zu vermeiden. Zwischen ihr und Maddie stand eine Farbwanne. Avery arbeitete ein Gerüst weiter. Sie alle trugen mit Farbe bekleckerte Hüte und Schutzkleidung. Sie alle waren mit Schmutz und Dreck bedeckt und schwitzten stark. Nikki hörte kurz mit dem Streichen um das Fenster herum auf und wischte sich mit dem Ärmel über die Augen. Das Einzige, was sie im Moment nicht aus tiefster Seele hasste, war der Blick.

Es war ein wunderbarer Sommertag mit einem leuchtend blauen Himmel, über den zarte weiße Wölkchen zogen. Das Sonnenlicht glitzerte auf dem türkisfarbenen Wasser. Boote fuhren vorbei und zogen weiße Gischt hinter sich her. Das Wasser stand so niedrig, dass sie den Damm sehen konnte, der zum Highway 1 führte. Zum ersten Mal erkannte sie das, was vermutlich ein altes Schutztor gewesen sein musste.

«Wenn wir hier weggehen, werde ich mir alle Mühe geben, diese letzten fünf Tage aus meinem Gedächtnis zu tilgen.» Nikki blickte sich um. An der Anlegestelle und der Ufermauer legten Frachtkähne mit Möbeln, Accessoires und all den anderen Dingen an, die Deirdre gekauft, erbettelt oder womöglich geklaut hatte und die jetzt auf die Insel geschafft wurden. Am westlichen Ende der Insel entdeckte sie das Aufblitzen von Macheten hinter den Büschen. Der Marathon Garden Club arbeitete sich gerade durch das Unterholz, um die tropische Üppigkeit von Mermaid Point zu zähmen, aber nicht zu vernichten.

«Immer wenn ich Gärtner sehe, muss ich an Parker Amherst denken.» Nikki zwang sich, ihren Blick, wenn auch nicht ihre Gedanken wieder der Wand zuzuwenden.

«Da gibt es nicht zufällig jemanden, der Grund hätte, ernsthaft sauer auf dich zu sein, oder, Nikki?», fragte Avery.

«Nicht dass ich wüsste. Na ja, abgesehen von Joes Großmutter, aber die hat sich mich ja schon über den 4. Juli vorgeknöpft. Bestimmt hat sie schon einige passende Zauber oder Flüche auf mich geworfen.»

«Gut zu wissen. Wenn dir demnächst Kröten aus dem Mund fliegen, wissen wir ja, an wen wir uns wenden können», neckte Maddie.

«Im Ernst, wenn mich das von diesem Gerüst und aus der Sonne bringen würde, wäre ich glatt bereit, ihr noch eine Chance zu geben.» Nikki rückte sich den Hut zurecht.

Morgen würden sie zum letzten Mal streichen müssen. Danach würden sie Deirdre die Führung überlassen. Sie würde die Möbel aufstellen, sagen, wo die Dekoartikel hingestellt und die Kunstwerke aufgehängt werden mussten, aber immerhin würde das meiste davon drinnen stattfinden. Und dort gab es eine brandneue, handelsübliche Klimaanlage.

Ein Schweißtropfen sammelte sich an ihrer Nasenspitze, und sie drehte den Kopf so, dass sie die Nase an der Schulter abwischen konnte. «Ich bin ja so reif für die Zivilisation.»

«Kommt Joe zur Party?», fragte Maddie.

«Ich glaube nicht. Er ist unten an der Westküste und schafft es vielleicht nicht.» Sie wandte sich an Avery. «Und Chase?»

Avery schüttelte den Kopf. «Er hat geradezu lächerlich viel zu tun. Ich halte ihn mit Fotos auf dem Laufenden, aber leider wird er das fertige Projekt nicht persönlich bewundern können.»

«Na ja, immerhin gibt es genügend Videos.» Nikki schaute nach unten. Selbst jetzt noch filmten Troy und Anthony jeden ihrer Handgriffe – und das aus der am wenigsten schmeichelhaften Perspektive. «Aber wir haben nur noch weniger als eine Woche, bis wir fertig sein müssen, daher können wir immerhin damit aufhören, uns über einen Hurrikan oder über Verrückte mit einem Groll gegen uns Gedanken zu machen. Und ganz eindeutig werden wir die zweite Staffel nicht mit einer Beerdigung beenden.»

Vier Tage später ließ sich Maddie in den tabakbraunen Ledersessel fallen, der zur Sitzgruppe um den Kamin herum gehörte. Sie betrachtete die mit Steinen, Muscheln und Korallenstücken verzierte Wand, die neben ihr aufragte. Die Pecky-Cypress-Wände, die dunkelroten Schränke und die schmiedeeisernen Verzierungen brachten Substanz und Ordnung in das offene Design. «Ich kann kaum glauben, dass wir fertig sind!»

Am anderen Ende des Raums öffnete sich die Küche, eine perfekte Mischung aus ausgeklügeltem Design und unverwüstlicher Funktionalität. An der gegenüberliegenden Wand war William Hightowers geliebter Poolbillardtisch untergebracht, daneben stand ein großer Landhaustisch, an dem leicht zwölf Leute Platz finden konnten. Alles war in das natürliche Licht getaucht, das durch die Glasschiebetüren fiel, die den Blick auf den Ozean freigaben. «Es ist alles so großartig geworden, ich weiß nicht einmal, welche Wohnung ich mir aussuchen würde, wenn ich hier zu Gast wäre.»

«Na ja, ich würde mich für die Wohnung über der Garage entscheiden. Das Badezimmer ist zum Sterben schön.» Nikki seufzte theatralisch. «Das Lindgrün an den Holzwänden und an der Decke, dann die antiken Türen mit den Fenstern darin und diese phantastische Badewanne.» Sie schüttelte den Kopf. «Dieses Badezimmer gehört in eine Calgon-Werbung.»

«Also ich mag die Wohnungen im Bootshaus. So über dem Wasser zu schweben und zwischen Sonnenaufgang und Sonnenuntergang wählen zu können.» Kyra lächelte und strich durch Dustins Haar. «Das ist phantastisch. Und ich weiß gar nicht, wie ihr es hinbekommen habt, dass in jedem Gebäude eine ganz eigene Stimmung herrscht und sie doch eindeutig Teil eines Ganzen sind.»

«Das finde ich auch», sagte Nikki. «Ihr beide?» Sie deutete auf Avery und Deirdre. «Das nenne ich Genie.»

«Absolut!» Maddie hob ihr Glas mit frischer Limonade. «Auf Avery und Deirdre, das dynamische Duo von *Alles Neu.*»

Deirdre lächelte und verbeugte sich, Avery ebenfalls, aber Deirdres Lächeln wirkte ein wenig gezwungen.

«Schon wieder Kopfweh?», fragte Avery.

«Nichts Schlimmes.» Deirdre holte ein Fläschchen mit Aspirin aus ihrer Tasche, schüttelte zwei Tabletten in ihre Handfläche und nahm sie mit einem tiefen Schluck aus der Wasserflasche.

«Also, was meint ihr?», fragte Nicole. «Sind wir bereit?»

«Jawohl.» Avery zählte die Punkte an den Fingern ab. «Die Betten sind gemacht, die Handtücher hängen in den Badezimmern, Wasserflaschen und Früchtekörbe stehen in jeder Wohnung bereit.»

«Die Caterer, die der Sender bestellt hat, kommen morgen

gegen zwei Uhr am Nachmittag. Der letzte Stand ist, dass die TV-Leute um vier da sein werden. Die Partygäste kommen um sieben. Hat eigentlich jemand in letzter Zeit mit Lisa Hogan gesprochen?» Maddie sah Avery an.

«Nein. Ich bin jetzt diejenige, die ihre Anrufe nicht beantwortet. Ich will keine Überraschungen in letzter Minute und hoffe, dass unsere Arbeit für sich spricht.»

«Du weißt aber schon, dass sie Bilder von den Leuten haben will, die hier einchecken.» Kyra zog Dustin auf ihren Schoß. «Allerdings glaube ich kaum, dass irgendjemand William Hightower dazu bringt, morgen Fremde in sein Haus zu lassen und sie zu ihren Wohnungen zu begleiten.»

«Ihr braucht mich gar nicht so anzuschauen», sagte Maddie, weil Nikki und Deirdre genau das taten. «Hiermit gebe ich die Position als Hightower-Flüsterin frei. Er war die ganze Woche kaum auf der Insel, und wenn er hier ist, tut er nichts, was man auch nur entfernt als Kommunikation interpretieren könnte.» Ganz besonders nicht mit ihr.

«Ich nehme an, er zählt schon die Tage, bis wir endlich weg sind», bemerkte Nikki. «Aber weiß eine von euch, was er mit der Insel machen will?»

Maddie schwieg. Wenn es jemanden gab, dem William Hightower ganz sicher nichts anvertrauen würde, dann war das sie.

«Keine Ahnung. Und ich finde auch nicht, dass das unser Problem ist.» Avery stellte ihr leeres Glas auf dem Couchtisch ab. «Ich dachte, wir könnten Lisa Hogan und ihre Crew in den Garagenwohnungen unterbringen. Und wir könnten Hudson und Tom hier oben ganz in Wills Nähe und seinen Freund Sam Holland und dessen Frau in eine der Wohnungen unten einquartieren. Wenn dieser Angelfreund von ihm kommt, könnte er die vierte Wohnung hier im Haupthaus haben.»

«Das sollte klappen.» Kyra legte ihr Kinn auf Dustins Kopf.

«Wir haben eine Menge Aufnahmen von der Innenausstattung. Es gibt keinen echten Grund, die Leute dabei zu filmen, wie sie dort hineingehen.»

Sie verließen Williams Haus und machten sich daran, noch einige der letzten Sachen zu erledigen. Maddie spazierte über die Insel, die sie bald verlassen würden, und ärgerte sich darüber, dass sie sich wünschte, die Dinge hätten sich anders oder zumindest besser zwischen William Hightower und ihr entwickelt. Aber jetzt hatte sie keine Zeit, zurückzublicken. Nicht wo sie noch so viele wichtige Entscheidungen treffen sollte. Zum Beispiel darüber, was sie als Nächstes tun und wo sie eigentlich wohnen sollte.

Am Morgen der Abschluss- und Sponsorenparty waren William und Thomas Hightower noch vor dem Morgengrauen draußen auf dem Wasser. Es war ein wunderbarer Morgen und ein Glück, am Leben zu sein und dabei eine Angel in der Hand zu halten. Das Ruderboot ankerte an einer von Wills Lieblingssandbänken in der Nähe von Shell Key. Bisher hatte keiner von ihnen etwas gefangen, das groß genug gewesen wäre, um es zu behalten, aber es war allein schon zutiefst befriedigend, hier auf dem Wasser mit seinem Sohn zu sein.

Jetzt musste er nur noch die letzte Invasion aushalten, heute Abend auf der Party lächeln und ihnen allen zum Abschied zuwinken, wenn sie wieder fuhren.

«Weißt du, wir müssen jemanden finden, der dabei hilft, alles am Laufen zu halten, der sich mit den Gästen beschäftigt und das Frühstück serviert.» Tom warf seine Angel aus, die in einem perfekten Bogen ins Wasser flog. «Vielleicht können wir den Zimmerservice an jemand Drittes vergeben. Ich kenne da eine Firma, die die Buchungen und solche Dinge übernehmen könnte.»

«Das brauchen wir alles nicht.» Will sah zu, wie er die Leine wieder einholte und sie dann wieder auswarf.

«Dann willst du dich selbst um die Gäste und um die Reservierungen kümmern?»

«Nein. Niemand kümmert sich darum.» Will kramte in seinem Angelkasten, aber er konnte sich nicht auf die Blinker konzentrieren, die er mitgebracht hatte.

«Weil?» Tom zog an seiner Angel, um Fische anzulocken.

«Weil Mermaid Point kein Bed and Breakfast werden wird.»

Tom sah überrascht zu seinem Vater auf. «Aber der Sender hat gerade eine Menge Geld und mehr als drei Monate dafür ausgegeben, um Mermaid Point genau dazu zu machen.»

«Der Sender hat das Recht erworben, mich, meine Insel und mein Leben einschließlich aller Warzen und Fältchen im Fernsehen zu zeigen. Ich habe nichts unterzeichnet, was mich dazu verpflichtet, mehr zu machen, als Leute zu zeigen, die hier einchecken, nicht wahr?» Er beobachtete seinen Sohn, der aufgehört hatte, so zu tun, als interessierten ihn die Fische, die sich wiederum kein bisschen um seine Angel kümmerten.

«Aber ihre Rechtsanwälte scheinen da ganz sicher zu sein. Sie arbeiten daran, eine Sondererlaubnis für dich zu erwirken ...»

«Diese Rechtsanwälte haben keine Ahnung, wie es in einer Kleinstadt wie dieser läuft. Ich besitze Mermaid Point schon seit über dreißig Jahren. Seit fünfzehn Jahren wohne ich hier. Ich hätte mich niemals auf diese Renovierung eingelassen, wenn ich geglaubt hätte, dass mich jemand dazu zwingen könnte, ernsthaft hier ein Bed and Breakfast zu führen. Herrje, der Bürgermeister und die Bauaufsicht werden alle heute Abend da sein, und ich garantiere dir, dass sie mir im Fernsehen keine spezielle Erlaubnis dazu geben werden, etwas zu führen, wogegen es eine Verfügung gibt, und zwar schon seit einem Jahrzehnt.» Will nahm einen Blinker heraus, legte ihn zurück und schaute ins nächste Fach. «Ich glaube kaum, dass der Sender noch sehr viel mehr Geld darauf verschwenden wird, diese Rechtsanwälte zu beschäftigen, sobald die Sache im Kasten ist. Das wäre ja sinnlos.»

«Na ja, das ist alles gut. Aber wie willst du die Bank zufriedenstellen?» Tom holte seine Angel ein und nahm sich ein kaltes Getränk aus der Kühlbox. «Du bist pleite. Und ich weiß nicht, ob jemand diesen Besitz kaufen würde, wenn er ihn nicht dazu verwenden kann, wozu er gedacht ist.»

«Ich habe da so eine Idee.» Will warf seine Leine in einen Mangrovenausläufer, wo er Bewegung im Wasser erkennen konnte. «Zerbrich dir darüber mal nicht den Kopf.»

«Du? Ernsthaft?» Tom sah ihn zweifelnd an.

«Ich bin nicht dumm, Sohn.»

Beide schwiegen, beinahe erschrocken, weil Will das Wort «Sohn» benutzt hatte.

«Ich hatte nicht die Ausbildung, die du hattest, und ich habe viele Jahre mein Hirn betäubt, aber das bedeutet nicht, dass ich keins habe. Und da wir gerade davon sprechen: Ich glaube, ich habe mich noch gar nicht bei dir dafür bedankt, mich in die Entzugsklinik gebracht zu haben. Wenn ich nicht so sauer auf dich und so finster entschlossen gewesen wäre, dir zu beweisen, dass ich gar nicht der Verlierer bin, für den du mich gehalten hast, dann, glaube ich, hätte ich das nicht geschafft.»

Der erstaunte Ausdruck auf dem Gesicht seines Sohnes wäre beinahe komisch gewesen, wenn es nicht so deutlich gezeigt hätte, wie sehr es Will an Väterlichkeit und an Kommunikationsfähigkeit mangelte. Tom traten sogar die Tränen in die Augen.

«Hey, jetzt fang bloß nicht an zu weinen.»

«Ich kann es echt nicht glauben, dass du dich gerade bei mir bedankt hast.»

«Na ja, wenn es dafür eine Karte gäbe, hätte ich sie dir unter der Tür hindurchgeschoben.»

Tom lachte. Will fiel auf, dass er sein Lachen nur sehr selten gehört hatte. Er klang ganz genau wie sein Onkel Tommy.

Er stakte das Boot näher an das Mangrovenwäldchen, und sie angelten weiter. Die Fische, die sie fingen, wurden nicht größer, aber Will glaubte nicht, dass das Tom viel ausmachte. Ihm war es auch egal.

«Da wir uns ja nun mit Themen beschäftigen, über die wir vorher nicht sprechen durften, könntest du mir vielleicht erzählen, warum du dich den *Alles-Neu*-Damen gegenüber so grimmig benimmst.»

«Grimmig?», protestierte Will. «Ich versuche nur, allen aus dem Weg zu gehen.»

«Wirklich? Also liegt es nicht daran, dass du Angst hast vor der großen bösen Madeline Singer?»

Will grunzte und hielt den Blick auf einen Tarpun gerichtet, der sich unter der Wasseroberfläche drehte.

«Oder schämst du dich nur, weil du sie so an der Nase herumgeführt hast?»

«Ich habe sie nicht an der Nase herumgeführt. Ich habe mit ihr geschlafen, das ist alles.» Will zog an seiner Angelrute. Das passierte, wenn man sich jemandem öffnete. Die Leute glaubten dann, sie dürften alles aussprechen, was ihnen durch den Kopf ging. «Und wann zum Teufel hast du eigentlich deine Stelle als Investmentbanker gekündigt, um Psychotherapeut zu werden?»

«Versuche nicht, das Thema zu wechseln. Man braucht keinen Hochschulabschluss, um das zu begreifen, Will. Du kommst einfach nicht damit zurecht, wenn jemand eine echte Beziehung möchte. Jemand, der mehr als nur ein paar tolle Möpse hat. Ich glaube, du hast Angst davor, mit einer echten Frau zusammen zu sein, die vielleicht echte Kommunikation und Rücksicht verlangt.»

Will machte sich nicht einmal die Mühe, als Antwort zu grunzen. Er war auf unbekanntes Terrain geraten und hatte dann versucht, wieder sicheren Boden unter die Füße zu bekommen. Und jetzt konnte er Maddies verletzten Blick kaum ertragen, den sie so sehr zu verbergen versuchte.

«Glaubst du nicht auch, dass du dich vielleicht entschuldigen solltest oder so?», schlug Tom vor.

«Meine Güte, warum hast du so lange gebraucht? Alle anderen, und damit meine ich wirklich alle, einschließlich Roberto, der bereits *stoned* war, als Gott noch ein Junge war, hatten mich deshalb schon zusammengefaltet.»

«Weil du es verdienst. Und wenn du nichts mit ihr zu tun haben willst, hättest du gar nicht mit ihr schlafen sollen. Du konntest sie ja nicht einfach von der Insel komplimentieren, als du mit ihr fertig warst, wie du es mit all den anderen getan hast.» Tom rückte seine polarisierte Sonnenbrille zurecht, und Will war sehr dankbar, dass man damit zwar die Fische unter der Wasseroberfläche, nicht aber anderer Leute Gedanken sehen konnte. «Trotz deines ständigen Grunzens scheint es dir doch einigermaßen schwerzufallen, sie nicht zu beachten.»

Das stimmte. Madeline Singer aus seinen Gedanken zu verbannen, war deutlich schwieriger, als Will erwartet hatte. Das passierte nun mal, wenn man seinen Docht in ein ganz anderes Paar Schuhe steckte. Er zuckte selbst zusammen, weil er merkte, wie schief das Bild war. «Hör mal. Sie ist eine wirklich nette Frau. Und es ist weit mehr an ihr dran, als ich erwartet hatte.» Das war mal eine echte Untertreibung. Verglichen mit dem, woran er gewöhnt war, war Madeline Singer so tief wie der Marianengraben. «Aber ich brauche niemanden, der mich zu Dingen drängt, die ich nicht tun will.»

«Ernsthaft?» Toms Mund verzog sich zu etwas, was man nur ein Grinsen nennen konnte. «Trotz deines schockierenden Dankes vor ein paar Minuten glaubst du, du hättest dein kleines Problemchen selbst regeln können, wenn man dich nicht in die Entzugsklinik gezwungen hätte?»

Will sagte nicht «Touché».

«Und wenn Maddie uns beide nicht gedrängt hätte, dann hätten wir trotzdem irgendwie zueinandergefunden und würden zusammen angeln gehen, ohne uns gegenseitig über Bord werfen zu wollen?»

«Wieso glaubst du, dass ich dich über Bord werfen will?» Etwas Besseres fiel Will dazu nicht ein.

Sein Sohn sah ihn an, als wäre er das Kind. «Und dann eines Tages, in vielleicht zehn oder zwölf Jahren, wenn du dann immer noch nüchtern bist und keine Demenz hast oder stirbst, weil du deine Leber so schlecht behandelt hast, dann nimmst du einfach deine Gitarre und machst ein bisschen Musik. Stellst du dir das so vor?»

«Ich will nicht darüber sprechen.» Der Tarpun, den er hatte fangen wollen, winkte ihm zum Abschied zu und schwamm davon.

«Na ja, *du* hast doch den Kommunikationskanal geöffnet. Du kannst ihn nicht einfach wieder schließen, wenn es ein bisschen schwierig wird. Und du klingst gerade wie ein Fünfjähriger.»

Will verstaute seine Angelrute und verschränkte die Arme vor der Brust.

«Und jetzt siehst du auch noch so aus wie ein Fünfjähriger.»

Herrgott noch mal.

«Also. Maddie ist ein toller Mensch, und ich weiß durchaus zu schätzen, was sie getan hat. Aber in ein paar Tagen ist sie wieder weg – und lebt ihr echtes Leben weiter. Glaub mir, wenn ich dir sage, dass sie ihren kurzen Ausflug auf die wilde Seite des Lebens sicher genossen hat. Und vielleicht habe ich die Sache nicht so elegant beendet, wie ich gekonnt hätte. Aber ich verspreche dir, ich bin nicht die Sorte Mann, die Madeline Singer verdient hat.»

Tom sah seinen Vater an, als redete der nur Blödsinn, verzichtete aber auf weitere Anmerkungen. Stattdessen entschloss er sich zu einem Hightower-Grunzen, was Will ehrlich zu schätzen wusste.

«Na komm.» Will setzte sich ans Steuer. «Nimm die Stange. Lass uns raus nach Crab Key fahren und sehen, ob dort etwas anbeißt.»

44

Aspirin hatte ihre Kopfschmerzen zu einem dumpfen Hämmern gemildert, sodass Deirdre Lisa Hogan und ihre Begleitung an der Anlegestelle von Mermaid Point begrüßen und zu ihrer Wohnung führen konnte. Die große Blondine wechselte ihre Kleidung und rauschte dann mit je einer Assistentin rechts und links an ihrer Seite hinunter zum Pavillon. Wobei «rauschen» eher ihrer Entschlossenheit denn ihrer Gangart geschuldet war. Sie hatte die Tatsache ignoriert, dass sie sich auf einem unbefestigten Eiland befand, und verlor ständig ihre hochhackigen Schuhe im Sand.

Sie trug eine schwarze Leinentunika, die lange, wohlgeformte Arme und muskulöse Läuferbeine entblößte. Sie war eine gepflegte Erscheinung, die sich aus scharfen Kanten, eisblauen Augen und dünnen Lippen zusammensetzte; an ihr war nichts warm oder weich. Selbst das Haar hatte sie sich straff aus dem Gesicht gebunden. Sie trug kein Lächeln im Gesicht. Zumindest nicht, bis Deirdre sie zu William Hightower führte.

«Sie haben hier aber ein schönes Plätzchen.» Hogan sah nicht zu den angestrahlten Palmen, den mit Kerzenlicht erleuchteten Pavillon oder zum weißen Sand des Strandes herüber, an dem die Wellen des Atlantiks leckten. Auch nicht zum Himmel hinauf, der sich, eine Stunde vor Sonnenuntergang, bereits zart zu röten begann. Die warme Meeresbrise trug die Musik von Nora Jones und Alicia Keys herüber. «Ich habe natürlich den Rohschnitt der Renovierungsarbeiten gesehen.» Sie betonte das Wort «roh» und sah William Hightower selbstbewusst direkt in die Augen. «Aber Sie müssen mich später noch einmal selbst herumführen.»

William nickte und lächelte, versprach aber nichts.

«Wir bieten alle Viertelstunde eine Führung an, wenn Sie an einer teilnehmen wollen.» Deirdre brachte ein Lächeln zustande, das Hogan nicht erwiderte.

«Wie wäre es denn, wenn Sie mir den Whirlpool zeigen würden?» Die Senderchefin hob die Augenbrauen, und Deirdre war sich sicher, dass es eine Einladung sein sollte. Hogan schien gar nicht zu bemerken, dass William Maddie aufmerksam beobachtete, die gerade Dustin aus dem Tragetuch auf dem Rücken seiner Mutter befreite. «Nach allem, was ich in der Klatschpresse gelesen habe, muss man in Ihrem Whirlpool keine Kleidung tragen.»

Williams dunkle Augen richteten sich auf Lisa Hogan. «Das funktioniert nicht so automatisch, wie Sie zu glauben scheinen.»

«Tatsächlich?» Lisa Hogan warf ihm einen schelmischen Blick zu.

«Was ich meinte, war, dass ich nicht mehr der Partylöwe bin, der ich einmal war. Und ich ziehe mich nicht mehr für jede aus.»

Deirdre musste sich zusammenreißen, um nicht loszulachen oder mit dem Rocker abzuklatschen, und sie mochte ihn nur noch mehr dafür, wie er die Frau behandelte, die es zu genießen schien, ihnen das Leben zur Last zu machen.

«Lassen Sie mich Ihnen doch einige unserer Sponsoren noch einmal vorstellen.» Deirdre nahm Lisa Hogan beim Arm und achtete nicht darauf, wie sich ihre Mundwinkel nach unten zogen. Sie führte sie zu einer Gruppe Männer, unter denen sich auch Thomas Hightower befand.

Sie wollte Lisa Hogan Bürgermeister Phillipson vorstellen, der mit seiner Tochter Justine und seiner Urenkelin Amber gekommen war. Vielleicht würde sie die Senderchefin danach, nur um sie noch ein wenig zu quälen, Roberto übergeben, der in seinem Smokinghemd, den schwarzen Cargoshorts und den Turnschuhen beinahe elegant wirkte. Mit etwas Glück würde seine Haut genügend Marihuana verströmen, damit sich die Frau entspannte.

«Sie haben tolle Arbeit geleistet.» Tom Hightower hob ein Glas mit einer Flüssigkeit in Deirdres Richtung, die aussah wie Orangensaft. Lisa Hogan lächelte und schüttelte Hände und bedankte sich sogar bei den Firmen, die finanziell zum Gelingen beigetragen hatten. Offenbar sparte sie sich ihr unangenehmeres Selbst für diejenigen auf, über die sie Macht hatte.

«Danke.» Deirdre schaute zum Pool herüber, um den herum neue Liegen arrangiert waren, auf denen bunt bedruckte Kissen zum Verweilen unter ausladenden Sonnenschirmen einluden. Riesige Töpfe mit frisch gepflanzten tropischen Gewächsen waren in den Ecken des Pooldecks aufgestellt worden. Und zwischen dem Ozean und der sogenannten Zivilisation stand eine Reihe angestrahlter Palmen. Deirdres Schläfen pochten, und sie sah plötzlich ein wenig unscharf, als sie zum Sandstrand mit den beiden Liegestühlen und der Hängematte herüberschaute, die die Gäste bereits in Beschlag genommen hatten. Einige Boote fuhren langsam durch die Fahrrinne, und plötzlich wünschte sie sich geradezu, es wären Paparazzi darauf, die Fotos vom geschmückten und festlich beleuchteten Mermaid Point machen und die Kunde von *Alles Neu* und dem neuen Inselurlaubsort verbreiten würden, den sie geschaffen hatten.

Deirdre entschuldigte sich und trat aus dem Pavillon. Mit den nackten Füßen im Sand wandte sie sich der untergehenden Sonne zu, die einen mit pinken und roten Streifen durchzogenen Himmel hinterließ. Die Tage wurden bereits kürzer, die Sonnenuntergänge begannen früher. Bald würden sie nach Tampa zurückfahren; einem Ort, aus dem sie einst geflohen war und auf den sie sich jetzt freute.

Avery und Maddie, die sich Dustin auf die Hüfte gesetzt hatte, traten neben sie. Zusammen schauten sie zu, wie Kyra ein Video drehte, in nächster Nähe von Troy und Anthony. Die drei vollführten einen interessanten Tanz, indem sie es irgendwie schafften, einander aus dem Weg zu gehen und gleichzeitig so zu tun, als sähen sie sich gar nicht.

«Ich glaube, wir haben jetzt allen alles gezeigt. Ich wünschte, ihr beiden hättet hören können, wie beeindruckt alle waren.» Maddie setzte sich Dustin etwas höher auf die Hüfte.

«Der gesamte Poolbereich ist wirklich perfekt», sagte Avery zu Deirdre. «Ich kann es gar nicht fassen, wie stimmungsvoll diese angestrahlten Palmen wirken.» Sie lächelte. «Als sie sie brachten und eine von ihnen vom Kran hing, hatte ich mir doch Sorgen gemacht, dass sie ins Dach des Pavillons krachen könnte.»

«Ja, du hast dir sogar die Augen zugehalten.» Deirdre sah ihre Tochter an und spürte eine beinahe schmerzhafte Welle der Liebe zu ihr. «Du kannst stolz auf dich sein, Avery. Das bist alles du. Du hast das Rezept bereitgestellt, und du hast den Kuchen gebacken. Wir anderen haben ihn nur mit Glasur überzogen und ein paar Streusel daraufgestreut.» Ihr Blick wurde wieder verschwommen, aber diesmal lag es an den Tränen, die ihr in die Augen traten.

«Seit wann bist du denn so bescheiden?», sagte Avery mit gespieltem Erschrecken. «Ich hoffe, du versuchst es nicht mit ‹Ach was, das war doch gar nichts›, wenn *Architektur, Design und Interior* ein Feature über Mermaid Point bringen will. Glaubst du, dass wir uns ernsthaft Chancen ausrechnen können?»

«Ja, das glaube ich. Besonders die Tatsache, dass ein Mutter-Tochter-Team die Renovierung einer Privatinsel im Besitz eines Promis übernommen hat, schien sie zu interessieren.»

«Cool.» Mehr sagte Avery nicht, aber Deirdre spürte, wie ernst sie es meinte. Noch vor sechs Monaten hätte sich ihre Tochter mit aller Kraft gegen die Vorstellung gewehrt, mit ihrer Mutter ein Team zu bilden.

Maddie knuffte sie in die Seite, und Deirdre stieß Avery an. Alle drei schauten zu Kyra und Troy Matthews herüber, die jetzt Videos voneinander drehten.

«Ich weiß nicht, aber irgendwie bin ich ganz froh, dass diese Kameras nicht mit Patronen geladen sind», bemerkte Avery.

«Darüber bin ich auch sehr froh», stimmte Maddie zu.

Deirdre entdeckte William Hightower, der sich gerade aus einer Gruppe von Leuten löste.

«Billiam!» Dustin reckte die Ärmchen nach ihm und versuchte, sich aus Maddies Griff zu lösen.

«Nein, Dustin, wir stören William nicht. Er ...» Maddie versuchte ihren Enkel zu beruhigen, aber er wollte unbedingt zu dem Rockstar, der schon vor ihnen stand, bevor Madeline Dustin zurechtweisen konnte.

Ohne zu fragen, griff William nach Dustin und nahm ihn aus Maddies Armen. «Gar kein Problem, eher eine Rettung.» Das sagte er leise, dann lächelte er Dustin an. «Hallo, Kumpel. Genießt du die Party?»

Ein Blitzlichtgewitter ergoss sich über sie; alle wollten ein Bild von William Hightower mit einem Kleinkind auf dem Arm. Maddie versuchte, sich davonzumachen, aber William legte ihr den Arm um die Schulter. «Oh nein, du nicht. Du bleibst hier und löffelst die Suppe aus, genau wie wir anderen.»

Stunden später erklärte Lisa Hogan die Party für beendet. Sie gingen alle gemeinsam zur Anlegestelle, wo die Einheimischen ihre Boote vertäut hatten, und verabschiedeten sich. Hudson und Tom nahmen jeweils eine Bootsladung Sponsoren vom Festland mit, die sie zu Bud N' Mary's bringen wollten.

Kyra machte noch ein paar Aufnahmen von den Gästen, dann nahm sie Dustin von Williams Schultern, auf denen er eingeschlafen war.

«Ich kann ihn weiter für dich tragen», bot Will an.

«Danke, aber ich nehme ihn lieber.» Sie nahm ihren Sohn sanft auf ihre Arme. «Aber es ist schön zu wissen, dass er so ziemlich überall schlafen kann.» Sie drehte sich um und ging Richtung Hausboot. «Wir sehen uns dann morgen früh.»

«Nein.» Lisa Hogans Stimme schrillte laut, ohne Rücksicht auf das schlafende Kleinkind. «Ich fahre ganz früh morgens ab. Ich will, dass wir uns jetzt alle zusammensetzen und in Williams Haus unsere Manöverkritik abhalten.» Sie spießte Hightower geradezu mit einem Blick auf, der keine Widerworte duldete, aber William blieb stumm.

«Troy, du und Anthony, ihr kommt mit mir. Den Rest erwarte ich in fünfzehn Minuten.» Die Senderchefin drehte sich auf dem Absatz um, zumindest versuchte sie das. Aber ihr Absatz geriet in eine Lücke zwischen den Bohlen der Anlegestelle und hing dort fest. Wenn eine ihrer Assistentinnen sie nicht geistesgegenwärtig gepackt hätte, wäre sie nach hinten und ins Wasser gekippt.

Deirdre hätte einiges dafür gegeben, das mit ansehen zu können. Aber noch mehr hätte sie dafür gegeben, die Kopfschmerzen verschwinden zu lassen, die die bisher schlimmsten in ihrem Leben waren. Ein Blick auf die müden Gesichter der anderen sagte ihr, dass sie nicht die Einzige war, die aus dem letzten Loch pfiff.

«Ich kann Dustin nicht allein im Hausboot lassen», sagte Kyra.

«Dann nehmen Sie ihn mit!» Lisa Hogans Stimme kippte fast vor Gereiztheit.

«Das ist ja lächerlich.» Kyras leise Stimme klang nicht minder gereizt.

«Bring ihn einfach mit, Kyra», sagte Maddie, die Friedensstifterin. «Die beiden Wohnungen im Souterrain sind frei – weder die Hollands noch Williams Angelfreund konnten über Nacht bleiben.» Maddie gähnte. «Na komm. Wir können ihn dort ins Bett legen und den Boden ums Bett mit Kissen auslegen, falls er herausfällt. Dustin rührt sich doch kaum, wenn er so fest schläft.»

Es waren eher dreißig als fünfzehn Minuten vergangen, als sie sich endlich alle im großen Zimmer versammelt hatten. Auf einen Blick von Lisa Hogan hin begannen Troy und Anthony damit, das Gespräch aufzuzeichnen. Kyra hielt ihre Kamera bereit, wollte aber erst abwarten und schauen, ob es sich überhaupt lohnte, zu filmen.

«Die Renovierungsarbeiten sind gelungen, aber ich möchte, dass Sie alle auf Mermaid Point bleiben, bis William die Erlaubnis erhält, ein Bed and Breakfast zu führen, und richtige Gäste empfangen kann.» Das war keine Frage.

«Nein.» Sie alle versuchten, sich noch zu sammeln, als William schon für sie geantwortet hatte.

«Sie meinen doch wohl nicht, dass wir Ihren Besitz renovieren und Sie dann damit machen können, was Ihnen gerade einfällt.» Die Senderchefin sagte es in Richtung Kamera, obwohl sie William meinte.

«Ganz genau.»

Tomatenrot stand Lisa Hogan nicht, doch genau diese Farbe nahm ihr Gesicht jetzt an. «Wir wissen noch nicht einmal, ob sich irgendjemand diese Staffel überhaupt anschaut.» Sie schnaubte. «Meine Leute bleiben, bis wir Material von echten Gästen bekommen, die in ein offizielles Bed and Breakfast einchecken. Wie vereinbart.»

«Auf keinen Fall.»

Deirdre sah in die anderen Gesichter. Wie sie selbst überlegten sie alle, was sie sagen oder tun sollten. Lisa Hogan agierte vor der Kamera, während Hightower sie nicht beachtete. In diesem Augenblick schienen sie alle die stummen Zuschauer eines unangenehmen Tanzes für zwei zu sein.

«Also glauben Sie, Sie könnten einfach so auf dieser Insel wohnen oder sie für ein Vermögen verkaufen, ohne zu tun, was von Ihnen erwartet wird?» Für eine attraktive Frau schaffte es Lisa Hogan recht gut, hässlich zu wirken. «Ich will das Ende, das ich vorgesehen und für das ich bezahlt habe.»

William schüttelte den Kopf. «Sie wollen die letzte Erniedrigung sehen. Verstehe. Aber Sie haben schon alles bekommen, was ich zu geben bereit bin. Ich habe keine Ahnung, wie viel Scheiß Ihre Leute und die Mitwirkenden hier bereit sind, auszuhalten, aber was mich betrifft: Ich bin hier fertig.»

«Sie haben kein Recht zu ...» Lisa Hogans Stottern wirkte echt. Deirdre überlegte, ob ihr die Szene irgendwie entglitten war. Das Hämmern in ihrem Kopf machte es schwer, sich zu konzentrieren.

«Ich habe jedes Recht der Welt.» William beobachtete Hogan aufmerksam, schien sich aber keine besonderen Sorgen zu machen. Natürlich hatte er ohnehin so ziemlich alles bekommen, was er gewollt hatte.

«Dann ist es Ihnen also gleich, was mit Ihnen passiert?»

Lisa Hogan warf einen Blick in ihre Richtung, und Deirdre spürte, dass sie jetzt an der Reihe waren, etwas zu sagen. «Es ist Ihnen also egal, ob *Alles Neu* hier und jetzt endet, nur Ihretwegen? Es ist Ihnen egal, dass dies das Ende für diese Frauen ist?»

Will zuckte die Achseln, sah sie aber nicht an. Deirdre fand, dass Maddie, Nikki und Avery, die alle ganz still auf dem Sofa saßen, ein wenig so wirkten, als wäre ihnen übel – wie die drei Affen, die nichts hören, nichts sehen und nichts sagen wollten. Sie selbst fühlte sich eher wie Humpty Dumpty, kurz bevor er von der Mauer gestoßen wird.

«Es ist nichts Persönliches», sage Will, als handelte es sich nicht gerade um das mögliche Ende der Show, an der sich alle vier in den letzten beinahe zwei Jahren festgehalten hatten. «Aber ich glaube nicht, dass dies hier eine gesunde Business-Beziehung ist. Ich glaube, diese Damen könnten die ganze Sache weit besser ohne Sie aufziehen. Sie zerren ja jedes Mal an Ihrer Leine, sobald sie sich auch nur umdrehen.»

«Und was genau haben Sie mit dieser Anlage vor, die meine Showbesetzung erschaffen hat?» Hogan fixierte jetzt die vier Frauen. Deirdre spürte, dass ihre Freundinnen neben ihr zitterten. Sie zitterte ebenfalls.

Will senkte seine Stimme. «Nicht dass Sie das irgendetwas anginge, weder aus legaler noch aus unternehmerischer Perspektive, aber ich werde den Rat einer guten Freundin befolgen.» Er wandte sich um und lächelte Maddie zu. «Ich werde zum ersten Mal im Leben das absolut Richtige tun. Ich werde Mermaid Point zu einer Einrichtung machen, die dem abstinenten Leben gewidmet ist.»

Maddies Gesicht hellte sich vor Freude auf. «Wirklich? Oh, das ist ja perfekt!»

Es war perfekt. Deirdre sah, dass alle das fanden. Sie versuchte, das Rauschen und Hämmern in ihrem Kopf zu ignorieren, aber es war laut und wurde immer lauter, wie ein Radio, das zwischen zwei Sendemasten festhing.

«Lassen Sie es zu, dass er Ihre Show zerstört?» Lisa Hogan wandte sich wieder an sie alle, so als ständen sie auf ihrer Seite.

«Unsere Show?» Avery hatte endgültig genug. Sie sprang auf. «Meinen Sie die Show, über die wir absolut keine Kontrolle haben? Die, der Sie kein anständiges Budget zubilligen? Die, in der Sie uns wie Witzfiguren aussehen lassen? Ich kann wirklich nicht erkennen, dass es Will oder wir sind, die *Alles Neu* zerstören.»

In Deirdres Kopf hämmerte es unbarmherzig, aber sie wollte jetzt nicht daran denken. Denn dies hier war die Gelegenheit, sich von der bösen Hexe zu befreien. Also sagte sie: «Wills Idee ist großartig. Und um ganz ehrlich zu sein: Vielleicht spreche ich nur für mich selbst, aber was mich betrifft, können Sie *Alles Neu* und ihr jämmerliches Budget nehmen und es sich in den Hintern schieben.»

Avery reckte die Daumen und lächelte ihre Mutter breit an.

«Auf jeden Fall!» Maddie sprang neben Avery auf. «Das hier ist doch totaler Mist.»

Nikki erhob sich als Nächste. «Ich dachte, wir wären schon auf dem absoluten Nullpunkt angelangt, als mein Bruder alles gestohlen hat, was wir besaßen. In Wirklichkeit sind *Sie* der Nullpunkt. Diese Sendung hätte etwas Besonderes werden können, aber sie haben Sie zu etwas Gemeinem und Erniedrigendem gemacht. Ich habe die Nase gestrichen voll, Mrs. Hogan.»

Zustimmende Rufe erklangen. Deirdre glaubte sogar, Maddie, ausgerechnet Maddie zu sehen, wie sie die Faust in die Höhe stieß und schrie. Kyra filmte konzentriert jedes Detail und schrie gleichzeitig ihren Protest heraus. All das erinnerte Deirdre an die Szene aus dem Film *Network* von 1976, wo alle ihre Köpfe aus den Fenstern streckten und brüllten: «Ihr könnt mich alle am Arsch lecken. Ich lass mir das nicht länger gefallen!» Vielleicht war es aber auch eher wie in *Norma Rae – Eine Frau steht ihren Mann*. Ihre Gedanken waren plötzlich merkwürdig unkonzentriert, zogen in Fetzen durch ihren Kopf, hämmerten gegen ihre Stirn. Es war so schwer, bei diesen stechenden Kopfschmerzen klar zu denken.

Das Herz blieb ihr beinahe stehen, als sie plötzlich begriff, wie sehr sie diese Frauen liebte. Sie hatte schon eine Menge in ihrem Leben vermasselt, aber sie hatte ihre Tochter wiedergefunden. Zusammen bildeten sie eine Familie, zu der auch diese Frauen gehörten. Und Chase und Jeff Hardin und die Jungs. Eine Welle des Bedauerns überkam sie. Nur bei Peter Morgan, Averys Vater, würde sie nie wiedergutmachen können, was sie getan hatte.

Deirdre schloss die Augen, spürte ein immer stärker werdendes Pochen ihres Herzens, das Rauschen des Blutes durch ihre Adern. Und dann explodierte Dynamit in ihrem Kopf. Der Schmerz ging in einem schneidenden Lichtblitz unter. Bis er ganz fort war, erstickt im Nichts.

Avery stand neben Deirdre, als sie zusammenbrach. Zuerst begriff sie nichts. Sie hatten sich untergehakt, wie Suffragetten oder Friedensaktivistinnen, und schleuderten Lisa Hogan ihre Wut und ihren Ärger entgegen. Fünfstimmig. Und plötzlich lag ihre Mutter am Boden.

«Deirdre?» Avery kniete sich neben sie, schaute in Deirdres kalkweißes Gesicht. Schüttelte sie so sanft, wie ihre Angst es zuließ. «Deir-dre! Geht es dir gut?»

Keine Antwort.

Avery neigte sich ganz dicht über sie. Sie konnte keinen Atem spüren. Ihre Brust bewegte sich nicht. «Jemand muss den Notruf wählen!»

«Ich mach schon!» Eine männliche Stimme ... Wills Stimme ..., dachte sie. «Es ist Ebbe. Wenn wir das Tor öffnen, kann es der Krankenwagen vielleicht über den Damm und zurück schaffen.»

Was sagte Will? Man konnte über den Damm fahren? Gab es noch einen Weg von der Insel als per Boot? Nichts davon ergab für Avery einen Sinn. Nichts davon war wichtig.

«Nein!» Wieder Will. «Zu gefährlich. Die Küstenwache muss sie nach Bud N' Mary's transportieren.»

Sie konnte einfach nicht begreifen, was gerade passierte, und zermarterte sich gleichzeitig ihr Hirn nach den Erste-Hilfe-Regeln, die sie gelernt hatte. Obwohl ihre Finger bebten, legte sie die eine Handfläche auf Deirdres Brust und die andere auf ihren Puls am Handgelenk. Oh Gott, was kam nur als Nächstes?

«Drück die Ellenbogen durch.» Maddie kniete neben ihr. «Und halte die Arme gerade, sodass du mit aller Kraft drücken kannst.»

Wortlos begann Avery, rhythmisch zu pressen. Dabei betete sie fieberhaft: *Bitte, lieber Gott. Nein. Lass sie wieder atmen. Hilf mir, sie wieder atmen zu lassen!*

Will reichte Maddie das Handy. «Ich verbinde Sie jetzt mit Madeline Singer. Sie hilft gerade dabei, die Person wiederzubeleben.»

Maddie übernahm das Handy und blieb bei Avery, half ihr zu zählen, sprach leise mit ihr. «So ist es gut. Ganz stark drücken. Wir sind jetzt bei dreißig Sekunden. Wir versuchen, auf hundert Kompressionen pro Minute zu kommen.»

«Warum filmt Ihr nicht?», zischte Lisa Hogan. «Nehmt sofort Eure Kameras und ...»

«Wartet kurz. Ich gehe nach unten. Die Küstenwache ist da.»

«Ich sagte, filmt das. Filmt. Das. Jetzt!»

«Verdammt noch mal. Nein!» Das war Troy.

«Es klappt nicht!» Avery konnte ihren von Panik verdunkelten Blick nicht von Deirdres regungslosem Gesicht wenden. Sie sah genauso aus wie die Reanimationspuppe, mit der Avery Wiederbelebung bei den Pfadfindern geübt hatte; ganz gummiartig und leblos. Hatte sie alles falsch gemacht? «Ich weiß nicht mehr, was ich sonst noch tun muss. Ich ...»

«Du musst Deirdres Kopf etwas zurückneigen und ...» Maddie versuchte mit leiser Stimme, Avery zu beruhigen. Doch es fiel auch ihr schwer, vernünftig zu bleiben. Sie schaute zu den anderen hoch ...

«Gut ...» Avery drückte Deirdres Kopf sanft zurück und hob ihr Kinn. Sie drückte ihr die Nase zu und legte ihre Lippen auf Deirdres Mund. *Auf den Mund ihrer Mutter.* Und blies ihr den ersten Atemzug ein. Ihr Blick glitt zu Deirdres Brust. *Bitte, lieber Gott. Bitte, Gott!*

Kein Lebenszeichen, die Brust regte sich nicht.

Avery wiederholte alles und beatmete sie erneut. Nichts. Ihr Blick traf Maddies. «Ich glaube, ich muss jetzt wieder auf den Brustkorb drücken, aber ...»

«Genau. Dreißig Mal drücken und zwei Mal Luft geben, und dann wiederholen. Mach damit einfach weiter, bis sie von alleine atmet oder ... bis Hilfe kommt.»

«Aber was, wenn ...»

«Soll ich übernehmen?», fragte Maddie. «Ich habe meine Erste-Hilfe-Kenntnisse in einem Kurs aufgefrischt, als Dustin geboren wurde.»

Aber Avery konnte nicht aufhören. Sie würde nicht aufhören. Sie würde sich nicht erlauben, den Gedanken zu denken, der sich in ihrem Bauch breitmachte. Dass es bereits zu spät war. Dass kein Beatmen und kein Herumdrücken mehr helfen würde. Tränen rannen ihr über die Wangen, fielen auf Deirdres bleiches Gesicht.

Aber sie hörte nicht auf.

Wollte nicht begreifen, dass Deirdre tot war.

45

Später konnte sich Avery kaum noch erinnern. Nicht an die Fahrt auf dem Boot der Küstenwache nach Bud N' Mary's oder die rasende Fahrt im Krankenwagen zum Mariner's Hospital, während das Sanitäterteam daran arbeitete, Deirdre zu retten. Nicht an das Gesicht des Arztes, als er erklärte, dass Deirdre mehrere Aneurysmen im Hirn erlitten hätte, und fragte, ob Deirdre einen Organspendeausweis besäße. Eine Frage, auf die Avery ebenso wenig die Antwort kannte wie auf die Frage, wo sie beerdigt werden wollte.

Die Fahrt zurück nach Mermaid Point nahm sie wie hinter einem Vorhang aus Blisterfolie wahr, weit entfernt und verschwommen, irreal und dennoch unausweichlich wahr. Egal, wie oft sie die Szene in ihrer Erinnerung durchspielte, sie konnte den Ausgang nicht ändern, konnte Deirdre nicht retten, konnte aber auch nicht begreifen, wie das geschehen konnte. Wie sie die Mutter verlieren konnte, die sie doch gerade erst wiedergefunden hatte.

Sie drängten sich auf Mermaid Point zusammen und starrten hohläugig auf all die Schönheit, die sie umgab. Sie versuchten, ihren Verlust zu begreifen, zu tun, was sie konnten, um sich gegenseitig zu trösten, bis Chase kam, um sie im Mini Cooper nach Tampa zu fahren. Und mit sich die unverständliche Nachricht brachte, dass Deirdre in ihrem Testament festgelegt hatte, neben Averys Vater begraben werden zu wollen.

«Wir kommen, sobald wir hier alles fertig gemacht haben.»

Maddie und die anderen umarmten sie zum Abschied. «Sag uns Bescheid, wann die Beerdigung ist.»

Avery döste den größten Teil der Fahrt nach Tampa, und als Chase sie zu Bett brachte, fiel sie sofort in einen tiefen und unruhigen Schlaf. Am nächsten Morgen erwachte sie kein bisschen weniger müde oder unruhig. Am Tag von Deirdres Beerdigung stand sie am Grab. Chase hatte ihr den Arm um die Schultern gelegt. Maddie, Kyra, Nikki und Joe umringten sie, als der Sarg ihrer Mutter neben ihrem Exmann in der Erde versenkt wurde.

«Ich kann nicht glauben, dass sie fort ist. Ich hatte mich gerade daran gewöhnt, sie wieder bei mir zu haben. Ich ...»

«Ich weiß.» Maddie legte den Arm um Avery, hielt sie ganz fest und wiegte sie wie ein kleines Kind. «Es war viel zu früh, aber ich muss immer daran denken, wie glücklich sie war, in deinem Leben wieder eine Rolle zu spielen. Ich weiß, wie viel ihr das bedeutet hat.»

Avery wischte sich die Tränen ab, die gar nicht aufhören wollten zu fließen. «Gott, ich komme mir vor wie ein Wasserhahn. So viel habe ich nicht mehr geweint seit ...» Ihr Blick wanderte zum Grab ihres Vaters, und wieder flossen die Tränen. Sie schmeckten salzig, schwer von Verlust und Trauer. «Ich kann gar nicht glauben, dass sie zusammen beerdigt werden wollten. Sie hat ihn vor so langer Zeit verlassen. Ich ... ich habe nicht einmal ... er hatte sie seit Jahren nicht mehr erwähnt.» So vieles, was sie nicht wusste und nicht verstand.

Sie verließen das Grab und gaben sich alle Mühe, den Fotografen auszuweichen, die vor den Friedhofstoren kampierten. Aber noch mehr Fotografen warteten auf dem Bürgersteig gegenüber von Chases Haus. Nigel und Bill hatten ihre Keys-T-Shirts und Flip-Flops gegen anständige Kleidung eingetauscht, vielleicht aus Respekt vor den Trauernden, vielleicht aber auch nur, weil es hier nicht so heiß war, aber das hinderte sie nicht daran, ihnen Fragen zuzuschreien oder um Aufnahmen von Kyra und Dustin allein zu betteln. Von Deirdres Hollywood-Freunden und ehemaligen Kunden kamen Blumen, Obst- und Delikatessenkörbe in einem stetigen Strom. Nikki und Joe kümmerten sich um die Boten und versuchten, die unverschämteren Fotografen und Reporter abzuwehren. Jedes Mal, wenn es an der Tür klingelte und ein Bote etwas abgab, begannen die Bitten um Fotos erneut. «Sie scheinen zu glauben, dass sich hier drin irgendwo William Hightower und Daniel Deranian verstecken», bemerkte Nikki trocken.

«Das ist wohl eher unwahrscheinlich.» Maddie beobachtete durch das Fenster das Gedränge auf dem Bürgersteig. «Will wollte kommen, aber wir hatten Angst, dass das die Paparazzi nur noch aufdringlicher gemacht hätte. Offenbar fallen auch professionelle Stalker auf Wunschdenken herein.» Bei der Erwähnung William Hightowers klang Maddies Stimme ziemlich wehmütig.

Avery schaute sich in der Küche um, in der sich Deirdre ihre Kochkünste angeeignet und damit alle bemuttert hatte. Sie hatte die mütterliche Rolle eindeutig genossen, die sie in Averys Kindheit so abgelehnt hatte. «Ich habe den größten Teil meines Lebens ohne sie verbracht, und jetzt habe ich das Gefühl, dass ein Teil von mir gestorben ist.»

«Ich weiß, dass es weh tut.» In Maddies Augen traten Tränen des Mitgefühls. «Ich sage mir nur immer wieder, was sie für ein Glück hatte. Nicht jeder schafft es, die Dinge mit seinen geliebten Menschen zu klären, bevor er stirbt.»

In Averys Hals bildete sich ein Kloß. Ihre Versöhnung war gegen ihren Willen geschehen; sie hatte die ganze Zeit dagegen angekämpft. Ihre Sturheit und ihr Stolz hätten die Versöhnung beinahe verhindert, wenn Deirdre nicht so hartnäckig gewesen wäre. Jetzt war sie so unglaublich dankbar, dass Deirdre nicht aufgegeben hatte.

Nach dem monatelangen Lärm und all den Menschen war es auf Mermaid Point merkwürdig still. Die *Alles-Neu*-Leute waren nur ein paar Tage nach Avery gefahren. Roberto hatte Will einen herzhaften Schlag auf die Schulter versetzt und sich in sein Sonnenuntergangsboot gesetzt, das passenderweise in den Sonnenuntergang gefahren und schließlich verschwunden war. Tom musste zurück zur Arbeit, sodass Will wieder ganz allein war. Jetzt erst begriff er, dass die Privatsphäre, nach der er sich so gesehnt hatte, eigentlich nur eine Ausflucht gewesen war; dass er es niemandem je wirklich erlaubt hatte, ihm näherzukommen.

Er hatte Maddie, Kyra und Dustin nach Bud N' Mary's gebracht. Dustin hatte ihn lange und fest umarmt und ihm einen begeisterten nassen Kuss auf die Wange gedrückt, als Will ihm seine erste eigene Ukulele geschenkt hatte.

«Tanke, Billiam!» Kyra und Maddie hatten ihn ebenfalls zum Abschied umarmt, und er hatte Maddie ein wenig länger als nötig festgehalten. Es war überraschend schmerzhaft gewesen, ihre letzten Dinge in den Kofferraum des Vans zu packen, dann mit dem Zettel in der Hand dazustehen, den Maddie ihm noch in die Hand gedrückt hatte, und den Rücklichtern hinterherzuschauen, die auf dem Highway 1 verschwanden.

Sein Zuhause, seine Insel, sein ganzes Leben war aufgeräumt und in Ordnung gebracht worden. Die Entscheidungen, die er treffen, die Wege, die er beschreiten würde – das war jetzt alles seine Sache.

Er hatte zwei Tage gebraucht, bis er sich den Zettel hatte

ansehen können. Es war eine kurze und knappe Notiz. *«Ich freue mich, dich kennengelernt zu haben, und sogar noch mehr, einen kleinen Teil dazu beigetragen zu haben, Mermaid Point für seine Gäste vorzubereiten»*, stand da. *«Verstecke dich nicht. Du bist zum Musikmachen geboren. Deine Fans warten. Lass uns nicht im Stich. Madeline.»*

Er las den Zettel lächerlich oft und verbrachte dann noch mehr Zeit damit, etwas auch nur annähernd Persönliches hineinzulesen – obwohl dort kein «mit lieben Grüßen» oder «in Liebe» oder nicht einmal «mit freundlichen Grüßen» vor ihrer Unterschrift stand. Dann brauchte er zwei weitere Tage, in denen er sich immer wieder selbst versicherte, dass er absolut nichts tun musste, nur weil Madeline Singer glaubte, er sollte es tun.

Als er endlich den geräumten Weg zum Studio entlangging, war er sich ganz sicher, dass er auf keinen Fall eintreten würde. Lange stand er einfach nur da und sah sich die Mauern an, die Maddie gekärchert hatte, die Fenster, die sie geputzt hatte, und der Schlüssel in seiner Tasche fühlte sich schwerer an als ein Ziegelstein.

Die Tür klemmte, und er musste mit der Schulter dagegendrücken, um sie zu öffnen. Lange stand er in der Tür. Sein Herz raste so schnell, dass er es kaum glauben konnte. Er fühlte sich nicht in der Lage, hineinzugehen, aber auch nicht, sich einfach umzudrehen und wegzulaufen. Er wartete einfach ab, ebenso wie er gelernt hatte, abzuwarten, bis der Drang verging, Alkohol zu trinken und den Schmerz zu vergessen. Er wartete ab, bis sein Herz wieder langsamer schlug.

Seine Gitarren standen in ihren Hüllen an die Wand gelehnt; seine Finger prickelten bei ihrem Anblick, sein Mund wurde ganz trocken. Er wusste noch genau, wann und warum er jede einzelne gekauft hatte. Eine Welle der Erinnerungen überwältigte ihn; das Gesicht seines Bruders; die Wärme der Scheinwerfer auf der Bühne; das polierte Holz in seiner Hand; der

Druck der Saiten gegen seine schwieligen Finger. Es lag kein Schmerz in diesen Erinnerungen. Kein Schuldgefühl. Keine Reue. Sie waren nicht gekommen, um ihn umzuwerfen oder ihn herunterzuziehen.

Will trat ein. Öffnete ein Fenster, um die abgestandene Luft hinauszulassen. Ging an der Les Paul Goldtop vorbei, an der Fender Telecaster. Griff nach der Gibson Acoustic und zog schnell und mit geschickten Fingern neue Saiten auf. Er erinnerte sich sofort an all die Bewegungen, die er so sehr hatte vergessen wollen.

Draußen lehnte er sich gegen den Stamm einer Palme und stimmte das Instrument, das einst ein Teil von ihm gewesen war. Eine Weile starrte er hinaus über die Felsen, ganz gefangen von den verschiedenen Blautönen, die in der Nachmittagssonne glitzerten. Er schloss die Augen, als die Melodie von einer warmen Meeresbrise zu ihm getragen wurde. Sie spielte mit seinem Haar. Streichelte seinen Nacken. Drang in ihn ein.

Seine Finger bewegten sich wie von selbst, spielten Noten und Akkorde. Zupften. Glitten über die Saiten. Er überlegte nicht, versuchte nicht, zu verändern oder zu verbessern, was kam. Wo auch immer es herkam, es war getränkt vom süßen Gefühl, am Leben zu sein; ein Balsam, der die Seele beruhigen konnte, wenn sie sich nur dafür öffnete. Die Melodie schwang sich hinauf. Sie gab ihm Auftrieb, zog ihn mit. Sie brachte all die guten Dinge, die er vergessen hatte; die Liebe, der er den Rücken zugekehrt hatte; die Zukunft, von der er nicht geglaubt hatte, dass er sie verdiente. Er spielte instinktiv und voller Freude einen Song, der so süß war wie das Lächeln seines Bruders und so warm und tröstlich wie die Sonne.

Das Haus knarrte freundlich, als es zur Ruhe kam, ein Kontrapunkt zu Chases gleichmäßigen Atemzügen. Avery hatte Joe und Nikki in der Garagenwohnung untergebracht, die Deirdre und sie geteilt hatten, weil sie es selbst nicht ertragen hätte, dort zu schlafen. Aber hier in Chases Zimmer konnte sie auch nicht einschlafen. Stundenlang hatte sie den Putz an der Decke angestarrt, bis sie schließlich den Morgenmantel anzog und hinunter in die Küche tappte. Eine Weile starrte sie in den offenen Kühlschrank und wartete darauf, dass etwas ihre Aufmerksamkeit auf sich zog.

Als sie ein Geräusch hinter sich hörte, drehte sie sich um. Jeff Hardin kam mit seinem Rollator auf sie zu. Seine Wangen waren unrasiert, seine Augen ganz müde, aber sein Lächeln war freundlich. «Deine Mutter war eine echte Naturgewalt. Und du bist ihr sehr ähnlich.» Er sah sie mit so viel Mitgefühl an, dass sie wieder hätte weinen können.

«Ich habe geschworen, ihr niemals zu vergeben. Und dann habe ich es doch getan, und ...» Avery schluckte ein Schluchzen herunter, immer noch erschrocken über die Stärke der Gefühle, von denen sie geglaubt hatte, dass sie sie unter Kontrolle hätte.

«Sie hat Chase und mir etwas für dich gegeben. Für alle Fälle.» Avery folgte Jeff den Flur entlang zu den Zimmern, die Chase und sie für ihn geplant und gebaut hatten. Auf dem Schreibtisch am Fenster standen zwei braune Pappschachteln. «Die sind für dich», sagte Jeff leise. «Deirdre hat uns gebeten, sie dir zu geben, sollte ihr etwas zustoßen, bevor sie sie dir selbst geben konnte.»

Vorsichtig öffnete Avery die erste Schachtel und war überrascht zu sehen, dass sie voller Briefe war. Alle waren an sie adressiert, und alle waren ungeöffnet zurückgeschickt worden. Avery suchte nach dem Datum auf dem Stempel des ersten Briefes: 10. Oktober 1991. «Das war mein dreizehnter Geburtstag. Das war das Jahr, in dem sie uns verlassen hat.»

Jeff nickte. «Es sieht so aus, als hätte sie dir in den ersten fünf Jahren nach ihrem Weggang regelmäßig geschrieben. Und dann immer zu den Geburtstagen und Feiertagen danach.»

«Aber ich habe keinen dieser Briefe je bekommen. Dad sagte ...»

«Dein Dad und ich haben uns oft darüber gestritten. Er glaubte, es würde es für dich nur schlimmer machen, wenn du von ihr hörtest. Und als du stabil wirktest und nicht mehr nach ihr fragtest, dachte Peter, dass es gut so wäre. Dass es nicht richtig wäre, alte Wunden wieder aufzureißen.»

«Aber ich dachte, sie hätte uns ganz abgeschrieben. Dass ich ihr völlig egal wäre. Als ich endlich während meiner Collegezeit von ihr hörte, war inzwischen so viel Zeit vergangen, dass ich nichts mehr mit ihr zu tun haben wollte.»

Jeff Hardin streckte seine abgearbeitete Hand aus und legte sie ihr sanft auf den Arm. «Es war kein Zufall, dass deine Mutter wieder in dein Leben getreten ist, als dein Vater starb. Ich glaube, sie hätte sich auch früher schon noch mehr ins Zeug gelegt, aber Peter war so sehr davon überzeugt, dass es die Dinge für dich nur noch schwieriger machen würde. Auf seine Weise wollte er dich beschützen. Und sich selbst ebenfalls.»

Avery schüttelte den Kopf. «Er hätte mir wenigstens davon erzählen sollen. Oder mich selbst entscheiden lassen sollen, ob ich die Briefe lesen wollte oder nicht.»

«Ja. Ich denke, er glaubte nicht, dass du ihr würdest vergeben können, und ohne Vergebung hätte ihre Rückkehr nur noch mehr Schmerz gebracht.» Jeff schüttelte traurig den Kopf. «Eines Tages wirst du das selbst erleben, wenn du Kinder hast. Die meisten von uns machen es so gut, wie sie können. Manchmal reicht es einfach nicht, oder wir machen es falsch. Aber ich kann dir sagen, dass dich deine beiden Eltern sehr geliebt haben. Und du weißt ja, dass keiner von beiden nach all den Jahren wieder geheiratet hat.»

Avery betastete die Briefe und dachte an die Frau, die ihr Vater offenbar nicht wirklich hatte gehen lassen können; an die Mutter, die schließlich doch noch einen Weg zu ihr zurückgefunden und versucht hatte, etwas von dem Geschehenen wiedergutzumachen. Es gab so viele Dinge, von denen sie keine Ahnung hatte, obwohl sie immer geglaubt hatte, alles zu wissen.

Die Tage vergingen, und keiner von ihnen wusste so recht, was als Nächstes geschehen sollte. Nikki, Maddie und Kyra blieben mit Joe und Dustin zunächst bei den Hardins, um Avery dabei zu helfen, mit ihrem Verlust fertigzuwerden und gleichzeitig ihren eigenen Kummer zu verarbeiten. Ganz abgesehen davon, dass sie ja in ihrer Wut auf Lisa Hogan und in ihrem Anfall von Solidarität die Fernsehshow verlassen hatten, in der so viel von ihnen selbst steckte.

«Also.» Es war ein windiger Septembernachmittag, und Nikki hatte das Verdeck ihres Jaguars heruntergeklappt, als sie Joe direkt vor dem Check-in am Tampa International Airport absetzte. «Danke, dass du hier warst. Wir wissen es alle sehr zu schätzen.»

«Ich liebe dich.» Joe legte den Finger unter ihr Kinn und hob es an. «Wo sollte ich sonst sein?» Sein Kuss zauberte ein Lächeln auf ihre Lippen. «Wie lange bleibst du in Tampa?»

Sie band sich den Schal fester, wobei der Seidenstoff über ihre Finger glitt. «Das weiß ich noch nicht genau. Ich glaube, wir bleiben einfach so lange hier, wie Avery uns braucht. Und ich weiß nicht, wo Maddie und Kyra am Ende hingehen.» Sie spürte eine Ruhelosigkeit, die sie selbst nicht verstand. Es war schon schwierig genug, Deirdres Tod und den Verlust der Show zu verarbeiten. Die meiste Zeit ihres Lebens war sie allein gewesen; jetzt war sie sich nicht sicher, wie sie ohne Maddie, Avery und Kyra zurechtkommen würde. Oder ohne Joe.

«*Alles Neu* war nicht gerade die entspannteste oder finanziell einträglichste Sache, die ich je gemacht habe, aber jetzt, da es vorbei ist, werde ich mir überlegen müssen, was ich mache, wenn ich groß bin.» Sie bemühte sich, einen leichten Ton anzuschlagen, es gelang ihr aber nicht ganz.

«Hör mal, ich weiß, dass jetzt nicht der richtige Zeitpunkt dafür ist, solche Entscheidungen zu treffen. Aber ich liebe dich und bin mir ziemlich sicher, dass du mich auch liebst. Und ich glaube, es wäre schön, zusammen groß zu werden.»

«Ich liebe dich auch. Aber der Rest ... ich weiß nicht. Ich kann gerade nicht richtig klar denken.» Tränen traten ihr in die Augen. Sie, die alle Katastrophen in ihrem Leben vollkommen nüchtern angegangen war, schien inzwischen bei den kleinsten Kleinigkeiten weinen zu müssen. «Wer weiß denn, wie lange wir noch haben? Denk nur daran, was Deirdre passiert ist.»

Joe drückte ihre Hand. «Ich glaube, was mit Deirdre passiert ist, ist ein Zeichen, die Dinge nicht aufzuschieben. Weil niemand von uns weiß, wie viel Zeit er noch hat. Es muss nicht immer kompliziert sein, Nikki. Ich will mein Leben mit dir verbringen. Wie genau wir das tun, na ja, ich glaube, der Teil ist Verhandlungssache.» Joe beugte sich über die Konsole und küsste sie noch einmal. «Aber zwing mich nicht dazu, die langen Messer herauszuholen. Keiner ist überzeugender als *nonna* Sofia. Ich bin mir sicher, dass sie sogar dem Paten gezeigt hat, wie es geht.»

Nikki sah zu, wie er breitschultrig und selbstbewusst zum Check-in ging. Er war ein Mann, der von ganzem Herzen liebte und mehr als stark genug war, dass man sich bei ihm anlehnen konnte. Sie auf der anderen Seite war sich nicht sicher, ob sie den Mut besaß, ihr Herz zu riskieren. Sie hatte die Kunst des Anlehnens nie wirklich gelernt. Sie hoffte nur, dass es ihr gelang, bevor er sie aufgab.

Die Paparazzi drängten sich später am Nachmittag noch immer vor dem Haus der Hardins, als der UPS-Wagen ankam. Kyra hatte sich von der Front des Hauses ferngehalten, aber als der Bote mit einem Päckchen die Stufen vor dem Eingang hochkam und klingelte, war sie allein zu Hause.

Sie hoffte, dass er das Päckchen vor der Tür ablegen und sich zum Gehen wenden würde, um es hinter seinem Rücken hereinzuholen, damit sich nicht womöglich einer der Fotografen aus Frust über die mangelnde Gelegenheit zum Fotografieren daran bediente.

Es klingelte erneut.

Sie spähte durch den Spion. Der UPS-Mann hielt das Päckchen und das elektronische Dings hoch, mit dem sie den Empfang bestätigen sollte. Sie musterte ihn. Er trug kurzes schwarzes Haar, eine Clark-Kent-Brille und hatte ein kleines Bäuchlein, das sich unter seiner braunen Uniform wölbte.

Kyra öffnete die Tür. «Wenn Sie bitte hier unterschreiben würden, Ma'am.» Er hielt ihr das elektronische Gerät hin.

Die Stimme passte überhaupt nicht zu dem Mann. Tatsächlich ... das war ... «Daniel?» Sie lächelte.

«Nicht lächeln», sagte er leise. «Und um Himmels willen nicht lachen.»

«Sorry.» Sie kannte ihn schon als alten Mann, als Frau in High Heels und erst neulich als Poolmann. Und als sie ihn zum letzten Mal gesehen hatte, hatte er nur ein Lächeln getragen, sonst nichts. «Braun steht dir gut.»

«Danke.» Er lächelte sein Grübchenlächeln. «Hier. Lass dir Zeit bei der Unterschrift.»

«Willst du reinkommen?»

«Zu verdächtig, glaube ich. Lädst du sonst auch die Boten zu dir nach Hause ein?»

«Nur wenn sie echt gut aussehen.»

Seine dunklen Augen hinter den Brillengläsern blitzten.

«Nur ein Scherz. Warum bist du hier?»

«Ich wollte wissen, ob es dir auch gut geht.»

Ihr Herz machte diesen schrecklichen Salto, den sie so gern in den Griff bekommen wollte. «Danke. Es ist furchtbar, aber wir kommen zurecht.»

«Gut. Und Dustin?»

«Ihm geht's gut. Er macht gerade sein Nickerchen. Wolltest du ihn sehen?»

«Ich kann nicht. Ich glaube, wir reden schon viel länger als normalerweise.»

Sie unterschrieb so langsam, wie es nur eben ging. «Und was ist im Päckchen? Oder hast du es nur zur Tarnung mitgebracht?»

«Das sind die Urkunde und der Schlüssel von Bella Flora.»

Wie bitte? Offenbar hatte sie nicht richtig gehört. Aber er sah sie vollkommen ernsthaft an.

«Das verstehe ich nicht.»

«Ich habe es für dich und Dustin gekauft. Ich habe nur auf den richtigen Augenblick gewartet, um es dir zu sagen.»

«Das hättest du auch am 4. Juli sagen können, dann hätten wir richtig darüber sprechen können.»

«Da hatte ich zu viel zu tun.» Er zwinkerte ihr zu.

Sie drückte das Päckchen an ihre Brust. Es war ein so süßes

und großzügiges Geschenk. Oder hatte es einen Preis, von dem sie noch nichts wusste? «Also willst du es uns bedingungslos schenken», sagte sie vorsichtig, «selbst wenn ich niemals mehr mit dir schlafe?»

«*Niemals* klingt so schrecklich lange.»

«Selbst dann?»

«Selbst dann.»

Sie tat so, als müsste sie ihn etwas fragen, und beugte sich vor, um ihn auf die Stirn zu küssen. «Ich weiß nicht, ob du überhaupt weißt, wie viel uns das allen bedeutet, aber vielen Dank. Du bist viel netter, als du dich manchmal verhältst.»

«Ich kann ja nicht ununterbrochen ein Arschloch sein.» Er schenkte ihr sein Filmstarlächeln.

«Darf ich dich um einen letzten Gefallen bitten?», fragte sie, als er sich zum Gehen wandte.

Daniel Deranian nickte.

«Gib mir ein bisschen Zeit, um mir eine Geheimnummer zuzulegen, bevor du es deiner Frau sagst.»

«Kein Problem. Ich habe selbst keine Eile, es Tonja zu sagen.»

«Und wenn du mit dem Lieferwagen zurücksetzt, kannst du dann vielleicht ein paar Paparazzi umnieten? Nur um das Spielfeld ein bisschen auszugleichen?»

«Mal sehen, was ich tun kann», sagte er mit einem UPS-Boten-Nicken. «Gib Dustin ein Küsschen von mir.»

46

Am folgenden Abend kletterten die vier in den Minivan und fuhren über die Howard-Frankland-Brücke nach St. Petersburg, um dann auf dem Gulf-Boulevard in Richtung Süden zur Spitze von Pass-a-Grille zu fahren. Sie wollten nach Bella Flora, um auf den Sonnenuntergang, einander und besonders auf Deirdre Morgan anzustoßen.

Maddie bog in die gepflasterte Einfahrt in der Ten Beach Road ein. Bella Floras rosafarbene Mauern mit den weißen Zierleisten und Türmchen hoben sich wunderschön gegen den hellblauen Himmel ab. Im Vorgarten mit dem kleinen Mäuerchen blühte es üppig, aber gepflegt. Der Delfin-Springbrunnen in der Mitte gurgelte fröhlich vor sich hin. Wie das Haus in Atlanta war auch dies ein Ort, in den sie Herz und Hoffnungen gelegt hatte.

«Es sieht gut aus.» Avery kletterte aus der Beifahrertür und ging um das Auto herum, um die Schiebetür an der Seite zu öffnen.

Maddie betrachtete aufmerksam das Gesicht ihrer Tochter, aber sie konnte ihre Stimmung nicht deuten. Der Ausflug war Kyras Idee gewesen. «Ich bin hier nicht gern ohne Erlaubnis.»

«Ist schon in Ordnung, Mom. Wir bleiben nur eine Stunde oder so auf der hinteren Loggia. Dann merkt keiner, dass wir überhaupt hier waren.» Sie sah Maddie aus großen Augen unschuldig an, und Maddie ahnte plötzlich, dass etwas in der Luft lag. «Na komm. Gleich geht die Sonne unter.»

Sie trugen eine kleine Kühltasche mit eiskaltem Weißwein

und kleinen Snacks zur Loggia. In einer Einkaufstasche hatten sie knuspriges Baguette und eine Riesentüte Käseflips mitgebracht. Nikki trug vier Weingläser.

«Es ist alles noch genau so, wie wir es hinterlassen haben.» Maddie betrachtete die Outdoor-Möbel, den Ventilator über dem Tisch und den Sesseln auf der Loggia, der sich träge drehte. Sogar Dustins Spielhaus stand immer noch auf dem kurzen Streifen Niemandsland zwischen dem Haus und dem Steg.

«Erinnert ihr euch, wie schrecklich das Haus aussah und wie es hier roch, als wir zum ersten Mal hier waren?» Nikki schauderte.

Bella Flora hatte Vogelnester und Löcher im Dach gehabt und widerlich muffig nach schimmeligen Badeklamotten gestunken. Sie verstummten und dachten daran, wie viel sie hatten tun müssen, bis Bella Flora zu seiner früheren Eleganz zurückfand.

«Erinnert ihr euch daran, als Deirdre zum ersten Mal auftauchte und wir dachten, sie wäre ein Einbrecher?», fragte Kyra.

«Ja, genau, eine Einbrecherin mit zusammenpassendem Designergepäck, die sofort das größte Zimmer belegte, bevor sie überhaupt Hallo gesagt hatte.» Maddie musste bei der Erinnerung daran lächeln.

Sie setzten sich an den schmiedeeisernen Tisch und breiteten ihr Essen und ihre Getränke aus.

«Ich habe Kaviar und andere Kleinigkeiten mitgebracht. Deirdre zu Ehren», sagte Nikki. Sie verteilte Plastikteller und schenkte jeder von ihnen ein Glas Chardonnay ein.

Avery öffnete die Tüte mit den Käseflips. «Ich werde nie wieder einen davon essen können, ohne daran zu denken, wie schrecklich sie die fand.» Ihr Lächeln wirkte etwas schief. «Das war, ehrlich gesagt, schon der halbe Spaß.»

Seehafer bewegte sich sanft in der Brise, und ein Gleitschirmflieger glitt unten über dem weißen Sand vorbei.

«Auf Deirdre Morgan. Die jedes Haus in etwas einzigartig Schönes verwandelt hat.» Avery hob ihr Glas.

«Auf Deirdre. Die immer perfekt aussah für die nächste Nahaufnahme.» Kyra hob ebenfalls ihr Glas.

«Auf Deirdre», sagte Maddie. «Die ihre Tochter geliebt und es zuletzt auch geschafft hat, ihrer Tochter zu sagen, wie viel sie ihr bedeutete.»

Sie stießen miteinander an.

«Auf meine Mutter.» Avery lächelte, aber ihre Stimme brach, als sie das Wort aussprach.

«Auf Deirdre, die dem Sender gesagt hat, er solle sich *Alles Neu* in den Arsch stecken.»

«Sie ist aber wirklich stilvoll abgegangen, oder?», sagte Kyra nachdenklich. «Heute habe ich eine SMS von Troy bekommen. Lisa Hogan ist gefeuert worden.»

«Darauf will ich trinken!» Nikki nahm einen Schluck von ihrem Wein, und die anderen taten es ihr gleich. «Wie ist das denn passiert?»

«Offenbar waren ihre Chefs nicht sehr angetan von ihrer Vulgarität und davon, dass sie verlangt hat, Deirdres Zusammenbruch zu filmen.» Kyra nahm sich einen Käseflip aus der Tüte.

«Woher wussten ihre Chefs denn davon?», fragte Maddie.

«Troy hat sich geweigert, Deirdre zu filmen, aber jede einzelne hässliche Minute von Lisa Hogans Tirade aufgenommen. Dann hat er das Material an ihren Chef im Sender geschickt.» Kyras Stimme klang ausgesprochen zufrieden.

Sie verstummten, tranken, aßen und schauten zu, wie die Sonne über dem Golf sich erst golden und dann rot färbte. Die Wasseroberfläche spiegelte die intensiven Farben wider. Maddie wusste, dass sie alle das Fehlen von Deirdre spürten. Aber gleichzeitig spürten sie auch ihre Gegenwart.

Die warmen, verputzten Wände von Bella Flora strahlten

Trost aus. Es kam ihnen beinahe so vor, als beschützte das Haus sie. «Ich fand ja schon The Millicent großartig, und Mermaid Point war ziemlich spektakulär ...»

«Wir wissen doch alle, was du an Mermaid Point am tollsten gefunden hast, Maddie», neckte Nikki.

Maddie wurde rot und fuhr trotzdem fort: «Aber bevor ich so grob unterbrochen wurde, wollte ich eigentlich sagen: ‹Es gibt nur eine Bella Flora.›»

Sie hoben ihre Gläser genau in dem Augenblick, als die Sonne in einer roten Pfütze im Golf versank. «Auf Bella Flora.»

«Egal, wem das Haus gehört – es wird immer uns gehören. Weil wir diejenigen sind, die es zurückgeholt haben, und wir wissen, dass es mit uns dasselbe getan hat. Wir sind diejenigen, die sie am besten kennen und am meisten lieben.» Maddie stellte ihr Glas ab, weil sie fürchtete, gleich in Tränen ausbrechen zu müssen.

«Vielleicht ist *Alles Neu* noch gar nicht vorbei.» Kyra nahm einen Schluck aus ihrem Glas und schaute in den Himmel. «Lisa Hogan hat immer die Zahl unserer Zuschauer heruntergespielt, aber *Alles Neu* muss doch eine Menge Fans haben. Wenn sie weg ist, setzen sie vielleicht jemanden an ihre Stelle, der ein bisschen weniger ...»

«... grob und kleinlich ist?», beendete Nikki ihren Satz.

«Ganz genau. Vielleicht ist ihr Ersatz dann offen für das, was wir eigentlich geplant hatten: mehr Renovierung, weniger Reality-TV.» Kyra lächelte. «Troy hat mir den Namen des neuen Chefs der Produktion genannt. Ich habe heute Morgen eine Nachricht für ihn hinterlassen.»

«Und wenn sie nicht interessiert sind, könnten wir uns einen anderen Sender suchen», sagte Maddie und spürte, wie ungeheuer befreiend Lisa Hogans Absetzung sein konnte. «Letztlich könnten wir, wenn wir es wollen, auch alles selbst filmen und produzieren und es dann an einen anderen Sender verkaufen. Dann hätten wir die volle Kontrolle.»

«Das könnten wir», stimmte Nikki begeistert zu. «Ich könnte mich um die Zahlen kümmern. Ich kenne immer noch Leute im Film- und Fernsehbusiness.»

«Ich arbeite wirklich gern mit Chase in dem Unternehmen, das unsere Väter gegründet haben, aber ich würde auch gern mit *Alles Neu* weitermachen.» Avery schien zumindest für den Moment ihre Trauer abgeschüttelt zu haben. «Wenn wir die Show selbst produzieren, können wir selbst entscheiden, welche Projekte wir anfassen – und wo.»

Alle waren plötzlich ganz aufgeregt. Maddie sah sich um: Sie spürten dieselben Chancen, die sie auch spürte. Sie, Madeline Singer, war einundfünfzig Jahre alt und alleinstehend. Der Rest ihres Lebens, wie lange er auch dauern mochte, lag vor ihr und barg unendliche Möglichkeiten.

Nach allem, was sie durchgemacht hatten, war sie ein ganz anderer Mensch, als sie sich je hätte vorstellen können: stärker, kompetenter, eindeutig widerstandsfähiger. Sie konnte Dinge tun, von denen sie niemals auch nur zu träumen gewagt hätte. Jetzt konnte sie ihr Leben gestalten, wie sie wollte. Und wenn Deirdres unerwarteter Tod sie etwas gelehrt hatte, dann, niemals Zeit oder Gefühle zu vergeuden.

Sie schaute auf ihr Handy. Ihre Daumen bewegten sich beinahe selbsttätig. Als sie ihre Nachricht fertig getippt hatte, zögerte sie nicht und las sie auch nicht noch einmal durch; sie drückte einfach auf Senden.

«Mit wem schreibst du denn Nachrichten, Mom?», fragte Kyra. «Du weißt doch, dass dich deine Daumen oft in Schwierigkeiten bringen.»

«Mit niemand Besonderem.» Sie spürte, dass sie grinste wie eine Idiotin.

Die anderen lachten wissend, und Maddie nahm noch einen großen Schluck Wein. Bevor sie ihn herunterschlucken konnte, machte ihr Handy «Ping» – eine neue SMS war eingegangen. Sie schaute auf das Display und wurde vor Freude knallrot. Erst als sie die SMS gelesen hatte, nahm ihr Gesicht langsam wieder seine normale Farbe an. *«Ich weiß ja nicht, auf wessen ‹Lolli› du den Sonnenuntergang anschaust, aber ich wünschte, du würdest wiederkommen und es hier tun.»*

Sie schnaubte so sehr vor Lachen, dass ihr der Wein in die Nase drang. Seine nächste SMS ließ sie auf ganz andere Weise strahlen. *«Ich vermisse dich, Maddie-Groupie. Habe deinen Rat befolgt. Hab dir einen Gong geschrieben.»*

«Ich hätte nichts dagegen, in Florida zu bleiben. Vor allem, wenn Avery mit Chase in Tampa und Nikki unten in Miami ist.» Maddie verschwieg, dass die Tatsache, dass auch William Hightower in Florida lebte, dem Staat einen besonderen Glanz verlieh.

«Oh, wir bleiben auf jeden Fall in Florida», sagte Kyra.

«Was meinst du damit?» Maddie sah Kyra an und versuchte, aus ihrem Tonfall schlau zu werden. Ihre Tochter trug einen merkwürdigen Gesichtsausdruck zur Schau. Nikki und Avery sahen sie ebenfalls an.

Kyra stand auf. Sie holte einen Schlüssel aus ihrer Hosentasche und ging dann zu den bodentiefen Türen, die von der Loggia hineinführten.

«Was machst du denn da?», fragte Maddie. Sie, Nikki und Avery standen auf und folgten ihr.

«Ich muss auf die Toilette.» Kyra steckte den Schlüssel ins Schloss und drehte ihn. Der Alarm begann zu piepen.

«Bist du verrückt?», fragte Avery. «Gleich ist die Polizei hier. Sie werden ...»

Kyra gab eine Zahlenfolge ein, und der Alarm ging aus. «Na

los. Ich glaube, wir brauchen etwas Stärkeres aus der Calabash Lounge.» Sie ließ alle ins Haus, und sie gingen an dem Salon und der Küche vorbei in die im maurischen Stil gekachelte Bar.

«Okay. Was ist hier los?», fragte Maddie streng.

Kyra verteilte Schnapsgläser auf dem Tresen und begann ihnen Tequila einzuschenken.

«Wir können nicht mit dem Tequila anfangen, bevor wir zurück in Tampa sind. Wir müssen doch noch nach Hause. Und ich schlage vor, dass wir losfahren, bevor jemand mein Auto in der Einfahrt entdeckt und jemanden schickt, der nachsieht, was hier los ist.»

Alle sahen Kyra an, die großzügig eingeschenkt hatte und jetzt jedem ein Glas zuschob. «Wir *sind* zu Hause.»

Kyra, Nikki und Avery tranken ihren Schnaps und knallten die leeren Gläser auf die Bar. Ohne Maddie, denn sie war diejenige, die fahren müsste.

«Das musst du mir jetzt aber erklären, Kyra Singer. Weil ich nämlich nicht vorhabe, wegen unbefugten Betretens eines Privatbesitzes oder Fahrens unter Alkoholeinfluss im Gefängnis zu landen.»

«Wir fahren nirgendwohin, weil wir nämlich zu Hause sind, Mom. Daniel hat Bella Flora für Dustin und mich gekauft. Was bedeutet, dass es jeder von uns gehört, die hier wohnen möchte.»

«Ernsthaft?» Maddie verschlug es vor Überraschung den Atem. Nikki und Avery jubelten vor Freude und schoben Kyra erneut ihre Gläser hin.

«Ernsthaft. Und ich habe mit Chase und Jeff gesprochen – sie kümmern sich heute Nacht um Dustin, sodass wir hier übernachten können. Ich habe Zahnbürsten und ein paar andere Sachen mitgebracht, aber vielleicht bin ich auch zu aufgeregt, um überhaupt zu schlafen. Vielleicht bleibe ich einfach wach und spreche in Gedanken mit Bella Flora.»

Maddie und die anderen Frauen, die ihr so viel bedeuteten, standen mitten in diesem unglaublichen Haus, das sie zusammengeschmiedet hatte und ihnen jetzt erneut gehörte. Sie lächelten, hoben ihre Gläser und stießen auf das an, was vor ihnen lag. Auf eine Zukunft, die so hell war, dass Maddie sich ganz sicher war, dass sie eine Sonnenbrille benötigen würde.

Danksagung

Es ist mir peinlich, zugeben zu müssen, dass ich es nie auf die Florida Keys geschafft hatte – obwohl ich in Florida geboren und aufgewachsen bin –, bis ich mich dazu entschied, dieses Buches dort zu verorten. Ursprünglich hatte ich mich für den Ort Key West entschieden, doch als mein Ehemann und ich einen Zwischenstopp in Islamorada machten, um unsere Freunde Justine und Elliott zu besuchen, änderten sich meine Pläne. Voller Begeisterung erzählte uns Justine von der Geschichte Islamoradas. Ihre Erzählungen über die Schönheit der Natur, ihre Liebe zu den Bewohnern und ihrem Lebensstil überzeugten mich so sehr, dass ich mich sofort in diesen Ort verliebte. Erst recht, als ich einen Fuß auf die Insel Teatable Key setzte. Ich wusste, ich hatte William Hightowers Heimat gefunden.

Meinen tiefverbundenen Dank schulde ich Justine, die sehr viel mehr Wissen mit mir teilte, als jemals in einen einzigen Roman passen könnte. Und die jede meiner Zeilen genauestens las, damit ich alles so «richtig» wie möglich wiedergeben würde. Abgesehen davon ist diese Geschichte natürlich rein fiktiv, ich erfinde Dinge, um damit meinen Lebensunterhalt zu verdienen.

Zudem gilt mein Dank Larry Gabor, der mir die traumhafte Privatinsel zeigte, auf der ich Mermaid Point verortete, der mir Luftbildaufnahmen zur Verfügung stellte und mich mit seinen Weisheiten über das Leben, die Musik und die erstaunliche Schönheit jener Natur, in der er lebt, begeisterte. Ich hoffe, er wird mir die Freiheiten, die ich mir im Buch genommen habe, verzeihen. Jegliche Fehler sind mir zuzuschreiben.

Als ich realisierte, dass William Hightower ein Fischer aus dem Hinterland werden sollte, schickte mich Larry zu Rick Kendrick, der mir alles über das Fliegenbinden und das Angeln in den Flats erklärte. An einem Nachmittag fand ich in seiner Auffahrt heraus, wie wenig Talent ich für das Auswerfen der Angel hatte, und ich bin heilfroh, dass es nicht nötig ist, gut (oder gar kompetent) in etwas zu sein, um darüber schreiben zu können. Danke, Rick, für die Hilfe und dafür, dass du dein Lachen für dich behalten hast.

Ich bedanke mich ebenfalls bei Sam Holland, Besitzer des großartigen Conch House Heritage Inn in der Altstadt von Key West, für seine Familiengeschichte und die Gespräche über seine Renovierungserfahrungen. Wir hatten einen wundervollen Aufenthalt dort und hoffen, dass wir bald zurückkehren können.

Nochmals muss ich mich bei meiner Designerin und Freundin Rebecca Ritchie bedanken, die mir eine unglaubliche Hilfe bei der gesamten Arbeit zu den Büchern der Florida-Beach-Reihe war. Sie entwarf William Hightowers Anwesen sowie die Nebengebäude und redete mir mehrmals gut zu, nicht aufzugeben. Ich weiß immer noch nicht, wie jemand wie ich, dessen Familie eigentlich kein Werkzeug besitzen dürfte, weil nach der Benutzung immer medizinische Hilfe nötig ist, dazu kommt, eine Buchreihe mit Renovierungstipps zu schreiben. Ich weiß aber, dass ich es ohne Rebecca nur halb so gut geschafft hätte, die phantastische Arbeit auch an echten Häusern leistet.

Wie immer bin ich Karen White und Susan Crandall zu Dank und ewiger Freundschaft verpflichtet – ohne euch wäre das Schreiben nicht das Gleiche. Ich bin sehr stolz, Mitglied des Nittie Clubs zu sein.

Weitere Titel von Wendy Wax

Florida Beach

Ein Haus für einen Sommer

Die alte Villa am Strand

Ein Sommer auf Mermaid Point

MIX
Papier aus verantwortungsvollen Quellen
FSC® C083411

Das für dieses Buch verwendete Papier ist FSC®-zertifiziert.